ŒUVRES COMPLÈTES

DE VOLTAIRE

TOME VINGT-NEUVIÈME

PRIX 1.25

PARIS
LIBRAIRIE HACHETTE ET Cⁱᵉ
79, BOULEVARD SAINT-GERMAIN, 79

ŒUVRES COMPLÈTES

DE VOLTAIRE

COULOMMIERS

Imprimerie PAUL BRODARD.

ŒUVRES COMPLÈTES

DE VOLTAIRE

TOME VINGT-NEUVIÈME

PARIS

LIBRAIRIE HACHETTE ET Cⁱᵉ

79, BOULEVARD SAINT-GERMAIN, 79

1894

C.

MÉLANGES.

(SUITE).

DIEU ET LES HOMMES,
PAR LE DOCTEUR OBERN,

ŒUVRE THÉOLOGIQUE, MAIS RAISONNABLE, TRADUITE PAR JACQUES AIMON[1].

(1769.)

CHAP. I. — *Nos crimes et nos sottises.*

En général, les hommes sont sots, ingrats, jaloux, avides du bien d'autrui, abusant de leur supériorité quand ils sont forts, et fripons quand ils sont faibles. Les femmes, pour l'ordinaire, nées avec des organes plus déliés, et moins robustes que les hommes, sont plus artificieuses et moins barbares. Cela est si vrai que, dans mille criminels qu'on exécute à mort, à peine trouve-t-on trois ou quatre femmes. Il est vrai aussi qu'on rencontre quelques robustes héroïnes aussi cruelles que les hommes; mais ces cas sont assez rares.

Le pouvoir n'est communément entre les mains des hommes, dans les États et dans les familles, que parce qu'ils ont le poing plus fort, l'esprit plus ferme, et le cœur plus dur. De tout cela, les moralistes de tous les temps ont conclu que l'espèce humaine ne vaut pas grand'chose, et en cela ils ne se sont guère écartés de la vérité.

Ce n'est pas que tous les hommes soient invinciblement portés par leur nature à faire le mal, et qu'ils le fassent toujours. Si cette fatale raison était vraie, il n'y aurait plus d'habitants sur la terre depuis longtemps. C'est une contradiction dans les termes de dire : « Le genre humain est nécessité à se détruire, et il se perpétue. »

Je crois bien que de cent jeunes femmes qui ont de vieux maris, il en a quatre-vingt-dix-neuf, au moins, qui souhaitent sincèrement leur mort; mais vous en trouverez à peine une qui veuille se charger d'empoisonner celui dont elle voudrait porter le deuil. Les parricides, les fratricides, ne sont nulle part communs. Quelle est donc l'étendue de la borne de nos crimes? C'est le degré de violence dans nos passions, le degré de notre pouvoir, et le degré de notre raison.

Nous avons la fièvre intermittente, la fièvre continue avec des re-

---

[1] Cet ouvrage est du mois d'octobre 1769. On en parle dans les *Mémoires* à la date du 2 novembre. Dans les *Recherches sur les ouvrages de Voltaire*, in-8°, on a dit que cet ouvrage n'était point de Voltaire, mais d'un Sissons, qui depuis a pris le nom de Valmire. Il y a ici plus d'une erreur : Voltaire est l'auteur de *Dieu et les Hommes*. L'avocat général Séguier ne lit pas quand il fit son réquisitoire contre l'ouvrage, par suite de quoi un arrêt du parlement; 2° deux ans après que Voltaire eût donné *Dieu et les Hommes*, on vit paraître *Dieu et l'Homme*, par M. de Valmire (et non Valmore), à Amsterdam 1771, in-12. L'auteur avait envoyé son ouvrage à Voltaire, qui en accusa réception par une lettre du 27 décembre 1771, imprimée dans la *Correspondance générale*. Cette lettre est adressée à M. Sissons de Valmire, avocat du roi au bailliage de Troyes.   (Beuchot.)

ablements, le transport au cerveau, mais très-rarement la rage. Il y a des gens qui sont en santé. Notre fièvre intermittente, c'est la guerre entre les peuples voisins. Le transport au cerveau, c'est le meurtre que la colère et la vengeance nous excitent à commettre contre nos concitoyens. Quand nous assassinons nos proches parents, ou que nous les rendons plus malheureux que si nous leur donnions la mort; quand des fanatiques hypocrites allument les bûchers, c'est la rage. Je n'entre point ici dans le détail des autres maladies, c'est-à-dire des menus crimes innombrables qui affligent la société.

Pourquoi est-on en guerre depuis si longtemps; et pourquoi commet-on ce crime sans aucun remords ? On fait la guerre uniquement pour moissonner les blés que d'autres ont semés, pour avoir leurs moutons, leurs chevaux, leurs bœufs, leurs vaches, et leurs petits meubles: c'est à quoi tout se réduit; car c'est là le seul principe de toutes les richesses. Il est ridicule de croire que Romulus ait célébré des jeux dans un misérable hameau entre trois montagnes pelées, et qu'il ait invité à ces jeux trois cents filles du voisinage pour les ravir. Mais il est assez certain que lui et ses compagnons prirent les bestiaux et les charrues des Sabins.

Charlemagne fit la guerre trente ans aux pauvres Saxons pour un tribut de cinq cents vaches. Je ne nie pas que pendant le cours de ces brigandages Romulus et ses sénateurs, Charlemagne et ses douze pairs, n'aient violé beaucoup de filles, et peut-être de gré à gré : mais il est clair que le grand but de la guerre était d'avoir des vaches, du foin, et le reste, en un mot, de voler.

Aujourd'hui même encore, un héros à une demi-guinée par jour, qui entre avec des héros subalternes à quatre ou cinq sous, au nom de son auguste maître, dans le pays d'un autre auguste souverain, commence par ordonner à tous les cultivateurs de fournir bœufs, vaches, moutons, foin, pain, vin, bois, linge, couvertures, etc. Je lisais ces jours passés dans la petite *Histoire chronologique de la France*, notre voisine, faite par un homme de robe[1], ces paroles remarquables : « Grand fourrage le 11 octobre 1709, où le comte de Broglie battit le prince de Lobkovitz » ; c'est-à-dire qu'on tua, le 11 octobre, deux ou trois cents Allemands qui défendaient leurs foins : après quoi, les Français, déjà battus à Malplaquet, perdirent la ville de Mons. Voilà sans doute un exploit digne d'une éternelle mémoire que ce fourrage! Mais cette misère fait voir qu'au fond, dans toutes les guerres, depuis celle de Troie jusqu'aux nôtres, il ne s'agit que de voler.

Cela est si malheureusement vrai, que les noms de voleur et de soldat étaient autrefois synonymes chez toutes les nations. Consultez le *Miles* de Plaute : *Latrocinatus annos decem, mercedem accipio*[2]. J'ai

---

1. Le président Hénault. (ÉD.)

2. J'ai vainement cherché ces mots dans le *Miles* de Plaute ; mais dans les fragments du *Cornicularia* de cet auteur, on lit :

« Latrocinatus annos decem mercedem. »

Voyez le Plaute de Gruter, avec les commentaires de Fr. Taubmann ; Wittemberg, 1621, in 4°, p. 1469. (*Note de M. Beuchot.*)

été voleur dix ans, je reçois ma paye. « Le roi Séleucus m'a donné commission de lui lever des voleurs. (Voyez l'*Ancien Testament*.) Jephté[1], fils de Galaad et d'une prostituée, engage des brigands à son service. Abimélech[2] lève une troupe de brigands. David[3] assemble quatre cents voleurs perdus de crimes, etc. »

Quand le chef des malandrins a bien tué et bien volé, il réduit à l'esclavage les malheureux dépouillés qui sont encore en vie. Ils deviennent ou serfs ou sujets, ce qui, dans les neuf dixièmes de la terre, revient à peu près au même. Genseric usurpe le titre de roi. Il devient bientôt un homme sacré, et il prend nos biens, nos femmes, nos vies, de droit divin, si on le laisse faire.

Joignez à tous ces brigandages publics les innombrables brigandages secrets qui ont désolé les familles; les calomnies, les ingratitudes, l'insolence du fort, la friponnerie du faible; et on conclura que le genre humain n'a presque jamais vécu que dans le malheur, et dans la crainte pire que le malheur même.

J'ai dit que toutes les horreurs qui marchent à la suite de la guerre, sont commises sans le moindre remords. Rien n'est plus vrai. Nul ne rougit de ce qu'il fait de compagnie. Chacun est encouragé par l'exemple; c'est à qui massacrera, à qui pillera le plus; on y met sa gloire. Un soldat, à la prise de Berg-op-Zoom, s'écrie : « Je suis las de tuer, je vais violer! » et tout le monde bat des mains.

Les remords, au contraire, sont pour celui qui, n'étant pas rassuré par des compagnons, se borne à tuer, à voler en secret. Il en a de l'horreur jusqu'à ce que l'habitude l'endurcisse à l'égal de ceux qui se livrent au crime régulièrement et en front de bandière.

CHAP. II. — *Remède approuvé par la faculté contre les maladies ci-dessus.*

Les nations qu'on nomme *civilisées*, parce qu'elles furent méchantes et malheureuses dans des villes, au lieu de l'être en plein air ou dans des cavernes, ne trouvèrent point de plus puissant antidote contre les poisons dont les cœurs étaient pour la plupart dévorés, que le recours à un Dieu rémunérateur et vengeur.

Les magistrats d'une ville avaient beau faire des lois contre le vol, contre l'adultère, on les volait eux-mêmes dans leurs logis, tandis qu'ils promulguaient leurs lois dans la place publique; et leurs femmes prenaient ce temps-là même pour se moquer d'eux avec leurs amants.

Quel autre frein pouvait-on donc mettre à la cupidité, aux transgressions secrètes et impunies, que l'idée d'un maître éternel qui nous voit, et qui jugera jusqu'à nos plus secrètes pensées? Nous ne savons pas qui le premier enseigna aux hommes cette doctrine. Si je le connaissais, et si j'étais sûr qu'il n'alla point au delà, qu'il ne corrompit point la médecine qu'il présentait aux hommes, je lui dresserais un autel.

1. *Juges*, XI, 1-3. (ÉD.) — 2. *Id.*, IX, 4. (ÉD.) — 3. *I Rois*, XXII, 2. (ÉD.)

Hobbes dit qu'il le ferait pendre. Sa raison, dit-il, est que cet apôtre de Dieu s'élève contre la puissance publique, qu'il appelle le *Léviathan*, en venant proposer aux hommes un maître supérieur au Léviathan, à la souveraineté législative.

La sentence de Hobbes me paraît bien dure. Je conviens, avec lui, que cet apôtre serait très-punissable, s'il venait dire à notre parlement, ou au roi d'Espagne, ou au sénat de Venise : « Je viens vous annoncer un Dieu dont je suis le ministre ; il m'a chargé de vous faire mettre en prison à ma volonté, de vous ôter vos biens, de vous tuer si vous faites la moindre chose qui me déplaise. Je vous assassinerai, comme le saint homme Aod[1] assassina Eglon, roi de Moabie et de Juiverie, comme le pontife Joïada[2] assassina Athalie à la porte aux Chevaux, et comme le sage Salomon[3] assassina son frère Adoniath, etc., etc., etc. »

J'avoue que si un prédicateur venait nous parler sur ce ton, soit dans la chambre haute, soit dans la basse, soit dans le Drawing-room[4], je donnerais ma voix pour serrer le cou à ce drôle.

Mais si les athées dominaient chez nous, comme on dit que cela est arrivé dans notre ville de Londres du temps de Charles II, et à Rome du temps de Sixte IV, d'Alexandre VI, de Léon X, etc., etc., je saurais très-bon gré à un honnête homme de venir simplement nous dire, comme Platon, Marc-Aurèle, Épictète : MORTELS, IL Y A UN DIEU JUSTE, SOYEZ JUSTES. Je ne vois point du tout de raison de pendre un pareil concitoyen.

Quoique je me pique d'être tolérant, j'inclinerais plutôt à punir celui qui nous dirait aujourd'hui : «Messieurs et dames, il n'y a point de Dieu ; calomniez, parjurez-vous, friponnez, volez, assassinez, empoisonnez, tout cela est égal, pourvu que vous soyez les plus forts ou les plus habiles.» Il est clair que cet homme serait très-pernicieux à la société, quoi qu'en ait pu dire le R. P. Malagrida, ci-devant jésuite, qui a, dit-on, persuadé à toute une famille que ce n'était pas même un péché véniel d'assassiner par derrière un roi de Portugal en certain cas.

CHAP. III. — *Un Dieu chez toutes les nations civilisées.*

Quand une nation est assemblée en société, elle a besoin de l'adoration d'un Dieu, à proportion que les citoyens ont besoin de s'aider les uns les autres. C'est par cette raison qu'il n'y a jamais eu de nation rassemblée sous des lois, qui n'ait reconnu une divinité de temps immémorial.

L'Être suprême s'était-il révélé à ceux qui les premiers dirent qu'il faut aimer et craindre un Dieu, punisseur du crime, et rémunérateur de la vertu? Non, sans doute; Dieu ne parla pas à Thaut le législateur des Égyptiens, au Brama des Indiens, à l'Orphée de Thrace, au Zoroastre des Perses, etc., etc.; mais il se trouva dans toutes les na-

1. *Juges*, III, 21. (ÉD.) — 2. *IV Rois*, XI, 16. (ÉD.) — 3. *III Rois*, II, 25. (ÉD.)
4. Antichambre ; ce que nous appellerions en France : la salle des Pas-Perdus. (ÉD.)

tions des hommes qui eurent assez de bon sens pour enseigner cette doctrine utile; de même qu'il y eut des hommes qui, par la force de leur raison, enseignèrent l'arithmétique, la géométrie et l'astronomie.

L'un, en mesurant ses champs, trouva que le triangle est la moitié du carré, et que les triangles ayant même base et même hauteur sont égaux. L'autre[1], en semant, en recueillant et en gardant ses moutons, s'aperçut que le soleil et la lune revenaient à peu près au point dont ces astres étaient partis, et qu'ils ne s'écartaient pas d'une certaine borne au nord et au midi. Un troisième considéra que les hommes, les animaux, les astres, ne s'étaient pas faits eux-mêmes, et vit qu'il existe un Être suprême. Un quatrième, effrayé des torts que les hommes se faisaient les uns aux autres, conclut que, s'il y avait un Être qui avait fait les astres, la terre et les hommes, cet Être devait faire du bien aux honnêtes gens, et punir les méchants. Cette idée est si naturelle et si honnête, qu'elle fut aisément reçue.

La même force de notre entendement qui nous fit découvrir l'arithmétique, la géométrie, l'astronomie, qui nous fit inventer des lois, nous fit donc aussi connaître Dieu. Il suffit de deux ou trois bons arguments, tels qu'on en voit dans Platon parmi beaucoup de mauvais, pour adorer la divinité. On n'a pas besoin d'une révélation pour savoir que le soleil, de mois en mois, correspond à des étoiles différentes; on n'a pas besoin de révélation pour comprendre que l'homme ne s'est pas fait lui-même, et que nous dépendons d'un Être supérieur, quel qu'il soit.

Mais si des charlatans me disent qu'il y a une vertu dans les nombres; si, en mesurant mes champs, ils me trompent; si, en observant une étoile, ils prétendent que cette étoile fait ma destinée; si, en m'annonçant un Dieu juste, ils m'ordonnent de leur donner mon bien de la part de Dieu: alors je les déclare tous des fripons, et je tâche de me conduire par moi-même avec le peu de raison que Dieu m'a donné.

CHAP. IV. — *Des anciens cultes, et en premier lieu de celui de la Chine.*

Plus une nation est antique, plus elle a une religion ancienne.

A présent que dans une grande partie de l'Europe on n'a plus de jésuites à flatter ou à détester; à présent qu'il n'y a plus de mérite à combattre leurs opinions les plus ridicules, et que la haine qu'ils avaient assez méritée est éteinte avec eux, il faut bien convenir qu'ils avaient raison quand ils assuraient que le gouvernement chinois n'a jamais été athée. On avança en Europe ce paradoxe impertinent, parce que les jésuites avaient acquis un très-grand crédit à la Chine avant d'en être chassés. On voulait à Paris qu'ils favorisassent l'athéisme à Pékin, parce qu'ils étaient persécuteurs à Paris.

C'est par ce même esprit de parti, c'est par l'extravagance attachée à toutes les disputes pédantesques, que la Sorbonne s'avisait de con-

1. Valentin Jameray Duval. (ÉD.)

damner à la fois, et Bayle qui soutenait qu'une société d'athées pouvait subsister, et les jésuites qu'on accusait d'approuver le gouvernement athée des Chinois ; de sorte que ces pédants ridicules de Sorbonne prononçaient à la fois le pour et le contre, le oui et le non, ce qui leur est arrivé presque toujours à eux et à leurs semblables. Ils disaient à Bayle : « Il n'est pas possible qu'il y ait dans le monde un peuple d'athées. » Ils disaient aux jésuites : « La cour de Pékin est athée, et vous aussi. » Et le jésuite Hardouin leur répondait : « Oui, il y a des sociétés d'athées, car vous l'êtes, vous Arnauld, Pascal, Quesnel et Petitpied. » Cette folie sacerdotale a été assez relevée dans plusieurs bons livres ; mais il faut ici découvrir le prétexte qui semblait à nos docteurs occidentaux colorer le reproche d'athéisme qu'ils faisaient à la plus respectable nation de l'Orient. L'ancienne religion chinoise consiste principalement dans la morale, comme celle de Platon, de Marc-Aurèle, d'Épictète et de tous nos philosophes. L'empereur chinois ne paya jamais des argumentants pour savoir si un enfant est damné quand il meurt avant qu'on lui ait soufflé dans la bouche ; si une troisième personne est faite, ou engendrée, ou procédante ; si elle procède d'une première personne, ou de la seconde, ou de toutes les deux à la fois ; si une de ces personnes possède deux natures ou une seule ; si elle a une ou deux volontés ; si la mère d'une de ces personnes est maculée ou immaculée. Ils ne connaissent ni consubstantialité ni transsubstantiation. Les quarante parlements chinois qui gouvernent tout l'empire ne savent rien de toutes ces choses ; donc ils sont athées ! C'est ainsi qu'on a toujours argumenté parmi les chrétiens. Quand se mettra-t-on à raisonner ?

C'est abuser bien étrangement de la stupidité du vulgaire, c'est être bien stupide soi-même, ou bien fourbe et bien méchant, que de vouloir faire accroire que la principale partie de la religion n'est pas la morale. Adorez Dieu et soyez juste, voilà l'unique religion des lettrés chinois. Leurs livres canoniques, auxquels on attribue près de quatre mille ans d'antiquité, ordonnent que l'empereur trace de ses mains quelques sillons avec la charrue, et qu'il offre à l'Être suprême les épis venus de son travail. O Thomas d'Aquin, Scot, Bonaventure, François, Dominique, Luther, Calvin, chanoines de Westminster ! enseignez-vous quelque chose de mieux ?

Il y a quatre mille ans que cette religion si simple et si noble dure dans toute son intégrité ; et il est probable qu'elle est beaucoup plus ancienne : car puisque le grand empereur Fo-Hi, que les plus modérés compilateurs placent au temps où nous plaçons le déluge, observait cette auguste cérémonie de semer du blé, il est bien vraisemblable qu'elle était établie longtemps avant lui. Sans cela n'aurait-on pas dit qu'il en était l'instituteur ? Fo-Hi était à la tête d'un peuple innombrable ; donc cette nation rassemblée était très-antérieure à Fo-Hi ; donc elle avait depuis très-longtemps une religion : car quel grand peuple fut jamais sans religion ? il n'en est aucun exemple sur la terre.

Mais ce qui est unique et admirable, c'est que, dans la Chine, l'empereur a toujours été pontife et prédicateur. Les édits ont toujours été des exhortations à la vertu. L'empereur a toujours sacrifié au Tien, au Chang-Ti. Point de prêtre assez insolent pour lui dire : « Il n'appartient qu'à moi de sacrifier, de prier Dieu en public. Vous touchez à l'encensoir, vous osez prier Dieu vous-même, vous êtes un impie. »

Le bas peuple fut sot et superstitieux à la Chine comme ailleurs. Il adora dans les derniers temps des dieux ridicules. Il s'éleva plusieurs sectes depuis environ trois mille ans; le gouvernement sage et tolérant les a laissées subsister : uniquement occupé de la morale et de la police, il ne trouva pas mauvais que la canaille crût des inepties, pourvu qu'elle ne troublât point l'État et qu'elle obéît aux lois. La maxime de ce gouvernement fut toujours : « Crois ce que tu voudras, mais fais ce que je t'ordonne. »

Lors même que, dans les premiers jours de notre ère vulgaire, je ne sais quel misérable nommé Fo prétendit être né d'un éléphant blanc par le côté gauche, et que ses disciples firent un dieu de ce pauvre charlatan, les quarante grands parlements du royaume souffrirent que la populace s'amusât de cette farce. Aucune des bêtises populaires ne troubla l'État; elles ne lui firent pas plus de mal que les *Métamorphoses* d'Ovide et l'*Ane* d'Apulée n'en firent à Rome. Et nous, malheureux! et nous! que d'inepties, que de sottises, que de trouble et de carnage! L'histoire chinoise n'est souillée d'aucun trouble religieux. Nul prophète qui ameutât le peuple, nul mystère qui portât le ravage dans les âmes. Confutzée fut le premier des médecins, parce qu'il ne fut jamais charlatan. Et nous, misérables! et nous!

CHAP. V. — *De l'Inde, des Brachmanes, de leur théologie imitée très-tard par les Juifs et ensuite par les chrétiens.*

La religion des brachmanes est encore plus ancienne que celle des Chinois. Du moins les brachmanes le protestent; ils conservent un livre qu'ils prétendent écrit plus de trois mille ans avant notre ère vulgaire dans la langue du *Hanscrit*, que quelques-uns entendent encore. Personne ne doute, au moins chez les brachmanes modernes, que ce livre, si sacré pour eux, ne soit très-antérieur au *Veidam*, si célèbre dans toute l'antiquité. Le livre dont je parle s'appelle le *Shasta*. Il fut la règle des Indiens pendant quinze cents ans, jusqu'au temps où les brachmanes, étant devenus plus puissants, donnèrent pour règle le *Veidam*, nouveau livre fondé sur l'ancien *Shasta*; de sorte que ces peuples ont eu une première et une seconde loi [1].

La première loi des Indiens semble être l'origine de la théologie de plusieurs autres nations.

C'est dans le *Shasta* qu'on trouve un Être suprême qui a débrouillé le chaos, et qui a formé des créatures célestes. Ces demi-dieux se sont révoltés contre le grand Dieu, qui les a bannis de son séjour pendant

---

1. Voyez le livre de M. Holwell, qui a demeuré trente ans avec les brames. — (C'est un voyage au Bengale et dans l'Indostan. ÉD.)

un grand nombre de siècles. Et il est à remarquer que la moitié des demi-dieux resta fidèle à son souverain.

C'est visiblement ce qui a donné lieu depuis, chez les Grecs, à la fable des géants qui combattirent contre Zeus, le maître des dieux. Hercule et d'autres dieux prirent le parti de Zeus. Les géants vaincus furent enchaînés.

Observons ici que les Juifs, qui ne formèrent un corps de peuple que plusieurs siècles après les Indiens, n'eurent aucune notion de cette théologie mystique; on n'en trouve nulle trace dans la *Genèse*. Ce ne fut que dans le premier siècle de notre ère qu'un faussaire très-maladroit, soit juif, soit demi-juif et demi-chrétien, ayant appris quelque chose de la religion des brachmanes, fabriqua un écrit qu'il osa attribuer à Énoch; c'est dans le livre d'Énoch qu'il est parlé de la rébellion de quelques puissances célestes que ce faussaire appelle anges. Semiazar était, dit-il, à leur tête. Araciel et Chobabiel étaient ses lieutenants généraux. Les anges fidèles furent Michel, Raphaël, Gabriel, Uriel. C'est enfin sur ce fatras du livre prétendu d'Énoch que Milton a bâti son singulier poëme du *Paradis perdu*. Voilà comme toutes les fables ont fait le tour du monde.

Quel lecteur sensé pourra maintenant observer sans étonnement que la religion chrétienne est uniquement fondée sur cette chute des anges, dont il n'est pas dit un seul mot dans l'*Ancien Testament*? On attribue à Simon Barjone, surnommé Pierre, une lettre dans laquelle on lui fait dire que « Dieu n'a pas épargné les anges qui ont péché; mais qu'il les a jetés dans le Tartare avec les câbles de l'enfer [1]. » On ne sait si par *anges pécheurs* l'auteur entend des grands de la terre, et si par le mot de *pécheurs* il peut entendre des esprits célestes révoltés contre Dieu. On est encore très-étonné que Simon Barjone, né en Galilée, connaisse le Tartare, et qu'on traduise ainsi au hasard des choses si graves.

En un mot, ce n'est que dans quatre lignes attribuées à Simon Barjone qu'on trouve quelque faible idée de la chute des anges, de ce premier fondement de toute religion chrétienne.

On a conclu depuis, que le capitaine de ces anges rebelles, devenus diables, était un nommé Lucifer. Et pourquoi? parce que l'étoile de Vénus, l'étoile du matin, s'appelait quelquefois en latin Lucifer. On a trouvé dans Isaïe une parabole contre le roi de Babylone. Isaïe lui-même appelle cette apostrophe *parabole*. Il donne à ce roi et à ses exacteurs le titre de *verge de fer*, de *bâton des impies*. Il dit que les cèdres et les sapins se réjouissent de la mort de ce roi: il dit que les géants lui ont fait compliment quand il est venu en enfer. « Comment es-tu tombé du ciel, dit-il, toi qui semblais l'étoile de Vénus, et qui te levais le matin? comment es-tu tombé par terre, toi qui frappais les nations? etc. »

Il a plu aux traducteurs de rendre ainsi ce passage: « Comment es-tu

1. *Épître II*, chap. II, verset 4.
2. Chap. XIV, verset 12. (ÉD.)

tombé du ciel, Lucifer ? » Les commentateurs n'ont pas manqué d'en conclure que ce discours est adressé au diable : que le diable est Lucifer; que c'est lui qui s'était révolté contre Dieu; que c'est lui qui est en enfer pour jamais; que, pour avoir des compagnons, il persuada à Ève de manger du fruit de la science du bien et du mal; qu'il a damné ainsi le genre humain, et que toute l'économie de notre religion roule sur Lucifer. O grand pouvoir de l'équivoque!

L'allégorie des anges révoltés contre Dieu est originairement une parabole indienne, qui a eu cours longtemps après dans presque tout l'Occident, sous cent déguisements différents.

CHAP. VI. — *De la métempsycose, des veuves qui se brûlent, de François-Xavier et de Warburton.*

Les Indiens sont le premier peuple qui ait montré un esprit inventif. Qu'on en juge par le jeu des échecs et du trictrac, par les chiffres que nous leur devons, enfin par les voyages que de temps immémorial on fit chez eux pour s'instruire comme pour commercer.

Ils eurent le malheur de mêler à leurs inventions des superstitions, dont les unes sont ridicules, les autres abominables. L'idée d'une âme distincte du corps, l'éternité de cette âme, la métempsycose, sont de leur invention. Ce sont là sans doute de belles idées; il y a plus d'esprit que dans l'*Utopie*[1] et dans l'*Argénis*[2], et même que dans *les Mille et une Nuits*. La doctrine de la métempsycose surtout n'est ni absurde ni inutile.

Dès qu'ils admirent des âmes, ils virent combien il serait impertinent d'occuper continuellement l'Être suprême à créer des âmes nouvelles à mesure que les animaux s'accoupleraient. Ce serait mettre Dieu éternellement aux aguets pour former vite un esprit, à l'instant que la semence d'un corps mâle est dardée dans la matrice d'un corps femelle. Il aurait bien des affaires, s'il fallait créer des âmes à la fois pour tous les rendez-vous de notre monde, sans compter les autres; et que deviendront ces âmes quand le fœtus périt? C'est pourtant là l'opinion, ou plutôt le vain discours de nos théologiens. Ils disent que Dieu crée une âme pour chaque fœtus, mais que ce n'est qu'au bout de six semaines. Ridicule pour ridicule, celui des brachmanes fut plus ingénieux. Les âmes sont éternelles, elles passent sans cesse d'un corps à un autre. Si votre âme a été méchante dans le corps d'un tyran, elle sera condamnée à entrer dans celui d'un loup qui sera sans cesse poursuivi par des chiens, et dont la peau servira de vêtement à un berger.

Il y a, dans cet antique système, de l'esprit et de l'équité. Mais pourquoi tant de vaines cérémonies auxquelles les brames s'assujettissent encore pendant toute leur vie? pourquoi tenir en mourant une vache par la queue? et surtout pourquoi, depuis plus de trois mille ans, les veuves indiennes se font-elles un point d'honneur et de religion de se brûler sur le corps de leurs maris?

1. Ouvrage de Thomas Morus. (ÉD.) — 2. Ouvrage de Jean Barclay. (ÉD.)

J'ai lu d'un bout à l'autre les rites des brames anciens et nouveaux dans le livre du *Dormo-Veidam*. Ce ne sont que des cérémonies fatigantes, des idées mystiques de contemplation et d'union avec Dieu, mais je n'y ai rien vu qui ait le moindre rapport à la queue de vache qui sanctifie les Indiens à la mort. Je n'y ai pas lu un seul mot concernant le précepte ou le conseil donné aux veuves de se brûler sur le bûcher de leurs époux. Apparemment ces deux coutumes anciennes, l'une extravagante, l'autre horrible, ont été d'abord pratiquées par quelque cerveau creux, et d'autres cerveaux encore plus creux enchérirent sur lui. Une femme s'arrache les cheveux, se meurtrit le visage à la mort de son mari. Une seconde se fait quelques blessures, une troisième se brûle, et avant de se brûler, elle donne de l'argent aux prêtres. Ceux-ci ne manquent pas d'exhorter les femmes à suivre un si bel exemple. Bientôt il y a de la honte à ne se pas brûler. Toutes les coutumes révoltantes n'ont guère eu d'autre origine. Les législateurs sont d'ordinaire des gens d'assez bon sens, qui ne commandent rien qui soit trop absurde et trop contraire à la nature. Ils augmentent seulement la vogue d'un usage singulier quand il est déjà reçu. Mahomet n'invente point la circoncision, mais il la trouve établie. Il avait été circoncis lui-même. Numa n'ordonne rien d'impertinent ni de révoltant. On ne lit point que Minos ait donné aux Crétois des préceptes ridicules; mais il y a des peuples plus enthousiastes que les autres, chez qui on outre et on défigure tous les préceptes des premiers législateurs; et nous en avons de terribles exemples chez nous. Les usages extravagants et barbares s'établissent tous seuls, il n'y a qu'à laisser faire le peuple.

Ce qui est très-remarquable, c'est que ces mêmes brachmanes, qui sont d'une antiquité si reculée, sont les seuls prêtres dans le monde qui aient conservé à la fois leurs anciens dogmes et leur crédit. Ils forment encore la première tribu, la première caste, depuis le rivage du Gange jusqu'aux côtes de Coromandel et de Malabar. Ils ont gouverné autrefois. Leurs cérémonies actuelles en font foi encore. Le *Dormo-Veidam* ordonne qu'à la naissance du fils d'un brame, on lui dise gravement : « Vis pour commander aux hommes. »

Ils ont conservé leurs anciens emblèmes; notre célèbre Holwell, qui a vécu trente ans parmi eux, nous a donné les estampes de leurs hiéroglyphes. La vertu y est représentée montée sur un dragon. Elle a dix bras pour résister aux dix principaux vices. C'est surtout cette figure que les missionnaires papistes n'ont pas manqué de prendre pour le diable, tant ces messieurs étaient équitables et savants.

L'évêque Warburton nous assure que le jésuite Xavier, dans une de ses lettres, prétend qu'un brame de ses amis lui dit en confidence : « Il est vrai qu'il y a un Dieu, et nos pagodes ne sont que des représentations des mauvais génies; mais gardez-vous de le dire au peuple. La politique veut qu'on l'entretienne dans l'ignorance de toute divinité. » Xavier aurait eu bien peu de bon sens et beaucoup d'effronterie en écrivant une si énorme sottise. Je n'examine point comment il avait pu, en peu de temps, se rendre capable de converser familièrement dans la langue du Malabar, et avoir pour intime ami un brame qui devait se défier de lui ; mais il n'est pas possible que ce brame se soit décrié lui-même si indignement. Il est encore moins possible qu'il ait dit que, par politique, il faut rendre le peuple athée. C'est précisément tout le contraire : François-Xavier, l'apôtre des Indes, aurait très-mal entendu, ou aurait menti. Mais c'est Warburton qui a très-mal lu, et qui a mal rapporté ce qu'il a lu, ce qui lui arrive très-souvent.

Voici mot pour mot ce que dit Xavier dans le recueil de ses *Lettres choisies*, imprimé en français à Varsovie, chez Veidmann, en 1739, pages 36 et 37 :

« Un brachmane savant.... me dit, comme un grand secret, premièrement, que les docteurs de cette université faisaient jurer leurs écoliers de ne jamais révéler leurs mystères, qu'il me les découvrirait pourtant en faveur de l'amitié qu'il avait pour moi. Un de ces mystères fut qu'il n'y a qu'un Dieu, créateur du ciel et de la terre, lequel il faut adorer : car les idoles ne sont que les représentations des démons ; que les brachmanes ont de certains mémoires comme des monuments de leur écriture sainte, où ils tiennent que les lois divines sont contenues, et que les maîtres se servent, en enseignant, d'une langue inconnue au vulgaire, comme est parmi nous la langue latine. Il m'expliqua fort clairement ces divins préceptes l'un après l'autre, qu'il serait long et hors de propos de vous écrire. Les sages célèbrent le jour du dimanche comme une fête, et font ce jour-là, de temps en temps, cette prière en leur langue : *Mon Dieu, je vous adore, et j'implore votre secours pour jamais*, qu'ils répètent souvent à voix basse, parce qu'ils sont obligés par serment de garder le secret.... Il me pria enfin de lui apprendre les principaux mystères de la religion chrétienne, me promettant de n'en parler jamais.... Je lui expliquai seulement avec soin cette parole de Jésus-Christ, qui contient un abrégé de notre foi : *Celui qui croira et sera baptisé, sera sauvé*[1]. »

Cette lettre est bien plus curieuse que ne le croit Warburton, qui l'a falsifiée. Premièrement, on y voit que les brachmanes adorent un Dieu suprême, et ne sont point idolâtres. Secondement, la formule de prière des brachmanes est admirable. Troisièmement, la formule que lui oppose Xavier ne fait rien à la question, et est très-mal appliquée. Le brachmane dit qu'il faut adorer : l'autre répond qu'il faut croire, et il ajoute qu'il faut être baptisé. La religion du brachmane est celle du cœur, celle de l'apôtre convertisseur est la religion des cérémonies ; et de plus il fallait que ce convertisseur fût bien ignorant, pour ne pas savoir que le baptême était un des anciens usages des Indes, et qu'il a précédé le nôtre de plusieurs siècles. On pourrait dire que c'était au brachmane à convertir Xavier, et que ce Xavier ne devait pas réussir à convertir le brachmane.

Plus nous avancerons dans la connaissance des nations qui peuplent la terre, plus nous verrons qu'elles ont presque toutes un Dieu suprême. Nous fîmes la paix il y a deux ans[2] dans la Caroline avec les

1. Marc, XVI, 16. (ÉD.)
2. C'était en 1760 ; ainsi l'auteur écrivait en 1762. — C'est une supposition : l'ouvrage est de 1769. (ÉD.)

Chiroquois; leur chef, que nous appelons le petit Carpenter, dit au colonel Grant ces propres mots : « Les Anglais sont plus blancs que nous,
mais un seul Dieu est notre commun père; le Tout-Puissant a créé tous
les peuples, il les aime également. »

Que le discours du petit Carpenter est au-dessus des dogmatiques
barbares et impies qui ont dit : « Il n'y a qu'un peuple choisi qui puisse
plaire à Dieu! »

CHAP. VII. — *Des Chaldéens.*

On n'est pas assez étonné des dix-neuf cent trois ans d'observations
astronomiques que les Chaldéens remirent entre les mains d'Alexandre.

Cette suite, qui remonte à deux mille deux cent cinquante ans, ou
environ, avant notre ère, suppose nécessairement une prodigieuse antiquité précédente. On a remarqué ailleurs que, pour qu'une nation
cultive l'astronomie, il faut qu'elle ait été des siècles sans la cultiver. Les
Romains n'ont eu une faible connaissance de la sphère que du temps de
Cicéron. Cependant ils pouvaient avoir recours aux Grecs depuis longtemps. Les Chaldéens ne durent leur connaissance qu'à eux-mêmes. Ces
connaissances vinrent donc fort tard. Il fallut perfectionner tous les arts
mécaniques avant d'avoir un collége d'astronomes. Or, en accordant que
ce collége ne fut fondé que deux mille ans avant Alexandre, ce qui est
un espace bien court, sera-ce trop que de donner deux mille ans pour
l'établissement des autres arts avant la fondation de ce collége?

Certainement il faut plus de deux mille ans à des hommes, comme
on l'a souvent observé, pour inventer un langage, un alphabet, pour
se former dans l'art d'écrire, pour dompter les métaux. Ainsi, quand
on dira que les Chaldéens avaient au moins quatre mille ans d'antiquité au temps d'Alexandre, on sera très-circonspect et très-modéré.
Ils avaient alors une ère de quatre cent soixante et dix mille ans.
Nous leur en retranchons tout d'un coup quatre cent soixante et six
mille : cela est assez rigoureux. Mais, nous dira-t-on, malgré cet
énorme retranchement, il se trouve que les Chaldéens formaient déjà
un peuple puissant mille ans avant notre déluge. Ce n'est pas ma
faute, je ne puis qu'y faire. Commencez par vous accorder sur votre
déluge, que votre *Bible* hébraïque, celle des Samaritains, celle des
prétendus *Septante*, placent dans des époques qui diffèrent d'environ
sept cents années. Accordez plus de soixante systèmes sur votre chronologie, et vous vous moquerez ensuite des Chaldéens.

Quelle était la religion des Chaldéens avant que les Perses conquis-
sent Babylone, et que la doctrine de Zoroastre se mêlât avec celle des
mages de Chaldée? C'était le sabisme, l'adoration d'un Dieu, et la vénération pour les étoiles, regardées dans une partie de l'Orient comme
des dieux subalternes.

Il n'y a point de religion dans laquelle on ne voie un Dieu suprême
à la tête de tout. Il n'y en a point aussi qui ne soit instituée pour
rendre les hommes moins méchants.

Je ne vois pas pourquoi le chaldaïsme, le sabisme, pourraient être
regardés comme une idolâtrie. Premièrement, une étoile n'est point

une idole, une image; c'est un soleil comme le nôtre. Secondement, pourquoi ne pas vénérer Dieu dans ces admirables ouvrages, par qui nous réglons nos saisons et nos travaux? Troisièmement, toute la terre croyait que nos destinées dépendaient de l'arrangement des constellations. Cette erreur supposée, et les mages étant malheureusement astrologues de profession, il leur était bien pardonnable d'offrir quelques prières à ces grands corps lumineux, dans lesquels la puissance du grand Être se manifeste avec tant de majesté. Les astres valent bien saint Roch, saint Pancrace, saint Fiacre, sainte Ursule, sainte Potamienne, dont les catholiques romains adorent à genoux les prétendus ossements. Les planètes valent bien des morceaux de bois pourri qu'on appelle la *vraie croix*. Encore une fois, que les papistes ne se moquent de personne, et gardons-nous-en bien aussi ; car si nous valons mieux qu'eux, ce n'est pas de beaucoup.

Les mages chaldéens enseignaient la vertu comme les autres prêtres, et ne la pratiquaient pas davantage.

CHAP. VIII. — *Des anciens Persans et de Zoroastre.*

Tandis que les Chaldéens connaissaient si bien la vertu des étoiles, et qu'ils enseignaient, comme a fait depuis l'*Almanach de Liège*, quel jour il fallait se rogner les ongles, les anciens Persans n'étaient pas si habiles, mais ils adoraient un Dieu comme les Chaldéens, et révéraient dans le feu l'emblème de la Divinité.

Soit que ce culte leur ait été enseigné par un Zerdust, que les Grecs, qui changèrent tous les noms asiatiques, appelèrent longtemps après Zoroastre; soit qu'il y ait eu plusieurs Zoroastres, soit qu'il n'y en ait eu aucun, toujours est-il certain que les Perses furent les premiers qui entretinrent le feu sacré, et qu'ils admirent un lieu de délices en faveur des justes, et un enfer pour les méchants, un bon principe qui était Dieu, et un mauvais principe dont nous est venu le diable. Ce mauvais principe, cet Arimane, ce Satan, n'était ni Dieu, ni coéternel avec Dieu; mais enfin il existait. Et il était bien naturel d'admettre un mauvais principe, puisqu'il y a tant de mauvais effets.

Les Persans n'avaient d'abord ni autel ni temple ; ils n'en eurent que quand ils s'incorporèrent aux Babyloniens vaincus par eux, ainsi que les Francs n'en eurent que quand ils eurent subjugué les Gaulois. Ces anciens Perses entretenaient seulement le feu sacré dans des antres écartés; ils l'appelaient *Vesta*.

Ce culte passa longtemps après chez d'autres nations; il s'introduisit à la fin jusque chez les Romains, qui prirent Vesta pour une déesse. Toutes les anciennes cérémonies sont presque fondées sur des méprises.

Lorsque les Perses conquirent le royaume de Babylone, la religion des vainqueurs se mêla avec celle des vaincus, et prévalut même beaucoup. Mais les Chaldéens restèrent toujours en possession de dire la bonne aventure.

Il est constant que les uns et les autres crurent l'immortalité de l'âme sans savoir mieux que nous ce que c'est que l'âme. Quand on n'en

aurait pas des preuves dans le livre du *Sadder*, qui contient la doctrine des anciens Perses, il suffirait, pour en être convaincu, de jeter
les yeux sur les ruines de Persépolis, dont nous avons plusieurs des-
sins très-exacts. On y voit des tombeaux dont sortent des têtes accom-
pagnées chacune de deux ailes étendues ; elles prennent toutes leur
vol vers le ciel.

De toutes les religions que nous avons jusqu'à présent parcourues,
il n'y a que celle de la Chine qui n'admette pas l'immortalité de l'âme;
et remarquez que ces anciennes religions subsistent encore. Celle du
gouvernement de la Chine s'est conservée dans toute son intégrité;
celle des brachmanes règne encore dans la presqu'île de l'Inde; celle
de Zoroastre ne s'est point démentie, quoique ceux qui la professent
soient dispersés.

CHAP. IX. — *Des Phéniciens, et de Sanchoniathon, antérieur au temps
où l'on place Moïse.*

Les peuples de la Phénicie ne doivent pas être si anciens que ceux
dont nous avons parlé. Ils habitaient une côte de la Méditerranée, et
cette côte était fort stérile. Il est vrai que cette stérilité même servit
à la grandeur de ces peuples. Ils furent obligés de faire un commerce
maritime qui les enrichit. Ces nouveaux courtiers de l'Asie pénétrè-
rent en Afrique, en Espagne, et jusque dans notre Angleterre. Sidon,
Tyr, Biblos, Bérith, devinrent des villes opulentes. Mais il fallait bien
que la Syrie, la Chaldée, la Perse, fussent des États déjà très-considérables avant que les Phéniciens eussent essayé de la navigation; car
pourquoi auraient-ils entrepris des voyages si hasardeux, s'ils n'avaient
pas eu des voisins riches auxquels ils vendaient les productions des
terres éloignées? Cependant les Tyriens avaient un temple dans lequel
Hérodote entra, et qu'il dit avoir deux mille trois cents ans d'antiquité;
ainsi il avait été bâti environ deux mille huit cents ans avant notre ère
vulgaire ; ainsi, par ce calcul, le temple de Tyr subsista près de
dix-huit cents ans avant celui de Salomon (en adoptant le calcul de la
Vulgate).

Les Phéniciens, étant de si grands commerçants, cultivèrent nécessairement l'art de l'écriture; ils tinrent des registres, ils eurent
des archives, leur pays fut même appelé le *pays des lettres*. Il est
prouvé qu'ils communiquèrent aux Grecs leur alphabet; et lorsque les
Juifs vinrent s'établir très-longtemps après sur leurs confins, ces
étrangers prirent leur alphabet et leur écriture. Vous trouvez même
dans l'*Histoire de Josué* qu'il y avait sur la frontière de la Phénicie,
dans la contrée nommée par les seuls Juifs Canaan, une ville qu'on
appelait *la ville des lettres, la ville des livres, Cariath-Sepher*, qui
fut prise et presque détruite par le brigand Othoniel, à qui le brigand Caleb, compagnon du brigand Josué, donna sa fille Oxa pour récompense[1].

1. *Juges*, chap. I, verset 11.

Un des plus curieux monuments de l'antiquité est sans doute l'histoire de Sanchoniathon le Phénicien, dont il nous reste des fragments précieux conservés dans *Eusèbe*. Il est incontestable que cet auteur écrivit longtemps avant l'irruption des Hébreux dans le pays de Canaan. Une preuve sans réplique, c'est qu'il ne parle pas des Hébreux. S'ils étaient déjà venus chez les Cananéens, s'ils avaient mis à feu et à sang le pays de Sanchoniathon même, s'ils avaient exercé dans son voisinage des cruautés dont il n'y a guère d'exemples dans l'ancienne histoire, il est impossible que Sanchoniathon eût passé sous silence des événements auxquels il devait prendre le plus grand intérêt. S'il y avait eu un Moïse avant lui, il est bien certain qu'il n'aurait pas oublié ce Moïse et ces prodiges épouvantables opérés en Égypte. Il était donc évidemment antérieur au temps où l'on place Moïse. Il écrivit donc sa *Cosmogonie* longtemps avant que les Juifs eussent leur *Genèse*.

Au reste, il ne faut pas s'étonner qu'on ne trouve dans cette *Cosmogonie* de l'auteur phénicien aucun des noms cités dans la *Genèse* juive. Nul écrivain, nul peuple n'a connu les noms d'Adam, de Caïn, d'Abel, d'Énoch, de Mathusalem, de Noé. Si un seul de ces noms avait été cité par Sanchoniathon ou par quelque écrivain de Syrie ou de Chaldée, ou d'Égypte, l'historien Josèphe n'aurait pas manqué de s'en prévaloir. Il dit lui-même, dans sa *Réponse à Apion*, qu'il a consulté tous les auteurs distingués qui ont parlé de sa nation; et, quelque effort qu'il fasse, il n'en peut trouver un seul qui parle des miracles de Moïse, pas un seul qui rappelle un mot de la *Genèse* ou de l'*Exode*.

Ajoutons à ces preuves convaincantes que s'il y avait eu un seul mot dans Sanchoniathon ou dans quelque autre auteur étranger en faveur de l'histoire juive, Eusèbe, qui fait armes de tout dans sa *Préparation évangélique*, eût cité ce témoignage avec emphase. Mais ce n'est pas ici le lieu de pousser plus loin cette recherche; il suffit de montrer que Sanchoniathon écrivit dans sa langue longtemps avant que les Juifs pussent seulement la prononcer.

Ce qui rend encore les fragments de Sanchoniathon très-recommandables, c'est qu'il consulta les prêtres les plus savants de son pays, et entre autres Gérombal, prêtre d'Iaho, dans la ville de Bérith. Ce nom d'Iaho, qui signifie Dieu, est le nom sacré, qui fut, longtemps après, adopté par les Juifs.

L'ouvrage de Sanchoniathon est encore plus digne de l'attention du monde entier, en ce que sa *Cosmogonie* est tirée (selon son propre témoignage) des livres du roi d'Égypte Thaut, qui vivait, dit-il, huit cents ans avant lui, et que les Grecs ont depuis appelé *Mercure*. Nous n'avons guère de témoignages d'une antiquité plus reculée. Voilà sans contredit le plus beau monument qui nous reste dans notre Occident.

Quelques âmes timorées, effrayées de cette antiquité et de ce monument si antérieur à la *Genèse*, n'ont eu d'autre ressource que celle de dire que ces fragments étaient un livre supposé; mais cette malheureuse évasion est assez détruite par la peine qu'Eusèbe a prise de les transcrire. Il en combat les principes; mais il se donne bien de garde d'en combattre l'authenticité; elle était trop reconnue de son temps. Le livre était traduit en grec par un citoyen du pays même de Sanchoniathon. Pour peu qu'il y eût eu le moindre jour à soupçonner l'antiquité de ce livre contraire en tout à la *Bible*, Eusèbe l'eût fait sans doute avec la plus grande force. Il ne l'a pas fait. Quelle plus éclatante preuve que l'aveu d'un adversaire! Avouons donc sans difficulté que Sanchoniathon est beaucoup plus ancien qu'aucun livre juif.

La religion de ces Phéniciens était, comme toutes les autres, une morale saine, parce qu'il ne peut y avoir deux morales; une métaphysique absurde, parce que toute métaphysique l'a été jusqu'à Locke; des rites ridicules, parce que le peuple a toujours aimé les momeries. Quand je dis que toutes les religions ont des simagrées indignes des honnêtes gens, j'excepte toujours celle du gouvernement chinois, que nulle superstition grossière n'a jamais souillée.

Les Phéniciens admettaient d'abord un chaos comme les Indiens. L'esprit devint amoureux des principes confondus dans le chaos; il s'unit à eux, et l'amour débrouilla tout. La terre, les astres, les animaux, en naquirent.

Ces mêmes Phéniciens sacrifiaient aux vents; et cette superstition était très-convenable à un peuple navigateur. Chaque ville de Phénicie eut ensuite ses dieux et ses rites particuliers.

C'est surtout de Phénicie que vint le culte de la déesse que nous appelons Vénus. La fable de Vénus et d'Adonis est toute phénicienne. Adoni ou Adonaï était un de leurs dieux; et quand les Juifs vinrent, longtemps après, dans le voisinage, ils appelèrent leur dieu des noms phéniciens Jéhova, Iaho, Adonaï, Sadaï, etc.

Tout ce pays, depuis Tyr jusqu'au fond de l'Arabie, est le berceau des fables, comme nous le verrons dans la suite; et cela devait être ainsi, puisque c'était le pays des lettres.

CHAP. X. — *Des Égyptiens.*

Le poëte philosophe français[1] qui le premier a dit que les Égyptiens sont une nation toute nouvelle, se fonde sur une raison qui est sans réplique : c'est que l'Égypte étant inondée cinq mois de l'année, ces inondations accumulées devaient rendre le terrain fangeux entièrement impraticable; qu'il a fallu des siècles pour dompter le Nil, pour lui creuser des canaux, pour bâtir des villes élevées vingt pieds au-dessus du sol; que l'Asie, au contraire, a des plaines immenses, des rivières plus favorables, et que, par conséquent, tous les peuples asiatiques ont dû former des sociétés policées très-longtemps avant qu'on pût bâtir auprès du Nil une seule maison tolérable.

Mais les pyramides sont d'une antiquité si reculée qu'elle est inconnue! mais Thaut donna des lois à l'Égypte huit cents ans avant Sanchoniathon qui vivait longtemps avant l'irruption des Juifs dans la Palestine! mais les Grecs et les Romains ont révéré les antiquités

---

1. Voltaire lui-même. (ÉD.)

d'Égypte! Oui, tout cela prouve que le gouvernement égyptien est beaucoup plus ancien que les nôtres. Mais ce gouvernement était moderne en comparaison des peuples asiatiques.

Je compte pour rien quelques malheureux qui vivaient entre les rochers qui bordent le Nil, de même que je ne fais aucune mention des barbares, nos prédécesseurs, qui habitèrent si longtemps nos forêts sauvages avant d'être policés. Une nation n'existe que quand elle a des lois et des arts. L'état de sauvage est un état de brute. L'Égypte civilisée est donc très-moderne. Elle l'est au point qu'elle prit des Phéniciens le nom d'*Iaho*, nom cabalistique que les prêtres donnaient à Dieu.

Mais sans entrer dans ces discussions ténébreuses, bornons-nous à notre sujet, qui est de chercher si toutes les grandes nations reconnaissent un Dieu suprême. Il est incontestable que cette doctrine était le fondement de toute la théologie égyptienne. Cela se prouve par ce nom même ineffable d'*Iaho*, qui signifiait l'Éternel; par ce globe qui était posé sur la porte des temples, et qui représentait l'unité du grand Être sous le nom de *Knef*. On le prouve surtout par ce qui nous est resté des mystères d'Isis, et par cette ancienne formule conservée dans Apulée : « Les puissances célestes te servent, les enfers te sont soumis, l'univers tourne sous ta main, tes pieds foulent le Tartare, les astres répondent à ta voix, les saisons reviennent à tes ordres, les éléments t'obéissent. » (Apul., *Metam.*, XI.)

Jamais l'unité d'un Dieu suprême n'a été plus fortement énoncée; et pourquoi dit-on dans cette formule que les puissances célestes obéissent, que les astres répondent à la voix du grand Être? C'est que les astres, les génies supposés répandus dans l'espace, étaient regardés comme des dieux secondaires, des êtres supérieurs à l'homme et inférieurs à Dieu : doctrine familière à tout l'Orient, doctrine adoptée enfin en Grèce et en Italie.

Pour l'immortalité de l'âme, personne n'a jamais douté que ce ne fût un des deux grands principes de la religion d'Égypte. Les pyramides l'attestent assez. Les grands du pays ne se faisaient élever ces tombeaux si durables, et on n'embaumait leurs corps avec tant de soin, qu'afin que l'esprit igné ou aérien qu'on a toujours supposé animer le corps, vînt retrouver ce corps au bout de mille ans, quelques-uns disent même au bout de trois mille. Rien n'est si avéré que l'immortalité de l'âme établie en Égypte.

Je ne parlerai point ici des folles et ridicules superstitions dont ce beau pays fut inondé beaucoup plus que des eaux de son fleuve. Il devint le plus méprisable des grands peuples, comme les Juifs sont devenus la plus haïssable et la plus honteuse des petites nations. Mon seul but est de faire voir que tous les grands peuples civilisés, et même les petits, ont reconnu un Dieu suprême de temps immémorial; que tous les grands peuples ont admis expressément la permanence de ce qu'on appelle *âme*, après la mort, excepté les Chinois. Encore ne peut-on pas dire que les Chinois l'aient niée formellement. Ils n'ont ni assuré ni combattu ce dogme; leurs livres n'en parlent point. En cela ont-ils été sages ou simplement ignorants?

Chap. XI. — *Des Arabes et de Bacchus.*

Hérodote nous apprend que les Arabes adoraient Vénus-Uranie et Baccnus. Mais de quelle partie de l'Arabie parle-t-il? C'est probablement de toutes les trois. Alexandre, dit-on, voulait établir le siége de son empire dans l'Arabie Heureuse. Il fit dire aux peuples de l'Yémen et de Saanna qu'il avait fait autant que Bacchus, et qu'il voulait être adoré comme lui. Or il est très-vraisemblable que Bacchus étant adoré dans la grande Arabie, il l'était aussi dans la Pétrée et dans la Déserte. Les provinces pauvres se conforment toujours aux usages des riches. Mais comment des Arabes adoraient-ils Vénus? C'est qu'ils adoraient les étoiles en reconnaissant pourtant un Dieu suprême. Et il est si vrai qu'ils adoraient l'Être suprême, que de temps immémorial ils partageaient leurs champs en deux parts : la première pour Dieu et la seconde pour l'étoile qu'ils affectionnaient le plus[1]. *Allah* fut toujours chez eux le nom de Dieu. Les peuples voisins prononçaient *El.* Ainsi Babel sur l'Euphrate était la ville de Dieu ; Israël chez les Perses signifiait voyant Dieu ; et les Hébreux prirent ce nom d'Israël dans la suite, comme l'avoue le Juif Philon. Tous les noms des anges persans finissaient en *el ;* messager de Dieu, soldat de Dieu, ami de Dieu. Les Juifs mêmes, au nom phénicien de Dieu *Iaho,* ajoutèrent aussi le nom persan *El ;* dont ils firent *Éloï* ou *Éloa.*

Mais comment les Arabes adorèrent-ils Vénus-Uranie? Vénus est un mot latin, Uranie est grec ; les Arabes ne savaient assurément ni le grec ni le latin, et ils étaient incomparablement plus anciens que les peuples de Grèce et d'Italie. Aussi le nom arabe dont ils se servaient pour signifier l'étoile de Vénus était *Alilat,* et Mercure était *Atarid,* etc.

Le seul homme à qui ils eussent accordé les honneurs divins, était celui que les Grecs nommèrent depuis Bacchus ; son nom arabe était *Bac,* ou *Urotal,* ou *Misem.* Ce sera le seul homme divinisé dont je parlerai, attendu la conformité prodigieuse qui est entre lui et le *Moïse* des Hébreux.

Ce Bacchus arabe était né comme Moïse en Égypte, et il avait été élevé en Arabie, vers le mont Sina, que les Arabes appelaient Nisa. Il avait passé la mer Rouge à pied sec avec son armée pour aller conquérir les Indes, et il y avait beaucoup de femmes dans cette armée. Il fit jaillir une fontaine de vin d'un rocher, en le frappant de son thyrse. Il arrêta le cours du soleil et de la lune. Il sortait de sa tête des rayons de lumière. Enfin on le nomma *Misem,* qui est un des noms de Moïse, et qui signifie *sauvé des eaux,* parce qu'on prétendait qu'il était tombé dans la mer pendant son enfance. Toutes ces fables arabiques passèrent chez les premiers Grecs, et Orphée chanta ces aventures. Rien n'est si ancien que cette fable. Peut-être est-elle allégorique. Jamais peuple n'inventa plus de paraboles que les Arabes. Ils les écrivaient d'ordinaire en vers. Ils s'assemblaient tous les ans dans une grande

1. Voyez la préface de l'*Alcoran*, dans Sale.

place à Ocad¹, où se tenait une foire qui durait un mois. On y donnait un prix au poëte qui avait récité le conte le plus extraordinaire. Celui de Bacchus avait sans doute un fondement réel.

CHAP. XII. — *Des Grecs, de Socrate et de la double doctrine.*

On a tant parlé des Grecs, que j'en dirai peu de chose. Je remarquerai seulement qu'ils adoraient un Dieu suprême, et qu'ils reconnaissaient l'immortalité de l'âme, à l'exemple des Asiatiques et des Égyptiens, non-seulement avant qu'ils eussent des historiens, mais avant qu'Homère eût écrit. Homère n'inventa rien sur les dieux, il les prit comme ils étaient. Orphée, longtemps avant lui, avait fait recevoir sa théogonie dans la Grèce. Dans cette théogonie, tout commence par un chaos, comme chez les Phéniciens et chez les Perses. Un artisan suprême débrouille ce chaos, et en forme le soleil, la lune, les étoiles, et la terre. Cet être suprême, appelé *Zeus*, *Jupiter*, est le maître de tous les autres dieux, le dieu des dieux. Vous voyez à chaque pas cette théologie dans Homère. Jupiter seul assemble le conseil, lui seul lance le tonnerre; il commande à tous les dieux, il les récompense, il les punit; il chasse Apollon du ciel, il donne le fouet à Junon, il l'attache entre le ciel et la terre avec une chaîne d'or; mais le bonhomme Homère ne dit pas à quel point fixe cette chaîne fut accrochée. Le même Jupiter précipite Vulcain du haut du ciel sur la terre, il menace le dieu Mars. Enfin il est partout le maître.

Rien n'est plus clair dans Homère que l'ancienne opinion de l'immortalité de l'âme, quoique rien ne soit plus obscur que son existence. Qu'est-ce que l'âme chez tous les anciens poëtes, et chez tous les philosophes? un je ne sais quoi qui anime le corps, une figure légère, un petit composé d'air qui ressemble au corps humain, et qui s'enfuit quand elle a perdu son étui. Ulysse en trouve par milliers dans les enfers. Le batelier Caron est continuellement occupé à les transporter dans sa barque. Cette théologie est aussi ridicule que tout le reste, j'en conviens; mais elle démontre que l'immortalité de l'âme était un point capital chez les anciens.

Cela n'empêche pas des sectes entières de philosophes de se moquer également de Jupiter et de l'immortalité de l'âme; et ce qu'il faut soigneusement observer, c'est que la secte d'Épicure, qu'on peut regarder comme une société d'athées, fut toujours très-honorée. Je dis que c'était une société d'athées; car quand ils s'établirent dans la Palestine, en fait de religion et de morale, admettre des dieux inutiles qui ne punissent ni ne récompensent, et n'en admettre point du tout, c'est précisément la même chose.

Pourquoi donc les épicuriens ne furent-ils jamais persécutés, et que Socrate fut condamné à boire la ciguë? Il faut absolument qu'il y ait eu une autre raison que celle du fanatisme pour condamner Socrate.

1. Consultez la préface de la traduction de l'*Alcoran*, de George Sale, citée dans la note de la page précédente.

Les épicuriens étaient les hommes du monde les plus sociables, et Socrate paraît avoir été le plus insociable. Il avoue lui-même dans sa défense qu'il allait de porte en porte, dans Athènes, prouver aux gens qu'ils étaient des sots. Il se fit tant d'ennemis, qu'enfin ils vinrent à bout de le condamner à mort; après quoi on lui demanda bien pardon. C'est précisément (au pardon près) l'aventure de Vanini. Il disputait aigrement dans Toulouse contre des conseillers de justice. Ils lui persuadèrent qu'il était athée et sorcier, et ils le firent brûler en conséquence. Ces horreurs sont plus communes chez les chrétiens que dans l'ancienne Grèce.

L'évêque Warburton, dans son très-étrange livre de la *Divine légation de Moïse*[1], prétend que les philosophes qui enseignaient l'immortalité de l'âme n'en croyaient rien du tout. Il se tourne de tous les sens pour prouver que tous ceux qu'on nomme *les anciens sages* avaient une double doctrine, la publique et la secrète ; qu'ils prêchaient en public l'immortalité de l'âme pour contenir le sot peuple, et qu'ils s'en moquaient tous en particulier avec les gens d'esprit. C'est là, je l'avoue, une singulière assertion pour un évêque. Mais quelle nécessité y avait-il pour ces philosophes de dire tout haut ce qu'ils ne croyaient pas en secret, puisqu'il était permis aux épicuriens de dire hautement que tout périt avec le corps, et que les pyrrhoniens pouvaient douter de tout impunément ? Qui pouvait forcer les philosophes à mentir le matin pour dire le soir la vérité ? Des coquins pouvaient, en Grèce comme ailleurs, abuser des paroles d'un sage, et lui intenter un procès. On a mis en justice des membres du parlement pour leurs paroles; mais cela ne prouve pas que la chambre des communes ait deux doctrines différentes.

Cette double doctrine dont veut parler notre Warburton, était principalement dans les mystères d'Isis, de Cérès, d'Orphée, et non chez les philosophes. On enseignait l'unité de Dieu dans ces mystères, tandis qu'en public on sacrifiait à des dieux ridicules. Voilà ce qui est d'une vérité incontestable. Toutes les formules des mystères attestent l'adoration d'un Dieu unique. C'est précisément comme s'il y avait chez les papistes des congrégations de sages qui, après avoir assisté à la messe de sainte Ursule et des onze mille vierges, de saint Roch et de son chien, de saint Antoine et de son cochon, allassent ensuite désavouer ces étonnantes bêtises dans une assemblée particulière ; mais, au contraire, les confréries de papistes enchérissent encore sur les superstitions auxquelles on les force. Les pénitents blancs, gris, et noirs, habillés en masque, se fouettent en l'honneur de ces beaux saints, au lieu d'adorer Dieu en hommes raisonnables.

Warburton, pour prouver que les Grecs avaient deux doctrines, l'une pour l'aréopage, et l'autre pour leurs amis, cite César, Caton, et Cicéron, qui dirent en plein sénat, dans l'examen du procès de Catilina, que la mort n'est point un mal, que c'est la fin de toutes les sensations, qu'il n'y a rien après nous. Mais César, Caton et Cicéron,

1. Tome II, liv. III.

n'étaient pas Grecs. Expliquaient-ils ainsi leur doctrine secrète à trois ou quatre cents de leurs confidents en plein sénat?

Cet évêque pourrait encore ajouter que dans la tragédie de la *Troade*, de Sénèque, le chœur disait secrètement au peuple romain assemblé (*Troade*, chœur à la fin du second acte) :

« Post mortem nihil est, ipsaque mors nihil....
« Quæris quo jaceas post obitum loco?
« Quo non nata jacent. »

Rien n'est après la mort, la mort même n'est rien.
Après la vie où pourrai-je être?
Où j'étais avant que de naître.

Quand on a fait sentir toutes ces disparates, toutes ces inconséquences de Warburton, il s'est fâché, il n'a répondu ni avec des raisons ni avec de la politesse; il a ressemblé à ces femmes qu'on prend sur le fait, et qui n'en deviennent que plus hardies et plus méchantes :

« . . . . Nihil est audacius illis
« Deprensis. »

JUVÉN., Sat. VI, v. 284.

L'ardeur de son courage l'a emporté encore plus loin, comme nous le verrons en traitant de la religion juive.

CHAP. XIII. — *Des Romains.*

Soyons aussi courts sur les Romains que sur les Grecs. C'est la même religion, les mêmes dieux principaux, le même Jupiter maître des dieux et des hommes, les mêmes Champs Élysées, le même Tartare, les mêmes apothéoses; et, quoique la secte d'Épicure eût un très-grand crédit; quoiqu'on se moquât publiquement des augures, des aruspices, des Champs Élysées, et des enfers, la religion romaine subsista jusqu'à la ruine de l'empire.

Il est constant, par toutes les formules, que les Romains reconnaissaient un seul Dieu suprême. Ils ne donnaient qu'au seul Jupiter le titre de très-grand et très-bon, *optimus maximus*. La foudre n'était qu'entre ses mains. Tous les autres dieux peuvent se comparer aux saints et à la Vierge que l'Italie adore aujourd'hui. En un mot, plus nous avançons dans la connaissance des peuples policés, plus nous découvrons partout un Dieu, comme on l'a déjà dit.

Notre Warburton, dont le sens est toujours l'ennemi du sens commun des autres hommes, ose nous assurer, dans la préface de la seconde partie de sa *Légation*, que les Romains faisaient peu de cas de Jupiter; il veut s'appuyer de l'autorité de Cicéron : il prétend que cet orateur, dans son oraison pour Flaccus, dit « qu'il n'est pas de la majesté de l'empire de reconnaître un seul Dieu. » Il cite les paroles latines, *majestatem imperii non decuisse ut unus tantum Deus colatur.* Qui le croirait? Il n'y a pas un mot dans l'oraison pour Flaccus, ni

dans aucune autre, qui ait le moindre rapport à cette citation prétendue de Cicéron; elle appartient tout entière à notre évêque, qui, par
cette fraude, non fraude pieuse, mais fraude impudente, a voulu
tromper le monde. Il s'est imaginé que personne ne se donnerait la
peine de feuilleter Cicéron, et de découvrir son imposture; il s'est
trompé en cela comme dans tout le reste, et désormais on n'aura pas
plus de foi à ses *Commentaires sur Cicéron* qu'à ceux qu'il nous a donnés sur Shakspeare.

Ce qui est peut-être de plus estimable chez ce peuple roi, c'est que
pendant neuf cents années il ne persécuta personne pour ses opinions.
Il n'a point à se reprocher de ciguë. La tolérance la plus universelle
fut son partage. Ces sages conquérants assiégeaient-ils une ville, ils
priaient les dieux de la ville de vouloir bien passer dans leur camp.
Dès qu'elle était prise, ils allaient sacrifier dans le temple des vaincus.
C'est ainsi qu'ils méritèrent de commander à tant de nations.

On ne les vit point égorger les Toscans pour réformer l'art des aru-
pices qu'ils tenaient d'eux. Personne ne mourut à Rome pour avoir
mal parlé des poulets sacrés. Les Égyptiens, couverts de mépris, eurent à Rome un temple d'Isis: les Juifs, plus méprisés encore, y eurent
des synagogues après leurs sanglantes rébellions. Le peuple conquérant était le peuple tolérant.

Il faut avouer qu'il ne traita mal les chrétiens qu'après que ces nouveaux venus eurent déclaré hautement, et à plusieurs reprises, qu'ils
ne pouvaient souffrir d'autre culte que le leur. C'est ce que nous ferons voir évidemment quand nous en serons à l'établissement du christianisme.

Commençons par examiner la religion juive, dont le christianisme
et le mahométisme sont sortis.

Chap. XIV. — *Des Juifs et de leur origine.*

Toutes les nations (excepté toujours les Chinois) se vantent d'une
foule d'oracles et de prodiges; mais tout est prodige et oracle dans
l'histoire juive, sans exception. On a tant écrit sur cette matière qu'il
ne reste plus rien à découvrir. Nous ne voulons ni répéter tous ces
miracles continuels, ni les combattre; nous respectons la mère de
notre religion. Nous ne parlerons du merveilleux judaïque qu'autant
qu'il pourra servir à établir les faits. Nous examinerons cette histoire
comme nous ferions celle de Tite Live ou d'Hérodote. Cherchons par
les seules lumières de la raison ce qu'étaient les Juifs, d'où ils venaient quand leur religion fut fixée, quand ils écrivirent; instruisons-
nous, et tâchons de ne pas scandaliser les faibles: ce qui est bien
difficile quand on veut dire la vérité.

Nous ne trouvons guère plus de lumière chez les étrangers sur le
petit peuple hébreu, que nous n'en trouvons sur les Francs, sur les
Irlandais et sur les Basques. Tous les livres égyptiens ont péri, leur
langue a eu le même sort. Nous n'avons plus les auteurs persans, chaldéens et syriens, qui auraient pu nous instruire; nous voyageons ici

dans un désert où des animaux sauvages ont vécu. Tâchons de découvrir quelques traces de leurs pas.

Les Juifs étaient-ils originairement une horde vagabonde d'Arabes du désert qui s'étend entre l'Égypte et la Syrie? cette horde, s'étant multipliée, s'empara-t-elle de quelques villages vers la Phénicie? Rien n'est plus vraisemblable. Leur tour d'esprit, leur goût pour les paraboles et pour le merveilleux incroyable, leur extrême passion pour le brigandage, tout concourt à les faire regarder comme une na tion très-nouvellement établie, qui sortait d'une petite horde arabe.

Il y a plus : ils prétendent, dans leur histoire, que des tribus arabes et eux descendent du même père; que des enfants de quelques pasteurs errants, qu'ils appellent Abraham, Loth, Ésaü, habitèrent des contrées d'Arabie. Voilà bien des conjectures ; mais il ne reste aucun monument qui puisse les appuyer.

Si l'on examine ce grand procès avec le seul bon sens, on ne peut regarder les livres juifs comme des preuves. Ils ne sont point juges en leur propre cause. Je ne crois point Tite Live, quand il nous dit que Romulus était fils du dieu Mars; je ne crois point nos premiers auteurs anglais, quand ils disent que Vortiger était sorcier; je ne crois point les vieilles histoires des Francs, qui rapportent leur origine à Francus, fils d'Hector. Je ne dois pas croire les Juifs sur leur seule parole, quand ils nous disent des choses extraordinaires. Je parle ici selon la foi humaine, et je me garde bien de toucher à la foi divine. Je cherche donc ailleurs quelque faible lumière, à la lueur de laquelle je puisse découvrir les commencements de la nation juive.

Plus d'un ancien auteur dit que c'était une troupe de lépreux qui fut chassée de l'Égypte par le roi Amasis. Ce n'est là qu'une présomption. Elle acquiert un degré de probabilité par l'aveu que les Juifs font eux-mêmes, qu'ils s'enfuirent d'Égypte, et qu'ils étaient fort sujets à la lèpre; mais ces deux degrés de probabilité, le consentement de plusieurs anciens, et l'aveu des Juifs, sont encore loin de former une certitude.

Diodore de Sicile raconte, d'après les auteurs égyptiens qu'il a consultés, que le même Amasis ayant eu la guerre avec Actisanès, ro, d'Éthiopie, cet Actisanès, vainqueur, fit couper le nez et les oreilles à une horde de voleurs, qui avait infesté l'Égypte pendant la guerre. Il confina cette troupe de brigands dans le désert de Sina, où ils firent des filets avec lesquels ils prirent des cailles dont ils se nourrirent. Ils habitèrent le pays qu'on appela depuis d'un nom qui signifie, en langue égyptienne, *nez coupé*, et que les Grecs exprimèrent par celui de *Rhinocolure*. Ce passage, auquel on a fait trop peu d'attention, joint à l'ancienne tradition que les Hébreux étaient une troupe de lépreux chassés d'Égypte, semble jeter quelque jour sur leur origine. Ils avouent qu'ils ont été à la fois lépreux et voleurs; ils disent qu'après avoir volé les Égyptiens ils s'enfuirent dans ce même désert où fut depuis *Rhinocolure*. Ils spécifient que la sœur de leur Moïse eut la lèpre; ils s'accordent avec les Égyptiens sur l'article des cailles.

Il est donc vraisemblable, humainement parlant, et abstraction faite de tout merveilleux, que les Juifs étaient des Arabes vagabonds sujets à la lèpre, qui venaient piller quelquefois les confins d'Égypte, et qui se retirèrent dans le désert d'Horeb et de Sinaï, quand on leur eut coupé le nez et les oreilles. Cette haine qu'ils manifestèrent depuis contre l'Égypte, donne quelque force à cette conjecture. Ce qui peut encore augmenter la probabilité, c'est que l'Égyptien Apion, d'Alexandrie, qui écrivit du temps de Caligula une histoire de son pays, et un autre auteur, nommé Chencres, de la ville de Mendès, assurent tous deux que ce fut sous le roi ou pharaon Amasis que les Juifs furent chassés. Nous avons perdu leurs écrits, mais le Juif Josèphe, qui écrivit contre Apion après la mort de cet Égyptien, ne le combat point sur l'époque d'Amasis. Il le réfute sur d'autres points : et tous ces autres points prouvent que les Égyptiens avaient écrit autant de faussetés sur les Juifs qu'on reprochait aux Juifs d'en avoir écrit eux-mêmes.

Flavius Josèphe fut le seul Juif qui passa chez les Romains pour avoir quelque bon sens. Cependant cet homme de bon sens rapporte sérieusement la fable des Septante et d'Aristée, dont Van Dale et tant d'autres ont fait voir le ridicule et l'absurdité. Il ajoute à cette ineptie que le roi d'Égypte, Ptolémée Philadelphe, ayant demandé aux traducteurs comment il se pouvait faire que des livres aussi sages que ceux des Juifs n'eussent été jamais connus d'aucune nation, on répondit à Ptolémée que ces livres étaient trop divins pour que des profanes osassent jamais les citer, et que Dieu ne pouvait le permettre.

Remarquez qu'on faisait cette belle réponse dans les temps mêmes qu'on mettait ces livres entre les mains des profanes. Josèphe ajoute que tous les étrangers qui avaient été assez hardis pour dire un mot des lois juives, avaient été sur-le-champ punis de Dieu ; que l'historien Théopompe, ayant eu dessein seulement d'en insérer quelque chose dans son ouvrage, il devint fou sur-le-champ ; mais qu'au bout de trente jours, Dieu lui ayant fait connaître dans un songe qu'il ne fallait pas parler des Juifs, il demanda bien pardon à Dieu, et rentra dans son bon sens.

Josèphe dit encore que le poëte Théodecte ayant osé parler des Juifs dans une de ses tragédies, était devenu aveugle incontinent, et que Dieu ne lui rendit la vue que quand il eut bien demandé pardon et fait pénitence.

Si un homme qui passe pour le seul historien juif qui ait écrit raisonnablement a dit de si plates extravagances, que faut-il penser des autres ? Je parle toujours humainement, je me mets toujours à la place d'un homme qui, n'ayant jamais entendu parler ni des Juifs, ni des chrétiens, lirait ces livres pour la première fois, et, n'étant point illuminé par la grâce, aurait le malheur de n'en croire que sa faible raison, en attendant qu'il fût éclairé d'en haut.

Chap. XV. — *Quand les Juifs commencèrent-ils à demeurer dans les villes ? quand écrivirent-ils ? quand eurent-ils une religion fixe et déterminée ?*

On ne peut ici que consulter les Juifs eux-mêmes, confronter ce qu'ils rapportent, et voir ce qui est le plus probable.

Selon eux, ils demeurèrent sous des tentes, dans un désert, au nombre de six cent trente mille combattants, ce qui faisait trois millions de personnes en comptant les vieillards, les femmes et les enfants. Cela fortifie la conjecture qu'ils étaient des Arabes, puisqu'ils n'habitaient que des tentes, et qu'ils changeaient souvent de lieu. Mais comment trois millions d'hommes auraient-ils eu des tentes, s'ils s'étaient enfuis d'Égypte au travers de la mer? Chaque famille avait-elle porté sa tente sur son dos? Ils n'avaient pas demeuré sous des tentes en Égypte. Une preuve qu'ils étaient du nombre de ces Arabes errants qui ont de l'aversion pour les demeures des villes, c'est que, lorsqu'ils eurent pris Jéricho, ils le rasèrent, et ne se fixèrent nulle part : car, ne jugeant ici qu'en profanes, et par les seules lumières de notre raison, ce n'est pas à nous de parler des trompettes qui firent tomber les murs de Jéricho. C'est un de ces miracles que Dieu faisait tous les jours, et que nous n'osons discuter.

Quoi qu'il en soit, ils disent n'avoir eu une ville capitale, n'avoir été fixés à Jérusalem, que du temps de David; et, selon eux, entre leur fuite d'Égypte et leur établissement à Jérusalem, il y a environ quatre cent cinquante années. Je n'examine pas ici leur chronologie, sur laquelle ils se contredisent continuellement; car, à bien compter, il y aurait plus de six cents ans entre Moïse et David. Je vois seulement qu'ils ont vécu dans la Palestine en Arabes vagabonds pendant plusieurs siècles, attaquant tous leurs voisins l'un après l'autre, pillant tout, ravageant tout, n'épargnant ni sexe ni âge, tantôt vainqueurs, tantôt vaincus, et très-souvent esclaves.

Cette vie vagabonde, cette suite continuelle de meurtres, cette alternative sanglante de victoires et de défaites, ces temps si longs de servitude, leur permirent-ils d'apprendre à écrire, et d'avoir une religion fixe? N'est-il pas de la plus grande vraisemblance qu'ils ne commencèrent à former des lois et des histoires par écrit que sous leurs rois, et qu'auparavant ils n'avaient qu'une tradition vague et incertaine?

Jetons les yeux sur toutes les nations de notre Occident, depuis Archangel jusqu'à Gibraltar; y en a-t-il une seule qui ait eu des lois et une histoire par écrit avant d'être rassemblée dans les villes? Que dis-je? y a-t-il un seul peuple sur la terre qui ait eu des archives avant d'être bien établi? Comment les Juifs auraient-ils eu seuls cette prérogative?

CHAP. XVI. — *Quelle fut d'abord la religion des Juifs?*

Nous trouvons dans le livre intitulé *Josué* ces propres paroles, que ce chef sanguinaire dit à la horde juive, après s'être emparé des trente et un chefs de ces villages, appelés *rois* dans la *Bible*[1] : « Choisissez aujourd'hui ce qu'il vous plaira et voyez qui vous devez plutôt adorer, ou les dieux que vos pères ont servis dans la Mésopotamie, ou les dieux des Amorrhéens au pays desquels vous habitez; mais pour ce qui est de moi et de ma maison, nous servirons Adonaï; » et le peuple répondit: « A Dieu ne plaise que nous abandonnions Adonaï, et que nous servions d'autres dieux! »

Il est évident, par ce passage, que les Juifs y sont supposés avoir adoré Isis et Osiris en Égypte, et les étoiles en Mésopotamie. Josué leur demande s'ils veulent adorer encore ces étoiles, ou Isis et Osiris, ou Adonaï, le dieu des Phéniciens, au milieu desquels ils se trouvent. Le peuple répond *qu'il veut adorer Adonaï*, le dieu des Phéniciens. C'é- tait peut-être une politique bien entendue que d'adopter le dieu des vaincus pour les mieux gouverner. Les barbares qui détruisirent l'em- pire romain, les Francs qui saccagèrent les Gaules, les Turcs qui sub- juguèrent les Arabes mahométans, tous eurent la prudence d'embras- ser la religion des vaincus, pour les mieux accoutumer à la servitude. Mais est-il probable qu'une si petite horde de barbares juifs ait eu cette politique ?

Voici une seconde preuve beaucoup plus forte que ces Juifs n'avaient point encore de religion déterminée. C'est que Jephté, fils de Galaad et d'une fille de joie, élu capitaine de la horde errante, dit aux Moabi- tes : [2] « Ce que votre Dieu Chamos possède ne vous est-il pas dû de droit? Et ce que le nôtre s'est acquis par ses victoires ne doit-il pas être à nous? » Certes il est évident qu'alors les Juifs regardaient Cha- mos comme un véritable dieu; il est évident qu'ils croyaient que châ- que petit peuple avait son dieu particulier, et que c'était à qui l'empor- terait, du dieu juif ou du dieu moabite.

Apportons une troisième preuve non moins sensible. Il est dit au pre- mier chapitre des *Juges*[3] : « Adonaï se rendit maître des montagnes; mais il ne put vaincre les habitants des vallées, parce qu'ils avaient des chariots armés de faux. » Nous ne voulons pas examiner si les ha- bitants de ces cantons hérissés de montagnes pouvaient avoir des chars de guerre, eux qui n'eurent jamais que des ânes. Il suffit d'observer que le dieu des Juifs n'était alors qu'un dieu local qui avait du crédit dans les montagnes et point du tout dans les vallées, à l'exemple de tous les autres petits dieux du pays, qui possédaient chacun un district de quelques milles, comme Chamos, Moloch, Remphan, Belphégor, Astaroth, Baal-Bérith, Baal-Zébuth et autres marmousets.

Une quatrième preuve, plus forte que toutes les autres, se tire des prophètes. Aucun d'eux ne cite les lois du *Lévitique*, ni du *Deutéro- nome;* mais plusieurs assurent que les Juifs n'adorèrent point Adonaï dans le désert, ou qu'ils adorèrent aussi d'autres dieux locaux. Jéré- mie dit que [4] « le seigneur Melchom s'était emparé du pays de Gad. » Voilà donc Melchom reconnu Dieu, et si bien reconnu pour dieu par

---

1. Chap. xxiv, v. 15 et 16. — 2. *Juges*, xi, 24. — 3. *Id.*, i, 19.
4. *Jérémie*, xlix, 1.

les Juifs, que c'est ce même Melchom à qui Salomon sacrifia depuis sans qu'aucun prophète l'en reprît.

Jérémie dit encore quelque chose de bien plus fort; il fait ainsi parler Dieu[1] : « Je n'ai point ordonné à vos pères, quand je les ai tirés d'Égypte, de m'offrir des holocaustes et des victimes. » Y a-t-il rien de plus précis? peut-on prononcer plus expressément que les Juifs ne sacrifièrent jamais au dieu Adonaï dans le désert?

Amos va beaucoup plus loin. Voici comme il fait parler Dieu[1] : « Maison d'Israël, m'avez-vous offert des hosties et des sacrifices dans le désert pendant quarante ans? vous y avez porté le tabernacle de votre Moloch, l'image de vos idoles et l'étoile de votre Dieu. »

On sait que tous les petits peuples de ces contrées avaient des dieux ambulants qu'ils mettaient dans des petits coffres, que nous appelons *arche*, faute de temple. Les villages les plus voisins de l'Arabie adoraient des étoiles et mettaient une petite figure d'étoile dans leur coffre.

Cette opinion que les Juifs n'avaient point adoré Adonaï dans le désert fut toujours si répandue, malgré l'*Exode* et le *Lévitique*, que saint Étienne, dans son discours au sanhédrin, n'hésite pas à dire[3] : « Vous avez porté le tabernacle de Moloch et l'astre de votre dieu Remphan, qui sont des figures que vous avez faites pour les adorer (pendant quarante ans.) »

On peut répondre que cette adoration de Melchom, de Moloch, de Remphan, etc., était une prévarication. Mais une infidélité de quarante années, et tant d'autres dieux adorés depuis, prouvent assez que la religion juive fut très-longtemps à se former.

Après la mort de Gédéon il est dit que[4] *les Juifs adorèrent Baal-Bérith*. Baal est la même chose qu'Adonaï, il signifie le Seigneur. Les Juifs commençaient probablement alors à apprendre un peu la langue phénicienne, et rendaient toujours leurs hommages à des dieux phéniciens. Voilà pourquoi le culte de Baal se perpétua si longtemps dans Israël.

Une cinquième preuve que la religion juive n'était point du tout formée, est l'aventure de Michas rapportée dans le livre des *Juges*[5]. Une Juive de la montagne d'Éphraïm, femme d'un nommé Michas, ayant perdu onze cents sicles d'argent, ce qui est une somme exorbitante pour ce temps-là, un de ses fils, qui les lui avait apparemment volés, les lui rendit. Cette bonne Juive, pour remercier Dieu d'avoir trouvé son argent, en mit à part deux cents sicles pour faire jeter en fonte des idoles qu'elle enferma dans une petite chapelle portative. Un Juif de Bethléem, qui était lévite, se chargea d'être le prêtre de ce petit temple, idolâtre moyennant cinq écus par an et deux habits. Cette bonne femme s'écria alors[6] : « Dieu me fera du bien, parce que j'ai chez moi un prêtre de la race de Lévi. »

Quelques jours après, six cents hommes de la tribu de Dan, allant

1. Jérémie, VII, 22. — 2. Amos, V, 25 et 26.
3. *Actes des Apôtres*, VII, 43. — 4. *Juges*, VIII, 33, et IX, 4.
5. *Juges*, XVII. — 6. Verset 13. (ÉD.)

au pillage selon la coutume des Juifs, et voulant saccager le village de Laïs, passèrent auprès de la maison de Michas. Ils rencontrèrent le lévite et lui demandèrent si leur brigandage serait heureux. Le lévite les assura du succès; ils le prièrent de quitter sa maîtresse et d'être leur prêtre. L'aumônier de Michas se laissa gagner; la tribu de Dan emmena donc le prêtre et les dieux et alla tuer tout ce qu'elle rencontra dans le village de Laïs, qui fut depuis appelé Dan. La pauvre femme courut après eux avec des clameurs et des larmes. Ils lui dirent [1] : « Pourquoi criez-vous ainsi ? » Elle leur répondit : « Vous emportez mes dieux, et mon prêtre, et tout ce que j'ai, et vous me demandez pourquoi je crie! » La Vulgate met cette réponse sur le compte du mari même de Michas; mais, soit qu'elle eût encore son mari, soit qu'elle fût veuve, soit que le mari ou la femme ait crié, il demeure également prouvé que la Michas, et son mari, et ses enfants, et le prêtre des Michas, et toute la tribu de Dan étaient idolâtres.

Ce qui est encore plus singulier et plus digne de l'attention de quiconque veut s'instruire, c'est que ces mêmes Juifs [2] qui avaient ainsi saccagé la ville et le pays de Dan, qui avaient volé les petits dieux de leurs frères, placèrent ces dieux dans la ville de Dan, et choisirent, pour servir ces dieux, un petit-fils de Moïse avec sa famille. Du moins cela est écrit ainsi dans la *Vulgate*.

Il est difficile de concevoir que le petit-fils et toute la famille d'un homme qui avait vu Dieu face à face, qui avait reçu de lui deux tables de pierre, qui avait été revêtu de toute la puissance de Dieu même pendant quarante années, eussent été réduits à être chapelains de l'idolâtrie pour un peu d'argent. Si la première loi des Juifs eût été alors de n'avoir aucun ouvrage de sculpture, comment les enfants de Moïse se seraient-ils faits tout d'un coup prêtres d'idoles? On ne peut donc douter, d'après les livres mêmes des Juifs, que leur religion était très-incertaine, très-vague, très-peu établie, telle enfin qu'elle devait être chez un petit peuple de brigands vagabonds, vivant uniquement de rapines.

CHAP. XVII. — *Changements continuels dans la religion juive jusqu'au temps de la captivité.*

Lorsqu'il ne resta que deux tribus et quelques lévites à la maison de David, Jéroboam, à la tête des dix autres tribus, adora d'autres dieux que Roboam, fils de Salomon. C'est du moins encore une preuve sans réplique que la religion juive était bien loin d'être formée. Roboam, de son côté, adora des divinités dont on n'avait point encore entendu parler. Ainsi la religion juive, telle qu'elle paraît ordonnée dans le *Pentateuque*, fut entièrement négligée. Il est dit dans l'histoire [3] des *Rois* qu'Achaz, roi de Jérusalem, prit les rites de la ville de Damas, et fit faire un autel tout semblable à celui du temple de Damas. Voilà certainement une religion bien chancelante et bien peu d'accord avec elle-même.

---

1. *Juges*, XVIII, 23-24. (ÉD.)—2. *Id.*, XVIII, 30. — 3. Liv. IV, chap. XVI, verset 11.

Pendant le règne d'Achaz sur Jérusalem, lorsque Osée régnait sur les dix tribus d'Israël, Salmanasar prit cet Osée dans Samarie et le chargea de chaînes; il chassa toutes les dix tribus du pays, et fit venir en leur place des Babyloniens, des Cuthéens, des Émathéens, etc. On n'entendit plus parler de ces dix tribus; personne ne sait aujourd'hui ce qu'elles sont devenues : elles disparurent de la terre avant qu'elles eussent une religion à elles.

Mais les petits rois de Jérusalem n'eurent pas longtemps à se réjouir de la destruction de leurs frères. Nabuchodonosor emmena captifs à Babylone, et le roi de Juda Joachim, et un autre roi nommé Sédécias, que ce conquérant avait établi à la place de Joachim. Il fit crever les yeux à Sédécias, fit mourir ses enfants, brûla Jérusalem, abattit les murailles; toute la nation fut emmenée esclave dans les États du roi de Babylone.

Il est vrai que toutes ces aventures sont racontées, dans le livre des *Rois*[1] et dans celui des *Paralipomènes*[2], de la manière la plus confuse et la plus contradictoire. Si on voulait concilier toutes les contradictions des livres juifs, il faudrait un volume beaucoup plus gros que la *Bible*. Remarquons seulement que ces contradictions sont une nouvelle preuve que rien ne fut clairement établi chez cette nation.

Il est démontré, autant qu'on peut démontrer en histoire, que la religion des Juifs ne fut, du temps de leur vie errante et du temps de leurs rois, qu'un ramas confus et contradictoire des rites de leurs voisins. Ils empruntent les noms de Dieu chez les Phéniciens; ils prennent les anges chez les Persans; ils ont l'arche errante des Arabes; ils adoptent le baptême des Indiens, la circoncision des prêtres d'Égypte, leurs vêtements, leur vache rousse, leurs chérubins qui ont une tête de veau et une tête d'épervier, leur bouc Hazazel et cent autres cérémonies. Leur loi (en quelque temps qu'elle ait été écrite) leur défend expressément[3] tout ouvrage de sculpture, et leur temple en est rempli. Leur roi Salomon, après avoir consulté le Seigneur, place douze figures de veau au milieu du temple, et des chérubins à quatre têtes dans le sanctuaire, avec un serpent d'airain. Tout est contradictoire; tout est inconséquent chez eux, ainsi que dans presque toutes les nations. C'est la nature de l'homme; mais le peuple de Dieu l'emporte en cela sur tous les hommes.

Les Juifs changèrent toujours de rites jusqu'au temps d'Esdras et de Néhémie; mais ils ne changèrent jamais de mœurs, de leur propre aveu. Voyons en peu de mots quelles sont ces mœurs, après quoi nous examinerons quelle fut leur religion au retour de Babylone.

CHAP. XVIII. — *Mœurs des Juifs.*

Nous ne pouvons mieux faire que de renvoyer ici à ce que dit milord Bolingbroke des mœurs antiques de ce peuple dans les chapitres VII, VIII et IX de son *Examen important*, écrit en 1736.

1. Livre IV. (ÉD.) — 2. Livre II. (ÉD.) — 3. *Exode*, XX. 4. 25. (ÉD.)

Peut-être son récit est-il un peu violent, mais on doit convenir qu'il est véritable [1].

CHAP. XIX. — *De la religion juive au retour de la captivité de Babylone.*

Plusieurs savants, après avoir conféré tous les textes de la *Bible*, ont cru que les Juifs n'eurent une théologie bien constatée que du temps de Néhémie, après la captivité de Babylone. Il ne restait que deux tribus et demie de toute la race juive; leurs livres étaient perdus; le *Pentateuque* même avait été très-longtemps inconnu. Il n'avait été trouvé que sous le roi Josias, trente-six ans avant la ruine de Jérusalem et la captivité.

Le quatrième livre des *Rois* [2] dit qu'un grand prêtre, nommé Helcias, trouva ce livre en comptant de l'argent : il le donna à son secrétaire Saphan, qui le porta de sa part au roi; le grand prêtre Helcias pouvait bien prendre la peine de le porter lui-même. Il s'agissait de la loi de la nation, d'une loi écrite par Dieu même. On n'envoie pas un tel livre à un souverain par un commis avec un compte de recette et de dépense. Les savants ont fort soupçonné ce prêtre Helcias, ou Helciah, ou Helkia, d'avoir lui-même compilé le livre. Il peut y avoir fait quelques additions, quelques corrections, quoiqu'un livre divin ne doive jamais être corrigé ni amplifié; mais le grand Newton pense que le livre avait été écrit par Samuel, et il en donne des preuves assez spécieuses. Nous verrons, dans la suite de cet ouvrage, sur quoi les savants se sont fondés en assurant que le *Pentateuque* ne pouvait avoir été écrit par Moïse.

Quoi qu'il en soit, presque tous les hommes versés dans la connaissance de l'antiquité conviennent que ce livre n'a été public chez les Juifs que depuis Esdras, et que la religion juive n'a reçu une forme constante que depuis ce temps-là. Ils disent que le mot seul d'Israël suffit pour convaincre que les Juifs n'écrivirent plusieurs de leurs livres que pendant leur captivité en Chaldée, ou immédiatement après, puisque ce mot est chaldéen; cette raison ne nous paraît pas péremptoire. Les Juifs pouvaient très-bien avoir emprunté ce mot longtemps auparavant d'une nation voisine.

Mais ce qui est plus positif, et ce qui semble avoir plus de poids, c'est la quantité prodigieuse de termes persans qu'on trouve dans les écrits juifs. Presque tous les noms qui finissent en *el* ou en *al* sont ou persans. ou chaldéens. Babel, porte de Dieu; Bathuel, venant de Dieu; Phégor-Béel ou Béel-Phégor, Dieu du précipice; Zébuth-Béel ou Béel-Zébuth, Dieu des insectes; Béthel, maison de Dieu; Daniel, jugement de Dieu; Gabriel, homme de Dieu; Jabel, affligé de Dieu; Jaïel, la vie de Dieu; Israël, voyant Dieu; Oziel, force de Dieu; Raphaël, secours de Dieu; Uriel, le feu de Dieu.

Les noms et le ministère des anges sont visiblement pris de la reli-

---

1. Dans la première édition, l'auteur avait reproduit à cette place les chapitres VII, VIII et IX de l'*Examen important de milord Bolingbroke*. (ÉD.)
2. *Rois*, liv. IV, chap. XXII, v. 8; et *II Paralip.*, chap. XXXIV, v. 14.

gion des mages. Le mot de Satan est pris du persan. La création du
monde en six jours a un tel rapport à la création que les anciens
mages disent avoir été faite en six gahambàrs, qu'il semble en effet
que les Hébreux aient puisé une grande partie de leurs dogmes chez
ces mêmes mages, comme ils en prirent l'écriture lorsqu'ils furent esclaves en Perse.

Ce qui achève de persuader quelques savants qu'Esdras refit entièrement tous les livres juifs, c'est qu'ils paraissent tous du même
style.

Que résulte-t-il de toutes ces observations? obscurité et incertitude.

Il est étrange qu'un livre écrit par Dieu même pour l'instruction du
monde entier, ait été si longtemps ignoré ; qu'il n'y en ait qu'un exemplaire trente-six ans avant la captivité des deux tribus subsistantes ;
qu'Esdras ait été obligé de le rétablir ; qu'étant fait pour toutes les nations, il ait été absolument ignoré de toutes les nations, et que la loi
qu'il contient étant éternelle, Dieu lui-même l'ait abolie.

CHAP. XX. — *Que l'immortalité de l'âme n'est ni énoncée, ni même supposée dans aucun endroit de la loi juive.*

Quel que soit l'auteur du *Pentateuque*, ou plutôt quels que soient
les écrivains qui l'ont compilé, en quelque temps qu'on l'ait écrit, en
quelque lieu qu'on l'ait publié, il est toujours de la plus grande certitude que le système d'une vie future, d'une âme immortelle, ne se
trouve dans aucun endroit de ce livre. Il est sûr que presque toutes les
nations dont les Juifs étaient entourés, Grecs, Chaldéens, Persans,
Égyptiens, Syriens, etc., admettaient l'immortalité de l'âme, et que
les Juifs n'avaient pas seulement examiné cette question.

On sait assez que, ni dans le *Lévitique*, ni dans le *Deutéronome*, le
législateur qu'on fait parler ne les menace d'aucune peine après la mort,
et ne leur promet aucune récompense. Il y a eu de grandes sectes de
philosophes dans toute la terre qui ont nié l'immortalité de l'âme, depuis Pékin jusqu'à Rome ; mais ces sectes n'ont jamais fait une législation. Aucun législateur n'a fait entendre qu'il n'y a de peine et de
récompense que dans cette vie. Le législateur des Juifs, au contraire,
a toujours dit, répété, inculqué, que Dieu ne punirait les hommes que
de leur vivant. Cet auteur, quel qu'il soit, fait dire à Dieu même : *Ho-
norez père et mère afin que vous viviez longtemps*[1] ; tandis que la loi
des anciens Persans, conservée dans le Sadder, dit : « Chérissez, servez, soulagez vos parents, afin que Dieu vous fasse miséricorde dans
l'autre vie, et que vos parents prient pour vous dans l'autre monde. »
(Porte 13.)

« Si vous obéissez, dit le législateur juif[2], vous aurez de la pluie au
printemps et en automne, du froment, de l'huile, du vin, du foin pour
vos bêtes, etc.

« Si vous ne gardez pas toutes les ordonnances[3], vous aurez la

---

1. *Exode*, xx, 12. (ÉD.) — 2. *Deut.*, XI, 14, 15. (ÉD.) — 3. *Id.*, XXVIII, 35. (ÉD.)

rogne, la gale, la fistule, des ulcères aux genoux et dans le gras des jambes. »

Il menace surtout les Juifs d'être obligés d'emprunter des étrangers à usure, et qu'ils seront assez malheureux pour ne point prêter à usure. Il leur recommande plusieurs fois d'exterminer, de massacrer toutes .es nations que Dieu leur aura livrées, de n'épargner ni la vieillesse, ni l'enfance, ni le sexe; mais pour l'immortalité de l'âme, il n'en parle jamais, il ne la suppose même jamais.

Les philosophes de tous les pays, qui ont nié cette immortalité, en ont donné des raisons telles qu'on peut les voir dans le troisième livre de Lucrèce; mais les Juifs ne donnèrent jamais aucune raison. S'ils nièrent l'immortalité de l'âme, ce fut uniquement par grossièreté et par ignorance; c'est parce que leur législateur très-grossier n'en savait pas plus qu'eux. Quand nos docteurs se sont mis, dans les derniers temps, à lire les livres juifs avec quelque attention, ils ont été effrayés de voir que, dans les livres attribués à Moïse, il n'est jamais question d'une vie future. Ils se sont tournés de tous les sens pour tâcher de trouver dans le *Pentateuque* ce qui n'y est pas. Ils se sont adressés à Job, comme si Job avait écrit une partie du *Pentateuque;* mais Job n'était pas Juif. L'auteur de la parabole de Job était incontestablement un Arabe qui demeurait vers la Chaldée. Le Satan qu'il fait paraître avec Dieu sur la scène, suffit pour prouver que l'auteur n'était point Juif. Le mot de Satan ne se trouve dans aucun des livres du *Pentateuque*, ni même dans les *Juges;* ce n'est que dans le second livre des *Rois* que les Juifs nomment Satan pour la première fois[1].

D'ailleurs ce n'est qu'en interprétant ridiculement le livre de Job qu'on cherche à trouver quelque idée de l'immortalité de l'âme dans cet auteur chaldéen, qui écrivait très-longtemps avant que les Juifs eussent écrit leur *Genèse*. Job, accablé de ses maladies, de pauvreté, et encore plus des impertinents discours de ses amis et de sa femme, dit[2] « que Dieu sera son rédempteur, que ce rédempteur est vivant; qu'il se relèvera un jour de la poussière sur laquelle il est couché; qu'il espère sa guérison, que sa peau lui reviendra, qu'il reverra Dieu dans sa chair. » Il est clair que c'est un malade qui dit qu'il guérira. Il faut être aussi absurde que le sont nos commentateurs pour voir dans ce discours l'immortalité de l'âme et l'avénement de Jésus-Christ. Cette impertinence serait inconcevable, si cent autres extravagances de ces messieurs ne l'emportaient encore sur celle-ci.

On a poussé le ridicule jusqu'à chercher dans les passages d'Isaïe et d'Ézéchiel cette immortalité de l'âme dont ils n'ont pas parlé plus que Job. On a tordu un discours de Jacob dans la *Genèse*. Lorsque les dé-testables patriarches ses enfants ont vendu leur frère Joseph et viennent lui dire qu'il a été dévoré par des bêtes féroces, Jacob s'écrie[3] : « Je n'ai plus qu'à mourir; on me mettra dans la fosse avec mon fils. » Cette fosse, disent les Calmet, est l'enfer; donc Jacob croyait à l'enfer, et

---

1. Chap. XIX, v. 22.
2. *Job*, chap. XIX, v. 25 et 26. — 3. *Genèse*, XXXVII, 35. (ÉD.)

par conséquent à l'immortalité de l'âme. Ainsi donc, pauvres Calmet!
Jacob voulait aller en enfer, voulait être damné, parce qu'une bête
avait mangé son fils. Eh, pardieu! c'était bien plutôt aux patriarches,
frères de Joseph, à être damnés, s'ils avaient cru un enfer; les monstres méritaient bien cette punition.

Un auteur connu[1] s'est étonné qu'on voie dans le *Deutéronome* une
loi émanée de Dieu même touchant la manière dont un Juif doit pousser sa selle[2], et qu'on ne voie pas dans tout le *Pentateuque* un seul
mot concernant l'entendement humain et une autre vie. Sur quoi cet
auteur s'écrie : « Dieu avait-il plus à cœur leur derrière que leur âme? »
Nous ne voudrions pas avoir fait cette plaisanterie. Mais certes elle a
un grand sens : elle est une bien forte preuve que les Juifs ne pensèrent jamais qu'à leur corps.

Notre Warburton s'est épuisé à ramasser, dans son fatras de la *Divine légation*, toutes les preuves que l'auteur du *Pentateuque* n'a jamais parlé d'une vie à venir, et il n'a pas eu grande peine; mais il en
tire une plaisante conclusion, et digne d'un esprit aussi faux que le
sien. Il imprime, en gros caractères, « que la doctrine d'une vie à venir est nécessaire à toute société; que toutes les nations éclairées se
sont accordées à croire et à enseigner cette doctrine; que cette sage
doctrine ne fait point partie de la loi mosaïque; donc la mosaïque est
divine. »

Cette extrême inconséquence a fait rire toute l'Angleterre; nous nous
sommes moqués de lui à l'envi dans plusieurs écrits; et il a si bien
senti lui-même son ridicule, qu'il ne s'est défendu que par les injures
les plus grossières.

Il est vrai qu'il a rassemblé dans son livre plusieurs choses curieuses
de l'antiquité. C'est un cloaque où il a jeté des pierres précieuses, prises dans les ruines de la Grèce. Nous aimons toujours à voir ces ruines;
mais personne n'approuve l'usage qu'en a fait Warburton pour bâtir
son système antiraisonnable.

CHAP. XXI. — *Que la loi juive est la seule dans l'univers qui ait
ordonné d'immoler des hommes.*

Les Juifs ne se sont pas seulement distingués des autres peuples par
l'ignorance totale d'une vie à venir; mais ce qui les caractérise davantage, c'est qu'ils sont encore les seuls dont la loi ait ordonné expressément de sacrifier des victimes humaines.

C'est le plus horrible effet des superstitions qui ont inondé la terre,
que d'immoler des hommes à la Divinité. Mais cette abomination est
en plus naturelle qu'on ne croit. Les anciens actes de foi des Espagnols et des Portugais, qui, grâces au ciel et à de dignes ministres,
ne se renouvellent plus[3]; nos massacres d'Irlande, la Saint-Barthé-

1. Swift ou Collins. (ÉD.) — 2. Chap. XXIII, v. 13.
3 Depuis l'impression de cet ouvrage, l'inquisition a repris en Espagne de
nouvelles forces. Non-seulement un des plus savants jurisconsultes de l'Espagne,
un médecin très-éclairé, M. Castelanos, et le célèbre Olavides, l'honneur et le
bienfaiteur de son pays, ont été plongés dans les cachots du saint-office, et ont

..emy de France, les croisades des papes contre les empereurs, et ensuite contre les peuples de la langue d'*oc;* toutes ces épouvantables effusions de sang humain ont-elles été autre chose que des victimes humaines offertes à Dieu par des insensés et des barbares?

On a cru dans tous les temps apaiser les dieux par des offrandes, parce qu'on calme souvent la colère des hommes en leur faisant des présents, et que nous avons toujours fait Dieu à notre image.

Présenter à Dieu le sang de nos ennemis, rien n'est plus simple; nous les haïssons, nous nous imaginons que notre Dieu protecteur les hait aussi. Le pape Innocent III crut donc faire une action très-pieuse en offrant le sang des Albigeois à Jésus-Christ.

Il est aussi simple d'offrir à nos dieux ce que nous avons de plus précieux; et il est encore plus naturel que les prêtres exigent de tels sacrifices, attendu qu'ils partagent toujours avec le ciel, et que leur part est la meilleure. L'or et l'argent, les joyaux sont très-précieux; on en a toujours donné aux prêtres. Quoi de plus précieux que nos enfants, surtout quand ils sont beaux? On a donc partout, dans quelques occasions, dans quelques calamités publiques, offert ses enfants aux prêtres pour les immoler; et il fallait payer à ces prêtres les frais de la cérémonie. On a poussé la fureur religieuse jusqu'à s'immoler soi-même. Mais toutes les fois que nous parlons de nos superstitions sanguinaires et abominables, ne perdons point de vue qu'il faut toujours excepter les Chinois, chez lesquels on ne voit aucune trace de ces sacrifices.

Heureusement il n'est pas prouvé que dans l'antiquité on ait immolé des hommes régulièrement à certain jour nommé, comme les papistes font en immolant leur Dieu tous les dimanches; nous n'avons chez aucun peuple aucune loi qui dise: « Tel jour de la lune on immolera une fille, tel autre jour un garçon; » ou bien : « Quand vous aurez fait mille prisonniers dans une bataille, vous en sacrifierez cent à votre Dieu protecteur. »

Achille sacrifia dans l'*Iliade* douze jeunes Troyens aux mânes de Patrocle; mais il n'est point dit que cette horreur fût prescrite par la loi.

Les Carthaginois, les Égyptiens, les Grecs, les Romains mêmes, ont immolé des hommes; mais ces cérémonies ne sont établies par aucune

---

subi une humiliation publique, si pourtant il est au pouvoir du rebut de l'espèce humaine d'humilier ceux qui en sont la gloire et la consolation; mais les inquisiteurs ont eu la barbarie, pour faire montre de leur puissance, de faire brûler vive une malheureuse femme accusée de quiétisme. Dans le même temps à peu près, l'inquisition de Lisbonne ne condamnait qu'à la prison des hommes convaincus d'athéisme. C'est que l'inquisition fait grâce de la vie à ceux qu'elle ne suppose pas relaps; mais elle a dans son abominable procédure des moyens de trouver relaps tous ceux dont la mort est utile aux passions et à l'intérêt du grand inquisiteur.

Dans un auto-da-fé solennel où le roi Charles II eut la faiblesse d'assister ~u 1680, et où l'on brûla vingt et une personnes, douze desquelles avaient des baillons, le moine qui prononça le sermon eut l'insolence de parler des sacrifices humains offerts aux dieux du Mexique : mais il assura que si ces sacrifices déplaisaient à Dieu dans Mexico, ceux du même genre qu'on offrait en Espagne lui étaient fort agréables. (*Éd. de Kehl.*)

loi du pays. Vous ne voyez ni dans les Douze Tables romaines, ni dans les lois de Lycurgue, ni dans celles de Solon, « qu'on tue saintement des filles et des garçons avec un couteau sacré. » Ces exécrables dévo- tions ne paraissent établies que par l'usage ; et ces crimes consacrés ne se commettent que très-rarement.

Le *Pentateuque* est le seul monument ancien dans lequel on voie une loi expresse d'immoler des hommes, des commandements exprès de tuer au nom du Seigneur. Voici ces lois :

1° Ce qui aura été offert à Adonaï ne se rachètera point, il sera mis à mort[1]. C'est selon cette horrible loi qu'il est dit que Jephté égorgea sa propre fille, *et il lui fit comme il avait voué*[2]. Comment après un passage si clair, si positif, trouve-t-on encore des barbouilleurs de pa- pier qui osent dire qu'il ne s'agit ici que de virginité ?

2° Adonaï dit à Moïse[3] : « Vengez les enfants d'Israël des Madianites.... Tuez tous les mâles, et jusqu'aux enfants. Égorgez les femmes qui ont connu le coït... réservez les pucelles.... » Le butin de l'armée fut de six cent soixante et quinze mille brebis, soixante-douze mille bœufs, soixante et un mille ânes, trente-deux mille pucelles, qui étaient dans le camp madianite, desquelles pucelles trente-deux seulement furent pour la part d'Adonaï (c'est-à-dire furent sacrifiées), etc.[4]. J'ai lu dans un ouvrage intitulé *Des proportions*, que le nombre des ânes n'était pas en raison de celui des pucelles.

3° Il paraît que les coutumes des Juifs étaient à peu près celles des peuples barbares que nous avons trouvés dans le nord de l'Amérique, Algonquins, Iroquois, Hurons, qui portaient en triomphe le crâne et la chevelure de leurs ennemis tués. Le *Deutéronome* dit expressément[5] : « J'enivrerai mes flèches de leur sang ; mon épée dévorera leur chair et le sang des meurtris ; on me présentera leurs têtes nues.

4° Presque tous les cantiques juifs, que nous récitons dévotement (et quelle dévotion !), ne sont remplis que d'imprécations contre tous les peuples voisins. Il n'est question que de tuer, d'exterminer, d'éven- trer les mères et d'écraser les cervelles des enfants contre les pierres.

5° Adonaï met le roi Arad, prince cananéen, sous l'anathème ; les Hébreux le tuent et détruisent son village[6].

6° Adonaï dit encore expressément : « Exterminez tous les habitants de Canaan. Si vous ne voulez pas tuer tous les habitants, je vous fe- rai à vous ce que j'avais résolu de leur faire. » C'est-à-dire je vous tuerai vous-mêmes[7]. Cette loi est curieuse. L'auteur du *Christianisme dévoilé* dit que l'âme de Néron, celle d'Alexandre VI et de son fils Bor- gia, pétries ensemble, n'auraient jamais pu imaginer rien de plus abo- minable.

7° « Vous les égorgerez tous, vous n'aurez aucune compassion d'eux[8]. » C'est là une petite partie des lois données par la bouche de Dieu même. Gordon, l'illustre auteur de l'*Imposture sacerdotale*, dit que si les Juifs avaient connu des diables, qu'ils ne connurent qu'après leur

1. *Lévit.*, xxvii, 29.—2. *Juges*, xi, 39. (Éd.)—3. *Nomb.*, xxxi, 2, 17, 18. (Éd.) 4. *Id.*, ch. xxxi, 40. — 5. Chap. xxxii, v. 42. — 6. *Id.*, ch. xxi, v. 3. 7. *Id.*, ch. xxxiii, v. 55 et 56. — 8. *Deutér.*, ch. vii, v. 2.

captivité à Babylone, ils n'auraient pas pu imputer à ces êtres, qu'on suppose ennemis du genre humain, des ordonnances plus diaboliques.

Les ordres donnés à Josué et à ses successeurs ne sont pas moins barbares. Le même auteur demande à quoi aboutissent toutes ces lois qui feraient frémir des voleurs de grand chemin. A rendre les Juifs presque tous esclaves.

Observons ici une chose très-importante. Le dieu juif ordonne à son petit peuple de tout tuer, vieillards, filles, enfants à la mamelle, bœufs, vaches, moutons. En conséquence, il promet à ce petit peuple l'empire du monde. Et ce petit peuple est esclave ou dispersé. Abubé-ker, le second calife, écrit de la part de Dieu à Yésid : « Ne tuez ni vieillards, ni femmes, ni enfants, ni animaux ; ne coupez aucun arbre. » Et Abubéker est le dominateur de l'Asie.

CHAP. XXII. — *Raisons de ceux qui prétendent que Moïse ne peut avoir écrit le Pentateuque.*

Voici les preuves qu'on apporte, que si Moïse a existé, il n'a pu écrire les livres qu'on lui impute.

1° Il est dit[1] qu'il écrivit le *Décalogue* sur deux tables de pierre. Il aurait donc aussi écrit cinq gros volumes sur des pierres, ce qui était assez difficile dans un désert.

2° Il est dit[2] que Josué fit graver sur un autel de pierres brutes, en-duites de mortier, tout le *Deutéronome*. Cette manière d'écrire n'est pas faite pour aller à la postérité.

3° Moïse ne pouvait pas dire qu'il était en deçà du Jourdain, quand il était en delà.

4° Il ne pouvait parler des villes[3] qui n'existaient pas de son temps.

5° Il ne pouvait donner des préceptes pour la conduite des rois[4], quand il n'y avait point de rois.

6° Il ne pouvait citer le livre du *Droiturier*[5], qui fut écrit du temps des rois.

7° Il ne pouvait dire, en parlant du roi Og[6], qu'on voyait encore son lit de fer, puisqu'il suppose que ce roi Og fut tué de son temps.

8° Il ne pouvait ordonner à son peuple de payer un demi-sicle par tête, *selon la mesure du temple*[7], puisque les Juifs n'eurent de temple que plusieurs siècles après lui. Mais le grand Newton, le savant Le-clerc, et plusieurs autres auteurs célèbres, ont traité si supérieurement cette matière, que nous rougirions d'en parler encore.

Nous n'entrons point ici dans le détail des prodiges épouvantables dont on rend Moïse témoin oculaire. Milord Bolingbroke[8] relève avec

---

1. *Exode*, XXXII, 15. (ÉD.) — 2. *Josué*, VIII, 32. (ÉD.)
3. *Nomb.*, XXXV, 7. (ÉD.)
4. *Deut.*, XVII, 14-16. (ÉD.)
5. *Josué*, X, 13 ; et *II Rois*, I, 18. (ÉD.)
6. *Deut.*, III, 11. (ÉD.)
7. *Exode*, ch. XXX, v. 13. Voyez, mon cher lecteur, si le sceau de l'imposture a jamais été mieux marqué.
8. C'est sous ce nom que Voltaire a publié son *Exam. important*. (ÉD.)

une extrême sévérité ceux qui attribuent à Moïse le *Pentateuque*, et surtout ceux qui font chanter un long poëme à ce Moïse âgé de quatre-vingts ans, en sortant du fond de la mer Rouge, devant trois millions de personnes, lorsqu'il fallait pourvoir à leur subsistance.

Il dit qu'il faut être aussi imbécile et aussi impudent qu'un Abbadie, pour oser apporter en preuve des écrits de Moïse, qu'il les lut à tout le peuple juif. C'est précisément ce qui est en question. Celui qui les écrivit, six ou sept cents ans après lui, put sans doute dire que Moïse avait lu son ouvrage aux trois millions de Juifs assemblés dans le désert. Cette circonstance n'est pas plus difficile à imaginer que les autres. Milord ajoute que les puérilités d'Abbadie et de ses consorts ne soutiendront pas cet édifice monstrueux qui croule de toutes parts et qui retombe sur leur tête.

Une foule d'écrivains, indignés de toutes ces impostures, les combattent encore tous les jours : ils démontrent qu'il n'y a pas une seule page dans la *Bible* qui ne soit une faute ou contre la géographie, ou contre la chronologie, ou contre toutes les lois de la nature, contre celles de l'histoire, contre le sens commun, contre l'honneur, la pudeur et la probité. Plusieurs philosophes, emportés par leur zèle, ont couvert d'opprobre ceux qui soutiennent encore ces vieilles erreurs. Nous n'approuvons pas un zèle amer, nous condamnons les invectives dans un sujet qui ne mérite que la pitié et les larmes. Mais nous sommes forcés de convenir que leurs raisons méritent l'examen le plus réfléchi. Nous ne voulons examiner que la vérité, et nous comptons pour rien les injures atroces que les deux partis vomissent l'un contre l'autre depuis longtemps.

CHAP. XXIII. — *Si Moïse a existé.*

Nous avons parmi nous une secte assez connue qu'on appelle les *Free-thinkers*, les francs-pensants, beaucoup plus étendue que celle des francs-maçons. Nous comptons pour les principaux chefs de cette secte, milord Herbert, les chevaliers Raleigh et Sidney, milord Shaftesbury, le sage Locke modéré jusqu'à la timidité, le grand Newton qui nia si hardiment la divinité de Jésus-Christ, les Collins, les Toland, les Tindal, les Trenchard, les Gordon, les Woolston, les Wollaston, et surtout le célèbre milord Bolingbroke. Plusieurs d'entre eux ont poussé l'esprit d'examen et de critique jusqu'à douter de l'existence de Moïse. Il faut déduire avec impartialité les raisons de ces doutes.

Si Moïse avait été un personnage tel que Salomon, à qui l'on a seulement attribué des livres qu'il n'a point écrits, des trésors qu'il n'a pu posséder, et un sérail beaucoup trop ample pour un petit roi de Judée, on ne serait pas en droit de nier qu'un tel homme a existé : car on peut fort bien n'être pas l'auteur du *Cantique des cantiques*, ne pas posséder un milliard de livres sterling dans ses coffres, n'avoir pas sept cents épouses et trois cents maîtresses, et cependant être un roi très-connu des nations.

Flavius Josèphe nous apprend que des auteurs tyriens, contemporains de Salomon, font mention de ce roi dans les archives de Tyr. Il n'y a rien là qui répugne à la raison. Ni la naissance de Salomon, fils d'un double adultère, ni sa vie, ni sa mort, n'ont rien de ce merveilleux qui étonne la nature et qui inspire l'incrédulité.

Mais si tout est d'un merveilleux de roman dans la vie d'un homme, depuis sa naissance jusqu'à sa mort, alors il faut le témoignage des contemporains les plus irréprochables; ce n'est pas assez que, mille ans après lui, un prêtre ait trouvé dans un coffre, en comptant de l'argent, un livre concernant cet homme, et qu'il l'ait envoyé par un commis à un petit roi.

Si aujourd'hui un évêque russe envoyait du fond de la Tartarie à l'impératrice un livre composé par le Scythe Abaris, qu'il aurait trouvé dans une sacristie ou dans un vieux coffre, il n'y a pas d'apparence que cette princesse eût grande foi à un pareil ouvrage. L'auteur de ce livre aurait beau assurer qu'Abaris avait couru le monde à cheval sur une flèche, que cette flèche est précisément celle dont Apollon se servit pour tuer les Cyclopes; qu'Apollon cacha cette flèche auprès de Moscou; que les vents en firent présent au Tartare Abaris, grand poëte et grand sorcier, lequel fit un talisman des os de Pélops : il est certain que la cour de Pétersbourg n'en croirait rien du tout aujourd'hui; mais les peuples de Casan et d'Astracan auraient pu le croire il y a deux ou trois siècles.

La même chose arriverait au roi de Danemark et à toute sa cour, si on lui apportait un livre écrit par le dieu Odin. On s'informerait soigneusement si quelques auteurs allemands ou suédois ont connu cet Odin et sa famille, et s'ils ont parlé de lui en termes honnêtes.

Bien plus, si ces contemporains ne parlaient que des miracles d'Odin, si Odin n'avait jamais rien fait que de surnaturel, il courrait grand risque d'être décrédité à la cour de Danemark. On n'y ferait pas plus cas de lui que nous n'en faisons de l'enchanteur Merlin.

Moïse semble être précisément dans ce cas aux yeux de ceux qui ne se rendent qu'à l'évidence. Aucun auteur égyptien ou phénicien ne parla de Moïse dans les anciens temps. Le Chaldéen Bérose n'en dit mot : car s'il en avait fait mention, les Pères de l'Église (comme nous l'avons déjà remarqué sur Sanchoniathon) auraient tous triomphé de ce témoignage. Flavius Josèphe, qui veut faire valoir ce Moïse, quoiqu'il doute de tous ses miracles, ce Josèphe a cherché partout quelques témoignages concernant les actions de Moïse; il n'en a pu trouver aucun. Il n'ose pas dire que Bérose, né sous Alexandre, ait rapporté un seul des faits qu'on attribue à Moïse.

Il trouve enfin un Chérémon d'Alexandrie, qui vivait du temps d'Auguste, environ quinze ou seize cents ans après l'époque où l'on place Moïse; et cet auteur ne dit autre chose de Moïse, sinon qu'il fut chassé d'Égypte.

Il va consulter le livre d'un autre Égyptien plus ancien, nommé Manéthon. Celui-là vivait sous Ptolémée Philadelphe, trois cents ans avant notre ère; et déjà les Égyptiens abandonnaient leur langue barbare pour la belle langue grecque. C'était en grec que Manéthon écrivait; il était plus près de Moïse que Chérémon de plus de trois cents années; Josèphe ne trouve pas mieux son compte avec lui. Manéthon dit qu'il y eut autrefois un prêtre d'Héliopolis nommé Osarsiph, qui prit le nom de Moïse, et qui s'enfuit avec des lépreux.

Il se pouvait très-bien faire que les Juifs ayant parlé si longtemps de leur Moïse à tous leurs voisins, le bruit en fût venu à la fin à quelques écrivains d'Égypte, et de là aux Grecs et aux Romains. Strabon, Diodore, et Tacite, n'en disent que très-peu de mots; encore sont-ils vagues, très-confus, très-contraires à tout ce que les Juifs ont écrit. Ce ne sont pas là des témoignages. Si quelque auteur français s'avisait de faire mention aujourd'hui de notre Merlin, cela ne prouverait pas que Merlin passa sa vie à faire des prodiges.

Chaque nation a voulu avoir des fondateurs, des législateurs illustres; nos voisins les Français ont imaginé un Francus qu'ils ont dit fils d'Hector. Les Suédois sont bien sûrs que Magog, fils de Japhet, leur donna des lois immédiatement après le déluge. Un autre fils de Japhet, nommé Tubal, fut le législateur de l'Espagne. Josèphe l'appelle Thobel, ce qui doit augmenter encore notre respect pour la véracité de cet historien juif.

Toutes les nations de l'antiquité se forgèrent des origines encore plus extravagantes. Cette passion de surpasser ses voisins en chimères alla si loin, que les peuples de la Mésopotamie se vantaient d'avoir eu pour législateur le poisson Oannès, qui sortait de l'Euphrate deux fois par jour pour venir les prêcher.

Moïse pourrait bien être un législateur aussi fantastique que ce poisson. Un homme qui change sa baguette en serpent, et le serpent en baguette, qui change l'eau en sang, et le sang en eau, qui passe la mer à pied sec avec trois millions d'hommes, un homme enfin dans les prétendus écrits duquel une ânesse parle, vaut bien un poisson qui prêche.

Ce sont là les raisons sur lesquelles se fondent ceux qui doutent que Moïse ait existé. Mais on leur fait une réponse qui semble être aussi forte peut-être que leurs objections : c'est que les ennemis des Juifs n'en ont jamais douté.

CHAP. XXIV. — *D'une Vie de Moïse très-curieuse, écrite par les Juifs après la captivité.*

Les Juifs avaient une telle passion pour le merveilleux, que lorsque leurs vainqueurs leur permirent de retourner à Jérusalem, ils s'avisèrent de composer une histoire de Moïse encore plus fabuleuse que celle qui a obtenu le titre de canonique. Nous en avons un fragment assez considérable traduit par le savant Gilbert Gaulmin, dédié au cardinal de Bérulle. Voici les principales aventures rapportées dans ce fragment aussi singulier que peu connu.

Cent trente ans après l'établissement des Juifs en Égypte, et soixante ans après la mort du patriarche Joseph, le pharaon eut un songe en dormant. Un vieillard tenait une balance ; dans l'un des bassins étaient tous les habitants de l'Égypte, dans l'autre était un petit enfant, et cet enfant pesait plus que tous les Égyptiens ensemble. Le pharaon appelle aussitôt ses shotim, ses sages. L'un des sages lui dit : « O roi ! cet enfant est un Juif qui fera un jour bien du mal à votre royaume. Faites tuer tous les enfants des Juifs, vous sauverez par là votre empire, si pourtant on peut s'opposer aux ordres du destin. »

Ce conseil plut au pharaon ; il fit venir les sages-femmes, et leur ordonna d'étrangler tous les mâles dont les Juives accoucheraient.... Il y avait en Égypte un homme nommé Amram, fils de Caath, mari de Jochabed, sœur de son frère. Jochabed lui donna une fille nommée Marie, qui signifie persécutée, parce que les Égyptiens descendants de Cham persécutaient les Israélites. Jochabed accoucha ensuite d'Aaron, qui signifie condamné à mort, parce que le pharaon avait condamné à mort tous les enfants juifs. Aaron et Marie furent préservés par les anges du Seigneur qui les nourrirent aux champs, et qui les rendirent à leurs parents quand ils furent dans l'adolescence.

Enfin Jochabed eut un troisième enfant : ce fut Moïse (qui par conséquent avait quinze ans de moins que son frère). Il fut exposé sur le Nil. La fille du pharaon le rencontra en se baignant, le fit nourrir, et l'adopta pour son fils, quoiqu'elle ne fût point mariée.

Trois ans après, son père le pharaon prit une nouvelle femme ; il fit un grand festin ; sa femme était à sa droite, sa fille était à sa gauche avec le petit Moïse. L'enfant, en se jouant, lui prit sa couronne et la mit sur sa tête. Balaam le magicien, eunuque du roi, se ressouvint alors du songe de Sa Majesté. « Voilà, dit-il, cet enfant qui doit un jour vous faire tant de mal ; l'esprit de Dieu est en lui. Ce qu'il vient de faire est une preuve qu'il a déjà un dessein formel de vous détrôner. Il faut le faire périr sur-le-champ. » Cette idée plut beaucoup au pharaon.

On allait tuer le petit Moïse, lorsque Dieu envoya sur-le-champ son ange Gabriel déguisé en officier du pharaon, et qui lui dit : « Seigneur, il ne faut pas faire mourir un enfant innocent qui n'a pas encore l'âge de discrétion ; il n'a mis votre couronne sur sa tête que parce qu'il manque de jugement. Il n'y a qu'à lui présenter un rubis et un charbon ardent : s'il choisit le charbon, il est clair que c'est un imbécile qui ne sera pas dangereux ; mais s'il prend le rubis, c'est signe qu'il y entend finesse, et alors il faut le tuer. »

Aussitôt on apporte un rubis et un charbon ; Moïse ne manque pas de prendre le rubis ; mais l'ange Gabriel, par un *léger tour de main*, glisse le charbon à la place de la pierre précieuse. Moïse mit le charbon dans sa bouche, et se brûla la langue si horriblement qu'il en resta bègue toute sa vie ; et c'est la raison pour laquelle le législateur des Juifs ne put jamais articuler.

Moïse avait quinze ans et était favori du pharaon. Un Hébreu vint se plaindre à lui de ce qu'un Égyptien l'avait battu après avoir couché avec sa femme. Moïse tua l'Égyptien. Le pharaon ordonna qu'on coupât la tête à Moïse. Le bourreau le frappa ; mais Dieu changea sur-le-champ le cou de Moïse en colonne de marbre, et envoya l'ange Michel qui, en trois jours de temps, conduisit Moïse hors des frontières.

Le jeune Hébreu se réfugia auprès de Nécano, roi d'Éthiopie, qui était en guerre avec les Arabes. Nécano le fit son général d'armée, et après la mort de Nécano, Moïse fut élu roi, et épousa la veuve. Mais Moïse, honteux d'épouser la femme de son seigneur, n'osa jouir d'elle, et mit une épée dans le lit entre lui et la reine. Il demeura quarante ans avec elle sans la toucher. La reine irritée convoqua enfin les états du royaume d'Éthiopie, se plaignit de ce que Moïse ne lui faisait rien, et conclut à le chasser et à mettre sur le trône le fils du feu roi.

Moïse s'enfuit dans le pays de Madian chez le prêtre Jéthro. Ce prêtre crut que sa fortune était faite s'il remettait Moïse entre les mains du pharaon d'Égypte, et il commença par le faire mettre dans un cul de basse-fosse, où il fut réduit au pain et à l'eau. Moïse engraissa à vue d'œil dans son cachot. Jéthro en fut tout étonné. Il ne savait pas que sa fille Séphora était devenue amoureuse du prisonnier, et lui apportait elle-même des perdrix et des cailles avec d'excellent vin. Il conclut que Dieu protégeait Moïse, et ne le livra point au pharaon.

Cependant le bonhomme Jéthro voulut marier sa fille; il avait dans son jardin un arbre de saphir, sur lequel était gravé le nom de *Jaho* ou *Jéhova*. Il fit publier dans tout le pays qu'il donnerait sa fille à celui qui pourrait arracher l'arbre de saphir. Les amants de Séphora se présentèrent; aucun d'eux ne put seulement faire pencher l'arbre. Moïse, qui n'avait que soixante et dix-sept ans, l'arracha tout d'un coup sans effort. Il épousa Séphora, dont il eut bientôt un beau garçon, nommé Gersom.

Un jour, en se promenant, il rencontra Dieu dans un buisson, qui lui ordonna d'aller faire des miracles à la cour du pharaon : il partit avec sa femme et son fils. Ils rencontrèrent, chemin faisant, un ange qu'on ne nomme pas, qui ordonna à Séphora de circoncire le petit Gersom avec un couteau de pierre. Dieu envoya Aaron sur la route; mais Aaron trouva fort mauvais que son frère eût épousé une Madianite; il la traita de p....., et le petit Gersom de bâtard; il les renvoya dans leur pays par le plus court.

Aaron et Moïse s'en allèrent donc tout seuls dans le palais du pharaon. La porte du palais était gardée par deux lions d'une grandeur énorme. Balaam, l'un des magiciens du roi, voyant venir les deux frères, lâcha sur eux les deux lions; mais Moïse les toucha de sa verge, et les deux lions, humblement prosternés, léchèrent les pieds d'Aaron et de Moïse. Le roi, tout étonné, fit venir les deux pèlerins devant tous ses magiciens. Ce fut à qui ferait le plus de miracles.

L'auteur raconte ici les dix plaies d'Égypte, à peu près comme elles sont rapportées dans l'*Exode*. Il ajoute seulement que Moïse couvrit toute l'Égypte de poux jusqu'à la hauteur d'une coudée, et qu'il envoya chez tous les Égyptiens des lions, des loups, des ours, des tigres, qui entraient dans toutes les maisons, quoique les portes fussent fermées aux verrous, et qui mangeaient tous les petits enfants.

Ce ne fut point, selon cet auteur, les Juifs qui s'enfuirent par la

mer Rouge ; ce fut le pharaon qui s'enfuit par ce chemin avec son
armée : les Juifs coururent après lui ; les eaux se séparèrent à droite
et à gauche pour les voir combattre ; tous les Égyptiens, excepté le roi,
furent tués sur le sable. Alors ce roi, voyant qu'il avait affaire à forte
partie, demanda pardon à Dieu. Michael et Gabriel furent envoyés
vers lui ; ils le transportèrent dans la ville de Ninive, où il régna quatre
cents ans.

Que l'on compare ce récit avec celui de l'*Exode*, et que l'on donne
la préférence à celui qu'on voudra choisir ; pour moi, je ne suis pas
assez savant pour en juger. Je conviendrai seulement que l'un et l'autre
sont dans le genre merveilleux.

Chap. XXV. — *De la mort de Moïse.*

. Outre cette vie de Moïse, nous avons deux relations de sa mort, non
moins admirables. Il y a dans la première une longue conversation de
Moïse avec Dieu, dans laquelle Dieu lui annonce qu'il n'a plus que
trois heures à vivre. Le mauvais ange Samael assistait à la conversation. Dès que la première heure fut passée, il se mit à rire de ce qu'il
allait bientôt s'emparer de l'âme de Moïse, et Michael se mit à pleurer.
« Ne te réjouis pas tant, méchante bête, dit le bon ange au mauvais ;
Moïse va mourir, mais nous avons Josué à sa place. »

Quand les trois heures furent passées, Dieu commanda à Gabriel
de prendre l'âme du mourant. Gabriel s'en excusa, Michael aussi.
Dieu, refusé par ses deux anges, s'adresse à Zinghiel. Celui-ci ne voulut pas plus obéir que les autres : « C'est moi, dit-il, qui ai été autrefois son précepteur ; je ne tuerai pas mon disciple. » Alors Dieu se fâ-
chant dit au mauvais ange Samael : « Eh bien ! méchant, prends donc
son âme. » Samael, plein de joie, tire son épée et court sur Moïse. Le
mourant se lève en colère, les yeux étincelants : « Comment, coquin,
lui dit Moïse, oserais-tu bien me tuer, moi qui, étant enfant, ai mis
la couronne d'un pharaon sur ma tête ; qui ai fait des miracles à l'âge
de quatre-vingts ans ; qui ai conduit hors d'Égypte soixante millions
d'hommes ; qui ai coupé la mer Rouge en deux ; qui ai vaincu deux
rois si grands, que du temps du déluge l'eau ne leur venait qu'à mi-
jambe ? Va-t'en, maraud, sors de devant moi tout à l'heure. »

Cette altercation dura encore quelques moments. Gabriel, pendant
ce temps-là, prépara un brancard pour transporter l'âme de Moïse ;
Michael, un manteau de pourpre ; Zinghiel, une soutane. Dieu lui mit
les deux mains sur la poitrine, et emporta son âme.

C'est à cette histoire que l'apôtre saint Jude fait allusion dans son
Épître[1], lorsqu'il dit que l'archange Michael disputa le corps de Moïse
au diable. Comme ce fait ne se trouve que dans le livre que je viens de
citer, il est évident que saint Jude l'avait lu, et qu'il le regardait
comme un livre canonique.

La seconde histoire de la mort de Moïse est encore une conversation

_____
1. Verset 9. (Éd.)

avec Dieu. Elle n'est pas moins plaisante et moins curieuse que l'autre.
Voici quelques traits de ce dialogue :

MOÏSE. — Je vous prie, Seigneur, de me laisser entrer dans la terre
promise au moins pour deux ou trois ans.

DIEU. — Non, mon décret porte que tu n'y entreras pas.

MOÏSE. — Que du moins on m'y porte après ma mort.

DIEU. — Non, ni mort, ni vif.

MOÏSE. — Hélas! bon Dieu, vous êtes si clément envers vos créatures, vous leur pardonnez deux ou trois fois; je n'ai fait qu'un péché,
et vous ne me pardonnez pas!

DIEU. — Tu ne sais ce que tu dis : tu as commis six péchés.... Je me
souviens d'avoir juré ta mort ou la perte d'Israël; il faut qu'un de ces
deux serments s'accomplisse. Si tu veux vivre, Israël périra.

MOÏSE. — Seigneur, il y a là trop d'adresse; vous tenez la corde par
les deux bouts. Que Moïse périsse plutôt qu'une seule âme d'Israël.

Après plusieurs discours de la sorte, l'écho de la montagne dit à
Moïse : « Tu n'as plus que cinq heures à vivre. » Au bout des cinq heures,
Dieu envoya chercher Gabriel, Zinghiel et Samael. Dieu promit à Moïse
de l'enterrer, et emporta son âme.

Tous ces contes ne sont pas plus extraordinaires que l'histoire de
Moïse ne l'est dans le *Pentateuque*. C'est au lecteur d'en juger.

CHAP. XXVI. — *Si l'histoire de Bacchus est tirée de celle de Moïse.*

Nous avons déjà remarqué une prodigieuse ressemblance entre ce
que l'antiquité nous dit de Moïse et ce qu'elle dit de Bacchus. Ils ont
habité la même contrée; ils ont fait les mêmes miracles; ils ont écrit
leurs lois sur la pierre. Qui des deux est l'original? Qui des deux est
la copie? Ce qui est très-certain, c'est que Bacchus était connu de presque toute la terre avant qu'aucune nation, excepté la juive, eût jamais
entendu parler de Moïse. Aucun auteur grec n'a parlé des écrits qu'on
attribue à ce Juif avant le rhéteur Longin, qui vivait dans le IIIe siècle
de notre ère. Les Grecs ne savaient pas seulement si les Juifs avaient
des livres. L'historien Josèphe avoue, dans le quatrième chapitre
de sa *Réponse à Apion*, que les Juifs n'avaient aucun commerce avec
les autres peuples. « Le pays que nous habitons, dit-il, est éloigné
de la mer; nous ne nous appliquons point au commerce, nous ne com-
muniquons point avec les autres nations. » Et ensuite : « Y a-t-il donc
sujet de s'étonner que notre nation habitant si loin de la mer, et affec-
tant de ne rien écrire, elle ait été si peu connue? »

Rien n'est plus positif que ce passage. Les mystères de Bacchus
étaient déjà célébrés en Grèce, et l'Asie les connaissait avant qu'aucun
peuple eût entendu parler du Moïse hébreu. Il est si naturel qu'une petite nation barbare inconnue imite les fables d'une grande nation civilisée et illustre; il y en a tant d'exemples, que cette seule réflexion suffirait pour faire perdre le procès aux Juifs. En fait de fables comme en
fait de toute invention, il paraît que les plus anciennes ont servi de
modèle aux autres. La *Légende dorée* est remplie de toutes les fables

de l'ancienne Grèce, sous des noms de chrétiens. On y trouve l'histoire d'Hippolyte, et celle d'Œdipe tout entière. Il y a un saint à qui un cerf prédit qu'il tuera son père, et qu'il couchera avec sa mère. La prédiction du cerf est accomplie; le saint fait pénitence, et est dans le *Martyrologe*. Les hommes aiment tant les fables, que quand ils ne peuvent en inventer, ils en copient.

Nous ne faisons ces réflexions que pour nous tenir en garde contre l'esprit romanesque de l'antiquité, esprit qui s'est perpétué trop longtemps.

CHAP. XXVII. — *De la cosmogonie attribuée à Moïse, et de son déluge.*

Toute la religion juive étant fondée sur la création de l'homme, sur la formation de la femme tirée d'une côte d'Adam, sur les ordres exprès de Dieu donnés à cet Adam et à sa femme, sur la transgression de ces deux premières créatures trompées par un serpent qui parlait et qui marchait sur ses pieds, etc., Moïse ayant appris toutes ces choses de la bouche de Dieu même, Moïse les ayant écrites au nom de Dieu, pour être un monument éternel au genre humain, comment se pouvait-il faire qu'il fût défendu chez les Juifs de lire la *Genèse* avant l'âge de vingt-cinq ans? Était-ce parce que le sanhédrin craignait qu'on ne s'en moquât à vingt ou à dix-huit? Si la lecture de la *Genèse* scandalisait, plus on avance en âge, plus elle doit scandaliser. Si on respecte le législateur, pourquoi défendre de lire sa loi?

Si Dieu est le père de tous les hommes, pourquoi leur création et leurs premières actions, écrites par Dieu même, ont-elles été ignorées par tous les hommes? Pourquoi Moïse en fut-il seul instruit au bout de deux mille cinq cents ans dans un désert?

D'où vient, par exemple, que du temps d'Auguste il ne se trouve pas un seul historien, un seul poëte, un seul savant, qui connaisse les noms d'Adam, d'Ève, d'Abel, de Caïn, de Mathusalem, de Noé, etc.?

Chaque nation avait sa *Cosmogonie*. Il n'y en a pas une seule qui ressemble à celle des Juifs. Certainement ni les Indiens, ni les Scythes, ni les Perses, ni les Égyptiens, ni les Grecs, ni les Romains, ne comptaient leurs années, ni depuis Adam, ni depuis Noé, ni depuis Abraham. Il faut avouer que les Varron et les Pline riraient étrangement s'ils pouvaient voir aujourd'hui nos almanachs et tous nos beaux livres le chronologie[1]. *Abel mort l'an* 130. *Mort d'Adam l'an* 930. *Déluge universel en* 1656.... *Noé sort de l'arche en* 1657, etc. Cet étonnant usage, dans lequel nous donnons tous tête baissée, n'est pas seulement remarqué. Ces calculs se trouvent à la tête de tous les almanachs de l'Europe, et personne ne fait réflexion que tout cela est encore ignoré de tout le reste de la terre.

Supposons que Sanchoniathon ait écrit du temps même où l'on place Moïse, quoique certainement il ait écrit longtemps auparavant; comment se peut-il faire que Sanchoniathon n'ait parlé ni d'Adam, ni de

1. Les *Tablettes chronologiques* de Lenglet Dufresnoy donnent les dates citées par Voltaire, sauf toutefois la première. Lenglet place la mort d'Abel à l'an 129. (*Note de M. Beuchot.*)

Noé, ni du déluge universel? Pourquoi ce prodigieux événement, qui réduisait la terre entière à une seule famille, a-t-il été absolument ignoré dans toute l'antiquité? Il y a eu des inondations, sans doute; des contrées ont été submergées par la mer. Les déluges de Deucalion et d'Ogygès sont assez connus. Platon dit que l'île Atlantide fut autrefois submergée. Que ce soit une fable ou une vérité, il n'importe; personne n'a jamais douté que plusieurs parties de notre globe n'aient souffert de grandes révolutions; mais le déluge universel, tel qu'on le raconte, est physiquement impossible. Ni Thucydide, ni Hérodote, ni aucun ancien historien, n'a déshonoré sa plume par une telle fable.

S'il y avait eu chez les hommes quelque ressouvenir d'un si étrange événement, Hésiode et Homère l'auraient-ils passé sous silence? ne retrouverait-on pas dans ces poëtes quelques allusions, quelques comparaisons tirées de ce bouleversement de la nature? n'aurait-on pas conservé quelques vers d'Orphée, dans lesquels on aurait pu en retrouver des vestiges?

Les Juifs ne peuvent avoir imaginé le déluge universel qu'après avoir entendu parler de quelques déluges particuliers. Comme ils n'avaient aucune connaissance du globe, ils prirent la partie pour le tout, et l'inondation d'un petit pays pour l'inondation de la terre entière. Ils exagérèrent, et quel peuple n'a pas été exagérateur?

Quelques romanciers, quelques poëtes, dans la suite des temps, exagérèrent chez les Grecs, et de l'inondation d'une partie de la Grèce firent une inondation universelle. Ovide la célébra dans son livre charmant des *Métamorphoses*[1]. Il avait raison, une telle aventure n'est faite que pour la poésie : c'était pour nous un miracle; c'est une fable pour les Grecs et pour les Romains.

Il y eut encore d'autres déluges qu'en Grèce; et voici probablement quelle est la source du récit du déluge que les Juifs firent dans leur *Genèse*, quand ils écrivirent dans la suite des temps sous le nom de Moïse.

Eusèbe et Georges le Syncelle, c'est-à-dire le greffier, nous ont conservé des fragments d'un certain Abydène.

Cet Abydène avait transcrit des fragments de Bérose, ancien auteur chaldéen. Ce Bérose avait écrit des romans; et dans ces romans il avait parlé d'une inondation arrivée sous un roi de Chaldée, nommé Xissuter, dont on a fait depuis Xissutrus, qu'on suppose avoir vécu du temps où l'on fait vivre Noé.

Il disait donc, ce Bérose, qu'un dieu chaldéen, dont on a fait depuis Saturne, apparut à Xissuter, et lui dit : « Le 15 du mois d'œsi, le genre humain sera détruit par le déluge. Enfermez bien tous vos écrits dans Sipara, la ville du soleil, afin que la mémoire des choses ne se perde pas. Bâtissez un vaisseau, entrez-y avec vos parents et vos amis, faites-y entrer des oiseaux et des quadrupèdes, mettez-y des provisions; et quand on vous demandera où vous voulez aller avec votre vaisseau, répondez : « Vers les dieux, pour les prier de favoriser le genre « humain. »

1. Livre I, fable 7. (ÉD.)

Xissuter ne manqua pas de bâtir son vaisseau, qui était large de deux stades et long de cinq, c'est-à-dire que sa largeur était de deux cent cinquante pas géométriques, et sa longueur de six cent vingt-cinq. Ce vaisseau, qui devait aller sur la mer Noire, était mauvais voilier. Le déluge vint. Lorsque le déluge eut cessé, Xissuter lâcha quelques-uns de ses oiseaux, qui, ne trouvant point à manger, revinrent au vaisseau. Quelques jours après, il lâcha encore ses oiseaux, qui revinrent avec de la boue aux pattes. Enfin ils ne revinrent plus. Xissuter en fit autant ; il sortit de son vaisseau, qui était perché sur une montagne d'Arménie ; et on ne le revit plus, les dieux l'enlevèrent.

C'est là l'unique fondement de la fable qui a tant couru, que l'arche de Noé s'était arrêtée sur une montagne d'Arménie, et qu'on en voit encore des restes.

Quelques lecteurs penseront peut-être que l'histoire de Noé est la copie de la fable de Xissuter. Ils diront que, si les petits peuples copient toujours les grands, si les Chaldéens et tous les peuples voisins sont incontestablement plus anciens que les Juifs, si ces Juifs sont en effet si nouveaux, il est probable encore qu'ils ont imité leurs voisins en tout, excepté dans les sciences et dans les beaux-arts, où ce peuple grossier ne put jamais atteindre. Pour nous, encore une fois, nous nous bornons à respecter la *Bible*.

Les incrédules allèguent qu'il est très-vraisemblable que le Pont-Euxin franchit autrefois ses bornes, et inonda une partie de l'ancienne Arménie. La mer Égée peut en avoir fait autant en Grèce ; la mer Atlantique peut avoir englouti une grande île. Les Juifs, qui en auront entendu parler confusément, se seront approprié cet événement, ils auront inventé Noé. Il est incontestable, ajoutent-ils, qu'il n'y eut jamais de Noé ; car si un tel personnage avait existé, il aurait été regardé par toutes les nations comme le restaurateur et le père du genre humain. Il eût été impossible que la mémoire s'en fût perdue. Noé aurait été le premier mot que toute la race humaine eût prononcé. Cette fable juive a été, comme on l'a déjà dit, entièrement ignorée du monde entier, jusqu'au temps où les chrétiens commencèrent à faire connaître les livres juifs traduits en grec. Enfin, puisque les Juifs n'ont été que des plagiaires sur tout le reste, ils peuvent bien l'avoir été sur le déluge. Je ne fais que rapporter le raisonnement des francs-pensants, auquel les non-pensants répondent par l'authenticité du *Pentateuque*.

CHAP. XXVIII. — *Des plagiats reprochés aux Juifs.*

1° Sanchoniathon, qui écrivait en Phénicie longtemps avant que les Juifs fussent rassemblés dans des déserts, donne aux hommes dix générations jusqu'au temps du prétendu déluge universel.

1° Les livres attribués à Moïse supposent aussi dix générations.

2° La curiosité d'une femme nommée Pandore est fatale au genre humain.

2° La curiosité d'une femme nommée Ève fait chasser le genre humain d'un prétendu paradis.

3° Bacchus donne une loi écrite sur deux tables de marbre, élève les flots de la mer Rouge à droite et à gauche pour faire passer son armée, suspend le cours du soleil et de la lune.

3° Moïse donne aussi des lois écrites sur deux tables de pierre, traverse la mer Rouge à pied sec; et son successeur Josué arrête le soleil et la lune.

4° Minerve fait jaillir une fontaine d'huile, Bacchus une fontaine de vin.

4° Moïse ne donna aux Juifs qu'une fontaine d'eau dans le désert.

5° Philémon et Baucis donnent à des dieux, en Phrygie, l'hospitalité qu'un village leur refuse auprès de Tyane; les dieux changent leur cabane en un temple, et le village en un lac.

5° Les Juifs imitent cette fable de la manière la plus infâme, en disant que les habitants du village de Sodome voulurent violer deux anges : et Sodome est changée en un lac.

6° Les Grecs supposent qu'Agamemnon voulut immoler sa fille Iphigénie, et que les dieux envoyèrent une biche pour être sacrifiée à la place de la fille.

6° Les Juifs supposent qu'Abraham voulut immoler son fils, et qu'Adonaï envoya un bélier pour être immolé à la place d'Isaac.

7° Niobé est changée en statue de marbre.

7° Édith, femme de Loth, est changée en statue de sel.

8° Travaux d'Hercule.

8° Travaux de Samson.

9° Hercule trahi par des femmes.

9° Samson trahi par des femmes.

10° L'âne de Silène parle.

10° L'ânesse de Balaam parle.

11° Hercule enlevé au ciel dans un quadrige.

11° Élie monte au ciel dans un quadrige.

12° Les dieux ressuscitent Pélops.

12° Élisée ressuscite une petite fille.

Si on voulait se donner la peine de comparer tous les événements de la fable et de l'ancienne histoire grecque, on serait étonné de ne pas trouver une seule page des livres juifs qui ne fût un plagiat.

Enfin les vers d'Homère étaient déjà chantés dans plus de deux cents villes avant que ces deux cents villes sussent que les Juifs étaient au monde. Lecteur, examinez et jugez. Décidez entre ceux que nous appelons francs-pensants et ceux que nous appelons non-pensants.

CHAP. XXIX. — *De la secte des Juifs, et de leur conduite après la captivité jusqu'au règne de l'Iduméen Hérode.*

C'est le propre des Juifs d'être partout courtiers, revendeurs, usuriers; d'amasser de l'argent par la frugalité et l'économie. L'argent fut l'objet de leur conduite dans tous les temps, au point que, dans le roman de leur *Tobie*, livre canonique ou non, un ange descend du ciel pendant leur captivité, non pas pour consoler ces malheureux dispersés, non pas pour les ramener à Jérusalem, ce qu'un ange pouvait sans doute, mais pour conduire dans une ville des Mèdes le jeune Tobie, qui va redemander de l'argent qu'on devait à son père.

Excudent alii spirantìa mollius æra, etc.
Tu *premere usura* populos, *Judæ*, memento.

VIRG., *Æn.*, VI, 847 et 851.

Ils trafiquèrent donc pendant les soixante et douze ans de leur transmigration. Ils gagnèrent beaucoup; et comme ils ont toujours financé et qu'ils financent encore pour obtenir dans plusieurs États, et même à Rome. la permission d'avoir des synagogues, il est de la plus grande probabilité qu'ils donnèrent beaucoup d'argent aux commissaires de la trésorerie de Cyrus et au chancelier de l'échiquier, pour qu'on leur permît de rebâtir leur ville avec un petit temple, moitié en pierre et moitié en bois. Mais, quand ils retournèrent à leur Jérusalem ou à leur Hershalaïm, ils n'en furent guère plus heureux.

Sujets, ou plutôt esclaves des rois persans, ensuite d'Alexandre, tantôt des rois de Syrie, tantôt de ceux d'Égypte, ils ne composèrent plus un État; ils ne furent pas, à beaucoup près, ce qu'était la province de Galles en comparaison de l'Angleterre du temps de notre Henri VIII. L'intérieur de leur petite république ne fut plus administré que par des prêtres; alors tout fut fixe et déterminé dans leur secte; alors ils furent plus dévots que jamais. Ils furent d'autant plus Juifs, que les Samaritains dédaignèrent de l'être et de passer pour leurs compatriotes. Ces Samaritains ne voulaient avoir rien de commun avec le peuple juif, pas même leur Dieu. L'historien Josèphe[1] rapporte qu'ils écrivirent au roi de Syrie, Antiochus Épiphane, que *leur temple ne portait le nom d'aucun dieu*, qu'ils ne participaient point aux superstitions judaïques, et qu'ils le suppliaient de permettre qu'ils dédiassent leur temple à Jupiter.

Lorsque Antiochus Épiphane fit sacrifier des cochons dans le temple de Jérusalem, quelques Juifs sensés ne murmurèrent pas, mais la plupart crurent que c'était une impiété abominable. Ils pensaient que Dieu n'aime point la chair de cochon, qu'il lui faut absolument des veaux ou des chevreaux, et que c'est un péché horrible d'immoler un porc. Les Machabées profitèrent de ces beaux préjugés du peuple pour se révolter. Cette révolte, que les Juifs ont tant célébrée, et que tous nos prédicateurs proposent si souvent comme un modèle, n'empêcha pas Antiochus Eupator, fils d'Épiphane, de raser les murs du temple, et de faire couper le cou au grand prêtre Onias qui fomentait la rébellion.

Les Juifs pour qui Dieu avait fait tant de miracles, les Juifs qui, selon les oracles de leurs prophètes, devaient commander au monde entier, furent donc encore plus malheureux, plus humiliés sous les Séleucides que sous les Perses et les Babyloniens.

Après une infinité de révolutions et de misères, il s'éleva parmi eux des citoyens qui dépouillèrent les prêtres de leur autorité usurpée, et qui prirent le nom de *rois*. Ces prétendus rois ne valurent pas mieux que les pontifes; ils s'égorgèrent les uns les autres comme ils faisaient avant la captivité de Babylone.

Pompée, en passant, fit mettre au cachot un de ces rois, nommé Aristobule, et fit pendre ensuite son fils le roitelet Alexandre.

Quelque temps après, le triumvir Marc-Antoine donna le royaume de

[1] *Antiquités judaïques*, liv. XII, ch. v.

Judée à l'Arabe-Iduméen Hérode. C'est le seul roi juif qui ait été véritablement puissant. C'est lui qui fit bâtir un temple assez magnifique
sur une grande plate-forme qu'il joignit à la montagne Moria en com-
blant un précipice. Le temple de Salomon, bâti sur le penchant de la
montagne, ne pouvait être qu'un édifice irrégulier et barbare, dans
lequel il fallait continuellement monter et descendre.

Hérode, après avoir réprimé plusieurs révoltes, fut maître absolu
sous la protection des Romains.

CHAP. XXX. — *Des mœurs des Juifs sous Hérode.*

Le peuple juif était si étrange, il vivait dans une telle anarchie, i.
était si adonné au brigandage avant le règne d'Hérode, qu'ils traitèrent
ce prince de tyran lorsqu'il ordonna, par une loi très-modérée, qu'on
vendrait désormais hors du royaume ceux qui voleraient dans les maisons après en avoir percé les murs; ils se plaignirent qu'on leur ôtait
la plus chère de leurs libertés. Ils regardèrent surtout cette loi comme
une impiété manifeste. «Comment, disaient-ils, osera-t-on vendre un
voleur juif à un étranger qui n'est pas de la sainte religion¹?» Ce fait,
rapporté dans Josèphe, caractérise parfaitement le peuple de Dieu.

Hérode régna trente-cinq ans avec quelque gloire. Il fut, sans contredit, le plus puissant de tous les rois juifs, sans en excepter David
et Salomon, malgré leur prétendu trésor d'environ un milliard de nos
livres sterling.

Comme la Judée ne fut point, sous son règne, infestée d'irruptions
d'étrangers, les Juifs eurent tout le temps de tourner leur esprit vers
la controverse. C'est ce qui occupe aujourd'hui tous les peuples superstitieux et ignorants; quand ils n'ont pas de jeux publics ni de spectacles, ils s'adonnent alors aux disputes théologiques : c'est ce qui nous
arriva sous le déplorable règne de notre Charles Iᵉʳ; et c'est ce qui fait
bien voir qu'il faut toujours repaître de spectacles l'oisiveté du peuple.

Les pharisiens et les saducéens troublèrent l'État autant qu'ils le
purent, comme parmi nous les épiscopaux et les presbytériens. Jean-
Baptiste se donna pour prophète; il administrait l'ancien baptême juif,
et se faisait suivre par la populace². L'historien Josèphe dit expressément que c'était un homme de bien qui exhortait le peuple à la vertu³;
mais qu'Hérode, craignant une sédition parce que le peuple s'attrou-
pait autour de Jean, le fit enfermer dans la forteresse de Machera,
comme on dit qu'on fait enfermer en France les jansénistes.

Observons surtout ici que Josèphe⁴ ne dit point qu'on ait fait ensuite
mourir Jean sous le gouvernement d'Hérode le tétrarque. Personne ne

1. *Antiquités judaïques*, liv. XVI, ch. I. — 2. *Id.*, liv. XVIII, ch. v.
3. Supposé que ce passage ne soit pas interpolé.
4. Josèphe, au contraire, le dit formellement; mais ses expressions relatives à
ce meurtre ont été omises dans la traduction française faite par Arnauld d'An-
dilly; ce qui prouve, comme l'a remarqué M. A.-A. Renouard, que Voltaire n'a
pas consulté le texte de Josèphe, mais seulement la traduction française. (*Note
de M. Beuchot.*)

devait être mieux instruit de ce fait que Josèphe, auteur contemporain, auteur accrédité, de la race des Asmonéens, et revêtu d'emplois publics.

On disputa du temps d'Hérode sur le messie, sur le Christ. C'était un libérateur que les Juifs attendaient dans toutes leurs afflictions, surtout sous les rois de Syrie. Ils avaient donné ce nom à Judas Machabée, ils l'avaient donné même à Cyrus, et à quelques autres princes étrangers. Plusieurs prirent Hérode pour un messie; il y eut une secte formelle d'hérodiens. D'autres, qui regardaient son gouvernement comme tyrannique, l'appelaient *anti-messie*, *anti-Christ*.

Quelque temps après sa mort il y eut un énergumène, nommé Theudas, qui se fit passer pour messie[1]. Josèphe dit qu'il se fit suivre par une grande multitude de canaille, qu'il lui promit de faire remonter le Jourdain vers sa source, comme Josué, et que tous ceux qui voudraient le suivre le passeraient à pied sec avec lui. Il en fut quitte pour avoir le cou coupé.

Toute la nation juive était enthousiaste. Les dévots couraient de tous côtés pour faire des prosélytes, pour les baptiser, pour les circoncire. Il y avait deux sortes de baptême, celui de prosélyte et celui de justice. Ceux qui se convertissaient au judaïsme et vivaient parmi les Juifs sans prétendre être du corps de la nation, n'étaient forcés à recevoir ni le baptême ni la circoncision. Ils se contentaient presque toujours de se faire baptiser. Cela est moins douloureux que de se faire couper le prépuce : mais ceux qui avaient plus de vocation, et qu'on appelait *prosélytes de justice*, recevaient l'un et l'autre signe; ils étaient baptisés et circoncis[2]. Josèphe raconte qu'il y eut un petit roi de la province d'Adiabène, nommé Isatès, qui fut assez imbécile pour embrasser la religion des Juifs. Il ne dit point où était cette province d'Adiabène, mais il y en avait une vers l'Euphrate. On baptisa et on circoncit Isatès; sa mère Hélène se contenta d'être baptisée du baptême de justice, et on ne lui coupa rien.

Au milieu de toutes les factions juives, de toutes les superstitions extravagantes, et de leur esprit de rapine, on y voyait, comme ailleurs, des hommes vertueux, de même qu'à Rome et dans la Grèce. Il y eut même des sociétés qui ressemblaient en quelque sorte aux pythagoriciens et aux stoïciens. Ils en avaient la tempérance, l'esprit de retraite, la rigidité de mœurs, l'éloignement de tous les plaisirs, le goût de la vie contemplative. Tels étaient les esséniens, tels étaient les thérapeutes.

Il ne faut pas s'étonner que, sous un si méchant prince qu'Hérode, et sous les rois précédents encore plus méchants que lui, on vit des hommes si vertueux. Il y eut des Épictète à Rome du temps de Néron. On a cru même que Jésus-Christ était essénien, mais cela n'est pas vrai. Les esséniens avaient pour principe de ne se point donner en spectacle, de ne point se faire suivre par la populace, de ne point parler en public. Ils étaient vertueux pour eux-mêmes, et non pour

1. *Antiquités judaïques*, liv. XX, ch. v. — 2. *Id.*, liv. XX, ch. II.

les autres. Ils ne faisaient aucun étalage. Tous ceux qui ont écrit la vie de Jésus-Christ lui donnent un caractère tout contraire et très-supérieur.

CHAP. XXXI. — *De Jésus.*

Il n'y a qu'un fanatique ou qu'un sot fripon qui puisse dire qu'on ne doit jamais examiner l'histoire de Jésus par les lumières de la raison. Avec quoi jugera-t-on d'un livre quel qu'il soit? est-ce par la folie? Je me mets ici à la place d'un citoyen de l'ancienne Rome qui lirait les histoires de Jésus pour la première fois.

Nous avons des livres hébreux et grecs pour et contre Jésus, qui sont d'une égale antiquité. Le *Toldos Jeschut* écrit contre lui est en langue hébraïque. Dans ce livre, on le traite de bâtard, d'imposteur, d'insolent, de séditieux, de sorcier; et dans les *Évangiles* grecs on le fait presque participant de la Divinité même. Tous ces écrits sont remplis de prodiges, et paraissent d'abord à nos faibles yeux contenir des contradictions presque à chaque page.

Un auteur illustre, qui naquit très-peu de temps après la mort de Jésus, et qui, si l'on en croit saint Irénée [1], devait être son contemporain, en un mot, Flavius Josèphe, proche parent de la femme d'Hérode, Josèphe, fils d'un sacrificateur qui devait avoir connu Jésus, ne tombe ni dans le défaut de ceux qui lui disent des injures, ni dans le défaut de ceux qui lui donnent des éloges si prodigieux; il n'en dit rien du tout. Il est avéré aujourd'hui que les cinq ou six lignes qu'on attribue à Josèphe sur Jésus ont été interpolées par une fraude très-maladroite. Car si Josèphe avait en effet cru que Jésus était le messie, il en aurait écrit cent fois davantage; et, en le reconnaissant pour messie, il eût été un de ses sectateurs.

Juste de Tibériade, autre Juif qui écrivait l'histoire de son pays un peu avant Josèphe, garde un profond silence sur Jésus. C'est Photius qui nous en assure.

Philon, autre célèbre auteur juif contemporain, n'a cité jamais le nom de Jésus. Aucun historien romain ne parle des prodiges qu'on lui attribue, et qui devaient rendre la terre attentive.

Ajoutons encore une importante vérité à ces vérités historiques: c'est que ni Josèphe ni Philon ne font en aucun endroit la moindre mention de l'attente d'un messie.

Conclura-t-on de là qu'il n'y a point eu de Jésus, comme quelques-uns ont osé conclure, par le *Pentateuque* même, qu'il n'y a point eu de Moïse? Non, puisque après la mort de Jésus on a écrit pour et contre lui, il est clair qu'il a existé. Il n'est pas moins évident qu'il était alors si caché aux hommes, qu'aucun citoyen un peu distingué selon le monde n'avait fait mention de sa personne.

J'ai vu quelques disciples de Bolingbroke, plus ingénieux qu'instruits, qui niaient l'existence d'un Jésus, parce que l'histoire des trois

---

1. Saint Irénée assure que Jésus mourut à cinquante ans passés. En ce cas, Flavius Josèphe pourrait bien l'avoir connu.

mages et de l'étoile, et du massacre des innocents, est, disaient-ils, le comble de l'extravagance : la contradiction des deux généalogies que Matthieu et Luc lui donnent était surtout une raison qu'alléguaient ces jeunes gens pour se persuader qu'il n'y a point eu de Jésus; mais ils tiraient une très-fausse conclusion. Notre compatriote Houel s'est fait faire en France une généalogie fort ridicule; quelques Irlandais ont écrit que lui et Jeansin avaient un démon familier qui leur donnait toujours des as quand ils jouaient aux cartes. On a fait cent contes extravagants sur eux. Cela n'empêche pas qu'ils n'aient réellement existé; ceux qui ont perdu leur argent avec eux en ont été bien convaincus.

Que de fadaises n'a-t-on pas dites du duc de Buckingham! Il n'en a pas moins vécu sous Jacques et sous Charles.[1]

Apollonius de Tyane n'a certainement ressuscité personne; Pythagore n'avait pas une cuisse d'or; mais Apollonius et Pythagore ont été des êtres réels. Notre divin Jésus n'a peut-être pas été emporté réellement par le diable sur une montagne[2]. Il n'a pas réellement séché un figuier au mois de mars, pour n'avoir pas porté des figues, *quand ce n'était pas le temps des figues*[3]. Il n'est peut-être pas descendu aux enfers, etc., etc., etc. Mais il y a eu un Jésus respectable, à ne consulter que la raison.

Qui était cet homme? Le fils reconnu d'un charpentier de village : les deux partis en conviennent; ils disputent sur la mère. Les ennemis de Jésus disent qu'elle fut engrossée par un nommé Panther. Ses partisans disent qu'elle fut enceinte de l'esprit de Dieu. Il n'y a pas de milieu entre ces deux opinions des Juifs et des chrétiens. Les Juifs auraient pu cependant embrasser un troisième sentiment qui est plus naturel : c'était que son mari, qui lui fit d'autres enfants, lui fit encore celui-là; mais l'esprit de parti n'a jamais de sentiment modéré. Il résulte de cette diversité d'opinions, que Jésus était un inconnu né dans la lie du peuple; et il résulte que s'étant donné pour prophète comme tant d'autres, et n'ayant jamais rien écrit, les païens auraient pu raisonnablement douter qu'il sût écrire, ce qui serait conforme à son état et à son éducation.

Mais, humainement parlant, un charpentier de Nazareth, qu'on suppose ignorant, aurait-il pu fonder une secte? Oui, comme notre Fox, cordonnier de village, très-ignorant, fonda la secte des quakers dans le comté de Leicester. Il courait les champs vêtu d'un habit de cuir : c'était un fou d'une imagination forte, qui parlait avec enthousiasme à des imaginations faibles. Ayant lu la *Bible*, en faisant des applications à sa mode, il se fit suivre par des imbéciles; il était ignorant, mais des savants lui succédèrent. La secte de Fox se forma et subsiste avec honneur, après avoir été sifflée et persécutée. Les premiers anabaptistes furent des malheureux paysans sans lettres.

Enfin l'exemple de Mahomet ne souffre point de réplique. Il se donna

1. Georges Villiers, duc de Buckingham, né en 1592, mort en 1628, avait eu la faveur de Jacques Ier et de son successeur Charles Ier. (ÉD.)
2. Matth., IV, 5. (ÉD.) — 3. *Id.*, XI, 19; Marc, XI, 13. (ÉD.)

le titre de prophète ignorant. Bien des gens même doutent qu'il sût écrire. Le fait est qu'il écrivait mal, et qu'il se battait bien. Il avait été facteur, ou, si l'on veut, valet d'une marchande de chameaux; ce n'est pas là un commencement fort illustre; il devint pourtant un très-grand homme. Revenons à Jésus, qui n'a rien de commun avec lui, et pour qui nous sommes tenus d'avoir un profond respect, indépendamment même de notre religion, de laquelle nous ne parlons pas ici.

CHAP. XXXII. *Recherches sur Jésus.*

Bolingbroke, Toland, Woolston, Gordon, etc., et d'autres francs-pensants, ont conclu de ce qui fut écrit en faveur de Jésus, et contre sa personne, que c'était un enthousiaste qui voulait se faire un nom dans la populace de la Galilée.

Le *Toldos Jeschut* dit qu'il était suivi de deux mille hommes armés, quand Judas vint le saisir de la part du sanhédrin, et qu'il y eut beaucoup de sang répandu. Mais si le fait était vrai, il est évident que Jésus aurait été aussi criminel que Barcochébas, qui se dit le messie après lui. Il résulterait que sa conduite répondait à quelques points de sa doctrine : « Je suis venu apporter non la paix [1], mais le glaive. » Ce qui pourrait encore faire conjecturer que Judas était un officier du sanhédrin envoyé pour dissiper les factieux du parti de Jésus, c'est que l'*Évangile de Nicodème*[3], reçu pendant quatre siècles, et cité par Justin, par Tertullien, par Eusèbe, reconnu pour authentique par l'empereur Théodose, cet Évangile commence par introduire Judas parmi les principaux magistrats de Jérusalem, qui vinrent accuser Jésus devant le préteur romain. Ces magistrats sont Annas, Caïphas, Summas, Datam, Gamaliel, Judas, Lévi, Alexandre, Nephthalim, Karoh (Cyrus).

On voit, par cette conformité entre les amis et les ennemis de Jésus, qu'il fut en effet poursuivi et pris par un nommé Judas. Mais ni le *Toldos*, ni le livre de Nicodème, ne disent que Judas ait été un disciple de Jésus, et qu'il ait trahi son maître.

Le *Toldos* et les *Évangiles* sont encore d'accord sur l'article des miracles. Le *Toldos* dit que Jésus en faisait en qualité de sorcier. Les *Évangiles* disent qu'il en faisait en qualité d'homme envoyé de Dieu. En effet, dans cet âge, et avant et après, l'univers croyait aux prodiges. Point d'écrivain qui n'ait raconté des prodiges; et le plus grand sans doute qu'ait fait Jésus dans une province soumise aux Romains, c'est que les Romains n'en entendirent point parler. A ne juger que par la raison, il faut écarter tout miracle, toute divination. Il n'est question ici que d'examiner historiquement si Jésus fut en effet à la tête d'une faction, ou s'il eut seulement des disciples. Comme nous n'avons pas les pièces du procès fait par-devant Pilate, il n'est pas aisé de prononcer.

Si on veut peser les probabilités, il paraît vraisemblable, par les

1. Matth., x, 34. (ÉD.)

Évangiles, qu'il usa de quelque violence, et qu'il fut suivi par quelques disciples emportés.

Jésus, si nous en croyons les *Évangiles*, est à peine arrivé dans Jérusalem[1], qu'il chasse et qu'il maltraite des marchands qui étaient autorisés par la loi à vendre des pigeons dans le parvis du temple, pour ceux qui voulaient y sacrifier. Cet acte, qui paraît si ridicule à milord Bolingbroke, à Woolston, et à tous les francs-pensants, serait aussi répréhensible que si un fanatique s'ingérait parmi nous de fouetter les libraires qui vendent auprès de Saint-Paul le livre des *Communes prières*. Mais aussi il est bien difficile que des marchands établis par les magistrats se soient laissé battre et chasser par un étranger sans aveu, arrivé de son village dans la capitale, à moins qu'il n'ait eu beaucoup de monde à sa suite.

On nous dit encore qu'il noya deux mille cochons[2]. S'il avait ruiné ainsi plusieurs familles qui eussent demandé justice, il faut convenir que, selon les lois ordinaires, il méritait châtiment. Mais comme l'Évangile nous dit que Jésus avait envoyé le diable dans le corps de ces cochons, dans un pays où il n'y eut jamais de cochons, un homme qui n'est encore ni chrétien ni juif, peut raisonnablement en douter. Il dira aux théologiens : « Pardonnez si, en voulant justifier Jésus, je suis forcé de réfuter vos livres. Les *Évangiles* l'accusent d'avoir battu des marchands innocents, d'avoir noyé deux mille porcs, d'avoir séché un figuier qui ne lui appartenait pas, et de n'en avoir privé le possesseur que parce que cet arbre ne portait pas de figues, *quand ce n'était pas le temps des figues*[3]. Ils l'accusent d'avoir changé l'eau en vin pour des convives qui *étaient déjà ivres*[4]; de s'être transfiguré pendant la nuit[5] pour parler à Élie et à Moïse; d'avoir été trois fois emporté par le diable[6]. Je veux faire de Jésus un juste et un sage; il ne serait ni l'un ni l'autre, si tout ce que vous dites était vrai ; et ces aventures ne peuvent être vraies, parce qu'elles ne conviennent ni à Dieu ni aux hommes. Permettez-moi, pour estimer Jésus, de rayer de vos *Évangiles* ces passages qui le déshonorent. Je défends Jésus contre vous.

« S'il est vrai, comme vous le dites, et comme il est très-vraisemblable, qu'il appelait les pharisiens, les docteurs de la loi, *race de vipères, sépulcres blanchis*[7], *fripons, intéressés*, noms que les prêtres de tous les temps ont quelquefois mérités, c'était une témérité très-dangereuse, et qui a coûté plus d'une fois la vie à des imprudents véridiques. Mais on peut être très-honnête homme, et dire qu'il y a des prêtres fripons. »

Concluons donc, en ne consultant que la simple raison, concluons que nous n'avons aucun monument digne de foi, qui nous montre que Jésus méritait le supplice dont il mourut; rien qui prouve que c'était un méchant homme.

1. Jean, II, 15. (ÉD.)
2. Matth., VIII, 32 ; Marc, V, 13. (ÉD.) — 3. Matth., XI, 19; Marc, XI, 13. (ÉD.)
4. Jean, II, 9. (ÉD.) — 5. Matth., XVII, 23. (ÉD.) — 6. *Id.*, IV; Luc, IV. (ÉD.)
7. Matth., XXIII, 27, 33. (ÉD.)

Le temps de son supplice est inconnu. Les rabbins diffèrent en cela des chrétiens de cinquante années. Irénée[1] diffère de vingt ans de notre opinion commune. Il y a une différence de dix années entre Luc et Matthieu, qui tous deux lui font d'ailleurs une généalogie[3] absolument différente, et absolument étrangère à la personne de Jésus. Aucun auteur romain ni grec ne parle de Jésus ; tous les évangélistes juifs se contredisent sur Jésus ; enfin, comme on sait, ni Josèphe ni Philon ne daignent nommer Jésus.

Nous ne trouvons aucun document chez les Romains, qui, dit-on, le firent crucifier : il faut donc, en attendant la foi, se borner à tirer cette conclusion : Il y eut un Juif obscur de la lie du peuple, nommé Jésus, crucifié comme blasphémateur, du temps de l'empereur Tibère, sans qu'on puisse savoir en quelle année.

Chap. XXXIII. — *De la morale de Jesus.*

Il est très-probable que Jésus prêchait dans les villages une bonne morale, puisqu'il eut des disciples. Un homme qui fait le prophète peut dire et faire des extravagances qui méritent qu'on l'enferme : nos millénaires, nos piétistes, nos méthodistes, nos mennonites, nos quakers, en ont dit et fait d'énormes. Les prophètes de France sont venus chez nous, et ont prétendu ressusciter des morts.

Les prophètes juifs ont été, aux yeux de la raison, les plus insensés de tous les hommes. Jérémie[2] se met un bât sur le dos et des cordes au cou. Ézéchiel[3] mange de la matière fécale sur son pain. Osée prétend que Dieu, par un privilége spécial, lui ordonne de prendre une fille publique, et ensuite une femme adultère, et d'en avoir des enfants. Ce dernier trait n'est pas édifiant, il est même très-punissable. Mais enfin il n'y a jamais eu sur la terre d'homme soi-disant envoyé de Dieu, qui ait assemblé d'autres hommes pour leur dire : « Vivez sans raison et sans loi ; abandonnez-vous à l'ivrognerie ; soyez adultères, sodomites ; volez dans la poche ; volez, assassinez sur les grands chemins, et ne manquez pas d'assassiner ceux que vous aurez dépouillés, afin qu'ils ne vous accusent pas ; tuez jusqu'aux enfants à la mamelle ; c'est ainsi qu'en usait David[4] avec les sujets du roitelet Achis ; associez-vous à d'autres voleurs, et tuez-les ensuite par derrière, au lieu de partager avec eux le butin ; tuez vos pères et vos mères pour en hériter plus tôt, etc., etc. »

Beaucoup d'hommes, beaucoup de Juifs surtout, ont commis ces abominations ; mais aucun homme ne les a prêchées dans des pays un peu policés. Il est vrai que les Juifs, pour excuser leurs premiers brigandages, ont imputé à leur Moïse des ordonnances atroces. Mais au moins ils adoptèrent les dix commandements communs à tous les peuples ; ils défendirent le meurtre, le vol et l'adultère : ils recommandèrent l'obéissance aux enfants envers les pères et les mères, comme

1. Voyez page 425. (Éd.)
2. XXVII, 2. (Éd.) — 3. Ézéchiel, chap. IV; Osée, ch. I.
4. *I Rois*, XXVII, 9.

tous les anciens législateurs. Pour réussir, il faut toujours exhorter à
la vertu. Jésus ne put prêcher qu'une morale honnête : il n'y en a pas
deux. Celle d'Épictète, de Sénèque, de Cicéron, de Lucrèce, de Platon,
d'Épicure, d'Orphée, de Thaut, de Zoroastre, de Brama, de Confucius,
est absolument la même.

Une foule de francs-pensants nous répond que Jésus a trop dérogé à
cette morale universelle. Si on en croit les *Évangiles*, disent-ils, il a
déclaré qu'il faut haïr son père et sa mère[1]; qu'il est venu au monde
pour apporter le glaive et non la paix[2], pour mettre la division dans les
familles. Son *contrains-les d'entrer*[3] est la destruction de toute société,
et le symbole de la tyrannie. Il ne parle que de jeter dans les cachots[4]
les serviteurs qui n'ont pas fait valoir l'argent de leur maître à usure :
il veut qu'on regarde comme un commis de la douane[5] quiconque n'est
pas de son Église. Ces philosophes rigides trouvent, dans les livres
nommés *Évangiles*, autant de maximes odieuses que de comparaisons basses et ridicules.

Qu'il nous soit permis de répliquer à leurs assertions. Sommes-nous
bien sûrs que Jésus ait dit ce qu'on lui fait dire? Est-il bien vraisemblable (à ne juger que par le sens commun) que Jésus ait dit qu'il détruirait le temple, et qu'il le rebâtirait en trois jours[6]; qu'il ait con-
versé avec Élie et Moïse[7] sur une montagne ; qu'il ait été trois fois
emporté par le Knat-bull, par le diable[8], la première fois dans le désert, la seconde sur le comble du temple, la troisième sur une colline,
d'où l'on découvrait tous les royaumes de la terre, et qu'il ait argumenté avec le diable?

Savons-nous d'ailleurs quel sens il attachait à des paroles qui (supposé qu'il les ait prononcées) peuvent s'expliquer en cent façons différentes, puisque c'étaient des paraboles, des énigmes? Il est impossible qu'il ait ordonné de regarder comme un commis de la douane[9]
quiconque n'écouterait pas son église, puisque alors il n'y avait point
d'église.

Mais prenons les sentences qu'on lui attribue, et qui sont le moins
susceptibles d'un sens équivoque; nous y verrons l'amour de Dieu et
du prochain, la morale universelle.

Quant à ses actions, nous ne pouvons en juger que par ce qu'on
nous en rapporte. En voit-on une (excepté l'aventure des marchands
dans le temple) qui annonce un brouillon, un factieux, un perturba-
teur du repos public, tel qu'il est peint dans le *Toldos Jeschut*?

Il va aux noces, il fréquente des exacteurs, des femmes de mauvaise
vie; ce n'est pas là conspirer contre les puissances. Il n'excite point
ses disciples à le défendre[10] quand la justice vient se saisir de sa personne. Woolston dira, tant qu'on voudra, que Simon Barjone cou-
pant l'oreille au sergent Malchus, et Jésus rendant au sergent son
oreille, est un des plus impertinents contes que le fanatisme idiot ait

1. Matth., **X**, 37. (ÉD.) — 2. *Id.*, 34. (ÉD.) — 3. Luc, **XIV**, 23. (ÉD.)
4. Matth., **XXV**, 30. (ÉD.) — 5. *Id.*, **XVIII**, 17. (ÉD.) — 6. Jean, **II**, 19. (ÉD.)
7. Matth., **XVII**, 3, (ÉD.) — 8. *Id.*, **IV**, 8 ; Luc, **IV**, 8.
9. Matth., **XVIII**, 17. (ÉD.) — 10. Luc, **XXII**, 50, 51. (ÉD.)

pu imaginer. Il prouve du moins que l'auteur, quel qu'il soit, regardait Jésus comme un homme pacifique. En un mot, plus on considère sa conduite (telle qu'on la rapporte) par la simple raison, plus cette raison nous persuade qu'il était enthousiaste de bonne foi, et un bon homme qui avait la faiblesse de vouloir faire parler de lui, et qui n'aimait pas les prêtres de son temps.

Nous n'en pouvons juger que par ce qui a été écrit de sa personne. Enfin, ses panégyristes le représentent comme un juste. Ses adversaires ne lui imputent d'autre crime que d'avoir ameuté deux mille hommes; et cette accusation ne se trouve que dans un livre rempli d'extravagances. Toutes les vraisemblances sont donc qu'il n'était point du tout malfaisant, et qu'il ne méritait pas son supplice.

Les francs-pensants insistent; ils disent que, puisqu'il a été puni par le supplice des voleurs, il fallait bien qu'il fût coupable au moins de quelque attentat contre la tranquillité publique.

Mais que l'on considère quelle foule de gens de bien les prêtres outragés ont fait mourir. Non-seulement ceux qui ont été en butte à la rage des prêtres ont été persécutés par eux en tout pays, excepté dans l'ancienne Rome; mais les lâches magistrats ont prêté leurs voix et leurs mains à la vengeance sacerdotale, depuis Priscillien jusqu'au martyre des six cents personnes immolées sous notre infâme Marie[1]; et on a continué ces massacres juridiques chez nos voisins. Que de supplices et d'assassinats! les échafauds, les gibets, n'ont-ils pas été dressés dans toute l'Europe pour quiconque était accusé par des prêtres? Quoi! nous plaindrions Jean Hus, Jérôme de Prague, l'archevêque Cranmer, Dubourg, Servet, etc., et nous ne plaindrions pas Jésus!

Pourquoi le plaindre? dit-on : il a établi une secte sanguinaire qui a fait couler plus de sang que les guerres les plus cruelles de peuple à peuple n'en ont jamais répandu.

Non : j'ose avancer, mais avec les hommes les plus instruits et les plus sages, que Jésus n'a jamais songé à fonder cette secte. Le christianisme, tel qu'il a été dès le temps de Constantin, est plus éloigné de Jésus que de Zoroastre ou de Brama. Jésus est devenu le prétexte de nos doctrines fantasques, de nos persécutions, de nos crimes religieux; mais il n'en a pas été l'auteur. Plusieurs ont regardé Jésus comme un médecin juif, que des charlatans étrangers ont fait le chef de leur pharmacie. Ces charlatans ont voulu faire croire qu'ils avaient pris chez lui leurs poisons. Je me flatte de démontrer que Jésus n'était pas chrétien, qu'au contraire il aurait condamné avec horreur notre christianisme, tel que Rome l'a fait : christianisme absurde et barbare, qui avilit l'âme, et qui fait mourir le corps de faim, en attendant qu'un jour l'un et l'autre soient brûlés de compagnie pendant l'éternité; christianisme qui, pour enrichir des moines et des gens qui ne valent pas mieux, a

1. Les historiens en comptent onze mille. Mais M. de Voltaire ne parle ici que des victimes immolées à la superstition ; il ne compte point les crimes, les assassinats juridiques que la politique et la vengeance firent commettre à la digne épouse de Philippe II. (*Éd. de Kehl.*)

réduit les peuples à la mendicité, et par conséquent à la nécessité du crime; christianisme qui expose les rois au premier dévot assassin qui veut les immoler à la sainte Église; christianisme qui a dépouillé l'Europe, pour entasser dans la maison de la madone de Lorette, venue de Jérusalem à la Marche d'Ancône par les airs, plus de trésors qu'il n'en faudrait pour nourrir les pauvres de vingt royaumes; christianisme enfin qui pouvait consoler la terre, et qui l'a couverte de sang, de carnage, et de malheurs innombrables de toute espèce.

CHAP. XXXIV. — *De la religion de Jésus.*

En s'en rapportant aux seuls *Évangiles*, n'est-il pas de la plus grande évidence que Jésus naquit d'un Juif et d'une Juive; qu'il fut circoncis comme Juif; qu'il fut baptisé comme Juif, dans le Jourdain, du baptême de justice, par le Juif Jean, à la manière juive; qu'il allait au temple juif; qu'il suivait tous les rites juifs; qu'il observait le sabbat et toutes les fêtes juives, et qu'enfin il mourut Juif?

Je dis plus : tous ses disciples furent constamment juifs. Aucun de ceux qui ont écrit les *Évangiles* n'ose faire dire à Jésus-Christ qu'il veut abolir la loi de Moïse. Au contraire, ils lui font dire[1] : « Je ne suis pas venu dissoudre la loi, mais l'accomplir. » Il dit dans un autre endroit[2]: « N'ont-ils pas la loi et les prophètes? Non-seulement je défie qu'on trouve un seul passage où il soit dit que Jésus renonça à la religion dans laquelle il naquit; mais je défie qu'on puisse en tordre, en corrompre un seul, d'où l'on puisse raisonnablement inférer qu'il voulût établir un culte nouveau sur les ruines du judaïsme.

Lisez les *Actes des apôtres :* Bolingbroke, Collins, Toland et mille autres, disent que c'est un livre farci de mensonges, de miracles ridicules, de contes ineptes, d'anachronismes, de contradictions, comme tous les autres livres juifs des temps antérieurs. Je l'accorde pour un moment. Mais c'est par cette raison-là même que je le propose. Si dans ce livre où l'on ose rapporter, selon vous, tant de faussetés, l'auteur des *Actes* n'a jamais osé dire que Jésus ait institué une religion nouvelle; si l'auteur de ce livre n'a jamais été assez hardi pour dire que Jésus fût Dieu, ne faudra-t-il pas convenir que notre christianisme d'aujourd'hui est absolument contraire à la religion de Jésus, et qu'il est même blasphématoire?

Transportons-nous au jour de la Pentecôte où l'on fait descendre l'esprit (quel que soit cet esprit) sur la tête des apôtres, en langue de feu, dans un grenier. Faites réflexion seulement au discours que l'auteur des *Actes* fait tenir à Pierre (chap. II, v. 14), discours qu'on regarde comme la profession de foi des chrétiens. Vous me dites que c'est un galimatias: mais à travers ce galimatias même, voyez les traits de la vérité.

D'abord Pierre cite le prophète Joël qui a dit : « Je répandrai mon esprit sur toute chair. » (Chap. II, v. 28.)

---

1. Matth., v, 17. (ÉD.) — 2. *Id.*, VII, 12. (ÉD.)

Pierre conclut de là qu'en qualité de bons Juifs, lui et ses compagnons ont reçu l'esprit. Remarquez soigneusement ses paroles :

« Vous savez que Jésus de Nazareth était un homme que Dieu a rendu célèbre, par les vertus et les prodiges que Dieu a faits par lui. » (V. 22.)

Remarquez surtout la valeur de ces mots : « un homme que Dieu a rendu célèbre; » voilà un aveu bien authentique que Jésus ne poussa jamais le blasphème jusqu'à se dire participant réellement de la Divi-.ité, et que ses disciples étaient bien loin d'imaginer ce blasphème.

« Dieu l'a ressuscité en arrêtant les douleurs de l'enfer, etc. » (*Ibid.*, v. 24.) C'est donc Dieu qui a ressuscité un homme.

« C'est ce Jésus que Dieu a ressuscité, et après qu'il a été élevé par la puissance de Dieu, etc. » (*Ibid.*, v. 32 et 33.)

Observez que, dans tous ces passages, Jésus est un bon Juif, un homme juste que Dieu a protégé, qu'il a laissé mourir, à la vérité, publiquement du dernier supplice, mais qu'il a ressuscité secrètement.

« En ce même temps, Pierre et Jean montaient au temple pour la prière de la neuvième heure. » (Chap. III, v. 1).

Voilà qui démontre sans réplique que les apôtres persistaient dans la religion juive, comme Jésus y avait persisté.

Moïse a dit à nos pères (*ibid.*, v. 22 et 23) : « Le Seigneur votre Dieu vous suscitera d'entre vos frères un prophète comme moi; écoutez-le dans tout ce qu'il vous dira.... Quiconque n'écoutera pas ce prophète sera exterminé du milieu du peuple. »

J'avoue que Pierre, à qui on fait tenir ce discours, rapporte très-mal les paroles du *Deutéronome* attribuées à Moïse. Il n'y a point dans le texte du *Deutéronome :* « Quiconque n'écoutera pas ce prophète sera exterminé du milieu du peuple[1]. »

J'avoue encore qu'il y a plus de trente textes de l'*Ancien Testament* qu'on a falsifiés dans le *Nouveau*, pour les faire cadrer avec ce qu'on y dit de Jésus; mais cette falsification même est une preuve que les disciples de Jésus ne le regardaient que comme un prophète juif. Il est vrai qu'ils appelaient quelquefois Jésus fils de Dieu, et l'on n'ignore pas que *fils de Dieu* signifiait *homme juste;* et *fils de Bélial, homme injuste.* Les savants disent qu'on s'est servi de cette équivoque pour attribuer dans la suite la divinité à Jésus-Christ.

On prend, à la vérité, le nom de fils de Dieu au propre dans l'*Évangile* attribué à Jean. Aussi est-il dit que cette expression fut regardée en ce sens comme un blasphème par le grand prêtre.

Lorsque Étienne parle au peuple avant que d'être lapidé, il lui dit (chap. VII, v. 52) : « Quel est le prophète que vos pères n'ont pas persécuté? Vous avez tué tous ceux qui vous prédisaient la venue du juste dont vous avez été proditoirement les homicides. » Étienne ne donne à Jésus que le nom de *juste;* il se garde bien de l'appeler Dieu. Étienne, en mourant, ne renonce point à la religion judaïque; aucun apôtre n'y

1. XVIII, 19. (ÉD.)

renonce; ils baptisaient seulement au nom de Jésus, comme on baptisait au nom de Jean, du baptême de justice.

Paul lui-même, qui commença par être valet de Gamaliel, et qui finit par être son ennemi; Paul que les Juifs prétendent ne s'être brouillé avec Gamaliel que parce que ce prêtre lui avait refusé sa fille en mariage; Paul qui, après avoir été satellite de Gamaliel et avoir persécuté les disciples de Jésus, se mit lui-même, de sa propre autorité, au rang des apôtres; Paul, qui était si enthousiaste et si emporté, regarde toujours Jésus-Christ comme un homme; il est bien loin de l'appeler Dieu. Il ne dit en aucun endroit que Jésus n'ait pas été soumis à la loi juive : Paul lui-même fut toujours juif. *Je n'ai péché*[1], dit-il au proconsul Festus, *ni contre la loi juive, ni contre le temple*. Paul va sacrifier lui-même dans le temple, pendant sept jours : Paul circoncit Timothée, fils d'un païen et d'une fille de joie.

Le vrai Juif[2], dit-il dans son Épître aux Romains, *est celui qui est juif intérieurement*. En un mot, Paul ne fut jamais qu'un Juif qui se mit au rang des partisans de Jésus contre les autres Juifs. Dans tous les passages où il parle de Jésus-Christ, il le préconise toujours comme un bon Juif à qui Dieu s'est communiqué, que Dieu a exalté, que Dieu a mis dans sa gloire. Il est vrai que Paul place Jésus tantôt immédiatement au-dessus des anges, tantôt au-dessous. Que pouvons-nous en conclure? que l'inintelligible Paul est un Juif qui se contredit.

Il est très-certain que les premiers disciples de Jésus n'étaient autre chose qu'une secte particulière de Juifs, comme les wicléfistes n'ont été parmi nous qu'une secte particulière. Il fallait certainement que Jésus se fût fait aimer de ses disciples, puisque, plusieurs années après la mort de Jésus, ceux qui embrassèrent son parti écrivirent cinquante-quatre *Évangiles* dont quelques-uns ont été conservés en entier, dont les autres sont connus par de longs fragments, et quelques-uns cités seulement par les Pères de l'Église. Mais ni dans ces citations, ni dans ces fragments, ni dans aucun des *Évangiles* entièrement conservés, la personne de Jésus n'est jamais annoncée qu'en qualité d'un juste sur lequel Dieu a répandu les plus grandes grâces.

Il n'y a que l'*Évangile* attribué à Jean, évangile qui est probablement le dernier de tous, évangile évidemment falsifié depuis, dans lequel on trouve des passages concernant la divinité de Jésus. On indique dans le premier chapitre qu'il est le verbe, et il est clair que ce premier chapitre fut composé dans des temps postérieurs par un chrétien platonicien, le mot de *verbe*, *logos*, ayant été absolument inconnu à tous les Juifs.

Cependant cet *Évangile* de Jean fait dire positivement à Jésus : « Je monte à mon père qui est votre père, à mon Dieu qui est votre Dieu. » (Chap. xx, v. 17). Ce passage contredit tous les passages qui pourraient faire regarder Jésus comme un dieu-homme. Chaque *Évangile* est contraire à lui-même et contraire aux autres, et tous ont été, dit-on, falsifiés ou corrompus par les copistes.

1. *Actes*, ch. xxv, v. 8. — 2. *Id.*, ch. ii, v. 23 et 29.

On falsifia bien davantage une Épître attribuée à ce même Jean. On ui fait dire « qu'il y en a trois qui rendent témoignage dans le ciel, le Père, le Verbe, et l'Esprit saint; et ces trois sont un : et il y en a trois qui rendent témoignage sur la terre, l'esprit, l'eau, et le sang; et ces trois sont un. » (1re Épître, chap. v, versets 7 et 8.)

Il a été prouvé que ce passage avait été ajouté à l'*Épître de Jean* vers le vie siècle. Nous dirons un mot dans un autre chapitre des énormes falsifications que les chrétiens ne rougirent pas de faire, et qu'ils appelèrent des *fraudes pieuses*. Nous ne voulons ici que faire toucher au doigt la vérité de tout ce qui concerne la personne de Jésus, et faire voir clairement que lui et ses premiers disciples ont toujours été constamment de la religion des Juifs. Disons en passant qu'il est démontré par là que c'est une chose aussi absurde qu'abominable à des chrétiens de brûler les Juifs qui sont leurs pères, car les Juifs envoyés aux bûchers ont dû dire à leurs juges infernaux : « Monstres, nous sommes de la religion de votre Dieu, nous faisons tout ce que votre Dieu a fait, et vous nous brûlez! »

CHAP. XXXV. — *Des mœurs de Jésus, de l'établissement de la secte de Jésus et du christianisme.*

Les plus grands ennemis de Jésus doivent convenir qu'il avait la qualité très-rare de s'attacher des disciples. On n'acquiert point cette domination sur les esprits sans des talents, sans des mœurs exemptes de vices honteux. Il faut se rendre respectable à ceux qu'on veut conduire; il est impossible de se faire croire quand on est méprisé. Quelque chose qu'on ait écrit de lui, il fallait qu'il eût de l'activité, de la force, de la douceur, de la tempérance, l'art de plaire, et surtout de bonnes mœurs. J'oserais l'appeler un Socrate rustique : tous deux prêchant la morale, tous deux sans aucune mission apparente, tous deux ayant des disciples et des ennemis, tous deux disant des injures aux prêtres, tous deux suppliciés et divinisés. Socrate mourut en sage; Jésus est peint par ses disciples comme craignant la mort. Je ne sais quel écrivain [1] à idées creuses et à paradoxes contradictoires s'est avisé de dire, en insultant le christianisme, que *Jésus était mort en dieu.* A-t-il vu mourir des dieux? les dieux meurent-ils? Je ne crois pas que l'auteur de tant de fatras ait jamais rien écrit de plus absurde; et notre ingénieux M. Walpole a bien raison d'avoir écrit qu'il le méprise.

Il ne paraît pas que Jésus ait été marié, quoique tous ses disciples le fussent, et que chez les Juifs ce fut une espèce d'opprobre de ne pas l'être. La plupart de ceux qui s'étaient donnés pour prophètes vécurent sans femmes, soit qu'ils voulussent s'écarter en tout de l'usage ordinaire, soit parce que embrassant une profession qui les exposait toujours à la haine, à la persécution, à la mort même, et qu'étant tous pauvres, ils trouvaient rarement une femme qui osât partager leur misère et leurs dangers.

1. J. J. Rousseau, dans la *Profession de foi du vicaire savoyard.* (ÉD.)

Ni Jean le baptiseur ni Jésus n'eurent de femme, du moins à ce qu'on croit ; ils s'adonnèrent tout entiers à la profession qu'ils embrassèrent ; et ayant été suppliciés comme la plupart des autres prophètes, ils laissèrent après eux des disciples. Ainsi Sadoc avait formé les saducéens. Hillel était le pere des pharisiens. On prétend qu'un nommé Judas fut le principal fondateur des esséniens du temps même des Machabées ; les réchabites, encore plus austères que les esséniens, étaient les plus anciens de tous.

Les disciples de Jean s'établirent vers l'Euphrate et en Arabie ; ils y sont encore. Ce sont eux qu'on appelle par corruption *les chrétiens de saint Jean*. Les *Actes des Apôtres*[1] racontent que Paul en rencontra plusieurs à Éphèse. Il leur demanda qui leur avait conféré le Saint-Esprit. « Nous n'avons jamais entendu parler de votre Saint-Esprit, lui répondirent-ils. — Mais quel baptême avez-vous donc reçu ? — Celui de Jean. » Paul les assura que celui de Jésus valait mieux. Il faut qu'ils n'en aient pas été persuadés, car ils ne regardent aujourd'hui Jésus que comme un simple disciple de Jean.

Leur antiquité et la différence entre eux et les chrétiens sont assez constatées par la formule de leur baptême ; elle est entièrement juive, la voici : « Au nom du Dieu antique, puissant, qui est avant la lumière, et qui sait ce que nous faisons. »

Les disciples de Jésus restèrent quelque temps en Judée ; mais étant poursuivis, ils se retirèrent dans les villes de l'Asie Mineure et de la Syrie où il y avait des Juifs. Alexandrie, Rome même, étaient remplies de courtiers juifs. Les disciples de Paul, de Pierre, de Barnabé, allèrent dans Alexandrie et dans Rome.

Jusque-là nulle trace d'une religion nouvelle. Les sectateurs de Jésus s'eburnaient à dire aux Juifs : « Vous avez fait crucifier notre maître qui était un homme de bien. Dieu l'a ressuscité ; demandez pardon à Dieu. Nous sommes Juifs comme vous, circoncis comme vous, fidèles comme vous à la loi mosaïque, ne mangeant point de cochon, point de boudin, point de lièvre parce qu'il rumine et qu'il n'a pas le pied fendu (quoiqu'il ait le pied fendu et qu'il ne rumine pas) ; mais nous vous aurons en horreur jusqu'à ce que vous confessiez que Jésus valait mieux que vous, et que vous viviez avec nous en frères. »

La haine divisait ainsi les Juifs ennemis de Jésus, et ses sectateurs. Ceux-ci prirent enfin le nom de *chrétiens* pour se distinguer. *Chrétien* signifiait suivant d'un Christ, d'un oint, d'un messie. Bientôt le schisme éclata entre eux sans que l'empire romain en eût la moindre connaissance. C'étaient des hommes de la plus vile populace qui se battaient entre eux pour des querelles ignorées du reste de la terre.

Séparés entièrement des Juifs, comment les chrétiens pouvaient-ils se dire alors de la religion de Jésus ? Plus de circoncision, excepté à Jérusalem ; plus de cérémonies judaïques ; ils n'observèrent plus aucun des rites que Jésus avait observés ; ce fut un culte absolument nouveau.

1. Ch. xix.

... écrivirent leurs *Évangiles* qu'ils ca...
... aux autres Juifs, aux Romains, aux Grecs; ces
... secrets. Mais quels mystères! disent les
... foule de prodiges et de contradictions; les ab...
... ne sont point celles de Jean, et celles de Jean
... ne sont de Luc. Chaque petite société chrétienne avait
... ne montrait qu'à ses initiés. C'était parmi les
... horrible de laisser voir leurs livres à d'autres. Cela
... romain et grec, parmi les païens, pendant
... tant d'Évangiles. Là secte chré-
... à ses initiés de montrer leurs
... qu'ils appelaient *profanes*. Ils
... quiconque de leurs frères en
...

... comme on sait, arriva en 305 à l'occa...
... et d'autres, qui avaient livré les *Évangiles* aux
... l'empire, on les appela *traditeurs*, et de là vint le mot
... leurs confrères voulurent les punir. On assembla le concile
... auquel il y eut les plus violentes querelles, au point
... Purpuris, accusé d'avoir assassiné deux enfants
... d'un juif ayant aux évêques ses ennemis
... qu'il fut impossible aux empereurs romains d'abolir
... puis-ils ne la condurent qu'au bout de trois
...

CHAPITRE XXXVII — *Premier ... des chrétiens.*

... ne fut plus aisé aux chrétiens que de
... saint Épiphane, jusqu'au nombre de cinquante-
... s'il y en ait pas eu un plus grand nom-
... composèrent continuellement
... à l'appui de ... prophéties, de fausses
... à plaisir ... ligne, à for-
... qu'ils appelaient des fausses
... Co ... Pilate
... Paul ... et de
... Lettres de Pilate ... jamais de
... roi lui-même, écrit de Tibère pour
... les Apocryphes ... un Testament
... Jésus-Christ et les douze apôtres
... Siméon et de Joseph, l'Ascension
... d'Isaïe, de Moïse, d'Élie, de Sopho-
... Apocalypse de Pierre, les Actes de
... et mille autres.
... des Constitutions, des Décrets apostoliques dans

... IV. ...

lesquels on ne manque pas de dire que les évêques sont au-dessus des empereurs.

On poussa l'impudence jusqu'à supposer des vers grecs attribués aux sibylles, qui sont rares par l'excès du ridicule.

Enfin, les quatre premiers siècles du christianisme n'offrent qu'une suite continuelle de faussaires qui n'ont guère écrit que des œuvres de mensonge. Nous l'avouons avec douleur : c'est de ces mensonges que les prêtres chrétiens nourrirent leurs petits troupeaux. Ils le savent bien, les Abbadie et les autres écrivains à gages, qui, pour obtenir quelque petit bénéfice de l'archevêque de Dublin, engraissé de notre substance, essayent encore de justifier, s'il est possible, les sectes chrétiennes. Ils n'ont rien à répondre à ces accusations terribles, aussi n'y ont-ils jamais répondu; et, quand ils sont forcés d'en dire quelques mots, ils passent rapidement sur toutes ces falsifications, sur ces crimes de faux des premiers siècles, sur les brigandages des conciles, sur ce long amas de fourberies. Ils font comme les déserteurs prussiens qui courent de toutes leurs forces quand ils passent par les verges, afin d'être un peu moins fouettés.

Ils se jettent ensuite au plus vite sur les prophéties, comme dans un désert couvert d'épines et de bruyères, dans lequel ils croient qu'on ne pourra pas les suivre; ils pensent s'y sauver à la faveur des équivoques. Si un patriarche nommé Jacob a dit que Juda [1] lierait son ânon à la vigne, ils vous disent que Jésus est entré dans Jérusalem sur un âne, et ils prétendent que l'ânon de Juda est une prédiction de l'âne de Jésus.

Si Ésaïa [2] dit qu'il fera un enfant à la prophétesse sa femme, et que cet enfant s'appellera Maher Salalhas-bas, cela veut dire que Marie de Bethléem étant vierge accouchera de l'enfant Jésus.

Si le même Ésaïa [3] se plaint qu'on ne l'écoute pas, s'il se compare à une racine dans une terre sèche, s'il dit qu'il n'a nulle réputation, qu'il est regardé comme un lépreux, qu'il a été frappé pour les iniquités du peuple, qu'il est mené à la boucherie comme une brebis, etc., tout cela est appliqué à Jésus.

J'ai lu dans le Testament du célèbre curé Meslier, qu'en expliquant ainsi les ouvrages de ceux qu'on appelle *nabi*, prophètes, chez les Juifs, il y avait trouvé toute l'histoire de don Quichotte clairement prédite. Remarquons que ce curé, le plus charitable des hommes, et le plus juste, a demandé pardon à Dieu, en mourant, d'avoir accepté un emploi dans lequel on est obligé de tromper les hommes. Il a consigné dans un gros testament les motifs de son repentir : c'est un fait connu et avéré; mais l'opinion d'un curé picard [4] n'est pas une preuve pour un Anglais, il m'en faut d'autres encore.

Les premières sont les erreurs et les fausses citations qui se trouvent dans les *Évangiles*. Saint Luc dit [5] que Cyrinus était gouverneur de Syrie quand Jésus naquit. Cette fausseté est reconnue de tout le monde;

---

1. *Genèse*, ch. XLIX, v. 11. — 2. Isaïe, ch. VIII, v. 3. — 3. *Id.*, ch. LIII, v. 1-7. 4. Meslier était curé champenois. (ÉD.) — 5. Luc, ch. I, v. 1 et 2.

on sait que le gouverneur était Quintilius Varus. Voilà, dit-on, un des plus grossiers mensonges et des plus avérés dont on ait jamais souillé l'histoire. Il suffirait seul pour décréditer tous les *Évangiles*, et pour démontrer qu'ils ne furent écrits que longtemps après par des faussaires ignorants. C'est précisément comme si un de nos *pamphleteers* écrivait que la bataille de Blenheim [1], qui a signalé le règne de la reine Anne, s'est donnée sous le règne de George Ier. J'avoue que je suis accablé de ce mensonge, et que le plus effronté ou le plus imbécile commentateur, fût-ce un Calmet, ne peut le pallier.

Matthieu dit [2] que la fuite de Jésus en Égypte a été prédite par Osée [3] ; et, selon Luc, il n'alla jamais en Égypte.

Matthieu [4] dit que Jésus habita Nazareth, pour accomplir la prophétie qui assure *qu'il sera appelé Nazaréen;* et cette prophétie ne se trouve nulle part.

Milord Bolingbroke ne cesse de dire, dans son *Examen important,* que tout est rempli de pareilles prédictions, « ou entièrement imaginaires, ou interprétées comme celles de Merlin et de Nostradamus, avec une mauvaise foi qui indigne, et un ridicule qui fait pitié. » Je ne fais que rapporter ces paroles, je ne les adopte pas; c'est au lecteur à les peser.

Les récits des miracles ne sont pas moins extravagants, si l'on en croit tous les francs-pensants. Jérôme écrit sérieusement qu'un corbeau apporta tous les jours la moitié d'un pain à l'ermite Paul dans le désert de la Thébaïde pendant quarante années; que le corbeau apporta un pain entier le jour que l'ermite Antoine vint rendre visite à l'ermite Paul; et que, Paul étant mort le jour suivant, il vint deux lions qui creusèrent sa fosse avec leurs ongles. Saint Pacome allait faire ses visites monté sur un crocodile.

On croira aisément que les chrétiens grossirent à la fois le nombre de leurs martyrs et celui de leurs miracles. Quels écrivains de parti n'ont pas exagéré tout ce qui pouvait leur attirer la bienveillance publique? On exagère pour le seul plaisir d'être lu ou écouté, à plus forte raison quand l'enthousiasme et l'intérêt d'une faction semblent autoriser le mensonge. Mais les archives secrètes des chrétiens furent perdues depuis l'an 300. Le pape Grégoire Ier l'avoue dans sa septième lettre à Euloge. On ne retrouvait plus de son temps qu'une très-petite partie des *Actes des Martyrs,* conservés par Eusèbe. Tout ce qu'on a écrit depuis sur les anciens martyrs et les anciens miracles ne peut donc être qu'un recueil de fables.

Le plus terrible de ces miracles est celui qui est rapporté dans les *Actes des Apôtres.* Ils disent qu'Ananias et Saphira, sa femme, deux prosélytes de saint Pierre, moururent l'un après l'autre de mort subite, pour n'avoir pas donné tout leur argent aux apôtres. Ils étaient coupables d'avoir caché quelques shellings pour vivre, et de ne l'avoir pas avoué à saint Pierre. Quel miracle, grand Dieu! et quels apôtres!

1. Or d'Hochstedt. (Éd.)
2. Matth., ch. II, v. 14 et 15. — 3. Osée, ch. XII, v. 1. — 4. Ch. II, 23. (Éd.)

La plupart des autres miracles sont plus plaisants. Saint Grégoire Thaumaturge, c'est-à-dire l'*opérateur admirable*, apprend d'abord son catéchisme de la bouche d'un beau vieillard qui descend du ciel. A peine sait-il son catéchisme, qu'il écrit une lettre au diable. Il la pose sur un autel; la lettre est fidèlement portée à son adresse et le diable ne manque pas de faire tout ce que l'opérateur admirable lui ordonne. Les païens irrités veulent le saisir, lui et son disciple. Ils se changent tous deux sur-le-champ en arbres, et échappent à la poursuite de leurs ennemis.

L'histoire des martyrs est encore plus merveilleuse. Le préfet de Rome fait cuire le diacre Laurent sur un gril de six pieds de long. Sainte Potamienne, pour n'avoir pas voulu coucher avec le gouverneur d'Alexandrie, est bouillie dans de la poix-résine, et en sort avec la peau la plus fraîche et la plus blanche, qui dut inspirer de nouveaux désirs au gouverneur. Sept demoiselles chrétiennes de la ville d'Ancyre [1], dont la plus jeune avait soixante et dix ans, sont condamnées à être violées par tous les jeunes gens d'Ancyre, ou plutôt ces jeunes gens sont condamnés à les violer: et c'est là l'événement le plus naturel de leur histoire.

Qu'on nous montre un seul miracle évidemment prouvé, c'est celui-là seul que nous croirons. Nous avons entendu parler de cinq à six cents miracles faits de nos jours, en France, en faveur des convulsionnaires; la liste en a été donnée au roi de France par un magistrat qui lui-même était témoin des miracles. Qu'en est-il arrivé? Le magistrat a été enfermé comme un fou qu'il était; on s'est moqué de ses miracles à Paris et dans le reste de l'Europe.

Pour constater les miracles, il faut faire tout le contraire de ce qu'on fait à Rome quand on canonise un saint. On commence par attendre que le saint soit mort, et on attend cent années au moins; après quoi, lorsque la famille du saint, ou même la province qui s'intéresse à son apothéose, a cent mille écus tout prêts pour les frais de la chambre apostolique, on fait comparaître des témoins qui ont entendu dire, il y a cinquante ans, à de vieilles femmes qui le savaient de bonne part, que cinquante ans auparavant le saint en question avait guéri leur tante ou leur cousine d'un mal de tête effroyable, en disant la messe pour leur guérison.

Ce n'est pas ainsi que l'on met l'œuvre de Dieu au-dessus de tout soupçon. Le mieux, sans doute, est de s'y prendre comme nous fîmes en 1707, lorsque Fatio de Duiller et le bonhomme Daudé vinrent chez nous, des montagnes du Dauphiné et des Cévennes, avec deux ou trois cents prophètes, au nom du Seigneur. Nous leur demandâmes par quel prodige ils voulaient prouver leur mission. Le Saint-Esprit déclara par leur bouche qu'ils étaient prêts de ressusciter un mort. Nous leur permîmes de choisir le mort le plus puant qu'ils pussent trouver. Cette pièce se joua dans la place publique, en présence des commissaires de la reine Anne, du régiment des gardes, et d'un peuple immense. Le résultat, comme on sait, fut de mettre les prétendus

1. Carré de Montgiron.

ressusciteurs au pilori. Peut-être, dans cent ans d'ici, quelque nouveau prophète trouvera dans ses archives que l'enthousiaste Fatio et l'imbécile Daudé rendirent en effet un mort à la vie, et qu'ils ne furent pilóriés que par la perversité des mécréants, qui ne se rendent jamais à l'évidence.

Les premiers chrétiens devaient en user ainsi, et c'est ce que notre docteur Middelton a très-bien aperçu. Ils devaient se présenter en plein sénat, et dire : « Pères conscrits, ayez la bonté de nous donner un mort à ressusciter ; nous sommes sûrs de notre fait, quand ce ne serait qu'une couturière, comme la couturière Dorcas, qui rétablissait les robes des fidèles, et que saint Pierre ressuscita [1] ; nous voici prêts, ordonnez. » Le sénat n'aurait pas manqué de mettre les chrétiens à l'épreuve ; le mort, rendu à la vie par leurs prières, ou par un jet d'eau bénite, aurait baptisé tout le sénat de Rome, l'empereur, et l'impératrice ; et on aurait baptisé tout le peuple romain sans la moindre difficulté. Rien n'était plus aisé, plus simple. Cela ne s'est pas fait ; qu'on en dise, s'il se peut, la raison.

Mais qu'on nous dise d'abord pourquoi la religion chrétienne parvint enfin à subjuguer l'empire romain avec des fables qui semblent aux Bolingbroke, aux Collins, aux Toland, aux Woolston, aux Gordon, ne mériter que l'horreur et le mépris. On n'en sera pas surpris si on lit les chapitres suivants. Mais il les faut lire dans l'esprit d'un philosophe homme de bien, qui n'est pas encore illuminé.

CHAP. XXXVII. — *Des causes des progrès du christianisme. De la fin du monde, et de la résurrection annoncée de son temps.*

Nous n'avons parlé que suivant les faibles principes de la raison. Nous continuerons avec cette honnête liberté. La crainte et l'espérance d'un côté, et le merveilleux théologique de l'autre, ont eu toujours un empire absolu sur les esprits faibles ; et de ces esprits faibles il y en a parmi les grands, comme parmi les servantes d'hôtellerie.

Il s'éleva dans l'empire romain, après la mort de César, une opinion assez commune que le monde allait finir. Les horribles guerres des triumvirs, leurs proscriptions, le saccagement des trois parties de la terre alors connues, ne contribuèrent pas peu à fortifier cette idée chez les fanatiques.

Les disciples de Jésus en profitèrent si bien que, dans un de leurs *Évangiles*, cette fin du monde est clairement prédite, et l'époque en est fixée à la fin de la génération contemporaine de Jésus-Christ. Luc est le premier qui parle de cette prophétie [2], bientôt adoptée par tous les chrétiens. « Il y aura des signes dans la lune et dans les étoiles, des bruits de la mer et des flots ; les hommes séchant de crainte attendront ce qui doit arriver à l'univers entier. Les vertus des cieux seront

1. *Actes des Apôtres*, XI, 40. (ÉD.)
2. Chap. XXI, v. 25-32.

ébranlées, et alors ils verront le fils de l'homme venant dans une nuée avec grande puissance et grande majesté. En vérité, je vous dis que la génération présente ne passera point que tout cela ne s'accomplisse. »

La tête illuminée de Paul effraya plus d'une fois ses disciples de Thessalonique en enchérissant sur cette prophétie. « Nous qui vivons, leur dit-il, et qui parlons, nous serons emportés au-devant du Seigneur au milieu des airs [1]. »

Simon Barjone, surnommé Pierre, et que Jésus, par une singulière équivoque, nomma, dit-on, pour être la pierre triangulaire de son Église, dit dans sa première Épître [2] « que la fin du monde approche; » et dans la seconde [3] « qu'on attend de nouveaux cieux et une nouvelle terre. »

La première Épître attribuée à Jean assure [4] que « le monde est à sa dernière heure. » Thadée, Jude ou Juda, voit « le Seigneur qui va venir avec des milliers de saints pour juger les hommes [5]. »

Comme cette catastrophe n'arriva point dans la génération où elle était annoncée, on remit la partie à une seconde génération, et puis à une troisième. Une nouvelle Jérusalem parut en effet dans l'air pendant plusieurs nuits. Quelques Pères de l'Église la virent distinctement; mais elle disparaissait au point du jour, comme les diables s'enfuient au chant du coq.

On remit donc les nouveaux cieux et une nouvelle terre pour une quatrième génération; et de siècle en siècle les chrétiens attendirent la fin de ce monde qui était si prochaine.

A cette crainte se joignait l'espérance du royaume des cieux que les *Évangiles* comparent à de la moutarde, à des noces, à de l'argent mis à usure. Quel était ce royaume? Où était-il? Était-ce dans les nuées où l'on avait vu la Jérusalem de l'*Apocalypse?* Était-ce dans une des sept planètes, ou dans une étoile de la première grandeur, ou dans la voie lactée, à travers laquelle notre vicaire Derham [6] a vu le firmament?

Paul avait assuré les Juifs de Thessalonique qu'il irait avec eux par les airs à ce firmament en corps et en âme. Mais il régnait une autre opinion du temps de Paul et de Jésus, non moins séduisante : c'est qu'on ressusciterait pour entrer dans le royaume des cieux.

Paul avait beau dire aux Thessaloniciens qu'ils iraient droit au firmament sans mourir, ils sentaient bien qu'ils passeraient le pas tout comme les autres hommes, et que Paul mourrait lui-même; mais ils se flattaient de la résurrection.

Cette espérance n'était pas une idée neuve : la métempsycose était une espèce de résurrection. Les Égyptiens ne faisaient embaumer leur

---

1. *I Thessal.*, IV, 16. (ÉD.)
2. Ch. IV, 7. (ÉD.) — 3. III, 13. (ÉD.) — 4. II, 18. (ÉD.)
5. Épître de saint Jude, 14 et 15. (ÉD.)
6. Guillaume Derham, ecclésiastique anglais, né en 1657, mort en 1735. Il existe deux traductions françaises de sa *Théologie astronomique*. La seconde édition est d'Élie Bertrand, 1760, in-8. (*Note de M. Beuchot.*)

corps que pour qu'ils reçussent un jour leur âme. La résurrection est nettement annoncée dans l'*Énéide*, livre VI, v. 713.

> . . . . Animæ, quibus altera fato :
> Corpora debentur, Lethæi ad fluminis undam
> Securos latices et longa oblivia potant.

On disputait déjà dans Jérusalem sur cette résurrection, du temps de Jésus. La chose n'est guère possible aux yeux d'un sage qui raisonne; mais elle est consolante pour un ignorant qui espère et qui ne raisonne pas. Il s'imagine d'abord que sa faculté de penser et de sentir ira droit en paradis, où elle pensera et sentira sans organes. Ensuite il se figure que ses organes, devenus une poussière dispersée dans les quatre parties du monde, viendront reprendre leur première forme dans des millions de siècles, traverseront tous les globes célestes; qu'il sera le même homme qu'il était autrefois; qu'ayant pensé et senti sans corps pendant tant de siècles dans le paradis, il pensera et sentira enfin avec son corps, dont à la vérité il n'a nul besoin, mais qu'il aime toujours.

Platon n'était pas ennemi de la résurrection; il fait ressusciter Hérès pour quinze jours dans sa *République*. Je ne sais pas bien positivement pour combien de temps Lazare ressuscita : mes compatriotes qui voyagent dans les parties méridionales de France pourront aisément s'en instruire, car Lazare alla à Marseille avec Marie-Magdeleine, et les moines de ce pays-là ont sans doute son extrait mortuaire.

Je ne sais quel rêveur nommé Bonnet, dans un recueil de facéties appelées par lui *Palingénésie*, paraît persuadé que nos corps ressusciteront sans estomac, et sans les parties de devant et de derrière, mais avec des *fibres intellectuelles*, et d'excellentes têtes[1]. Celle de Bonnet me paraît un peu fêlée; il faut la mettre avec celle de notre Ditton[2]; je lui conseille, quand il ressuscitera, de demander un peu plus de bon sens, et des fibres un peu plus intellectuelles que celles qu'il eut en partage de son vivant. Mais que Charles Bonnet ressuscite ou non, milord Bolingbroke, qui n'est pas encore ressuscité, nous prouvait pendant sa vie combien toutes ces chimères tournaient la tête des idiots subjugués par des enthousiastes.

Il est utile que les hommes croient un Dieu rémunérateur et vengeur. Cette idée encourage la probité et ne choque point le sens com-

---

1. M. Bonnet, célèbre naturaliste, connu par un excellent ouvrage sur les feuilles des plantes, par la découverte d'un puceron hermaphrodite, et par des observations sur la reproduction des parties des animaux, avait eu le malheur de faire quelques ouvrages ridicules de métaphysique et de théologie, dans les instants où la faiblesse de sa vue ne lui permettait pas de faire des observations. Il parlait quelquefois avec mépris de M. de Voltaire dans ces ouvrages, et dans ses lettres à l'anatomiste Haller, qui avait aussi le malheur d'être théologien. M. de Voltaire prend ici la liberté de se moquer d'une des plus plaisantes rêveries métaphysico-théologiques qui soient échappées au savant naturaliste. (*Ed. de Kehl.*)

2. Humphrey Ditton, géomètre anglais, né à Salisbury en 1675, mort en 1715, est auteur de *la Religion chrétienne démontrée par la résurrection de Jésus-Christ*, dont il existe une traduction française par André de La Chapelle, 1729, in-4. (*Note de M. Beuchot.*)

mun : mais la résurrection révolte tous les gens qui pensent, et encore plus ceux qui calculent. C'est une très-mauvaise politique de vouloir gouverner les hommes par des fictions : car tôt ou tard les yeux s'ouvrent, et on déteste d'autant plus les erreurs dans lesquelles on a été nourri, qu'on y a été asservi davantage.

Dans les commencements, la populace se livra en aveugle aux demi-juifs, demi-chrétiens, demi-platoniciens, qui avaient la fureur de faire des prosélytes, fureur si chère à l'amour-propre; des ignorants, disciples d'ignorants, en attiraient d'autres au parti; et les femmes, toujours bien dévotes et bien crédules, se faisaient chrétiennes par la même faiblesse que d'autres se faisaient sorcières.

Cela ne suffisait pas sans doute pour que des sénateurs romains, des successeurs de Scipion, de Caton, de Métellus, de Cicéron, de Varron, s'embéguinassent d'un tel *Conte du Tonneau* Et en effet, il n'y eut presque aucun sénateur jusqu'à Théodose qui embrassât une secte si chimérique. Constantin même, lorsque l'argent des chrétiens l'eut fait empereur, et lorsqu'il donna ouvertement dans ce parti qui était devenu le plus riche, fut obligé de quitter pour jamais Rome, dont le sénat le haïssait, et il alla établir le christianisme dans sa nouvelle ville de Constantinople.

Il avait donc fallu, pour que le christianisme triomphât à ce point, employer des ressorts plus puissants que cette crainte de la fin du monde, cette espérance d'une nouvelle terre et d'un nouveau ciel, et ce plaisir d'habiter dans une nouvelle Jérusalem céleste.

Le platonisme fut cette force étrangère qui, appliquée à la secte naissante, lui donna de la consistance et de l'activité. Rome n'entra pour rien dans ce mélange de platonisme et de christianisme. Les évêques secrets de Rome dans les premiers siècles n'étaient que des demi-juifs très-ignorants, qui ne savaient qu'accumuler de l'argent; mais de la théologie philosophique, c'est ce qu'ils ne connurent pas. On ne compte aucun évêque de Rome parmi les Pères de l'Église pendant six siècles entiers. C'est dans Alexandrie, devenue le centre des sciences, que les chrétiens devinrent des théologiens raisonneurs; et c'est ce qui releva la bassesse qu'on reprochait à leur origine : ils devinrent platoniciens dans l'école d'Alexandrie.

Certainement aucun homme de distinction, aucun homme d'esprit ne serait entré dans leur faction, s'ils s'étaient contentés de dire : « Jésus est né d'une vierge; les ancêtres de son père putatif remontent à David par deux généalogies entièrement différentes. Lorsqu'il naquit dans une étable, trois mages ou trois rois vinrent du fond de l'Orient l'adorer dans son auge. Le roi Hérode, qui se mourait alors, ne douta pas que Jésus ne fût un roi qui le détrônerait un jour, et il fit égorger tous les enfants des villages voisins, comptant que Jésus serait enveloppé dans le massacre. Ses parents, selon les évangélistes qui ne peuvent mentir, l'emmenèrent en Égypte[1]; et selon d'autres, qui ne peuvent mentir non plus, il resta en Judée. Son premier mira-

---

1. Matth., ch. ɪɪ. (ÉD.)

cle fut d'être emporté par le diable [1] sur une montagne d'où l'on découvrait tous les royaumes de la terre. Son second miracle fut de changer l'eau en vin [2] dans une noce de paysans lorsqu'ils étaient déjà ivres. Il sécha par sa toute-puissance un figuier [3] qui ne lui appartenait pas, parce qu'il n'y trouva point de fruit dans le temps qu'il ne devait pas en porter : car ce n'était pas le temps des figues. Il envoya le diable [4] dans le corps de deux mille cochons, et les fit périr au milieu d'un lac, dans un pays où il n'y a point de cochons, etc., etc. Et quand il eut fait tous ces beaux miracles, il fut pendu. »

Si les premiers chrétiens n'avaient dit que cela, ils n'auraient jamais attiré personne dans leur parti ; mais ils s'enveloppèrent dans la doctrine de Platon, et alors quelques demi-raisonneurs les prirent pour des philosophes.

CHAP. XXVIII. — *Chrétiens platoniciens. Trinité.*

Tous les métaphysiciens, tous les théologiens de l'antiquité, furent nécessairement des charlatans qui ne pouvaient s'entendre. Le mot seul l'indique : *Métaphysique*, au-dessus de la nature ; *théologie*, connaissance de Dieu. Comment connaître ce qui n'est pas naturel ? Comment l'homme peut-il savoir ce que Dieu a pensé, et ce qu'il est ? Il fallait bien que les métaphysiciens ne dissent que des paroles, puisque les physiciens ne disaient que cela, et qu'ils osaient raisonner sans faire d'expériences. La métaphysique n'a été jusqu'à Locke qu'un vaste champ de chimères ; Locke n'a été vraiment utile que parce qu'il a resserré ce champ où l'on s'égarait. Il n'a eu raison, et il ne s'est fait entendre, que parce qu'il est le seul qui se soit entendu lui-même.

L'obscur Platon, disert plus qu'éloquent, poëte plus que philosophe, sublime parce qu'on ne l'entendait guère, s'était fait admirer chez les Grecs, chez les Romains, chez les Asiatiques et les Africains, par des sophismes éblouissants. Dès que les Ptolémée établirent des écoles dans Alexandrie, elles furent platoniciennes.

Platon, dans un style ampoulé, avait parlé d'un Dieu qui forma le monde par son verbe. Tantôt ce verbe est un fils de Dieu, tantôt c'est la sagesse de Dieu, tantôt c'est le monde qui est le fils de Dieu. Il n'y a point, à la vérité, de Saint-Esprit dans *Platon*, mais il y a une espèce de trinité. Cette trinité est, si vous voulez, la puissance, la sagesse et la bonté : si vous voulez aussi, c'est Dieu, le Verbe et le monde. Si vous voulez, vous la trouverez encore dans ces belles paroles d'une de ses lettres à son capricieux et méchant ami Denys le Tyran : « Les plus belles choses ont en Dieu leur cause première, les secondes en perfection ont en lui une seconde cause, et il est la troisième cause des ouvrages du troisième degré. »

N'êtes-vous pas content de cette trinité ? en voici une autre dans son *Timée* : « C'est la substance indivisible, la divisible, et la troisième qui tient de l'une et de l'autre. »

1. Matth., IV, 8 ; Luc, IV, 5. (ÉD.) — 2. Jean, II, 9.
3. Matth., XI, 19 ; Marc, XI, 13. (ÉD.) — 4. Matth., VIII, 32 ; Marc, V, 13. (ÉD.)

Tout cela est bien merveilleux ; mais si vous aimez des trinités, vous en trouverez partout. Vous verrez en Égypte Isis, Osiris, et Horus ; en Grèce, Jupiter, Neptune, et Pluton, qui partagent le monde entre eux ; cependant Jupiter seul est le maître des dieux. Birma, Brama, et Vistnou, sont la trinité des Indiens. Le nombre trois a toujours été un terrible nombre.

Outre ces trinités, Platon avait son monde intelligent. Celui-ci était composé d'idées archétypes qui demeuraient toujours au fond du cerveau, et qu'on ne voyait jamais.

Sa grande preuve de l'immortalité de l'âme, dans son dialogue de Phédon et d'Ékécratès, était que *le vivant vient du mort, et le mort du vivant* ; et de là il conclut que *les âmes après la mort vont dans le royaume des enfers*. Tout ce beau galimatias valut à Platon le surnom de *divin*, comme les Italiens le donnent aujourd'hui à leur charmant fou l'Arioste, qui est pourtant plus intelligible que Platon [1].

Mais qu'il y ait dans Platon du divin ou un peu de ce profond enthousiasme qui approche de la folie, on l'étudiait dans Alexandrie depuis plus de trois cents années. Toute cette métaphysique est même beaucoup plus ancienne que Platon ; il la puisa dans Timée de Locres. On voit chez les Grecs une belle filiation d'idées romanesques. Le *Logos* est dans ce Timée, et ce Timée l'avait pris chez l'ancien Orphée. Vous trouvez, dans Clément d'Alexandrie et dans Justin, ce fragment d'une hymne d'Orphée : « Je jure par la parole qui procéda du père, et qui devint son conseiller quand il créa le monde. »

Cette doctrine fut enfin tellement accréditée par les platoniciens, qu'elle pénétra jusque chez les Juifs d'Alexandrie.

Philon, né dans cette ville, l'un des plus savants Juifs et Juif de très-bonne foi, fut un platonicien zélé. Il alla même plus loin que Platon, puisqu'il dit que « Dieu se maria au verbe, et que le monde naquit de ce mariage. » Il appelle le verbe, Dieu.

Les premiers sectateurs de Jésus qui vinrent dans Alexandrie y trouvèrent donc des Juifs platoniciens. Il faut remarquer qu'il y avait alors beaucoup plus de Juifs en Égypte qu'on ne peut en supposer du temps des pharaons. Ils avaient même un très-beau temple dans Bubaste, quoique leurs lois défendissent de sacrifier ailleurs qu'à Jérusalem. Ces Juifs parlaient tous grec, et c'est pourquoi les *Évangiles* furent écrits en grec. Les Juifs grecs étaient détestés de ceux de Jérusalem, qui les maudissaient pour avoir traduit leur *Bible*, et qui expiaient tous les ans ce sacrilége par une fête lugubre.

Il ne fut donc pas difficile aux sectateurs de Jésus d'attirer à eux quelques-uns de leurs frères d'Alexandrie et des autres villes, qui haïssaient les Juifs de Judée : ils se joignirent surtout à ceux qui avaient embrassé la doctrine de Platon. C'est là le grand nœud et le premier développement du christianisme ; c'est là que commence réellement

---

1. Il est à peine utile d'avertir que Voltaire n'avait jamais lu que quelques fragments de Platon, que la plupart de ses citations sont très-inexactes, et que tous ses jugements sont faux. (ÉD.)

cette religion. Il y eut dans Alexandrie une école publique de christianisme platonicien, une chaire où Marc enseigna (ce n'est pas celui dont le nom est à la tête d'un Évangile). A ce Marc succéda un Athénagore; à celui-ci, Pantène; à Pantène, Clément surnommé Alexandrin: et à ce Clément, Origène, etc.

C'est là que le verbe fut connu des chrétiens, c'est là que Jésus fut appelé le *verbe*. Toute la vie de Jésus devint une allégorie, et la *Bible* juive ne fut plus qu'une autre allusion qui prédisait Jésus.

Les chrétiens, avec le temps, eurent une trinité; tout devint mystère chez eux; moins ils furent compris, plus ils obtinrent de considération.

Il n'avait point encore été question chez les chrétiens de trois substances distinctes, composant un seul Dieu, et nommées *le Père, le Fils et le Saint-Esprit.*

On fabriqua l'*Évangile* de Jean, et on y cousit un premier chapitre où Jésus fut appelé *verbe et lumière de lumière;* mais pas un mot de la trinité telle qu'on l'admit depuis, pas un mot du Saint-Esprit regardé comme Dieu.

Cet *Évangile* dit de ceux qui écoutent Jésus : « Ils n'avaient pas encore reçu l'esprit[1]; » il dit : « L'esprit souffle où il veut[2], » ce qui ne signifie que le vent; il dit que Jésus *fut troublé d'esprit*[3] lorsqu'il annonça qu'un de ses disciples le trahirait; « il rendit l'esprit[4], » ce qui veut dire, il mourut; « ayant proféré ces mots, il souffla sur eux, et leur dit : *Recevez l'esprit*[5]. » Or il n'y a pas d'apparence qu'on envoie Dieu dans le corps des gens en soufflant sur eux. Cette méthode était pourtant très-ancienne; l'âme était un souffle; tous les prétendus sorciers soufflaient et soufflent encore sur ceux qu'ils imaginent ensorceler. On faisait entrer un malin esprit dans la bouche de ceux à qui on voulait nuire. Un malin esprit était un souffle ; un esprit bienfaisant était un souffle. Ceux qui inventèrent ces pauvretés n'avaient pas certainement beaucoup d'esprit, en quelque sens qu'on prenne ce mot si vague et si indéterminé.

Aurait-on jamais pu prévoir qu'on ferait un jour ce mot de *souffle,* vent, esprit, un être suprême, un Dieu, la troisième personne de Dieu, procédant du Père, procédant du Fils, n'ayant point la paternité, n'étant ni fait ni engendré? Quel épouvantable *non-sens!*

Une grande objection contre cette secte naissante était : « Si votre Jésus est le verbe de Dieu, comment Dieu a-t-il souffert qu'on pendît son » verbe? Ils répondirent à cette question assommante par des mystères encore plus incompréhensibles. Jésus était verbe, mais il était un second Adam; or le premier Adam avait péché, donc le second devait être puni. L'offense était très-grande envers Dieu, car Adam avait voulu être savant, et pour le devenir il avait mangé une pomme. Dieu, étant infini, était irrité infiniment; donc il fallait une satisfaction infinie. Le verbe, en qualité de Dieu, était infini aussi; donc il n'y avait que lui qui pût satisfaire. Il ne fut pas pendu seulement comme verbe, mais comme homme. Il avait donc deux natures ; et de l'assemblage

1. Jean, VII, 39. (ED.) — 2. III, 8. — 3. XIII, 21. (ED.) — 4. XIX, 30. (ED.)
5. XX, 22. (ED.)

merveilleux de ces deux natures il résulta des mystères plus merveilleux encore.

Cette théologie sublime étonnait les esprits, et ne faisait tort à personne. Que des demi-Juifs adorassent le verbe ou ne l'adorassent pas,
le monde allait son train ordinaire; rien n'était dérangé. Le sénat romain respectait les platoniciens, il admirait les stoïciens, il aimait les
épicuriens, il tolérait les restes de la religion isiaque. Il vendait aux
Juifs la liberté d'établir des synagogues au milieu de Rome. Pourquoi
aurait-il persécuté des chrétiens? Fait-on mourir les gens pour avoir
dit que Jésus est un verbe?

Le gouvernement romain était le plus doux de la terre. Nous avons
déjà remarqué[1] que personne n'avait été jamais persécuté pour avoir
pensé.

CHAP. XXXIX. — *Des dogmes chrétiens absolument différents de ceux de Jésus.*

A proprement parler, ni les Juifs ni Jésus n'avaient aucun dogme.
« Faites ce qui est ordonné dans la loi. Si vous avez la lèpre[2], montrez-
vous aux prêtres, ce sont d'excellents médecins. Si vous allez à la selle,
ne manquez pas de porter avec vous un bâton ferré, et couvrez vos
excréments[3]. Ne remuez pas, le jour du sabbat[4]. Si vous soupçonnez
votre femme[5], faites-lui boire des eaux de jalousie. Présentez des
offrandes le plus que vous pourrez. Mangez[6] au mois de Nisan un
agneau rôti avec des laitues, ayant souliers aux pieds, bâton en main,
ceinture aux reins, et mangez vite, etc., etc. »

Ce ne sont point là des dogmes, des discussions théologiques; ce
sont des observances auxquelles nous avons vu que Jésus fut toujours
assujetti. Nous ne faisons rien de ce qu'il a fait, et il n'annonça rien
de ce que nous croyons. Jamais il ne dit dans nos Évangiles : « Je suis
venu et je mourrai pour extirper le péché originel. Ma mère est vierge.
Je suis consubstantiel à Dieu, et nous sommes trois personnes en Dieu.
J'ai pour ma part deux natures et deux volontés, et je ne suis qu'une
personne. Je n'ai pas la paternité, et cependant je suis la même chose
que Dieu le père. Je suis lui, et je ne suis pas lui. La troisième personne procédera un jour du père selon les Grecs, et du père et du fils
selon les Latins. Tout l'univers est né damné, et ma mère aussi ; cependant ma mère est mère de Dieu. Je vous ordonne de mettre, par des
paroles, dans un petit morceau de pain mon corps tout entier, mes
cheveux, mes ongles, ma barbe, mon urine, mon sang, et de mettre
en même temps mon sang à part dans un gobelet de vin; de façon
qu'on boive le vin, qu'on mange le pain, et que cependant ils soient
anéantis. Souvenez-vous qu'il y a sept vertus, quatre cardinales et
trois théologales; qu'il n'y a que sept péchés capitaux, comme il n'y a
que sept douleurs, sept béatitudes, sept cieux, sept anges devant Dieu,

---

1. Chap. XIII, page 140. (ÉD.) — 2. *Lévitique*, XIII, 2. (ÉD.)
3. *Deutér.* XXIII, 13. — 4. *Exode*, XXXI, 14. (ÉD.) — 5. *Nombres*, V. 14 et suiv. (ÉD.)
6. *Exode*, XII, 9, 10, 11. (ÉD.)

sept sacrements qui sont signes visibles de choses invisibles, et sept sortes de grâce qui répondent aux sept branches du chandelier. »

Que dis-je? nous apprend-il jamais ce que c'est que notre âme; si elle est substance ou faculté resserrée dans un point, ou répandue dans le corps, préexistante à notre corps, ou en quel temps elle y entre? Il nous en a donné si peu de notion, que plusieurs Pères ont écrit que l'âme est corporelle.

Jésus parla si peu des dogmes, que chaque société chrétienne qui s'éleva après lui eut une croyance particulière. Les premiers qui raisonnèrent s'appelèrent *gnostiques*, c'est-à-dire savants, qui se divisèrent en barbelonites, floriens, phébéonites, zachéens, codices, borborites, ophrites, et encore en plusieurs autres petites sectes : ainsi l'Église chrétienne n'exista pas un seul moment réunie; elle ne l'est pas aujourd'hui, elle ne le sera jamais. Cette réunion est impossible, à moins que les chrétiens ne soient assez sages pour sacrifier les dogmes de leur invention à la morale. Mais qu'ils deviennent sages, n'est-ce pas encore une autre impossibilité? Ce qu'on peut seulement assurer, c'est qu'il en est beaucoup qui le deviendront, et qui même le deviennent déjà tous les jours, malgré les barbares hypocrites qui veulent constamment mettre la théologie à la place de la vertu.

CHAP. XL. — *Des querelles chrétiennes.*

La discorde fut le berceau de la religion chrétienne, et en sera probablement le tombeau. Dès que les chrétiens existent, ils insultent les Juifs leurs pères, ils insultent les Romains sous l'empire desquels ils vivent; ils s'insultent eux-mêmes réciproquement. A peine ont-ils prêché le Christ, qu'ils s'accusent les uns les autres d'être antichrists.

Plus de six cents querelles, grandes ou petites, ont porté et entretenu le trouble dans l'Église chrétienne, tandis que toutes les autres religions de la terre étaient en paix; et ce qui est très-vrai, c'est qu'il n'est aucune de ces querelles théologiques qui n'ait été fondée sur l'absurdité et sur la fraude. Voyez la guerre de langue, de plume, d'épées, et de poignards, entre les ariens et les athanasiens. Il s'agissait de savoir si Jésus était semblable au Créateur, ou s'il était identifié avec le Créateur. L'une et l'autre de ces propositions étaient également absurdes et impies. Certainement vous ne les trouverez énoncées dans aucun des Évangiles. Les partisans d'Arius et ceux d'Athanase se battaient *pour l'ombre de l'âne*. L'empereur Constantin, en qui les crimes n'avaient pas éteint le bon sens, commença par leur écrire qu'ils étaient tous des fous, et qu'ils se déshonoraient par des disputes si frivoles et si impertinentes : c'est la substance de la lettre qu'il envoie aux chefs des deux factions; mais bientôt après la ridicule envie d'assembler un concile, d'y présider avec une couronne en tête, et la vaine espérance de mettre les théologiens d'accord, le rendirent aussi fou qu'eux. Il convoqua le concile de Nicée pour savoir précisément si un Juif était Dieu. Voilà l'excès de l'absurdité; voici maintenant l'excès de la fraude.

Je ne parle pas des intrigues que les deux factions employèrent; des mensonges, des calomnies sans nombre; je m'arrête aux deux beaux miracles que les athanasiens firent à ce concile de Nicée.

L'un de ces deux miracles, qui est rapporté dans l'appendix[1] de ce concile, est que les Pères étant fort embarrassés à décider quels évangiles, quels pieux écrits il fallait adopter, et quels il fallait rejeter, s'avisèrent de mettre pêle-mêle sur l'autel tous les livres qu'ils purent trouver, et d'invoquer le Saint-Esprit, qui ne manqua pas de faire tomber par terre tous les mauvais livres; les bons restèrent, et depuis ce moment on ne devait plus douter de rien.

Le second miracle, rapporté par Nicéphore[2], Baronius[3], Aurélius Peruginus[4], c'est que deux évêques, nommés Chrysante et Musonius, étant morts pendant la tenue du concile, et n'ayant pu signer la condamnation d'Arius, ils ressuscitèrent, signèrent, et remoururent. Ce qui prouve la nécessité de condamner les hérétiques.

Il semblait qu'on dût attendre de ce grand concile une belle décision formelle sur la trinité; il n'en fut pas question. On se contenta d'en dire à la fin un petit mot dans la profession de foi du concile. Les Pères, après avoir déclaré que Jésus est engendré et non fait, et qu'il est consubstantiel au Père, déclarent qu'ils croient aussi au souffle que nous appelons Saint-Esprit, et dont on a fait depuis un troisième Dieu. Il faut avouer, avec un auteur moderne, que le Saint-Esprit fut traité fort cavalièrement à Nicée. Mais qu'est-ce que ce Saint-Esprit? On trouve dans le vingtième chapitre de Jean, que Jésus, ressuscité secrètement, apparut à ses disciples, souffla sur eux, et leur dit : « Recevez mon saint souffle. » Et aujourd'hui ce souffle est Dieu.

Le concile d'Éphèse, qui anathématisa le patriarche de Constantinople Nestorius, n'est pas moins curieux que le premier concile de Nicée. Après avoir déclaré Jésus Dieu, on ne savait en quel rang placer sa mère. Jésus en avait usé durement avec elle à la noce de Cana : il lui avait dit[5] : *Femme, qu'y a-t-il entre vous et moi?* et lui avait d'abord refusé tout net de changer l'eau en vin pour les garçons de la noce. Cet affront devait être réparé. Saint Cyrille, évêque d'Alexandrie, résolut de faire reconnaître Marie pour mère de Dieu. L'entreprise parut d'abord hardie. Nestorius, patriarche de Constantinople, déclara hautement en chaire que c'était trop faire ressembler Marie à Cybèle; qu'il était bien juste de lui donner quelques honneurs, mais que de lui donner tout d'un coup le rang de mère de Dieu, cela était un peu trop roide.

Cyrille était un grand faiseur de galimatias, Nestorius aussi. Cyrille était un persécuteur, Nestorius ne l'était pas moins. Cyrille s'était fait beaucoup d'ennemis par sa turbulence, Nestorius en avait encore davantage; et les Pères du concile d'Éphèse, en 431, se donnèrent le plaisir de les déposer tous deux. Mais si ces deux évêques perdirent leur procès, la sainte Vierge gagna le sien : elle fut enfin déclarée mère de Dieu, et tout le peuple battit des mains.

---

1. *Concil. Labb.*, tome I, p. 84. — 2. Liv. VIII, ch. XXIII.
3. Tome IV, n° 82. — 4. *Ann.* 325. — 5. Jean, II, 4. (ÉD.)

On proposa depuis de l'admettre dans la trinité : cela paraissait fort juste ; car, étant mère de Dieu, on ne pouvait lui refuser la qualité de déesse. Mais comme la trinité serait devenue par là une quaternité, il est à croire que les arithméticiens s'y opposèrent. On aurait pu répondre que puisque trois faisaient un, ils feraient aussi bien quatre, ou que les quatre feraient un, si on l'aimait mieux. Ces fières disputes durent encore, et il y a aujourd'hui beaucoup de nestoriens qui sont courtiers de change chez les Turcs et chez les Persans, comme les Juifs le sont parmi nous. Belle catastrophe d'une religion !

Jésus n'avait pas plus parlé de ses deux natures et de ses deux volontés que de la divinité de sa mère. Il n'avait jamais laissé soupçonner de son vivant qu'il n'y avait en lui qu'une personne avec deux volontés et deux natures. On tint encore des conciles pour éclaircir ces systèmes, et ce ne fut pas sans de très-grandes agitations dans l'empire.

Jamais Jésus n'eut aucune image dans sa maison, à moins que ce ne fût le portrait de sa mère qu'on dit peinte par saint Luc. On a beau répéter qu'il n'avait point de maison, qu'il ne savait où reposer sa tête ; que quand il aurait été aussi bien logé que notre archevêque de Kenterbury, il n'en aurait pas plus connu le culte des images. On a beau prouver que pendant trois cents ans les chrétiens n'eurent ni statues ni portraits dans leurs assemblées ; cependant un second concile de Nicée a déclaré qu'il fallait adorer des images.

On sait assez quelles ont été nos disputes sur la transsubstantiation, et sur tant d'autres points. « Enfin, disent les francs-pensants, prenez l'*Évangile* d'une main et vos dogmes de l'autre ; voyez s'il y a un seul de ces dogmes dans l'*Évangile* ; et puis jugez si les chrétiens qui adorent Jésus sont de la religion de Jésus. Jugez si la secte chrétienne n'est pas une bâtarde juive née en Syrie, élevée en Égypte, chassée avec le temps du lieu de sa naissance et de son berceau ; dominante aujourd'hui dans Rome moderne, et dans quelques autres pays d'Occident, par l'argent, la fraude, et les bourreaux. » Ne nous dissimulons pas que ce sont là les discours des hommes de l'Europe les plus instruits, et avouons devant Dieu que nous ayons besoin d'une réforme universelle.

CHAP. XLI. — *Des mœurs de Jésus et de l'Église.*

J'entends ici par mœurs les usages, la conduite, la dureté ou la douceur, l'ambition ou la modération, l'avarice ou le désintéressement. Il suffit d'ouvrir les yeux et les oreilles, pour être certain qu'en toutes ces choses il y eut toujours plus de différence entre les Églises chrétiennes et Jésus, qu'entre la tempête et le calme, entre le feu et l'eau, entre le soleil et la nuit.

Parlons un moment du pape de Rome, quoique nous ne le reconnaissions pas en Angleterre depuis près de deux siècles et demi. N'est-il pas évident qu'un fakir des Indes ressemble plus à Jésus qu'un pape ? Jésus fut pauvre, alla servir le prochain de bourgade en bourgade, mena une vie errante ; il marchait à pied, ne savait jamais où il cou-

cherait, rarement où il mangerait. C'est précisément la vie d'un fakir,
d'un talapoin, d'un santon, d'un marabout. Le pape de Rome, au
contraire, est logé à Rome dans les palais des empereurs. Il possède
environ huit à neuf cent mille livres sterling de revenu quand ses
finances sont bien administrées. Il est humblement souverain absolu,
il est serviteur des serviteurs; et en cette qualité il a déposé des rois,
et donné presque tous les royaumes de la chrétienté; il a même encore
un roi[1] pour vassal, à la honte du trône.

Passons du pape aux évêques. Ils ont tous imité le pape autant qu'ils
ont pu. Ils se sont arrogé partout les droits régaliens; ils sont souverains en Allemagne, et parmi nous barons du royaume. Aucun évêque
ne prend, à la vérité, le titre de serviteur des serviteurs; au contraire
presque tous les évêques papistes s'intitulent, *Évêques par la permission du serviteur des serviteurs;* mais tous ont affecté la puissance
souveraine. Il ne s'en est pas trouvé parmi eux un seul qui n'ait voulu
écraser l'autorité séculière et la magistrature. Ce sont eux-mêmes qui
apprirent aux papes à détrôner les rois; les évêques de France avaient
déposé Louis, fils de Charlemagne, longtemps avant que Grégoire VII
fût assez insolent pour déposer l'empereur Henri IV.

Des évêques espagnols déposèrent leur roi Henri IV l'Impuissant :
ils prétendirent qu'un homme dans cet état n'était pas digne de régner.
Il faut que le nom de Henri IV soit bien malheureux, puisque le Henri IV
de France, qui était très-digne de régner par une raison contraire, fut
pourtant déclaré incapable du trône par les trois quarts des évêques du
royaume, par la Sorbonne, par les moines, ainsi que par les papes.

Ces exécrables momeries sont aujourd'hui regardées avec autant de
mépris que d'horreur par toutes les nations; mais elles ont été révé-
rées pendant plus de dix siècles, et les chrétiens ont été traités partout comme des bêtes de somme par les évêques. Aujourd'hui même
encore, dans les malheureux pays papistes, les évêques se mêlent
despotiquement de la cuisine des particuliers; ils leur font manger ce
qu'ils veulent dans certains temps de l'année : ils font plus, ils sus-
pendent à leur gré la culture de la terre. Ils ordonnent aux nourriciers
du genre humain de ne point labourer, de ne point semer, de ne point
recueillir certains jours de l'année; et ils poussent dans quelques occasions la tyrannie jusqu'à défendre pendant trois jours de suite d'o-
béir à la Providence et à la nature. Ils condamnent les peuples à une
oisiveté criminelle, et cela de leur autorité privée, sans que les peuples osent se plaindre, sans que les magistrats osent interposer le pouvoir des lois civiles, seul pouvoir raisonnable. Si les évêques ont partout usurpé les droits des princes, il ne faut pas croire que les pasteurs
de nos Églises réformées aient eu moins d'ambition et de fureur. On
n'a qu'à lire dans notre historien philosophe Hume les sombres et absurdes atrocités de nos presbytériens d'Écosse. Le sang s'allume à une
telle lecture; on est tenté de punir des insolences de leurs prédécesseurs ceux d'aujourd'hui, qui étalent les mêmes principes. Tout

1. Le roi de Naples. (ÉD.)

prêtre, n'en doutons pas, serait, s'il le pouvait, tyran du genre humain. Jésus n'a été que victime. Voyez donc comme ils ressemblent à Jésus !

S'ils nous répondent ce que j'ai entendu dire à plusieurs d'entre eux, que Jésus leur a communiqué un droit dont il n'a pas daigné user, je répéterai ici ce que je leur ai dit, qu'en ce cas c'est aux Pilates de nos jours à leur faire subir le supplice que ne méritait pas leur maître.

Nous avons encore brûlé deux ariens sous le règne de Jacques Ier. De quoi étaient-ils coupables? de n'avoir pas attribué à Jésus l'épithète de consubstantiel, qu'assurément il ne s'était pas donnée lui-même.

Le fils de Jacques Ier a porté sa tête sur un échafaud; nos infâmes querelles de religion ont été la principale cause de ce parricide. Il n'était pas plus coupable que nos deux ariens exécutés sous son père.

Chap. XLII. — *De Jésus, et des meurtres commis en son nom.*

Il faut prendre Jésus-Christ comme on nous le donne. Nous ne pouvons juger de ses mœurs que par la conduite qu'on lui attribue. Nous n'avons ni de Clarendon ni de Hume qui ait écrit sa vie. Ses évangélistes ne lui imputent d'autre action d'homme violent et emporté, que celle d'avoir battu[1] et chassé très-mal à propos les marchands de bêtes de sacrifice qui tenaient leur boutique à l'entrée du temple. A cela près, c'était un homme fort doux, qui ne battit jamais personne; et il ressemblait assez à nos quakers, qui n'aiment pas qu'on répande le sang. Voyez même comme il remit l'oreille à Malchus[2], quand le très-inconstant et très-faible saint Pierre eut coupé l'oreille à cet archer du guet[3], quelques heures avant de renier son maître. Ne me dites point que cette aventure est le comble du ridicule, je le sais tout aussi bien que vous; mais je suis obligé, encore une fois, de ne juger ici que d'après les pièces qu'on produit au procès.

Je suppose donc que Jésus a été toujours honnête, doux, modeste; examinons en peu de mots comment les chrétiens l'ont imité, et quel bien leur religion a fait au genre humain.

Il ne sera pas mal à propos de faire ici un petit relevé de tous les hommes qu'elle a fait massacrer, soit dans les séditions, soit dans les batailles, soit sur les échafauds, soit dans les bûchers, soit par de saints assassinats, ou prémédités, ou soudainement inspirés par l'esprit.

Les chrétiens avaient déjà excité quelques troubles à Rome lorsque, l'an 251 de notre ère vulgaire, le prêtre Novatien disputa ce que nous appelons *la chaire de Rome*, la papauté, au prêtre Corneille : car c'était déjà une place importante qui valait beaucoup d'argent; et précisément dans le même temps la chaire de Carthage fut disputée de même par Cyprien, et un autre prêtre nommé Novat, qui avait tué sa

---

1. Jean, II, 15. (Éd.) — 2. Luc, XXII, 51. (Éd.)
3. Il y a dans l'anglais *to that constable*. On l'a traduit par *archer du guet.*

femme à coups de pied dans le ventre [1]. Ces deux schismes occasionnè-
rent beaucoup de meurtres dans Carthage et dans Rome. L'empereur
Décius fut obligé de réprimer ces fureurs par quelques supplices : c'est
ce qu'on appelle la grande, la terrible persécution de Décius. Nous n'en
parlerons pas ici; nous nous bornerons aux meurtres commis par les
chrétiens sur d'autres chrétiens. Quand nous ne compterons que deux
cents personnes tuées ou grièvement blessées dans ces deux premiers
schismes, qui ont été le modèle de tant d'autres, nous croyons que cet
article ne sera pas trop fort. Posons donc....................   200

Dès que les chrétiens peuvent se livrer impunément à
leurs saintes vengeances sous Constantin, ils assassinent le
jeune Candidien [2], fils de l'empereur Galère, l'espérance de
l'empire, et que l'on comparait à Marcellus ; un enfant de
huit ans, fils de l'empereur Maximin; une fille du même empereur, âgée de sept ans. L'impératrice leur mère fut traînée
hors de son palais avec ses femmes dans les rues d'Antioche,
et elles furent jetées avec elle dans l'Oronte. L'impératrice
Valérie, veuve de Galère, et fille de Dioclétien, fut tuée à
Thessalonique, en 315, et eut la mer pour sépulture.

Il est vrai que quelques auteurs n'accusent pas les chrétiens
de ce meurtre, et l'imputent à Licinius ; mais réduisons encore le nombre de ceux que les chrétiens égorgèrent dans
cette occasion à deux cents; ce n'est pas trop : ci..........   200

Dans le schisme des donatistes en Afrique, on ne peut
guère compter moins de quatre cents personnes assommées
à coups de massue; car les évêques ne voulaient pas qu'on
se battît à coups d'épée : pose...........................   400

On sait de quelles horreurs et de combien de guerres civiles le seul mot de *consubstantiel* fut l'origine et le prétexte.
Cet incendie embrasa tout l'empire à plusieurs reprises, et
se ralluma dans toutes les provinces dévastées par les Goths,
les Bourguignons, les Vandales, pendant près de quatre
cents années. Quand nous ne mettrons que trois cent mille
chrétiens égorgés par des chrétiens pour cette querelle, sans
compter les familles errantes réduites à la mendicité, on ne
pourra pas nous reprocher d'avoir enflé nos comptes : ci...   300000

La querelle des iconoclastes et des iconolâtres n'a pas certainement coûté moins de soixante mille vies : ci..........   60000

Nous ne devons pas passer sous silence les cent mille ma-
nichéens que l'impératrice Théodora, veuve de Théophile,
fit égorger dans l'empire grec, en 845. C'était une pénitence
que son confesseur lui avait ordonnée, parce que, jusqu'à
cette époque, on n'en avait encore pendu, empalé, noyé,
que vingt mille. Ces gens-là méritaient bien qu'on les tuât

                                                        360800

1. *Histoire ecclésiastique.* — 2. Année 313.

Ci-contre........ 360800

tous pour leur apprendre qu'il n'y a qu'un bon principe, et
point de mauvais. Le tout se monte à cent vingt mille au
moins : ci.................................... 120000

 N'en comptons que vingt mille dans les séditions fréquentes
excitées par les prêtres qui se disputèrent partout des chaires
épiscopales. Il faut avoir une extrême discrétion : pose..... 20000

 On a supputé que l'horrible folie des saintes croisades avait
coûté la vie à deux millions de chrétiens; mais je veux bien,
par la plus étonnante réduction qu'on ait jamais faite, les
réduire à un million : ci...................... 1000000

 La croisade des religieux chevaliers porte-glaives, qui
dévastèrent si honnêtement et si saintement tous les bords
de la mer Baltique, doit aller au moins à cent mille morts :
ci.. 100000

 Autant pour la croisade contre le Languedoc, où l'on ne
vit longtemps que les cendres des bûchers, et des ossements
de morts dévorés par les loups dans les campagnes : ci..... 100000

 Pour les croisades contre les empereurs depuis Grégoire VII, nous voulons bien n'en compter que cinquante
mille : ci..................................... 50000

 Le grand schisme d'Occident au xivᵉ siècle fit périr assez de monde pour qu'on rende justice à notre modération, si nous ne comptons que cinquante mille victimes de
la rage papale, *rabbia papale*, comme disent les Italiens :
ci.. 50000

 La dévotion avec laquelle on fit brûler à la fin de ce grand
schisme, dans la ville de Constance, les deux prêtres Jean
Hus et Jérôme de Prague, fit beaucoup d'honneur à l'empereur Sigismond et au concile; mais elle causa, je ne sais
comment, la guerre des hussites, dans laquelle nous pouvons
compter hardiment cent cinquante mille morts : ci........ 150000

 Après ces grandes boucheries, nous avouons que les massacres de Mérindol et de Cabrières sont bien peu de chose.
Il ne s'agit que de vingt-deux gros bourgs mis en cendres;
de dix-huit mille innocents égorgés, brûlés; d'enfants à la
mamelle jetés dans les flammes; de filles violées, et coupées
ensuite par quartiers; de vieilles femmes qui n'étaient plus
bonnes à rien, et qu'on faisait sauter en l'air en leur enfon-
çant des cartouches chargées de poudre dans leurs deux ori-
fices. Mais comme cette petite exécution fut faite juridiquement, avec toutes les formalités de la justice, par des gens
en robe, il ne faut pas omettre cette partie du droit français :
pose donc..................................... 18000

 Nous voici parvenus à la plus sainte, à la plus glorieuse
époque du christianisme, que quelques gens sans aveu vou-

              1968800

De l'autre part.... ...   **1968800**

l...r.t réformer au commencement du xvi⁰ siècle. Les saints
papes, les saints évêques, les saints abbés, ayant refusé de
s'amender, les deux partis marchèrent sur des corps morts
pendant deux siècles entiers, et n'eurent que quelques intervalles de paix.

Si l'ami lecteur voulait bien se donner la peine de mettre
ensemble tous les assassinats commis depuis le règne du saint
pape Léon X jusqu'à celui du saint pape Clément IX; assassinats soit juridiques, soit non juridiques, têtes de prêtres,
de séculiers, de princes, abattues par le bourreau; le bois
renchéri dans plusieurs provinces par la multitude de bûchers
allumés; le sang répandu d'un bout de l'Europe à l'autre; les
bourreaux lassés en Flandre, en Allemagne, en Hollande,
en France, en Angleterre même; trente guerres civiles pour
la transsubstantiation, la prédestination, le surplis, et l'eau
bénite; les massacres de la Saint-Barthélemy, les massacres
d'Irlande, les massacres des Vaudois, les massacres des Cévennes, etc., etc., on trouverait sans doute plus de deux
millions de morts sanglantes avec plus de trois millions de
familles infortunées, plongées dans une misère pire peut-
être que la mort. Mais comme il ne s'agit ici que de morts,
passons vite, avec horreur, deux millions : ci...........   **2000000**

Ne soyons point injustes, n'imputons point à l'inquisition
plus de crimes qu'elle n'en a commis en surplis et en étole,
n'exagérons rien; réduisons à deux cent mille le nombre
des âmes qu'elle a envoyées au ciel ou en enfer : ci.........   **200000**

Réduisons même à cinq millions les douze millions d'hommes
que l'évêque Las Casas prétend avoir été immolés à la religion chrétienne dans l'Amérique; et faisons surtout la réflexion consolante qu'ils n'étaient pas des hommes puisqu'ils
n'étaient pas chrétiens : ci.........................   **5000000**

Réduisons avec la même économie les quatre cent mille
hommes qui périrent dans la guerre du Japon, excitée par
les RR. PP. jésuites; ne portons notre compte qu'à trois cent
mille ci **300000**

TOTAL... ....   **9468800**

Le tout calculé ne montera qu'à la somme de neuf millions quatre
cent soixante-huit mille huit cents personnes, ou égorgées, ou noyées,
ou brûlées, ou rouées, ou pendues, pour l'amour de Dieu. Quelques
fanatiques demi-savants me répondront qu'il y eut une multitude effroyable de chrétiens expirants par les plus horribles supplices, sous
les empereurs romains avant Constantin; mais je leur dirai avec Ori-
gene[1], « qu'il y a eu très-peu de persécutions, et encore de loin à

1. *Origène contre Celse*, l. III, ch. VIII.

loin. » J'ajouterai : « Quand vous auriez eu autant de martyrs que la *Légende dorée* et dom Ruinart le bénédictin en étalent, que prouveriez-vous par là? que vous avez toujours été intolérants et cruels; que vous avez forcé le gouvernement romain, ce gouvernement le plus humain de la terre, à vous persécuter, lui qui donnait une liberté entière aux Juifs et aux Égyptiens; que votre intolérance n'a servi qu'à verser votre sang, et à faire répandre celui des autres hommes vos frères; et que vous êtes coupables non-seulement des meurtres dont vous avez couvert la terre, mais encore de votre propre sang qu'on a répandu autrefois. Vous vous êtes rendus les plus malheureux de tous les hommes, parce que vous êtes les plus injustes. »

Qui que tu sois, lecteur, si tu conserves les archives de ta famille, consulte-les, et tu verras que tu as eu plus d'un ancêtre immolé au prétexte de la religion, ou du moins cruellement persécuté (ou persécuteur; ce qui est encore plus funeste). T'appelles-tu Argyle, ou Perth, ou Montrose, ou Hamilton, ou Douglas? Souviens-toi qu'on arracha le cœur à tes pères sur un échafaud pour la cause d'une liturgie et de deux aunes de toile. Es-tu Irlandais? Lis seulement la déclaration du parlement d'Angleterre, du 25 juillet 1643; elle dit que, dans la conjuration d'Irlande, il périt cent cinquante-quatre mille protestants par les mains des catholiques. Crois, si tu veux, avec l'avocat Brooke, qu'il n'y eut que quarante mille hommes d'égorgés, sans défense, dans le premier mouvement de cette sainte et catholique conspiration. Mais quelle que soit ta supputation, tu descends des assassins ou des assassinés. Choisis, et tremble. Mais toi, prélat de mon pays, réjouis-toi, notre sang t'a valu cinq mille guinées de rente.

Notre calcul est effrayant, je l'avoue; mais il est encore fort au-dessous de la vérité. Nous savons bien que si on présente ce calcul à un prince, à un évêque, à un chanoine, à un receveur des finances, pendant qu'ils souperont avec leurs maîtresses, et qu'ils chanteront des vaudevilles ordinaires, ils ne daigneront pas nous lire. Les dévotes de Vienne, de Madrid, de Versailles, ne prendront même jamais la peine d'examiner si le calcul est juste. Si par hasard elles apprennent ces étonnantes vérités, leurs confesseurs leur diront qu'il faut reconnaître le doigt de Dieu dans toutes ces boucheries; que Dieu ne pouvait moins faire en faveur du petit nombre des élus; que Jésus étant mort du dernier supplice, tous les chrétiens, de quelque secte qu'ils soient, devraient mourir de même; que c'est une impiété horrible de ne pas tuer sur-le-champ tous les petits enfants qui viennent de recevoir le baptême, parce qu'alors ils seraient éternellement heureux par les mérites de Jésus, et qu'en les laissant vivre on risque de les damner. Nous sentons toute la force de ces raisonnements; mais nous allons proposer un autre système avec la défiance que nous devons avoir de nos propres lumières.

CHAP. XLIII. — *Propositions honnêtes.*

Notre doyen Swift a fait un bel écrit, par lequel il croit avoir prouvé qu'il n'était pas encore temps d'abolir la religion chrétienne [1]. Nous sommes de son avis; c'est un arbre qui, de l'aveu de toute la terre, n'a porté jusqu'ici que des fruits de morts; cependant nous ne voulons pas qu'on le coupe, mais qu'on le greffe.

Nous proposons de conserver dans la morale de Jésus tout ce qui est conforme à la raison universelle, à celle de tous les grands philosophes de l'antiquité, à celle de tous les temps et de tous les lieux, à celle qui doit être l'éternel lien de toutes les sociétés.

Adorons l'Être suprême par Jésus, puisque la chose est établie ainsi parmi nous. Les cinq lettres qui composent son nom ne sont certainement pas un crime. Qu'importe que nous rendions nos hommages à l'Être suprême, par Confucius, par Marc-Aurèle, par Jésus, ou par un autre, pourvu que nous soyons justes? La religion consiste assurément dans la vertu, et non dans le fatras impertinent de la théologie. La morale vient de Dieu, elle est uniforme partout. La théologie vient des hommes, elle est partout différente et ridicule : on l'a dit souvent, et il faut le redire toujours.

L'impertinence et l'absurdité ne peuvent être une religion. L'adoration d'un Dieu qui punit et qui récompense, réunit tous les hommes : la détestable et méprisable théologie raisonneuse les divise.

Cette théologie raisonneuse est en même temps le plus absurde et le plus abominable fléau qui ait jamais affligé la terre. Les nations anciennes se contentaient d'adorer leurs dieux, et n'argumentaient pas; mais nous autres, nous avons répandu le sang de nos frères pendant des siècles pour des sophismes. Hélas! qu'importe à Dieu et aux hommes que Jésus soit Omousios ou Omoïousios, que sa mère soit Theotocos ou Jesutocos, et que l'Esprit procède ou ne procède pas? Grand Dieu! fallait-il se haïr, se persécuter, s'égorger, pour ces incompréhensibles chimères? Chassez les théologiens, l'univers est tranquille (du moins en fait de religion). Admettez-les, donnez-leur de l'autorité, la terre est inondée de sang. Ne sommes-nous pas déjà assez malheureux, sans vouloir faire servir à nos misères une religion qui devrait les soulager? Les calamités horribles dont la religion chrétienne a inondé si longtemps tous les pays où elle est parvenue, m'affligent et me font verser des larmes; mais les horreurs infernales qu'elle a répandues dans les trois royaumes dont je suis membre déchirent mes entrailles. Je méprise un cœur de glace qui n'est pas saisi des mêmes transports que moi, quand il considère les troubles religieux qui ont agité l'Angleterre, l'Écosse, et l'Irlande. Dans les temps qui virent naître ce trop facile et trop incertain roi Charles Ier, et cet étrange

---

1. *Dissertation où l'on prouve que l'abolissement du christianisme en Angleterre pourrait, dans les conjonctures présentes, engager nos royaumes dans quelques inconvénients, et peut-être ne pas produire tous les avantages qu'on semble en attendre.* Une traduction française de cette Dissertation est à la suite de la traduction du *Conte du Tonneau. (Note de M. Beuchot.)*

Cromwell, moitié fou, moitié héros, moitié fanatique, moitié fripon, moitié politique, et moitié barbare, le christianisme alluma les flambeaux qui mirent nos villes en cendres, et fourbit les épées qui couvrirent si longtemps nos campagnes des cadavres de nos ancêtres.

Malheureux et détestables compatriotes, quelle fut la principale cause de vos fureurs? Vous vous égorgeâtes pour savoir s'il fallait un surplis ou une soutane, pour un *covenant*, pour des cérémonies ou ridicules, ou du moins inutiles.

Les Écossais vendirent pour deux cent mille livres sterling aux Anglais leur roi réfugié chez eux : roi condamné à Rome, parce qu'il n'était pas soumis à la superstition papistique; roi condamné à Édimbourg, parce qu'il n'était pas soumis au ridicule *covenant* écossais; roi mort à Londres sur l'échafaud, parce qu'il n'était pas presbytérien.

Nos compatriotes irlandais ont porté plus loin leur fureur, quand, un peu avant cette exécution abominable, nos papistes ont assassiné un nombre prodigieux de protestants, quand plusieurs se sont nourris de la chair de ces victimes, et se sont éclairés de la chandelle faite avec leur graisse.

Ce qui doit être remarqué avec des yeux attentifs, mais avec des yeux longtemps mouillés de larmes, c'est que dans tous les temps où les chrétiens se sont souillés par des assassinats religieux, en Angleterre, en Irlande, en Écosse, dans les temps de Charles Ier, de Charles II, et de Jacques II; en France, depuis Charles IX jusqu'à Louis XIII; en Allemagne, en Espagne, en Flandre, en Hollande, sous Charles-Quint et Philippe II; dans ces temps, dis-je, si horribles et si voisins de nous, dans les massacres réciproques commis dans les cinq vallées de Savoie et dans les Cévennes de France : tous ces crimes furent justifiés par les exemples de Phinées, d'Aod, de Jahel, de Judith, et par tous les assassinats dont l'*Écriture sainte* regorge.

Religion chrétienne, voilà tes effets! tu es née dans un coin de la Syrie d'où tu es chassée; tu as passé les mers pour venir porter ton inconcevable rage aux extrémités du continent; et cependant je propose qu'on te conserve, pourvu qu'on te coupe les ongles dont tu as déchiré ma patrie, et les dents dont tu as dévoré nos pères.

Encore une fois, adorons Dieu par Jésus s'il le faut, si l'ignorance a tellement prévalu, que ce mot juif doive être encore prononcé; mais qu'il ne soit plus le mot du guet pour la rapine et pour le carnage.

Dieu des innombrables mondes! Dieu de justice et de paix, expions par la tolérance les crimes que la fureur exécrable de l'intolérance nous a fait commettre.

Viens chez moi, raisonnable socinien, cher quaker, viens, bon anabaptiste, dur luthérien, sombre presbytérien, épiscopal[1] très-indifférent, mennonite, millénaire, méthodiste, piétiste, toi-même insensé esclave papiste, viens, pourvu que tu n'aies point de poignard dans ta

---

1. *N. B.* On appelle épiscopal un homme de la secte des évêques, un homme de la haute Église; au lieu qu'en France ce mot n'est qu'un adjectif, la grandeur épiscopale, la fierté épiscopale.

poche ; prosternons-nous ensemble devant l'Être suprême, remercions-le de nous avoir donné des poulardes, des chevreuils et de bon pain pour notre nourriture, une raison pour le connaître, et un cœur pour l'aimer ; soupons ensemble gaiement après lui avoir rendu grâces.

Que les princes papistes fassent comme ils voudront avec l'idole de leur pape, dont ils commencent tous à se moquer. Qu'ils essayent tous leurs efforts pour empêcher que la religion ne soit dangereuse dans leurs États. Qu'ils changent, s'ils le peuvent, d'inutiles moines en bons laboureurs. Qu'ils ne soient plus assez sots pour demander à un prêtre la permission de manger un poulet le vendredi. Qu'ils changent en hôpitaux les écoles de théologie. Qu'ils fassent tout le bien dont ils sont capables, c'est leur affaire. La nôtre est d'être inviolablement attachés à notre heureuse constitution, d'aimer Dieu, la vérité, et notre patrie, et d'adresser au Dieu père de tous les hommes nos prières pour tous les hommes.

CHAP. XLIV. — *Comment il faut prier Dieu.*

Nous entendons les clameurs de nos ecclésiastiques ; ils nous crient : « S'il faut adorer Dieu en esprit et en vérité, si les hommes sont sages, il n'y aura plus de culte public, on n'ira plus à nos sermons, nous perdrons nos bénéfices. » Rassurez-vous, mes amis, sur la plus grande de vos craintes. Nous ne rejetons point les prêtres, quoique dans la Caroline et dans la Pensylvanie chacun de nos pères de famille puisse être ministre du Très-Haut dans sa maison. Non-seulement vous garderez vos bénéfices, mais nous prétendons augmenter le revenu de ceux qui travaillent le plus, et qui sont le moins payés.

Loin d'abolir le culte public, nous voulons le rendre plus pur et moins indigne de l'Être suprême. Vous sentez combien il est indécent de ne chanter à Dieu que des chansons juives, et combien il est honteux de n'avoir pas eu assez d'esprit pour faire vous-mêmes des hymnes plus convenables. Louons Dieu, remercions Dieu, invoquons Dieu, à la manière d'Orphée, de Pindare, d'Horace, de Dryden, de Pope, et non à la manière hébraïque. De bonne foi, si vous commenciez d'aujourd'hui à instituer des prières publiques, qui de vous oserait proposer de chanter le barbare galimatias attribué au Juif David?

Ne rougissez-vous pas de dire à Dieu ! : « Tu gouverneras toutes les nations que tu nous soumettras, avec une verge de fer ; tu les briseras comme le potier fait un vase.

« [2] Tu as brisé les dents des pécheurs.

« [3] La terre a tremblé, les fondements des montagnes se sont ébranlés, parce que le Seigneur s'est fâché contre les montagnes ; il a lancé la grêle et des charbons.

« [4] Il a logé dans le soleil, et il en est sorti comme un mari qui sort de son lit.

« [5] Dieu brisera leurs dents dans leur bouche : il mettra en poudre

1. *Ps.* II. — 2. *Ps.* III. — 3. *Ps.* XVII. — 4. *Ps.* XVIII. — 5. *Ps.* LVII.

leurs dents mâchelières; ils deviendront à rien comme de l'eau : car il a tendu son arc pour les abattre; et ils seront engloutis tout vivants dans sa colère, avant d'entendre que tes épine soient aussi hautes qu'un prunier.

« 1 Les nations viendront, vers le soir, affamées comme des chiens; et toi, Seigneur, tu te moqueras d'elles, et tu les réduiras à rien.

« 2 La montagne du Seigneur est une montagne coagulée, pourquoi regardez-vous les monts coagulés ? Le Seigneur a dit : « Je jetterai Ba-« san, je le jetterai dans la mer, afin que ton pied soit teint de sang, « et que la langue de tes chiens lèche leur sang. »

« 3 Ouvre la bouche bien grande, et je la remplirai.

« 4 Rends les nations comme une roue qui tourne toujours, comme la paille devant la face du vent, comme un feu qui brûle une forêt, comme une flamme qui brûle des montagnes; tu les poursuis dans la tempête et ta colère les troublera.

« 5 Le Seigneur racontera dans les Écritures des peuples et des princes, de ceux qui ont été en Sion.

« 6 Et ma corne sera comme la corne de la licorne (qui n'existe point), et ma vieillesse dans la miséricorde de la mamelle.

« 7 Ta jeunesse se renouvellera comme la jeunesse de l'aigle (qui ne se renouvelle point).

« 8 Il jugera dans les nations; il les remplira de ruines; il cassera la tête dans la terre de plusieurs.

« 9 Jérusalem qui est bâtie comme une ville, dont la participation d'elle est en lui-même.

« 10 Bienheureux celui qui prendra tes petits enfants, et qui les écrasera contre la pierre. »

Vous m'avouerez que l'ode d'Horace 11, *Cœlo tonantem credidimus Jovem*, et celle des jeux séculaires, valent un peu mieux que cet effroyable *non-sense* d'antiques *ballades* 12, pillé chez un peuple que vous méprisez. Considérez, je vous prie, à qui l'on attribue la plupart de ces chansons. C'est à un scélérat qui commence par être violon du roitelet Saül, qui devient son gendre, et qui se révolte contre lui ; qui se met à la tête de quatre cents voleurs, qui pille, qui égorge femmes, filles, enfants à la mamelle; qui passe sa vie dans les assassinats, dans l'adultère, dans la débauche; et qui assassine encore par son testament. Tel est David, tel est l'homme selon le cœur de Dieu. Notre digne concitoyen Hut ne fait nulle difficulté de l'appeler *monstre*. Grand Dieu! ne peut-on pas vous louer sans répéter les prétendues odes d'un Juif si criminel?

Au reste, mes chers compatriotes, chantez peu ; car vous chantez fort mal. Prêchez, mais rarement, afin de prêcher mieux. Des sermons trop fréquents avilissent la prédication et le prédicateur.

Comme parmi vous il y a nécessairement beaucoup de gens qui n'ont

1. *Ps.* LVIII. — 2. *Ps.* LXVII. — 3. *Ps.* LXXX.
4. *Ps.* LXXXII. — 5. *Ps.* LXXXVI. — 6. *Ps.* XCI. — 7. *Ps.* CII — 8. *Ps.* CIX.
9. *Ps.* CXXI. — 10. *Ps.* CXXXVI. — 11. Livre III, ode A. (ÉD.)
12. Le mot *ballad*, en anglais, signifie chanson.

ni le don de la parole, ni le don de la pensée, il faut qu'ils se défassent du sot amour-propre de débiter de mauvais discours, et qu'ils cessent d'ennuyer les chrétiens. Il faut qu'ils lisent au peuple les beaux discours de Tillotson, de Smalridge, et de quelques autres; le nombre en est très-petit. Addison et Steele vous l'ont déjà conseillé.

C'est une très-bonne institution de se rassembler une fois par mois, ou même, si l'on veut, une fois par semaine, pour entendre une exhortation à la vertu. Mais qu'un discours moral ne soit jamais une métaphysique absurde, encore moins une satire, et encore moins une harangue séditieuse.

Dieu nous préserve de bannir le culte public! On a osé nous en accuser : c'est une imposture atroce. Nous voulons un culte pur. Nous commençâmes depuis deux siècles et demi à nettoyer les temples qui étaient devenus les écuries d'Augias; nous en avons ôté les toiles d'araignées, les chiffons pourris, les os de morts, que Rome nous avait envoyés pour infecter les nations. Achevons un si noble ouvrage.

Oui, nous voulons une religion; mais simple, sage, auguste, moins indigne de Dieu, et plus faite pour nous; en un mot, nous voulons servir Dieu *et les hommes*.

Axiomes.

Nulle société ne peut subsister sans justice ; annonçons donc un Dieu juste.

Si la loi de l'État punit les crimes connus, annonçons donc un Dieu qui punira les crimes inconnus.

Qu'un philosophe soit spinosiste s'il veut, mais que l'homme d'État soit théiste.

Vous ne savez pas ce que c'est que Dieu, comment il punira, comment il récompensera; mais vous savez qu'il doit être la souveraine raison, la souveraine équité; c'en est assez. Nul mortel n'est en droit de vous contredire, puisque vous dites une chose probable et nécessaire au genre humain.

Si vous défiguriez cette probabilité consolante et terrible par des fables absurdes, vous seriez coupables envers la nature humaine.

Ne dites point qu'il faut tromper les hommes au nom de Dieu : ce serait le discours d'un diable, s'il y avait des diables.

Quiconque ose dire : « Dieu m'a parlé », est criminel envers Dieu et les hommes; car Dieu, le père commun de tous, se serait-il communiqué à un seul?

Si Dieu avait voulu donner quelque ordre, il l'aurait fait entendre à toute la terre, comme il a donné la lumière à tous les yeux ; aussi sa loi est dans le cœur de tous les êtres raisonnables, et non ailleurs.

C'est le comble de l'horreur et du ridicule d'annoncer Dieu comme un petit despote insensé et barbare qui dicte secrètement une loi incompréhensible à quelques-uns de ses favoris, et qui égorge les restes de la nation pour avoir ignoré cette loi.

Dieu se promener! Dieu parler! Dieu écrire sur une petite montagne ! Dieu combattre ! Dieu devenir homme ! Dieu-homme mourir du dernier supplice ! idées dignes de *Punch*.

Un homme prédire l'avenir ! idée digne de Nostradamus.

Inventer toutes ces choses, extrême friponnerie. Le croire, extrême bêtise. Mettre un Dieu puissant et juste à la place de ces étonnantes farces, extrême sagesse.

Mais si mon peuple raisonne, il s'élèvera contre moi. Tu te trompes : moins il sera fanatique, plus il sera fidèle.

Des princes barbares dirent à des prêtres barbares : « Trompez mon peuple pour que je sois mieux servi, et je vous payerai bien. » Les prêtres ensorcelèrent le peuple et détrônèrent les princes.

Calchas force Agamemnon à immoler sa fille pour avoir du vent ; Grégoire VII fait révolter Henri V contre l'empereur Henri IV, son père, qui meurt dans la misère, et à qui on refuse la sépulture : Grégoire est bien plus terrible que Calchas.

Voulez-vous que votre nation soit puissante et paisible ? Que la loi de l'État commande à la religion.

Quelle est la moins mauvaise de toutes les religions ? celle où l'on voit le moins de dogmes, et le plus de vertu. Quelle est la meilleure ? c'est la plus simple.

Papistes, luthériens, calvinistes, ce sont autant de factions sanguinaires. Les papistes sont des esclaves qui ont combattu sous les enseignes du pape, leur tyran. Les luthériens ont combattu pour leurs princes ; les calvinistes, pour la liberté populaire.

Les jansénistes et les molinistes ont joué une farce en France. Les luthériens, les calvinistes, avaient donné des tragédies sanglantes à l'Angleterre, à l'Allemagne, à la Hollande.

Le dogme a fait mourir dans les tourments dix millions de chrétiens. La morale n'eût pas produit une égratignure.

Le dogme porte encore la division, la haine, l'atrocité, dans les provinces, dans les villes, dans les familles. O vertu, consolez-nous !

Addition du traducteur.

Après le chapitre des chrétiens platoniciens, j'en ajouterais un pour confirmer l'opinion de l'auteur, s'il m'était permis de mêler mes idées aux siennes. Je pourrais dire que toutes les opinions des premiers chrétiens ont été prises de Platon, jusqu'au dogme même de l'immortalité de l'âme, que les anciens Juifs ne connurent jamais. Je ferais voir que *le royaume des cieux*, dont il est parlé si souvent dans l'*Évangile*, se trouve dans le *Phédon* de Platon. Voici les propres mots de ce philosophe grec qui, sans le savoir, a fondé le christianisme : « Un autre monde pur est au-dessus de ce ciel pur où sont les astres ; la terre que nous habitons n'est que le sédiment grossier de ce monde éthéré, » etc.

Platon ajoute ensuite que « nous verrions ce royaume des cieux, ce séjour des bienheureux, si nous pouvions nous élancer au delà de notre air grossier, comme les poissons peuvent voir notre terre en s'élançant à fleur d'eau. »

Ensuite voici comme il s'exprime : « Dans cette terre si parfaite tout
est parfait; elle produit des pierres précieuses dont les nôtres n'approchent pas.... elle est couverte d'or et d'argent; ce spectacle est le plaisir des bienheureux. Leurs saisons sont toujours tempérées ; leurs organes, leur intelligence, leur santé, les mettent infiniment au-dessus
de nous, etc. »

Qui ne reconnaît dans cette description la Jérusalem céleste ? La
seule différence, c'est qu'il y a du moins quelque philosophie dans la
ville céleste de Platon, et qu'il n'y en a point dans celle de l'*Apocalypse*[1]
attribuée à saint Jean. « Elle est semblable, dit-il, à une pierre de
jaspe comme du cristal.... Celui qui parlait avait une canne d'or pour
mesurer la ville.... La ville est bâtie en carré, aussi longue que large,
et il la trouva de douze mille stades; et sa longueur et sa largeur et sa
hauteur sont égales.... Le premier lit du fondement de la ville était de
jaspe; le second, de saphir; le troisième, de calcédoine, c'est-à-dire
d'agate; le quatrième, d'émeraude. »

Le purgatoire, surtout, a été pris visiblement dans le *Phédon*;
les paroles de Platon sont remarquables : « Ceux qui ne sont ni
entièrement criminels, ni absolument innocents, sont portés vers
l'Achéron; c'est là qu'ils souffrent des peines proportionnées à leurs
fautes, jusqu'à ce qu'ayant été purgés de leurs péchés, ils reçoivent parmi les bienheureux la récompense de leurs bonnes actions. »

La doctrine de la résurrection est encore toute platonicienne, puisque, dans le dixième livre de la *République*, le philosophe grec introduit Hérès ressuscité, et racontant ce qui s'est passé dans l'autre
monde.

Il importe peu que Platon ait puisé ses opinions, ou, si l'on veut,
ses fables chez d'anciens philosophes égyptiens, ou chez Timée de
Locres, ou dans son propre fonds. Ce qui est très-important à considérer, c'est qu'elles étaient consolantes pour la nature humaine, et c'est
ce qui a fait dire à Cicéron qu'il aimerait mieux se tromper avec Platon que d'avoir raison avec Épicure. Il est certain que le mal moral
et le mal physique se sont mis en possession de notre courte vie, et
qu'il serait doux d'espérer une vie éternelle dont nul mal n'oserait approcher. Mais pourquoi commencer par le mal pour arriver au bien ?
pourquoi cette vie éternelle et heureuse ne nous a-t-elle pas été donnée d'abord? Ne serait-il pas ridicule et barbare de bâtir pour ses enfants un palais magnifique et rempli de toutes les délices imaginables,
mais dont le vestibule serait un cachot habité par des crapauds et par
des serpents, et d'emprisonner ses enfants dans ce cachot horrible pendant soixante-dix ou quatre-vingts ans, pour leur faire mieux goûter
ensuite toutes les voluptés dont le palais abonde, voluptés qu'ils ne
sentiront que quand les serpents du vestibule auront dévoré leurs peaux
et leurs os ?

Quoi qu'il en soit, il est indubitable que toute cette doctrine était

1. Chap. XXI. (ÉD.)

répandue dans la Grèce entière avant que le peuple juif en eût la
moindre connaissance. La loi juive, que les Juifs prétendaient leur
avoir été donnée par Dieu même, ne parla jamais ni de l'immortalité
de l'âme, ni des peines et des récompenses après la mort, ni de la résurrection du corps. C'est le comble du ridicule de dire que ces idées
étaient sous-entendues dans le *Pentateuque*. Si elles sont divines,
elles ne devaient pas être sous-entendues, elles devaient être clairement expliquées. Elles n'ont commencé à luire pour quelques Hébreux
que longtemps après Platon; donc Platon est le véritable fondateur du
christianisme.

Si l'on considère ensuite que la doctrine du verbe et de la trinité
n'est expressément dans aucun auteur, excepté Platon, il faut absolument le regarder comme l'unique fondateur de la métaphysique chrétienne. Jésus, qui n'a jamais rien écrit, qui est venu si longtemps après
Platon, et qui ne parut que chez un peuple grossier et barbare, ne
peut être le fondateur d'une doctrine plus ancienne que lui, et qu'assurément il ne connaissait pas.

Le platonisme, encore une fois, est le père du christianisme, et la
religion juive est la mère. Or, quoi de plus dénaturé que de battre son
père et sa mère? Qu'un homme s'en tienne aujourd'hui au platonisme;
un cuistre de théologie présentera requête pour le faire cuire en place
publique, s'il le peut, comme un cuistre de Noyon [1] fit autrefois cuire
Michel Servet. Qu'un espagnol *nuevo christiano* imite Jésus-Christ,
qu'il se fasse circoncire comme lui, qu'il observe le sabbat comme lui,
qu'il mange comme lui l'agneau pascal avec des laitues dans le mois
de mars; les familiers de l'inquisition voudront le faire brûler en place
publique.

C'est une chose également remarquable et horrible que la secte chrétienne ait presque toujours versé le sang; et que la secte épicurienne,
qui niait la Providence et l'immortalité de l'âme, ait toujours été pacifique. Il n'y a pas un soufflet donné dans l'histoire des épicuriens; et
il n'y a peut-être pas une seule année, depuis Athanase et Arius jusqu'à
Quesnel et Le Tellier, qui n'ait été marquée par des exils, des empri-
sonnements, des brigandages, des assassinats, des conspirations, ou
des combats meurtriers.

Platon n'imaginait pas, sans doute, qu'un jour ses sublimes et inin-
telligibles rêveries deviendraient le prétexte de tant d'abominations. Si
on a perverti si horriblement la philosophie, le temps est venu de lui
rendre enfin sa première pureté.

Toutes les anciennes sectes, excepté la chrétienne, se supportaient
les unes les autres; supportons donc jusqu'à celle des chrétiens: mais
aussi qu'ils nous supportent. Qu'on ne soit point un monstre intolérant,
parce que le premier chapitre de l'*Évangile* attribué à Jean a été évidemment composé par un chrétien; ce n'est pas là une raison pour
me persécuter. Qu'un prêtre qui n'est nourri, vêtu, logé, que des dé-
cimes que je lui paye, qui ne subsiste que par la sueur de mon front

1. Calvin. (ÉD.)

ou par celle de mes fermiers, ne prétende plus être mon maître, et un maître méchant ; je le paye pour enseigner la morale, pour donner l'exemple de la douceur, et non pour être un tyran.

Tout prêtre est dans ce cas ; le pape lui-même n'a des officiers, des valets, et des gardes, qu'aux dépens de ceux qui cultivent la terre, et qui sont nés ses égaux. Il n'y a personne qui ne sente que le pouvoir du pape est uniquement fondé sur des préjugés. Qu'il n'en abuse plus, et qu'il tremble que ces préjugés ne se dissipent.

REFLEXIONS

SUR

LES MÉMOIRES DE DANGEAU,

ET

EXTRAIT D'UN JOURNAL DE LA COUR DE LOUIS XIV.

(1769.)

RÉFLEXIONS.

On nous a priés de donner nos soins à l'édition ; le nom seul de Louis XIV nous a déterminés. Nous avons cru que tout serait précieux du grand siècle des beaux-arts. Nous savons qu'un Italien qui trouverait dans les décombres de Rome les pots de chambre d'Auguste et de Mécène serait entouré de curieux et d'acheteurs.

Nous ne savons pas de quelle dignité était revêtu à la cour le seigneur qui écrivit ces mémoires[1]. On peut juger plus sûrement de l'étendue de son esprit que de celle des honneurs qu'il posséda de son vivant. Il y a quelque apparence qu'il avait un emploi de confiance dans Saint-Cyr, puisqu'il s'exprime ainsi, page 332 : « La supérieure lui ayant dit que nous demandions, etc. »

A ne considérer que son style, son orthographe, qu'on a corrigée, et surtout l'importance qu'il met à tout ce qu'on faisait dans Versailles, il ne ressemble pas mal au frotteur de la maison qui se glisse derrière les laquais pour entendre ce qu'on dit à table.

Ce petit livre fait voir au moins quel était l'esprit du temps, et quel éclat Louis XIV avait su jeter sur tout ce qui avait quelque rapport à sa personne. On eut pour lui de l'idolâtrie depuis 1660 jusqu'en 1704. Il fut pendant près d'un demi-siècle l'objet des regards de l'Europe, et le seul roi qu'on distinguât des rois. Cette splendeur a ébloui notre écrivain d'anecdotes, comme tant d'autres ; de sorte qu'aujourd'hui nous avons une bibliothèque de près de mille volumes sur Louis XIV.

Cette bibliothèque est principalement composée de deux sortes d'ouvrages : panégyriques, et injures. Parmi les esprits préoccupés, les uns n'ont vu que son faste, ses amours, son mariage secret, sa révocation de l'édit de Nantes. Les autres n'ont vu que cinquante ans de gloire, de magnificence, de plaisirs, d'actions généreuses ; et surtout cette suite de grands hommes en tout genre qui honora son siècle

---

1. Philippe de Courcillon, marquis de Dangeau, né en 1638, mort en septembre 1720, fut le premier des six menins du dauphin fils de Louis XIV, chevalier d'honneur des dauphines, grand maître des ordres de Notre-Dame du Carmel et de Saint-Lazare. (*Note de M. Beuchot.*)

depuis sa naissance jusqu'à ses dernières années. Il faut voir à la fois ces contrastes, et les bien voir : ce qui n'est pas toujours aisé.

Le monde est inondé d'anecdotes, parce qu'il est curieux. Les écrivains mercenaires le servent selon son goût; ils en inventent, ils en falsifient. Un libraire de Hollande, qui commande ces ouvrages à un correcteur d'imprimerie, fait en effet la vie des rois.

On ne peut pas reprocher à notre auteur d'avoir inventé ce qu'il dit; rien ne serait plus injuste que de lui attribuer de l'imagination. On ne peut non plus l'accuser d'être indiscret : il garde un profond silence sur toutes les affaires d'État. Vous apprenez de lui que Louis XIV parla avant sa mort au ministre des affaires étrangères et à celui des finances; mais l'auteur fait un mystère impénétrable des choses très-vagues que le roi pour lors leur communiqua. De pareils monuments n'offensent personne, ils ne ressemblent point aux *Commentaires de César*, dont quelques Romains pouvaient être mécontents, ni à ceux de Xénophon, qui auraient pu faire de la peine à quelques Perses; mais ils sont aussi exacts pour le moins.

A la vérité il manque à nos mémoires l'heure précise à laquelle le roi se couchait, et l'heure où il allait à la chasse; mais ce défaut est compensé par tant de grandes choses dites avec esprit, qu'on doit pardonner cette légère négligence.

Nous comptons donner incessamment au public une addition aux *Mémoires de l'abbé de Montgon*, par son valet de chambre, laquelle sera des plus curieuses; elle sera ornée de culs-de-lampe. *Les Mémoires de miss Farington* sont sous presse pour l'amusement des dames.

EXTRAIT

D'UN JOURNAL DE LA COUR DE LOUIS XIV[*].

(3 avril 1684). Le roi, à son lever, parla sur les courtisans qui ne faisaient point leurs pâques, et dit qu'il estimait fort ceux qui les faisaient bien[1]; qu'il les exhortait tous à y songer bien sérieusement, et qu'il leur en saurait bon gré.

(7 avril). Le roi envoya le duc de Charost chez Mme de Rohan, qui se mourait, pour tâcher de lui faire écouter les gens qui lui parleraient de changer de religion[2].

(4 mai). On apprit de Paris que Mademoiselle avait défendu à M. de Lauzun de se présenter devant elle, qu'il n'avait répondu à ses ordres que par une révérence, et s'en était allé au Luxembourg[3].

1. Heureux ceux qui les font bien! mais ce bon gré fait quelquefois des hypocrites.
2. Ils n'y réussirent pas.
3. Ce sont là de grandes anecdotes.

[*] Il est important de se souvenir, en lisant cet ouvrage, que le texte est de Dangeau, et les notes seulement de Voltaire. (ÉD.)

(29 mai). Le roi apprit la mort de Mme la duchesse de Richelieu, dame d'honneur de Madame la Dauphine, et Sa Majesté voulut dès le soir même donner la charge à Mme de Maintenon, qui la refusa fort généreusement et fort noblement [1].

(30 mai). Madame la dauphine alla dans la chambre de Mme de Maintenon la prier d'accepter la charge de dame d'honneur; elle reçut avec respect des propositions si obligeantes, mais elle demeura ferme dans sa résolution. Elle avait prié le roi de ne point dire l'honneur qu'il lui avait fait de lui offrir cette charge [2]; mais Sa Majesté ne put s'empêcher de le dire après dîner.

(24 juillet). Le bonhomme Ruvigni était venu trouver le roi, et lui dit qu'il avait acheté la terre de Rayneval de M. de Chaulnes, mais qu'il lui manquait dix mille écus pour le payer, qu'il avait recours à lui comme à son meilleur ami pour lui prêter cette somme. Le roi lui répondit : « Vous ne vous trompez pas, et je vous la donne de bon cœur [3]. »

(26 août). Madame la dauphine refusa à un bal milord Arran, qui l'avait été prendre, et dit qu'elle voulait danser le branle de Metz, si bien que le bal finit. Le roi approuva ce qu'elle avait fait, parce que milord n'était que fils de duc, et non pas duc [4].

(14 octobre). On apprit à Chambord la mort du bonhomme Corneille, fameux par ses comédies [5].

(2 décembre). Le roi mit un habit sur lequel il y avait pour douze millions [6] de diamants.

(25 décembre). Le roi et monseigneur passèrent presque toute la journée à la chapelle. Le P. Bourdaloue prêcha, et dans son compliment d'adieu au roi, il attaqua un vice qu'il conseilla à Sa Majesté d'exterminer dans son cœur [7]. Ce sermon-là fut remarquable.

(26 décembre). Le major [8] déclara que le roi lui avait ordonné de l'avertir de tous les gens qui causeraient à la messe.

(10 janvier 1685). On eut nouvelle que les Algériens avaient rendu à M. d'Anfreville beaucoup d'esclaves chrétiens de toutes les nations

1. Ces deux adverbes joints font admirablement.
2. On croit ce fait très-faux.
3. M. de Ruvigni était protestant; et point du tout l'ami intime de Louis XIV : ce fut au duc de La Rochefoucauld, dont les affaires étaient embarrassées, que le roi dit : « Que ne vous adressez-vous à vos amis ? »
4. Quelle grandeur d'âme!
5. Les savants courtisans appelaient *Cinna* et *Pompée* comédies, parce qu'on disait aller à la comédie et non pas à la tragédie.
6. C'est beaucoup. Douze de ce temps-là font vingt-quatre du nôtre.
7. C'est un sermon sur l'impureté, plus mauvais en son genre que la satire des femmes dans le sien.
8. C'est apparemment le major des bedeaux *

* C'était le major des gardes. (Éd.)

en considération du roi; parmi ces esclaves il y avait quelques Anglais, qui soutenaient à d'Anfreville qu'on ne leur rendait la liberté
que par la crainte que les Algériens avaient du roi leur mattre, et
qu'ils ne voulaient point en avoir l'obligation à la France. D'Anfreville les
fit mettre à terre, et les Algériens les ont sur l'heure mis aux galères[1].

(8 février). Mort de l'abbé Bourdelot, qui avait avalé de l'opium pour
du sucre[2].

(19 février). Mort du roi d'Angleterre[3]. Le duc d'York est proclamé
roi.

(20 février). Il n'y eut point de conseil. Le roi trouva le temps si
beau qu'il en voulut profiter pour la chasse. Il renvoya messieurs les
ministres; et se tournant du côté de Mme de La Rochefoucauld, il fit
cette parodie ·

<blockquote>
Le conseil à ses yeux a beau se présenter,
Sitôt qu'il voit sa chienne, il quitte tout pour elle :
Rien ne peut l'arrêter
Quand la chasse l'appelle[4].
</blockquote>

Milord Arran prit congé du roi pour retourner en Angleterre : il s'é-
vanouit dans la chambre de Madame la Dauphine apprenant la mort du
roi son maître. Il y perd beaucoup, parce que toutes les charges se
perdent par la mort du roi[5].

(27 mars). Mme la princesse de Conti vint dans le cabinet du roi
lui apporter deux lettres, une de M. le prince de Conti, et l'autre de
M. de La Roche-sur-Yon. Le roi lui dit : « Madame, je ne saurais rien
refuser de votre main; mais vous allez voir l'usage que j'en vais faire : »
en même temps il prit les lettres et les mit dans le feu, quoique Monsieur fit tout ce qu'il put pour l'obliger à les lire[6].

Les princes avaient demandé d'aller en Pologne chercher la guerre,
auxquels[7] se joignirent plusieurs jeunes seigneurs de la cour avec
M. de Turenne; et le roi n'en fut pas content.

(16 avril). On sut que le roi d'Angleterre avait fait dire à Mlle Chur-
chill, qu'il honorait de son amitié étant duc d'York, que si elle
voulait se retirer en France, il lui donnerait de quoi y vivre magni-
fiquement; qu'elle avait répondu qu'elle ne voulait point porter sa
honte[8] chez les étrangers. Et quand le roi la fit presser une seconde
fois de prendre ce parti-là, afin qu'on ne pût pas dire, si elle demeu-

1. Ce fait est très-vrai.
2. On n'avale point du sucre, on ne peut prendre de l'opium pour
du sucre : le fait est qu'il s'empoisonna.
3. Charles II.
4. Vous retrouverez cette petite anecdote dans le *Siècle de Louis XIV*.
5. Voilà une pauvre cause d'évanouissement.
6. Et si ces lettres avaient contenu des choses importantes, comme
cela pouvait être?
7. Chercher la guerre n'était pas une action si condamnable.
8. Était-ce la honte d'avoir été aimée de lui ?

rait en Angleterre, qu'elle eût quelque crédit sur son esprit, elle répliqua que Sa Majesté avait tout pouvoir, qu'elle pouvait la faire tirer à quatre chevaux[1], mais qu'elle ne pouvait sortir.

(28 avril). Monseigneur alla à Trianon sur les six heures[2], où Madame la Dauphine le vint joindre pour faire collation. Il avait eu dessein de faire cette petite fête à la Ménagerie, et changea d'idée, parce qu'il sut que M. le Duc y devait venir ce jour-là. Il eut l'honnêteté de ne point vouloir déranger cette partie-là.

(13 mai.) On sut que le doge ne voulait point donner la main à un maréchal de France; ainsi on ne lui en envoya point. Le doge prétend qu'on ne doit point lui demander de donner la main à un maréchal de France, puisqu'il ne la donnerait pas aux souverains d'Italie, comme M. de Parme, M. de Modène, M. de Mantoue; et dit même qu'il ne la donnerait pas à monsieur le grand-duc[3].

(15 mai). Le roi entra à onze heures dans la galerie : il avait fait mettre le trône au bout du côté de l'appartement de Madame la Dauphine. Il ordonna que les privilégiés entreraient par son petit appartement, et le reste des courtisans par le grand degré. Le grand appartement et la galerie étaient pleins à midi. Le doge entra avec les quatre sénateurs, et beaucoup d'autres gens qui lui faisaient cortége; il était habillé de velours rouge avec un bonnet de même. Les quatre sénateurs étaient vêtus de velours noir avec le bonnet de même. Il parla au roi, couvert; mais il ôtait son bonnet souvent, et ne parut point embarrassé, non plus qu'à toutes les audiences qu'il eut ce jour-là. Après que le roi eut répondu, chaque sénateur parla à Sa Majesté; et, durant qu'ils parlaient, le doge fut toujours découvert comme eux, et ils ne se couvrirent point quand le doge parla. Le roi avait permis aux princes de se couvrir pendant l'audience; mais ils se découvrirent dès que le doge eut fini de parler, parce qu'il ne se couvrit plus. Le doge lui fit un discours dans les termes les plus respectueux et les plus soumis ; il dit que les Génois avaient une douleur très-vive des sujets de mécontentement qu'ils avaient donnés à Sa Majesté, qu'ils ne pourraient jamais s'en consoler qu'il ne leur eût donné ses bonnes grâces; et que, pour marquer l'extrême désir qu'ils avaient de les mériter, ils envoyaient leur doge avec quatre sénateurs dans l'espérance qu'une si singulière démonstration de respect persuaderait à Sa Majesté jusqu'à quel point ils estimaient sa royale bienveillance. Il fut reçu et traité comme ambassadeur extraordinaire. Il alla l'après-dînée chez Monseigneur, chez Madame la Dauphine, chez les princes et les princesses, qui reçurent sur leur lit, afin de n'être pas obligées à le conduire. Il se plut fort chez Mme la princesse de Conti, et comme il la regardait longtemps avec application, un des sénateurs lui dit : « Au moins, monsieur, souvenez-vous que vous êtes doge[1]. »

1. Tirer à quatre chevaux une dame ! ah ! le roi Jacques ne le pouvait pas; et on ne tire pas à quatre chevaux en Angleterre.

2. Voilà de ces choses qui doivent passer à la dernière postérité. J'ignore quel est le Tacite qui fit ce recueil.

3. Il disait une étrange chose.

4. Quoi ! un doge ne doit point regarder une dame ! voilà un sot sénateur.

(18 mai). On avait cru que le doge viendrait au lever du roi; mais un des sénateurs s'étant trouvé mal, retarda le départ du doge de Paris, si bien que le lever était fini quand il arriva à Versailles. Il vit les appartements, et dit en sortant du cabinet de Monseigneur : « Il y a un an que nous étions en enfer, et aujourd'hui nous sortons du paradis[1] : » il y avait un an du bombardement de Gênes. En s'en retournant à Paris, il dit que le chagrin d'être obligé de quitter la France sitôt était presque aussi grand que le chagrin qu'il avait eu d'être obligé d'y venir.

VERS QUI FURENT FAITS SUR L'ARRIVÉE DU DOGE EN FRANCE,

PAR MADEMOISELLE DE SCUDÉRI.

Plus vite qu'une hirondelle
Je viens avec les beaux jours,
Comme fauvette fidèle,
Avant le mois des amours.

J'ai trouvé sur mon passage
Un spectacle fort nouveau :
Pour m'expliquer davantage,
C'est le doge et son troupeau[2].

« Quoi! lui dis-je, entrer en France,
Et vous montrer en ces lieux!
— Oui, dit-il, par la clémence
Du plus grand des demi-dieux.

« Son cœur toujours magnanime,
Ne pouvant se démentir,
Veut oublier notre crime,
Voyant notre repentir.

— Ah! m'écriai-je ravie,
Ce héros, par[3] son grand cœur,
Pardonne à qui s'humilie,
Et de lui-même est vainqueur.

« Dieu! quel bonheur est le vôtre
D'aller recevoir sa loi !
Je n'en voudrais jamais d'autre;
Mais ce bien n'est pas pour moi.

« C'est assez que ma maîtresse
Souffre que ma faible voix
Chante et rechante sans cesse
Qu'il est le phénix des rois.

1 Ah! Tacite! il n'a pas dit cela.
2. Le troupeau du doge!
3. J'aime tout à fait ce héros qui pardonne par son grand cœur. Les beaux vers!

« Allez, doge, allez sans peine,
Lui rendre grâce à genoux;
La république romaine!
En eût fait autant que vous. »

Le roi s'alla promener[2] l'après-dînée dans ses jardins, puis revint à Trianon, où Monseigneur et Madame la Dauphine, qui avaient fait collation en bas à la grille, le vinrent joindre. Le roi dit même à Madame la Dauphine qu'il lui faisait exprès cette petite méchanceté-là (c'est qu'elle n'aimait pas à marcher). Madame la Dauphine lui répondit : « Faites-moi souvent de pareilles méchancetés, monsieur, et vous verrez que je marche bien et volontiers. »

(15 juin.) Le roi cassa la compagnie des cadets de Charlemont, parce qu'ils s'étaient assemblés séditieusement, et qu'ils avaient fait sauver un de leurs camarades qu'on allait faire mourir pour s'être battu[3]; et même dix-sept d'entre eux, non contents de l'avoir tiré de l'échafaud, l'escortèrent jusqu'à Namur, et étaient ensuite revenus à Charlemont. On a fait tirer ces dix-sept au billet, et il y en aura deux passés par les armes; les cadets seront incorporés dans d'autres compagnies.

(10 août.) On apprit qu'on avait mis à Rome à l'inquisition un prêtre nommé Molinos, accusé de se vouloir faire chef d'une nouvelle secte qu'on appelle les Quiétistes. Cette opinion approche de celle des illuminés d'Angleterre[4].

(15 août.) Un courrier d'Espagne apporta la nouvelle que la dame Quantin avait eu la question[5], et que ceux qui l'avaient faussement accusée avaient été plutôt récompensés que punis.

(18 août.) On sut que la Quantin, nourrice de la reine d'Espagne, était arrivée à Bayonne; elle n'a pas les bras cassés, comme on l'avait cru; mais elle est encore fort navrée de la question qu'elle a eue[6].

(Septembre.) Le roi a dit à Monsieur le Prince qu'il voulait ôter à M. le prince de Conti les grandes entrées qu'il lui avait données, et qu'il le lui ferait dire par Mme la princesse de Conti. Monsieur le Prince répondit au roi qu'il fallait laisser à Mme la princesse de Conti l'emploi de porter les bonnes nouvelles quand il y en aurait, et que c'était à lui à apprendre les mauvaises[7].

(23 novembre.) On apprit que le roi d'Espagne avait donné à la reine sa femme la clef à trois. Elle ouvre tous les appartements du palais, et même les tribunes d'où l'on entend les délibérations qui se prennent dans les salles des conseils. C'est la plus grande marque de confiance

1. C'est précisément ce qu'elle fit quand elle réduisit la Gaule en province romaine.
2. Quels grands événements! Ce digne courtisan devait bien ajouter le discours de ce provincial : « Je l'ai vu, il se promenait lui-même. »
3. Il fallait ajouter, *en duel.*
4. Elle en est fort loin.
5. Tacite est mal informé.
6. Il n'y a rien de si faux.
7. Bel emploi.

que les rois d'Espagne puissent donner, et il est fort rare qu'ils la donnent aux reines[1].

(5 décembre.) M. le duc de Beauvilliers fut nommé chef du conseil de finance. Il représenta au roi qu'il n'avait nulle connaissance de ces affaires-là[2], et que peut-être Sa Majesté se repentirait de son choix, et qu'il le priât d'y vouloir faire réflexion. Le roi lui répliqua qu'il y avait bien pensé, et qu'il y songeât lui-même pour lui donner une réponse positive.

On apprit la conversion de M. le marquis de Villette, ancien capitaine de la marine, et parent de Mme de Maintenon[3].

Vers le même temps Mme de Miossens fit son abjuration[4].

(5 janvier 1686.) Le roi et Monseigneur allèrent dîner à Marli. Mme la princesse de Conti, mesdames de Maintenon, de Montespan, et de Thianges, étaient avec eux. Monsieur et Madame y arrivèrent à cinq heures avec grand nombre de dames et de courtisans. On trouva là maison fort éclairée, et dans le salon il y avait quatre boutiques de chaque saison de l'année. Monseigneur et Mme de Montespan tenaient celle de l'automne; M. le duc du Maine et Mme de Maintenon, celle de l'hiver; M. le duc de Bourbon et Mme de Thianges, celle de l'été; Mme la duchesse de Bourbon et Mme la duchesse de Chevreuse, celle du printemps. Il y avait des étoffes magnifiques, de l'argenterie, et de tout ce qui convient à chaque saison, et les hommes et les femmes de la cour y jouaient et emportaient tout ce qu'ils gagnaient. On croit qu'il y avait bien pour quinze mille pistoles d'effets; et, après qu'on eut fini le jeu, le roi donna ce qui restait dans les boutiques[5].

(11 janvier.) On sut qu'il y avait un arrêté rendu[6] contre ceux de la R. P. R. par lequel il est ordonné que tous les enfants qui sont au-dessous de seize ans seront élevés dans notre religion, et que pour cela on les ôtera de chez leurs pères et mères pour les mettre chez leurs plus proches parents catholiques.

(10 mai.) Le roi a voulu donner cent cinquante mille livres de rente pour fonder l'établissement qu'il fait à Saint-Cyr des filles qui sont encore à Noisi; et pour cela Sa Majesté a affecté[7] l'abbaye de Saint-Denis.

1. Cela ne s'accorde pas avec le prétendu poison et avec la prétendue menace du ministre Croissi, d'envoyer cent mille hommes contre l'Espagne si la reine mourait. Ce sont là des discours d'antichambre.

2. Le duc de Beauvilliers ne pouvait faire cette réponse, puisque cette place n'était qu'un vain titre.

3. Conversion véritable, puisqu'il était parent de Mme de Maintenen.

4. Autre conversion véritable.

5. L'idée de ces boutiques vient de la Chine. Mais....

6. Mais on n'arrache point, à la Chine, les enfants des bras des pères et des mères pour les faire élever par des jésuites.

7. Puisse-t-on affecter tous les revenus des couvents inutiles à des établissements utiles!

(11 juillet.) Le marquis de Gesvres demanda au roi la permission de le suivre à Maintenon, où il veut être seul; le roi lui refusa, et le roi le soir lui dit : « Marquis de Gesvres, je vous ai vu ce matin si fâché de ce que je vous refusais de me suivre[1], que je vous le permets. »

(19 août.) On apprit la mort du doyen des auditeurs de Rote. Ce tribunal est composé de douze juges, qu'on nomme auditeurs; il y entre un Français, deux Espagnols, un Allemand, et huit Italiens. La Rote est un tribunal qui juge les causes importantes de l'État ecclésiastique[2]. Ces douze auditeurs se partagent en trois bureaux, et l'affaire n'est point jugée définitivement qu'il n'y ait eu trois sentences en forme

(26 septembre.) On mande de Rome que la haquenée a été présentée au pape pour le royaume de Naples. Voici ce que c'est que cette haquenée. Les papes, ayant dans le xiie siècle favorisé les seigneurs normands qui entreprirent de chasser les Sarrasins de la Pouille et de la Calabre, leur donnèrent le titre de royaume[3]. Depuis ce temps-là ce royaume a toujours été regardé comme un fief dépendant du saint-siége, et ceux qui l'ont possédé ont toujours eu recours au pape. Il a été réglé dans les siècles passés qu'il payerait pour tribut tous les ans, le jour de saint Pierre, une haquenée blanche.

(18 novembre.) Sur les sept heures du matin le roi se fit faire la grande opération[4] : Monseigneur étant à la chasse, en revint dans l'instant à toute bride, et en pleurant.

(11 décembre.) Le roi apprit la mort de Monsieur le Prince; ce qui augmenta son mal : on ne saurait assez louer tout ce qu'a dit et fait Monsieur le Prince jusqu'au dernier moment; et sa mort est (s'il se peut) plus belle que sa vie[5].

1. Rien n'élève plus l'âme que de telles anecdotes.

2. Dites, des affaires ecclésiastiques.

3. Tacite n'est pas au fait; jamais les papes n'érigèrent la Pouille et la Calabre en royaume. Les fils de Tancrède de Hauteville, conquérant de l'Apulie, que nous nommons la Pouille, en reçurent l'investiture, en 1047, de l'empereur Henri III. Devenus trop redoutables, cet empereur les fit excommunier par le pape Léon IX, son parent, nommé par lui. Il envoya une armée contre eux, et le pape fut assez mal conseillé pour aller donner la bénédiction à cette armée; elle fut défaite par Robert Guiscard et son frère Humfroi, et le pape fut pris en 1050. Robert s'empara de la Calabre, et se fit sacrer duc sans consulter l'empereur son ennemi.

Pour opposer un bouclier sacré aux prétentions impériales, il se mit sous la protection de saint Pierre, en qualité d'oblat, en 1059. Il ne pouvait être vassal du pape, puisque le pape n'était pas souverain de Rome. Les papes se prétendirent bientôt seigneurs suzerains de Naples; mais, en revenant au premier contrat, tout changera quand on voudra, ou quand on pourra.

4. C'est l'opération de la fistule, qui était alors très-dangereuse, et qu'il soutint avec un grand courage.

5. Ah! monsieur, Rocroi, Lens, Fribourg, etc., etc., valent bien Bourdaloue.

(16 février 1687.) Le roi régla qu'il n'y aurait plus de comédie à Versailles les dimanches durant le carême, ni d'opéra ces jours-là à Paris[1].

(Mars.) M. de Roquelaure avait demandé les lods et ventes de quelques terres de M. de Lauzun; et le roi les refusa, disant qu'il ne fallait pas profiter de la disgrâce des malheureux[2].

A la mort de Lulli on lui trouva trente-sept mille louis d'or et vingt mille écus en espèces, et beaucoup d'autres biens[3].

(30 octobre.) En parlant des commerces de galanteries, le roi disait souvent à Monseigneur : « Mon fils, n'en ayez jamais : car outre qu'on fait mal et qu'on scandalise, c'est qu'on n'y trouve pas le plaisir qu'on croit, et que c'est la source de mille chagrins[4]. »

Madame la Dauphine, se confessant, vit son confesseur qui chancelait : elle le retint tant qu'elle put; mais sa faiblesse augmenta à tel point, qu'il tomba à ses pieds sans connaissance : un autre confesseur entra pour lui donner l'absolution; et il mourut. Madame la Dauphine, qui ne devait point aller ce jour-là à la comédie, à cause qu'elle faisait ses dévotions, y fut pourtant par complaisance pour Monseigneur, qui voulait lui ôter l'idée de la mort qu'elle avait vue de si près[5].

Le roi dit à M. de Metz, qui le divertit fort[6] : « Les autres me prient de les amener à Marli; mais moi, je vous prie d'y venir. »

(14 décembre.) On apprit de Constantinople que le Grand-Seigneur avait été dépossédé[7], et renfermé dans une prison où il tenait son frère depuis quarante ans : ce frère, qui fut mis à sa place, lui fit dire qu'il le tiendrait aussi quarante ans en prison comme il l'y avait tenu. On dit que deux heures après cette action tout était tranquille dans Constantinople comme s'il ne fût rien arrivé.

(24 décembre.) Le roi entendit trois messes : il avait fait ses dévotions et touché les malades des écrouelles[8]; il faisait ainsi aux grandes fêtes.

1. Ce règlement n'eut pas lieu; la nécessité d'occuper la jeunesse prévalut.

2. Dites-nous-en souvent de pareilles : mais pourquoi rendre le duc de Lauzun malheureux?

3. On n'en trouva pas tant chez Quinault, qui valait bien Lulli.

4. Rarement pour les princes.

5. Cela fait diversion.

6. Plaisante louange pour un évêque!

7. C'est Mahomet IV; celui-là même qui aurait été maître de Vienne et de l'Autriche si son grand vizir avait été un peu plus vigilant. Les janissaires et les gens de loi le détrônèrent comme bien d'autres, et mirent à sa place son frère Soliman III. Voilà ces sultans prétendus despotiques. L'empire turc est gouverné à peu près comme la république d'Alger.

8. C'est un beau privilége : une dame qu'il avait souvent touchée en était morte.

(1688.) Le roi dit à Monseigneur[1] : « En vous envoyant commander mon armée, je vous donne les occasions de faire connaître votre mérite ; allez le montrer à toute l'Europe, afin que quand je viendrai à mourir, on ne s'aperçoive pas que le roi soit mort. »

(5 octobre.) Le roi a dit à Madame la Dauphine qu'il avait reçu des nouvelles d'Angleterre, par lesquelles il apprenait qu'enfin le prince d'Orange s'était déclaré protecteur de la religion anglicane, et qu'il s'allait embarquer arborant le pavillon anglais ; que plusieurs milords l'étaient déjà venus trouver. Voici l'adieu qu'on dit qu'il a fait à messieurs les états : « Messieurs, je vous dis adieu pour jamais ; je vais périr ou régner[2]. Si je péris, je mourrai votre serviteur ; si je règne, je vivrai votre ami. »

(1er novembre.) Le roi étant au sermon, M. de Louvois vint lui dire la nouvelle de la prise de Philisbourg. Le roi pria le P. Gaillard, qui prêchait, de cesser un moment. Il écouta M. de Louvois ; après quoi il dit : « Mon père, vous continuerez quand il vous plaira : c'est la prise de Philisbourg ; il faut en remercier Dieu. » Le P. Gaillard reprit son sermon ; et en faisant son compliment au roi, il y a fait entrer la prise de Philisbourg et les louanges de Monseigneur ; ce qui plut fort à tout le monde[3].

(24 novembre.) Le roi a dit que le pape lui avait accordé la permission d'entendre la messe jusqu'à deux heures, et le permet aussi à Monseigneur et à Madame la Dauphine. C'est une ancienne tradition que les rois en France ont ce droit-là ; cependant Sa Majesté a dit qu'elle en avait voulu avoir la confirmation du pape, ne sachant pas sur quoi cette tradition était fondée[4].

(29 novembre.) Monseigneur alla au lever du roi, et de là chez Mme de Maintenon[5].

(4 décembre.) Mme de Brinon sortit de Saint-Cyr[6].

(23 décembre.) Le roi a écrit à Mlle de Montpensier qu'il faisait revenir M. de Lauzun à la cour, qu'elle n'en devait point être fâchée[7] ; et qu'il n'avait pu s'empêcher d'accorder la permission de le voir à un homme qui venait de faire une action si heureuse et si importante.

1. Cela est très-vrai, et rapporté ainsi mot à mot dans le *Siècle de Louis XIV.*

2. Cela ne se dit que dans les tragédies : il n'était point du tout question alors de faire régner Guillaume ; il eût dit une grande imprudence, et il n'en disait pas.

3. Gaillard n'en était pas moins un assez plat orateur.

4. Apparemment sur l'Évangile : d'ailleurs les papes ont le droit incontestable de régler nos cadrans.

5. A quelle heure alla-t-il à la garde-robe ?

6. C'était un bel esprit, ou une belle esprit (comme vous voudrez), qui composait des comédies détestables, qu'elle faisait jouer par les demoiselles de Saint-Cyr ; mais elle ne fut chassée que pour ses intrigues.

7. On voit bien qu'elle était sa femme.

(25 décembre.) La reine d'Angleterre vint de Calais à Boulogne, où elle attendit des nouvelles du roi son mari; résolue, dit-elle, s'il est arrêté, de repasser en Angleterre pour aller souffrir le martyre avec lui [1].

(31 décembre.) Le roi commença la cérémonie des chevaliers de l'ordre, parce qu'il en avait trop à faire, et que cela aurait duré six ou sept heures de suite. M. le comte d'Aubigné[2] fut fait chevalier à cette promotion qui était de soixante et quatorze.

(6 janvier 1689.) Le roi, après son dîner, partit de Versailles avec Monseigneur et Monsieur, et vint jusqu'auprès du château, où il attendit la reine d'Angleterre. Dès qu'on vit paraître les carrosses, le roi, Monseigneur, et Monsieur, mirent pied à terre : le roi fit arrêter le carrosse qui marchait devant celui de la reine où était le prince de Galles, et l'embrassa. Pendant ce temps-là la reine d'Angleterre descendit de carrosse, et fit au roi un compliment plein de reconnaissance : le roi répondit qu'il lui rendait un triste service dans cette occasion, mais qu'il espérait être en état de lui en rendre de plus agréables dans la suite[3]. Le roi avait avec lui ses gardes, ses mousquetaires, et ses chevau-légers, et tous les courtisans l'avaient accompagné. Le roi remonta en carrosse avec la reine, Monseigneur, et Monsieur; ils descendirent au château de Saint-Germain, où l'on trouva toutes les commodités imaginables. Tourolle, tapissier du roi, donna à la reine la clef d'un petit coffre où il y avait six mille pistoles.

(12 janvier.) Le roi dit qu'il voulait qu'on rendît plus de respect au roi d'Angleterre malheureux que s'il était dans la prospérité[4].

M. de Croissi a reçu des nouvelles d'Angleterre. Les lords assemblés à Londres proposent de faire faire le procès au roi leur maître sur quatre chefs[5] : sur la mort du roi son frère, où ils prétendent qu'il a contribué; sur la mort du comte d'Essex, qui s'égorgea dans sa prison ; sur la supposition du prince de Galles, et sur un traité d'alliance secrète avec la France. Il paraît, par cette mauvaise volonté, que le roi d'Angleterre a bien fait de venir en France.

(17 janvier.) Le roi d'Angleterre a été à Paris voir les grandes Carmélites, et a demandé la mère Agnès, parce que c'est la première personne qui lui a parlé pour le faire changer de religion [6].

(15 février.) Le roi, Monseigneur, Monsieur, Madame, Mademoiselle, et les princesses, allèrent encore à Saint-Cyr à la tragédie d'*Esther*, qu'on admire toujours de plus en plus.

1. Le martyre! vous n'y pensez pas.
2. C'était le frère de Mme de Maintenon : aussi l'auteur ne parle que de lui.
3. Cela est vrai mot à mot.
4. Cela est vrai, et voilà de la véritable grandeur.
5. Cela n'est pas vrai, jamais on ne fit ces propositions. Seulement le parti criait que le prince de Galles était supposé.
6. La mère Agnès lui rendit, comme on sait, un grand service pour l'autre monde, et fort mauvais pour celui-ci.
7. Voyez comme Mme de Maintenon, figurée par Esther, dirigeait

Le roi donna au roi d'Angleterre, qui va en Irlande[1], vingt capitaines, vingt lieutenants, et vingt cadets, pour servir dans ses troupes, et lui a fait donner des selles, des harnais, des pistolets, et toutes sortes de commodités : il lui donna aussi les armes qu'il avait à toutes les campagnes qu'il a faites; enfin, en grandes, en petites choses, il n'a rien oublié de ce qui pouvait lui être utile.

(Mars.) La reine d'Angleterre a dit que le prince d'Orange avait ordonné qu'en parlant d'elle et du roi son mari, on dît le feu roi, et la feue reine[2].

(23 août.) On apprit que le pape était mort le 12, fort repentant de n'avoir pas secouru le roi d'Angleterre[3] : il laissa beaucoup d'argent dans le trésor. Le roi ne voulut pas que le cardinal Le Camus allât à Rome, et dit qu'il était trop mécontent du pontificat qui venait de finir, qu'il ne voulait point employer les cardinaux que le dernier pape avait faits.

(2 août 1690.) On fit des feux de joie à Paris, sur la nouvelle de la mort du prince d'Orange, que le roi n'a point approuvés ; mais les magistrats ne purent retenir le peuple[4].

(5 avril 1691.) Le roi, en faisant le tour des lignes, passa à l'hôpital pour voir si l'on avait bien soin des blessés et des malades, et si les bouillons étaient bons, s'il en mourait beaucoup, et si les chirurgiens faisaient bien leur devoir[5].

(Novembre.) Le roi, en faisant la revue de ses gardes, se fit montrer ceux qui s'étaient distingués au combat de Leuse, pour les récompenser. Il leur parla et les loua[6].

Le vendredi, conseil de conscience[7]; et tous les autres jours conseil d'État : outre cela le roi travaille encore tous les soirs chez Mme de Maintenon avec quelqu'un de ses ministres.

(16 juillet 1692.) Après le combat de la Hogue, où nous perdîmes tant de beaux vaisseaux, le roi dit tout haut à M. de Tourville, dès qu'il le vit paraître : « Je suis très-content de vous et de toute la marine :

l'opinion des courtisans! D'ailleurs l'intrigue de la pièce était si vraisemblable!

1. Cela est vrai; on ne put jamais secourir mieux un prince, et plus inutilement.

2. Elle ne dit point cette sottise; *The late king*, le ci-devant roi, ne signifie pas le feu roi.

3. Non-seulement il ne le secourut pas, mais il prit le parti du prince d'Orange. Il aida à détrôner Jacques, et ne s'en repentit point.

4. On tira le canon de la Bastille; ce ne fut pas le peuple qui le tira.

5. Attention digne d'un roi, et d'autant plus indispensable, qu'elle ne coûte rien.

6. Voilà comment il en faut user, si on veut gagner des batailles et se faire aimer.

7. Le jésuite La Chaise était l'âme de ce conseil. Il s'agissait de donner des bénéfices, et de persécuter les protestants.

nous avons été battus; mais vous avez acquis de la gloire et pour vous et pour toute la nation : il nous en a coûté quelques vaisseaux, cela sera réparé l'année qui vient; et sûrement[1] nous battrons les ennemis. »

(19 juillet.) On manda de Hollande que Van Beuning avait dit, en parlant du combat naval et de la prise de Namur, qu'on avait coupé les cheveux au roi de France, qu'ils lui reviendraient l'année qui vient; mais que le roi de France avait coupé un bras aux alliés, et qu'il ne reviendrait point[2].

(3 octobre.) Le roi fit distribuer gratuitement des grains et des farines aux peuples du Dauphiné qui avaient le plus souffert pendant que les ennemis étaient dans leur pays; et il y eut des commissaires qui examinèrent les pertes qu'ils ont faites, pour y remédier[3].

(Juillet 1693.) Madame[4] eut la petite vérole , et a toujours voulu boire à la glace : ses fenêtres sont ouvertes, elle change de linge quatre fois le jour ; ne veut point être saignée; elle prend beaucoup de poudre de la comtesse de Kent, et se porte aussi bien qu'on le peut en cet état.

(1er août.) On apporta au roi la nouvelle d'un grand combat que nous avons donné et gagné en Flandre. M. de Luxembourg le manda au roi en ces termes, dans un méchant morceau de papier : « D'Artagnan, qui a vu aussi bien que personne l'action qui s'est passée, en rendra un bon compte à Votre Majesté : vos ennemis y ont fait des merveilles; mais vos troupes y ont encore mieux fait qu'eux. Je ne saurais assez les louer en général et en particulier. Pour moi, sire, je n'ai d'autre mérite que celui d'avoir exécuté les ordres de Votre Majesté, de prendre Huy, et de donner bataille[5]. »

(Août 1694). Le roi donna une pension de deux mille livres à Mlle de la Charce, qui défendit, l'année passée, une entrée du Dauphiné aux barbets; elle se mit à la tête de quelques paysans qu'elle ramassa, et obligea les ennemis à se retirer. Elle est de la maison de Gouvernet[6].

1. Pas si sûrement; il ne faut jamais jurer de rien.

2. Van Beuning n'était donc pas prophète, ou parlait comme les autres prophètes. Louis XIV a fini par perdre Namur et sa marine.

3. Attention qui mérite d'être consacrée dans l'histoire, et qui démontre que Louis XIV n'était pas un tyran, comme tant de livres le disent. Ceux qui veulent flétrir sa mémoire ont plus de tort que ceux qui admiraient tout en lui.

4. C'est la mère du duc d'Orléans, régent. M. Terrai était son médecin. Quand elle était malade, elle allait à pied à Bagnolet, et revenait de même.

5. Il veut parler de la bataille de Nervinde, l'une de celles qui ont fait le plus d'honneur au maréchal de Luxembourg. Et c'était ce grand homme que Louvois faisait mettre dans un cachot à la Bastille, comme sorcier. C'est là surtout ce qu'il faut condamner dans l'administration de Louis XIV, et ce qui rendra la mémoire du secrétaire d'État Louvois peu aimable.

6. Cela est très-vrai, et n'est pas oublié ailleurs, à l'article *Femme*.

(15 août.) Le roi alla à la procession : cette procession fut établie par Louis XIII quand il mit le royaume sous la protection de la sainte Vierge ; avant cela il était sous la protection de saint Michel, et plus anciennement sous la protection de saint Martin[1].

(15 septembre.) Il arriva un courrier de Monseigneur qui doit être de retour samedi ou dimanche. On avait pris un aide de camp de Monsieur l'électeur de Bavière ; il avait sur lui deux cents pistoles, et beaucoup de bijoux. Monseigneur le fit souper avec lui, et à son coucher il lui fit donner le bonsoir[2], et puis il lui dit qu'il était libre et qu'il pouvait aller le lendemain trouver Monsieur l'électeur. Monsieur l'électeur a été fort touché du procédé de Monseigneur, et lui a envoyé cinq des plus beaux chevaux qu'on puisse voir.

(31 décembre.) M. de Luxembourg se trouva si mal que les médecins en désespérèrent : le roi en fut sensiblement touché, et dit à M. Fagon, son premier médecin : « Faites, monsieur, pour M. de Luxembourg tout ce que vous feriez pour moi-même si j'étais en cet état[3]. »

(18 avril 1695). Il vint des nouvelles d'Andrinople qui apprirent que le Grand-Seigneur voulait aller en personne à l'armée de Hongrie : on lui représenta que les affaires de l'empire ottoman n'étaient pas en état de faire la dépense qu'il convient de faire quand le sultan marche ; il a répondu au vizir : « Quoi ! dans l'empire n'y a-t-il pas de quoi acheter deux chevaux ? J'en prendrai un, et vous donnerai l'autre, et avec cela nous marcherons. » Après cette réponse, le vizir s'est tu, et on ne songea plus qu'à le faire entrer en campagne de bonne heure comme il le souhaitait[4].

On avait mis dans les provisions du gouvernement de Bretagne pour M. le comte de Toulouse, que ce prince avait été blessé à Namur à côté du roi ; cependant le roi, par modestie, l'a fait ôter, et a dit que ce n'était qu'une bagatelle pour son fils qui ne méritait pas qu'on en parlât[5].

(19 avril.) Mme d'Uzès, quelque temps avant que de mourir, fit demander au roi, par l'abbé de Fénelon, de lui vouloir donner ce qu'elle pouvait avoir reçu de trop dans le temps qu'elle s'était mêlée de la garde-robe de Monseigneur. Le roi le lui donna, et loua même la délicatesse de sa conscience et son scrupule.

Mais on voit que le seigneur qui fit ces mémoires n'était pas de l'Académie. *Mademoiselle de Gouvernet défendant une entrée aux barbets* n'est pas une phrase fort correcte, non plus que le reste de son ouvrage.

1. Et avant saint Martin sous la protection de saint Denis, et avant saint Denis, sous la protection des Romains, qui étaient sous la protection de Mars.

2. Apparemment qu'il lui fit rendre aussi ses pistoles et ses bijoux.

3. Les médecins proportionnent donc les remèdes et les soins à l'importance des personnes !

4. C'était Moustapha II, qui succédait à son oncle Achmet. Il se peut qu'il ait parlé ainsi à son vizir ; mais il est encore plus vrai qu'il fut déposé deux ans après.

5. S'il avait été réellement blessé, il eût fallu le dir'

Le roi apprit ensuite que le monde avait fort empoisonné cette action de Mme d'Uzès, et il eut la bonté de la justifier, et assura que cela n'allait tout au plus qu'à une pièce d'étoffe[1].

(17 avril 1696.) Monseigneur courut le loup; et une heure après il eut une petite faiblesse qui ne venait que de ce qu'il n'avait pas déjeuné[2].

(31 décembre.) Le roi avait conté qu'il donnait à M. de Montchevreuil (outre seize mille livres de pension qu'il lui donnait depuis longtemps) une pension de deux mille écus depuis qu'il l'a mis à la tête de la maison de M. le duc du Maine; et ayant su qu'il ne l'avait point touchée, et que même il ne l'avait jamais demandée ni prétendue, Sa Majesté a voulu que non-seulement il eût cette pension de deux mille écus, mais qu'on lui payât dix mille écus pour les cinq années qu'il a été sans la toucher, et dit à M. de Pontchartrain : « Les autres gens se plaignent toujours de n'avoir pas assez, et le bonhomme de Montchevreuil trouve toujours que je lui donne trop[3].

(1697.) Gallerande conta une action du prince Radzivill qui mérite d'être sue. Après avoir donné sa voix pour M. le prince de Conti, à la tête de son palatinat, voyant que le palatinat de Mazovie avait donné sa voix à l'électeur de Saxe, il crut pouvoir le ramener parce qu'il a beaucoup de vassaux dans la Mazovie. Dans cette confiance, il y marcha pour leur parler; mais les plus séditieux lui crièrent que s'il avançait, ils le tueraient : cela ne l'intimida point; il s'approcha, il leur parla, et, voyant qu'ils étaient un peu ébranlés, il prit l'enseigne qui était à la tête du palatinat, et leur cria : « Mes frères! il faut présentement ou me tuer ou me suivre. » Tout le palatinat le suivit, et se rangea du parti de M. le prince de Conti. Il n'a jamais voulu prendre d'argent, et souhaite seulement d'être à la tête du palatinat dans l'ambassade que la république enverra à M. le prince de Conti.

(16 septembre.) Un palatin de la grande Pologne écrivit au roi, et lui manda qu'il avait eu l'honneur d'être nourri dans ses mousquetaires, qu'il s'est trouvé bien heureux dans cette occasion de pouvoir marquer son respect pour sa personne sacrée, et son attachement pour la France, et qu'il assure Sa Majesté qu'il inspirera ses sentiments à tous les gens qui sont de sa dépendance. Ce palatin est un de ceux qui se sont le plus distingués en faveur de M. le prince de Conti. Le roi nous dit qu'il lui ferait l'honneur de lui écrire une lettre de remercîments et très-obligeante[4].

(25 décembre.) Le duc de La Force est considérablement malade en Normandie, et on ne croit pas qu'il en revienne. Le roi a eu soin de

---

1. Cet article semble fait par un valet de garde-robe.
2. Important pour la postérité.
3. *N. B.* Ces pensions, ces gratifications, se donnent toujours aux dépens du peuple.
4. Il fallait aussi envoyer des lettres de change ; on manqua d'argent, et par conséquent le prince de Conti manqua la couronne. Au reste, je voudrais savoir si Louis XIV dit : « Je lui ferai l'honneur de lui écrire. »

faire tenir des gens' auprès de lui pour l'affermir dans la religion catholique, où, comme on l'a dit ailleurs, le roi l'avait fait instruire dès sa jeunesse.

(16 mars 1698.) Le roi entendit le matin la passion du P. Gaillard, et puis il revint chez lui où il fut enfermé avec le P. de La Chaise, Monseigneur et messeigneurs ses enfants. Après ténèbres, Monseigneur alla se promener à Chaville, et Madame la duchesse de Bourgogne sortit de la chapelle, comme les deux jours d'auparavant, avant laudes, et alla à Saint-Cyr, d'où elle revint sur les sept heures avec Mme de Maintenon[2].

(24 avril.) Le roi alla à la chasse au vol dans la plaine de Vesiné ; le roi d'Angleterre et le prince de Galles y étaient; mais la reine d'Angleterre n'y était point, elle est assez incommodée depuis quelques jours; Madame et Madame la Duchesse y étaient à cheval. On prit un milan noir, et le roi fit expédier une ordonnance de deux cents écus pour le chef du vol. Il en donne autant tous les ans au premier milan noir qu'on prend devant lui. Autrefois il donnait le cheval sur lequel il était monté, et sa robe de chambre[3]. L'année passée il fit donner la même somme pour un milan qu'on avait pris devant M. le duc de Bourgogne; mais il fit mettre sur l'ordonnance que c'était sans conséquence, parce qu'il faut que le roi soit présent.

(30 mai.) Madame la duchesse de Bourgogne alla au salut à Saint-Cyr[4].

(12 juin.) On a joué tout ce voyage un jeu prodigieux, et le roi ayant su que le garçon qui a soin des cartes avait payé un mécompte qui s'était trouvé dans les jetons, Sa Majesté l'a envoyé querir, l'a loué, et lui a fait rendre son argent[5].

(1er août.) Le roi ayant envoyé M. le maréchal de Boufflers pour visiter les endroits où doit être le camp auprès de Compiègne, le maréchal revint le 1er août; il a rendu compte au roi de l'état des moissons de ces cantons-là, qui ne peuvent pas être faites si tôt ; et sur cela le roi eut la bonté de différer ce camp jusqu'au commencement du mois qui vient[6].

M. le duc de Bourgogne alla voir arriver le reste des troupes qui for-

1. Ces gens-là étaient apparemment des missionnaires; et le duc de La Force avait besoin d'être affermi. La grâce dépendait de ces gens-là.

2. A la postérité, à la postérité.

3. A la postérité, encore.

4. A la postérité, vous dis-je.

5. Cela arriverait chez un maître des comptes, ou chez un conseiller de la cour. Mais le grand mal est ce jeu prodigieux, qui énerve l'esprit, qui ruine les fortunes, qui précipite dans tant de bassesses, et qui serait encore très-pernicieux, quand il n'en résulterait que la perte irréparable du temps.

6. Il fallait nécessairement que le roi différât, ou qu'il payât le dégât des campagnes.

ment le camp : Madame la duchesse de Bourgogne alla voir distribuer aux troupes le bois, la paille et le foin [1].

Le roi, M. le duc de Bourgogne, Madame la duchesse de Bourgogne, allèrent au camp tous séparément. Monseigneur y dîna chez M. le maréchal de Boufflers : Madame la duchesse de Bourgogne y arriva la dernière; et, dès qu'elle y fut arrivée, le roi fit faire les mouvements qu'il avait ordonnés. La réserve que commande M. de Prancontal vint par derrière les bois attaquer les gardes du corps; les gardes se retirèrent : le piquet monta à cheval pour les soutenir, et rechassa la réserve, qui était composée de deux mille chevaux ou dragons. On tira beaucoup, et il y eut un capitaine du régiment de La Vallière dangereusement blessé, malgré toutes les précautions qu'on avait prises pour empêcher qu'il y eût des balles. Toutes les troupes sont si belles, qu'on ne sait à qui donner la préférence [2].

(14 septembre.) Le roi ne voulait point que les troupes demeurassent dans la tranchée, de peur qu'elles ne perdissent la messe [3].

Le roi fit remonter la tranchée. Il alla l'après-dînée dans la plaine qui est en deçà de la forêt, où il avait fait venir la gendarmerie, dont il fit la revue en détail; ensuite il revint ici, et monta sur le bastion à la gauche du château : Monseigneur, Madame la duchesse de Bourgogne, les princes, les dames, et tous les courtisans, étaient avec lui. Il vit de là attaquer et prendre la demi-lune; et quand le logement des assiégeants fut bien établi, il fit battre la chamade, et on donna des otages de part et d'autre. Enfin on fit tout ce qu'il faut pour bien instruire M. le duc de Bourgogne, qui était dehors avec les assiégeants [4].

(20 septembre.) Le roi, pour témoigner aux troupes combien il était content d'elles, fait donner à chaque capitaine de cavalerie ou de dragons deux cents écus, et cent écus à chaque capitaine d'infanterie : cela aidera à payer une partie de la dépense qu'ils ont faite pour l'habillement de leurs troupes. Quoique les majors n'aient point de troupes à habiller, le roi leur fait donner autant qu'aux capitaines. Il y a eu un si bon ordre dans le camp, qu'il n'y a pas eu le moindre châtiment à faire aux soldats. On a brûlé dans le camp quatre-vingts milliers de poudre [5].

(1699.) Le roi a toujours l'honnêteté de faire couvrir les courtisans qui ont l'honneur de le suivre à la promenade, même quand Madame la duchesse de Bourgogne est avec lui, et alors il dit : « Messieurs, mettez vos chapeaux, Madame la duchesse de Bourgogne le trouve bon. » Un jour, à la promenade, il ne le fit pas, à cause du grand nombre d'étrangers qui étaient au jardin [6].

1. Toujours de grands exemples pour la postérité.
2. Toujours de grands exemples pour la postérité.
3. *Item.*
4. Toujours de grands exemples pour la postérité.
5. Cela fait gagner les entrepreneurs.
6. En Espagne, qui n'est pas grand va nu-tête. A Constantinople, tout le monde a son turban devant le sultan. Monsieur, frère du roi, ne voulait pas qu'on mît son chapeau devant lui; il était grand obser-

(1709.) Monseigneur le duc de Bourgogne demanda ces jours passés de l'argent au roi, qui lui en donna plus qu'il ne demandait; et en lui donnant, il lui dit qu'il lui savait le meilleur gré du monde de s'être adressé à lui directement, sans lui faire parler par personne; qu'il en usât toujours de même avec confiance; qu'il jouât sans inquiétude, et que l'argent ne lui manquerait pas[1].

Le duché de Milan est plus considérable, par toutes sortes d'endroits, que la Lorraine: le duché de Milan vaut douze millions, et la Lorraine n'en vaut que deux tout au plus[2].

(19 mai.) Madame la Duchesse devait dix ou douze mille pistoles du jeu; et, ne pouvant les payer, elle écrivit à Mme de Maintenon son embarras. Mme de Maintenon montra sa lettre au roi, qui fit payer toutes ses dettes. Le roi n'a pas voulu que Madame la Duchesse l'en remerciât; mais il l'a fait exhorter à ne plus faire de dettes[3].

(31 juillet.) Le matin, à la messe, Madame la duchesse de Bourgogne devait tenir un enfant avec Monseigneur; mais le curé de Marli ne trouva pas qu'elle fût en habit décent, parce qu'elle était en habit de chasse: le baptême fut remis, et on approuva le curé[4].

(13 septembre.) M. Le Nôtre, illustre dans sa profession, pour les jardins, vint voir le roi avant de mourir[5]: il avait quatre-vingt-huit ans. Le roi le fit mettre dans une chaise roulante comme la sienne, pour le faire promener dans ses jardins; et Le Nôtre disait: « Ah! mon pauvre père, si tu vivais, et que tu pusses voir un pauvre jardinier comme ton fils se promener en chaise à côté du plus grand roi du monde, rien ne manquerait à ma joie. » Il était intendant des bâtiments.

(16 novembre.) Le roi, après son lever, fit entrer l'ambassadeur d'Espagne dans son cabinet; puis il appela monseigneur le duc d'Anjou, et dit à l'ambassadeur: « Vous le pouvez saluer comme votre roi. » L'ambassadeur se jeta à deux genoux, et lui baisa la main à la manière d'Espagne. Sa Majesté commanda à l'huissier d'ouvrir les deux battants, et de faire entrer tout le monde, et dit: « Messieurs, voilà le roi d'Es-

vateur de l'étiquette; et le roi disait quelquefois: « Couvrez-vous, mon frère n'y est pas. »

1. Remarquez que cet argent est celui du peuple. Le roi n'en a pas d'autre. Pour que des princes jouent aux cartes, il faut qu'il en coûte au cultivateur sa substance. Depuis ce temps, le duc de Bourgogne, élève du duc de Beauvilliers et de l'auteur du *Télémaque*, ne joua plus.

2. Il se trompe sur la Lorraine.

3. Il fit bien: autre argent pris sur le peuple.

4. Observez qu'alors l'habit décent de la cour était d'avoir la gorge et les épaules entièrement découvertes, la chute des reins bien marquée, les bras nus jusqu'aux coudes, un pied de rouge sur les joues. L'habit de chasse cachait tout cela, et les dames étaient sans rouge: le curé avait raison.

5. Il est clair, mon cher Tacite, qu'il ne pouvait voir le roi après sa mort.

pagne; la naissance l'appelait à cette couronne, toute la nation l'a souhaité et me l'a demandé instamment; c'était l'ordre du ciel. » Puis en se tournant au roi d'Espagne, il lui dit : « Soyez bon Espagnol; c'est présentement votre premier devoir : mais souvenez-vous que vous êtes né Français, pour entretenir l'union entre les deux nations; c'est le moyen de les rendre heureuses, et de conserver la paix de l'Europe. » Puis s'adressant à l'ambassadeur, il dit, montrant le roi d'Espagne : « S'il suit mes conseils, *vous serez grand seigneur*[1], et bientôt; il ne saurait mieux faire présentement que de suivre vos avis. » M. le duc de Bourgogne et M. le duc de Berri embrassèrent le roi d'Espagne, et ils fondaient tous trois en larmes. L'ambassadeur d'Espagne fit un assez long compliment au roi son maître; et, quand il eut fini, le roi lui dit : « Il n'entend pas encore l'espagnol, c'est à moi à répondre pour lui. »

Le roi mena le roi d'Espagne à la messe, le mit à sa droite. Il s'aperçut qu'il n'avait point de carreau; il voulut lui donner le sien; le roi d'Espagne le refusa, le roi le fit ôter, et ne s'en servit pas. Le roi permit aux jeunes courtisans de le suivre quand il partirait pour l'Espagne; ce qui fit dire à l'ambassadeur, pour les y encourager, que ce voyage devenait aisé, et que présentement les Pyrénées étaient fondues[2].

Le roi donna une abbaye au fils d'un seigneur de la cour, avant la nomination des autres, lui disant : « Je suis bien aise de vous traiter différemment des autres, et de faire voir à votre fils combien je suis content de le voir prendre le parti de devenir homme de bien[3]. »

(2 mars.) Le roi eut l'honnêteté de mander à M. de Vaudemont que Monsieur[4] de Savoie proposait un traité avantageux à la France et à l'Espagne, mais dont une des conditions était que Son Altesse royale serait généralissime de toutes les troupes de France en Italie, et qu'il n'avait pas voulu signer ce traité sans savoir s'il n'aurait pas quelque peine d'être sous Mons de Savoie. M. de Vaudemont a répondu qu'il était si charmé de cette action du roi sur ce qui le regardait, qu'il se sentait plus que jamais prêt à se mettre dans le feu pour son service; qu'il lui suffisait de savoir qu'en servant sous Monsieur de Savoie, il faisait une chose agréable au roi, pour n'en avoir aucune peine.

(29 mars.) Le roi d'Espagne, revenant de la Casa del Campo, en passant dans Madrid, trouva un prêtre qui venait de porter le saint sacrement à un malade. Il descendit aussitôt de cheval, et marcha à pied

1. Je doute fort que le roi se soit servi de ces termes : « Vous serez grand seigneur, » en parlant à un ambassadeur d'Espagne qui avait la grandesse.
2. Louis XIV avait dit : « Il n'y a plus de Pyrénées. » Cela est plus beau.
3. Sans doute le bénéfice était considérable, afin que le pourvu fût plus homme de bien. Je crois que c'était l'abbé de Montgon.
4. Monsieur de Savoie, c'est Victor-Amédée, roi de Sicile, et depuis roi de Sardaigne. Les courtisans disaient toujours, monsieur de Savoie, monsieur de Parme, monsieur de Lorraine. L'un d'eux, à table avec l'électeur de Mayence, voyant qu'on était un peu pressé, lui dit : « Mons de Mayence, un petit coup de fesse. » On disait Mons de Brandebourg, en supprimant le *sieur*.

à la portière du carrosse, où le saint sacrement était porté par le prêtre, et l'accompagna jusqu'à l'église[1].

Monseigneur et Madame la duchesse de Bourgogne pensèrent perdre la messe un dimanche, parce que le chapelain qui la devait dire se trouva mal[2].

(3 septembre.) On a découvert que le roi Guillaume avait fait consulter M. Fagon sur sa maladie sous le nom d'un curé; et M. Fagon, qui n'avait aucun soupçon, a répondu naturellement qu'il n'avait qu'à songer à mourir[3].

(5 septembre.) Le roi d'Angleterre[4] se trouva très-mal; et après, ayant été un peu mieux, il parla avec beaucoup de piété et de fermeté à son fils, lui disant : « Quelque éclatante que soit une couronne, il vient un temps où elle est fort indifférente; il n'y a que Dieu à aimer, et l'éternité à désirer. » Il lui recommanda le respect pour la reine sa mère, et la reconnaissance pour le roi de France, dont il avait reçu tant de grâces.

(13 septembre.) Le roi alla à Saint-Germain voir le roi d'Angleterre, qui ouvrit les yeux un moment quand on lui annonça le roi, qui lui dit qu'il venait pour l'assurer qu'il pouvait mourir[5] en repos sur le prince de Galles, et qu'il le reconnaîtrait roi d'Angleterre, d'Irlande, et d'Écosse. Le roi déclara la même chose à la reine d'Angleterre, et proposa de faire venir le prince de Galles pour le mettre dans cette confidence. On le fit venir, et le roi lui parla avec des bontés dont il parut bien pénétré.

LETTRE DU ROI AU ROI D'ESPAGNE.

(2 janvier 1702.) « [6] J'ai toujours approuvé le dessein que vous avez de passer en Italie. Je souhaite de le voir exécuter. Mais plus je m'intéresse à votre gloire, plus je dois songer aux difficultés qu'il ne vous conviendrait point de prévoir comme à moi. Je les ai toutes examinées :

1. Les princes catholiques n'y manquent jamais; cela charme la populace. L'archiduc Charles fit bien mieux. Un soldat anglais ne s'étant point mis à genoux, il cria : « *Matar, matar.* — *No matar*, pardieu, dit le comte Peterborough, commandant des Anglais; ils le rendraient au plus vite. »

2. A la postérité la plus reculée.

3. Fagon répondit qu'il n'avait qu'à recevoir l'extrême-onction. Et c'est en cela que consiste la méprise plaisante : notre Tacite n'entend pas la plaisanterie.

4. Il veut parler ici du roi Jacques.

5. Le roi ne dit point qu'il pouvait *mourir* ainsi à son aise, et ne promit point au prétendant de le reconnaître. Au contraire, il fut décidé dans le conseil qu'on |ne le reconnaîtrait pas : ce fut Mme de Maintenon qui fit tout changer. Voyez les *Mémoires de Torci*, de Bolingbroke, et le *Siècle de Louis XIV.*

6. Cette lettre est très-fidèlement rapportée ; elle doit être au dépôt.

vous les avez vues dans le mémoire que Marsin vous a lu; j'apprends avec plaisir que cela ne vous détourne pas d'un projet aussi digne de votre sang que celui d'aller vous-même défendre vos Etats en Italie. Il y a des occasions où l'on doit décider soi-même. Puisque les inconvénients que l'on vous a représentés ne vous ébranlent pas, je loue votre fermeté, et je confirme votre décision. Vos sujets vous aimeront davantage, et vous seront encore plus fidèles, lorsqu'ils verront que vous répondez à leurs attentes, et que, bien loin d'imiter la mollesse de vos prédécesseurs, vous exposez votre personne pour défendre les Etats les plus considérables de votre monarchie. Ma tendresse augmente pour vous à proportion que je vois qu'elle vous est due. Je n'oublierai rien pour votre avantage. Vous savez les efforts que j'ai faits pour chasser vos ennemis d'Italie. Si les troupes que j'y destine encore y étaient arrivées, je vous conseillerais d'aller à Milan, et de vous mettre à la tête de mon armée; mais, comme il faut auparavant qu'elle soit supérieure à celle de l'empereur, je crois que Votre Majesté doit passer dans le royaume de Naples, où sa présence est plus nécessaire qu'à Milan. Vous y attendrez le commencement de la campagne; vous y calmerez l'agitation des peuples de ce royaume : ils souhaitent ardemment de voir leur souverain : ils ne sont excités à la révolte que par l'espérance d'avoir un roi particulier. Traitez bien la noblesse. Faites espérer au soulagement au peuple, lorsque les affaires le permettront. Écoutez les plaintes. Rendez justice, et vous communiquez avec bonté, sans perdre votre dignité. Distinguez ceux dont le zèle a paru dans ces derniers mouvements. Vous connaîtrez bientôt l'utilité de votre voyage, et le bon effet que votre présence aura produit. Je fais armer quatre vaisseaux qui iront à Barcelone, et vous porteront à Naples avec la reine. Je vois que votre amitié pour elle ne vous permet pas de vous en séparer. Marsin vous informera des troupes que j'envoie à Naples, et des autres détails dont je l'ai instruit au sujet de votre passage. Dieu, qui vous protège visiblement, bénira la justice de votre cause; et j'espère qu'après vous avoir appelé au trône, il vous donnera son assistance pour défendre les Etats dont il a remis le gouvernement entre vos mains. Je le prierai de rendre heureux les desseins que vous formez pour sa gloire[1]. Il ne me reste qu'à vous assurer de ma tendresse, de mon amitié, et du plaisir que j'ai de voir que tous les jours vous vous en rendez digne. »

LETTRE DU ROI D'ESPAGNE A M. DE VENDOME.

(2 juin.) « Mon cousin, j'ai appris par votre lettre, et par ce que m'a dit le comte de Colnenero, les mouvements que vous vous donnez pour entrer en campagne; je ne m'en donne pas moins de mon côté pour vous aller joindre au plus tôt; et si des affaires très-essentielles que j'ai ici ne me retenaient, jointes à l'arrivée du légat que j'attends, je serais déjà parti, car j'appréhende que vous ne battiez les ennemis avant que je sois arrivé. Je vous permets pourtant de secourir Mantoue; mais demeurez-en là, et attendez-moi pour le reste. Rien ne peut mieux vous marquer la bonne opinion que j'ai de vous, que de craindre que vous n'en fassiez trop pendant mon absence. Je compte de me rendre

---

1. On ne voit pas comment il était plus glorieux à Dieu de voir le duc d'Anjou en Espagne que l'archiduc; mais il est sûr que cela était plus glorieux pour Louis XIV.

à Ferrol à la fin du mois. Assurez tous les officiers français de ma part de la joie que j'aurai de me trouver à leur tête, et soyez bien persuadé, mon cousin, de la véritable estime que j'ai pour vous [1]. »

RÉPONSE DU ROI DE SUÈDE A L'ENVOYÉ DE L'ÉLECTEUR DE BRANDEBOURG.

« [2] Je sais que votre maître n'attendait que le succès de la ligue entre le roi de Danemark, le Moscovite et la Pologne, pour se déclarer contre moi. J'ai châtié le roi de Danemark jusque dans Copenhague, et lui ai pardonné en bon voisin ; j'ai dompté le Moscovite, et l'obligerai bien à rester en paix ; j'ai chassé le roi de Pologne de sa capitale. J'irai à votre maître le dernier, pour lui montrer le cas qu'il fallait faire de mon amitié, et qu'il devait la mériter avant de l'obtenir. Retirez-vous. »

(Août 1704.) Le roi soutint la perte de la bataille d'Ochstedt avec toute la constance et la fermeté imaginables ; on ne saurait marquer plus de résignation à la volonté de Dieu, et plus de force d'esprit ; mais il ne put comprendre que vingt-six bataillons français se fussent rendus prisonniers de guerre [3].

(31 août.) Le roi avait mis à son côté une épée de diamants magnifique. Il dit à M. le duc de Mantoue : « Je vous ai fait généralissime de mes armées en Italie, il est juste que je vous mette les armes à la main ; » en même temps le roi tira son épée de son côté et la lui donna. « Je suis persuadé, ajouta le roi, que vous la tirerez de bon cœur pour mon service [4]. »

(6 octobre.) On proposa au roi d'Angleterre de demeurer un jour de plus à Fontainebleau pour la chasse et la comédie ; mais quelque envie qu'en eût ce jeune roi, il crut qu'il serait plus sage de ne pas quitter la reine sa mère, qui s'en allait ce jour-là de Fontainebleau, et il s'en alla avec elle [5].

(23 juin 1706.) M. le duc d'Orléans partant pour aller commander en Lombardie, Madame la duchesse d'Orléans le pressa de prendre toutes les pierreries, en ayant pour sa chez sa part M. le duc d'Orléans lui répondit que, s'il ne trouvait pas chez ses amis tout l'argent dont il avait besoin, il ne ferait nulle difficulté de les accepter, sachant qu'elle les lui offrait de bon cœur [6].

(3 août.) On apprit par un courrier d'Espagne que les Espagnols témoignaient plus de fidélité que jamais. La reine étant sur son balcon à Burgos, le peuple cria : « Vive Philippe V ; » et la reine leur cria : « Vive

1. Le duc de Vendôme, à qui Philippe V dut sa couronne, méritait quelque chose de mieux.
2. Cette lettre était de Grimarest ; la fausseté fut bientôt reconnue.
3. Cela était aisé à comprendre, puisqu'ils étaient dans un village, sans recevoir d'ordre, entourés de trente mille hommes, et le canon pointé contre eux.
4. Elle ne fut point tirée.
5. C'est le prétendant ; à la postérité, à la postérité.
6. Toujours à la postérité.

la fidélité des Castillans[1] ! » Le peuple se mit à genoux, et recommença à crier : « Vivent le roi et la reine ! »

(10 janvier 1707.) Le duc d'Albe vint dire au roi la grossesse de la reine d'Espagne, qui avait été annoncée au peuple avec les cérémonies ordinaires. Voici l'usage : on sonne la grosse cloche du palais, le peuple y accourt en foule ; le roi, la reine paraissent sur un balcon, et déclarent que la reine est grosse. Outre cette cérémonie-là, il s'en fait une autre encore qui n'était pas encore faite : cette seconde cérémonie est que la reine va en chaise à Notre-Dame d'Atocha[2], suivie de tous les grands à pied, qui environnent sa chaise, pour remercier Dieu.

(1708.) Il y eut en Angleterre des harangues du parlement contre ceux qui gouvernent. Milord Aversham est toujours un de ceux qui parlent le plus fortement contre le ministère. Il était de la chambre basse du temps du roi Guillaume, qui le fit lord, croyant par là le contenir ; mais, à la première assemblée du parlement, il parla dans la chambre avec la même force qu'il parlait dans la basse. Le roi Guillaume lui dit : « Milord, j'espérais au moins qu'après la grâce que je vous ai faite, vous vous contraindriez la première fois. — Sire, lui répondit-il, quand vous m'auriez fait roi, je n'en soutiendrais pas moins les intérêts de l'État et du peuple[3]. »

(Décembre 1711.) Le roi étant à la promenade fort gai, dit à ses courtisans : « Je me crois le plus ancien officier de guerre du royaume, car j'ai été au siége de Bellegarde, en 1649[4]. »

En Angleterre, le nommé[5] Shepping, membre de la chambre basse, fit une harangue dans laquelle il dit, en parlant du feu roi Jacques, que ç'aurait été le meilleur roi qui eût jamais monté sur le trône ; qu'à la vérité il était trop honnête homme et trop sincère pour un roi d'Angleterre ; que sa bonté avait été scandaleusement trahie par des fripons[6] auxquels il se fiait, lesquels, à la honte éternelle de l'Angleterre, avaient été récompensés de leurs trahisons et de leurs infamies,

---

1. Et le roi, que cria-t-il ?

2. Cette Notre-Dame est de bois ; elle pleure tous les ans le jour de sa fête, et le peuple pleure aussi. Un jour, le prédicateur, apercevant un menuisier qui avait l'œil sec, lui demanda comment il pouvait ne pas fondre en larmes, quand la sainte Vierge en versait. « Ah ! mon révérend père, répondit-il, c'est moi qui la rattachai hier dans sa niche. Je lui enfonçai trois grands clous dans le derrière ; c'est alors qu'elle aurait pleuré si elle avait pu. »

3. Et comment Guillaume aurait-il pu le faire roi ?

4. Le duc d'Antin ajouta : « Et le meilleur. » Le roi ne se fâcha pas.

5. Le nommé Shepping valait bien le courtisan auteur de ces mémoires. La cour de Louis XIV était très-polie, comme son maître ; mais dans les occasions, la sotte vanité et l'ignorance lui faisaient oublier sa politesse.

6. Le discours de Shepping est dans le recueil du parlement. Il est beaucoup plus mesuré, quoique vigoureux. S'il avait prononcé le discours qu'on lui impute ici, la chambre l'aurait envoyé à la Tour.

pendant que le prince a été puni, lui qui par les lois de la nation est impunissable.

(Avril 1712.) Le roi voulut aller à la chasse au vol; mais il fit réflexion que les terres étaient fort humides; cela lui fit remettre la partie [1].

M. le duc de Berri, ayant eu le malheur de blesser Monsieur le Duc à la chasse [2], alla se jeter aux genoux de Madame la Duchesse sa mère, et assura Madame la Dauphine qu'il ne manierait jamais fusil, quoique ce soit son plus grand plaisir [3].

(2 décembre 1713.) M. le maréchal de Villars dit au prince Eugène. lorsqu'il le joignit à Rastadt pour traiter de la paix : « Vous avez rendu de grands services à votre maître par les actions éclatantes [4] que vous avez faites en Hongrie, en Flandre et en Italie. — Monsieur, lui répondit le prince Eugène, les heureux succès que j'ai eus sont déjà d'ancienne date; on ne doit plus songer qu'aux dernières campagnes, dont vous avez eu toute la gloire. »

(1714.) Le roi ayant fait entrer dans son cabinet les commissaires du clergé, qui s'assemblaient à Paris chez M. le cardinal de Rohan, il leur dit qu'il les remerciait et qu'il était très-content d'eux; qu'il soutiendrait leurs avis de toutes ses forces, qu'ils priassent Dieu de les lui continuer et de les augmenter, et qu'il les emploierait toutes à soutenir une si bonne œuvre [5].

Le roi, ayant trouvé sur sa table une lettre d'un homme qu'il venait d'exiler, la rejeta d'abord; mais aussitôt il la reprit, et la lut tout entière, disant : « Il faut du moins donner aux malheureux la consolation de lire leurs excuses [6]. »

Le roi étant venu à Saint-Cyr, lorsqu'il était prêt de partir pour une campagne, fit l'honneur de dire à la communauté qu'il espérait beaucoup des prières qu'on ferait pour lui dans la maison. La supérieure lui ayant dit que nous demandions sans cesse à Dieu de le ramener bientôt victorieux, Sa Majesté répondit : « Non la victoire, mais la paix; il faut tâcher de contraindre nos ennemis à nous la demander.... »

Le roi, ayant fait M. de La Rochefoucauld premier gentilhomme de sa garde-robe, lui écrivit ce billet de sa main : « Je me réjouis comme votre ami de la charge que je vous ai donnée ce matin comme votre roi, de premier gentilhomme de ma garde-robe [7]. »

Un page qui portait un flambeau ayant eu un bras gelé, le roi or-

1. A la postérité, vous dis-je.
2. Il lui creva un œil.
3. Il y retourna huit jours après.
4. Le maréchal dit mieux : « Vos ennemis sont à Vienne, et les miens à Versailles. »
5. C'était la bulle *Unigenitus.*
6. Pourquoi donc brûler les lettres des princes de Conti, au lieu de les lire?
7. Cette lettre à antithèse est du président Rose, secrétaire du cabinet.

donna qu'on leur donnerait à tous de grands manchons, pour éviter de pareils accidents [1].

Le roi dit un jour à Mme de Maintenon qu'on traitait les rois de majesté, et que pour elle on devait la traiter de solidité [2].

Le roi, parlant un jour de quelque dessin de broderie qu'il faisait faire sur des habits, dit : « Je ne devrais pas être occupé de ces bagatelles; mais je suis obligé par mon rang d'être bien vêtu [3]. »

Le roi à vingt ans n'avait point encore bu de vin [4].

Quelques gens d'affaires prétendaient que les maisons bâties sur les anciennes fortifications de Paris appartenaient au roi. Cette prétention avait troublé une infinité de familles, non-seulement à Paris, mais encore dans les provinces. Les commissaires du conseil examinèrent les raisons de part et d'autre pendant quatre mois, et y trouvèrent beaucoup de difficulté. Enfin l'affaire fut rapportée et balancée pendant dix heures entières : les voix se trouvèrent partagées; et lorsqu'il n'y eut plus que le roi à parler, il décida contre ses propres intérêts, en faveur des peuples [5].

Le roi, trouvant Mme de Maintenon fort affligée de la prise de Namur, lui dit : « Vous êtes accoutumée à me voir toujours victorieux; mais il faut bien vous attendre que le succès des armes n'est pas toujours favorable [6].

Des seigneurs s'entretenant au lever du roi d'une entreprise qu'on croyait devoir réussir infailliblement à cause du courage et du grand nombre de troupes, le roi dit : « Ce n'est point en cela que nous devons mettre notre confiance, mais dans le secours de Dieu [7].

L'archevêque de Paris avait rendu une ordonnance qui défendait à ceux qui étaient obligés de faire gras en carême d'user de ragoûts [8].

Madame la duchesse de Bourgogne ayant fait une sauce avec du vinaigre et du sucre sur du bœuf bouilli, le roi dit : « Madame la duchesse de Bourgogne n'est pas scrupuleuse, elle fait fort bien des sauces [9]. »

M. Colbert a protesté que pendant vingt-cinq ans qu'il avait eu l'honneur d'être au service du roi et de l'approcher de fort près, il ne

1. Mais on n'a point de manchon à la main qui porte un flambeau.
2. C'est une ancienne plaisanterie faite à Messine, au duc de Vivonne, qui était excessivement gros.
3. A la postérité.
4. Il veut dire apparemment de vin pur.
5. Cela est très-vrai, et fort à l'honneur de Louis XIV, dans un temps très-fiscal.
6. Cela est neuf.
7. Les impériaux attendaient le même secours.
8. Quoi ! l'archevêque de Paris ne mangeait-il pas des carpes à l'étuvée, du saumon à la béchamel? On ne parlait que des ragoûts que faisait l'archevêque Harlai de Chamvalon avec Mme de Lesdiguières.
9. Plus que jamais à la postérité.

lui avait jamais entendu dire qu'une seule parole de vivacité, et jamais aucune qui ressentît la médisance [1].

MORT DU ROI.

(1715.) Lorsqu'on proposa au roi de recevoir les derniers sacrements, il répondit : « Ah! très-volontiers, j'en serai bien aise; » et après sa confession il dit : « Je suis en paix, je me suis bien confessé. »

Quelque temps après il dit à une personne de confiance : « Je me trouve le plus heureux homme du monde, j'espère que Dieu m'accordera mon salut : qu'il est aisé de mourir! » Il dit ces dernières paroles en fondant en larmes [2].

Il dit aux médecins qui paraissaient affligés : « M'aviez-vous cru immortel? Pour moi, je ne me le suis pas cru [3]. »

Le roi ayant perdu connaissance, quand elle lui fut revenue, il dit à son confesseur : « Mon père, donnez-moi encore une absolution générale de tous mes péchés [4]. »

Son confesseur lui ayant fait faire attention à ces dernières paroles du *Pater* [5], *Nunc et in hora mortis nostræ*, le roi les répéta souvent, et dit à Mme de Maintenon, qui était auprès de lui : « C'est donc maintenant, présentement, à l'heure de ma mort. » Ce furent là aussi ses dernières paroles; il les prononça à l'agonie avec celles-ci : « Faites-moi miséricorde, mon Dieu; venez à mon aide, hâtez-vous de me secourir. »

Le roi étant revenu d'une grande faiblesse, et voyant auprès de lui Mme de Maintenon, il lui dit : « Il faut, madame, que vous ayez bien du courage et bien de l'amitié pour moi, pour demeurer si long-temps [6]. »

Le roi fit venir Monsieur le Dauphin, à qui il dit : « Mon enfant, vous allez être un grand roi; ne m'imitez pas dans le goût que j'ai eu pour la guerre; songez toujours à rapporter à Dieu toutes vos actions; faites-le honorer par vos sujets : je suis fâché de les laisser dans l'état où ils

1. C'est cela qui mérite de passer à la postérité, et de servir d'exemple à tous les princes. Ils tuent quelquefois par leurs paroles.

2. Les domestiques pleuraient; mais aucun ne dit que Louis XIV eût pleuré. De plus, les approches de la mort dessèchent trop pour qu'on pleure.

3. On nous assura que ce fut à ses premiers valets chambre, baignés de larmes, qu'il avait adressé ces paroles si justes et si fermes : M'avez-vous cru immortel? « Pour moi, je ne me le suis pas cru, » aurait trop gâté ce noble discours.

4. C'était le jésuite Le Tellier : il avait à se reprocher plus de péchés que le roi.

5. On ne sait ce que l'auteur de ces mémoires veut dire; ce n'est point dans la prière du *Pater* que sont ces paroles. On soupçonne que le courtisan, auteur de ces Mémoires, ne savait pas plus le latin que Louis XIV.

6. Cela est très-vrai, et se retrouve ailleurs.

sont. Suivez toujours les bons conseils; aimez vos peuples : je vous
donne le P. Le Tellier pour confesseur[1]. N'oubliez jamais la reconnaissance que vous devez à Mme la duchesse de Ventadour : pour
moi, madame, ajouta le roi, je ne puis trop vous marquer la mienne.»
Il embrassa le dauphin par deux fois, il lui donna sa bénédiction ; et,
comme il s'en allait, il leva les mains au ciel, et fit une prière en le
regardant.

Le roi ayant entendu la messe le lendemain qu'il eut reçu ses sacrements, il fit approcher les cardinaux de Rohan et de Bissi, et il leur
dit en présence d'un grand nombre de courtisans, qu'il était satisfait
du zèle et de l'application qu'ils avaient fait paraître pour la défense de
la bonne cause[2]; qu'il les exhortait à avoir la même conduite après sa
mort, et qu'il avait donné de bons ordres pour les soutenir. Il ajouta
que Dieu connaissait ses bonnes intentions et les désirs ardents qu'il
avait d'établir la paix dans l'Église de France ; qu'il s'était flatté de la
procurer cette paix si désirée ; mais que Dieu ne voulait pas qu'il eût
cette satisfaction; que peut-être cette grande affaire finirait plus prompt-
tement et plus heureusement dans d'autres mains que dans les siennes ;
que, quelque droite qu'ait été sa conduite, on aurait cru qu'il n'eût
agi que par prévention, et qu'il aurait porté son autorité trop loin ; et,
enfin, après avoir encore fortement exhorté ces deux cardinaux à soutenir la vérité avec la même ferveur qu'ils avaient fait paraître jusqu'à
présent, il leur déclara qu'il voulait mourir comme il avait vécu, dans
la religion catholique, apostolique, et romaine; et qu'il aimerait mieux
perdre mille vies que d'avoir d'autres sentiments. Ce discours dura
longtemps; et le roi le fit dans des termes si nobles et si touchants, et
avec tant de force (quoiqu'il fût déjà très-mal), qu'il était aisé de connaître qu'il était pénétré de ce qu'il disait.

1. Ce discours de Louis XIV à son successeur n'est pas exactement
rapporté, il s'en faut de beaucoup. Il est très-faux qu'il dit au dauphin : « Je vous donne le P. Le Tellier pour confesseur. » On ne donne
point d'ailleurs un confesseur à un enfant qui n'a pas six ans. Il faut
avouer que ces mémoires sont d'un homme d'un esprit très-faible, qui
paraît affilié des jésuites.

2. Il oublie que le roi dit à ces deux cardinaux : « Si on m'a trompé, on est bien coupable. » Il a été avéré en effet qu'on l'avait trompé,
et que c'était son confesseur Le Tellier qui avait lui-même fabriqué la
minute de cette malheureuse bulle qui troubla la France. Jamais homme
ne calomnia plus effrontément, ne joignit tant de fourberie à tant
d'audace, et ne couvrit plus ses crimes du manteau de la religion. Il
fut sur le point de faire condamner le vertueux cardinal de Noailles ;
et il abusa de la confiance de Louis XIV jusqu'à faire signer l'exil ou
la prison de plus de deux mille citoyens. Ce scélérat fut exilé lui-
même après la mort du roi : punition trop douce de ses noirceurs et de
ses barbaries. Le grand malheur de Louis XIV fut d'avoir été trop
ignorant. Pour peu qu'il eût lu seulement l'*Histoire* du président de
Thou, il se serait défié de son confesseur, au lieu de le croire. Il aurait vu que jamais, à la cour, un religieux ne fit que du mal. L'ignorance et la faiblesse ternirent, dans ses dernières années, cinquante
ans de gloire et de prospérités.

Il recommanda à Monsieur le Duc et à M. le prince de Conti, de contribuer à l'union qu'il désirait qui fût entre les princes, et de ne point suivre l'exemple de leurs ancêtres sur la guerre [1].

Il parla à M. le duc du Maine et à M. le comte de Toulouse [2].

Il recommanda les finances à M. Desmarêts, et les affaires étrangères à M. de Torci [3].

1. Vous voulez dire apparemment qu'il leur recommanda de ne jamais faire la guerre civile : mais ils ne pouvaient certainement mieux faire que d'imiter les belles actions de leurs aïeux.

2. Il fallait au moins nous instruire de ce qu'il leur dit.

3. Voilà une gazette de cour pleine d'anecdotes admirables.

PRÉFACE ET EXTRAITS
DES SOUVENIRS DE Mme DE CAYLUS.

(1769.)

PRÉFACE.

Cet ouvrage de Mme de Caylus [1] est un de ceux qui font le mieux connaître l'intérieur de la cour de Louis XIV. Plus le style en est simple et négligé, plus sa naïveté intéresse. On y retrouve le ton de sa conversation; elle n'a point *taché*, comme disait M. le duc d'Antin. Elle était du nombre des femmes qui ont de l'esprit et du sentiment sans en affecter jamais. C'est grand dommage qu'elle ait eu si peu de souvenir, et qu'elle quitte le lecteur lorsqu'il s'attend qu'on lui parlera des dernières années de Louis XIV, et de la régence. Peut-être même l'esprit philosophique qui règne aujourd'hui ne sera pas trop content des petites aventures de cour qui sont l'objet de ces mémoires. On veut savoir quels ont été les sujets de guerre; quelles ressources on avait pour les finances; comment la marine dépérit après avoir été portée au plus haut point où on l'eût jamais vue chez aucune nation; à quelles extrémités Louis XIV fut réduit; comment il soutint ses malheurs, et comment ils furent réparés; dans quelle confusion son confesseur Le Tellier jeta la France, et quelle part Mme de Maintenon put avoir à ces troubles intestins aussi tristes et aussi honteux que ceux de la fronde avaient été violents et ridicules. Mais tous ces objets ayant été presque épuisés dans l'histoire du *Siècle de Louis XIV*, on peut voir avec plaisir de petits détails qui font connaître plusieurs personnages dont on se souvient encore.

1. Marthe-Marguerite de Villette-Murcay, née en 1673, mariée en 1686 au marquis de Caylus, morte le 15 avril 1729. (ÉD.)

Ces particularités même servent dans plus d'une occasion à jeter de la lumière sur les grands événements.

D'ordinaire les petits détails des cours, si chers aux contemporains, périssent avec la génération qui s'en est occupée; mais il y a des époques et des cours dont tout est longtemps précieux. Le siècle d'Auguste fut de ce genre. Louis XIV eut des jours aussi brillants, quoique sur un théâtre beaucoup moins vaste et moins élevé. Louis XIV ne commandait qu'à une province de l'empire d'Auguste; mais la France acquit sous ce règne tant de réputation par les armes, par les lois, par de grands établissements en tout genre, par les beaux-arts, par les plaisirs même, que cet éclat se répand jusque sur les plus légères anecdotes d'une cour qui était regardée comme le modèle de toutes les cours, et dont la mémoire est toujours précieuse.

Tout ce que raconte Mme la marquise de Caylus est vrai; on voit une femme qui parle toujours avec candeur. Ses *Souvenirs* serviront surtout à faire oublier cette foule de misérables écrits sur la cour de Louis XIV, dont l'Europe a été inondée par des auteurs faméliques qui n'avaient jamais connu ni cette cour, ni Paris.

Mme de Caylus, nièce[1] de Mme de Maintenon, parle de ce qu'elle a entendu dire et de ce qu'elle a vu, avec une vérité qui doit détruire à jamais toutes ces impostures imprimées, et surtout les prétendus *Mémoires*[2] *de Mme de Maintenon*, compilés par l'ignorance la plus grossière, et par la fatuité la plus révoltante, écrits d'ailleurs de ce mauvais style des mauvais romans qui ne sont faits que pour les antichambres.

Que penser d'un homme qui insulte au hasard les plus grandes familles du royaume, en confondant perpétuellement les noms, les événements, qui vous dit d'un ton assuré que « M. de Maisons, premier président du parlement, avec plusieurs conseillers, n'attendaient qu'un mot du duc du Maine pour se déclarer contre la régence du duc d'Orléans; » tandis que M. de Maisons, qui ne fut jamais premier président, avait arrangé lui-même tout le plan de la régence!

Qui prétend que la princesse des Ursins, à l'âge de soixante et un ans, avait inspiré à Philippe V, roi d'Espagne, une violente passion pour elle;

Qui ose avancer que « les articles secrets du traité de Rastadt excluaient Philippe V du trône, » comme s'il y avait eu des articles secrets à Rastadt;

Qui a l'impudence d'affirmer que Monseigneur, fils de Louis XIV, « épousa Mlle Chouin, » et rappelle sur cette fausseté tous les contes absurdes imprimés chez les libraires de Hollande;

Qui, pour donner du crédit à ces contes, cite l'exemple d'Auguste, lequel, selon lui, était amoureux de Cléopatre. C'est bien savoir l'histoire !

Voilà par quels gredins la plupart de nos histoires secrètes modernes

---

1. Mme de Caylus, fille de Philippe de Valois, marquis de Villette-Murcay, cousin de Mme de Maintenon, n'était pas nièce, mais petite-cousine de la seconde femme de Louis XIV.

2. Par La Beaumelle. (ÉD.)

ont été composées. Quand Mme de Caylus n'aurait servi, par ses *Mémoires*, qu'à faire rentrer dans le néant les livres de ces misérables, elle aurait rendu un très-grand service aux honnêtes gens amateurs de la vérité.

SOUVENIRS.

Mme de Maintenon était petite-fille de Théodore-Agrippa d'Aubigné, élevé auprès de Henri IV, dans la maison de Jeanne d'Albret, reine de Navarre, et connu surtout par ses écrits et son zèle pour la religion protestante, mais plus recommandable encore par sa sincérité dont il parle lui-même dans un manuscrit que j'ai vu de sa main, et dans lequel il dit que sa rude probité le rendait peu propre auprès des grands.

Il eut l'honneur de suivre Henri IV dans toutes les guerres qu'il eut à soutenir, et se retira, après la conversion de ce prince, dans sa petite maison de Mursay, près de Niort en Poitou [1]. . . . .

Je me souviens d'avoir entendu raconter que Mme d'Aubigné étant venue à Paris demander au cardinal de Richelieu la grâce de son mari, ce ministre avait dit en la quittant : « Elle serait bien heureuse si je lui refusais ce qu'elle me demande. »

M. d'Aubigné [2] mourut à la Martinique, à son second voyage, car je crois avoir entendu dire qu'il en avait fait deux.

Mais mes souvenirs me rappellent à la cour où Mme de Maintenon jouait un grand rôle auprès de la reine : elle avait été faite dame d'atour de Madame la dauphine de Bavière; et le roi avait acheté pour elle la terre de Maintenon, en 1674 ou 1675, dont il voulut qu'elle prît le nom [3].

Elle (Mme de Maintenon) prit pour prétexte la petite d'Heudicourt, et la demanda à madame sa mère, qui la lui donna sans peine par l'amitié qui était entre elles, et le goût qu'elle lui connaissait pour les enfants. Cette petite fille fut depuis Mme de Montgon [4], dame du palais de madame la dauphine de Savoie.

Je rapporte ici la manière dont elle s'en est expliquée elle-même avec son confesseur. « Mme de Montespan et Mme de Richelieu tra-

1. Il en fait la description dans le *Baron de Feneste**, et c'est de lui-même dont il parle sous le nom d'Énée.

2. Il mourut au retour de son second voyage de la Martinique, dans un voyage qu'il fit à Orange.

3. J'ai vu, dans une lettre écrite à M. d'Aubigné, que le roi lui avait ordonné de prendre le nom de Maintenon.

4. Mère de l'abbé de Montgon, auteur des *Mémoires* où le cardinal de Fleury est très-dénigré.

* Roman satirique de Daubigné. (ÉD.)

vaillent présentement à un mariage pour moi qui, pourtant, ne s'achèvera pas. C'est un duc, assez malhonnête homme et fort gueux. Ce serait une source d'embarras et de déplaisirs qu'il serait imprudent de s'attirer; j'en ai déjà assez dans ma condition singulière[1] et enviée de tout le monde, sans aller en chercher dans un état qui fait le malheur des trois quarts du genre humain. »

Cependant le roi, si prévenu dans les commencements contre Mme de Maintenon, qu'il ne l'appelait d'un air de dénigrement, en parlant à Mme de Montespan, que *Votre bel esprit*, s'accoutuma à elle et comprit qu'il y avait tant de plaisir à l'entretenir, qu'il exigea de sa maîtresse, par une délicatesse dont on ne l'eût peut-être pas cru capable, de ne lui plus parler les soirs quand il serait sorti de sa chambre. Mme de Maintenon s'en aperçut, et voyant qu'on ne lui répondait qu'un oui et qu'un non assez sec : « J'entends, dit-elle, ceci est un sacrifice; » et comme elle se levait, Mme de Montespan l'arrêta, charmée qu'elle eût pénétré le mystère. La conversation n'en fut que plus vive après, et elles se dirent, sans doute dans un genre différent, l'équivalent de ce que Ninon avait dit du billet de La Châtre[2].

Je rapporterai ici quelques fragments des lettres que Mme de Maintenon écrivait à l'abbé Gobelin; on y verra mieux que je ne pourrais l'exprimer ce qu'elle eut à souffrir, et quels étaient ses véritables sentiments. Il est vrai qu'il serait à désirer que ces lettres fussent datées. Mais les choses marquent assez le temps où elles ont été écrites[3].

Mme de Thianges, folle sur deux chapitres, celui de sa personne et celui de sa naissance, d'ailleurs dénigrante et moqueuse, avait pourtant une sorte d'esprit, beaucoup d'éloquence, et rien de mauvais dans le cœur; elle condamnait même souvent les injustices et la dureté de madame sa sœur, et j'ai ouï dire à Mme de Maintenon qu'elle avait trouvé en elle de la consolation dans leurs démêlés.

Il y aurait des contes à faire à l'infini sur les deux points de sa folie : mais il suffira de dire, pour celle de sa maison, qu'elle n'en admettait que deux en France, la sienne et celle de La Rochefoucauld[4].

J'ai ouï dire au feu roi que Mme de Thianges s'échappait souvent de chez elle pour le venir trouver lorsqu'il déjeunait avec des gens de son âge. Elle se mettait avec eux à table en personne, persuadée qu'on

1. La singularité de sa condition et de son état venait sans doute de ce qu'elle se trouvait à la cour la veuve de Scarron, dont pourtant elle n'avait jamais été la femme.

2. M. de La Châtre avait exigé un billet de Mlle de Lenclos, un billet comme quoi elle lui serait fidèle pendant son absence, et, étant avec un autre, dans le moment le plus vif elle s'écria : « Le beau billet qu'a La Châtre! »

3. Toutes les lettres de Mme de Maintenon à son confesseur font bien voir le caractère de la dévote ambitieuse, et celui du prêtre à qui elle en rend compte.

4. Elle distinguait la maison de La Rochefoucauld des autres, en faveur des fréquentes alliances qu'elle a eues avec la maison de La Rochechouart.

n'y vieillit point. (C'est elle qui, la première, a dit qu'on ne vieillit point à table.)

Au défaut du roi, Mme de Nevers se contenta de Monsieur le Prince qu'on appelait en ce temps-là Monsieur le Duc. L'esprit, la galanterie, la magnificence, quand il était amoureux, réparaient en lui une figure qui tenait plus du gnome que de l'homme. Il a masqué sa galanterie pour Mme de Nevers par une infinité de traits; mais je ne parlerai que de celui-ci. M. de Nevers avait accoutumé de partir pour Rome de la même manière dont on va souper à ce qu'on appelle aujourd'hui une guinguette, et on avait vu Mme de Nevers monter en carrosse, persuadée qu'elle allait seulement se promener, entendre dire à son cocher : « A Rome. » Mais comme avec le temps elle connut mieux monsieur son mari, et qu'elle se tenait plus sur ses gardes, elle découvrit qu'il était sur le point de lui faire faire encore le même voyage, et en avertit Monsieur le Prince, lequel, aussi fertile en inventions que magnifique lorsqu'il s'agissait de satisfaire ses goûts, pensa, par la connaissance qu'il avait du génie et du caractère de M. de Nevers, qu'il fallait employer son talent ou réveiller sa passion pour les vers. Il imagina donc de donner une fête à Monseigneur à Chantilly. Il la proposa, on l'accepta. Il alla trouver M. de Nevers, et supposa avec lui un extrême embarras pour le choix du poëte qui ferait les paroles du divertissement, lui demandant en grâce de lui en trouver un et de le vouloir conduire; sur quoi M. de Nevers s'offrit lui-même, comme Monsieur le Prince l'avait prévu. Enfin la fête se donna; elle coûta plus de cent mille écus, et Mme de Nevers n'alla point à Rome[1].

Un jour que le carrosse de Mme de Montespan passa sur le corps d'un pauvre homme sur le pont de Saint-Germain, Mme de Montausier, Mme de Richelieu, Mme de Maintenon, et quelques autres qui étaient avec elles, en furent effrayées et saisies comme on l'est d'ordinaire en de pareilles occasions; la seule Mme de Montespan ne s'en émut pas, et elle reprocha même à ces dames leur faiblesse. « Si c'était, leur disait-elle, un effet de la bonté de votre cœur et une véritable compassion, vous auriez le même sentiment en apprenant que cette aventure est arrivée loin comme près de vous. »

Elle joignit à cette dureté de cœur[3] une raillerie continuelle, et elle portait des coups dangereux à ceux qui passaient sous ses fenêtres pendant qu'elle était avec le roi.

Si on considère le mérite et la vertu de M. de Montausier[4], l'esprit et le savoir de M. de Meaux, quelle haute idée n'aura-t-on pas et du roi qui fait élever si dignement son fils, et du dauphin qu'on croira savant et habile parce qu'il le devait être?

1. C'était une maxime du célèbre gourmand Broussin, avant que Mme de Thianges fût au monde.

2. Monsieur le Duc, pour entrer secrètement chez Mme de Nevers dont le mari était si jaloux, avait acheté deux maisons contiguës à l'hôtel de Nevers.

3. Comment accorder cette dureté avec les larmes compatissantes et généreuses dont elle parle page 54?

4. Remarquez ce contraste.

M. de Lauzun, peu content d'épouser Mademoiselle, voulut que le mariage se fît de couronne à couronne; et, par de longs et vains préparatifs, il donna le loisir à Monsieur le Prince d'agir et de faire révoquer la permission que le roi lui avait accordée. Pénétré de douleur, il ne garda plus de mesures, et se fit arrêter et conduire dans une longue et dure prison par la manière[1] dont il parla à son maître.

Sans cette folle vanité le mariage se serait fait; le roi, avec le temps, aurait calmé le prince, et M. de Lauzun se serait vu publiquement le mari de la petite-fille d'Henri IV, refusée à tant de princes et de rois pour ne pas les rendre trop puissants. Il se serait vu cousin germain de son maître. Quelle fortune détruite en un moment par une gloire mal placée!

Peut-être aussi n'avait-il plu à Mademoiselle que par ce même caractère audacieux, et pour avoir été le seul homme qui eût osé lui parler d'amour[2].

Mme la duchesse de Richelieu[3] fut faite dame d'honneur de Madame la Dauphine.

Mme de Coulanges, femme de celui qui a tant fait de chansons, augmentait la bonne compagnie de l'hôtel de Richelieu; elle avait une figure et un esprit agréables, une conversation remplie de traits vifs et brillants, et ce style lui était si naturel que l'abbé Gobelin[4] dit, après une confession générale qu'elle lui avait faite : « Chaque péché de cette dame est une épigramme. »

Le cardinal d'Estrées n'était pas moins amoureux dans ces temps dont je parle, et il a fait pour Mme de Maintenon beaucoup de choses galantes qui, sans toucher son cœur, plaisaient à son esprit[5].

Mme de Schomberg était précieuse, Mlle de Pons, bizarre, naturelle, sans jugement, pleine d'imagination, toujours nouvelle et divertissante, telle enfin que Mme de Maintenon m'a dit plus d'une fois : « Mme d'Heudicourt n'ouvre pas la bouche sans me faire rire; cependant je ne me souviens pas, depuis que nous nous connaissons, de lui avoir entendu dire une chose que j'eusse voulu avoir dite[6].

Madame la Dauphine voyait la nécessité d'être bien avec la favorite pour être bien avec le roi son beau-père : mais la regardant en même temps comme une personne dangereuse dont il fallait se défier, elle se détermina à la retraite où elle était naturellement portée, et ne découvrit

---

1. Beaucoup trop dure sans doute.
2. Dans les *Mémoires de Mademoiselle*, il est manifeste que ce fut elle qui en parla la première.
3. Anne-Marguerite d'Acigné, fille de Jean-Léonard d'Acigné, comte le Grand-Bois, mort en 1698.
4. Quel Gobelin qu'un homme qui, pour divertir la compagnie, caractérise les confessions de ses dévotes! Quel directeur de Mme de Maintenon! Il avait besoin d'être dirigé par elle; aussi l'était-il.
5. Voilà bien de la galanterie, tant profane que sacerdotale.
6. Mme de Caylus se répète ici; c'est une preuve de la négligence et de la simplicité dont elle écrivait ces mémoires, qui ne sont en effet que des souvenirs sans ordre.

qu'après la mort de Mme de Richelieu, dans un éclaircissement qu'elle eut avec Mme de Maintenon, la fausseté des choses qu'elle lui avait dites. Étonnée de la voir aussi affligée, elle marqua sa surprise, et par l'enchaînement de la conversation, elle mit au jour les mauvais procédés de cette infidèle amie [1].

Je ne prétends pas dissimuler ce qui s'est dit sur M. de Villarceaux [2], parent et de même maison que Mme de Montchevreuil. Si c'est par lui que cette liaison s'est formée, elle ne décide rien contre Mme de Maintenon, puisqu'elle n'a jamais caché qu'il eût été de ses amis. Elle parla pour son fils, et obtint le cordon bleu pour lui; on voit même encore à Saint-Cyr une lettre écrite à Mme de Villarceaux, où elle fait le détail de l'entrée du roi à Paris après son mariage, dans laquelle elle parle de ce même M. de Villarceaux, et voici ce qu'elle en dit : « Je cherchai M. de Villarceaux, mais il avait un cheval si fougueux qu'il était à vingt pas de moi avant que je le reconnusse : il me parut bien et des plus galamment habillés, quoique des moins magnifiques; sa tête brune lui seyait fort bien, et il avait fort bonne grâce à cheval. »

Cependant, quelque persuadée que je sois de la vertu de Mme de Maintenon, je ne ferais pas comme M. de Lassay qui, pour trop affirmer un jour que ce qu'on avait dit sur ce sujet était faux, s'attira une question singulière de la part de madame sa femme, fille naturelle de Monsieur le Prince. Ennuyée de la longueur de la dispute, et admirant comment Monsieur son mari pouvait être autant convaincu qu'il le paraissait, elle lui dit d'un sang-froid admirable : *Comment faites-vous, monsieur, pour être si sûr de ces choses-là?* Pour moi, il me suffit d'être persuadée de la fausseté des bruits désavantageux qui ont couru, et d'en avoir assez dit pour montrer que je ne les ignore pas.

Mlle de Löwestein, depuis Mme de Dangeau.... est de la maison Palatine. Un de ses ancêtres, pour n'avoir épousé qu'une simple demoiselle, perdit son rang [3], et sa postérité n'a plus été regardée comme des princes souverains; mais MM. de Löwestein ont toujours porté le nom et les armes de la maison Palatine, et ont été depuis comtes de l'Empire et alliés aux plus grandes maisons de l'Allemagne.

La signature de son contrat (de mariage) causa d'abord quelques désagréments à madame sa femme. Madame la dauphine, surprise qu'elle s'appelât comme elle, voulut faire rayer son véritable nom [4]; Madame entra dans ses sentiments; mais on leur fit voir si clairement qu'elle était en droit de le porter, que ces princesses n'eurent plus rien à

1. La véritable raison fut que Mme de Richelieu, qui avait protégé autrefois Mme Scarron, ne put supporter d'être totalement éclipsée par Mme de Maintenon.

2. Cet endroit était délicat à traiter; il est certain que Mme Scarron avait enlevé à Ninon Villarceaux son amant. J'ignore jusqu'à quel point M. de Villarceaux poussa sa conquête; mais je sais que Ninon ne fit que rire de cette infidélité, qu'elle n'en sut nul mauvais gré à sa rivale, et que Mme de Maintenon aima toujours Ninon.

3. Il ne perdit point son rang de prince, mais ses enfants n'en purent jouir, faute d'un diplôme de l'empereur.

4. Il y a une petite méprise; M. de Dangeau avait fait énoncer, dans le contrat, de Bavière Löwestein; on mit Löwestein de Bavière.

dire, et même Madame a toujours rendu à Mme de Dangeau ce qui était dû à sa naissance et à son mérite, et elle a eu pour elle toute l'amitié dont elle était capable.

Elle (Madame la Dauphine) mourut persuadée que sa dernière couche lui avait donné la mort, et elle dit en donnant sa bénédiction à M. le duc de Berri : *Ah ! mon fils, que tes jours coûtent cher à ta mère* [1] !

Il est, je crois, à propos de parler présentement de Mme la princesse de Conti, fille du roi, de cette princesse belle comme Mme de Fontanges, agréable comme sa mère, avec la taille et l'air du roi son père, et auprès de laquelle les plus belles et les mieux faites n'étaient pas regardées. Il ne faut pas s'étonner que le bruit de sa beauté se soit répandu jusqu'à Maroc où son portrait fut porté [2].

Je ne sais si l'humeur de Mme la princesse de Conti contribuait à révolter les conquêtes que la beauté lui faisait faire, ou par quelle fatalité elle eut aussi peu d'amants fidèles que d'amants reconnaissants ; mais il est certain qu'elle n'en conserva pas. Et ce qui se passa entre elle et Mlle Choin est aussi humiliant que singulier.

Mlle Choin était une fille à elle, d'une laideur à se faire remarquer, d'un esprit propre à briller dans une antichambre, et capable seulement de faire le récit des choses qu'elle avait vues. C'est par ces récits qu'elle plut à sa maîtresse, et ce qui lui en attira sa confiance. Cependant cette même Mlle Choin enleva à la plus belle princesse du monde le cœur de M. de Clermont-Chate, en ce temps-là officier des gardes.

Il est vrai qu'ils pensaient à s'épouser ; et sans doute qu'ils avaient compté, par la suite des temps, non-seulement d'y faire consentir Mme la princesse de Conti, mais d'obtenir par elle et par Monseigneur des grâces de la cour, dont ils auraient un grand besoin. L'imprudence [3] d'un courrier, pendant une campagne, déconcerta leurs projets, et découvrit à Mme la princesse de Conti, de la plus cruelle manière, qu'elle était trompée par son amant et par sa favorite. Ce courrier de M. de Luxembourg remit à M. de Barbesieux toutes les

---

1. Beau vers de l'*Andromaque* de Racine. La dauphine de Bavière ne manquait ni de goût ni de sensibilité ; mais sa santé toujours mauvaise la rendait incapable de société. On lui contestait ses maux ; elle disait : « Il faudra que je meure pour me justifier. » Et ses maux empiraient par le chagrin d'être laide dans une cour où la beauté était nécessaire.

2. Cela est très-vrai ; l'ambassadeur de Maroc, en recevant le portrait du roi, demanda celui de la princesse sa fille. Comme elle eut le malheur d'essuyer beaucoup d'infidélités de ses amants, Périgny fit un couplet pour elle.

> Pourquoi refusez-vous l'hommage glorieux
> D'un roi qui vous attend et qui vous croira belle ?
> Puisque l'hymen à Maroc vous appelle,
> Partez, c'est peut-être en ces lieux
> Qu'il vous garde un amant fidèle.

3. On ouvrait toutes les lettres. Cette infidélité ne se commet plus nulle part, comme on sait.

lettres qu'il avait. Ce ministre se chargea de les faire rendre; mais il porta le paquet au roi : on peut aisément juger de l'effet qu'il produisit, et de la douleur de Mme la princesse de Conti. Mlle Choin fut chassée, M. de Clermont exilé [1], et on lui ôta son bâton d'exempt.

MM. les princes de Conti avaient été élevés avec Mgr le dauphin, dans les premières années de leur vie, et par une mère d'une vertu exemplaire. Ils avaient tous deux de l'esprit, et étaient fort instruits. Mais le gendre du roi, gauche dans toutes ses actions, n'était goûté par personne, par l'envie qu'il eut toujours de paraître ce qu'il n'était pas. Le second, avec toutes les connaissances et l'esprit qu'on peut avoir, n'en montrait qu'autant qu'il convenait à ceux à qui il parlait; simple, naturel, profond et solide, frivole même quand il fallait le paraître, il plaisait à tout le monde; et comme il passait pour être un peu vicieux, on disait de lui ce qu'on a dit de César [2].

J'ai ouï-dire à Mme de Maintenon, qu'un jour le roi ayant envoyé chercher la reine, pour ne pas paraître seule en sa présence, elle voulut qu'elle la suivît; mais elle ne fit que la conduire jusqu'à la porte de la chambre, où elle prit la liberté de la pousser pour la faire entrer, et remarqua un si grand tremblement dans toute sa personne, que ses mains mêmes tremblaient de timidité.

C'était un effet de la passion vive qu'elle avait toujours eue pour son mari, et que les maîtresses avaient rendue si longtemps malheureuse. Il fallait aussi que le confesseur de cette princesse n'eût point d'esprit, et ne fût qu'un cagot, ignorant des véritables devoirs de chaque état. J'en juge par une lettre de Mme de Maintenon à l'abbé Gobelin, où elle dit : « Je suis ravie que le monde loue ce que fait le roi. Si la reine avait un directeur comme vous, il n'y aurait pas de bien qu'on ne dût attendre de l'union de la famille royale; mais on eut toutes les peines du monde, sur la *media noche*, à persuader son confesseur, qui la conduit par un chemin plus propre, selon moi, à une carmélite qu'à une reine [3]. »

Le roi avait en lui toutes les qualités les plus propres à plaire, sans être capable d'aimer beaucoup. Presque toutes les femmes lui avaient plu [4], excepté la sienne, dont il exerça la vertu par ses galanteries.

M. de Montespan ne songea d'abord qu'à profiter de l'occasion pour son intérêt et sa fortune; et ce qu'il fit ensuite ne fut que par dépit de ce qu'on ne lui accorda pas ce qu'il voulait. Le roi se piqua à son tour, et, pour empêcher Mme de Montespan d'être exposée à ses caprices,

1. Excellente raison, prise dans les droits du pouvoir suprême, pour exiler un officier, et pour apprendre aux jeunes gens à ne plus quitter les belles pour les laides.

2. Qu'il était le mari de bien des femmes, et la femme de bien des hommes. De Bausse lui disait : « Que vous êtes aimable, monseigneur! vous souffrez gaiement qu'on vous contrarie, qu'on vous raille, qu'on vous pille, qu'on vous, etc. » C'est le même qui fut élu roi de Pologne.

3. Quel salmigondis de confesseurs et de maîtresses! quelles pauvretés !

4. Et réciproquement.

il la fit surintendante de la maison de la reine, laissant faire en province à ce misérable garçon[1] toutes ses extravagances.

J'ai trouvé dans les lettres de Mme de Maintenon à l'abbé Gobelin[2], qu'il y avait eu une séparation en forme au Châtelet de Paris, entre M. et Mme de Montespan.

La mort de la reine ne donna à la cour qu'un spectacle touchant. Le roi fut plus attendri qu'affligé; mais comme l'attendrissement produit d'abord les mêmes effets, et que tout paraît considérable dans les grands, la cour fut en peine[3] de sa douleur.

Pendant le voyage de Fontainebleau, la faveur de Mme de Maintenon parvint au plus haut. Elle changea le plan de sa vie; et je crois qu'elle eut pour principale règle de faire le contraire de ce qu'elle avait vu chez Mme de Montespan[4].

Ce mariage (de la troisième fille de Colbert avec le duc de Mortemart) coûta au roi quatorze cent mille livres[5]; huit cent mille livres pour payer les dettes de la maison de Mortemart, et six cent mille pour la dot de Mlle Colbert.

Si mesdames de Chevreuse et de Beauvilliers recherchèrent l'amitié de Mme de Maintenon, elle ne fut pas fâchée de son côté de faire voir au roi, par leur empressement, la différence que des personnes de mérite mettaient entre Mme de Montespan et elle[6].

Mme de Maintenon n'a jamais su les histoires qu'on en a faites, et elle n'a vu dans Mme la princesse d'Harcourt que ses malheurs domestiques et sa piété apparente[7].

Mme la comtesse de Grammont[8] avait pour elle le goût et l'habitude du roi; car Mme de Maintenon la trouvait plus agréable qu'aimable. Il faut avouer aussi qu'elle était souvent anglaise, insupportable, quelquefois flatteuse, dénigrante, humaine, et rampante[9].

Mme de Maintenon joignit à l'envie de plaire au roi, en attirant

1. Ce mot de garçon, qui n'a point de féminin, ne convient pas à un homme marié. Au reste, il se fit faire un carrosse de deuil, dont les pommeaux étaient des cornes.

2. Il est triste que Mme de Maintenon ait tant écrit à cet abbé Gobelin, qui était un tracassier rampant, avare comme Harpagon, et processif comme Chicaneau.

3. Ah! très-peu en peine.

4. Et de succéder à Marie-Thérèse.

5. Cela est immense : cette somme ferait aujourd'hui à peu près deux millions huit cent mille livres; et c'est le peuple qui paye.

6. Cela fait voir que Mme de Maintenon en savait plus que Mme de Montespan.

7. Toujours, sur la fin du règne de Louis XIV, la débauche sous le masque de la dévotion. La galanterie, auparavant, avait été moins fausse et plus aimable.

8. C'était une Hamilton, que ses frères avaient obligé le comte de Grammont à épouser malgré lui.

9. Caractère qui n'est pas extraordinaire en Angleterre.

chez elle Mme la comtesse de Grammont, le motif de la soutenir dans la piété[1], et d'aider, autant qu'il lui était possible, une conversion fondée sur celle de du Charmel. C'était un gentilhomme lorrain, connu à la cour par le gros jeu qu'il jouait. Il était riche et heureux : ainsi il faisait beaucoup de dépense, et était à la mode à la cour[2]; mais il la quitta brusquement, et se retira à l'institution, sur une vision qu'il crut avoir eue; et la même grâce, par un contre-coup heureux, toucha aussi Mme la comtesse de Grammont.

Mme d'Heudicourt était cette même Mlle de Pons, parente du maréchal d'Albret, dont la chronique scandaleuse prétend qu'il avait été amoureux[3], amie de Mme de Maintenon et de Mme de Montespan jusques à sa disgrâce.

Mme d'Heudicourt, vieille fille sans bien, quoique avec une grande naissance, se trouva heureuse d'épouser la marquis d'Heudicourt; et Mme de Maintenon[4], son amie, y contribua de tous ses soins. Amie aussi de Mme de Montespan, elle vécut avec elle à la cour jusques à sa disgrâce, dont je ne puis raconter les circonstances, parce que je ne les sais que confusément. Je sais seulement qu'elle roulait sur des lettres de galanterie écrites à M. de Béthune, ambassadeur en Pologne, homme aimable et de bonne compagnie : car, quoique je ne l'aie jamais vu, je m'imagine le connaître parfaitement à force d'en avoir entendu parler à ses amis, lesquels se sont presque tous trouvés des miens[5].

Je sais que Mme de Maintenon dit au roi que, pour cesser de voir et abandonner son amie, il fallait qu'on lui fît voir ses torts d'une manière convaincante. On lui montra ces lettres[6] dont je parle, et elle cessa alors de la voir.

Mme de Montchevreuil.... fut la confidente des choses particulières qui se passèrent après la mort de la reine, et elle seule en eut le secret.

Pendant le voyage de Fontainebleau, qui suivit la mort de la reine, je vis tant d'agitation dans l'esprit de Mme de Maintenon, que j'ai jugé depuis, en la rappelant à ma mémoire, qu'elle était causée par une incertitude violente de son état, de ses pensées, de ses craintes, et de ses espérances; en un mot, son cœur n'était pas libre, et son esprit fort agité; pour cacher ces divers mouvements et pour justifier les larmes que son domestique et moi lui vîmes quelquefois répandre,

1. Quelle piété!

2. C'était un fat, à prétendues bonnes fortunes, et l'esprit le plus mince. La fameuse princesse Palatine, qui passait pour avoir un esprit si solide, avait eu une pareille vision. Elle avait cru entendre parler une poule; l'évêque Bossuet en fait mention dans son oraison funèbre. Son poulailler opéra sa conversion.

3. Le maréchal d'Albret avait eu aussi beaucoup de goût pour Mme Scarron.

4. Alors Mme Scarron.

5. C'était un homme d'un génie supérieur, très-voluptueux, et très-amusant.

6. Toujours des lettres interceptées qui causent des disgrâces.

elle se plaignait de vapeurs, et elle allait, disait-elle, chercher à respirer dans la forêt de Fontainebleau avec la seule Mme de Montchevreuil; elle y allait même quelquefois à des heures indues.

Je me garderai bien de pénétrer un mystère respectable[1] pour moi par tant de raisons; je nommerai seulement ceux qui vraisemblablement ont été dans le secret. Ce sont M. d'Harlai, en ce temps-là archevêque de Paris, M. et Mme de Montchevreuil, Bontemps, et une femme de chambre de Mme de Maintenon.

J'ai vu, depuis la mort de Mme de Maintenon, des lettres d'elle, gardées à Saint-Cyr, qu'elle écrivait à ce même abbé Gobelin que j'ai déjà cité. Dans les premières, on voit une femme dégoûtée de la cour et qui ne cherche qu'une occasion honnête de la quitter; dans les autres, qui sont écrites après la mort de la reine, cette même femme ne délibère plus, le devoir est pour elle marqué et indispensable d'y demeurer. Et, dans ces temps différents, la piété est toujours la même[2].

Mme de Maintenon avait un goût et un talent particulier pour l'éducation de la jeunesse. L'élévation de ses sentiments, et la pauvreté où elle s'était vue réduite, lui inspiraient surtout une grande pitié pour la pauvre noblesse; en sorte qu'entre tous les biens qu'elle a pu faire dans sa faveur, elle a préféré les gentilshommes aux autres; et je l'ai vue toujours choquée de ce qu'excepté de certains grands noms, on confondait trop à la cour la noblesse avec la bourgeoisie.

Elle connut à Montchevreuil une ursuline dont le couvent avait été ruiné, et qui peut-être n'en avait pas été fâchée, car je crois que cette fille n'avait pas une grande vocation. Quoi qu'il en soit, elle fit tant de pitié à Mme de Maintenon qu'elle s'en souvint dans sa fortune, et loua pour elle une maison : on lui donna des pensionnaires, dont le nombre augmenta à proportion de ses revenus. Trois autres religieuses se joignirent à Mme de Brinon (car c'est le nom de cette fille dont je parle), et cette communauté s'établit d'abord à Montmorency, ensuite à Ruel; mais le roi ayant quitté Saint-Germain pour Versailles, et agrandi son parc, plusieurs maisons s'y trouvèrent renfermées, entre lesquelles était Noisi-le-Sec. Mme de Maintenon le demanda au roi pour y mettre Mme de Brinon[3] avec sa communauté. C'est là qu'elle eut la pensée de l'établissement de Saint-Cyr[4].

Mme de Brinon aimait les vers et la comédie, et au défaut des pièces de Corneille et de Racine, qu'elle n'osait faire jouer, elle en composait de détestables, à la vérité; mais c'est cependant à elle, et à son goût pour le théâtre, qu'on doit les deux belles pièces que Racine a faites pour Saint-Cyr. Mme de Brinon avait de l'esprit et une facilité incroyable d'écrire et de parler, car elle faisait aussi des espèces

1. Ce n'est plus un mystère.

2. Et l'abbé Gobelin l'encourage par ses lettres et ne lui parle plus qu'avec un profond respect, et l'abbé de Fénelon, précepteur des enfants de France, ne la nomme plus qu'Esther.

3. On peut dire hardiment que cette Mme de Brinon était une folle, qui brûlait d'envie de jouer un rôle.

4. Cet établissement utile a été surpassé par celui de l'École Militaire, imaginé par M. Pâris-Duverney, et proposé par Mme de Pompadour.

de sermons fort éloquents; et tous les dimanches, après la messe, elle expliquait l'Évangile, comme aurait pu faire M. Le Tourneur.

Mais je reviens à l'origine de la tragédie dans Saint-Cyr. Mme de Maintenon voulut voir une des pièces de Mme de Brinon : elle la trouva telle qu'elle était, c'est-à-dire si mauvaise qu'elle la pria de n'en plus faire jouer de semblables, et de prendre plutôt quelques belles pièces de Corneille ou de Racine, choisissant seulement celles où il y avait le moins d'amour. Ces petites filles représentèrent *Cinna* assez passablement pour des enfants qui n'avaient été formées au théâtre que par une vieille religieuse. Elles jouèrent ensuite *Andromaque;* et soit que les actrices en fussent mieux choisies, ou qu'elles commençassent à prendre des airs de la cour, dont elles ne laissaient pas de voir de temps en temps ce qu'il y avait de meilleur, cette pièce ne fut que trop bien représentée, au gré de Mme de Maintenon [1], et elle lui fit appréhender que cet amusement ne leur insinuât des sentiments opposés à ceux qu'elle voulait leur inspirer. Cependant, comme elle était persuadée que ces sortes d'amusements sont bons à la jeunesse, qu'ils donnent de la grâce, apprennent à mieux prononcer, et cultivent la mémoire (car elle n'oubliait rien de tout ce qui pouvait contribuer à l'éducation de ces demoiselles, dont elle se croyait, avait raison, particulièrement chargée), elle écrivit à M. Racine, après la représentation d'*Andromaque:* « Nos petites filles viennent de jouer *Andromaque*, et l'ont si bien jouée, qu'elles ne la joueront plus, ni aucune de vos pièces. » Elle le pria, dans cette même lettre, de lui faire, dans ses moments de loisir, quelque espèce de poëme moral ou historique, dont l'amour fût entièrement banni, et dans lequel il ne crût pas que sa réputation fût intéressée, puisqu'il demeurerait enseveli dans Saint-Cyr, ajoutant qu'il ne lui importait que cet ouvrage fût contre les règles, pourvu qu'il contribuât aux vues qu'elle avait de divertir les demoiselles de Saint-Cyr en les instruisant.

Cette lettre jeta Racine dans une grande agitation. Il voulait plaire à Mme de Maintenon : le refus était impossible à un courtisan, et la commission délicate pour un homme qui comme lui avait une grande réputation à soutenir, et qui, s'il avait renoncé à travailler pour les comédiens, ne voulait pas du moins détruire l'opinion que ses ouvrages avaient donnée de lui. Despréaux, qu'il alla consulter, décida pour la négative. Ce n'était pas le compte de Racine. Enfin, après un peu de réflexion, il trouva dans le sujet d'*Esther* ce qu'il fallait pour plaire à la cour. Despréaux lui-même en fut enchanté, et l'exhorta de travailler avec autant de zèle qu'il en avait eu pour l'en détourner. Racine ne fut pas longtemps sans porter à Mme de Maintenon, non seulement le plan de sa pièce (car il avait accoutumé de les faire en prose, scène par scène, avant d'en faire les vers), mais il porta même le premier acte tout fait. Madame de Maintenon en fut charmée, et sa modestie ne put l'empêcher de trouver dans le caractère d'Esther, et dans quelques circonstances de ce sujet, des choses flatteuses pour

---

1. Il n'est pas étonnant que de jeunes filles de qualité, élevées si près de la cour, aient mieux joué *Andromaque*, où il y a quatre personnages amoureux, que *Cinna*, dans lequel l'amour n'est pas traité fort naturellement, et n'étale guère que des sentiments exagérés et des expressions un peu ampoulées : d'ailleurs une conspiration de Romains n'est pas trop faite pour des filles françaises.

elle. La Vasthi[1] avait ses applications, Aman avait de grands traits de ressemblance. M. de Louvois avait même dit à Mme de Maintenon, dans le temps d'un démêlé qu'il eut avec le roi, les mêmes paroles d'Aman lorsqu'il parle d'Assuérus : *Il sait qu'il me doit tout.*

Esther fut représentée un an après la résolution que Mme de Maintenon avait prise de ne plus laisser jouer des pièces profanes à Saint-Cyr. Elle eut un si grand succès que le souvenir n'en est pas encore effacé. Jusque-là il n'avait point été question de moi, et on n'imaginait pas que je dusse y représenter un rôle ; mais me trouvant présente aux récits que M. Racine venait faire à Mme de Maintenon de chaque scène, à mesure qu'il les composait, j'en retenais des vers ; et comme j'en récitai un jour à M. Racine, il en fut si content, qu'il demanda en grâce à Mme de Maintenon de m'ordonner de faire un personnage, ce qu'elle fit. Mais je n'en voulus point de ceux qu'on avait destinés ; ce qui l'obligea de faire pour moi le prologue de la pièce. Cependant, ayant appris, à force de les entendre, tous les autres rôles, je les jouai successivement, à mesure qu'une des actrices se trouvait incommodée ; car on représenta *Esther* tout l'hiver ; et cette pièce, qui devait être renfermée dans Saint-Cyr, fut vue plusieurs fois du roi et de toute sa cour, toujours avec le même applaudissement[2].

Ce grand succès mit Racine en goût. Il voulut composer une autre pièce ; et le sujet d'*Athalie* (c'est-à-dire la mort de cette reine et la reconnaissance de Joas) lui parut le plus beau de tous ceux qu'il pouvait tirer de l'Écriture sainte. Il y travailla sans perdre de temps ; et l'hiver d'après, cette nouvelle pièce se trouva en état d'être représentée ; mais Mme de Maintenon reçut de tous côtés tant d'avis, et tant de représentations des dévots qui agissaient en cela de bonne foi, de la part des poëtes jaloux de la gloire de Racine, qui, non contents

1. Mme de Maintenon, dans une de ses lettres, dit, en parlant de Mme de Montespan : « Après la fameuse disgrâce de l'altière Vasthi, dont je remplis la place. »

2. On cadençait alors les vers dans la déclamation ; c'était une espèce de mélopée. Et en effet les vers exigent qu'on les récite autrement que la prose. Comme, depuis Racine, il n'y eut presque plus d'harmonie dans les vers raboteux et barbares qu'on mit jusqu'à nos jours sur le théâtre, les comédiens s'habituèrent insensiblement à réciter les vers comme de la prose ; quelques-uns poussèrent ce mauvais goût jusqu'à parler du ton dont on lit la gazette ; et peu, jusqu'au sieur Lekain, ont mêlé le pathétique et le sublime au naturel. Mme de Caylus est la dernière qui ait conservé la déclamation de Racine : elle récitait admirablement la première scène d'*Esther ;* elle disait que Mme de Maintenon la lisait aussi d'une manière fort touchante. Au reste, *Esther* n'est pas une tragédie, c'est une histoire de l'*Ancien Testament,* mise en scènes ; toute la cour en fit des applications ; elles se trouvent détaillées dans une chanson de Baron de Breteuil, qui commence ainsi :

> Racine, cet homme excellent,
> Dans l'antiquité si savant.

de faire parler les gens de bien, écrivirent plusieurs lettres anonymes[1], qu'ils empêchèrent *Athalie* d'être représentée sur le théâtre.

Le lieu, le sujet des pièces, et la manière dont les spectacles s'é-
taient introduits dans Saint-Cyr, devaient justifier Mme de Maintenon, et elle aurait pu ne se pas embarrasser des discours qui n'é-
taient fondés que sur l'envie et la malignité; mais elle pensa différemment, et arrêta ces spectacles dans le temps que tout était prêt pour
jouer *Athalie*. Elle fit seulement venir à Versailles, une fois ou deux,
les actrices, pour jouer dans sa chambre devant le roi avec leurs habits ordinaires. Cette pièce est si belle, que l'action n'en parut pas re-
froidie. Il me semble même qu'elle produisit alors plus d'effet[2] qu'elle
n'en a produit sur le théâtre de Paris, où je crois que M. Racine aurait été fâché de la voir aussi défigurée qu'elle m'a paru l'être, par
une Josabeth fardée[3], par une Athalie outrée, et par un grand prêtre
plus ressemblant aux capucinades du petit P. Honoré qu'à la majesté
d'un prophète divin. Il faut ajouter encore que les chœurs qui manquaient aux représentations faites à Paris ajoutaient une grande beauté
à la pièce, et que les spectateurs mêlés et confondus[4] avec les acteurs
refroidissent infiniment l'action; mais malgré ces défauts et ces inconvénients elle a été admirée, et elle le sera toujours.

Je me souviens de l'avoir vue venir chez Mme de Maintenon un
jour de l'assemblée de pauvres; car Mme de Maintenon avait introduit chez elle ces assemblées au commencement de chaque mois,
où les dames apportaient leurs aumônes[5], et Mme de Montespan
comme les autres. Elle arriva un jour avant que cette assemblée commençât; et comme elle remarqua, dans l'antichambre, le curé, les
sœurs grises, et tout l'appareil de la dévotion que Mme de Maintenon *professait*, elle lui dit en l'abordant : « Savez-vous, madame,

1. Ces manœuvres de la canaille, des faux dévots, et des mauvais
poëtes, ne sont pas rares : nous en avons vu un exemple dans la tragédie de *Mahomet*, et nous en avons encore.

2. Cela n'est pas vrai : elle fut très-dénigrée, les cabales la firent
tomber : Racine était trop grand, on l'écrasa.

3. La Josabeth fardée était la Duclos, qui chantait trop son rôle.
L'Athalie outrée était la Desmares, qui n'avait pas encore acquis la
perfection du tragique : le Joab capucin était Beaubourg, qui jouait en
démoniaque, avec une voix aigre.

4. Cette barbarie insupportable, dont Mme la marquise de Caylus
se plaint avec tant de raison, ne subsiste plus, grâce à la générosité
singulière de M. le comte de Lauraguais, qui a donné une somme
considérable pour reformer le théâtre; c'est à lui seul qu'on doit la décence et la beauté du costume qui règne aujourd'hui sur la scène
française : rien ne doit affaiblir les témoignages de la reconnaissance
qu'on lui doit; il faut espérer qu'il se trouvera des âmes assez nobles
pour imiter son exemple; on peut faire un fonds, moyennant lequel
les spectateurs seront assis au parterre, comme on fait dans le reste
de l'Europe.

5. Il est très-bien de faire l'aumône; mais la main gauche de
Mme de Maintenon savait trop ce que faisait la droite.

comme votre antichambre est merveilleusement parée pour votre oraison funèbre? » Mme de Maintenon, sensible à l'esprit, et fort indifférente au sentiment qui faisait parler Mme de Montespan, se divertissait de ses bons mots[1], et était la première à raconter ceux qui
tombaient sur elle.

M. de Clermont-Chate, en ce temps-là officier des gardes, ne dé-
plut pas à Mme la princesse de Conti dont il parut amoureux[2];
mais il la trompa pour cette même Mlle Choin dont j'ai parlé; son
infidélité et sa fausseté furent découvertes par un paquet de lettres
que M. de Clermont avait confié à un courrier de Mme de Luxembourg pendant un campagne; ce courrier portant à M. de Barbesieux
les lettres du général, il lui demanda s'il n'avait point d'autres lettres
pour la cour, à quoi il répondit qu'il n'avait qu'un paquet pour
Mlle Choin qu'il avait promis de lui remettre à elle-même. M. de
Barbesieux prit le paquet, l'ouvrit, et le porta au roi[3]. On vit dans
ces lettres le sacrifice dont je viens de parler; et le roi, en les
rendant à Mme la princesse de Conti, augmenta sa douleur et sa
honte. Mlle Choin fut chassée de la cour, et se retira à Paris, où
elle entretint toujours les bontés que Monseigneur avait pour elle.
Il la voyait secrètement d'abord à Choisy, maison de campagne qu'il
avait achetée de Mademoiselle, et ensuite à Meudon. Ces entrevues
ont été longtemps secrètes; mais à la fin, en admettant tantôt
une personne, tantôt une autre, elles devinrent publiques, quoique
Mlle Choin fût presque toujours enfermée dans une chambre quand
elle était à Meudon. On se fit une grande affaire à la cour d'être
admis dans le particulier de Monseigneur et de Mlle Choin : Mme la
dauphine de Bourgogne, belle-fille de Monseigneur, le regarda
comme une faveur, et enfin le roi lui-même et Mme de Maintenon la virent quelque temps avant la mort de Monseigneur. Ils allèrent seuls avec la dauphine dans l'entre-sol de Monseigneur où elle
était[4].

1. On devait en profiter.
2. Elle l'a déjà dit.
3. Puisque Mme la marquise de Caylus répète, répétons aussi que
M. de Barbesieux fit une mauvaise action.
4. On a prétendu que Monseigneur l'avait épousée, mais cela n'est
pas vrai. Mlle Choin était une fille de beaucoup d'esprit, quoi
qu'en dise Mme de Caylus; elle gouvernait Monseigneur, elle avait
su persuader au roi qu'elle le retenait dans le devoir, dont le duc de
Vendôme, le marquis de la Fare, M. de Sainte-Maure, l'abbé de
Chaubeu, et d'autres, n'auraient pas été fâchés de l'écarter. En même
temps elle ménageait beaucoup le parti de M. de Vendôme. Le chevalier de Bouillon lui donnait le nom de Frosine. Elle se mêla de quelques intrigues pendant la Régence. Je ne sais quel polisson, qui s'est
mêlé de faire des *Mémoires de Mme de Maintenon*, pour gagner
quelque argent, a imaginé, dans son mauvais roman, des contes
sur Monseigneur et Mlle Choin, dans lesquels il n'y a point la
moindre ombre de vérité; le monde est plein d'impertinents libelles
de cette sorte, écrits par des malheureux qui parlent de tout et n'ont
rien vu.

La paix dont jouissait la France ennuyait ces princes. Ils demandèrent au roi la permission d'aller en Hongrie ; le roi, bien loin d'être choqué de cette proposition, leur en sut gré, et consentit d'abord à leur départ ; mais à leur exemple toute la jeunesse vint demander la même grâce, et insensiblement, tout ce qu'il y avait de meilleur en France, et par la naissance, et par le courage, aurait abandonné le royaume pour aller servir un prince, son ennemi naturel, si M. de Louvois n'en avait fait voir les conséquences, et si le roi n'avait pas révoqué la permission qu'il avait donnée légèrement. Cependant MM. les princes de Conti ne cédèrent qu'en apparence à ces derniers ordres ; ils partirent secrètement avec le prince de Turenne et M. le prince Eugène de Savoie [1]. Plusieurs autres devaient les suivre à mesure qu'ils trouveraient les moyens de s'échapper ; mais leur dessein fut découvert par un page de ces princes qu'ils avaient envoyé à Paris, et qui s'en retournait chargé de lettres de leurs amis. M. de Louvois en fut averti, et on arrêta le page comme il était sur le point de sortir du royaume. On prit ces lettres, et M. de Louvois les apporta au roi, parmi lesquelles il eut la douleur d'en trouver de Mme la princesse de Conti, sa fille, remplies de traits les plus satiriques contre lui et contre Mme de Maintenon [2].

Les princes de Conti revinrent après la défaite des Turcs : l'aîné mourut peu de temps après, comme je l'ai dit, de la petite vérole ; et l'autre fut exilé à Chantilly. Pour Mme la princesse de Conti, elle ne perdit à sa petite vérole qu'un mari qu'elle ne regretta pas. D'ailleurs, veuve à dix-huit ans, princesse du sang, et aussi riche que belle, elle eut de quoi se consoler. On a dit qu'elle avait beaucoup plu à monsieur son beau-frère ; et comme il était lui-même fort aimable, il est vraisemblable qu'il lui plut aussi [3].

1. Mme de Caylus se trompe. Le prince Eugène de Savoie était déjà passé au service de l'empereur, et avait un régiment.

2. Si c'est par légèreté, pardonnons ; si par folie, compatissons ; si par injure, oublions. *Cod., livre* 9, *titre* 7.

3. Il lui plut très-fort. Monsieur le Duc lui envoya un jour un sonnet dans lequel il comparait Mme la princesse de Conti, sa belle-sœur, à Vénus. Le prince de Conti répliqua par ces vers aussi malins que charmants :

> Adressez mieux votre sonnet ;
> De la déesse de Cythère
> Votre épouse est ici le plus digne portrait,
> Et si semblable en tout, que le dieu de la guerre
> La voyant dans vos bras, entrerait en courroux.
> Mais ce n'est pas la première aventure
> Où d'un Condé Mars eût été jaloux.
> Adieu, grand prince, heureux époux ;
> Vos vers semblent faits par Voiture
> Pour la Vénus que vous avez chez vous.

Le Voiture de Monsieur le Duc était le duc de Nevers.

La malignité de la réponse consiste dans ces mots : *si semblable en tout;* c'était comparer le mari à Vulcain.

Je m'attachai, malgré les remontrances de Mme de Maintenon à Madame la Duchesse*. Elle eut beau me dire qu'il ne fallait rendre à ces gens-là que des respects, et ne s'y jamais attacher; que les fautes que Madame la Duchesse ferait retomberaient sur moi, et que les choses raisonnables qu'on trouverait dans sa conduite ne seraient attribuées qu'à elle; je ne crus pas Mme de Maintenon, mon goût l'emporta; je me livrai tout entière à Madame la Duchesse, et je m'en trouvai mal [1].

La guerre recommença, en 1688, par le siége de Philisbourg, et le oi d'Angleterre fut chassé de son trône l'hiver d'après. La reine d'Anleterre se sauva la première avec le prince de Galles, son fils. La fortune singulière de Lauzun fit qu'il se trouva précisément en Angleterre dans ce temps-là. On lui sait gré d'avoir contribué à une fuite à laquelle le prince d'Orange n'aurait eu garde de s'opposer. Le roi cependant l'en récompensa comme d'un grand service rendu aux deux couronnes. A la prière du roi et de la reine d'Angleterre, il le fit duc, et lui permit de revenir à la cour, où il n'avait paru qu'une fois après sa prison [2]. Monsieur le Prince, en le voyant, dit que c'était une bombe qui tombait sur tous les courtisans [3].

La reine d'Angleterre s'était fait haïr, disait-on, par sa hauteur autant que par la religion qu'elle professait en Italienne; c'est-à-dire qu'elle y ajoutait une infinité de petites pratiques jésuitiques, partout, et bien plus en Angleterre qu'ailleurs, mal placées; cette princesse avait pourtant de l'esprit et de bonnes qualités, qui lui attirèrent une estime et un attachement de la part de Mme de Maintenon, qui n'a fini qu'avec leurs vies [4].

Pendant un autre campagne les dames suivirent le roi en partie, c'est-à-dire, Mme la duchesse d'Orléans, Mme la princesse de Conti et Mme de Maintenon. Madame la Duchesse ne suivit pas, parce qu'elle était grosse : elle demeura à Versailles, et quoique je le fusse aussi, ce qui m'empêcha de suivre Mme de Maintenon, on ne me permit pas de demeurer avec elle. Mme de Maintenon m'envoya, avec Mme de Montchevreuil, à Saint-Germain, où je m'ennuyai comme on peut croire. Il arriva qu'un jour étant allée rendre une visite à Madame la Duchesse, je lui parlai de mon ennui, et lui fis sans doute des portraits vifs de Mme de Montchevreuil et de sa dévotion, qui lui firent assez d'impression pour en écrire à Mme de Bouzoles [5] d'une manière qui me rendit auprès du roi beaucoup de mauvais offices.

* De Bourbon. (ÉD.)

1. Sa liaison avec le duc de Villeroi éclata; mais cet amant était un homme plein de vertu, bienfaisant, modeste, et le meilleur choix que Mme de Caylus pût faire.

2. Trop dure, trop longue, trop injuste.

3. La bombe n'éclata sur personne.

4. Ce fut Mme de Maintenon qui engagea Louis XIV, malgré tout le conseil, à reconnaître le prétendant pour roi d'Angleterre.

5. Sœur de M. de Torci, amie intime de Madame la Duchesse, et femme de beaucoup d'esprit.

Le roi fit le mariage de M. le duc d'Orléans avec Mademoiselle de Blois[1].

A peine M. le duc de Chartres fut-il marié et maître de lui, qu'on le vit adopter des goûts qu'il n'avait pas; il courtisa toutes les femmes, et la liberté qu'il se donna dans ses actions et dans ses propos souleva bientôt les dévots, qui fondaient sur lui de grandes espérances[2].

M. le duc du Maine se maria dans le même temps, et épousa, comme je l'ai dit, une fille de Monsieur le Prince : l'aînée avait épousé M. le prince de Conti, cadet de celui qui mourut de la petite vérole, et Mme la duchesse du Maine n'était pas l'aînée de celle qui restait à marier; cependant on la préféra à sa sœur, sur ce qu'elle avait peut-être une ligne de plus : peut-on marquer plus sensiblement, ni même plus bassement, qu'on se sente honoré d'une alliance! Mlle de Condé, aînée de Mme du Maine, ressentait vivement cet affront, et en a conservé le souvenir jusqu'à la fin de ses jours. J'avoue qu'on lui avait fait tort, et que si elle était un tant soit peu plus petite, elle était beaucoup moins mal faite[3], d'un esprit plus doux et plus raisonnable.

A peine Mme du Maine fut-elle mariée qu'elle se moqua de tout ce que Monsieur le Prince lui put dire; dédaigna de suivre les exemples de Madame la Princesse et les conseils de Mme de Maintenon ; ainsi, s'étant rendue bientôt incorrigible, on la laissa en liberté de faire tout ce qu'elle voulut. La contrainte qu'il fallait avoir à la cour l'ennuya : elle alla à Sceaux jouer la comédie[4] et faire tout ce qu'on a entendu dire des nuits blanches[5], et tout le reste.

1. Tout ce qu'on dit sur ce mariage dans les *Mémoires de Mme de Maintenon*, n'est qu'un tissu de sots mensonges.

2. Les dévots n'ont jamais eu rien à espérer de lui que des ridicules.

3. Elle épousa depuis M. le duc de Vendôme, qui ne fut pas d'humeur de lui faire des enfants.

4. Elle l'aimait beaucoup et la jouait fort mal; on la vit sur le même théâtre avec Baron : c'était un singulier contraste; mais sa cour était charmante, on s'y divertissait autant qu'on s'ennuyait alors à Versailles ; elle animait tous les plaisirs par son esprit, par son imagination, par ses fantaisies : on ne pouvait pas ruiner son mari plus gaiement.

5. Ces nuits blanches étaient des fêtes que lui donnaient tous ceux qui avaient l'honneur de vivre avec elle. On faisait une loterie des vingt-quatre lettres de l'alphabet ; celui qui tirait le C donnait une comédie, l'O exigeait un petit opéra, le B un ballet. Cela n'est pas aussi ridicule que le prétend Mme de Caylus, qui était un peu brouillée avec elle.

LES ADORATEURS,
OU LES LOUANGES DE DIEU,

OUVRAGE UNIQUE DE M. IMHOF, TRADUIT DU LATIN.

(1769).

Le premier adorateur. — Mes compagnons, mes frères, hommes qui possédez l'intelligence, cette émanation de Dieu même, adorez avec moi ce Dieu qui vous l'a donnée, ce Li, ce Changti, ce Tien, que les Sères, les antiques habitants du Cathai, adorent depuis cinq mille ans selon leurs annales publiques, annales qu'aucun tribunal de lettrés n'a jamais révoquées en doute, et qui ne sont combattues chez les peuples occidentaux que par des ignorants insensés qui mesurent le reste de la terre et les temps antiques par la petite mesure de leur province sortie à peine de la barbarie.

Adorons cet Être des êtres que les peuples du Gange, policés avant les Sères, reconnaissaient dans des temps encore plus reculés, sous le nom de Birmah, père de Brama et de toutes choses, et qui fut invoqué sans doute dans des révolutions innombrables qui ont changé si souvent la face de notre globe.

Adorons ce grand Être, nommé Oromase chez les anciens Perses. Adorons ce Demiourgos que Platon célébra chez les Grecs, ce Dieu *très-bon et très-grand, optimum, maximum,* qui n'était point appelé d'un autre nom chez les Romains, lorsque dans le sénat ils dictaient des lois aux trois quarts de la terre alors connue.

C'est lui qui, de toute éternité, arrangea la matière dans l'immensité de l'espace. Il dit, et tout exista ; mais il le dit avant les temps ; il est l'Être nécessaire : donc il fut toujours. Il est l'Être agissant : donc il a toujours agi ; sans quoi il n'aurait été dans une éternité passée que l'Être inutile. Il n'a pas fait l'univers depuis peu de jours ; car alors il ne serait que l'Être capricieux.

Ce n'est ni depuis six mille ans, ni depuis cent mille que ces créatures lui durent leurs hommages ; c'est de toute éternité. Quel resserrement d'esprit, quelle absurde grossièreté de dire : « Le chaos était éternel, et l'ordre n'est que d'hier ! » Non, l'ordre fut toujours, parce que l'Être nécessaire, auteur de l'ordre, fut toujours.

C'est ainsi que pensait le grand saint Thomas dans la Somme de la foi catholique (l. II, chap. III). « Dieu a eu la volonté pendant toute l'éternité, ou de produire l'univers ou de ne le pas produire : or il est manifeste qu'il a eu la volonté de le produire ; donc il a produit de toute éternité, l'effet suivant toujours la puissance d'un agent qui agit par volonté. »

A ces paroles sensées, qu'on est bien étonné de trouver dans saint Thomas, j'ajoute qu'un effet d'une cause éternelle et nécessaire doit être éternel et nécessaire comme elle.

Dieu n'a pas abandonné la matière à des atomes qui ont eu sans
esse un mouvement de déclinaison, ainsi que l'a chanté Lucrèce,
grand peintre, à la vérité, des choses communes qu'il est aisé de
peindre, mais physicien de la plus complète ignorance.

Cet Être suprême n'a pas pris des cubes, des petits *dés* pour en former la terre, les planètes, la lumière, la matière magnétique, comm
l'a imaginé le chimérique Descartes dans son roman appelé *Philo
sophie.*

Mais il a voulu que les parties de la matière s'attirassent réciproquement en raison directe de leurs masses, et en raison inverse du carré
de leurs distances; il a ordonné que le centre de notre petit monde fût
dans le soleil, et que toutes nos planètes tournassent autour de lui, de
façon que les cubes de leurs distances seraient toujours comme les car-
rés de leurs révolutions. Jupiter et Saturne observent ces lois en par-
courant leurs orbites; et les satellites de Saturne et de Jupiter obéissent
à ces lois avec la même exactitude. Ces divins théorèmes, réduits en
pratique à la naissance éternelle des mondes, n'ont été découverts que
de nos jours; mais ils sont aujourd'hui aussi connus que les premières
propositions d'Euclide.

On sait que tout est uniforme dans l'étendue des cieux; mille milliards de soleils qui la remplissent ne sont qu'une faible expression de
l'immensité de l'existence. Tous jettent de leur sein les mêmes torrents
de lumière qui partent de notre soleil; et des mondes innombrables
s'éclairent les uns les autres. On en compte jusqu'à deux mille dans
une seule partie de la constellation d'Orion. Cette longue et large bande
de points blancs qu'on remarque dans l'espace, et que la fabuleuse
Grèce nommait *la voie lactée*, en imaginant qu'un enfant nommé Jupiter, Dieu de l'univers, avait laissé répandre un peu de lait en tetant
sa nourrice; cette voix lactée, dis-je, est une foule de soleils dont chacun a ses mondes planétaires roulants autour de lui. Et à travers cette
longue traînée de soleils et de mondes, on voit encore des espaces dans
lesquels on distingue encore des mondes plus éloignés, surmontés
d'autres espaces et d'autres mondes.

J'ai lu dans un poëme épique[1] ces vers qui expriment ce que j'ai
voulu dire :

> Au delà de leur cours, et loin dans cet espace
> Où la matière nage, et que Dieu seul embrasse,
> Sont des soleils sans nombre et des mondes sans fin;
> Dans cet abîme immense, il leur ouvre un chemin.
> Par delà tous ces cieux, le Dieu des cieux réside.

J'aurais mieux aimé que l'auteur eût dit :

> Dans ces cieux infinis, le Dieu des cieux réside.

Car la force, la vertu puissante qui les dirige et qui les anime, doit
être partout, ainsi que la gravitation est dans toutes les parties de la

---

1. *Henriade*, chant VII, 61-65. (ÉD.)

matière, ainsi que la force motrice est dans toute la substance du corps en mouvement.

Quoi ! la force active serait en tous lieux, et le grand Être ne serait pas en tous lieux ?

Virgile a dit[1] :

« Mens agitat molem et magno se corpore miscet. »

Caton a dit[2] :

« Jupiter est quodcumque vides, quocumque moveris. »

Saint Paul a dit (*Act. apostolorum*, XVII, 28) :

« In ipso enim (Deo) vivimus, et movemur, et sumus. »

Tout se meut, tout respire, et tout existe en Dieu.

Nous avons eu la bassesse d'en faire un roi qui a des courtisans dans son cabinet, et des huissiers dans son antichambre. On chante dans quelques temples gothiques ces vers nouveaux d'un énergumène[3] :

« Illic secum habitans in penetralibus,
« Se rex ipse suo contuitu beat. »

Dans son appartement ce monarque suprême
Se voit avec plaisir, et vit avec lui-même.

C'est, au fond, peindre Dieu comme un fat qui se regarde au miroir, et qui se contemple dans sa figure ; c'est bien alors que l'homme a fait Dieu à son image.

Pensons donc comme Platon, Virgile, Caton, saint Paul, saint Thomas sur ce grand sujet, et non comme le victorin auteur de cette hymne. Ne cessons de répéter que l'intelligence infinie de l'être nécessaire, de l'être formateur, produit tout, vivifie tout de toute éternité. Il nous faut à nous, ombres passagères, à nous atomes d'un moment, à nous atomes pensants, il nous faut une portion d'intelligence bien rare, bien exercée, pour comprendre seulement une petite partie de ses mathématiques éternelles.

Par quelles lois la terre a-t-elle un mouvement périodique de vingt-sept mille neuf cent vingt années, outre son cours dans son orbite et sa rotation sur elle-même ? Comment l'astre de nos nuits se balance-t-il, et pourquoi la terre et lui changent-ils continuellement pendant dix-neuf années la place où leurs orbites doivent se rencontrer ? Le nombre des hommes qui s'élèvent à ces connaissances divines n'est pas une unité sur un million dans le genre humain ; tandis que presque tous les hommes, courbés vers la fange de la terre, ou consument leur vie dans de petites intrigues, ou tuent les hommes leurs frères, et en sont tués pour de l'argent.

Sur un million d'hommes qui rampent ou qui se pavanent sur la

1. *Æn.*, VI, 627. (Éd.) — 2. *Pharsale* de Lucain, IX, 580. (Éd.)
3. Santeul. (Éd.)

terre, on peut à toute force en trouver une cinquantaine qui ont des idées un peu approfondies de ces augustes vérités.

C'est à ce petit nombre de sages que je m'adresse, pour admirer avec eux l'immensité de l'ordre des choses, la puissante intelligence qui respire dans elle, et l'éternité dans laquelle elles nagent, éternité dont un moment est accordé aux individus passagers qui végètent, qui sentent, et qui pensent.

Le second adorateur. — Vous avez admiré, vous avez adoré; je voudrais avoir été touché. Vous louez, mais vous n'avez point remercié. Que m'importent des millions d'univers, nécessaires, sans doute, puisqu'ils existent, mais qui ne me feront aucun bien, et que je ne verrai jamais? Que m'importe l'immensité, à moi qui suis à peine un point? Que me fait l'éternité, quand mon existence est bornée à ce moment qui s'écoule? Ce qui peut exciter ma reconnaissance, c'est que je suis un être végétant, sentant, et ayant du plaisir quelquefois.

Grâces soient à jamais rendues à cet Être nécessaire, éternel, intelligent, et puissant, qui a doué de toute éternité mes confrères les animaux de l'organisation et de la végétation! Il a voulu que nous eussions tous des poumons, un foie, un pancréas, un estomac, un cœur avec des oreillettes, des veines et des artères, ou l'équivalent de tout cela. C'est un artifice aussi admirable que celui de tant de mondes qui roulent autour de leurs soleils; mais cet artifice prodigieux ne serait rien, si nous n'avions le sentiment qui fait la vie. Il nous a donné à tous les appétits et les organes qui la conservent; et, ce qui mérite encore plus de gratitude, nous lui devons les instruments si chers et si inconcevables par qui la vie est donnée aux êtres qui naissent de nous.

Le grand Être nous fait présent à tous de six organes, auxquels sont attachés des sentiments tous étrangers les uns aux autres : le tact, répandu dans toutes les parties du corps, mais plus sensible dans les mains; l'ouïe, que plusieurs animaux, nos confrères, ont incomparablement plus fine que nous, mais qui nous donne sur eux un avantage dont ils ne sont que très-grossièrement susceptibles, c'est celui de la musique : nous entendons des accords où presque tous les animaux n'entendent que des sons; l'harmonie n'est faite que pour nous, et si les rossignols ont la voix plus légère, nous l'avons beaucoup plus étendue et plus variée.

La vue de l'homme est moins perçante que celle de tous les oiseaux de proie, moins pénétrante que celle de tous les insectes, auxquels il est donné de voir un univers en petit qui nous échappe : mais, placés entre l'aigle et la mouche, nous devons être contents de nos yeux; c'est un tact qui se prolonge jusqu'aux étoiles. Nous voyons par un seul trou le quart du ciel; cette propriété est assez avantageuse.

Le goût est aussi un don fait par la nature à tous les êtres vivants. Il est bien difficile de deviner quelle espèce est la plus gourmande et a le goût le plus délicat; on dit qu'il n'en faut pas disputer : mais il faut convenir que sans le goût aucun animal ne penserait à se nourrir; rien ne serait plus insupportable que de manger et de boire, si Dieu

n'avait attaché à cette action autant de plaisir que de besoin. Le plaisir vient manifestement de Dieu. Cette vérité est si palpable, qu'il est
impossible de se donner, d'imaginer même une sensation agréable qui
ne soit pas dans les organes que nous possédons, et que nous n'ayons
pas éprouvée.

Le sixième sens, le plus exquis de tous, donné à tout le genre animal, est celui qui unit si délicieusement les deux sexes, celui dont le
seul désir surpasse toutes les autres voluptés ; celui qui, par ses seuls
avant-goûts, est un plaisir ineffable. Les autres sens se bornent à la
satisfaction de l'individu qui les possède : mais le sens de l'amour eni-
vre à la fois deux êtres pensants, et en fait naître un troisième. Quel
adorable mystère! la jouissance devient une création. Aussi le comte
de Rochester a dit que le plaisir de l'amour suffirait à faire bénir Dieu
dans un pays d'athées ; aussi le grand Mahomet a promis l'amour pour
récompense à ses braves guerriers. Il n'a pas eu l'absurde impertinence
d'imaginer qu'on ressusciterait avec ses organes sans faire usage de ses
organes : il a choisi le plus noble, le plus exquis de tous, pour être
éternellement le prix du courage et de la vertu.

Je laisse à d'autres le soin de faire admirer les angles égaux au sommet que la lumière forme dans notre cornée, les réfractions qu'elle
éprouve dans l'uvée, dans le cristallin, les tableaux qu'elle trace sur la
rétine. Qu'ils célèbrent la conque de l'oreille, l'os pierreux, le tambour, le tympan et sa corde, le marteau, l'enclume et l'étrier ; et qu'a-
près avoir examiné tous ces instruments de l'ouïe, ils ignorent profondément comme on peut entendre.

Qu'on dissèque mille cerveaux sans pouvoir jamais soupçonner par
quels ressorts il s'y formera une pensée.

Je laisse Borelli attribuer au cœur une force de quatre-vingt mille
livres, que Keill [1] réduit à cinq onces. Je laisse Hecquet faire de l'estomac un moulin, et Van Helmont un laboratoire de chimie.

Je m'arrête à considérer, avec autant de reconnaissance que d'étonnement, la multiplicité, la finesse, la force, la souplesse, la proportion des ressorts par lesquels nous avons reçu et nous donnons
la vie.

Dépouillez ces organes de la chair qui les couvre et des accompa-
gnements qui les environnent, regardez-les avec des yeux d'un anatomiste ; ils vous font horreur. Mais les deux sexes, dans la jeunesse,
ne les voient qu'avec les yeux de la volupté ; ils parlent à votre
imagination, ils l'embrasent, ils se gravent dans votre mémoire.
Un nerf part du cerveau, il tourne auprès des yeux, de la bouche, et passe auprès du cœur, il descend aux organes de la génération, et de là vient que les regards sont les avant-coureurs de la jouissance.

Si dans cette jouissance vous saviez ce que vous faites, si vous étiez
assez malheureux pour vous occuper du prodigieux artifice de la génération, de cette mécanique admirable de leviers, de cette contrac-

----

1. Jacques Keill, frère puîné de l'astronome. (ÉD.)

tion de fibres, de cette filtration de liqueurs, vous ne pourriez con-
sommer les vues de la nature; vous trahiriez le grand Être qui vous a
donné les organes de la génération pour la produire et non pour la
connaître. Vous lui obéissez en aveugle, et plus vous êtes ignorant,
mieux vous le servez. Vous n'en savez pas plus sur le fond de ce mystère que les rossignols et les tourterelles.

Vous saurez seulement que de tout temps la vie a passé d'un corps
dans un autre, et qu'ainsi elle est éternelle comme le grand Être dont
elle est émanée.

Enfin rendons grâces à l'Être suprême, qui nous a donné le plaisir.
Probablement les astres n'en ont point; un ciron à cet égard l'emporte
sur cette foule de soleils qui surpassent un million de fois notre soleil
en grosseur.

Le premier adorateur. — Mon cher frère, que le ciron et l'éléphant,
la matière brute, la matière organisée, la matière en mouvement, la
matière sensible, rendent d'éternels témoignages au grand Démiourgos, éternellement agissant par sa nature, et de qui tout a toujours été,
comme il n'y eut jamais de soleil sans lumière. Vous l'avez remercié
de ce don du sentiment que vous tenez de lui, et que vous ne pouvez
vous être donné vous-même : mais vous ne l'avez pas remercié du don
de la pensée. L'instinct et le sentiment sont divins sans doute. C'est
par instinct que se forment tous nos premiers mouvements, et que
nous sentons tous nos besoins. Mais les choses sont tellement combi-
nées, que, si les autres animaux sont doués d'un instinct qui surpasse
le nôtre, nous avons une raison qui surpasse infiniment la leur. En
mille occasions fiez-vous à votre chien, et même à votre cheval; que
l'Indien consulte son éléphant : mais en mathématique consultez Archimède. Dieu a donné à la matière brute la force centripète, la
force centrifuge, la résistance et le ressort; c'est là son instinct, il est
incompréhensible; celui des animaux l'est aussi; mais la pensée est
encore plus admirable. La faculté de prédire une éclipse et d'observer
la route des comètes semble, si on l'ose dire, tenir quelque chose
de la puissante intelligence du grand Être qui les a formées. C'est bien
là que nous paraissons n'être qu'une émanation de lui-même.

Toute matière a ses lois invariables de mouvement; toute espèce chez
les animaux a son instinct, presque toujours assez uniforme, et qui ne
se perfectionne que jusqu'à des bornes fort étroites : mais la raison de
l'homme s'élance jusqu'à la Divinité.

Il est très-certain que les bêtes sont douées de la faculté de la mémoire. Un chien, un éléphant reconnaît son maître au bout de dix ans.
Pour avoir cette mémoire qu'on ne peut expliquer, il faut avoir des
idées qu'on ne peut pas expliquer davantage.

Qui donne cette mémoire et ces idées aux animaux? celui qui leur
donne leur sang, leurs viscères, leurs mouvements, celui de qui
tout émane, de qui procède tout être, et par conséquent toute manière
d'être.

Plusieurs animaux ont le don de perfectionner leur instinct. Il y a des singes, des éléphants qui ont plus d'esprit que d'autres, c'est-à-dire plus de mémoire, plus d'aptitude à combiner un nombre d'idées. Nous voyons des chiens de chasse apprendre leur métier en trois mois, et devenir d'excellents chefs de meute, tandis que d'autres restent toujours dans la médiocrité. Plusieurs chevaux ont aimé et défendu leurs maîtres ; plusieurs ont été rebelles et ingrats, mais c'est le petit nombre. Un cheval bien traité, bien nourri, caressé par son maître, est beaucoup plus reconnaissant qu'un courtisan. Presque tous les quadrupèdes et les reptiles mêmes perfectionnent, en vieillissant, leur instinct jusqu'aux bornes prescrites : les fouines, les renards, les loups, en sont une preuve évidente ; un vieux loup et sa compagne font toujours mieux la guerre que les jeunes. L'ignorance et la démence peuvent seules combattre ces vérités dont nous sommes témoins tous les jours. Que ceux qui n'ont pas eu le temps et la commodité d'observer la conduite des animaux lisent l'excellent article *Instinct*[1] dans l'*Encyclopédie* ; ils seront convaincus de l'existence de cette faculté qui est la raison des bêtes, raison aussi inférieure à la nôtre qu'un tourne-broche l'est à l'horloge de Strasbourg ; raison bornée, mais réelle ; intelligence grossière, mais intelligence dépendante des sens comme la nôtre : faible et incorruptible ruisseau de cette intelligence immense et incompréhensible qui a présidé à tout en tout temps.

Un Espagnol, nommé Pereira[2], qui n'avait que de l'imagination, s'en servit pour hasarder de dire que les bêtes n'étaient que des machines dépourvues de toute sensation : il fit de Dieu un joueur de marionnettes, occupé continuellement à tirer les cordons de ses personnages, à leur faire jeter les cris de la joie et de la douleur, sans qu'ils ressentissent ni douleur ni joie, à les accoupler sans amour, à les faire manger et boire sans soif et sans faim. Descartes, dans ses romans, adopta cette charlatanerie impertinente : elle eut cours chez des ignorants qui se croyaient savants.

Le cardinal de Polignac, homme de beaucoup d'esprit, et qui même montra du génie dans les détails, bon poëte latin, s'il en peut être parmi les modernes, mais très-peu philosophe, et ne connaissant malheureusement que les absurdes systèmes de Descartes, s'avisa d'écrire un poëme contre Lucrèce ; mais, bien moins poëte que ce Romain, il fut aussi mauvais physicien que lui : il ne fit qu'opposer erreurs à erreurs, dans son ouvrage sec et décharné, qu'on loua beaucoup, et qu'on ne peut lire.

Il rapporte dans son poëme des exemples incroyables de la sagacité des animaux, qui prouveraient une intelligence égale pour le moins à celle que la nature nous a donnée. Il met en vers, par exemple, au sixième chant, un conte qu'il avait souvent fait à la cour de France, à son retour de Pologne, et dont on s'était fort moqué. Il dit qu'un milan ayant un jour attaqué un aigle, il lui arracha une plume ; que

1. Par Diderot. (ÉD.)
2. Gomez Pereira, médecin espagnol au XVIᵉ siècle. Voyez le *Dictionnaire* de Bayle. (ÉD.)

l'aigle, quelque temps après, le dépluma tout entier, et dédaigna de
lui ôter la vie. Le milan, poursuit-il, médita sa vengeance pendant
tout le temps que ses plumes revinrent. Enfin il trouva sur un vieux
pont une ouverture par laquelle il pouvait passer son corps à toute
force; mais qui devait être impraticable pour l'aigle plus gros que
lui. Quand il se fut essayé à plusieurs reprises, il va défier son ennemi dans les airs; il le trouve à point nommé : le combat s'engage;
le milan, par une retraite habile, plonge dans le trou et passe à travers; l'aigle le poursuit avec rapidité; la tête et le cou passent aisément, le reste du corps ne peut suivre. Il se débat pour se dégager :
tandis qu'il s'épuise en efforts, le milan revole sur lui, à son aise, le
déplume comme il avait été déplumé, et lui donne généreusement la
vie comme l'aigle la lui avait donnée; mais il le laisse en proie aux
moqueries de tous les palatins de Pologne, témoins de ce beau
combat.

Il n'y a dans les *Stratagèmes* de Frontin aucune ruse de guerre qui
approche de celle-ci, et Scipion l'Africain ne fut jamais si magnanime. On s'attend que le cardinal de Polignac va conclure que ce
milan avait une très-belle âme : point du tout; il conclut que c'est un
automate sans esprit et sans aucune sensation.

C'est ainsi que le fils du grand Racine, qui hérita de son père le talent
de la versification, se fait, dans une épître, les objections les plus fortes
qui prouvent du raisonnement dans les bêtes; et il n'y répond qu'en
assurant sans raisonner qu'elles sont de pures machines.

Oui, sans doute, elles sont machines, mais machines à sentiment,
machines à idées, machines plus ou moins pensantes, selon qu'elles
sont organisées. Il y a de grandes différences entre leurs talents,
comme il en est entre les nôtres. Quel est le chien de chasse, l'orang-
outang, l'éléphant bien organisé qui n'est pas supérieur à nos imbéciles que nous renfermons, à nos vieux gourmands frappés d'apoplexie, traînant les restes d'une inutile vie dans l'abrutissement d'une
végétation interrompue, sans mémoire, sans idées, languissant entre
quelques sensations et le néant? Quel est l'animal qui ne soit pas cent
fois au-dessus de nos enfants nouveau-nés, chez qui Dieu cependant,
selon nos théologiens, infusa une âme spirituelle et immortelle, au
bout de six semaines, dans l'utérus de leur mère? Que dis-je? quelle
différence de nous-mêmes à nous-mêmes! quelle distance immense
entre le jeune Newton inventant le calcul de l'infini, et Newton expi-
rant sans connaissance, sans aucune trace de ce génie qui avait pesé
les mondes! C'est la suite des lois éternelles de la nature, que Newton
lui-même ne put comprendre, parce qu'il n'était pas Dieu. Adorons le
grand Être dont ces lois émanent; remercions-le d'avoir accordé pour
quelques jours à nos organes le don de la pensée qui nous élève jusqu'à lui.

Un profond philosophe[1], et qui aurait saisi la vérité s'il n'avait
voulu la mêler avec les mensonges des préjugés, a dit que nous

1. Malebranche, *De la recherche de la vérité*. (ÉD.)

voyons tout en Dieu. Mais c'est plutôt Dieu qui voit tout en nous, qui
fait tout en nous, puisqu'il est nécessairement le grand, le seul, l'é-
ternel ouvrier de toute la nature.

Comment pensons-nous? comment sentons-nous? qui pourra nous
le dire? Dieu n'a pas mis (il faut le répéter sans cesse), Dieu n'a pas
caché dans les plantes un être secret qui s'appelle *végétation*; elles végètent parce qu'il fut ainsi ordonné dans tous les siècles. Il n'est point dans
l'animal une créature secrète qui s'appelle *sensation*; le cerf court,
l'aigle vole, le poisson nage sans avoir besoin d'une substance inconnue, résidante en eux, qui les fasse voler, courir et nager. Ce que
nous avons nommé leur instinct est une faculté ineffable, inhérente
dans eux par les lois ineffables du grand Être. Nous avons de même
une faculté ineffable dans l'entendement humain : mais il n'y a point
d'être réel qui soit l'entendement humain; il n'en est point qui s'appelle la volonté. L'homme raisonne, l'homme désire, l'homme veut;
mais ses volontés, ses désirs, ses raisonnements ne sont point
des substances à part. Le grand défaut de l'école platonicienne, et ensuite
de toutes nos écoles, fut de prendre des mots pour des choses : ne
tombons point dans cette erreur.

Nous sommes tantôt pensant, tantôt ne pensant pas, comme tantôt
éveillés, tantôt dormants, tantôt excités par des désirs involontaires,
tantôt plongés dans une apathie passagère; esclaves, dès notre enfance
jusqu'à la mort, de tout ce qui nous environne; ne pouvant rien par
nous seuls, recevant toutes nos idées sans pouvoir jamais prévoir
celles que nous aurons l'instant suivant; et toujours sous la main du
grand Être qui agit dans toute la nature par des voies aussi incompréhensibles que lui-même.

Le second adorateur. — Je l'adore avec vous, je reconnais en lui la
cause, la fin, l'enveloppe, et le centre de toutes choses; mais je
crains, en parlant, de lui faire quelque offense, si pourtant le fini
peut outrager l'infini, si un être misérable qui est à peine un mode de
l'être, un embryon né entre de l'urine et des excréments, excrément
lui-même formé pour engraisser la fange dont il sort, peut faire une
injure à l'Être éternel.

Je vois en tremblant, en l'adorant, en l'aimant comme l'auteur éternel de tout ce qui fut et de tout ce qui sera, que nous le faisons auteur
du mal. Je considère avec douleur que toutes les sectes qui ont admis
comme nous un seul Dieu, sont tombées dans ce piége où je crains
que ma raison ne soit prise. Leurs prétendus sages ont répondu que
Dieu ne fait point le mal, mais qu'il le permet. J'aimerais autant
qu'on me dît, lorsque les rayons du soleil trop ardents ont aveuglé un
enfant, que ce n'est pas le soleil qui lui a fait ce mal, mais qu'il a
permis que ses rayons lui crevassent les yeux.

Je vous disais tout à l'heure que j'étais pénétré de reconnaissance
et de joie; mais d'autres idées s'étant présentées nécessairement à
moi, comme il arrive à tous les hommes, mes remerciements sont
suivis de mes murmures involontaires; j'éclate en gémissements et je

me dissous en larmes, comme un enfant qui passe en un moment du rire à la plainte entre les bras de sa nourrice.

Toute l'antiquité admira et pleura comme moi. Elle rechercha la cause des imperfections du monde avec autant d'empressement que de désespoir. Les Grecs imaginèrent des *Titans*, enfants du ciel et de la terre, qui demandèrent à Jupiter leur part du bien de leurs père et mère, et firent la guerre aux dieux. Les autres inventèrent la belle fable de *Pandore*. D'autres (plus philosophes peut-être, en paraissant ne l'être pas) mirent Jupiter entre deux tonneaux, versant le bien goutte à goutte et le mal à plein canal. On imagina des androgynes qui, possédant les deux sexes à la fois, devinrent fort insolents, et furent, pour leur châtiment, séparés en deux. Les Indiens écrivirent dans leur *Shasta*, qui subsiste depuis cinq mille ans dans la langue du *Hanscrit* entre les mains des Brames, que des anges, des génies se révoltèrent dans le ciel contre Dieu. Les Syriens disaient que notre planète n'était pas faite originairement pour être habitée par des gens raisonnables; mais que, parmi les citoyens du ciel, il se trouva deux gourmands, mari et femme, qui s'avisèrent de manger une galette. Pressés ensuite d'un besoin qui est la suite de la gourmandise, ils demandèrent à un des principaux domestiques de l'empyrée où était la garde-robe. Celui-ci leur répondit : « Voyez-vous la terre, ce petit globe qui est à mille millions de lieues ? c'est là qu'est le privé de l'univers. » Ils y allèrent, et Dieu les y laissa pour les punir.

Quelques autres Asiatiques rapportent que Dieu, ayant formé l'homme, lui donna la recette de l'immortalité bien écrite sur du beau vélin ; l'homme en chargea son âne avec d'autres petits meubles, et se mit à courir le monde. Chemin faisant, l'âne rencontra le serpent, et lui demanda s'il n'y avait pas dans les environs quelque fontaine où il pût boire ; le serpent le conduisit avec courtoisie. Mais tandis que l'âne buvait, et que l'homme était éloigné, le serpent vola la recette ; il y lut le secret de changer de peau, ce qui le rendit immortel, selon l'idée commune de l'Asie. L'homme garda sa peau, et fut sujet à la mort.

Les Égyptiens, et surtout les Persans, reconnurent un Dieu diable, ennemi du Dieu favorable, un Typhon, un Arimane, un Satan, un mauvais principe qui se plaisait à gâter tout ce que le bon principe faisait de bien. Cette idée était prise de ce qui se passait tous les jours chez les pauvres humains. Nous sommes presque toujours en guerre. Le chef d'une nation ruine tant qu'il peut tout ce que le chef de la nation opposée a pu faire d'utile. Laomédon bâtit une belle ville, Agamemnon la détruit ; c'est l'histoire du genre humain. Les hommes ont toujours transporté dans le ciel toutes les sottises de la terre, soit sottises atroces, soit sottises ridicules. La doctrine de Zoroastre et celle de Manès ne sont au fond que l'idée de certains peuples de l'Amérique, qui, pour expliquer la cause de la pluie, prétendaient qu'il y avait là-haut un petit garçon et une petite fille, frère et sœur, que le frère cassait quelquefois la cruche de sa petite sœur, et qu'alors on avait des pluies et des tempêtes.

Voilà toute la théologie du manichéisme; et tous les systèmes sur lesquels on a tant disputé ne valent pas mieux.

Pardonnons aux hommes accablés de misères et de chagrins d'avoir justifié si mal la Providence dans les bons moments où quelque relâche dans leurs peines leur laissait la liberté de penser. Pardonnons-leur d'avoir supposé un grand Être malfaisant, éternel ennemi d'un grand Être favorable. Qui peut n'être pas effrayé quand il considère que la terre entière n'est que l'empire de la destruction? La génération, la vie des animaux, sont l'ouvrage d'une main si puissante et si industrieuse, que la puissance de tous les rois et le génie de cent mille Archimèdes ne pourraient pas, dans toute l'éternité, fabriquer l'aile d'une mouche. Mais à quoi sert tout cet artifice divin qui brille dans la structure de ces milliards d'êtres sensibles? à les faire tous dévorer les uns par les autres. Certes, si un homme avait fait un automate admirable marchant de lui-même et jouant de la flûte, et qu'il le brisât le moment d'après, nous le prendrions pour un grand génie devenu fou furieux.

Le globe est couvert de chefs-d'œuvre, mais de victimes; ce n'est qu'un vaste champ de carnage et d'infection. Toute espèce est impitoyablement poursuivie, déchirée, mangée sur la terre, dans l'air, et dans les eaux. L'homme est plus malheureux que tous les animaux ensemble; il est continuellement en proie à deux fléaux que les animaux ignorent, l'inquiétude et l'ennui, qui ne sont que le dégoût de soi-même. Il aime la vie, et il sait qu'il mourra. S'il est né pour goûter quelques plaisirs passagers dont il loue la Providence, il est né pour des souffrances sans nombre et pour être mangé des vers; il le sait, et les animaux ne le savent pas. Cette idée funeste le tourmente; il consume l'instant de sa détestable existence à faire le malheur de ses semblables, à les égorger lâchement pour un vil salaire, à tromper et à être trompé, à piller et à être pillé, à servir pour commander, à se repentir sans cesse. Exceptez-en quelques sages, la foule des hommes n'est qu'un assemblage horrible de criminels infortunés, et le globe ne contient que des cadavres. Je tremble, encore une fois, d'avoir à me plaindre de l'Être des êtres en portant une vue attentive sur cet épouvantable tableau. Je voudrais n'être pas né.

Le premier adorateur. — Mon frère, puisque vous aimez Dieu, puisque vous êtes vertueux, loin de maudire votre naissance, bénissez-la. Vous avez commencé par remercier, finissez de même. Vivez pour servir l'Être des êtres et les créatures. Tous ceux qui ont inventé des fables pour expliquer l'origine du mal et de la prétendue dégradation de l'homme, ont rendu Dieu ridicule : rendez-le respectable.

Souvenez-vous que les effets d'une cause nécessaire sont nécessaires aussi. C'est l'opinion de tous les sages; elle produit une vertu consolante, la résignation. Grâces à la résignation, la faiblesse de l'innocence opprimée par les tyrans goûte quelque paix dans l'exil et dans les chaînes. C'est par la résignation que l'homme se soutient contre l'invincible nécessité qui le presse. Tout émane sans doute du grand Être : la justice, la bienfaisance, la tolérance, en émanent donc aussi.

Soyons justes, bienfaisants, tolérants, puisque c'est la destinée des sages et la nôtre; laissons les imbéciles perdre leurs jours sans penser, et les fripons penser à persécuter les âmes honnêtes. Résignons-nous quand nous voyons un petit homme né dans la fange[1], pétri de tout l'orgueil de la sottise, de toute l'avarice attachée à son éducation, de toute l'ignorance de son école, vouloir dominer insolemment, préten-dre faire respecter par les autres têtes toutes les chimères de la sienne, calomnier avec bassesse, et chercher à persécuter avec cruauté. Cet amas de turpitudes est dans sa nature, comme la soif du sang est dans la fouine, et la gravitation dans la matière.

D'ailleurs toute consolation nous est-elle interdite? N'est-il pas pos-sible qu'il y ait dans nous quelque principe indestructible qui renaîtra dans l'ordre des choses? Rien n'est sorti du néant, rien n'y rentre : *omnia mutantur, nihil interit*[2]. S'il était nécessaire qu'un peu de pensée fût pour quelques moments, je ne sais comment, dans un corps de cinq pieds et demi, organisé comme nous le sommes, pourquoi ce don de la pensée ne sera-t-il pas accordé à un des atomes qui a été le principal et l'invisible organe de cette machine? Ajoutons à nos vertus celle de l'espérance; souffrons dans cette courte vie les tyranniques bê-tises que nous ne pouvons empêcher; tâchons seulement de ne point dire de bêtise sur le grand Être.

Le second adorateur. — Oui, frère, je me résigne; il le faut bien. J'espère, autant que je puis, et je vous réponds que je ne déshonorerai pas ma raison par des chimères que tant de charlatans ont débitées sur le grand Être.

Vous savez qu'avant mon retour de Pondichéri avec le jésuite La-vaur, qui avait onze cent mille francs dans son portefeuille en lettres de change et en diamants, je connus beaucoup de guèbres et de bra-mes. Ces guèbres ou parsis sont d'une antiquité très-reculée, devant laquelle nous ne sommes que d'hier; mais plus un peuple est ancien, plus il a d'anciennes sottises. Je fus confondu quand les mages guè-bres me dirent qu'il avait plu à l'Être nécessaire, éternellement agis-sant, de ne former les mondes que depuis quatre cent cinquante mille années, et qu'il les avait formés en six *gahambârs*, en six temps. Les pauvres mages! ils font de Dieu un homme, un ouvrier qui demande six semaines pour faire son ouvrage, et qui se donne ce qu'on appelle du bon temps la septième semaine.

Si vous saviez quels contes de vieille ces rêveurs ajoutent à leurs six *gahambârs*, vous en auriez pitié. La fable du serpent qui vola la re-cette de l'immortalité à l'âne n'est pas comparable à celle des parsis. On y voit des serpents et des ânes qui jouent des rôles fort comiques. Le grand Être, l'Être nécessaire, éternel, infini, se promène tous les jours à midi sous des palmiers : il forme une espèce de *Pandore*, qu'il

1. J. J. Rousseau. (ÉD.) — 2. Ovide, *Metam.*, XV, 65. (ÉD.)

pétrit d'un morceau de chair tiré de la substance d'un homme : cet homme s'appelait *Misha*, et sa femme *Mishana*[1].

Près d'une fontaine dont les eaux s'étendent de tous les côtés jusqu'au bout du monde, on voit un arbre qui enseigne le passé, le présent et le futur, et qui donne des leçons de morale et de physique. Les arbres de Dodone ne sont rien auprès. Tout est prodige dans les temps antiques de tous les peuples : rien n'est jamais chez eux accordé à la nature, parce qu'ils ne la connaissent pas. On ne voit aucun historien sage qui raconte les siècles passés; mais on voit partout des sorciers qui racontent l'avenir. Parmi tous ces sorciers il n'y en a pas un qui vive comme les autres hommes. Celui-là se met un bât sur le dos[2], et court tout nu[3] dans les rues de la capitale; celui-ci mange des excréments sur son pain[4]; c'est autre est enlevé par les cheveux au milieu des airs[5]; un quatrième se promène dans la moyenne région dans un char de feu tiré par quatre chevaux de feu[6]. Hercule est englouti dans le ventre d'un poisson[7] : il y reste trois jours, mais il y fait très-bonne chère, car il fait griller le foie du poisson, et le mange; de là il court au détroit de Gibraltar, il le passe dans son gobelet[8].

Bacchus avec sa verge va conquérir les Indes; il change sa verge en serpent, et rechange le serpent en verge; il passe la mer des Indes à pied sec, arrête le soleil et la lune, et fait cent tours de cette force. Voilà l'histoire ancienne.

Toutes ces inepties font rire; mais voici ce qui fait verser des larmes.

Les charlatans qui montèrent sur des tréteaux les jours de foire, pour divertir la canaille par ces contes, ne se contentèrent pas de la rétribution volontaire qui leur en revenait; ils crièrent : « Nous attestons les dieux immortels qui habitent sur le sommet de l'Olympe et de l'Atlas, nous jurons par le grand *Démiourgos*, le grand *Zeus*, leur père et leur maître, que nous vous avons annoncé la vérité pure; nous sommes les ambassadeurs du ciel, payez-nous notre voyage. Les deux tiers de vos biens sont à nous de droit divin, et l'autre de droit humain. Nous avons la condescendance de vous laisser jouir de ce dernier tiers, mais à condition que les rois tiendront la bride de notre cheval, et l'arçon de notre selle quand nous viendrons vous visiter; qu'ils mettront leurs diadèmes à nos pieds; qu'ils croiront fermement que nous sommes infaillibles; et, pour les récompenser de leur foi, non-seulement nous leur concédons la dignité de notre porte-coton quand nous irons à la selle, mais nous voulons bien, par grâce spéciale, leur faire distribuer nos matières, qu'ils porteront pendues à leur cou respectueusement. Ainsi Dieu leur soit en aide[9].

Si quelqu'un ose jamais disputer, même avec la plus grande rete-

1. Ce sont les premiers hommes, selon Zoroastre; comme, suivant Sanchoniathon, ce sont Protogenos et Genos, ou du moins des créatures que le traducteur grec nomme ainsi. Chez les Indiens, ce sont Adimo et Procriti; chez les Grecs, Prométhée, Épiméthée, et Pandore; chez les Chinois, Puoncu, etc.
2. Jérémie, XVII, 2. — 3. Isaïe, XX, 2. — 4. Ézéchiel, IV, 12.
5. Le prophète Habacuc; voyez Daniel, XIV, 35. — 6. Élie, *IV Rois*, II, 11.
7. Jonas, II, 1. (Éd.) — 8. Voyez Lycophron.
9. Voyez toutes les relations concernant le grand lama.

nue, sur les dimensions de la tasse d'Hercule, dans laquelle il navigua d'une de ses colonnes à l'autre ; s'il ose demander comment Hercule fut avalé par un poisson, et comment il trouva un gril dans son ventre pour faire cuire le foie de l'animal, il sera pendu sur-le-champ.

Celui qui doutera que Deucalion et Pyrrha, s'étant troussés, aient jeté entre leurs jambes des pierres qui furent changées en hommes, sera lapidé, comme de raison, par nos théologiens ; et le maçon béni de notre temple, qui a un cœur de roche.... [1], jettera la première pierre.

Si quelqu'un est assez insolent pour réciter une chanson sur Cybèle, la mère de *Zeus*[2], ou Vénus sa fille, on lui arrachera la langue avec des tenailles, on lui coupera la main, on lui fendra la poitrine, dont on tirera le cœur palpitant pour lui en battre les joues ; on jettera son cœur, sa main, sa langue et son corps dans les flammes, pour la consolation des fidèles, pour la plus grande gloire de Dieu, qui est très-glorieux, et qui aime passionnément à voir un cœur sanglant dont on donne des soufflets sur les joues du propriétaire.

Quand ceux qui voudront rectifier quelques points de votre doctrine seront en grand nombre, faites vite une Saint-Barthélemy ; c'est le moyen le plus sûr pour éclaircir la foule... Que vos grands stolifères n'aient jamais moins de dix talents d'or de rente, et que les très-grands stolifères n'en aient jamais moins de mille... Qu'on dépeuple la terre et les mers pour leurs tables somptueuses, tandis que le pauvre mange du pain noir à leurs portes. C'est ainsi qu'il convient de servir l'Être des êtres.

Le premier adorateur. — Mon cher frère, je ne vous ai point nié qu'il n'y eût de grands maux sur notre globe ; il y en a sans doute ; nous sommes dans un orage, sauve qui peut : mais encore une fois espérons de beaux jours. Où et quand ? Je n'en sais rien : mais si tout est nécessaire, il l'est que le grand Être ait de la bonté. La boîte de Pandore est la plus belle fable de l'antiquité ; l'espérance était au fond. Vous voudriez quelque chose de plus positif. Si vous en connaissez, daignez me l'apprendre.

DÉFENSE DE LOUIS XIV.

(1769.)

J'ai lu les *Éphémérides du citoyen*[3], ouvrage digne de son titre. Ce ournal, et les bons articles de l'*Encyclopédie* sur l'agriculture, pourraient suffire, à mon avis, pour l'instruction et le bonheur d'une nation entière.

1. Par l'expression de *maçon vent, qui a un cœur de roche,* Voltaire désigne Biord, évêque d'Annecy. (ÉD.)
2. Voltaire fait allusion à l'aventure du chevalier de La Barre. (ÉD.)
3. La collection des *Éphémérides du citoyen,* 1765 — mars 1772, forme quarante volumes in-12. Le rédacteur principal, en 1769, était Dupont de Nemours. (ÉD.)

Occupé des travaux de la campagne depuis vingt ans, j'ai puisé souvent dans les *Éphémérides* des leçons dont j'ai profité. J'ai vu même avec étonnement quels avantages on pourrait procurer aux cantons que la nature semble avoir le plus disgraciés. J'avais choisi exprès un des plus mauvais terrains pour y bâtir et y labourer une terre ingrate, qu'il fallait toujours rompre avec six bœufs, et qui, ne rapportant que trois grains pour un, était à charge à tous les propriétaires. Je voulus essayer s'il était possible de changer en quelque sorte la nature; il fallait du travail et de la constance; mes soins n'ont point été entièrement inutiles dans ce désert; un hameau délabré qui nourrissait mal environ cinquante infortunés, et où l'on ne connaissait que les écrouelles et la misère, s'est changé en un séjour assez propre, et par conséquent devenu plus sain, qui contient déjà plus de sept cents habitants, tous utilement occupés.

Un petit terrain, pire que le plus mauvais de la Champagne, qu'on nomme si indignement *pouilleuse*, a rapporté des récoltes, et on a eu dix pour un, toutes les années, d'un champ qui ne rapportait que trois, et encore de deux ans en deux ans.

Je n'ai rien écrit sur l'agriculture, parce que je n'aurais rien pu faire qui eût mieux valu que les *Éphémérides*. Je me suis borné à exécuter ce que les estimables auteurs de cet ouvrage ont recommandé, et ce que M. de Saint-Lambert a chanté avec tant d'énergie et de grâce. Mais j'ai été un peu affligé de voir quelquefois le beau siècle de Louis XIV, le siècle des talents en tout genre, dénigré dans plusieurs livres nouveaux, et même dans ces *Éphémérides* à qui je dois tant d'instructions. Voici comme on en parle dans un endroit.

« C'était un empire entièrement énervé par des efforts excessifs, mal entendus, malheureux, et surtout par les suites du régime fiscal le plus dur, le plus impérieux, le plus méthodiquement inconsidéré, le plus réglementaire qui ait jamais existé. Ces deux inventions terribles, dis-je, ne sont pas l'héritage le moins funeste que nous ait laissé ce siècle tant vanté et si désastreux. »

Voici comme on s'explique au commencement d'un autre chapitre. « La gloire de ce grand siècle, si cher à nos beaux esprits, était passée comme les étoupes qu'on brûle devant le pape à son exaltation. »

Je vais d'abord répondre à cette ironie. Je parlerai ensuite du règne *funeste et désastreux.*

Oui, sans doute, ce siècle doit être cher à tous les amateurs des beaux arts, à tous ceux que vous appelez beaux esprits; oui, je me regarderai comme un barbare, comme un esprit faux et bas, sans culture, sans goût, quand je pourrai oublier la force majestueuse des belles scènes de Corneille, l'inimitable Racine, les belles épîtres de Boileau et son *Art poétique*, le nombre des fables charmantes de La Fontaine, quelques opéras de Quinault, qu'on n'a jamais pu égaler, et surtout ce génie à la fois comique et philosophe, cet homme qui en son genre est au-dessus de toute l'antiquité, ce Molière dont *le trône est vacant*[1].

En relisant les prosateurs, je mets hardiment la *Défense de l'infortuné Fouquet* par le généreux Pellisson à côté des plus beaux discours de l'orateur romain. J'admire d'autant plus quelques oraisons funèbres du sublime Bossuet, qu'elles n'ont point en de modèle dans l'antiquité. Qui ne chérira l'auteur humain et tendre de *Télémaque*? Qui ne sentira le mérite unique des *Provinciales*? Quel homme du monde n'aimera les sermons de Massillon? et quel art a-t-il fallu pour les faire aimer? Ils durent, ces chefs-d'œuvre; ils dureront autant que la France. Nous avons aujourd'hui du galimatias à deux colonnes[2] contre un chapitre de *Bélisaire*, et des mandements composés par le R. P. Patouillet.

Si l'on veut des recherches historiques, trouvera-t-on quelque chose de plus savant et de plus profond que les ouvrages de Ducange?

S'il est question de mathématiques, avons-nous en France beaucoup de mathématiciens qui aient été inventeurs comme Descartes en géométrie? et, malgré les chimères absurdes de toute sa physique, ne mérite-t-il pas le bel éloge qu'en a fait M. Thomas, couronné par l'Académie française et par le public?

Nous avons aujourd'hui de bons ouvrages philosophiques ; mais en est-il beaucoup qui l'emportent sur le *Traité des erreurs des sens et de l'imagination* par Malebranche, excellent commencement d'un système qui finit trop mal?

On nous a donné depuis peu de beaux morceaux d'histoire : mais on mettra toujours à côté de Salluste la *Conspiration de Venise* par l'abbé de Saint-Réal. L'*Histoire des Oracles* de Fontenelle (persécuté d'une manière si infâme par les jésuites) ne rendit-elle pas de grands services à l'esprit humain? et si vous faites grâce aux tourbillons de Descartes, qui sont malheureusement la base de *la Pluralité des Mondes*, si vous ôtez quelques plaisanteries déplacées, a-t-on jamais traité la philosophie avec plus de netteté et d'agrément que dans ce même livre de *la Pluralité des Mondes*, production du siècle de Louis XIV, dans un goût absolument nouveau?

Si vous passez aux autres arts, qui dépendent moins de la profondeur de la pensée, à l'architecture, à la peinture, à la sculpture, à la musique, il faudra toujours mettre au premier rang ce Perrault, auteur de la façade du Louvre et de la *Traduction de Vitruve*, les Poussin, les Lebrun, les Le Sueur, les Girardon ; il ne faudra pas tourner en ridicule Lulli, qui, né italien, trouva le secret d'inventer le seul récitatif qui convint à la langue française, et qui le premier enseigna la musique à un peuple qui ne la savait pas.

1. Expression pittoresque et vraie de M. Champfort, dans le discours justement couronné par l'Académie. Quand on emploie une expression neuve, et de génie, ce que Boileau appelait un mot trouvé, il faut citer l'inventeur. Ce siècle-ci a de beaux côtés, mais il est un peu le siècle des plagiaires.

2. Les éditions in-4° et in-8° de la *Censure de la faculté de théologie de Paris contre le Bélisaire* de Marmontel, sont en latin et en français, et à deux colonnes. (ÉD.)

Comment s'est-il pu faire que tant d'hommes, supérieurs dans tant de genres différents, aient fleuri tous ensemble dans le même âge? Ce prodige était arrivé trois fois dans l'histoire du monde, et peut-être ne reparaîtra plus.

Sortons de la carrière des beaux-arts pour considérer les grands capitaines et les habiles ministres; nous avouerons que la gloire des Condé, des Turenne, des Luxembourg, des Villars, ne sera jamais éclipsée; et nous redirons que le nom de Colbert doit être immortel.

Henri IV, que nous révérons aujourd'hui, et que nous aimons, si on l'ose dire, comme un dieu tutélaire, était un très-grand homme : mais le temps de Louis XIV fut un très-grand siècle. A peine notre Henri IV eut-il le temps de réparer les brèches de la France, et le sang qu'elle avait perdu pendant près de quarante années de guerres civiles et de fanatisme.

Repassons les temps qui suivirent le crime épouvantable de sa mort (uniquement commis par la superstition), jusqu'au moment où Louis XIV régna par lui-même; tout fut odieux et funeste, et ce temps contient encore quarante années.

Voilà donc quatre-vingts ans pendant lesquels, si j'en excepte les dix belles années du héros de la France, je ne vois que confusion, discorde, séditions, guerres civiles, fanatisme affreux, tyrannie de toute espèce, pauvreté, et ignorance. Je ne crois pas que, depuis François II jusqu'à l'extinction de la Fronde en France, il y ait eu un seul jour sans meurtre. Le plus abominable de tous, celui qui fait encore verser des larmes, est celui de cet adorable Henri IV, dont toutes les faiblesses sont si pardonnables, et dont toutes les vertus sont si héroïques.

Ce sont donc ces quatre-vingts années dont je parle qui sont *funestes et désastreuses*, et non pas le siècle de Louis XIV, pendant lequel notre nation, aujourd'hui si célèbre dans l'Europe par l'opéra-comique, fut le modèle des nations en tout genre.

J'ai moins fait l'histoire de Louis XIV que celle des Français; mon principal but a été de rendre justice aux hommes célèbres de ce temps illustre dont j'ai vu la fin, mais je n'ai pas dû être injuste envers celui qui les a tous encouragés. Puisse la raison, qui s'affaiblit quelquefois dans la vieillesse, me préserver de ce défaut trop ordinaire d'élever le passé aux dépens du présent! Je sais que la philosophie, les connaissances utiles, le véritable esprit, n'ont jamais fait tant de progrès parmi les gens de lettres que dans les jours où j'achève de vivre : mais qu'il me soit permis de défendre la cause d'un siècle à qui nous devons tout, et d'un roi qui n'a pas été assurément indigne de son siècle.

Je porte les yeux sur toutes les nations du monde, et je n'en trouve aucune qui ait jamais eu des jours plus brillants que la française depuis 1655 jusqu'à 1704. Je prie tous les hommes sages et désintéressés de juger si un petit nombre d'années très-malheureuses dans la guerre de la Succession doivent flétrir la mémoire de Louis XIV. Je leur demande s'il faut juger par les événements. Je leur demande si le feu roi devait priver son petit-fils du trône que le roi d'Espagne lui avait laissé par son testament, et où ce jeune prince était appelé par les vœux de toute la nation? Philippe V avait pour lui les lois de la nature, celles du droit des gens, celles mêmes par qui toutes les familles de l'Europe sont gouvernées, les dernières volontés d'un testateur, les acclamations de l'Espagne entière; disons la vérité, il n'y a jamais eu de guerre plus légitime.

Louis XIV la soutint seul avec constance pendant plusieurs années; il la finit heureusement après les plus grandes infortunes. C'est à lui que le roi d'Espagne d'aujourd'hui[1], le roi de Naples[2], le duc de Parme[3], doivent leurs États.

Je n'ai pas justifié de même (et Dieu m'en garde!) la guerre contre la Hollande, qui lui attira celle de 1689. L'Europe a prononcé que c'est une grande faute, il en fit l'aveu en mourant. Il ne faut pas charger de reproches ceux qui ont eu la gloire de se repentir.

Le public en général est plus éclairé qu'il ne l'était. Servons-nous donc de nos lumières pour voir les choses sans passion et sans préjugés.

Louis XIV veut réformer les lois : elles en avaient certes besoin. Il choisit pour cette sage entreprise les magistrats les plus éclairés du royaume. Ce n'est pas sa faute s'ils ont conservé des usages barbares, et si les avis aussi humains que judicieux du président de Lamoignon n'ont pas été suivis; on s'en rapporta toujours à la pluralité des voix, et l'on ne pouvait guère en agir autrement. Que reste-t-il à faire aujourd'hui pour achever ce grand ouvrage de Louis XIV? de trouver des Lamoignons qui nettoient nos lois de la rouille ancienne de la barbarie.

Quelques personnes ne cessent, depuis plusieurs années, de critiquer l'administration du célèbre Colbert. Il est condamné dans plus de vingt volumes pour n'avoir pas rendu le commerce des grains entièrement libre; mais les censeurs se souviennent-ils que le duc de Sulli fit la même défense depuis 1598? Il craignait le transport des blés hors du royaume; il avait fait l'expérience de l'impétuosité française, dans qui l'avidité du gain présent l'emportait souvent sur la prévoyance. Il voyait une nation exposée à souffrir la faim pour avoir outré la vente du blé dans l'espérance d'une nouvelle récolte heureuse.

Depuis ce temps la défense subsista toujours jusqu'à l'année 1764, où le conseil du roi régnant a jugé, pour le bonheur de la nation, devenue plus éclairée, qu'il faut encourager la sortie des blés avec les tempéraments convenables.

Il me semble qu'on ne doit pas attaquer légèrement la mémoire d'un homme tel que Colbert. Il ne faut pas dire qu'il a sacrifié la culture des terres à l'esprit *mercantile*. Ses vues étaient certainement grandes et nobles sur la marine et sur le commerce qu'il créa en France. L'épithète de mercantile ne convient pas plus au génie de ce ministre, que celle d'aigrefin à un général d'armée.

Qu'il me soit permis de rapporter ici ce qu'on a pu déjà lire dans le

1. Charles III. (ÉD.)
2. Ferdinand IV, petit-fils de Philippe V, roi d'Espagne. (ÉD.)
3. Ferdinand, autre petit-fils de Philippe V. (ÉD.)

Siècle de Louis XIV : « Colbert arriva au maniement des finances avec de la science et du génie ; commença, comme Sulli, par arrêter les abus et les pillages, qui étaient énormes. La recette fut simplifiée autant qu'il était possible ; et, par une économie qui tient du prodige, il augmenta le trésor du roi en diminuant les tailles. On voit, par l'édit mémorable de 1664, qu'il y avait tous les ans un million de ce temps-là destiné à l'encouragement des manufactures et du commerce maritime. Il négligea si peu les campagnes, abandonnées jusqu'à lui à la rapacité des traitants, que des négociants anglais s'étant adressés à M. Colbert de Croissi, son frère, ambassadeur à Londres, pour fournir en France des bestiaux d'Irlande et des salaisons pour les colonies, en 1667, le contrôleur général répondit que, depuis quatre ans, on en avait à revendre aux étrangers. »

M. de Forbonnais, qui a fourni de si grandes lumières sur les finances de la France[1], cite le même fait, et il est lui-même trop estimable pour ne pas estimer un Colbert.

Dans le dictionnaire de l'*Encyclopédie*, à l'article VINGTIÈME, p. 87, tome XVII, il est dit que « ce ministre préféra la gloire d'être, pour tous les peuples, un modèle de futilités, et de les surpasser dans tous les arts d'ostentation, à l'avantage plus solide, et toujours sûr, de pourvoir à leurs besoins naturels. »

Il est dit « qu'il n'avait pas les matières premières, qu'il en provoqua l'importation de toutes ses forces, et prohiba l'exportation de celles du pays. »

J'aimais l'auteur de cet article[2], mais j'aime encore plus la vérité. Je suis obligé de dire qu'il s'est trompé en tout. Le ministre qu'il condamne était si loin de négliger l'agriculture, que, dans son mémoire présenté au roi, le 22 octobre 1664, il s'exprime en ces mots : « Les principaux objets sont l'agriculture, la marchandise, la guerre de terre et celle de mer. » Ce mémoire est public aujourd'hui.

Il est encore très-faux qu'il n'eût point de matières premières, car il se les donna. Il établit dans les ports, pour le service de la marine, les manufactures et les magasins de tout ce qu'on achetait avant lui chez les Hollandais. Il eut aussi la matière première de la soie en pressant les plantations des mûriers. Je sais par expérience de quelle prodigieuse utilité est cette entreprise : l'auteur de l'article VINGTIÈME ne le savait pas ; et je suis en droit de rendre témoignage en ce point à la sagesse du ministre.

C'est la mode aujourd'hui de dégrader les grands hommes ; mais, si les critiques veulent se souvenir qu'ils doivent aux soins infatigables de ce ministre toutes les manufactures qui contribuent à l'aisance de leur vie, depuis les tapisseries des Gobelins jusqu'aux bas au métier, ils connaîtront qu'il y aurait non-seulement de l'injustice à se plaindre de lui, mais encore de l'ingratitude.

---

1. *Recherches et considérations sur les finances de France*, 1756, six volumes in-12 ou deux volumes in-4. (ÉD.)
2. Damilaville, mort le 13 décembre 1768, à quarante-sept ans. (ÉD.)

Il me semble que Boiléau avait raison, dans ces temps alors heureux, de dire à Louis XIV[1] qu'il peindrait....

> Le soldat dans la paix doux et laborieux,
> Nos artisans grossiers rendus industrieux,
> Et nos voisins frustrés de ces tributs serviles
> Que payait à leur art le luxe de nos villes.

Je ne m'attendais pas qu'on dût faire à Louis XIV et à son ministre un reproche de l'établissement de la compagnie des Indes; elle n'était pas nécessaire peut-être du temps de Henri IV. On consommait alors dix fois moins d'épiceries que de nos jours. On ne connaissait ni café, ni thé, ni tabac, ni curiosités de la Chine, ni étoffes fabriquées chez les brames. Nous étions moins riches, moins éclairés qu'aujourd'hui, mais plus sages. N'accusons que nous de nos nouveaux besoins, et ne calomnions point les vues étendues des vrais hommes d'État qui n'ont été occupés qu'à nous satisfaire.

Jamais édit du roi n'ordonna aux Parisiennes de faire contribuer les quatre parties du monde au déjeuner de leurs femmes de chambre, de tirer des rivages de la mer Rouge une petite fève âcre, de l'herbe de la Chine, leurs tasses du Japon, et leur sucre de l'Amérique.

Louis XIV ne dit jamais aux Français : « Je vous ordonne de mettre pour quatre millions cinq cent mille livres par an d'une poudre puante dans votre nez; et vous l'irez chercher dans la Virginie et chez les quakers. J'ordonne que toutes les bourgeoises aient des engageantes de mousseline brodées par les filles des brachmanes, et des robes filées au bord du Gange. »

Joignez à toutes nos fantaisies le besoin moins imaginaire peut-être des épiceries, et cet ancien proverbe, *Cela est cher comme poivre*, proverbe trop bien fondé sur ce qu'en effet une livre de poivre valait au moins deux marcs d'argent avant les voyages des Portugais. Enfin il fallait ou nous ruiner pour acheter ce superflu de nos voisins, ou nous ruiner un peu moins en allant le chercher nous-mêmes. Les Anglais avaient des compagnies dans l'Inde, et les Hollandais, des royaumes. Il s'agissait d'être leur tributaire ou leur rival.

Qu'on se transporte dans ces temps de gloire et d'espérance; qu'on juge si on aurait été bienvenu à dire aux Français : « Payez à vos ennemis ce que vous pouvez vous procurer vous-mêmes. » Une preuve que ce grand projet de commerce était très-bien imaginé par le ministère, c'est qu'il fut redouté des puissances maritimes. Tout établissement est bon quand vos ennemis en sont jaloux.

Les Hollandais nous prirent Pondichéri en 1693. C'était la moindre récompense que le roi de France dût attendre de son invasion en Hollande : invasion qu'assurément on n'attribuera pas au sage Colbert, mais au superbe et laborieux ennemi de Colbert, des Hollandais, et de Turenne[2].

---

1. Épître I, vers 139-142. (ÉD.)
2. Louvois. (ÉD.)

Le ministre des finances fut jeté hors de toutes ses mesures par cette guerre, pour laquelle il fallut faire quatre cents millions de mauvaises affaires, qu'il avait en horreur. Il dépendit des traitants dont il avait voulu abolir pour jamais le fatal service.

Ce n'est pas lui non plus qui persécuta les protestants. Il savait trop combien ils étaient utiles dans les finances, le commerce, les manufactures, la marine, et même l'agriculture. Il sentit la plaie de l'État. J'ai vu des notes de lui chez M. de Montmartel, dans lesquelles il dit qu'il a eu les mains liées. Ces notes sont de 1683, l'année la plus brillante de la finance, et malheureusement l'année de sa mort.

Mme de Caylus, nièce de Mme de Maintenon, née protestante comme sa tante, dit expressément dans ses *Souvenirs*, « que le roi fut trompé dans cette longue et malheureuse affaire par ceux en qui ce monarque avait mis sa confiance. » Il avait le jugement sain et droit, mais qui, n'étant pas éclairé par l'histoire de son propre royaume, pouvait être aisément séduit par un confesseur, par un ministre, et fasciné par les prospérités. On lui fit toujours croire qu'il était assez grand pour dominer d'un mot sur toutes les consciences. Il fut trompé comme il le fut depuis par le jésuite Le Tellier; on ne l'aurait pas trompé, si on lui avait dit qu'il était assez grand pour se faire obéir également des deux religions rivales. Trente ans de victoires et de succès en tout genre avec trois cent mille hommes de troupes, devaient l'assurer de la soumission de tout l'État.

On condamne encore ses bâtiments. Cependant la famille royale et toute la cour et les ministres ne sont logés que par lui, soit à Versailles, soit à Fontainebleau, soit à Paris même, qui désire depuis Henri IV de voir ses rois; mais ces bâtiments ont-ils été à charge à l'État? ils ont servi à faire circuler l'argent dans tout le royaume, et à perfectionner tous les arts, qui marchent à la suite de l'architecture.

L'établissement de Saint-Cyr, qui subsiste principalement du revenu de l'abbaye de Saint-Denis, en soulageant deux cent cinquante familles nobles, n'a rien coûté à la France. Ce monument et celui des Invalides ont été les plus beaux de l'Europe, sans contredit, jusqu'à celui de l'École militaire [1].

Les faiblesses et les fautes de Louis XIV n'ont pas empêché don Ustariz de le proposer pour modèle au gouvernement de l'Espagne, et de l'appeler *un homme prodigieux*. Ses anciens ennemis lui ont payé, à sa mort, le tribut d'estime qu'ils lui devaient.

Il est très-aisé de gouverner un royaume de son cabinet avec une brochure; mais quand il faut résister à la moitié de l'Europe après cinq grandes batailles perdues et l'affreux hiver de 1709, cela n'est pas si facile.

Il n'est pas si facile non plus de gouverner une compagnie à six mille lieues. Il est clair que Louis XIV en bâtissant Pondichéri, et le

1. C'est M. Duverney qui inventa l'École militaire ; c'est Mme de Pompadour qui la proposa. Il faut rendre justice ; la gloire est le seul prix du bien qu'on a fait.

duc d'Orléans en la relevant, ne purent avoir d'autre objet que la gloire et le bien de la nation; je défie qu'on en imagine un troisième. La compagnie, à sa résurrection, vers 1720, sous la Régence, a commencé son commerce avec beaucoup plus d'argent que la fameuse compagnie hollandaise n'avait commencé le sien avant sa conquête des Moluques. Quel fléau l'a détruite une seconde fois? la guerre.

Dès qu'on tire un coup de canon en Flandre, il retentit en Amérique et à la côte de Coromandel. A cette guerre contre les Anglais se sont joints une foule de maux aussi dangereux : la discorde intestine, la rapacité, la jalousie entre les déprédateurs heureux et les malheureux; une autre jalousie plus furieuse encore, celle du commandement, qui est si souvent accompagnée de l'insolence, de la perfidie, des plus noires intrigues et des plus fatales impostures.

Les vaisseaux de l'Inde partaient moins chargés de marchandises que de délateurs, de calomniateurs, de faux témoins, de procès-verbaux signés par le mensonge dans l'Inde, et soutenus par la corruption en France. Il en coûta quatre ans de liberté au vainqueur de Madras, à un homme d'un rare mérite, à ce La Bourdonnaie qui seul avait vengé l'honneur du pavillon français dans les mers de l'Inde. Il en a coûté la vie au lieutenant général Lally, qui, du jour qu'il aborda dans Pondichéri pour y mettre l'ordre et y rétablir le service, eut dix fois plus d'ennemis dans la ville, qu'il n'avait d'Anglais à combattre : brave homme sans doute, jacobite jusqu'au martyre, implacable contre les Anglais, attaché à la France par passion [1]; sa fatale catastrophe est aujourd'hui confondue avec tant d'autres qui font inutilement frémir la nature humaine, et que Paris oublie le lendemain pour des plaisirs souvent ridicules, et bientôt oubliés aussi.

Quel fut depuis le sort de la compagnie? des procès contre des citoyens qui avaient combattu pour elle, des dettes immenses avec l'impuissance de payer, la ressource inutile des loteries, le désir et l'incapacité de se soutenir. Elle avait été la seule compagnie dans l'univers qui eût commercé pendant près de cinquante années sans jamais partager, entre les actionnaires, le moindre profit, le moindre soulagement produit par son commerce.

Tout ce que je sais, c'est que la compagnie anglaise partage actuellement cinq et demi pour cent pour les six mois courants.

A l'égard de celle de Hollande, c'est une grande puissance souve-

___

1. Ce qui suit est de 1775. En 1769 et 1772 on lisait :

« Je l'ai connu tel et très-intimement, et dans des temps critiques; mais dur, je l'avoue, emporté, insociable, jaloux des fortunes immenses acquises dans l'Inde par la rapine, furieux contre tous ceux auxquels il commandait, parce que tous étaient acharnés contre lui. Enfin, pris à discrétion par les Anglais vainqueurs, transporté avec ses détracteurs, revenu en France avec eux comme un ours, poursuivi toujours par les mêmes chiens, jugé par les hurlements réunis de ceux qui l'auraient exécuté de leurs mains mêmes; condamné parce qu'on ne peut prononcer que sur des dépositions, il succomba, et donna un fatal et hideux spectacle au peuple de Paris; on le plaignit alors, mais après l'avoir détesté. Il ne se trouva pas dans toute sa fortune de quoi payer l'amende à laquelle il fut condamné; mais bientôt cette horrible aventure fut confondue avec, etc. »

raine. Les actionnaires avaient déjà partagé 150 pour 100 de leur première mise en 1608, après les dépenses immenses de l'établissement payées sur les profits.

Maintenant, qu'on reproche tant qu'on voudra au duc d'Orléans régent d'avoir rendu la vie à notre compagnie des Indes, et à Louis XIV de l'avoir fait naître ; je dirai : « Ils ont tous deux fait une belle entreprise. » Le roi de Danemark les a imités, et a réussi. Les Français se sont mal conduits, et ils ont échoué ; la vérité ordonne d'en convenir.

Il faut avouer aussi que la cour de Danemark n'a point envoyé à Tranquebar de missionnaire intrigant, brouillon et voleur, qui semât la discorde dans les comptoirs, qui en emportât l'argent et qui en revînt avec onze cent mille francs dans sa cassette, après avoir gagné des âmes à Dieu, comme a fait notre R. P. Lavaur de la Compagnie de Jésus.

On sait assez que l'histoire ne doit être ni un panégyrique, ni une satire, ni un ouvrage de parti, ni un sermon, ni un roman. J'ai eu cette règle devant les yeux quand j'ai osé jeter un œil philosophique sur la terre entière. J'envisage encore le siècle de Louis XIV comme celui du génie, et le siècle présent comme celui qui raisonne sur le génie. J'ai travaillé soixante ans à rendre exactement justice aux grands hommes de ma patrie. J'ai obtenu quelquefois pour récompense la persécution et la calomnie. Je ne me suis point découragé. La vérité m'a été plus précieuse que les clameurs injustes ne sont méprisables. Je ne me défends point ; je défends ceux qui sont morts en servant la patrie ou en l'instruisant. Je défends le maréchal de Villars, non parce que j'ai eu l'honneur de vivre dans sa familiarité dix années consécutives dans ma jeunesse, mais parce qu'il a sauvé l'État. Un misérable réfugié affamé ose, dans sa démence, imprimer[1] qu'à la bataille de Malplaquet ce général passa pour s'être blessé légèrement lui-même, afin d'avoir un prétexte de quitter le champ de bataille, et de faire croire qu'il eût été vainqueur sans sa blessure. Je dois confondre l'infamie absurde de ce calomniateur[2].

A-t-il la scélératesse non moins extravagante d'imputer[3] au régent de France des actions que les plus vils des hommes ne regardent aujourd'hui (grâce à mes soins peut-être) que comme des rêveries dignes du mépris le plus profond ; j'ai dû faire rentrer dans le néant cette exécrable imposture.

A-t-il dit[4] que le président de Maisons (dont le fils, mon intime ami,

1. *Mémoires de Maintenon*, tome V, p. 99.
2. Dans les éditions de 1769 et 1772 on lisait encore ici ce passage :
« Pousse-t-il sa fureur inconcevable jusqu'à dire que le père du roi régnant trahit le roi son grand-père et l'État, et fit prendre Lille de peur que Mme de Maintenon ne fût reine ; un historien doit réfuter une pareille horreur que la nation doit punir. »
3. *Mémoires de Maintenon*, tome III, page 346 et suivantes de l'édition de *l'Histoire de Louis XIV*, falsifiée par lui, et chargée de notes infâmes, chez Esslinger, à Francfort.
4. *Mémoires de Maintenon*, tome V, page 228.

est mort entre mes bras) était premier président quand le duc d'Orléans fut déclaré régent, et qu'il faisait une cabale contre ce prince ; j'ai dû faire apercevoir que jamais ce magistrat ne fut premier président, et apprendre au public que, loin de vouloir priver le prince de son droit, ce fut lui qui arrangea tout le plan de la régence.

J'ai dû confondre toutes les calomnies vomies par ce malheureux contre la famille royale, contre les meilleurs ministres, et contre les hommes du royaume les plus respectables. Pourquoi ? parce que ces impostures se vendent longtemps dans les pays étrangers, et beaucoup mieux que de bons livres ; parce qu'elles vont à Leipsick, à Berlin, où un héros[1] ne parle que français ; à Hambourg, à Dantzick, à Moscou, à Jassi ; parce que tous ceux qui lisent en Europe entendent le français, jusqu'à des Turcs ; nos grands hommes ayant porté notre langue aussi loin que l'impératrice de Russie porte ses armes et ses lois. Voilà ce qu'on ne sait pas dans les soupers de Paris ; on dit : « Il a tort de relever des sottises si méprisables. » Non, il n'a pas tort : prenez une carte géographique, voyez que l'univers n'est pas borné à votre quartier ; concluez qu'on peut parler à d'autres hommes qu'à vous, et qu'on doit venger votre patrie et les grands hommes qui ont bien mérité d'elle.

Plus de cent histoires modernes ont été compilées sur des journaux remplis de nouvelles impertinences, semblables à ces mensonges imprimés dont je parle. Peut-être un jour ces histoires passeront pour authentiques. Celui qui consacrerait son travail à prévenir le public contre cette foule d'impostures élèverait un monument utile. Ce serait le serpent d'airain qui guérirait les morsures des vrais serpents. Si j'ai pris la liberté de réfuter le livre estimable des *Éphémérides du citoyen*, j'ai dû à plus forte raison confondre les calomnies de l'extravagant ennemi de tous les citoyens[2].

A l'égard des impostures contre de simples particuliers, d'ordinaire on les néglige, sans quoi la terre, qui a besoin d'être cultivée, deviendrait une grande bibliothèque.

1. Frédéric II, roi de Prusse. (ÉD.)

2. C'est un nommé La Beaumelle, qui écrit de ce style incorrect, audacieux et violent, qu'on tâche de mettre à la mode aujourd'hui.

Figurez-vous un gueux échappé des petites maisons, qui couvrirait de son ordure les statues de Louis XIV et de Louis XV ; tel était ce misérable. Son vrai nom est Angleviel, dit La Beaumelle, né dans un village des Cévennes, né huguenot, élevé dans cette religion à Genève, mais bien éloigné de ressembler aux sages protestants qui, respectant les puissances et les lois, sont toujours attachés à leur patrie ; il avait été inscrit à Genève parmi les proposants qui étudient en théologie, le 12 octobre 1745, sous le rectorat de M. Ami de La Rive, et s'était essayé à prêcher à l'hôpital pendant une année ; il faut convenir qu'il méritait d'être exhorté publiquement.

REQUÊTE

À TOUS LES MAGISTRATS DU ROYAUME,

COMPOSÉE PAR TROIS AVOCATS DU PARLEMENT.

(1769 ou janvier 1770.)

La portion la plus utile du genre humain, celle qui vous nourrit, crie du sein de la misère à ses protecteurs :

Vous connaissez les vexations qui nous arrachent si souvent le pain que nous préparons pour nos oppresseurs mêmes. La rapacité des préposés à nos malheurs n'est pas ignorée de vous. Vous avez tenté plus d'une fois de soulager le poids qui nous accable, et vous n'entendez de nous que des bénédictions, quoique étouffées par nos sanglots et par nos larmes.

Nous payons les impôts sans murmure, taille, taillon, capitation, double vingtième, ustensiles, droits de toute espèce, impôts sur tout ce qui sert à nos chétifs habillements, et enfin la dîme à nos curés de tout ce que la terre accorde à nos travaux, sans qu'ils entrent en rien dans nos frais [1]. Ainsi, au bout de l'année, tout le fruit de nos peines est anéanti pour nous. Si nous avons un moment de relâche, on nous traîne aux corvées à deux ou trois lieues de nos habitations, nous, nos femmes, nos enfants, nos bêtes de labourage également épuisées et quelquefois mourant pêle-mêle de lassitude sur la route. Encore si on ne nous forçait à cette dure surcharge que dans les temps de désœuvrement! mais c'est souvent dans le moment où la culture de la terre nous appelle. On fait périr nos moissons pour embellir des grands chemins, larges de soixante pieds, tandis que vingt pieds suffiraient [2]. Ces routes fastueuses et inutiles ôtent au royaume une grande partie de son meilleur terrain, que nos mains cultiveraient avec succès.

On nous dépouille de nos champs, de nos vignes, de nos prés : on nous force de les changer en chemins de plaisance; on nous arrache à nos charrues pour travailler à notre ruine; et l'unique prix de ce travail est de voir passer sur nos héritages les carrosses de l'exacteur de la province, de l'évêque, de l'abbé, du financier, du grand seigneur, qui foulent aux pieds de leurs chevaux le sol qui servit autrefois à notre nourriture.

Tous ces détails des calamités accumulées sur nous ne sont pas aujourd'hui l'objet de nos plaintes. Tant qu'il nous restera des forces, nous travaillerons; il faut ou mourir, ou prendre ce parti.

1. Dans tous les États de la Russie, pays de douze cent mille lieues carrées, et dans presque tous les pays protestants, les curés sont payés du trésor public.

2. Les grands chemins des Romains n'en avaient que quinze, et ils subsistent encore.

« La largeur des chemins a été réduite dans de justes bornes par un arrêt du conseil des premiers mois de 1776. » (*Ed. de Kehl.*)

C'est aujourd'hui la permission de travailler pour vivre, et pour vous faire vivre, que nous vous demandons. Il s'agit de la quadragésime et des fêtes.

PREMIÈRE PARTIE. — *Du carême.*

Tous nos jours sont des jours de peine. L'agriculture demande nos sueurs pendant la quadragésime, comme dans les autres saisons. Notre carême est de toute l'année. Est-il quelqu'un qui ignore que nous ne mangeons presque jamais de viande ? Hélas ! il est prouvé que si chaque personne en mangeait, il n'y en aurait pas quatre livres par mois pour chacune. Peu d'entre nous ont la consolation d'un bouillon gras dans leurs maladies. On nous déclare que, pendant le carême, ce serait un grand crime de manger un morceau de lard rance avec notre pain bis. Nous savons même qu'autrefois, dans quelques provinces, les juges condamnaient au dernier supplice ceux qui, pressés d'une faim dévorante, auraient mangé en carême un morceau de cheval ou d'autre animal jeté à la voirie [1]; tandis que dans Paris, un célèbre financier [2] avait des relais de chevaux qui lui amenaient tous les jours de la marée fraîche de Dieppe. Il faisait régulièrement carême; il le sanctifiait en mangeant avec ses parasites pour deux cents écus de poisson : et nous, si nous mangions pour deux liards d'une chair dégoûtante et abominable, nous périssions par la corde, et on nous menaçait d'une damnation éternelle.

Ces temps horribles sont changés; mais il nous est toujours très-difficile d'opérer notre salut. Nous n'avons que du pain de seigle, ou de châtaignes, ou d'orge, des œufs de nos poules, et du fromage fait avec le lait de nos vaches et de nos chèvres. Le poisson même des rivières et des lacs est trop cher pour les pauvres habitants de la campagne; ils n'ont pas droit de pêche; tout va dans les grandes

---

1. Copie de l'arrêt sans appel prononcé par le grand juge des moines de Saint-Claude, le 20 juillet 1629 :
« Nous, après avoir vu toutes les pièces du procès, et de l'avis des docteurs en droit, déclarons ledit Guillon, écuyer, dûment atteint et convaincu d'avoir le 31 du mois de mars passé, jour de samedi, en carême, emporté des morceaux d'un cheval jeté à la voirie, dans le pré de cette ville, et d'en avoir mangé le 1ᵉʳ d'avril. Pour réparation de quoi, nous le condamnons à être conduit sur un échafaud qui sera dressé sur la place du Marché, pour y avoir la tête tranchée, etc. »
Suit le procès-verbal de l'exécution.
N. B. Que ces juges qui ne pouvaient prononcer sans appel au civil au-dessus de cinq cents livres, pouvaient verser le sang humain sans appel.
N. B. Que le grand juge de ce pays, nommé Roguet, se vante, dans son livre sur les sorciers, imprimé à Lyon en 1607, d'avoir fait brûler sept cents sorciers. Il assure dans ce livre, page 39, que Mahomet était sorcier, et qu'il avait un taureau et une colombe qui étaient des diables déguisés.
Les historiens n'ont jamais tenu compte de la foule épouvantable de ces horreurs. Ils parlent des intrigues des cours que la plupart n'ont jamais connues : ils oublient tout ce qui intéresse l'humanité ; ils ne savent pas à quel point nous avons été barbares, et que nous ne sommes pas encore sortis entièrement de cette exécrable barbarie qui nous mettait si au-dessous des sauvages.
2. Bouret. (Éd.)

villes, et tout s'y vend à un prix auquel nous ne pouvons jamais atteindre.

Dans plusieurs de nos provinces il n'est pas permis de manger des œufs; dans d'autres le fromage même est défendu. Il dépend, dit-on, de la pure volonté de l'évêque de nous interdire les œufs et le laitage; de sorte que nous sommes condamnés ou à pécher (comme on dit) mortellement, ou à mourir de faim, selon le caprice d'un seul homme, éloigné de nous de dix ou douze lieues, que nous n'avons jamais vu, et que nous ne verrons jamais, pour qui notre indigence travaille, qui consomme un revenu immense dans le faste et dans la tranquillité, qui a le plaisir de faire son salut en carême avec des soles, des turbots et du vin de Bourgogne, et qui jouit encore du plaisir plus flatteur, à ce qu'on dit, d'être puissant dans ce monde.

Dites-nous, sages magistrats, si la nourriture du peuple n'est pas une chose purement de police, et si elle doit dépendre de la volonté arbitraire d'un seul homme, qui n'a ni ne peut avoir aucun droit sur la police du royaume.

Nous croyons qu'un évêque a le droit de nous prescrire, sous peine de péché, l'abstinence pendant le saint temps de carême, et dans les autres temps marqués par l'Église. L'usage de la chair est alors défendu aux riches par les saints canons, comme il nous est interdit tous les jours par notre pauvreté. Mais qu'il y ait de l'arbitraire dans les commandements de l'Église, c'est ce que nous ne concevons pas. Qu'un homme puisse à son gré nous priver des seuls aliments de carême qui nous restent, c'est ce qui nous paraît un attentat à notre vie; et nous mettons cette malheureuse vie sous votre protection.

C'est à vous seuls, chargés de la police générale du royaume, à voir si la loi de la nécessité n'est pas la première des lois, et si les pasteurs de nos âmes ont le pouvoir de faire mourir de faim les corps de leurs ouailles au milieu des œufs de nos poules et des mauvais fromages que nos mains ont pressurés. Sans cette protection que nous vous demandons, le sort de nos plus vils animaux serait infiniment préférable au nôtre. Oui, nous jeûnons, mais c'est à vous seuls de connaître des misérables aliments que nous fournissent nos campagnes. Les substituts de MM. les procureurs généraux, tous les juges inférieurs, savent que nous n'avons que des œufs et du fromage; que les seuls riches ont, au mois de mars, des légumes dans leurs serres et du poisson dans leurs viviers.

Nous demandons à jeûner, mais non à mourir. L'Église nous ordonne l'abstinence, mais non la famine. On nous dit que ces lois viennent d'un canton d'Italie, et que ce canton d'Italie doit gouverner la France; que nos évêques ne sont évêques que par la permission d'un homme d'Italie. C'est ce qui passe nos faibles entendements, et sur quoi nous nous en rapportons à vos lumières : mais ce que nous savons très-certainement, c'est que les parties méridionales d'Italie produisent des légumes nourrissants dans le temps du carême, tandis que dans nos climats tant vantés la nature nous refuse des aliments: Nous entendons chanter le printemps par les gens de la ville; mais, dans nos provinces septentrionales, nous ne connaissons du printemps que le nom.

C'est donc à vous à décider si la différence du sol n'exige pas une différence dans les lois, et si cet objet n'est pas essentiellement lié à la police générale, dont vous êtes les premiers administrateurs[1].

SECONDE PARTIE. — *Des fêtes.*

Venons à nos travaux pour les jours de fêtes.

Nous vous avons demandé la permission de vivre, nous vous demandons la permission de travailler. La sainte Église nous recommande d'assister au service divin le dimanche et les grandes fêtes. Nous prévenons ses soins, nous courons au-devant de ses institutions; c'est pour nous un devoir sacré : mais qu'elle juge elle-même si, après le service de Dieu, il ne vaut pas mieux servir les hommes que d'aller perdre notre temps dans l'oisiveté, où notre raison et nos forces dans un cabaret.

Ce ne fut point l'Église qui ordonna le repos le dimanche; on nous assure que ce fut Constantin Ier qui, par son édit de 321, ordonna que le jour du soleil, appelé depuis parmi nous dimanche, fût consacré au repos; mais par ce même édit il permit les travaux des laboureurs.

D'où vient que cette institution salutaire est changée? Pourquoi une multitude de fêtes consacre-t-elle à l'oisiveté et à la débauche des jours entiers, où la terre accuse nos mains qu'elles la négligent? Quoi ! il sera permis dans les grandes villes, le jour de la Purification, de la Visitation, de saint Mathias, de saint Simon et saint Jude, et de saint Jean le Baptiseur, d'aller en foule à l'Opéra-Comique, et d'y entendre des plaisanteries qui ne s'éloignent de l'obscénité que par le ménagement de l'expression; et il ne nous sera pas permis à nous, les nourriciers du genre humain, d'exercer une profession ordonnée par Dieu même! Le jeu sera permis dans toutes les maisons, et le maniement de la charrue, l'ensemencement de la terre, seront des crimes dans les campagnes!

On nous répond que notre curé peut nous permettre ce saint, ce divin travail, quand il le juge à propos. Ah! sages magistrats, toujours de l'arbitraire! et si ce curé est riche, et dédaigne les représentations du pauvre; s'il est en procès contre ses paroissiens, comme il n'arrive que trop souvent, voilà donc l'espérance de l'année perdue!

Ou la culture des terres est un mal, ou elle est un bien. Si elle est un mal, nul pouvoir n'a le droit de la permettre; si elle est un bien, nul pouvoir n'a le droit de la défendre. Mais, dira-t-on, elle est une

---

1. Il n'y a pas longtemps qu'à Paris on était forcé, pendant le carême, d'acheter la viande à l'Hôtel-Dieu, qui, en vertu de ce monopole, la vendait à un prix excessif. Le carême était un temps de misère, et presque de famine, pour les artisans et la petite bourgeoisie. Cet abus ridicule a été détruit en 1775 par M. Turgot. Croirait-on que, dans la canaille ecclésiastique, il se soit trouvé des hommes assez imbéciles et assez barbares pour s'élever contre un changement si utile à la partie la plus pauvre du peuple? (*Ed. de Kehl.*)

bonne œuvre le jour d'un saint qu'on ne fête pas; elle est criminelle le jour d'un saint qu'on fête. Nous ne comprenons pas cette distinction. Nous vous supplions simplement d'examiner si l'agriculture doit dépendre du sacerdoce ou de la grande police : si c'est aux juges qui sont sur les lieux à examiner quand la culture est en péril, quand les blés exigent la promptitude de nos soins, ou bien si cette décision appartient à l'évêque renfermé dans son palais.

Ministres du Seigneur, exhortez à la piété; magistrats, encouragez le travail, qui est le gardien de la vertu. Vingt fêtes de trop dans le royaume condamnent à l'oisiveté et exposent à la débauche, vingt fois par an, dix millions d'ouvriers de toute espèce, qui feraient chacun pour dix sous d'ouvrage : c'est la valeur de cent millions de nos livres perdus à jamais pour l'État par chaque année. Cette triste vérité est démontrée, et la prodigieuse supériorité des nations protestantes sur nous en a été la confirmation. Elle a été sentie à Rome, dont la campagne ne peut nourrir ses habitants. On y a retranché des fêtes; mais le soulagement a été médiocre, parce que la culture y manque de bras; parce qu'il y a dans cet État beaucoup plus de prêtres que d'agriculteurs; parce que chacun y court à la fortune en disant qu'il veut enseigner la terre, et que presque personne ne la cultive. Les pays de l'Autriche ont recueilli un avantage bien plus sensible de la suppression des fêtes. Puissent-elles être toutes absorbées dans le dimanche! Que le repos soit permis en ce saint jour, mais qu'il ne soit pas commandé. Quelle loi que l'obligation de ne rien faire! Quoi! punir un homme pour avoir servi les hommes après avoir prié Dieu!

Si, dans notre ignorance, nous avons dit quelque chose qui soit contre les lois, pardonnez à cette ignorance qui est la suite inévitable de notre misère; mais daignez considérer si, la puissance législatrice ayant seule institué le dimanche, ce n'est pas elle seule qui doit connaître de la police de ce jour, comme de tous les autres.

Enfin, que l'Église conseille, mais que le souverain commande, et que les interprètes des lois sollicitent auprès du trône des lois utiles au genre humain. Certes il en a besoin en plus d'un genre.

Nous ne prétendons rien diminuer des véritables droits de l'Église, à Dieu ne plaise! mais nous réclamons les droits de la puissance civile, pour le soulagement d'une nation dans laquelle il y a réellement plus de dix millions d'êtres infortunés qui souffrent et qui se cachent, tandis que quelques milliers d'hommes brillants feignent d'être heureux, se montrent avec faste aux étrangers, et leur disent : « Jugez par nous de la France. »

LETTRE

DE L'AUTEUR DE LA TRAGÉDIE DES GUÈBRES,

AUX RÉDACTEURS DU JOURNAL ENCYCLOPÉDIQUE,

(1770.)

Messieurs, Dans votre *Journal encyclopédique* (dernière quinzaine d'août 1769), il a été dit, en parlant de la tragédie des *Guèbres, ou la Tolérance*, que « quoique dans la préface on assure qu'elle est d'un jeune auteur, il n'est pas possible de s'y méprendre, et que l'on y reconnaît aisément l'illustre écrivain à qui ce siècle doit toute sa gloire. » L'abondance de vos occupations ne vous a sans doute pas donné le loisir, messieurs, d'examiner cette pièce avec toute l'attention et le scrupule que vous avez soin d'apporter aux ouvrages de ce genre. Le titre séduit et en impose; et le mot de *Tolérance* que cette tragédie porte en tête a tellement enchanté, qu'on s'est persuadé qu'elle ne pouvait devoir sa naissance qu'à l'apôtre de cette douce morale. La réputation de cet homme célèbre doit être chère aux amateurs des lettres, à vous surtout, messieurs, qui en êtes les ministres. A ces titres, je me flatte que vous ne trouverez pas mauvais que, par la voie de votre journal, je désabuse le public sur l'attribution de cette pièce, et que je l'assure qu'elle est vraiment d'un jeune auteur qui mérite d'être encouragé. Sa morale, je le crois, est avouée du philosophe de Ferney; mais le père de *Mérope* et de *Zaïre*, tout tolérant qu'il est, voudra-t-il adopter la tragédie des *Guèbres?* *Tolle*, *lege*, dirai-je à tout connaisseur; mettez-vous en garde, si vous le pouvez, contre l'enthousiasme qu'inspire la moins belle pièce dramatique de l'Apollon français; recueillez seulement une étincelle du feu qui l'enflamme. Rapprochez les *Guèbres* de l'*Orphelin de la Chine*, de *Tancrède*, et de *César*. Y voyez-vous l'empreinte, y reconnaissez-vous la touche mâle et vigoureuse du favori de Melpomène? sont-elles filles d'un même père? Non, dites-vous. Vous le direz aussi, messieurs, et pour lors plus de doute sur la vérité que j'annonce.

J'ai l'honneur d'être, etc.   L... H...

AU ROI EN SON CONSEIL.

(1770.)

AVERTISSEMENT DES ÉDITEURS DE L'ÉDITION DE KEHL

Nous avons cru devoir placer quelques réflexions sur l'esclavage de la glèbe à la tête de ces ouvrages que le spectacle de l'avilissement où les moines de Saint-Claude retenaient leurs serfs a inspirés à l'âme sensible et généreuse de M. de Voltaire.

Les droits de mainmorte dont jouissent les seigneurs ne peuvent être regardés que comme des conditions auxquelles les terres des mainmortables leur ont été anciennement cédées, ou comme des impôts mis sur eux par ces seigneurs dans le temps où ils exerçaient une partie de la souveraineté. Dans le premier cas le souverain a le droit d'abolir la mainmorte, c'est-à-dire d'obliger les seigneurs à recevoir de leurs vassaux un dédommagement égal à la valeur des droits dont ils jouissent. En effet, toute convention dont l'exécution est d'une durée perpétuelle doit être soumise, comme nous l'avons dit ailleurs, à la puissance législative, qui peut en changer la forme, en conservant à chacun les droits réels qui résultent de la convention. Si les droits de mainmorte représentent d'anciens impôts, il est clair que le souverain qui a réuni dans sa personne tous les droits dont les seigneurs ont joui, n'a pu leur céder ces impôts d'une manière perpétuelle et irrévocable quant à la forme, et qu'il est resté le maître de la changer, et par conséquent de détruire ces impôts en dédommageant les cessionnaires du revenu qu'ils en tiraient, puisque cette jouissance pécuniaire est la seule chose qu'il ait pu leur céder.

L'abolition des droits de mainmorte est donc légitime, pourvu que l'on en dédommage les propriétaires. Mais ce dédommagement exige deux conditions : la première, que ces droits soient bien fondés ; la seconde, que le dédommagement n'excède point leur produit réel.

Il paraît que la simple jouissance ne doit point ici former une prescription, comme lorsqu'il s'agit d'une propriété réelle, ou même de ces droits de dîme féodale, de champart, etc., qui sont évidemment les réserves d'un propriétaire sur le fonds qu'il abandonne. La forme des droits de mainmorte semble annoncer l'abus de la force ; ainsi cette présomption de la légitimité du droit qu'on fonde sur la jouissance, loin d'être ici en faveur du possesseur, est contre lui. On doit donc, quelque longue qu'ait été la possession, exiger des titres.

Quant à la méthode d'évaluer ces droits, les uns sont annuels, comme les corvées féodales ; et, dans ce cas, l'évaluation est facile à faire : cinq jours de corvée par année équivalent à environ la 72e partie du travail, et par conséquent du produit de la terre ; une dîme d'un 72e les remplacerait. Les autres droits sont éventuels, et quelques-uns dépendent, jusqu'à un certain point, de la volonté de ceux qui y sont soumis : ceux-là ne peuvent s'évaluer que par le calcul des probabilités ; mais il ne pourrait y avoir de difficultés que dans la théorie, et les géomètres ne sauraient donner à la méthode d'évaluer la marche facile et simple qu'exige la pratique.

Il y a enfin quelques droits qui sont contraires au bon sens, comme celui d'hériter des meubles d'un étranger qui a vécu un an et un jour sur la terre mainmortable, même sans y posséder de terrain soumis à la mainmorte ; comme celui qui accorde un droit au seigneur sur les biens que son serf peut avoir acquis dans un autre pays : ceux-là peuvent être abolis sans aucun dédommagement, puisqu'il est clair que le seigneur ne peut avoir de droit dans aucun cas que sur ce qu'un propriétaire de son terrain possède dans l'étendue de sa seigneurie.

Tels seraient encore des impôts qui se percevraient en argent pour la permission de se marier, pour celle de coucher avec sa femme la première nuit de ses noces, le rachat des droits de cuissage, jambage, etc. ; de tels tributs ne peuvent ni représenter un impôt, ni être les conditions légitimes d'une cession de propriété : ils sont évidemment un abus de la force : et le souverain serait même plus que juste envers ceux qui en jouissent, en se bornant à les abolir sans exiger d'eux ni restitution ni dédommagements.

En parlant ici des dédommagements dus aux seigneurs, on sent que nous entendons les seigneurs laïques seulement. Les hommes sont trop éclairés de nos jours pour ignorer que les biens ecclésiastiques ne sont pas une vraie propriété, mais une partie du domaine public dont l libre disposition ne peut cesser d'appartenir au souverain.

Dans le projet d'édit dressé par le premier président de Lamoignon on ne trouve aucune distinction entre les seigneurs laïques et les seigneurs ecclésiastiques : dans le siècle superstitieux qui a précédé le nôtre, on regardait les biens ecclésiastiques comme une vraie propriété, plus sacrée même que celle des citoyens. M. de Lamoignon propose de racheter les droits de mainmorte par un droit éventuel uniforme ; cette disposition peut conduire à des injustices, non-seulement à l'égard des seigneurs, mais surtout à l'égard des serfs. Les droits qu'ils devaient aux seigneurs se seraient trouvés souvent au-dessous de celui qui aurait été établi d'après le projet. D'ailleurs il semble que l'on doit laisser aux communautés la liberté d'accepter ou non l'affranchissement, en offrant en même temps à chaque particulier le moyen de s'affranchir lorsqu'il le voudra.

Dans l'édit de 1778, le roi s'est borné à rendre la liberté aux serfs de ses domaines : la loi ne s'est pas même étendue aux biens ecclésiastiques, quelque évident que soit le droit du souverain sur ces biens, et en exhortant les seigneurs à suivre l'exemple généreux donné par le prince, on n'a point autorisé ceux dont les terres sont substituées, à faire, sinon cet abandon, du moins un échange avec leurs vassaux.

L'affaire des moines de Saint-Claude avait deux objets totalement distincts : l'un était d'obtenir de l'autorité du roi l'abolition de la servitude, l'autre de prouver que le prétendu droit des moines, étant fondé sur des titres faux, devait être détruit. Les habitants n'ont réussi ni dans l'une ni dans l'autre de ces demandes. L'éloquence et le zèle de M. de Voltaire ont été inutiles ; la servitude subsiste encore au pied du Mont-Jura. Et tandis que le petit-fils de Henri IV a déclaré qu'il ne voulait plus avoir que des hommes libres dans ses domaines, ni ses exhortations, ni son exemple n'ont pu résoudre les gentilshommes qui ont eu l'humilité de succéder aux moines de Saint-Claude, à renoncer à l'orgueil d'avoir des esclaves.

AU ROI EN SON CONSEIL,

POUR LES SUJETS DU ROI QUI RÉCLAMENT LA LIBERTÉ EN FRANCE

CONTRE LES MOINES BÉNÉDICTINS

DEVENUS CHANOINES DE SAINT-CLAUDE EN FRANCHE-COMTÉ.

(1770.)

Les chanoines de Saint-Claude, près du Mont-Jura dans la Franche-Comté, sont originairement des moines bénédictins, sécularisés en 1742. Ils n'ont d'autre droit pour réduire en esclavage les sujets du roi, habitant au Mont-Jura vers Saint-Claude, que l'usage établi par les moines, leurs prédécesseurs, de ravir aux hommes la liberté naturelle. En vain Dieu la leur a donnée; en vain les ducs de Bourgogne et les rois de France, les chartres, les édits[1], d'accord avec la loi de la nature, ont arraché ces infortunés à la servitude.

Des enfants de Saint-Benoît se sont obstinés à les traiter comme des esclaves qu'ils auraient pris à la guerre, ou qui leur auraient été vendus par des pirates. Nous respectons le chapitre de Saint-Claude, mais nous ne pouvons respecter l'injustice des religieux auxquels ils ont succédé. Nous sommes forcés de plaider contre des gentilshommes de mérite, en réclamant nos droits contre des moines iniques. Le chapitre de Saint-Claude doit nous pardonner de nous défendre.

Si les prêtres contre lesquels nous réclamons la justice de Dieu et celle du roi avaient le moindre titre, nous gémirions en silence dans les fers dont ils nous chargent; nous attendrions qu'un gouvernement si éclairé eût aboli des lois établies par la rapine dans des temps de barbarie; nous nous contenterions de soupirer, avec la France, après les jours si longtemps désirés où le conseil se souviendra que nous sommes nés hommes; que les moines bénédictins, hommes comme nous, n'ont été institués par saint Benoît que pour labourer comme nous la terre, et pour lever au ciel des mains exercées par les travaux champêtres. Le conseil verra bien sans nous que leurs vœux faits aux pieds des autels n'ont jamais été d'être princes; que nous ne devons nos biens, nos sueurs, notre sang qu'au roi, et non à eux. Aussi nous ne plaidons pas ici contre l'esclavage de la mainmorte; nous plaidons contre la fraude qui nous suppose mainmortables. Nous montrons les titres mêmes de nos oppresseurs, pour démontrer qu'ils n'ont eu nul prétexte de nous opprimer, et qu'ils n'ont transmis au chapitre de Saint-Claude qu'une prétention vicieuse dans tous ses points.

Ils avaient longtemps étouffé notre voix; mais le roi, plus clément qu'ils n'ont été cruels, nous permet enfin de parler.

Avant le règne du duc Philippe le Bon, l'abbé de Saint-Oyan, dit Saint-Claude, avait déjà eu l'audace de s'emparer de tous les droits régaliens, sans autre titre que celui de la cupidité effrénée de ces temps-là. Il dominait en souverain sur plus de cent villages; il faisait battre monnaie; il osait donner des lettres de noblesse; il faisait juger les procès de ses vassaux par ses moines.

Qu'il nous soit permis, avant d'entrer en matière, de demander s'il est rien de plus attentatoire à l'autorité divine et humaine, et si ces prétendus droits n'étaient pas des crimes de lèse-majesté.

Philippe le Bon, par des lettres patentes datées de Lille en Flandre, le 15 mars 1436, se contenta de réprimer l'usurpation par laquelle ces moines faisaient battre monnaie, donnaient des sauf-con-

---

1. Édits de l'abbé Suger, régent du royaume, de l'an 1141; de Louis X, de 1315; de Henri II, de 1553. Ordonnances du Louvre, t. I, p. 183.
Le roi de Sardaigne a affranchi les serfs du duché de Savoie par un édit du 20 janvier 1562. Dans les derniers états-généraux tenus à Paris en 1515, le tiers-état supplia le roi de faire exécuter les anciennes lois contre la servitude de la glèbe. (*État de la monarchie*, par l'abbé Dubos, tome III, page 298.)
On trouve dans les *Arrêtés du premier président de Lamoignon* le projet d'un règlement pour l'abolition de toutes les mainmortes personnelles et réelles.

duits, et jugeaient en dernier ressort. Il se contenta d'abolir ces abus, parce que ceux-là seuls lui furent déférés ; la mainmorte n'était pas encore établie.

Pour se dédommager de la perte des droits qu'ils s'étaient arrogés, ils se vengèrent avec le temps sur les habitants ; et, n'ayant plus de droit de faire frapper de l'argent à leur coin, ils se donnèrent le droit de prendre, autant qu'ils le purent, tout l'argent des cultivateurs.

L'inquisition ayant pénétré jusque dans ce pays sauvage, la rapine devint sacrée. Le pâtre, le laboureur, l'artisan, le marchand, craignirent les flammes dans ce monde-ci et dans l'autre, s'ils ne portaient pas aux pieds des moines tout le fruit de leurs travaux.

Mainmorte établie dans les villages plaignants. — Peu à peu les communautés qui réclament aujourd'hui la justice du roi se trouvèrent esclaves en trois manières, et cela sans aucun titre :

Esclavage de la personne,

Esclavage des biens ;

Esclavage de la personne et des biens.

L'esclavage de la personne consiste dans l'incapacité de disposer de ses biens en faveur de ses enfants, s'ils n'ont pas toujours vécu avec leur père dans la même maison et à la même table. Alors tout appartient aux moines. Le bien d'un habitant du Mont-Jura, mis entre les mains d'un notaire de Paris devient dans Paris même la proie de ceux qui originairement avaient embrassé la pauvreté évangélique au Mont-Jura. Le fils demande l'aumône à la porte de la maison que son père a bâtie ; et les moines, bien loin de lui donner cette aumône, s'arrogent jusqu'au droit de ne point payer les créanciers du père, et de regarder comme nulles les dettes hypothéquées sur la maison dont ils s'emparent. La veuve se jette en vain à leurs pieds pour obtenir une partie de sa dot : cette dot, ces créances, ce bien paternel, tout appartient de droit divin aux moines. Les créanciers, la veuve, les enfants, tout meurt dans la mendicité.

L'esclavage réel est celui qui est affecté à une habitation. Quiconque vient occuper une maison dans l'empire de ces moines, et y demeure un an et un jour, devient leur serf pour jamais. Il est arrivé quelquefois qu'un négociant français, père de famille, attiré par ses affaires dans ce pays barbare, y ayant pris une maison à loyer pendant une année, et étant mort ensuite dans sa patrie, dans une autre province de France, sa veuve, ses enfants ont été tout étonnés de voir des huissiers venir s'emparer de leurs meubles, avec des paréatis, les vendre au nom de saint Claude, et chasser une famille entière de la maison de son père.

L'esclavage mixte est celui qui, étant composé des deux, est ce que que la rapacité a jamais inventé de plus exécrable, et ce que les brigands n'oseraient pas même imaginer.

Usurpateurs de Saint-Claude, montrez-nous donc vos titres ; montrez-nous le privilége que le bienheureux Benoît et le bienheureux saint Claude vous ont donné de vous nourrir des pleurs et du sang de la veuve et de l'orphelin.

Si vous n'avez pas de lettres patentes des saints, faites-nous voir au moins celles des rois. Si vous en avez de fabriquées chez vous, ouvrez vos archives; confrontez vos pièces avec les pièces que nous avons tirées de vos archives mêmes. Nous ne vous combattrons qu'avec vos propres armes; et le roi verra sur quoi vous vous fondez pour régner en tyrans sur ses sujets qu'il ne gouverne qu'en père.

Nous n'adressons ces justes plaintes qu'aux moines : ce n'est pas le chapitre qui a inventé cette oppression, il l'a trouvée établie. Nous le conjurons au nom de Jésus-Christ, notre père commun, de s'en désister. Jésus-Christ n'a pas ordonné aux apôtres de réduire leurs frères à l'esclavage.

Titres qui démontrent l'usurpation tyrannique des moines bénédictins, aujourd'hui chanoines de Saint-Claude. — Nous sommes deux portions de peuple divisées en six communautés[1]. L'une de ces portions s'étend au milieu des montagnes et des précipices, de la source de la rivière d'Orbe jusqu'au bailliage de Pontarlier. Vous vous emparâtes de ce terrain affreux, qui pourtant a été dompté et cultivé par nos travaux assidus. Vous le vendîtes, en 1266, à Jean de Châlons, dit l'*Antique*, l'un des seigneurs francs-comtois dont descendent les princes d'Orange. Or, dans les actes de vente, où vous spécifiez tous les droits que vous vendez, il n'est pas question de mainmorte, d'esclavage, de servitude. Vous ne vendez que le terrain. De quel droit le possédiez-vous? nous l'ignorons. Et de quel droit vous en êtes-vous emparés, après l'avoir vendu par un contrat solennel? c'est ce que nous ignorons encore. Mais ce que nous savons très-bien, c'est que vous nous avez ravi ce que nous avions depuis acheté de vous-mêmes.

Jean de Châlons-Arlai, premier du nom, fils de Jean Châlons l'Antique, fit bâtir un château auprès de la Roche *de Alpe*, dans le terrain vendu par vous, et qui ne vous appartenait point. Tout ce qui n'était pas seigneur châtelain était serf alors ; c'était la jurisprudence des Huns, des Goths, des Vandales, des Hérules, des Gépides, des Francs, des Bourguignons, et de tous les barbares affamés qui étaient venus fondre chez les Gaulois et chez les anciens Celtes. Ces conquérants n'avaient jamais pénétré dans le pays impraticable déjà, dit Saint-Claude, situé entre trois chaînes de montagnes couvertes de glaces éternelles, et où les huttes sont enterrées sous trente pieds de neige pendant sept mois de l'année. Les barbares venus du Borysthène et du Tanaïs négligèrent de régner sur le peu d'hommes sauvages qui habitaient ces déserts, plus affreux cent fois que ceux de la Sibérie. Les fertiles plaines d'alentour avaient fixé leur convoitise. Mais Jean de Châlons-Arlai premier, voyant ce pays peuplé, à force de soin et d'industrie, par les plus malheureux de tous les hommes, voulut réduire en servitude ces malheureux mêmes en vertu du droit féodal : car ce Jean de Châlons s'imaginait, comme vous, être aux droits des Huns et des Bourguignons qui étaient venus conquérir les bords de la Saône

---

1. Lons-Chaumois et Orcière, la Mouille et Morez, les Rousses, le Bois d'Amont, Morbier, et Belle-Fontaine.

et du Doubs, et qui avaient rendu les peuples esclaves par le fameux droit du plus fort. Les peuples, qui n'avaient rien à perdre que leurs corps, s'enfuirent tous à la première tentative de Jean de Châlons-Arlai, premier du nom.

Jean de Châlons-Arlai second, son fils, voyant la sottise barbare de son père, qui s'était privé de vassaux utiles, les rappela en 1350 par une chartre du 13 janvier. Il se désiste dans cette chartre[1] de tous droits de servitude et de mainmorte. Il se réserve seulement les droits seigneuriaux de la dîme et des lods et ventes.

Voilà donc une moitié des terrains usurpés par vous évidemment affranchie de la servitude imposée par les Huns et les Bourguignons, qui ne vous ont certainement pas transmis, à vous, moines de Saint-Benoît, le droit sanguinaire qu'ils n'ont jamais exercé eux-mêmes dans cette partie du monde inaccessible à tous les conquérants, excepté à des moines. Venons à l'autre partie.

Vous aviez usurpé un autre désert qui s'étend jusqu'aux frontières de Suisse. C'est le pays qui se nomme aujourd'hui Lons-Chaumois, Orcière, la Mouille, Morez, les Rousses. C'est là que Sa Majesté bienfaisante, qui règne aujourd'hui pour le bonheur de la nation, s'est proposé d'ouvrir un chemin à travers les plus effrayantes montagnes, pour communiquer de Lyon, de la Bresse, du Bugey, du Val-Romey, et du pays de Gex à la Franche-Comté, sans passer par la Suisse. Les habitants de ces montagnes, qui sont tous laborieux et commerçants, vont voir un nouveau ciel, dès que ce grand projet, digne du meilleur des rois, sera rempli. Mais ne le verraient-ils qu'en esclaves, et en esclaves de moines? Plus le roi les mettrait à portée de connaître d'autres humains, plus la comparaison qu'ils feraient des autres sujets du roi à eux leur rendrait leur sort insupportable. Ils diraient : « A quatre pas de nous les heureux sujets du roi sont libres, et nous portons les fers de saint Claude! » Mais à quel titre portons-nous ces fers?

Nous conjurons Sa Majesté, nous conjurons le conseil de faire attention à une chose dont ils seront étonnés. Les moines s'étaient emparés de nous sans aucun titre ; et voici le titre par lequel ils nous ont vendu à nous-mêmes tout le terrain qui s'étend depuis Lons-Chaumois, dont nous avons parlé, jusqu'aux frontières de la Suisse.

Ce titre authentique, cet acte de vente, est du 27 février 1390[2]. Guillaume de La Baume, abbé de Saint-Claude, nous vendit cette terre que nous avons défrichée ; et les moines de Saint-Claude on voulu depuis traiter en esclaves les légitimes possesseurs de cette terre. Ils nous la vendirent dans le temps que nous ignorions la mainmorte, dont il n'est pas dit un seul mot dans l'acte ; et ils veulent nous soumettre à ce droit qui détruit tous les droits des hommes.

Nous osons dire qu'ils n'ont pas plus de raison de nous appeler leurs serfs, que nous n'en aurions de prétendre qu'ils sont les nôtres ;

---

1. Cette chartre et celle de 1266 sont rapportées dans l'*Histoire de Pontarlier*, par M. Droz, conseiller au parlement de Besançon, pages 129 et 130. Les chanoines de Saint-Claude ont dans leurs archives les originaux de ces titres.

2. Ce titre est joint à la requête présentée au conseil des dépêches.

peut-être même en ont-ils moins ; car, sire, nos mains industrieuses sont utiles à l'État : à quoi servent les leurs ? Nous mettons au pied de Votre Majesté l'original de ce titre : nous l'avons trouvé chez un paysan descendant de ces innocents sauvages qui avaient contracté avec Guillaume de La Baume, et qui ne savait pas qu'il possédait l'instrument authentique de sa liberté et de celle de ses compatriotes.

Si nos tyrans échappés de Saint-Benoît osaient dire à ce paysan : « Vous en savez autant que nous, vous avez forgé ce titre, » nous leur répondrions : « Nous en avons trouvé le double chez vous-mêmes, dans votre couvent même. Ce fut votre propre secrétaire qui, indigné de votre usurpation, saisi des remords que vous ne sentez pas, et craignant de paraître votre complice devant Dieu, détacha sa conscience de la vôtre ; il nous donna cette pièce qui démontre votre usurpation postérieure. Cette usurpation est d'environ deux siècles ; mais c'est un délit de deux siècles. La fraude est-elle sacrée pour être antique ?

« Vous opposez une prescription ; mais nous vous opposons une prescription plus respectable, celle du droit des gens, celle de la nature. Ce n'est pas à nous à vous prouver que nous sommes nés avec les droits de tous les hommes ; c'est à vous de prouver que nous les avons perdus : c'est à vous de déployer sous les yeux du roi les titres par lesquels nous appartenons à des moines plus qu'à lui ; c'est à vous de faire voir quand vous nous achetâtes en Guinée pour nous faire vos esclaves.

« Oui, la prescription peut avoir lieu en un seul cas : lorsqu'on présume que la mainmorte a été établie par les seigneurs, par l'autorité des lois, par lettres patentes du souverain, en vertu de concessions faites par ces seigneurs mêmes, à condition de rendre les habitants mainmortables. Mais ici c'est tout le contraire. C'est vous qui nous avez vendu notre terrain ; c'est vous qui voulez l'asservir après l'avoir vendu. Nulle présomption que contre vous, nulle probabilité que contre vous.

« Enfin, la grande maxime du droit vous condamne : MALÆ FIDEI POSSESSOR NULLO TEMPORE PRÆSCRIBERE POTEST : « Possesseur de « mauvaise foi ne peut prescrire. » C'est même la maxime de votre droit canon. Ainsi votre cause est réprouvée de Dieu et des hommes. » Les moines de Saint-Claude ne pourraient rien répondre à ces raisons tirées de la nature et de la loi : les chanoines, successeurs des moines, n'ont rien à répondre.

. « Vous nous opposez encore que vous avez la justice et les dîmes dans cette terre que nous habitons. Vous dites que cette justice et ces dîmes vous furent revendues par un autre La Baume (Pierre), cardinal, archevêque de Besançon, évêque de Genève, et abbé de Saint-Claude, le 24 mars 1518 ; et c'est ce titre même qui achève de vous confondre. Il vous vendit les dîmes et la justice que nous ne réclamons point ; mais il ne vous vendit pas notre liberté que nous réclamons. Il n'y a pas un mot de servitude, de mainmorte, dans cet acte de vente. Quel est donc votre titre ? la cupidité, l'avarice, l'usurpation, la fraude des moines, notre ignorance. Vous nous avez traités en bêtes, parce qu'il y avait parmi vous quelques clercs qui savaient lire et écrire, et que nous nous bornions à cultiver la terre qui vous nourrit. N'opposez plus aux droits du genre humain le droit d'*Attila* et de la loi *Gombette*.

« Que le descendant de saint Louis juge entre nous qui sommes ses sujets, et vous qui nous tyrannisez. »

Après avoir ainsi parlé aux moines, nous supplions encore une fois les chanoines de faire une action digne de leur noblesse, de se joindre à nous, et de demander eux-mêmes au roi la suppression d'une vexation contraire à la nature, aux droits du roi, au commerce, au bien de l'État, et surtout au christianisme.

Signé, LAMY, CHAPUIS, *et* PAGET,

procureurs spéciaux.

TRADUCTION DU POÈME DE JEAN PLOKOF [1],

CONSEILLER DE HOLSTEIN,

SUR LES AFFAIRES PRÉSENTES.

(1770.)

I. Aux armes, princes et républiques, chrétiens si longtemps acharnés les uns contre les autres pour des intérêts aussi faibles que mal entendus! aux armes contre les ennemis de l'Europe! Les usurpateurs du trône des Constantins vous appellent eux-mêmes à leur ruine; ils vous crient en tombant sous le fer victorieux des Russes : « Venez, achevez de nous exterminer. »

II. Le Sardanapale de Stamboul, endormi dans la mollesse et dans la barbarie, s'est réveillé un moment à la voix de ses insolents satrapes et de ses prêtres ignorants. Ils lui ont dit : « Viole le droit des nations; loin de respecter les ambassadeurs des monarques, commence par ordonner qu'on les mette aux fers [2]; et ensuite nous instruirons la terre en ton nom que tu vas punir la Russie, parce qu'elle t'a désobéi. — Je le veux, » a répondu le lourd dominateur des Dardanelles et de Marmara. Ses janissaires et ses spahis sont partis, et il s'est rendormi profondément.

III. Pendant que son âme matérielle se livrait à des songes flatteurs entre deux Géorgiennes aux yeux noirs, arrachées par ses eunuques aux bras de leurs mères pour assouvir ses désirs sans amour, le génie de la Russie a déployé ses ailes brillantes; il a fait entendre sa voix, de la Néva au Pont-Euxin, dans la Sarmatie, dans la Dacie, au bord

---

1. Plokof est un personnage imaginé par Voltaire qui est le véritable auteur de cet écrit. (ÉD.)

2. D'Obreskoff, ministre de Russie à Constantinople, avait été enfermé aux Sept-Tours le 8 octobre 1768. (ÉD.)

du Danube, au promontoire du Ténare, aux plaines, aux montagnes où régnait autrefois Ménélas. Il a parlé, ce puissant génie, et les barbares enfants du Turquestan ont partout mordu la poussière. Stamboul tremble; la cognée est à la racine de ce grand arbre qui couvre l'Europe, l'Asie, et l'Afrique, de ses rameaux funestes. Et vous resteriez tranquilles! vous, princes, tant de fois outragés par cette nation farouche, vous dormiriez comme Mustapha, fils de Mahmoud!

IV. Jamais peut-être on ne retrouvera une occasion si belle de renvoyer dans leurs antiques marais les déprédateurs du monde. La Servie tend les bras au jeune empereur des Romains[1], et lui crie : « Délivrez-moi du joug des Ottomans. » Que ce jeune prince, qui aime la vertu et la gloire véritable, mette cette gloire à venger les outrages faits à ses augustes ancêtres; qu'il ait toujours devant les yeux Vienne assiégée par un vizir[2], et la Hongrie dévastée pendant deux siècles entiers!

V. Que le lion de saint Marc ne se contente pas de se voir avec complaisance à la tête d'un Évangile; qu'il coure à la proie; que ceux qui épousent tranquillement la mer toutes les années fendent ses flots par les proues de cent navires; qu'ils reprennent l'île consacrée à Vénus, et celle où Minos dicta ses lois, oubliées pour les lois de l'*Alcoran*.

VI. La patrie des Thémistocle et des Miltiade secoue ses fers en voyant planer de loin l'aigle de Catherine; mais elle ne peut encore les briser. Quoi donc! n'y aurait-il en Europe qu'un petit peuple ignoré, une poignée de Monténégrins, une fourmilière qui osât suivre les traces que cet aigle triomphante nous montre du haut des airs dans son vol impétueux?

VII. Les braves chevaliers du rocher de Malte brûlent d'impatience de se ressaisir de l'île du Soleil et des Roses[3] que leur enleva Soliman, l'intrépide aïeul de l'imbécile Mustapha. Les nobles et valeureux Espagnols, qui n'ont jamais fait de paix avec ces barbares, qui ne leur envoient point de consuls de marchands, sous le nom d'ambassadeurs, pour recevoir des affronts toujours dissimulés; les Espagnols, qui bravent dans Oran les puissances de l'Afrique, souffriront-ils que les sept faibles tours de Byzance osent insulter aux tours de la Castille?

VIII. Dans les temps d'une ignorance grossière, d'une superstition imbécile, et d'une chevalerie ridicule, les pontifes de l'Europe trouvèrent le secret d'armer les chrétiens contre les musulmans, en leur donnant, pour toute récompense, une croix sur l'épaule et des bénédictions. L'éternel arbitre de l'univers ordonnait, disaient-ils, que les chevaliers et les écuyers, pour plaire à leurs dames, allassent tout tuer dans le territoire pierreux et stérile de Jérusalem et de Bethléem, comme s'il importait à Dieu et à ces dames que cette misérable contrée appartînt à des Francs, à des Grecs, à des Arabes, à des Turcs, ou à des Corasmins.

1. Joseph II, élu roi des Romains en 1764, était né en 1741, et fut empereur d'Allemagne en 1765. (ÉD.) — 2. En 1693. (ÉD.) — 3. L'île de Rhodes, prise en 1522. (ÉD.)

IX. Le but secret et véritable de ces grands armements était de soumettre l'Église grecque à l'Église latine (car il est impie de prier Dieu en grec, il n'entend que le latin); Rome voulait disposer des évêchés de Laodicée, de Nicomédie, et du Grand-Caire; elle voulait faire couler l'or de l'Asie sur les rivages du Tibre. L'avarice et la rapine, déguisées en religion, firent périr des millions d'hommes; elles appauvrirent ceux mêmes qui croyaient s'enrichir par le fanatisme qu'ils inspiraient.

X. Princes, il ne s'agit pas ici de croisades : laissez les ruines d Jérusalem, de Sépharvaïm, de Corozaïm, de Sodome, et de Gomorrhe; chassez Mustapha, et partagez. Ses troupes ont été battues[1] mais elles s'exercent par leurs défaites. Un vizir montre aux janissaires l'exercice prussien. Les Turcs, revenus de leur étonnement, peuvent se rendre formidables. Ceux qui ont été vaincus dans la Dacie peuvent un jour assiéger Vienne une seconde fois[2]. Le temps de détruire les Turcs est venu. Si vous ne saisissez pas ce temps, si vous laissez discipliner une nation si terrible, autrefois sans discipline, elle vous détruira peut-être. Mais où sont ceux qui savent prévoir ou prévenir?

XI. Les politiques diront : «Nous voulons voir de quel côté penchera la balance; nous voulons l'équilibre : l'argent, ce principe de toutes choses, nous manque. Nous l'avons prodigué dans des guerres inutiles qui ont épuisé plusieurs nations, et qui n'ont produit des avantages réels à aucune. Vous n'avez point d'argent, pauvres princes! les Turcs en avaient moins que vous quand ils prirent Constantinople. Prenez du fer, et marchez. »

XII. Ainsi parlait, dans la Chersonnèse Cimbrique, un citoyen qui aimait les grandes choses. Il détestait les Turcs, ennemis de tous les arts; il déplorait le destin de la Grèce; il gémissait sur la Pologne qui déchirait ses entrailles de ses mains, au lieu de se réunir sous le plus sage et le plus éclairé des rois. Il chantait en vers germaniques; mais les Grecs n'en surent rien, et les confédérés polonais ne l'écoutèrent pas.

---

1. Au commencement de 1770 les armées ottomanes avaient remporté quelques avantages; mais elles furent ensuite battues. (*Note de M. Beuchot.*)

2. Ce serait une troisième fois. Avant le siége de 1683, Vienne avait essuyé celui de 1529. (*Id.*)

NOUVELLE REQUÊTE AU ROI

EN SON CONSEIL,

PAR LES HABITANTS DE LONGCHAUMOIS[1], MOREZ, MORBIER, BELLE-FONTAINE, LES ROUSSES ET BOIS-D'AMONT, ETC., EN FRANCHE-COMTÉ.

(1770.)

Sire, douze mille de vos sujets mouillent encore le pied de votre trône de leurs larmes. Les habitants de Longchaumois, etc., sont prêts à servir Votre Majesté, en faisant de leurs mains, à travers les montagnes, le chemin que Votre Majesté projette de Versoix et de la route de Lyon en Franche-Comté. Ils ne demandent qu'à vous servir. Le chapitre de Saint-Claude, ci-devant couvent de bénédictins, persiste à vouloir qu'ils soient ses esclaves.

Ce chapitre n'a point de titre pour les réduire en servitude, et les suppliants en ont pour être libres. Le chapitre a pour lui une prescription d'environ cent années; les suppliants ont en leur faveur le droit naturel, et des pièces authentiques déjà produites devant Votre Majesté.

Il s'agit de savoir si ces actes authentiques doivent relever les suppliants de la faiblesse et de l'ignorance qui ne leur ont pas permis de les faire valoir; et si la jouissance d'une usurpation pendant cent années communique un droit au chapitre contre les suppliants. La loi étant incertaine et équivoque sur ce point, les habitants susdits ne peuvent recourir qu'à Votre Majesté, comme au seul législateur de son royaume. C'est à lui seul de fixer par un arrêt solennel l'état de douze mille personnes qui n'en ont point.

Votre Majesté est seulement suppliée de considérer à quel état pitoyable une portion considérable de ses sujets est réduite.

1° Lorsqu'un serf du chapitre passe pour être malade à l'extrémité, l'agent ou le fermier du chapitre commence par mettre à la porte de la cabane la veuve et les enfants, et par s'emparer de tous les meubles. Cette inhumanité seule dépeuple la contrée.

2° L'intérêt du chapitre à la mort de ces malheureux est si visible, que voici ce qui arriva, le mois d'avril dernier, qui mérite d'être mis sous les yeux de Votre Majesté.

Le chapitre, en qualité d'héritier, est tenu de payer le chirurgien et l'apothicaire. Un chirurgien de Morez, nommé Nicod, demanda, au mois d'avril, son payement à l'agent du chapitre. L'agent répondit ces propres mots : *Loin de vous payer, le chapitre devrait vous punir; vous avez guéri, l'année dernière, deux serfs dont la mort aurait valu mille écus à mes maîtres.*

---

1. Ou Lons-Chaumois. (ÉD.)

Nous avons des témoins de cet horrible propos; nous demandons à en faire la preuve.

Nous ne voulons point fatiguer Votre Majesté par le récit avéré de cent désastres qui font frémir la nature : d'enfants à la mamelle abandonnés et trouvés morts sous le scellé de leurs pères; de filles chassées de la maison paternelle où elles avaient été mariées, et mortes dans les environs au milieu des neiges; d'enfants estropiés de coups par les agents du chapitre, de peur qu'ils n'aillent demander justice Ces récits trop vrais déchireraient votre cœur paternel.

Nous sommes enfermés entre deux chaînes de montagnes sans aucune communication avec le reste de la terre. Le chapitre ne nous permet pas même des armes pour nous défendre contre les loups dont nous sommes entourés. Nous avons vu, l'hiver dernier, nos enfants dévorés sans pouvoir les secourir. Nous restons en proie au chapitre de Saint-Claude et aux bêtes féroces. Nous n'avons que Votre Majesté pour nous protéger,

(*Suscription :*) LE CONSEIL DES DÉPÊCHES.

M. le duc de CHOISEUL, ministre
et secrétaire d'État.

NOTES SUR LE CYMBALUM MUNDI [1].

AVERTISSEMENT. « Il paraît.... que le P. Mersenne n'avait pas vu par lui-même le *Cymbalum mundi*, ou que, s'il l'avait vu, il n'en avait conservé qu'une idée fort imparfaite. Il ne fait mention que de trois dialogues : il y en a quatre. Il appelle l'auteur *Peresius*. Enfin il n'ose pas assurer que cet ouvrage soit destiné à attaquer les fondements de la religion, *ni fallor*. C'est cependant sur des notions si confuses que ce minime a mis, sans hésiter, l'auteur au nombre des athées. »

Le minime, et très-minime, juge ainsi de tout. C'était le colporteur de Descartes; il n'était pas *ens per se*, mais *ens per aliud*.

LETTRE DE THOMAS DU CLÉVIER. « Il y a huit ans environ, cher ami, que je te promis de te rendre en langaige françois le petit traité que je te montrai, intitulé CYMBALUM MUNDI. »

Ce *cymbalum*, intitulé joyeux et facétieux, n'est ni l'un ni l'autre C'est une froide imitation de Rabelais : c'est l'âne qui veut donner la patte comme le petit chien. Les juges qui entendirent finesse à cette ineptie, n'étaient pas les petits chiens. Cet ouvrage n'a eu de la réputation que parce qu'il a été condamné. Rabelais ne le fut point; c'est une nouvelle preuve qu'il n'y a qu'heur et malheur dans ce monde. Lira qui pourra le *Cymbalum mundi*, autrefois si célèbre chez un peuple grossier, et commenté dans ce siècle-ci par des sots.

DIALOGUE Ier. « Juno m'a donné charge en passant que je lui apporte

1. De Bonaventure des Périers. (ÉD.)

quelque dorure, quelque jaseron, ou quelque ceincture à la nouvelle façon. »

On a cru que c'était la sœur de François Ier, Marguerite de Navarre, favorable aux nouvelles opinions.

« ...huit petits enfants que les vestales ont suffoqués. »

Il y avait alors beaucoup de débordement dans les couvents de religieuses; et on les accusait de défaire leurs enfants.

« Et cinq druides qui se sont laissez mourir de manie et malrage. »

Les druides étaient les docteurs de Sorbonne dont Rabelais et Marot parlent tant : on leur reprochait beaucoup de vices et beaucoup d'ignorance.

« C'est le livre de Jupiter, lequel Mercure veut faire relier.... Tiens, voilà celui que tu dis, lequel ne vault de guères mieulx. »

On a pensé que le livre de Jupiter était les *Décrétales*, et que celui qui ne vaut de guères mieux est un livre de Calvin.

Dialogue II. « Personnages.... Rhétulus. »

On a cru que ce Rhétulus était Luther.

« Quand tu leur dis que tu avais la *pierre philosophale*. »

La *pierre philosophale* est l'argent que Rome extorquait de toutes les provinces catholiques, à ce qu'on prétendait.

« L'autre tient que de dormir avec les femmes n'y est pas bon. »

Le dormir avec les femmes est une allusion au célibat ordonné aux prêtres dans l'Église romaine.

« Je te mènerai au théâtre, où tu verras le mystère. »

Allusion visible au mystère qu'on jouait alors sur le théâtre.

« A ceulx qui n'osaient naguères regarder les vestales je fay maintenant trouver bon de coucher avec elles. »

Cela indique manifestement les premiers moines défroqués protestants, qui épousaient des religieuses. Il paraît par là que Bonaventure Des Périers se moquait principalement de la religion protestante; et c'est peut-être pour avoir excité la colère des deux partis qu'il se tua de désespoir. Mais ce qui est encore plus vrai, c'est que ce livre ennuie aujourd'hui les deux partis.

« Il me faut aller encore faire quelque petit message secret de par Jupiter, mon père, à une dame laquelle demeure auprez du temple d'Apollo. »

C'est probablement Diane de Poitiers.

Dialogue III. « Ung perroquet qui scache chanter toute l'*Iliade* d'Homère; ung corbeau qui puisse causer et haranguer à tout propos; une

pie qui scache touts les préceptes de philosophie; ung singe qui joue
au quillard; une guenon pour lui tenir son miroir le matin quand elle
s'accoustre, etc: »

On prétendit que ce morceau désignait plusieurs personnes connues;
et que ce fut la vraie origine de la persécution.

« Qu'est-ce à dire cecy? par la vertubleu, mon cheval parle. »

Les chevaux d'Achille, le bélier de Phrixus, l'âne de Balaam, ont parlé.

« Il est pour faire un présent au roi Ptolémée. »

Serait-ce la traduction des Septante, présentée à un Ptolémée?

DIALOGUE IV. « On viendrait de touts les quartiers du monde là où je
seroye, et bailleroit-on de l'argent pour me voir et ouyr parler. »

Cela signifierait-il les faux miracles?

« Aux antipodes supérieurs? »

Les antipodes inférieurs ne sont-ils pas les protestants; et les supérieurs, les catholiques?

COUTUME DE FRANCHE-COMTÉ,

SUR L'ESCLAVAGE

IMPOSÉ A DES CITOYENS PAR UNE VIEILLE COUTUME[1].

La Franche-Comté est réunie depuis environ un siècle à la France.
Cette province avait ses lois, ses coutumes, sa jurisprudence, ainsi
que son gouvernement particulier. Ces circonstances civiles, jointes
aux circonstances politiques de sa dépendance de la maison d'Autriche,
tenaient les sujets francs-comtois éloignés des Français, dont ils étaient
peu connus. Aussi les lois, les coutumes, et les auteurs francs-comtois
sont très-peu cités par les auteurs français; et même depuis que, par
la réunion, cette province partage les charges et les honneurs du nom
français; qu'elle participe aux lois et aux maximes du droit public de la
nation, on n'a point examiné si les Comtois ont eu le bonheur d'être jugés
suivant ces maximes. Occupons-nous un moment d'un article de la coutume de la Franche-Comté, contradictoire avec le nom de cette province,
et avec les maximes les plus chères à la nation française sur la liberté.

Être Français, c'est être libre; ce nom seul est le signe de la propriété
de sa personne. Cependant la moitié des Francs-Comtois est privée
de cette propriété, qu'un étranger acquiert en entrant en France,
quoique depuis un siècle cette moitié se glorifie avec l'autre moitié de
porter le nom français. Cet abus tient à la coutume de cette province.
Il faut prévenir bien sérieusement le lecteur qui daignera s'occuper un

1. Cette pièce est postérieure à octobre 1770, mais antérieure à 1772. (ÉD.)

moment de cette discussion, que nous parlons d'une province de l'empire français, d'une coutume existante dans sa force la plus rigoureuse, coutume appuyée d'une jurisprudence aussi terrible qu'elle, et d'un vaste commentaire plus terrible encore.

Cette coutume donc, cette jurisprudence, établissent l'esclavage sur environ la moitié du peuple comtois. Le commentateur de cet esclavage le fait descendre de l'esclavage chez les Romains; il en recherche et développe curieusement les rapports, les ressemblances, les modifications, les différences.

Distinguons, avec l'auteur et sa coutume, deux espèces de mainmortes ou d'esclavages : l'un, proprement dit, est celui de la personne; l'autre est celui des fonds.

La condition de la personne constituée en *mainmorte* (c'est le terme de la coutume) est telle, que le seigneur est nécessairement son héritier, si elle meurt sans que ses enfants ou proches parents vivent et demeurent avec elle dès la naissance sans interruption, et usent du même *pot et feu.* Un enfant ne peut donc s'occuper d'un établissement ni d'aucune fonction qui exigerait sa séparation d'avec son père; il faut que dans l'indolence il attende la succession paternelle au coin de son *feu,* sinon elle est dévolue au seigneur. Voilà une des causes du peu d'industrie, de l'inertie, de la rusticité d'une partie du peuple comtois. Que ferait-il des arts qui embellissent la vie, et du commerce qui nous enrichit, nous et notre postérité? Un seigneur, un moine inconnu en recueillerait le fruit. Ce Comtois végète donc un instant péniblement sur un sol où des lois barbares l'ont attaché, et y meurt inutile à lui, à sa triste postérité qu'il est si doux de servir, même ingrate, et à sa nation qu'il aime.

L'héritage *mainmortable* est ainsi nommé, parce que celui qui le tient ne peut en disposer. Son titre de propriété se réduit à une espèce de bail perpétuel, sous la condition de ne pouvoir l'hypothéquer ni aliéner, et à charge de retour au seigneur, en cas de mort ou de passage du possesseur à la liberté. L'imperfection de cette tenure n'est pas le seul vice qui affecte l'héritage mainmortable; il a la fatale propriété d'engloutir la liberté de celui qui vient l'habiter : au bout d'un an, l'homme libre meurt esclave. C'est ainsi que ce piége toujours tendu renouvelle l'esclavage et le perpétue.

Le lecteur se récrie sur cette double chaîne : soulageons-le d'une; examinons la personnelle.

M. Dunod, qui a pu traiter froidement et indifféremment, dans un volume in-4°[1], cette partie du code d'Attila, forme habilement un chaînon entre la mainmorte et l'esclavage chez les Romains; il croit sérieusement la justifier en citant les lois de cette fameuse république. Les lois romaines sur les esclaves nous importent aussi peu que celles sur les vestales. Où est le rapport entre un citoyen français et sa possession, et l'état d'un ennemi des Romains fait prisonnier ou esclave?

Mais passez au commentateur deux esclaves; il les fera peupler de

1. *Traité de la Mainmorte et des Retraits,* Dijon, 1733, in-4. (ÉD.)

façon à couvrir de petits *esclaves par naissance* toute une province, tout un royaume : ajoutez à ce moyen quelques baraques bâties sur le fonds pestilentiel de la mainmorte ; tous ceux qui les habiteront pendant un an, même par hasard, seront esclaves comtois *par habitation*, fussent-ils Turcs ou Hébreux ; et leur maladie *inhérente aux os* (ce sont les termes de l'auteur) résiste à tous les remèdes de Keiser et d'Agironi. On peut donc être mainmortable par la naissance ou par un an d'habitation sur la mainmorte ; et voilà une qualité plus tenace que la noblesse ; on ne peut plus la perdre, ni ne pas la communiquer. Un bâtard qui a été fait en passant sur la mainmorte, gagne lestement l'infirmité, et la garde pour lui et les siens, bâtards ou non. L'auteur a grand soin de dire que par le mot *descendants*, on doit entendre les *descendants à l'infini* ; c'est, dit-il, le sens du mot *postérité*, qui est celui de la coutume : enfin il fait de la mainmorte un second péché originel.

Non content du secret double et toujours fécond de faire des esclaves, l'auteur demande s'il n'y aurait pas moyen d'en faire aussi par convention. Aidé de quelques lambeaux des *Pandectes* et d'un chapitre de Grotius, il conclut que c'est un troisième moyen très-sûr.

Mais comment un seigneur peut-il prouver la mainmorte et l'esclavage ? Comme il prouve un cens de deux gros, par son terrier.

Un homme franc qui va demeurer dans l'habitation de sa femme mainmortable, est pris au trébuchet, et devient esclave comme elle.

La femme franche qui épouse un mari mainmortable, obligée de suivre ce mari pour obéir aux lois naturelles, divines et humaines, sera esclave comme son mari.

Ces décisions sont appuyées par Ménochius, Baldus[1], la loi Julia, et vingt textes des lois romaines, jointes à Grivellius[2]. Il reste cependant à la femme la ressource d'enterrer son mari, et de fuir diligemment en lieu franc.

Le malheur d'être dans l'humiliation de l'esclavage n'est pas le seul qui poursuit, jusque dans les générations les plus reculées, les malheureux Comtois, régis par un vieux livre hun qu'ils n'entendent pas : ils peuvent laisser la lèpre de l'esclavage à leurs enfants, et souvent ne peuvent les consoler ni se consoler eux-mêmes (si toutefois la consolation est possible) en leur transmettant les fatales propriétés qui leur ont coûté la liberté.

Un prêtre qui va demeurer dans un bénéfice à résidence ; une fille qui est obligée de suivre son nouvel époux ; les frères ou autres parents, même le père et le fils, forcés de se séparer pour l'humeur intolérable d'un d'eux, ou pour cause d'établissement, ou qui, demeurant en même maison, font bourse, commerce ou *pot à part*, par goût, économie, délicatesse, n'importe, s'ils meurent, le seigneur est leur héritier.

Une mère qui, passant à de secondes noces, ne peut emmener son enfant ; s'il meurt, le seigneur est son héritier.

1. Pierre Balde *de Ubaldis*, élève et émule de Barthole. (ÉD.)
2. J. Grivellius, auteur des *Decisiones celeberrimæ senatus dolani* ; Genève, 1660, in-folio ; Dijon, 1731, in-folio. (ÉD.)

Un enfant, indigné de la servitude, use-t-il du remède que la loi lui accorde pour acquérir la liberté, il perd le droit de succéder à son père ; le seigneur prend sa place.

Un garçon se mariant à un parti convenable va chez son beau-père ; il perd, lui et ses enfants, le droit d'hériter de son propre père : consolons-nous, il n'y aura rien de perdu, le seigneur recueillera en place de ceux qui n'auront pu recueillir.

Comme les successions sont réciproques, la perte du droit de succession est double, parce que ceux à qui l'on ne peut succéder ne peuvent succéder non plus.

Voilà le sommaire d'une partie des maux de mainmorte ou esclavage personnel. Voici ce qui tient au réel.

Tous les actes civils sont également grevés chez ces malheureux ; ils ne peuvent vendre ni échanger sans le consentement du seigneur, à peine de confiscation. Ce consentement se fait payer un tiers de la chose : le droit d'hypothèque se vend au même prix. On ne peut même hypothéquer une dot, un titre clérical, le prix de la vente, les deniers prêtés pour l'acquisition. Surdus et Bouvot sont les cautions de Dunod et de sa coutume. Un homme riche meurt subitement ; le seigneur prend le bien et ne paye pas les dettes qu'un débiteur suffisant et de bonne foi, prévenu de mort, n'a pas pu payer. La dot de la femme n'est pas rendue par le seigneur héritier du mari. Un vieillard infirme, sans enfants, ne pouvant faire valoir son bien, ne peut ni vendre ni emprunter pour se secourir.

Ces écueils ne sont pas les seuls qui soient semés sous les pas de ces malheureux : les actes entre eux présentent autant de difficultés que de circonstances. Les tribunaux sont chargés de procès inextricables, occasionnés par des lois et une jurisprudence de barbares, destructives de tous principes. Les seigneurs se disputent entre eux les successions ; l'un se dit seigneur de l'origine, l'autre du domicile du mort. Avides et diligents à l'exercice de leurs prétendus droits, ils vont réclamer des successions échues dans les pays et provinces éloignés ; le parlement de Paris les a dès longtemps refusés ; ils ont été refusés aussi en Lorraine, anciennement et récemment. Le commentateur voit avec bien du regret la rébellion des tribunaux étrangers à la petite coutume qu'il a prise sous sa protection.

Contre tant de maux la coutume laisse une ressource que le commentateur appelle une faveur : c'est l'*affranchissement par désaveu*. L'esclave peut renoncer son seigneur en laissant tous les biens qu'il tient en mainmorte et les deux tiers de ses meubles. Cela se fait par sentence ; il peut se faire aussi par convention. Le commentateur trouve beaucoup d'obstacles à ces deux actes. Ensuite il demande si le sacerdoce, les grades, les offices, affranchissent : il dit que non. Si l'épiscopat, les dignités, l'anoblissement, affranchissent : cette fois il dit oui ; ce n'est cependant pas sans y trouver quelques difficultés.

Faut-il dire enfin que ce professeur d'esclavage s'étonne de ce que « les auteurs français ne se sont pas appliqués à approfondir, comme ils ont fait heureusement tant d'autres matières, celle de la mainmorte, le plus étendu des droits seigneuriaux, qui a des principes généraux qui peuvent être appliqués utilement? »

C'est dans cet étrange livre, imprimé en 1733, qu'on lit, page 222, que « le mainmortable ne peut prescrire la liberté; que la prescription de cent ans, ou d'un temps immémorial, ne suffit pas; qu'il faut un titre valable ou une possession accompagnée d'actes éclatants et manifestes. » L'auteur est un peu difficile en liberté, il n'en est pas l'apôtre. Mais en revanche, page 221, il met à l'aise *le seigneur*, et déclare que celui-ci « peut acquérir la prescription contre l'homme franc, par quarante ans; comme je l'ai fait voir, ajoute-t-il, dans mon *Traité des Prescriptions*, part. 3, chap. II, page 390. »

Quand on a lu la coutume et l'ouvrage dont on vient de voir un petit précis, quand on a vu les hommes-*plantes* qui en font la matière, on est affligé qu'à leur égard le droit qu'a la France de rendre libre soit inutile, tandis qu'il ne l'est pas pour les nègres de Guinée. Nos maximes saines sur la liberté brisent leurs fers[1]; elles brisent ceux des esclaves des despotes de l'Orient; et l'on dérobe ou soustrait à leur protection la moitié des citoyens d'une province, qui depuis un siècle se battent ou payent ceux qui se battent pour l'heureux empire qui se vante de ses maximes. On est indigné qu'il y ait des jurisconsultes pour entretenir, par leurs discussions, une coutume aussi cruelle, aussi indécemment folle.

Les anciens souverains de la Franche-Comté, les archiducs Albert et Isabelle, donnèrent dans leurs terres, il y a deux siècles, un exemple d'humanité et de raison en affranchissant tous leurs sujets; plusieurs seigneurs illustres les imitèrent. Mais ni les moines ni plusieurs gens d'Église n'ont été touchés des respectables motifs qui déterminaient les souverains et la noblesse; ils ont conservé leur sceptre de fer; ils ont appesanti et prolongé les chaînes : on les a vus poursuivre à Metz et à Paris un secrétaire du roi, sous prétexte de son origine, ou du domicile qu'il avait eu dans sa jeunesse sur un fonds mainmortable; on les a vus refuser le prix que des habitants leur offraient pour être déclarés libres.

On va demander comment des sujets si nombreux n'ont pas réclamé contre cet abus. La réponse est simple : les tribunaux du pays s'opposaient, par leurs jugements, aux efforts inutiles de ces victimes enveloppées d'arrêts que les jurisconsultes interprétaient et justifiaient dans le barreau. Ces malheureux n'en ont pas vu la possibilité. Ajoutons l'ignorance où leur état les retient, et les chaînes que les casuistes (car la mainmorte a les siens ainsi que ses jurisconsultes) imposent encore aux consciences. Mais si des juges avaient dit : « Nous ne prononcerons plus que nos frères sont des esclaves tels que ceux des Ro-

1. Ceci n'est pas exact. On peut, au moyen de quelques formalités, conserver en France des nègres esclaves : à la vérité, le prétendu droit qui résulte de ces formalités, reconnues par les tribunaux de l'amirauté, est méconnu par les parlements. Mais comment un esclave nègre pourra-t-il deviner qu'il existe en France deux tribunaux rendant la justice au nom du même prince, par l'un desquels il est libre, tandis qu'il reste esclave suivant l'autre ? (*Éd. de Kehl.*)

mains, des czars, et de quelques princes teutsch[1]; nous informerons
notre roi bien-aimé, dont nous sommes les bien-aimés sujets, qu'il
existe dans ses États un vieux livre dont un seul feuillet fait le malheur de trois cent mille de ses sujets les plus utiles, en les reléguant
dans la classe du bétail qu'ils nourrissent, des champs qu'ils cultivent, et un peu au-dessous des nègres; nous lui dirons que cet avilissement et les gênes que ce détestable feuillet répand sur eux et autour d'eux, étouffent à la fois leur cœur, leur industrie, et leur
postérité : » si, après cet exposé, ils eussent dit : « Nous vous demandons pardon, sire, de ne vous avoir pas dénoncé plus tôt cette exécration; l'habitude de la voir nous a longtemps empêchés de la voir; »
cette démarche eût sans doute étouffé la mainmorte, et en eût été le
terme.

Il serait possible de laisser subsister le droit de retour des fonds aux
seigneurs à l'extinction des familles, de laisser des lods et ventes, et
autres droits semblables. Mais de quel droit un Lorrain, un Champenois, un Alsacien, qui achète un fief en Franche-Comté, vient-il s'emparer de la succession d'un Comtois, au préjudice de son frère, de son
fils, de ses créanciers, de sa femme? La coutume et les coutumiers
répondent : « Cela est juste; cela est de droit; c'est la loi; c'est la jurisprudence; c'est l'opinion, l'avis, l'autorité des jurisconsultes : » tyrans
unanimes en ce point, qui statuent et prononcent que le cultivateur
comtois, qui, sur trois cent soixante-cinq nuits, s'est couché environ
la moitié (car les autres il les passe aux champs) dans une baraque en
mainmorte, est devenu comme le bœuf ou la jument de son seigneur,
à qui son travail et sa postérité appartiennent! Cette réponse ayant été
faite devant un étranger qui voyageait en Franche-Comté, il fit brider
ses chevaux à l'instant où on allait servir le souper, et partit aussitôt
avec sa femme.

On a réformé toutes les coutumes; tous les jours le législateur change
des lois qui deviennent dangereuses; la jurisprudence s'est souvent réformée sur bien des points : Locke voulut que les lois, toutes justes
qu'elles étaient, perdissent leur autorité après un siècle. Pourquoi
hésiterait-on de réformer les absurdités des Goths ou des Vandales? Il
fallait donc craindre de renverser leurs huttes pour bâtir en leur place
des maisons commodes. La législation est l'art du bonheur et de la sûreté des peuples : des lois qui s'y opposent sont en contradiction avec
leur objet; elles doivent donc être abandonnées. Les coutumes n'ont
force de loi que par l'autorité du souverain; il peut à chaque instant
la retirer, et la coutume tombe.

Si les seigneurs de mainmorte disaient :« La liberté serait pernicieuse
à des hommes qui ne peuvent prospérer que par leur réunion, et par
l'adhésion perpétuelle à leur sol;» on leur répondrait :«Vos souverains,
il y a deux siècles, ont pensé différemment; avec la liberté, ils firent
présent de l'industrie et de la prospérité aux sujets de leurs domaines.
La France entière, dont le nom, l'aspect, l'industrie et le bonheur

1. Allemands. (Éd.)

excitent la jalousie des nations, ne jouit de ces avantages que depuis les jours de sa liberté. La Lorraine, soulagée par le duc Léopold des restes de l'esclavage, est devenue, de cette époque, le champ des arts et de l'activité. »

L'esclavage est bon aux animaux que l'on engraisse ; mais on sait que ce ne sont pas leurs sujets que les seigneurs moines engraissent.

Si d'autres seigneurs disaient : « Ces droits de mainmorte réelle, de personne et de suite, sont notre patrimoine ; ils sont notre fief ; ce serait détruire ce fief que d'en abroger les droits, et nous priver de la propriété de ce fief. »

On pourrait leur répondre qu'un fief n'est pas une propriété, qu'il faut le posséder comme le souverain le donne. Mais n'entamons point de discussions sur cet objet, et disons à l'homme au fief qu'il l'a eu à charge de service militaire, qu'aujourd'hui il est déchargé de ce service, qu'ainsi il n'a pas besoin d'avoir des hommes pour les mener à la guerre ; que le paysan, au contraire, paye l'homme au fief pour aller faire la guerre, qu'il est payé deux fois : la première par le fief, et la seconde par le prêt auquel le paysan contribue ; qu'en conséquence il n'a que faire d'esclaves pour le souverain, lorsque l'État le paye et ne lui demande point d'hommes.

Au surplus, les lois et la jurisprudence sur la mainmorte, nées en même temps que les lois sur la magie, les sortiléges, les possessions du diable et le ouissage, doivent finir comme elles.

Les lémures et le sabbat fuyaient à l'apparition du jour ; la mainmorte doit disparaître devant la raison, la religion, la justice et la politique.

Enfin l'état des personnes est une matière du droit public français. La France ne connaît point d'esclaves, elle est l'asile et le sanctuaire de la liberté ; c'est là qu'elle est indestructible, et que toute liberté perdue retrouve la vie. La France ouvre son sein : quiconque y est reçu est libre. Les maximes de son droit public s'étendent sur ses conquêtes ; ainsi le seul fait de la conquête de la Franche-Comté a anéanti l'avilissante coutume qui tiendrait esclaves ceux que Louis XIV a faits Français.

Puisse cette courte exposition être le germe de la liberté d'une classe nombreuse, laborieuse, humiliée, avilie, de citoyens dignes d'un meilleur sort ! Puissent les jurisconsultes français, armés contre l'hydre de l'esclavage dans une province de la France, la frapper avec vigueur, et leurs coups retentir jusqu'au trône, où notre père et monarque achèvera leur ouvrage !

LETTRE D'UN JEUNE ABBÉ

(1771.)

Mais, vraiment, l'opéra-comique et les enquêtes occupent beaucoup Paris, en attendant que les boulevards reprennent leur ascendant ordinaire.

Il court une *Lettre de la noblesse de France*, dans laquelle on dit que le roi n'est entouré que d'*hommes aveugles et corrompus*. La lettre n'a pas été signée apparemment par les seigneurs qui sont auprès du roi. Il paraît qu'elle est écrite par la noblesse de la basoche. Elle demande la révocation des actes qui *infirment* le grand corps du parlement.

Je ne savais pas que ce corps fût infirmé. Il pouvait avoir quelques infirmités; les humeurs étaient trop en mouvement, il avait besoin de régime; mais les premiers seigneurs du royaume n'en sont pas plus corrompus pour cela. S'il y a quelque corruption, quelque dépravation dans leurs mœurs, ces petites libertés passent avec l'âge. M. l'abbé Grizel, confesseur de M. l'archevêque, mettra ordre à tout dès que son procès sera fini.

L'auteur, qui ne paraît pas trop instruit des lois du royaume, propose à la noblesse de s'assembler. Il ne sait pas qu'elle ne s'assemble que par les ordres du roi. C'est ainsi qu'elle fut convoquée à Fontenoi, à Raucoux, à Laufelt, avec plusieurs princes du sang. Ces parlements furent très-nombreux, le roi présidait. Les avis ne furent point partagés, et les arrêts furent très-éclatants. Voilà comme la noblesse tient ses séances.

Elle n'est pas riche : elle est très-sensible à la grâce qu'elle a reçue de faire rendre justice dans ses terres aux dépens de Sa Majesté : et elle ne fera point la guerre de la Fronde sur ce que le parlement est *infirmé*, et qu'un pair du royaume est dit *entaché* par messieurs.

Je suis fâché que l'auteur n'ait pas convoqué le clergé. Je ne sais si notre archevêque serait venu officier à la cohue des enquêtes avec un poignard dans sa poche, comme M. le Coadjuteur. Pour moi, je me serais contenté de prier Dieu pour que nos rentes fussent bien payées.

A l'égard du tiers-état, je crois qu'il seconderait mes prières, et qu'il ne ferait point de barricades.

Il pleut des remontrances. On lit la première, on parcourt la seconde, on bâille à la troisième, on ignore les dernières ; cela est mis au rebut comme les ouvrages de l'abbé Guyon et des ex-jésuites.

Nous attendons pourtant avec impatience les remontrances de la cour des monnaies, qui, dit-on, feront circuler l'argent, et celles des eaux et forêts; car, en vérité, le bois est trop cher à Paris

---

1 Le 4 juillet 1770, le parlement de Paris avait rendu un décret qui déclarait le duc d'Aiguillon « prévenu de faits qui *entachaient* son honneur. » (Éd.)

Je compte aussi faire une remontrance au roi pour avoir un meil-leur bénéfice que celui que je possède. Mais messieurs de la basoche peuvent être sûrs que je ne serai jamais l'aumônier d'aucun des ré-giments qu'ils voudraient lever pour renouveler la guerre des pots de chambre.

Si jamais on coupe les oreilles à leur secrétaire, je m'offre seulement à le confesser et à le préparer, etc.

RÉPONSE

AUX REMONTRANCES DE LA COUR DES AIDES[1],

PAR UN MEMBRE DES NOUVEAUX CONSEILS SOUVERAINS.

(1771.)

Les remontrances de la cour des aides sont d'autant plus respecta-bles, que cette cour n'a aucun intérêt à l'affaire qu'elle a traitée ; elles sont d'autant plus éloquentes, que le fond de la question n'a pas plus été entamé par elles que par les parlements, c'est-à-dire point du tout, et que l'auteur, débarrassé du soin de discuter les faits, s'est livré aux mouvements de son cœur patriotique et de son génie supé-rieur.

Il s'agit de soulager six provinces très-considérables ; il s'agit de délivrer près de quatre millions de citoyens de la cruelle nécessité d'aller plaider à cent lieues de leurs habitations, devant un tribunal dont ils ne connaissent pas les usages, et qui ne connaît point leurs coutumes[2] ; il s'agit de les sauver de la ruine. La nation soupirait de-puis des siècles après cette réforme. Le roi lui accorde enfin un bien si nécessaire[3]. C'est la grâce la plus signalée qu'un monarque ait ja-mais conférée à son peuple ; c'est l'objet principal qu'on devait dis-cuter ; et on n'en a parlé dans aucune des remontrances. On dit seule-ment en passant que ceux qui ont accepté des charges dans les conseils souverains nouvellement établis se *déshonorent*.

Non, je ne suis point déshonoré pour avoir étudié les lois de ma

1. Les *très-humbles et très-respectueuses remontrances de la cour des aides au roi*, du 18 février 1771, avaient été rédigées par Malesherbes, alors prési-dent de cette cour. La *Réponse* que Voltaire priait Richelieu de lui envoyer, le 11 mars 1771, fut d'abord imprimée sous les yeux de l'auteur. Le chancelier Maupeou l'avait fait réimprimer à Paris, en y faisant quelques changements ; et c'est probablement de la réimpression que Voltaire parle dans sa lettre à Richelieu. Je me suis conformé à l'édition originale ; mais je donne en notes les variantes de l'édition du chancelier. (*Note de M. Beuchot.*)

2. La France a cent quarante-quatre coutumes qui se subdivisent encore. La plupart de ces coutumes ne se trouvent plus chez les libraires ; et il y en a qui n'ont jamais été imprimées.

3. Dans l'édition du chancelier on mit seulement : « ....si nécessaire. C'est l'objet principal qu'on devait discuter. On n'en a parlé, etc. »

patrie, pour avoir mérité peut-être d'être choisi pour juge par mon roi qui sera le juge de nos arrêts.

Je ne suis ni un lâche, ni un prévaricateur, pour être utile à ma province.

J'espère que la loi seule, et non l'esprit du corps, dictera toujours mes avis; qu'il ne sortira jamais de notre tribunal aucun arrêt, qu'il ne soit motivé; que, dans tous les cas où la moindre lueur pourra frapper nos yeux en faveur d'un accusé, l'indulgence l'emportera sur la rigueur; que, lorsque la loi ne sera pas claire, nous consulterons les organes des lois qui résident auprès du trône dont elles sont émanées. J'espère que le roi, seul législateur en France, donnera des règles suivant lesquelles nous ne livrerons point aux horreurs de la torture (supplice pire que la mort) des hommes qui sont nos frères, et qui peuvent être innocents.

Je me flatte qu'il nous apprendra à distinguer entre les délits ceux qui, n'étant que l'effet d'une imagination faible et égarée, peuvent se réprimer par une punition légère, et ceux qui, partant d'un cœur atroce et incorrigible, exigent les châtiments les plus sévères, non pas pour la vengeance, mais pour l'utilité publique.

Nous saurons mettre quelque différence entre ce qui est crime chez toutes les nations, et ce qui étant crime dans un pays, est presque vertu dans un autre[1].

La vaine idée d'obtenir plus de considération ne nous inspirera point, hors de nos tribunaux, une morgue qu'on pourrait prendre pour de l'insolence; nous ne nous ferons point une barbare joie d'être cruels pour nous faire respecter.

Nous n'entendrons point autour de nous, dans les places publiques, ces mots terribles : « Voilà celui qui a le premier donné sa voix pour verser le sang innocent; voilà le barbare qui ameuta ses confrères pour livrer au supplice des parricides mon ami, mon parent, mon fils coupable d'une faute passagère. » Les termes de meurtrier, d'assassin ne retentiront point à nos oreilles.

Enfin, nous prétendrons être toujours justes, en nous souvenant toujours que nous sommes citoyens. Et c'est en jouissant du précieux avantage de rendre gratuitement la justice que nous serons plus justes[2].

Avec de tels sentiments, nous n'essuierons jamais le déshonneur dont on nous menace.

Voilà la question qu'on pouvait traiter, et qui n'a pas été seulement effleurée.

Le roi fait à la nation le plus grand bien qu'aucun monarque lui ait

---

1. Dans l'édition du chancelier, il y a : « ..... un autre. Les juges qui ne proportionnant pas les peines aux délits respecteraient trop peu la vie des hommes, ne seraient à nos yeux que des assassins en robe. Nous préten-drons être toujours justes, etc. »

2. Dans l'édition du chancelier on avait ajouté ici : « Les lois et la police, voilà nos objets, nos fonctions, et nos bornes. Le gouvernement de l'État n'a jamais regardé la magistrature; nous ne sommes ni princes, ni pairs, ni grands officiers de la couronne, ni généraux d'armée, ni ministres. Nous obéirons aux lois, et nous aurons soin que les peuples leur obéissent. »

jamais fait, et on détourne les yeux de cette grâce accordée à tant de
peuples, pour ne s'occuper que d'une querelle particulière.

C'est à l'occasion de cette querelle funeste qu'on veut priver Pa
ris du même avantage que le roi accorde à ses provinces. On fait
ceux qui rempliraient à Paris les places de la première magistrature les mêmes reproches qu'à nous; on les charge des mêmes outrages.

Nous n'entrons pas ici dans le labyrinthe obscur où se perd l'origine
du parlement de Paris; nous ne rappellerons point les anciens
droits de la pairie; nous ne porterons point un œil trop curieux dans
le différend qui a causé enfin la rupture entre le conseil suprême du
roi et le tribunal séant dans sa capitale. L'auteur des *Remontrances*
n'en parle pas. Nous suivrons son exemple. Nous nous bornons à respecter le malheur des magistrats exilés;[1] nous rendons justice à la
pureté de leurs intentions; nous honorons leurs personnes. Nous savons par l'expérience de tous les siècles que les orages se dissipent en
peu de temps; et puisque les grandes tempêtes qui bouleversèrent
la France sous Charles VI et du temps de la Ligue et de la Fronde,
sont passées sans retour, les petits nuages qui obscurcissent aujour-
d'hui les plus beaux jours passeront de même. Nous sommes très-sûrs
que bientôt les exilés reviendront dans le sein de leurs familles, et
que tout sera oublié. Que n'oublie-t-on pas dans Paris!

Mais quels que soient les magistrats qui composeront le parlement
de Paris, croit-on de bonne foi qu'ils ne soient pas citoyens? Ils le
seront d'autant plus qu'on les accuse de ne pas l'être, avant même
qu'ils soient tous nommés.

Quel est le soldat qui, en entrant dans un nouveau régiment, ne se
piquera pas d'être brave? Quel est l'avocat, le gradué qui, étant
choisi pour magistrat, ne se fera pas un devoir de soutenir les droits
de la nation, les libertés de l'Église gallicane (qui sont les libertés de
l'Église universelle), et les lois anciennes qu'on appelle fondamentales? Qui d'entre eux ne s'empressera pas de porter au trône les
plaintes du peuple, quand le peuple sera opprimé par les exacteurs?
Ces fonctions sont à la fois si essentielles et si nobles, elles sont si
naturellement liées à la place qu'on occupe, elles deviennent tout
d'un coup si indispensables, que si le Barigel de Rome était nommé
conseiller au parlement, il penserait comme de Thou l'historien, et
comme l'abbé Pucelle.

Que le parlement de Paris soit composé d'anciens membres ou de
nouveaux, il sera toujours le même : il sentira également ses devoirs.
Pourquoi donc dire que ceux qui accepteront ces places, *signeront
leur déshonneur?*

Q'on m'en donne une, je signerai qu'il n'y a de déshonneur qu'à
refuser de servir sa patrie. Je ne demanderai certainement pas l'emploi qu'un autre exercerait, et qu'il ne voudrait pas quitter; c'est là où

____

1. Dans l'édition du chancelier on supprima ces mots : « Nous rendons justice à la pureté de leurs intentions. »

serait la honte, et personne ne s'y exposera; mais je prendrai celui qui sera vacant, et je m'en rendrai digne.

Mais quelque parti que le roi embrasse, je maintiendrai qu'il ne pouvait rien faire de plus juste et de plus utile, que d'administrer la justice aux nombreux habitants des provinces, dans leurs provinces mêmes, sans la leur faire payer.

Nous nous joignons à la cour des aides, à tous les corps du royaume, pour demander le retour des exilés; mais nous nous joignons à six provinces entières, pour rendre au roi les actions de grâce les plus méritées.

AVIS IMPORTANT D'UN GENTILHOMME

A TOUTE LA NOBLESSE DU ROYAUME.

(1771.)

1° Il est évident que toute l'ancienne et vraie noblesse du royaume est intéressée à ne pas laisser succomber ses principaux membres sur des accusations frivoles, et à demander justice au chef de la noblesse et de la justice, dont la maison est sur le trône depuis plus de huit cents ans.

2° Que, dans l'affaire d'un pair, le parlement de Paris n'a pu, sans l'intervention d'aucun pair, agir contre un pair du royaume, déclaré par le roi en son conseil, sur les pièces mêmes du procès, exempt de tout soupçon, et ayant fidèlement servi.

3° Qu'il est aussi absurde qu'injuste d'appeler lettres d'abolition, des lettres patentes du roi, qui attestent la justification, l'innocence et les services d'un pair du royaume.

4° Qu'il n'est pas moins injuste, pas moins absurde, pour ne rien dire de plus, de persister, malgré le roi, à soutenir qu'un officier du roi est inculpé, quand le roi a jugé solennellement le contraire, que c'est se déclarer juge et partie des formes extrajudiciaires.

Que si une jurisprudence aussi affreuse était introduite, il n'y aurait point d'officier, depuis le maréchal jusqu'au sous-lieutenant d'infanterie, qui fût à l'abri de la persécution.

5° Qu'il est encore plus absurde et plus monstrueux de prétendre que le roi ne peut évoquer une cause à son conseil, tandis que le parlement peut évoquer à lui toutes les causes pendantes aux tribunaux inférieurs.

6° Enfin, c'est la cause de tous les officiers du roi qui reçoivent ses ordres, de toute la noblesse, de toute la France. Il faut donc oublier, s'il est possible, toutes les inimitiés particulières, et n'envisager que l'intérêt général.

7° Cet intérêt général est sans doute que justice soit rendue à tout citoyen.

Or il est impossible qu'une cour de judicature puisse juger en connaissance de cause dans un ressort de cent cinquante lieues, composé de tant de jurisprudences différentes.

Il faut que le gentilhomme auvergnat, angoumois, picard, ou poitevin, estropié, ruiné au service de son maître, aille achever sa ruine à Paris, pour solliciter un procès, et demander une audience dans l'antichambre d'un jeune bourgeois qui vient d'acheter sa charge dix mille écus. La France entière crie à son roi contre cet abus qui la désole.

8° Le parlement de Paris a dit au roi, dans un de ses arrêtés, que le roi lui devait sa couronne. Nous avions pensé jusqu'ici que nous l'avions soutenue de nos mains, et arrosée de notre sang, sous les yeux du grand Henri IV, avec qui nous combattions, et à qui le parlement de Paris refusa de l'argent pour reprendre Amiens. « Je vais me faire donner un coup de pistolet dans la tête, leur dit en propres mots ce grand homme, et vous verrez ce que c'est que d'avoir perdu votre roi. »

9° Nous ne croyons pas que le parlement de Paris ait affermi le trône dans la maison de Bourbon, quand il rendait des arrêts si sanglants et si exécrables contre ce héros et contre son parlement de Tours et de Châlons.

10° Soutenait-il la couronne des Bourbons par son arrêt du 5 mars 1590, qui défendait, sous peine de mort, d'avoir la moindre correspondance avec Henri IV?

11° Nous ne croyons pas que le parlement de Paris ait voulu affermir le trône, en mettant au prix de 50 mille écus la tête d'un cardinal premier ministre, et en volant pour 200 mille écus d'effets dans les maisons des serviteurs du roi, pour lever je ne sais quelle armée de laquais contre son légitime souverain. Nous ne croyons pas que Louis XIV eût beaucoup d'obligation de sa couronne aux conseillers Quatre-sols, Bitaut, Quatre-hommes, Pitaut, Gratant, Martineau, Crépin, Perrot et Cales, qui signèrent ces brigandages.

12° Ajoutons à toutes ces vérités connues dans l'Europe, que, hors les Lamoignon, les Maupeou, les Molé, et une vingtaine de maisons nobles, qui ont servi dans l'épée et dans la robe, tout le reste est composé de gens dont les grands-pères ont été nos fermiers, ou commis aux postes, ou qui ont porté la livrée. C'est de quoi nous fournirons des preuves à Sa Majesté, quand elle voudra.

13° Nous savons obéir au roi, c'est encore une différence qui est entre le ci-devant parlement de Paris et nous.

SENTIMENTS

DES SIX CONSEILS ÉTABLIS PAR LE ROI

ET DE TOUS LES BONS CITOYENS.

(1771.)

Oui, tous les bons citoyens doivent persister à regarder l'établissement des six nouveaux conseils [1] comme le plus signalé bienfait dont le roi veut combler la nation. Il est si beau de rendre gratuitement la justice; il est si humain de sauver de la ruine tant de familles; c'est une économie si sage d'épargner les frais de la translation des prisonniers du fond des provinces à Paris, qu'il faudrait avoir un esprit peu juste, et un cœur peu sensible, pour jouir d'une telle grâce sans reconnaissance.

C'est un beau jour qui se lève sur nous, et on ne veut regarder que de petits nuages dont ce beau jour est encore obscurci.

On s'épuise de tous côtés en déclamations pour nous empêcher d'être heureux. Il semble que tout soit perdu, parce que le ressort d'un tribunal de justice ne s'étend plus jusqu'au fond de l'Auvergne et du Poitou. Ne voilà-t-il pas en effet un grand mal qu'un Périgourdin soit jugé dans Angoulême au lieu de l'être à Paris, et que la justice soit rendue à chaque citoyen dans sa province, selon l'usage de toutes les nations!

La postérité s'étonnera sans doute que nous ayons pu murmurer contre notre félicité. Nous n'avons vu en effet jusqu'ici que des déclamations sans preuves; elles contestent au roi le pouvoir de faire du bien.

Dans une de ces remontrances, voici comme on s'exprime :

« L'édit portant établissement de six conseils supérieurs renferme un vice et un danger intrinsèque que la cour doit faire connaître au seigneur roi [2]. »

Nous ne savons pas ce que c'est qu'un danger intrinsèque. Nous présumons que lorsqu'on parle ainsi, on n'a guère de vérités intrinsèques à dire.

« L'édit du roi est une violation manifeste des règles et des formes. »

Apprenez-nous donc quelles règles et quelles formes sont violées. Fallait-il, par exemple, demander permission au tribunal de Rouen d'établir un tribunal à Blois? Et quand cette forme aurait été violée, devez-vous en bonne foi faire des reproches à votre médecin de ce qu'il vous a guéri contre les règles de la Faculté?

---

1. L'édit de février 1771 créait, pour connaître au souverain et en dernier ressort, tant au civil qu'au criminel, six conseils supérieurs, qui étaient établis à Arras, Blois, Châlons, Clermont-Ferrand, Lyon, Poitiers; tous ces pays étaient jusque-là du ressort du parlement de Paris. (*Note de M. Beuchot.*)

2. Arrêt du parlement de Besançon. (ÉD.)

« La commission établie pour rendre justice tant au civil qu'au criminel ne peut en aucun temps acquérir le caractère de corps légal. »

Voilà qui est bien étrange! L'édit de Philippe le Bel qui établit le parlement de Paris et celui de Toulouse, était-il autre chose qu'une commission établie? leur pouvoir n'était-il pas très-légal? les rois ne changeaient-ils pas les officiers de leurs parlements deux fois par an? Ne peuvent-ils pas faire aujourd'hui ce qu'ils ont fait si longtemps? La création des parlements de Grenoble, de Dijon, de Bordeaux, de Rouen, n'eut aucun besoin d'enregistrement au parlement de Paris; et le roi Charles IX vint avec les grands officiers et plusieurs pairs déclarer sa majorité au parlement de Rouen, parce qu'il n'y a aucune loi qui attribue cet honneur à un parlement plutôt qu'à un autre; et que même cette cérémonie est très-inutile, attendu qu'on sait assez quel âge a le roi. Charles IX fut le premier qui signifia sa majorité à un parlement, et cette nouveauté fut très-légale.

« Les six conseils sont d'une nature inconnue dans la monarchie. »

Mais les quatre grands bailliages, établis par saint Louis, n'étaient-ils pas d'une nature encore plus inconnue?

Il est souvent d'une nature très-inconnue de faire le bien; mais quand il est fait, il faut être d'une nature bien étrange pour ne le pas approuver, et pour ne pas remercier son bienfaiteur.

« François Ier ne voulut jamais consentir à la proposition d'établir une cour de parlement à Bourges et à Poitiers. »

Il n'est point du tout prouvé qu'on ait proposé à François Ier d'établir un parlement à Poitiers; mais de ce que le roi aurait refusé de faire la sixième partie du bien qu'on nous fait aujourd'hui, s'ensuit-il que ce bien soit un mal? François Ier fit une faute, et Louis XV la répare.

Quand un parlement fait des reproches au souverain, il faut qu'il ait évidemment raison dans tous les points. Il semble que le parlement, auteur de ces remontrances, ait négligé ce principe.

De quoi s'agit-il ici pour les peuples, qui doivent être l'objet de la législation? De pouvoir obtenir justice le moins chèrement, le plus promptement, et le plus commodément qu'il soit possible.

Or, nous demandons s'il n'est pas beaucoup plus commode d'être jugé dans sa province que dans une province étrangère? si on n'est pas plus promptement jugé? s'il n'en coûte pas dix fois moins?

Il est donc prouvé que toutes ces déclamations qu'on prétend faites en faveur du peuple, sont réellement faites contre lui; et que l'on confond perpétuellement l'intérêt particulier et chimérique d'un corps, avec l'intérêt général qui est très-réel.

Parlons de bonne foi, jeunes gens des enquêtes de Paris, à qui le grand Henri IV disait : « Écoutez ces bons vieillards, et soyez modérés comme eux. » Vous ne pouvez avoir, dans cette affaire, d'autre intérêt que celui de la vanité. Quand vous rencontrerez un citoyen de Lyon, ou d'Arras, ou de Blois, ou de Clermont, vous pourrez lui dire : « Monsieur, il est bien triste que vous ne soyez plus mon justiciable; je ne connais point votre coutume, mais j'étais essentiellement votre juge. La loi

fondamentale de l'État est que vous quittiez votre pays natal pour venir
me faire votre cour dans mon antichambre : tout est renversé, puisque
vous ne plaiderez plus chez nous. »

Le provincial vous répondra : « Monsieur, je vous plains du fond de
mon cœur. C'est un grand malheur, sans doute, qu'un procès champenois ne soit jugé qu'en Champagne ; votre gloire en est blessée ;
mais le repos de quatre millions de citoyens est préférable à votre
gloire. Vous perdez très-peu de chose, et ce que la France gagne est
beaucoup. »

Mais, monsieur, si le ressort du parlement de Paris est moins étendu,
il faut donc diminuer le nombre de ses membres?

Oui, monsieur, en proportion du nombre des juges qu'on institue
ailleurs. Votre ressort sera toujours assez considérable ; et les pairs,
qui peuvent siéger partout où le roi les appelle, honoreront toujours
votre respectable compagnie, parce qu'ils demeurent à Paris, et qu'ils
ne séjournent pas à Pau en Béarn.

Qu'importe à la France que le ressort d'un parlement ait plus ou
moins d'étendue? Le roi, qui institua ce corps, ne pouvait-il pas en
instituer trente au lieu d'un? ne démembre-t-on pas tous les jours des
évêchés? ne diminue-t-on pas, selon les besoins, le nombre des régiments? ne vient-on pas de réduire celui des couvents? celui des chambres du parlement de Paris n'a-t-il pas éprouvé dans tous les temps des
changements considérables? Était-ce une loi fondamentale de l'État,
qu'un tribunal de justice eût perpétuellement quatre chambres des enquêtes? Il n'y en eut qu'une d'abord, et elle ne jugeait ni ne représentait. N'est-ce pas au roi qu'il appartient d'étendre ou de restreindre
toutes ces bornes, selon les besoins de la nation?

Il n'y avait autrefois qu'un maréchal de France, on peut en avoir
vingt, on peut n'en avoir que deux. Le nombre des pairs n'est point
fixé ; pourquoi celui des officiers d'un parlement le serait-il?

Monsieur, vous en parlez bien à votre aise. Il pourra se faire que si
les membres du parlement de Paris sont réduits à un moindre nombre,
je sois du nombre des réformés ; je ne pourrai plus juger.

Eh bien, monsieur! venez juger à Châlons en Champagne, ou à Blois,
qui est un plus beau climat que Paris.

Oh! je ne pourrai pas, à Châlons ou à Blois, m'élever contre les abus
du gouvernement.

J'entends ; vous craindriez de n'avoir pas assez de crédit : vous voudriez être membre du parlement d'Angleterre, à cause de l'équivoque
du nom ; vous voudriez être membre de la diète de Ratisbonne, et
moi aussi. Je voudrais de tout mon cœur être pair de France ou cardinal. Aristote définissait le liquide, *ce qui ne se contient pas dans ses
bornes ;* contenons-nous, c'est le plus sûr moyen de mener honnêtement une vie heureuse ; ce qui, tout bien considéré, doit être le but
des rois, de la noblesse, du clergé, et du tiers état [1].

1. Je n'ai jusqu'à ce jour rien aperçu, dans la *Correspondance* de Voltaire,
qui ait rapport à cet opuscule ; mais, d'après l'indication de feu Decroix, je
n'ai pas hésité un instant à le reproduire ; il est postérieur au 18 mars.
                                                            (*Beuchot*).

SUPPLIQUE

DES SERFS DE SAINT-CLAUDE.

(1771.)

Monseigneur[1] est conjuré encore une fois de daigner observer que le nœud principal de la question consiste à savoir si douze mille sujets du roi peuvent être serfs des bénédictins chanoines de Saint-Claude, quand ils ont un titre authentique de liberté.

Or, ce titre sacré ils le possèdent dès l'an 1390. S'ils n'ont retrouvé cette charte irréfragable qu'au mois de mars 1770, doivent-ils être esclaves en France, parce que les bénédictins avaient enlevé tous les papiers chez de malheureux cultivateurs qui ne savaient ni lire ni écrire ?

Nos adversaires, étonnés qu'un coup de la Providence nous ait rendu notre titre, se retranchent à dire que ce titre ne regarde que le quart du territoire. Il ne reste donc plus qu'à le mesurer : c'est ce que nous demandons ; il est juste que tout le terrain compris dans cet acte soit déclaré libre. Nous demandons surtout que des titres légitimes de franchise l'emportent aux yeux du conseil sur des chartres évidemment fausses.

Nous répétons que la fraude ne peut jamais acquérir des droits.

Nous nous jetons aux pieds du roi, ennemi de la fraude, et père de ses sujets.

TRÈS-HUMBLES

ET TRÈS-RESPECTUEUSES REMONTRANCES

DU GRENIER A SEL.

(1771.)

Sire, toutes les cours du royaume ont porté au pied de votre trône le cri de la magistrature et les alarmes de la nation. Nous attendions, dans un respectueux silence, l'effet de leurs remontrances et de leurs

---

1. M. Clogenson, premier éditeur de cette *Supplique*, la croit postérieure au 8 mai 1771. (*B.*)

2. Le second chancelier de Maupeou. (Éd.)

3. Les remontrances que faisaient les parlements au roi étaient toujours intitulées : *Très-humbles et très-respectueuses remontrances*, etc. La juridiction du grenier à sel jugeait les contestations relatives à la distribution du sel et aux droits de l'État. La cour des aides prononçait en appel. Je n'ai aperçu dans la *Correspondance* de Voltaire aucune trace des *Remontrances du grenier à sel.* Mais Wagnière (dans ses *Mémoires*, etc., I, 325) dit que cette plaisanterie est de Voltaire. Elle doit être d'avril 1771 ; peu après parurent les *Itératives remontrances du grenier à sel de Paris, présentées par les juges du grenier eux-mêmes*, in-8° de 4 pages, qui ne sont pas de Voltaire.

(*Beuchot.*)

supplications. Mais le prestige et l'illusion environnent encore Votre Majesté, et rien n'a pu percer les nuages épais que les intérêts et les passions ont rassemblés autour de votre personne sacrée. Cependant les fondements de la sûreté publique sont ébranlés, la constitution s'écroule, les propriétés sont en proie à des usurpations arbitraires; et déjà les avocats, les procureurs, et les huissiers, gémissent sur les débris de leurs fortunes. Dans ces tristes extrémités, nous devons, comme Français et comme magistrats, réunir nos voix à la voix des cours, et remplir l'obligation solidaire imposée à tous les citoyens, de secourir la patrie, et de l'arrêter sur le penchant de sa ruine. Un devoir plus particulier encore nous appelle à la défense des lois fondamentales. Vos parlements, sire, étonnés à la vue des suites terribles de votre édit du mois de novembre 1770, n'ont osé sonder la plaie que cet acte illégal a faite à la constitution de l'État, ils n'ont jeté qu'un coup d'œil oblique sur la loi de la succession à la couronne, que cet édit menace des plus funestes atteintes, et ils ont été effrayés à l'idée seule du sceptre transporté dans des mains étrangères. Mais de quelle douleur eussent-ils été pénétrés, s'ils eussent envisagé comme nous toute l'étendue des malheurs dont la génération présente est déjà la victime! La loi salique, sire, cette loi qui fixe la couronne dans votre auguste maison, n'est pas la seule loi fondamentale; il est d'autres droits, il est une autre loi salique [1], presque aussi ancienne que les parlements, consacrée par le sang et les larmes de vos sujets, et maintenue, jusqu'à nos jours, par des échafauds et des potences. Cette loi, sire, nous en sommes les dépositaires, et c'est à nous de veiller à ce que ce précieux dépôt ne nous soit enlevé, ou ne souffre la plus légère altération. Mais si votre édit de 1770 subsiste; si le despotisme, à l'appui de cet édit, s'assied sur le trône à côté de Votre Majesté, qui pourra garantir cette loi des plus funestes atteintes? Elle n'a que nous, sire, pour défenseurs; et des ennemis nombreux travaillent à chaque instant à la détruire. Que la loi de la succession soit menacée, tous les Français s'élèveront pour la soutenir; ils iront, les armes à la main, la sauver des entreprises des usurpateurs, comme ils l'ont sauvée tant de fois, et des arrêts des parlements, et des invasions d'un ennemi étranger. D'ailleurs, pour qu'elle soit violée, il faut qu'il se rencontre un autre Charles VI; qu'une reine atroce, une mère dénaturée, un traître comme le duc de Bourgogne, conspirent avec un parlement corrompu; il faut que le fanatisme de la religion ou de l'incrédulité s'arme contre le trône, comme autrefois contre l'immortel Henri IV. Encore, sire, tous ces efforts seraient impuissants, et vos peuples, toujours fidèles au sang de leurs rois, braveront, pour le défendre, et les arrêts et les censures et les cris et les fureurs du fanatisme. Mais notre loi salique est exposée à des coups d'autant plus sûrs, d'autant plus inévitables, qu'elle n'a jamais régné sur le cœur de vos sujets, qu'elle n'est point liée avec l'intérêt de Votre Majesté, qu'un ennemi adroit peut, en la détruisant, se faire adorer d'un peuple séduit, et faire bénir la main qui aura fait

---

[1] Cette loi salique a été reconnue solennellement sous Philippe de Valois.

à la constitution la plus mortelle blessure; et c'est cette espèce d'attaque que méditent aujourd'hui les calomniateurs de la magistrature et
des lois. Ils se cachent, sire, sous le voile apparent du bien public; ils
enivrent vos provinces de funestes espérances, et anéantissent d'autant
plus sûrement toutes les propriétés, qu'ils affectent de prendre les
mesures les plus sages pour les garantir et les défendre. Oui, sire,
c'est par l'établissement des conseils supérieurs qu'on marche sourdement à la destruction de la gabelle et du monopole. Nous dénonçons à
Votre Majesté ce projet funeste, qui consommera la perte des lois et
la destruction de la monarchie. Et déjà, sire, combien de fléaux ne
sont pas sortis de cette source empoisonnée! que de lois fondamentales
anéanties d'un seul coup! La loi fondamentale de la vénalité des
charges, la loi fondamentale des épices et des vacations, la loi fondamentale des *committimus* qui donnent au sonneur de cloches de votre
chapelle, et à votre valet de chiens, le droit de ruiner toute une province; enfin, sire, la loi fondamentale qui adjugeait aux avocats et aux
procureurs la substance de la veuve et de l'orphelin : elles ne sont plus,
sire, et c'est du milieu de leurs débris que nous implorons votre justice et votre bonté; arrêtez sur ce spectacle attendrissant vos regards
paternels, et sauvez les restes d'une constitution que les besoins ont
formée, et qui a été marquée par huit siècles de malheurs et d'abus :
c'est par elle que nous avons existé; et nous cesserons d'exister avec
elle.

On vous a persuadé, sire, on a tenté de le persuader à vos peuples,
que la vénalité avilissait les offices de magistrature. Ce fut autrefois
l'erreur de toute la nation, et vos cours la partagèrent. Vos officiers,
encore simples et barbares, se révoltèrent à l'idée seule d'acheter le
droit de rendre la justice; mais bientôt ils le reconnnurent que la vénalité était le palladium de l'Etat, et le véritable sceau de la propriété.
En effet, sire, sans cette loi sacrée, comment aurions-nous pu vendre
la justice et la laisser vendre aux autres ? jamais le fils d'un laquais,
devenu financier, aurait-il pu avoir en propriété le droit de juger ses
anciens maîtres ? ce droit, Votre Majesté n'aurait-elle pas pu nous
l'enlever, si elle n'avait pas reçu notre argent en échange? Depuis cette
heureuse loi, la justice est véritablement notre patrimoine, et un patrimoine fécond qui fait la gloire et la fortune du propriétaire. En vain
voudriez-vous, sire, en réclamer une portion; elle nous appartient
tout entière, et vous êtes dans l'heureuse impuissance de la changer
et de la modifier. Tous constitués, en vertu de nos finances, ministres
essentiaux des lois et surveillants de l'administration des forces publiques, nous formons une chaîne indivisible depuis les premiers prési-
dents des cours supérieures jusqu'à l'huissier à verge, et vous ne pouvez toucher à un seul anneau de cette chaîne, que le coup ne retentisse
dans toute sa longueur, et ne nous avertisse tous du danger qui menace la république. Nous sommes, entre vos sujets et vous, un corps
intermédiaire, semblables à ces humeurs corrompues qui forment un
dépôt dans le corps humain, et se nourrissent de sa substance. Aussi
anciens que la monarchie, nous avons seuls le privilége exclusif de

connaître ses lois, de les interpréter, de leur donner le complément qui les consacre aux yeux des peuples. Ces principes ont été longtemps méconnus, mais ils sont sortis avec éclat des ruines de la Ligue et de la Fronde, et ont été consignés depuis dans un livre devenu aujourd'hui la Bible des cours supérieures et la nôtre. Une erreur commune le fit proscrire unanimement en 1732 par vos parlements[1]; mais bientôt désabusés, ils ont rendu l'hommage le plus pur et le plus constant aux véritables maximes; et leur vœu unanime est de voir Votre Majesté soumise au joug salutaire de cette doctrine, garrottée de ces heureux liens, et enveloppée dans cette chaîne qui unit et incorpore le roi, les lois et les magistrats.

Après avoir développé, sire, tous les vices de l'édit qu'on a surpris à votre faiblesse, oserons-nous retracer encore une partie des horreurs qui en ont accompagné l'exécution? O nuit désastreuse! ô nuit effroyable! où des mousquetaires troublèrent des magistrats dans l'asile sacré de leur repos et de leurs plaisirs?... Qui pourra jamais effacer cette nuit du nombre des nuits de votre règne! Nos commis, sire, font des irruptions dans les maisons; ils pénètrent dans les réduits les plus cachés; ils interrogent avec dureté une famille tremblante et éplorée; mais nos commis ont prêté entre nos mains le serment de vexer vos sujets; et vos mousquetaires devaient n'être à craindre que pour les ennemis de l'État. Un huissier arrache un débiteur insolvable de sa maison, des bras de sa femme et de ses enfants; mais il marche armé d'un arrêt, et vos mousquetaires n'ont pour titre qu'une lettre de cachet. Eh! qu'osent-ils proposer à des magistrats! de vous obéir, de remplir un devoir personnel, un devoir auquel ils se sont consacrés par un vœu, par un serment absolu? Mais, sire, les magistrats peuvent-ils reconnaître des ordres particuliers? vos volontés sont-elles même des volontés avant que vos cours les aient jugées et vérifiées? Est-il un serment dont un particulier ne soit délié dès qu'il est devenu membre d'une compagnie?

Le même esprit de despotisme a présidé à tous les événements qui ont suivi cette funeste nuit. On vous inspire de juger un corps qui n'avait de juge que lui-même; on vous présente comme notoires des faits qui n'étaient connus que du public; et on qualifie de refus de reprendre ses fonctions, la cessation absolue et constante de toutes fonctions; juge incompétent, procédures illégales, jugement plus illégal encore, et dans sa forme, et dans la signification nocturne qui en fut faite; toutes les irrégularités ont été accumulées à la fois pour anéantir et le parlement et les lois. Mais, sire, les lois et le parlement briseront la verge de la tyrannie; et plus on cherche à étendre votre puissance, plus on rapproche le terme où elle doit finir.

Nous l'attestons à Votre Majesté, tous les suppôts de la gabelle l'at-

---

1. C'est du 2 septembre 1732 qu'est l'arrêt du parlement de Paris qui condamne à être brûlé le *Mémoire touchant l'origine et l'autorité du parlement de France*, appelé Judicium Francorum, in-4° de sept pages. Ce Mémoire est le livre qui est nommé ici « Bible des cours supérieures. » (*Note de M. Beuchot.*)

testeront avec nous, il ne se rencontrera point d'homme assez vil pour se montrer sur ce tribunal abandonné, si ce n'est peut-être des faux sauniers échappés des galères, ou prêts à y entrer. L'honneur public résiste à cette affreuse idée; et, dans ce siècle heureux, vous trouverez, sire, des sujets qui sauront vous combattre, et aucun qui ose affronter la honte de vous obéir.

Rentrez donc, sire, dans votre cœur, et ne consultez que cette bonté qui vous est propre, et qui fut dans tous les temps l'espérance et le soutien de vos cours dans leurs nobles entreprises. Abandonnez-vous à cette tutelle légale qui sera la sauvegarde la plus sûre du trône et de Votre Majesté. Emmaillotté dans les langes des formes et des procédures, vous ne voudrez alors que ce que la loi voudra, et la loi ne voudra que ce que voudront vos parlements et vos greniers à sel. Nous serons votre conseil, votre organe, et votre bras. Soumis et respectueux, nous concilierons le zèle avec l'obéissance, nous éclairerons l'autorité sans la combattre; et Votre Majesté, qui a déjà reçu de ses peuples le nom glorieux de *Bien-aimé*, devra encore à la magistrature le nom plus précieux de débonnaire. Telles sont, sire, les très-humbles et très-respectueuses remontrances que présentent à Votre Majesté,

Ses très-humbles, très-fidèles, très-soumis et très-obéissants sujets, les GENS *tenant son Grenier à sel.*

SERMON

DU PAPA NICOLAS CHARISTESKI,

PRONONCÉ DANS L'ÉGLISE DE SAINTE-TOLÉRANSKI,
VILLAGE DE LITHUANIE, LE JOUR DE SAINTE-ÉPIPHANIE.

(1771.)

Mes frères, nous faisons aujourd'hui la fête de trois grands rois, Melchior, Balthasar, et Gaspard, lesquels vinrent tous trois à pied des extrémités de l'Orient, conduits par une étoile épiphane, et chargés d'or, d'encens, et de myrrhe, pour les présenter à l'enfant Jésus. Où trouverons-nous aujourd'hui trois rois qui voyagent ensemble de bonne amitié avec une étoile, et qui donnent leur or à un petit garçon?

S'il y a de l'or dans le monde, ils se le disputent tous; ils ensanglantent la terre pour avoir de l'or, et ensuite ils se font donner de l'encens par mes confrères, qui ne manquent pas de leur dire, à la fin de leurs sermons, qu'ils sont sur la terre les images du Dieu vivant.

Nous croyons, du moins dans ma paroisse, que le Dieu vivant est doux, pacifique, qu'il est également le père de tous les hommes, que dans le fond du cœur il ne leur veut aucun mal; qu'il ne les a point formés pour être malheureux dans ce monde-ci, et damnés dans l'autre; ainsi nous ne regardons comme images de Dieu que les rois qui font du bien aux hommes.

Que Moustapha me pardonne donc si je ne puis le reconnaître pour image de Dieu. J'entends dire que cet homme, avec qui nous n'avions rien à démêler, s'est avisé d'abord de violer le droit des gens, de mettre dans les fers un ministre public[1] qu'il devait respecter, et qu'il a envoyé vers nos terres une troupe de brigands dévastateurs, n'osant pas y venir lui-même.

Je n'imaginerai jamais, mes frères, que Dieu et un Turc sanguinaire et poltron se ressemblent comme deux gouttes d'eau.

Mais ce qui m'étonne davantage, ce qui me fait dresser à la tête le peu de cheveux qui me restent, ce qui me fait crier *Heli*, *Heli*, *Lamma Sanathani*, ou *Laba Sanathani*, ce qui me fait suer sang et eau, c'est que je viens de lire dans un *Manifeste* de confédérés ou conjurés de Pologne, comme il vous plaira, ces propres paroles (page 5):

« La Sublime Porte, notre bonne voisine et fidèle alliée, excitée par les traités qui la lient à la république et par l'intérêt même qui l'attache à la conservation de nos droits, a pris les armes en notre faveur. Tout nous invite donc à réunir nos forces pour nous opposer à la chute de notre sainte religion. »

Ah! mes frères, en quoi cette porte est-elle sublime? C'est la Porte du palais bâti par Constantin, et ces barbares l'ont arrosée du sang du dernier des Constantins. Peut-on donner le nom de sublimes à des loups qui sont venus égorger toute la bergerie? Quoi! ce sont des chrétiens qui parlent, et ils osent dire qu'ils ont appelé les fidèles mahométans contre leur propre patrie, contre les chrétiens!

Braves Polonais, ce n'était pas ainsi qu'on entendit parler et qu'on vit agir votre grand Sobieski, lorsque, dans les plaines de Choczim[2], il lava dans le sang de ces brigands la honte de votre nation qui payait un tribut à la Sublime Porte; lorsque ensuite il sauva Vienne[3] du carnage et des fers; lorsqu'il remit l'empereur chrétien sur son trône: certes, vous n'appeliez pas alors ces ennemis du genre humain *vos bons voisins et vos fidèles alliés*.

Quel est le but, mes chers frères, de cette alliance monstrueuse avec la porte des Turcs? C'est d'exterminer les chrétiens, leurs frères, qui diffèrent d'eux sur quelques dogmes, sur quelques usages, et qui ne sont pas comme eux les esclaves d'un évêque italien.

Ils appellent la religion de cet Italien catholique et apostolique, oubliant que nous avons eu le nom de catholiques longtemps avant eux; que le mot de catholique est un terme de notre langue, ainsi que tous les termes consacrés au christianisme, que nous leur avons enseigné; que tous leurs évangiles sont grecs; que tous les Pères de l'Église des quatre premiers siècles ont été grecs; que les apôtres qui ont écrit

1. D'Obreskoff, ministre de Russie. (ÉD.)
2. En 1674. (ÉD.) — 3. En 1683. (ÉD.)

n'ont écrit qu'en grec ; et qu'enfin la religion romaine, si décriée dans la moitié de l'Europe, n'est (si notre esprit de douceur nous permet de le dire) qu'une bâtarde révoltée depuis longtemps contre sa mère.

Ils nous appellent des dissidents : à la bonne heure ; nous dissiderons, nous différerons d'eux, tant qu'il s'agira de sucer le sang des peuples, d'oser se croire supérieur aux rois, de vouloir soumettre les couronnes à une triple mitre, d'excommunier les souverains, de mettre les Etats en interdit, et de prétendre disposer de tous les royaumes de la terre.

Ces épouvantables extravagances n'ont j'amais été reprochées, grâce au ciel, à la vraie Église, à l'Église grecque. Nous avons eu nos sottises, nos impertinences comme les autres, mes chers frères, mais jamais de telles horreurs.

Dieu nous a donné un roi légitimement élu, un roi sage, un roi juste[1], à qui on ne peut reprocher la moindre prévarication depuis qu'il est sur le trône. Les confédérés ou conjurés le persécutent ; ils lui veulent ravir la couronne, et peut-être la vie, parce qu'ils le soupçonnent de quelque condescendance pour notre paroisse de Sainte-Toléranski.

L'auguste impératrice de Russie, Catherine II, l'héroïne de nos jours, la protectrice de la sainte Église catholique grecque, fermement convaincue que le Saint-Esprit procède du Père et non pas du Fils, et que le Fils n'a pas la paternité, a jeté sur nous des regards de compassion. C'en est assez pour que les Sarmates de l'Église latine se déclarent contre Catherine II.

Ils publient, dans leur manifeste du 4 juillet 1769 (page 241), « qu'ils opposent aux Russes le courage et la vertu ; que les Russes ne se sont jamais rendus dignes de la gloire militaire ; que leur armée n'ose se montrer devant l'armée de la Sublime Porte. »

On sait comment Catherine II a répondu à ces compliments, en battant les Turcs partout où ses armées les ont trouvés ; en les chassant de la Moldavie et de la Valachie entières ; en leur prenant presque toute la Bessarabie, Azof et Taganrok ; en faisant poser les armes à leurs Tartares, leur prenant leurs villes sur les deux bords du Pont-Euxin en Europe et en Asie ; enfin, en faisant partir des escadres du fond de la mer septentrionale pour aller détruire toute la flotte de la Sublime Porte à la vue des Dardanelles. Les Russes ont donc osé se montrer. Le Dieu Sabaoth a combattu pour eux, et il a été puissamment secondé par les Gédéons appelés *Orlof, Romanzoff, Gallitzin, Bauer, Showaloff,* et tant d'autres, qui ont rendu saint Nicolas si respectable aux mahométans.

Songez, mes chers auditeurs, que la main puissante de Catherine, qui écrase l'orgueil ottoman, est cette même main qui soutient notre Église catholique : c'est celle qui a signé que la première de ses lois est la tolérance ; et Dieu, dont elle est en ce moment la parfaite image, a répandu sur elle ses bénédictions.

1. Stanislas-Auguste. (ÉD.)

Elle est ointe, mes frères. Pourquoi donc les nations ont-elles médité des pauvretés contre l'ointe, comme dit le Psalmiste[1]? C'est qu'il n'est plus en Europe de Godefroi de Bouillon, de Scanderberg, de Mathias Corvin, de Morosini. Ce n'est que la Russie qui produit de tels hommes.

Aujourd'hui les chrétiens latins appellent le Grand-Turc leur saint-père. Grand saint Nicolas, descendez du ciel, où vous faites une si belle figure, et apportez dans ma paroisse l'étendard de Mahomet. Conjurés de Pologne, allez baiser la main de Catherine. Nations, ne frémissez plus, mais admirez.

Dieu m'est témoin que je ne hais pas les Turcs, mais je hais l'orgueil, l'ignorance, et la cruauté. Notre impératrice a chassé ces trois monstres. Prions Dieu et saint Nicolas de seconder toujours notre auguste impératrice.

LES
PEUPLES AUX PARLEMENTS.
(1771.)

Organes respectables des lois, créés pour les suivre et non pour les faire, écoutez le roi, et daignez aussi écouter les peuples.

Si la nation anglaise dispute aujourd'hui ses droits aux états généraux d'Angleterre, appelés parlement, permettez-nous de représenter les nôtres, à vous, tribunaux nommés parlements, qui n'êtes point les états.

Vous êtes hommes, vous avez tout ce qui est dans la nature de l'homme, le sentiment de l'honneur, la jalousie de vos droits, l'esprit de corps, l'amour du pouvoir; vous prétendez tous aux respects qu'on doit à vos utiles travaux. Souffrez donc que d'autres corps supérieurs à vous aient les mêmes sentiments, ou, si vous voulez, les mêmes passions.

« Au milieu du palais auguste, et presque sous le trône de nos rois, s'élève, sous le nom de conseil, un tribunal souverain, où l'on réforme les jugements, et où l'on juge les justices. C'est là que la faible innocence vient se mettre à couvert de l'ignorance ou de la malice des magistrats qui la poursuivent. C'est de là que partent ces foudres qui vont consumer l'iniquité jusqu'aux tribunaux les plus éloignés; c'est là qu'on règle le sort des juridictions douteuses; et que, du haut de sa dignité, le premier et universel magistrat, au milieu des juges d'une probité et d'une expérience consommée, veille sur tout l'empire de la justice, et sur la bonne ou la mauvaise conduite de ceux qui l'exercent. »

C'est ainsi que parlait l'orateur Fléchier, dans l'*Oraison funèbre* du chancelier Le Tellier.

Puisque vous citez si souvent les *Sermons* de Massillon, et jusqu'à

---

1. Psaume II, versets 1 et 2. (ÉD.)

la *Politique de l'Écriture sainte*, ouvrage indigne du grand Bossuet, nous pouvons citer aussi un homme éloquent. Mais si nous citions toujours, rien ne serait jamais prouvé.

Le conseil d'État existe certainement avant vous. Vous avez été établis pour rendre la justice suivant les lois émanées du roi en son conseil d'État. Vous le savez; voilà l'origine de toute jurisprudence dans notre nation.

Nous ne vous répéterons pas que les enregistrements qui pouvaient se faire au greffe du conseil d'État, ne furent admis au greffe du parlement de Paris que par convenance, et d'après l'exemple du greffier Montluc qui tenait un registre pour son utilité particulière.

Un tel usage n'est pas assurément une loi fondamentale, à moins qu'on ne regarde comme une loi fondamentale l'usage de se marier à Versailles plutôt qu'à Blois, d'être sacré dans la cathédrale de Reims plutôt que dans celle de Paris, et d'être inhumé à Saint-Denis plutôt qu'à Saint-Martin.

Coutume n'est pas loi. Nous ne faisons ici que vous répéter ce que vous nous avez enseigné.

Un dépôt des lois est nécessaire, sans doute; mais une querelle qui dure depuis François Ier entre les dépositaires des lois et le conseil du roi, une querelle qui a produit des effets si sanglants, n'était pas nécessaire.

Vous aimez la justice et la patrie. Il y a parmi vous un grand nombre d'hommes éclairés, savants, équitables; y en a-t-il moins dans le conseil d'État?

La différence entre ce tribunal suprême et les vôtres, c'est que ce conseil qui seul est aussi ancien que la monarchie, étant placé auprès du trône, est le centre où aboutissent toutes les affaires du royaume. Il voit tous les ressorts dont vous ne pouvez apercevoir qu'une partie. Les subsistances manquent dans une province; il sait quelle autre province pourra la soulager; quelle manufacture est utile dans une ville et nuisible dans une autre; quel canton a souffert du désordre des saisons, et quel secours il lui faut apporter; quelle maladie contagieuse menace un pays, et comment on peut en arrêter le cours. Il agit en tout comme vous agiriez à sa place; et il pense comme vous penseriez.

Composé de magistrats qui ont administré des provinces entières, il en connaît la force et la faiblesse; ce sont eux que l'on consulte, et que l'on doit consulter, quand il faut que la nation contribue aux besoins de la nation, et qu'elle paye à elle-même un tribut qui doit lui revenir par la circulation.

Vous ne pensez pas, sans doute, que ce conseil nombreux ne soit pas aussi intéressé que vous au maintien des lois, à la répartition juste des impôts nécessaires qu'il paye comme vous et nous. Il est citoyen comme vous et nous; mais il est juge suprême; et certes cet orateur a raison, qui dit que ce tribunal juge les justices.

Il les doit juger, puisqu'il est exempt des intérêts et des préjugés de corps qui agitent quelquefois un tribunal de province; puisqu'il n'est point exposé aux jalousies qui arment tant de compagnies les unes contre les autres jusque dans la capitale; puisqu'il n'a jamais de prérogatives à défendre contre un intendant, contre un gouvernement. Hors de la sphère de ces embarras et de ces querelles, c'est à lui de modérer ceux que leur état y expose.

Combien de fois l'esprit de parti qui divisera toujours les hommes, s'est-il glissé jusque dans les tribunaux les plus éclairés et les plus équitables? N'a-t-on pas vu les officiers du parlement de Rennes, dont les sentiments sont aussi nobles que leur naissance, partagés en deux factions?

Celui de Provence, qui a produit tant de magistrats illustres, et dont le procureur général [1] est si distingué par son éloquence, n'a-t-il pas eu dans son sein des membres qui se sont élevés contre lui dans la condamnation universelle prononcée contre les jésuites?

Ne fut-il pas si divisé dans le procès du frère Girard et de La Cadière, que la moitié des juges opina pour brûler frère Girard, et l'autre moitié pour condamner aux dépens les accusateurs?

Faut-il rappeler ici l'horrible événement des Calas? Les yeux des juges, si clairvoyants d'ailleurs, furent fascinés par les emportements d'une populace aveugle, par l'appareil d'un catafalque qu'éleva le zèle le plus imprudent, par cette fureur religieuse, qui allait jusqu'à invoquer comme un martyr, un malheureux mélancolique mort de sa propre main. Tout le parlement de Toulouse n'est pas détrompé encore. Plaignons la faiblesse humaine qui tombe si aisément dans l'erreur, et qui en sort si difficilement. La veuve de l'innocent Calas se traîne à Paris avec ses filles éplorées; tout le conseil d'État s'assemble pour juger la justice. Il me semble que je vois encore la plus jeune des filles s'évanouir à la porte du conseil : on la secourt; on lui dit : « Revenez à vous, voilà M. le duc de Choiseul qui arrive. »

A ce nom du plus généreux et du plus juste des hommes [2], elle reprend l'espérance; le chancelier, le conseil, exempt de préjugés, admet tout d'une voix la requête de cette vertueuse famille; et bientôt après, ce même conseil, au nombre de cinquante juges, convaincu par les pièces, et attendri par la vraie éloquence de MM. de Crosne et de Baquencourt, maîtres des requêtes, rend pleinement justice à la mémoire de Jean Calas, mort sur la roue par l'erreur de sept juges. Il recommande au roi la veuve et la famille. M. le duc de Choiseul [3], si cher à la nation, lui devient plus cher encore en obtenant que le roi répare par ses libéralités le malheur arrivé à Toulouse, si ce malheur est réparable.

Dans la partie du Barois ressortissante au parlement de Paris, un homme qui avait quelque argent sur lui est assassiné sur le grand chemin; un passant voit le coup et s'écarte. Le juge se transporte sur le lieu : c'était un endroit sablonneux. On trouve des traces de souliers

1. J. P. F. Ripert de Monclar, mort en 1773. (ÉD.)
2. L'édition du chancelier porte seulement : A ce nom, elle reprend, etc. (ÉD.)
3. Les cinq mots suivants étaient supprimés dans l'édition du chancelier. (ÉD.)

qui conduisent à la maison d'un laboureur nommé Martin ; on l'arrête, on le confronte avec le passant qui a été témoin du meurtre. Ce témoin le regarde : « Ce n'est pas lui, dit-il, je ne le reconnais pas. — Dieu soit loué, s'écrie le bon vieillard, en voilà un qui ne m'a pas reconnu ! »

Le juge qui se croit grand criminaliste, et qui veut se faire valoir, conclut que ces paroles signifient « : J'ai fait le crime, mais me voilà sauvé, on ne me reconnaît pas. »

Sur cet étrange raisonnement, digne d'un commentateur, et sur les traces d'un soulier, le juge, convaincu qu'il a tout découvert, n'examine rien. Il ne recherche point si l'argent volé se trouve dans la maison de l'accusé ; il n'interroge ni sa femme, ni aucun de ses sept enfants, ni une foule de voisins qui auraient tous rendu témoignage de l'innocence de ses mœurs. Il condamne ce vieillard à mourir sur la roue, après avoir été préalablement appliqué à la torture. Son bien est confisqué au profit du roi, comme si le roi avait besoin de la substance de cette famille. On envoie ce malheureux, chargé de fers, à la Conciergerie de Paris.

La Tournelle, surchargée de procès, et trop occupée, parce que son ressort était beaucoup trop vaste, confirme l'inique sentence avec une précipitation trop ordinaire : le malheureux était sans défenseur ; point d'avocat chargé de consoler les prisonniers, et prendre en main la cause des innocents (jurisprudence affreuse !) ; et vous remarquerez que le voyage de Bar à Paris, et de Paris à Bar, l'instruction, l'exécution, coûtent plus que les appointements des conseillers aux six nouveaux conseils souverains. Le condamné est brisé dans les tortures, rompu vif, et meurt sur la roue, en demandant au ciel une vengeance qu'on n'obtient point. Sa femme meurt désespérée ; ses enfants, dispersés, demandent l'aumône dans d'autres provinces.

Quelque temps après l'exécution, le voleur meurtrier est condamné prévôtalement pour d'autres crimes : il avoue qu'il est coupable de celui pour lequel l'innocent a péri.

On mande cette aventure horrible à un solitaire [1] ; on lui envoie des pièces probantes. Il écrit à un conseiller du parlement de Paris [2], né avec une belle âme, et qui était dans cet heureux âge de la jeunesse, où le cœur s'ouvre à la sensibilité et à la compassion. Ce magistrat court au greffe criminel ; il trouve, après de longues recherches, un extrait de l'arrêt, sur un papier de minute. On promet de réhabiliter la mémoire du mort ; inutile cérémonie qui ne rend pas de pain à une famille vagabonde, transplantée avec sa honte en Hongrie, parmi tant d'autres familles lorraines. Cependant cette vaine formalité même est oubliée ; le torrent des affaires entraînait bientôt ailleurs tous les esprits, et la folie d'entacher les vivants fit négliger ce qu'on devait aux morts.

Nous attesterons M. l'avocat général Séguier, dans la catastrophe du

1. Voltaire lui-même. (ÉD.) — 2. D'Hornoy, neveu de Voltaire. (ÉD.)

lieutenant général Lally. Il savait que ce brave homme n'était coupable ni de trahison ni de péculat : il conclut en sa faveur. Il est vrai que la tête du comte Lally, altérée par la chaleur du climat de Pondichéri, et plus encore par le désastre de nos armes, ne lui laissa pas la prudence nécessaire pour commander. Il se fit, par l'excès de ses emportements, autant d'ennemis qu'il avait d'officiers de tout genre sous ses ordres. Ils demandèrent sa condamnation ; leur animosité enflamma les juges ; on traîna un général des armées du roi dans un tombereau, avec un bâillon à la bouche. S'il était mort de la main des officiers qu'il insulta, personne ne l'aurait plaint ; on le livra au bourreau, on le plaindra à jamais. Juges suprêmes, jugez les justices.

Que dirons-nous de deux malheureux enfants, l'un de dix-neuf ans, l'autre de dix-sept, coupables d'irrévérence, d'emportements de jeunesse, et même de quelques profanations, mais non publiques ? Six mois de Saint-Lazare les auraient corrigés. Le zèle indiscret d'un seul homme [1], et des circonstances malheureuses, les livrent aux plus épouvantables supplices, à des supplices dont on punirait à peine des parricides. Ils y sont condamnés sur une loi très-équivoque, et nous n'avons que trop de ces lois.

L'un d'eux subit son arrêt, après avoir été appliqué à la torture, uniquement parce que la torture est d'usage. L'Europe en frémit depuis Moscou jusqu'à Rome. Il serait devenu un des meilleurs officiers de nos armées. Qui le croirait ? il est mort comme Socrate, il aurait vécu comme lui. Est-ce ainsi qu'on doit prodiguer le sang de la noblesse et de la jeunesse !

L'autre échappe par la fuite, et sert avec autant de distinction que de sagesse sous un roi philosophe et victorieux, qui connaît son mérite. Juges suprêmes, jugez les justices.

Nous pourrions étaler aux yeux des peuples effrayés trente exemples de jugements atroces et de sang ainsi répandu, qui crient vengeance. Nous pourrions faire voir combien il est nécessaire qu'aucun citoyen ne soit mis à mort sans que les motifs de sa condamnation soient envoyés au chef de la justice, ainsi qu'il se pratique chez les nations les plus policées de l'Orient et de l'Occident. Nous pourrions tristement démontrer combien nous sommes encore barbares dans le sein de la politesse et des plaisirs. Nous pourrions crier que notre jurisprudence criminelle, dont Louis XIV a commencé la réforme, doit être réformée par Louis XV. On nous fait espérer qu'elle le sera. Attendons ce nouveau bienfait.

Jouissons avec reconnaissance du droit qu'on nous donne de faire rendre la justice dans nos terres aux dépens du roi. Rendons grâces aux six conseils établis qui préviennent la ruine de six cents familles qu'on traînait auparavant de cent lieues, et même de cent cinquante, aux pieds d'un tribunal ignorant de leurs coutumes.

A quel point l'esprit de parti n'aveugle-t-il pas les hommes, puisqu'on a osé calomnier cette grâce insigne, et nous inviter à être ingrats !

1. L'évêque d'Amiens. (Éd.)

On nous dit que ces établissements si longtemps désirés, et aujourd'hui si critiqués, coûteront trop d'argent. Ils coûteront dix fois moins que le transport des prisonniers qui épuisait le domaine.

On sonne le tocsin pour nous alarmer; on nous répète que nous allons devenir esclaves, dès le moment que les juges ne recevront plus d'épices. Tremblez, nous dit-on, les impôts vont pleuvoir, quand le parlement de Paris ne jugera plus les procès de Châlons-sur-Marne.

C'est bien mal connaître le cœur humain. Un régiment placé au poste d'honneur, au lieu d'un autre, n'en est que plus courageux, n'en fait que mieux son devoir. Qu'on propose un édit bursal, ruineux et injuste, il n'y aura pas un conseiller du nouveau parlement qui n'élève sa voix, et qui ne se jette au pied du trône, entre le roi et la nation.

On a intéressé la bonté et la grandeur d'âme de plusieurs princes du sang à réclamer contre quelques parties d'un édit dont tant de points nous sont favorables. Nous réclamons aussi cette magnanimité qu'ils ont montrée. Nous ne doutons pas que leurs nobles représentations n'aient obtenu le rappel dans leurs terres de tant de respectables exilés; nous les en remercions, nous les en vénérons davantage. Mais nous sommes sûrs que ces princes ne voudraient pas que le roi défît son propre ouvrage, qu'il cassât le nouveau parlement, pour rétablir l'ancien; qu'il ôtât à six provinces la consolation qu'il vient de leur donner, qu'il étalât aux yeux de l'Europe étonnée une inconstance qui flétrirait sa gloire et celle de sa maison. Nous osons dire à chacun d'eux : « Si vous étiez roi, vous nous feriez le bien que veut nous faire Louis XV. »

Enfin, on répète que les finances sont dérangées. Est-ce donc la faute du nouveau parlement et des six conseils provinciaux, si le royaume a été épuisé par une guerre malheureuse, si nous avons perdu le Canada, si nos flottes ont péri, si notre commerce a été ruiné? Certes, aucun parlement n'a pu ni prévenir, ni réparer tant de pertes. L'économie seule peut fermer nos blessures. Louis XV aime la mémoire de Henri IV; son conseil de finance aime la mémoire du duc de Sully : espérons; et en révérant notre monarque, en disant : *Vive le roi!* disons : *Vive la liberté et la propriété!*

L'ÉQUIVOQUE.

(1771.)

Parlements du royaume! le citoyen qui vous parle n'est ni homme de cour, ni homme de robe, ni d'aucun parti. Il aime sa patrie et la vérité; et si on vous dit jamais qu'il ait accepté la moindre faveur du ministère, regardez-le comme un homme indigne de vous parler, et faites-lui son procès comme à un coupable.

Vous êtes chargés de rendre la justice aux peuples; commencez par la rendre à vous-mêmes.

La Cour du Banc du roi en Angleterre, la Chambre impériale en Allemagne, la Rota dans Rome, les Audiences en Espagne, le Cadi en Turquie, ne gouvernent point l'État, ne représentent point la nation, ne sont les tuteurs ni des rois, ni des empereurs, ni des souverains qui règnent aujourd'hui dans Rome.

Permettez-moi, quand vous faites des remontrances dont le droit vous est accordé, de vous remontrer qu'il n'y a sur le globe entier aucune cour de judicature qui ait jamais tenté de partager la puissance souveraine.

Une équivoque a produit le trouble où nous sommes. Ce mot de parlement qui signifie, en Angleterre, états généraux, vous a pu faire penser que vous représentiez les états généraux de la France; ou du moins vous avez agi comme si vous le pensiez, ou comme si vous en étiez l'ombre. Cette ambition est naturelle; elle est pardonnable à des corps dont plusieurs membres seraient, en effet, dignes de représenter la nation, et de soutenir ses droits.

Mais, au nom de la vérité, voyez qui vous êtes.

Le parlement de Paris est une compagnie très-respectable, qui a succédé, par un édit de Philippe le Bel, aux quatre grands bailliages établis par saint Louis, et au grand conseil établi par ses ancêtres.

Les autres parlements ont été formés par les successeurs de Philippe le Bel, uniquement pour rendre la justice, et tous indépendants les uns des autres.

Les enregistrements des édits n'ont été faits dans le parlement de Paris, et ensuite dans ceux des provinces, que pour avoir un dépôt sûr entre les mains d'une compagnie permanente et paisible. Les rois avaient perdu leurs chartriers dans la guerre.

Il arriva, sous Philippe le Bel, qu'un conseiller ou greffier au parlement (car on ne sait pas précisément lequel) rassembla, pour son utilité particulière, un recueil des arrêts, ordonnances, édits faits avant lui. On nomma ce mémoire *Regestum*, registre, dans le latin barbare, et dans le français encore plus barbare de ces temps-là.

L'usage d'un tel recueil parut convenable. Les rois s'accoutumèrent depuis à faire enregistrer au parlement leurs ordonnances, et même leurs traités avec les puissances étrangères.

Charles V fut le premier qui fit enregistrer solennellement un édit à son parlement; c'était celui de la majorité des rois. Ainsi les usages s'établissent.

Ainsi prévalut la coutume de recevoir des épices en argent, et de faire payer les arrêts aux parties, quand on eut volé la caisse des gages du parlement, qui rendait auparavant gratuitement la justice.

Ainsi les offices du parlement, qui n'étaient d'abord que pour six semaines, furent pour tout le temps qu'il plairait au roi : *quamdiu voluntati nostræ placuerit.*

Ainsi les prélats, qui avaient d'abord eu séance dans cette assemblée, en furent exclus.

Ainsi les barons, qui seuls composaient le parlement, cédèrent la place aux gradués.

Ainsi, les offices qui étaient auparavant amovibles, furent déclarés ne vaquer que par mort ou par résignation sous Louis XI[1].

Ainsi tout a changé en France, selon les temps et selon les volontés des rois qui se conformaient aux temps. Vous le savez mieux que moi, et quiconque est un peu versé dans notre histoire, en est assez convaincu.

La vénalité honteuse des charges de judicature fut le triste effet du dérangement des finances sous François Ier, et prouve assez que, quand ce premier ressort du gouvernement est détraqué, tout le reste de la machine se ressent d'un défaut qui produit tous les autres.

Un roi sage, placé sur le trône depuis plus longtemps qu'aucun des monarques ses contemporains; un roi sorti de la plus ancienne maison qui ait jamais régné, veut, après cinquante-six ans consumés dans les fatigues et dans les vicissitudes du gouvernement, délivrer la France de cet opprobre de la vénalité, opprobre dont elle seule est souillée sur la terre. Il forme six conseils dans les provinces, qui rendront sans frais la justice; le ressort du parlement de Paris en est moins vaste, mais les provinces sont soulagées; des familles entières ne sont plus traînées en foule, de cent lieues, dans les prisons de la Conciergerie, sous des accusations frivoles. La multiplicité et le torrent des affaires ne forcent plus la Tournelle à jeter un coup d'œil rapide sur des procès criminels, instruits par des juges subalternes, ignorants, et à livrer des innocents aux plus affreux supplices; cruels exemples dont nous n'avons que trop de preuves !

Les seigneurs, dans leurs terres, peuvent faire exécuter les lois, et maintenir la justice aux dépens du roi; ils ne sont plus dans la nécessité douloureuse de laisser impuni le meurtre, et de dérober le criminel à la juste sévérité des lois, dans la crainte d'être ruinés pour avoir rendu justice.

Il faut être sans cœur et sans raison pour ne pas rendre grâces au roi, dans la génération présente, d'un bienfait qui sera reconnu dans la dernière postérité. Si Dieu envoyait sur la terre un ministre de ses volontés célestes, pour réformer nos abus, il commencerait par faire ce que fait Louis XV dans cette partie de l'administration.

Et vous, par où commencez-vous? par déclarer que les bienfaits du roi sont des oppressions; par défendre qu'on obéisse aux ordres les plus salutaires; par nous interdire la jouissance de ses bontés; par ordonner qu'on ne reconnaisse point ces conseils supérieurs, institués par la même autorité sacrée qui créa les parlements.

Le roi tire de son grand conseil, qui était autrefois le conseil royal, et de quelques autres tribunaux, des officiers qui forment le parlement de Paris, resserré désormais dans des bornes plus étroites et plus convenables à l'étendue du royaume. Que faites-vous? puis-je le dire sans frémir? vous rendez un arrêt contre ces magistrats, comme s'ils étaient vos justiciables. Vous les déclarez prévaricateurs, ravis-

---

1. Consultez le sage et judicieux ouvrage intitulé : *Considérations sur l'édit de décembre* 1770....

seurs, ennemis de l'État. Cependant vous êtes Français. Ce ne sont pas des aldermans de Londres qui vous ont inspirés. Vous aimez la patrie, mais la servez-vous? En auriez-vous agi ainsi lorsque Louis XIV gouvernait? Jugez vous-mêmes vos arrêts. Que feriez-vous si vous étiez sur le trône, et si un tribunal érigé par vous calomniait vos bienfaits, outrageait si violemment les premiers magistrats du royaume, foulait aux pieds vos édits, avilissait la majesté royale, et semblait ériger cent trônes démocratiques sur les débris d'un trône qui subsiste depuis près de quatorze cents années; que feriez-vous?

Nous n'en sommes pas à cette dernière extrémité. Vous semblez craindre la tyrannie, qui pourrait prendre un jour la place d'un pouvoir modéré; mais craignons encore plus l'anarchie qui n'est qu'une tyrannie tumultueuse.

Jugez, et prononcez. *Erudimini qui judicatis terram, et nunc, reges, intelligite*[1].

LA MÉPRISE D'ARRAS.

(1771.)

Il est nécessaire de justifier la France de ces accusations de parricide qui se renouvellent trop souvent, et d'inviter les juges à consulter mieux les lumières de la raison et la voix de la nature.

Il serait dur de dire à des magistrats : « Vous avez à vous reprocher l'erreur et la barbarie; » mais il est plus dur que des citoyens en soient les victimes.

Sept hommes prévenus peuvent tranquillement livrer un père de famille aux plus affreux supplices. Or, qui est le plus à plaindre ou des familles réduites à la mendicité, dont les pères, les mères, les frères, sont morts injustement dans des supplices épouvantables, ou des juges tranquilles et sûrs de l'impunité, à qui l'on dit qu'ils se sont trompés, qui écoutent à peine ce reproche, et qui vont se tromper encore?

Quand les supérieurs font une injustice évidente et atroce, il faut que cent mille voix leur disent qu'ils sont injustes. Cet arrêt, prononcé par la nation, est leur seul châtiment; c'est un tocsin général qui éveille la justice endormie, qui l'avertit d'être sur ses gardes, qui peut sauver la vie à des multitudes d'innocents.

Dans l'aventure horrible des Calas, la voix publique s'est élevée contre un capitoul fanatique qui poursuivit la mort d'un juste, et contre huit magistrats trompés qui la signèrent. Je n'entends pas ici par *voix publique* celle de la populace qui est presque toujours absurde; ce n'est point une voix, c'est un cri de brutes : je parle de cette voix de tous les honnêtes gens réunis qui réfléchissent, et qui, avec le temps, portent un jugement infaillible.

1. Ps. II, v. 10. (ÉD.)

La condamnation des Sirven à la mort a fait moins de bruit dans l'Europe, parce qu'elle n'a pas été exécutée; mais tous ceux qui ont appris les conclusions du magister de village nommé Trinquier, chargé des fonctions de procureur du roi dans cette affaire, ont parlé auss haut que dans l'assassinat juridique des Calas.

Ce Trinquier avait donné ses conclusions en ces propres mots, très remarquables : « Nous requérons l'accusé dûment atteint et convaincu de parricide, qu'il soit banni pour dix ans de la ville et juridiction de Mazamet. »

Du moins, dans l'énoncé des conclusions de cet imbécile, il n'y avait qu'un excès de ridicule et de bêtise, au lieu que les conclusions du procureur général de Toulouse, dans le procès des Calas, allaient à rouer le fils avec le père, et à brûler la mère toute vive sur les corps de son époux et de son fils. Une mère! et la mère la plus tendre et la plus respectable!

Cette voix publique prononçait donc, avec raison, que deux choses sont absolument nécessaires à un magistrat, le sens commun et l'humanité.

Elle était bien forte, cette voix; elle montrait la nécessité du tribunal suprême du conseil d'État qui juge les justices; elle réclamait son autorité, alors tellement négligée, que l'arrêt du conseil qui justifia les Calas ne put jamais être affiché dans Toulouse.

Quelquefois, et peut-être trop souvent, au fond d'une province, des juges prodiguaient le sang innocent dans des supplices épouvantables; la sentence et les pièces du procès arrivaient à la Tournelle de Paris avec le condamné. Cette chambre, dont le ressort était immense, n'avait pas le temps de l'examen; la sentence était confirmée. L'accusé, que des archers avaient conduit dans l'espace de quatre cents milles, à très-grands frais, était ramené pendant quatre cents milles, à plus grands frais, au lieu de son supplice; et cela nous apprend l'éternelle reconnaissance que nous devons au roi d'avoir diminué ce ressort, d'avoir détruit ce grand abus, d'avoir créé des conseils supérieurs dans les provinces, et surtout d'avoir fait rendre gratuitement la justice.

Nous avons déjà parlé ailleurs du supplice de la roue, dans lequel périt, il y a peu d'années, ce bon cultivateur, ce bon père de famille, nommé Martin, d'un village du Barois ressortissant au parlement de Paris. Le premier juge condamna ce vieillard à la torture qu'on appelle *ordinaire et extraordinaire*, et à expirer sur la roue; et il le condamna non-seulement sur les indices les plus équivoques, mais sur des présomptions qui devaient établir son innocence.

Il s'agissait d'un meurtre et d'un vol commis auprès de sa maison, tandis qu'il dormait profondément entre sa femme et ses sept enfants. On confronte l'accusé avec un passant qui avait été témoin de l'assassinat. « Je ne le reconnais pas, dit le passant; ce n'est pas là le meurtrier que j'ai vu; l'habit est semblable, mais le visage est différent. — Ah! Dieu soit loué, s'écrie le bon vieillard, ce témoin ne m'a pas reconnu. »

Sur ces paroles, le juge s'imagine que le vieillard, plein de l'idée de son crime, a voulu dire : « Je l'ai commis, on ne m'a pas reconnu, me voilà sauvé; » mais il est clair que ce vieillard, plein de son innocence, voulait dire : « Ce témoin a reconnu que je ne suis pas coupable; il a reconnu que mon visage n'est pas celui du meurtrier. » Cette étrange logique d'un bailli, et des présomptions encore plus fausses, déterminent la sentence précipitée de ce juge et de ses assesseurs. Il ne leur tombe pas dans l'esprit d'interroger la femme, les enfants, les voisins, de chercher si l'argent volé se trouve dans la maison, d'examiner la vie de l'accusé, de confronter la pureté de ses mœurs avec ce crime. La sentence est portée; la Tournelle, trop occupée alors, signe sans examen : *Bien jugé.* L'accusé expire sur la roue devant sa porte; son bien est confisqué; sa femme s'enfuit en Autriche avec ses petits enfants. Huit jours après, le scélérat qui avait commis le meurtre est supplicié pour d'autres crimes : il avoue, à la potence, qu'il est coupable de l'assassinat pour lequel ce bon père de famille est mort.

Une fatalité singulière fait que je suis instruit de cette catastrophe. J'en écris à un de mes neveux, conseiller au parlement de Paris. Ce jeune homme vertueux et sensible trouve, après bien des recherches, la minute de l'arrêt de la Tournelle, égarée dans la poudre d'un greffe. On promet de réparer ce malheur; les temps ne l'ont pas permis; la famille reste dispersée et mendiante dans le pays étranger, avec d'autres familles que la misère a chassées de leur patrie.

Des censeurs me reprochent que j'ai déjà parlé de ces désastres : oui, j'ai peint et je veux repeindre ces tableaux nécessaires, dont il faut multiplier les copies; j'ai dit et je redis que la mort de la maréchale d'Ancre et celle du maréchal Marillac sont la honte éternelle des lâches barbares qui les condamnèrent. On doit répéter à la postérité qu'un jeune gentilhomme de la plus grande espérance pouvait ne pas être condamné à la torture, au supplice du poing coupé, de la langue arrachée et de la mort dans les flammes, pour quelques emportements passagers de jeunesse, dont un an de prison l'aurait corrigé; pour des indiscrétions si secrètes, si inconnues, qu'on fut obligé de les faire révéler par des monitoires, ancienne procédure de l'inquisition. L'Europe entière s'est soulevée contre cette sentence; il faut empêcher que l'Europe ne l'oublie.

On doit redire que le comte de Lally n'était coupable ni de péculat ni de trahison. Ses nombreux ennemis l'accusèrent avec autant de violence qu'il en avait déployé contre eux. Il est mort sur l'échafaud : ils commencent à le plaindre.

Plus d'une fois on s'est récrié contre la rigueur du supplice de ce garde du corps qui fut pendu pour s'être fait quelques blessures, afin de s'attirer une petite récompense, et de ce malheureux qu'on appelait *le fou de Verberie*, qui fut puni par la mort des sottises sans conséquence qu'il avait dites dans un souper.

N'est-il pas bien permis, que dis-je! bien nécessaire d'avertir souvent les hommes qu'ils doivent ménager le sang des hommes? On répète tous les jours des vérités qui ne sont de nulle importance; on avertit plusieurs fois qu'un ex-jésuite, aussi hardi qu'ignorant, s'est grossièrement trompé en affirmant qu'aucun roi de la première race n'eut plusieurs femmes à la fois, en assurant que le roi Henri III n'assiégea point la ville de Livron, etc., etc., etc. On réfute en vingt endroits les calomnies dont un autre ex-jésuite, nommé Patouillet, a souillé des mandements d'évêques. On est forcé à ces répétitions, parce que ce qui échappe à un lecteur est recueilli par un autre; parce que ce qui est perdu dans une brochure se retrouve dans un livre nouveau. Les écrivains de Port-Royal ont mille fois redoublé leurs plaintes contre leurs adversaires. Quoi! on aura répété mille fois que les cinq propositions ne sont pas expressément dans Jansénius, dont personne ne se soucie, et on ne répéterait pas des vérités fatales qui intéressent le genre humain! Je voudrais que le récit de toutes les injustices retentît sans cesse à toutes les oreilles. Je vais donc exposer encore la *méprise d'Arras*, d'après une consultation authentique de treize avocats, et celle du savant professeur M. Louis.

Il ne s'agit que d'une famille obscure et pauvre de la ville de Saint-Omer : mais le plus vil citoyen massacré sans raison avec le glaive de la loi est précieux à la nation et au roi qui la gouverne.

PROCÈS CRIMINEL DU SIEUR MONTBAILLI ET DE SA FEMME.

Une veuve nommée Montbailli, du nom de son mari, âgée de soixante ans, d'un embonpoint et d'une grosseur énorme, avait l'habitude de s'enivrer du poison qu'on appelle si improprement *eau-de-vie*. Cette funeste passion, très-connue dans la ville, l'avait déjà jetée dans plusieurs accidents qui faisaient craindre pour sa vie. Son fils Montbailli et sa femme Danel couchaient dans l'antichambre de la mère; tous trois subsistaient d'une manufacture de tabac que la veuve avait entreprise. C'était une concession des fermiers généraux qu'on pouvait perdre par sa mort, et un lien de plus qui attachait les enfants à sa conservation; ils vivaient ensemble, malgré les petites altercations si ordinaires entre les jeunes femmes et leurs belles-mères, surtout dans la pauvreté. Ce Montbailli avait un fils, autre raison plus puissante pour le détourner du crime. Sa principale occupation était la culture d'un jardin de fleurs, amusement des âmes douces. Il avait des amis; les cœurs atroces n'en ont jamais.

Le 27 juillet 1770, une ouvrière se présente à sept heures du matin à sa porte pour parler à la veuve. Montbailli et son épouse étaient couchés; la jeune femme dormait encore (circonstance essentielle qu'il faut bien remarquer). Montbailli se lève, et dit à l'ouvrière que sa mère n'est pas éveillée. On attend longtemps; enfin on entre dans la chambre, on trouve la vieille femme renversée sur un petit coffre près de son lit, la tête penchée à terre, l'œil droit meurtri d'une plaie assez profonde, faite par la corne du coffre sur lequel elle était tombée, le visage livide et enflé, quelques gouttes de sang échappées du nez, dans lequel il s'était formé un caillot considérable. Il était visible qu'elle était morte d'une apoplexie subite, en sortant de son lit et en se débattant. C'est une fin très-commune dans la Flandre à tous ceux qui boivent trop de liqueurs fortes.

Le fils s'écrie : *Ah, mon Dieu! ma mère est morte!* il s'évanouit; sa femme se lève à ce cri, elle accourt dans la chambre.

L'horreur d'un tel spectacle se conçoit assez. Elle crie au secours; l'ouvrière et elle appellent les voisins. Tout cela est prouvé par les dépositions. Un chirurgien vient saigner le fils; ce chirurgien reconnaît bientôt que la mère est expirée. Nul doute, nul soupçon sur le genre de sa mort; tous les assistants consolent Montbailli et sa femme. On enveloppe le corps sans aucun trouble; on le met dans un cercueil; et il doit être enterré le 29 au matin, selon les formalités ordinaires.

Il s'élève des contestations entre les parents et les créanciers pour l'apposition du scellé. Montbailli le fils est présent à tout; il discute tout avec une présence d'esprit imperturbable et une affliction tranquille que n'ont jamais les coupables.

Cependant quelques personnes du peuple, qui n'avaient rien vu de tout ce qu'on vient de raconter, commencent à former des soupçons; elles ont appris que, la veille de sa mort, la Montbailli, étant ivre, avait voulu chasser de sa maison son fils et sa belle-fille; qu'elle leur avait fait même signifier, par un procureur, un ordre de déloger; que lorsqu'elle eut repris un peu ses sens, ses enfants se jetèrent à ses genoux, qu'ils l'apaisèrent, et qu'elle les remit au lendemain matin pour achever la réconciliation. On imagina que Montbailli et sa femme avaient pu assassiner leur mère pour se venger; car ce ne pouvait être pour hériter, puisqu'elle a laissé plus de dettes que de bien.

Cette supposition, tout improbable qu'elle était, trouva des partisans, et peut-être parce qu'elle était improbable. La rumeur de la populace augmenta de moment en moment, selon l'ordinaire; le cri devint si violent, que le magistrat fut forcé d'agir; il se transporte sur les lieux; on emprisonne séparément Montbailli et sa femme, quoiqu'il n'y eût ni corps de délit, ni plainte, ni accusation juridique, ni vraisemblance de crime.

Les médecins et les chirurgiens de Saint-Omer sont mandés pour examiner le cadavre et pour faire leur rapport. Ils disent unanimement « que la mort a pu être causée par une hémorrhagie que la plaie de l'œil a produite, ou par une suffocation. »

Quoique leur rapport n'ait pas été assez exact, comme le prouve le professeur Louis, il était pourtant suffisant pour disculper les accusés. On trouva quelques gouttes de sang auprès du lit de cette femme; mais elles étaient la suite évidente de la blessure qu'elle s'était faite à l'œil en tombant. On trouva une goutte de sang sur l'un des bas de l'accusé; mais il était clair que c'était un effet de sa saignée. Ce qui le justifiait bien davantage, c'était sa conduite passée, c'était la douceur reconnue de son caractère. On ne lui avait rien reproché jusqu'alors; il était moralement impossible qu'il eût passé en un moment de l'innocence de sa vie au parricide, et que sa jeune femme eût été sa complice. Il était physiquement impossible, par l'inspection du ca-

davre, que la mère fût morte assassinée ; il n'était pas dans la nature
que son fils et sa fille eussent dormi tranquillement après ce crime,
qui aurait été leur premier crime, et qu'on les eût vus toujours sereins
dans tous les moments où ils auraient dû être saisis de toutes les agitations que produisent nécessairement le remords d'une si horrible action et la crainte du supplice. Un scélérat endurci peut affecter de la
tranquillité dans le parricide : mais deux jeunes époux !

Les juges connaissaient les mœurs de Montbailli ; ils avaient vu toutes
ses démarches ; ils étaient parfaitement instruits de toutes les circonstances de cette mort. Ainsi ils ne balancèrent pas à croire le mari et
la femme innocents. Mais la rumeur populaire, qui, dans de telles
aventures, se dissipe bien moins aisément qu'elle ne s'élève, les força
d'ordonner un plus amplement informé d'une année, pendant laquelle
les accusés demeureraient en prison.

Le procureur du roi appela de cette sentence au conseil d'Artois,
dont Saint-Omer ressortit. Il pouvait en effet la trouver trop rigoureuse, puisque les accusés, reconnus innocents, demeuraient renfer-
més dans un cachot pendant une année entière. Mais l'appel fut ce
qu'on appelle *a minima*, c'est-à-dire d'une trop petite peine à une
plus grande, sorte de jurisprudence inconnue aux Romains nos législateurs, qui n'imaginèrent jamais de faire juger deux fois un accusé
pour augmenter son supplice, ou pour le traiter en criminel après
qu'il a été déclaré innocent ; jurisprudence cruelle dont le contraire est
raisonnable et humain ; jurisprudence qui dément cette loi si naturelle,
non bis in idem.

Le conseil supérieur d'Arras jugea Montbailli et sa femme sur les
seuls indices qui n'avaient pas même paru des indices aux juges de
Saint-Omer, beaucoup mieux informés, puisqu'ils étaient sur les lieux.

Malheureusement on ne convient pas trop quels sont les indices
assez puissants pour engager un juge à commencer à disloquer les
membres d'un citoyen, son égal, par le tourment de la question.
L'ordonnance de 1670 n'a rien statué sur cette affreuse opération pré-
liminaire. Un indice n'est précisément qu'une conjecture ; d'ailleurs
les lois romaines n'ont jamais appliqué un citoyen romain à la torture, ni sur aucune conjecture, ni sur aucune preuve. La barbarie de
la question ne fut d'abord exercée sur des hommes libres que par l'inquisition. On prétend qu'originairement elle fut inventée par des voleurs qui voulaient forcer un père de famille à découvrir son trésor ;
mais soit voleurs, soit inquisiteurs, on sait assez qu'elle est plus
cruelle qu'utile. Quant aux indices, on sait encore combien ils sont in-
certains. Ce qui forme un soupçon violent dans l'esprit d'un homme
est très-équivoque, très-faible aux yeux d'un autre. Ainsi le supplice
de la question et celui de la mort sont devenus des choses arbitraires
parmi nous, pendant que, chez tant d'autres nations, la torture est
abolie comme une barbarie inutile, et qu'il est sévèrement défendu de
faire mourir un homme sur de simples indices[1].

1. Quand les juges n'ont point vu le crime, quand l'accusé n'a point été saisi

Du moins la torture ne doit être ordonnée en France que lorsqu'il y a préalablement un corps de délit; et il n'y en avait point. Une femme morte d'apoplexie, soupçonnée vaguement d'avoir été assassinée, n'est point un corps de délit.

Après les indices viennent ce qu'on appelle des *demi-preuves*, comme s'il y avait des demi-vérités.

Mais enfin on n'avait contre Montbailli ni demi-preuve ni indice; tout parlait manifestement en sa faveur. Comment donc s'est-il pu faire que le conseil d'Arras, après avoir reçu les dénégations toujours simples, toujours uniformes de Montbailli et de sa femme, ait condamné le mari à souffrir la question ordinaire et extraordinaire, à mourir sur la roue, après avoir eu le poing coupé; la femme à être pendue et jetée dans les flammes?

Serait-il vrai que les hommes accoutumés à juger les crimes contractassent l'habitude de la cruauté, et se fissent à la longue un cœur d'airain? se plairaient-ils enfin aux supplices, ainsi que les bourreaux? la nature humaine serait-elle parvenue à ce degré d'atrocité? faut-il que la justice, instituée pour être la gardienne de la société, en soit devenue quelquefois le fléau? cette loi universelle dictée par la nature, qu'il vaut mieux hasarder de sauver un coupable que de punir un innocent, serait-elle bannie du cœur de quelques magistrats trop frappés de la multitude des délits?

La simplicité, la dénégation invariable des accusés, leurs réponses modestes et touchantes qu'ils n'avaient pu se communiquer, la constance attendrissante de Montbailli dans les tourments de la question, rien ne put fléchir les juges; et, malgré les conclusions d'un procureur général très-éclairé, ils prononcèrent leur arrêt.

Montbailli fut renvoyé à Saint-Omer pour y subir cet arrêt, prononcé le 9 novembre 1770; il fut exécuté le 19 du même mois.

Montbailli, conduit à la porte de l'église, demande en pleurant pardon à Dieu de toutes ses fautes passées; et il jure à Dieu « qu'il est innocent du crime qu'on lui impute. » On lui coupe la main; il dit : « Cette main n'est point coupable d'un parricide. » Il répète ce serment sous les coups qui brisent ses os : prêt d'expirer sur la roue, il dit à son confesseur : « Pourquoi voulez-vous me forcer à faire un mensonge? en prenez-vous sur vous le crime? »

Tous les habitants de Saint-Omer, témoins de sa mort, lui donnent des larmes; non pas de ces larmes que la pitié arrache au peuple pour les criminels même dont il a demandé le supplice; mais celles que

en flagrant délit, qu'il n'y a point de témoins oculaires, que les déposants peuvent être ennemis de l'accusé, il est démontré qu'alors le prévenu ne peut être jugé que sur des probabilités. S'il y a vingt probabilités contre lui, ce qui est excessivement rare, et une seule en sa faveur, de même force que chacune des vingt, il y a du moins un contre vingt qu'il n'est point coupable. Dans ce cas, il est évident que des juges ne doivent pas jouer à vingt contre un le sang innocent. Mais si, avec une seule probabilité favorable, l'accusé nie jusqu'au dernier moment, ces deux probabilités, fortifiées l'une par l'autre, équivalent aux vingt qui le chargent. En ce dernier cas, condamner un homme, ce n'est pas le juger, c'est l'assassiner au hasard. Or, dans le procès de Montbailli, il y avait beaucoup plus d'apparence de l'innocence que du crime.

la conviction de son innocence a fait répandre longtemps dans cette ville.

Tous les magistrats de Saint-Omer ont été et sont encore convaincus ques ces infortunés n'étaient point coupables.

La femme de Montbailli, qui était enceinte, est restée dans son cachot d'Arras pour être exécutée à son tour, quand elle aurait mis son enfant au monde : c'était être à la potence pendant six mois sous la main d'un bourreau, en attendant le dernier moment de ce long supplice. Quel état pour une innocente! elle en a perdu l'usage des sens, et sa raison a été aliénée : elle serait heureuse d'avoir perdu la vie; mais elle est mère; elle a deux enfants, l'un qui sort du berceau, l'autre à la mamelle. Son père et sa mère, presque aussi à plaindre qu'elle, ont profité du temps qui s'est écoulé entre son arrêt et ses couches, pour demander un sursis à M. le chancelier : il a été accordé. Ils demandent aujourd'hui la révision du procès. Ils se sont fondés, comme on l'a déjà dit, sur la consultation de treize avocats, et sur celle du célèbre professeur Louis.

Voilà tout ce que je sais de cette horrible aventure, qui exciterait les cris de toute la France, si elle regardait quelque famille considérable par ses places ou par son opulence, et qui a été longtemps inconnue, parce qu'elle ne concerne que des pauvres.

On peut espérer que cette famille obtiendra la justice qu'elle implore; c'est l'intérêt de toutes les familles; car après tant de tragiques exemples, quel homme peut s'assurer qu'il n'aura pas de parents condamnés au dernier supplice, ou que lui-même ne mourra pas sur un échafaud?

Si deux époux qui dorment dans l'antichambre de leur mère, tandis qu'elle tombe en apoplexie, sont condamnés comme des parricides, malgré la sentence des premiers juges, malgré les conclusions du procureur général, malgré le défaut absolu de preuves et l'invariable dénégation des accusés, quel est l'homme qui ne doit pas trembler pour sa vie? Ce n'est pas ici un arrêt rendu suivant une loi rigoureuse et durement interprétée; c'est un arrêt arbitraire prononcé au mépris des lois et de la raison. On n'y voit d'autre motif, sinon celui-ci : « Mourez, parce que telle est ma volonté. »

La France se flatte que le chef de la magistrature, qui a réformé tant de tribunaux, réformera dans la jurisprudence elle-même ce qu'elle peut avoir de défectueux et de funeste.

Peut-être l'usage affreux de la torture, proscrit aujourd'hui chez tant de nations, ne sera-t-il plus pratiqué que dans ces crimes d'État qui mettent en péril la sûreté publique.

Peut-être les arrêts de mort ne seront exécutés qu'après un compte rendu au souverain; et les juges ne dédaigneront pas de motiver leurs arrêts à l'exemple de tous les autres tribunaux de la terre.

[1] On pourrait présenter une longue liste des abus inséparables de la

1. Dans les *Questions sur l'Encyclopédie*, qui contenaient ce morceau en 1774, au lieu de cet alinéa, on lisait :
« Peut-être les lois militaires n'ordonneront-elles plus aux soldats d'assassiner

faiblesse humaine qui se sont glissés dans le recueil si immense et souvent si contradictoire de nos lois, les unes dictées par un besoin passager, les autres établies sur des usages ou des opinions qui ne subsistent plus, ou arrachées au souverain dans des temps de troubles, ou émanées dans des temps d'ignorance.

Mais ce n'est pas à nous, sans doute, d'oser rien indiquer à des hommes si élevés au-dessus de notre sphère; ils voient ce que nous ne voyons pas; ils connaissent les maux et les remèdes. Nous devons attendre en silence ce que la raison, la science, l'humanité, le courage d'esprit, et l'autorité, voudront ordonner.

LETTRES

DE MEMMIUS A CICÉRON.

(1771.)

PRÉFACE[1].

Nul homme de lettres n'ignore que Titus Lucretius Carus, nommé parmi nous Lucrèce, fit son beau poëme pour former, comme on dit, *l'esprit et le cœur* de Caïus Memmius Gemellus, jeune homme d'une grande espérance, et d'une des plus grandes maisons de Rome.

Ce Memmius devint meilleur philosophe que son maître, comme on le verra par ses lettres à Cicéron.

L'amiral russe Sheremetof, les ayant lues en manuscrit à Rome, dans la bibliothèque du Vatican, s'amusa à les traduire dans sa langue pour former *l'esprit et le cœur* d'un de ses neveux. Nous les avons traduites du russe en français, n'ayant pas eu, comme M. l'amiral, la faculté de consulter la bibliothèque du Vatican; mais nous pouvons assurer que les deux traductions sont de la plus grande fidélité. On y verra l'esprit de Rome tel qu'il était alors (car il a bien changé depuis). La philosophie de Memmius est quelquefois un peu hardie : on peut

à coups de fusil leurs camarades qui, s'étant engagés par imprudence et par séduction, sont retournés chez eux exercer leurs métiers et cultiver le petit champ de leurs pères. Il se pourra qu'on rende un jour la profession de soldat si honorable qu'on ne sera plus tenté de déserter.

« Il se pourra qu'on se défasse un jour de la coutume d'étrangler une jeune fille qui aura volé un tablier d'un écu à sa maîtresse, non-seulement parce que son supplice coûte trois à quatre cents écus pour le moins, mais parce qu'il n'y a pas de proportion entre un méchant tablier et une créature humaine qui peut donner des enfants à l'Etat.

« Il se pourra qu'on abolisse quelques lois absurdes et contradictoires dictées par un besoin passager, ou dans des temps de trouble ou dans des temps d'ignorance.

« Mais ce n'est pas à nous, etc. »

1. Cette préface est de Voltaire lui-même, comme les lettres de Memmius. (ÉD.)

faire le même reproche à celle de Cicéron et de tous les grands hommes de l'antiquité. Ils avaient tous le malheur de n'avoir pu lire la Somme de saint Thomas d'Aquin. Cependant on trouve dans eux certains traits de lumière naturelle qui ne laissent pas de faire grand plaisir.

___

LETTRE Iᵉ.

J'apprends avec douleur, mon cher Tullius, mais non pas avec surprise, la mort de mon ami Lucrèce. Il est affranchi des douleurs d'une vie qu'il ne pouvait plus supporter : ses maux étaient incurables; c'est là le cas de mourir. Je trouve qu'il a eu beaucoup plus de raison que Caton; car si vous et moi et Brutus nous avons survécu à la république, Caton pouvait bien lui survivre aussi. Se flattait-il d'aimer mieux la liberté que nous tous? ne pouvait-il pas, comme nous, accepter l'amitié de César? croyait-il qu'il était de son devoir de se tuer parce qu'il avait perdu la bataille de Thapsa? Si cela était, César lui-même aurait dû se donner un coup de poignard après sa défaite de Dyrrachium; mais il sut se réserver pour des destins meilleurs. Notre ami Lucrèce avait un ennemi plus implacable que Pompée, c'est la nature. Elle ne pardonne point quand elle a porté son arrêt; Lucrèce n'a fait que le prévenir de quelques mois; il aurait souffert, et il ne souffre plus. Il s'est servi du droit de sortir de sa maison quand elle est prête à tomber. « Vis tant que tu as une juste espérance; l'as-tu perdue, meurs : » c'était là sa règle, c'est la mienne. J'approuve Lucrèce, et je le regrette.

Sa mort m'a fait relire son poëme, par lequel il vivra éternellement. Il le fit autrefois pour moi; mais le disciple s'est bien écarté du maître : nous ne sommes ni vous ni moi de sa secte; nous sommes académiciens. C'est, au fond, n'être d'aucune secte.

Je vous envoie ce que je viens d'écrire sur les principes de mon ami; je vous prie de le corriger. Les sénateurs aujourd'hui n'ont plus rien à faire qu'à philosopher; c'est à César de gouverner la terre, mais c'est à Cicéron de l'instruire. Adieu.

LETTRE II.

Vous avez raison, grand homme; Lucrèce est admirable dans ses exordes, dans ses descriptions, dans sa morale, dans tout ce qu'il dit contre la superstition. Ce beau vers :

Tantum relligio potuit suadere malorum!
Lib. I, 102.

durera autant que le monde. S'il n'était pas un physicien aussi ridicule que tous les autres, il serait un homme divin. Ses tableaux de la superstition m'affectèrent surtout bien vivement dans mon dernier voyage d'Égypte et de Syrie. Nos poulets sacrés et nos augures, dont vous vous moquez avec tant de grâce dans votre traité de la *Divination*, sont des choses sensées en comparaison des horribles absurdités dont je fus témoin. Personne ne les a plus en horreur que la reine Cléopatre et sa cour. C'est une femme qui a autant d'esprit que de beauté. Vous la verrez bientôt à Rome; elle est bien digne de vous entendre. Mais, toute souveraine qu'elle est en Égypte, toute philosophe qu'elle est, elle ne peut guérir sa nation. Les prêtres l'assassineraient; le sot peuple prendrait leur parti, et crierait que les saints prêtres ont vengé Sérapis et les chats.

C'est bien pis en Syrie; il y a cinquante religions, et c'est à qui surpassera les autres en extravagances. Je n'ai pas encore approfondi celle des Juifs, mais j'ai connu leurs mœurs : Crassus et Pompée ne les ont point assez châtiés. Vous ne les connaissez point à Rome. Ils s'y bornent à vendre des philtres, à faire le métier de courtiers, à rogner les espèces. Mais chez eux ils sont les plus insolents de tous les hommes, détestés de tous leurs voisins, et les détestant tous; toujours ou voleurs ou volés, ou brigands ou esclaves, assassins et assassinés tour à tour.

Les Perses, les Scythes, sont mille fois plus raisonnables; les brachmanes, en comparaison d'eux, sont des dieux bienfaisants.

Je sais bien bon gré à Pompée d'avoir daigné, le premier des Romains, entrer par la brèche dans ce temple de Jérusalem, qui était une citadelle assez forte; et je sais encore plus de gré au dernier des Scipions d'avoir fait pendre leur roitelet, qui avait osé prendre le nom d'Alexandre.

Vous avez gouverné la Cilicie, dont les frontières touchent presque à la Palestine; vous avez été témoin des barbaries et des superstitions de ce peuple; vous l'avez bien caractérisé dans votre belle Oraison pour Flaccus. Tous les autres peuples ont commis des crimes, les Juifs sont les seuls qui s'en soient vantés. Ils sont tous nés avec la rage du fanatisme dans le cœur, comme les Bretons et les Germains naissent avec des cheveux blonds. Je ne serais point étonné que cette nation ne fût un jour funeste au genre humain.

Louez donc avec moi notre Lucrèce d'avoir porté tant de coups mortels à la superstition. S'il s'en était tenu là, toutes les nations devraient venir aux portes de Rome couronner de fleurs son tombeau.

LETTRE III.

J'entre en matière tout d'un coup cette fois-ci, et je dis, malgré Lucrèce et Épicure, non pas qu'il y a des dieux, mais qu'il existe un Dieu. Bien des philosophes me siffleront, il m'appelleront *esprit faible*[1]; mais comme je leur pardonne leur témérité, je les supplie de me pardonner ma faiblesse.

Je suis du sentiment de Balbus dans votre excellent ouvrage de la *Nature des dieux*. La terre, les astres, les végétaux, les animaux, tout m'annonce une intelligence productrice.

Je dis avec Platon (sans adopter ses autres principes) : « Tu crois que

---

1. Diderot donnait ce nom à Voltaire. (ÉD.)

j'ai de l'intelligence, parce que tu vois de l'ordre dans mes actions, des rapports, et une fin : il y en a mille fois plus dans l'arrangement de ce monde : juge donc que ce monde est arrangé par une intelligence suprême. »

On n'a jamais répondu à cet argument que par des suppositions puériles; personne n'a jamais été assez absurde pour nier que la sphère d'Archimède et celle de Posidonius soient des ouvrages de grands mathématiciens : elles ne sont cependant que des images très-faibles, très-imparfaites de cette immense sphère du monde, que Platon appelle avec tant de raison l'*ouvrage de l'Éternel géomètre*. Comment donc oser supposer que l'original est l'effet du hasard, quand on avoue que la copie est de la main d'un grand génie?

Le hasard n'est rien; il n'est point de hasard. Nous avons nommé ainsi l'effet que nous voyons d'une cause que nous ne voyons pas. Point d'effet sans cause; point d'existence sans raison d'exister : c'est là le premier principe de tous les vrais philosophes.

Comment Épicure, et ensuite Lucrèce, ont-ils le front de nous dire que des atomes, s'étant fortuitement accrochés, ont produit d'abord des animaux, les uns sans bouche, les autres sans viscères, ceux-ci privés de pieds, ceux-là de tête, et qu'enfin le même hasard a fait naître des animaux accomplis?

C'est ainsi, disent-ils, qu'on voit encore en Égypte des rats dont une moitié est formée, et dont l'autre n'est encore que de la fange. Ils se sont bien trompés; ces sottises pouvaient être imaginées par des Grecs ignorants qui n'avaient jamais été en Égypte. Le fait est faux; le fait est impossible. Il n'y eut, il n'y aura jamais ni d'animal, ni de végétal sans germe. Quiconque dit que la corruption produit la génération est un rustre, et non pas un philosophe; c'est un ignorant qui n'a jamais fait d'expérience.

J'ai trouvé de ces vils charlatans qui me disaient : « Il faut que le blé pourrisse [1] et germe dans la terre pour ressusciter, se former, et nous alimenter. » Je leur dis : « Misérables, servez-vous de vos yeux avant de vous servir de votre langue; suivez les progrès de ce grain que je confie à la terre; voyez comme il s'attendrit, comme il s'enfle, comme il se relève, et avec quelle vertu incompréhensible il étend ses racines et ses enveloppes. Quoi! vous avez l'impudence d'enseigner les hommes, et vous ne savez pas seulement d'où vient le pain que vous mangez! »

Mais qui a fait ces astres, cette terre, ces animaux, ces végétaux, ces germes, dans lesquels un art si merveilleux éclate? il faut bien que ce soit un sublime artiste; il faut bien que ce soit une intelligence prodigieusement au-dessus de la nôtre, puisqu'elle a fait ce que nous pouvons à peine comprendre; et cette intelligence, cette puissance, c'est ce que j'appelle Dieu.

Je m'arrête à ce mot. La foule et la suite de mes idées produiraient un volume au lieu d'une lettre. Je vous envoie ce petit volume, puis‹

---

1. Saint Paul, *I Corinth.*, xv, 36; saint Jean, xii, 24. (ÉD.)

que vous le permettez; mais ne le montrez qu'à des hommes qui vous ressemblent, à des hommes sans impiété et sans superstition, dégagés des préjugés de l'école et de ceux du monde, qui aiment la vérité et non la dispute; qui ne sont certains que de ce qui est démontré, et qui se défient encore de ce qui est le plus vraisemblable.

Ici suit le Traité de Memmius.

I. *Qu'il n'y a qu'un Dieu, contre Épicure, Lucrèce, et autres philosophes.* — Je ne dois admettre que ce qui m'est prouvé; et il m'est prouvé qu'il y a dans la nature une puissance intelligente[1].

Cette puissance intelligente est-elle séparée du grand tout? y est-elle unie? y est-elle identifiée? en est-elle le principe? y a-t-il plusieurs puissances intelligentes pareilles?

J'ai été effrayé de ces questions que je me suis faites à moi-même C'est un poids immense que je ne puis porter; pourrai-je au moins le soulever?

Les arbres, les plantes, tout ce qui jouit de la vie, et surtout l'homme, la terre, la mer, le soleil, et tous les astres, m'ayant appris qu'il est une intelligence active, c'est-à-dire un Dieu, je leur ai demandé à tous ce que c'est que Dieu, où il habite, s'il a des associés? J'ai contemplé le divin ouvrage, et je n'ai point vu l'ouvrier; j'ai interrogé la nature, elle est demeurée muette.

Mais, sans me dire son secret, elle s'est montrée, et c'est comme si elle m'avait parlé; je crois l'entendre. Elle me dit : « Mon soleil fait éclore et mûrir mes fruits sur ce petit globe, qu'il éclaire et qu'il échauffe ainsi que les autres globes. L'astre de la nuit donne sa lumière réfléchie à la terre, qui lui envoie la sienne; tout est lié, tout est assujetti à des lois qui jamais ne se démentent : donc tout a été combiné par une seule intelligence.

« Ceux qui en supposeraient plusieurs doivent absolument les supposer ou contraires, ou d'accord ensemble; ou différentes, ou semblables. Si elles sont différentes et contraires, elles n'ont pu faire rien d'uniforme; si elles sont semblables, c'est comme s'il n'y en avait qu'une. Tous les philosophes conviennent qu'il ne faut pas multiplier les êtres sans nécessité; ils conviennent donc tous malgré eux qu'il n'y a qu'un Dieu. »

La nature a continué, et m'a dit : « Tu me demandes où est ce Dieu? il ne peut être que dans moi, car s'il n'est pas dans la nature, où serait-il? dans les espaces imaginaires? il ne peut être une substance à part; il m'anime, il est ma vie. Ta sensation est dans tout ton corps, Dieu est dans tout le mien. » A cette voix de la nature, j'ai conclu qu'il m'est impossible de nier l'existence de ce Dieu, et impossible de le connaître.

Ce qui pense en moi, ce que j'appelle *mon âme*, ne se voit pas; comment pourrais-je voir ce qui est l'âme de l'univers entier?

II. *Suite des probabilités de l'unité de Dieu.* — Platon, Aristote,

1. Il l'a prouvé dans sa troisième lettre.

Cicéron, et moi, nous sommes des animaux, c'est-à-dire nous sommes animés. Il se peut que dans d'autres globes il soit des animaux d'une autre espèce, mille millions de fois plus éclairés et plus puissants que nous, comme il se peut qu'il y ait des montagnes d'or et des rivières de nectar. On appellera ces animaux *dieux* improprement; mais il se peut aussi qu'il n'y en ait pas; nous ne devons donc pas les admettre. La nature peut exister sans eux; mais ce que nous connaissons de la nature ne pouvait exister sans un dessein, sans un plan; et ce dessein, ce plan ne pouvait être conçu et exécuté sans une intelligence puissante; donc je dois reconnaître cette intelligence, ce Dieu, et rejeter tous ces prétendus dieux, habitants des planètes et de l'Olympe; et tous ces prétendus fils de Dieu, les Bacchus, les Hercule, les Persée, les Romulus, etc., etc. Ce sont des fables milésiennes, des contes de sorciers. Un Dieu se joindre à la nature humaine! j'aimerais autant dire que les éléphants ont fait l'amour à des puces, et en ont eu de la race; cela serait bien moins impertinent.

Tenons-nous-en donc à ce que nous voyons évidemment, que dans le grand tout il est une grande intelligence. Fixons-nous à ce point jusqu'à ce que nous puissions faire encore quelques pas dans ce vaste abîme.

III. *Contre les athées.* — Il était bien hardi ce Straton qui, accordant l'intelligence aux opérations de son chien de chasse, la niait aux œuvres merveilleuses de toute la nature. Il avait le pouvoir de penser, et il ne voulait pas qu'il y eût dans la fabrique du monde un pouvoir qui pensât.

Il disait que la nature seule, par ses combinaisons, produit des animaux pensants. Je l'arrête là, et je lui demande quelle preuve il en a. Il me répond que c'est son système, son hypothèse, que cette idée en vaut bien une autre.

Mais moi, je lui dis : Je ne veux point d'hypothèse, je veux des preuves. Quand Posidonius me dit qu'il peut carrer des lunules de cercle, et qu'il ne peut carrer le cercle, je ne le crois qu'après avoir vu la démonstration.

Je ne sais pas si, dans la suite des temps, il se trouvera quelqu'un d'assez fou pour assurer que la matière, sans penser, produit d'elle-même des milliards d'êtres qui pensent. Je lui soutiendrai que, suivant ce beau système, la nature pourrait produire un Dieu sage, puissant, et bon.

Car si la matière seule a produit Archimède et vous, pourquoi ne produirait-elle pas un être qui serait incomparablement au-dessus d'Archimède et de vous par le génie, au-dessus de tous les hommes ensemble par la force et par la puissance, qui disposerait des éléments beaucoup mieux que le potier ne rend un peu d'argile souple à ses volontés, en mot, un Dieu? Je n'y vois aucune difficulté; cette folie suit évidemment de son système.

IV. *Suite de la réfutation de l'athéisme.* — D'autres, comme Archytas, supputent que l'univers est le produit des nombres. Oh! que les

chances ont de pouvoir ! un coup de dés doit nécessairement amener
rafle de mondes ; car le seul mouvement de trois dés dans un cornet
vous amènera rafle de six, le point de Vénus, très-aisément dans un
quart d'heure. La matière, toujours en mouvement dans toute l'éternité, doit donc amener toutes les combinaisons possibles. Ce monde est
une de ces combinaisons ; donc elle avait autant de droit à l'existence
que toutes les autres ; donc elle devait arriver ; donc il était impossible
qu'elle n'arrivât pas, toutes les autres combinaisons ayant été épuisées ; donc à chaque coup de dés il y avait l'unité à parier contre l'infini, que cet univers serait formé tel qu'il est.

Je laisse Archytas jouer un jeu aussi désavantageux ; et puisqu'il y a
toujours l'infini contre un à parier contre lui, je le fais interdire par
le préteur, de peur qu'il ne se ruine. Mais avant de lui ôter la jouissance de son bien, je lui demande comment, à chaque instant, le
mouvement de son cornet qui roule toujours, ne détruit pas ce monde
si ancien, et n'en forme pas un nouveau [1].

Vous riez de toutes ces folies, sage Cicéron, et vous en riez avec indulgence. Vous laissez tous ces enfants souffler en l'air sur leurs bou-
teilles de savon ; leurs vains amusements ne seront jamais dangereux.
Un an des guerres civiles de César et de Pompée a fait plus de mal à
la terre que n'en pourraient faire tous les athées ensemble pendant
toute l'éternité.

V. *Raison des athées.* — Quelle est la raison qui fait tant d'athées ?
c'est la contemplation de nos malheurs et de nos crimes. Lucrèce était
plus excusable que personne ; il n'a vu autour de lui et n'a éprouvé que
des calamités. Rome, depuis Sylla, doit exciter la pitié de la terre
dont elle a été le fléau. Nous avons nagé dans notre sang. Je juge par
tout ce que je vois, par tout ce que j'entends, que César sera bientôt
assassiné. Vous le pensez de même ; mais après lui je prévois des
guerres civiles plus affreuses que celles dans lesquelles j'ai été enveloppé. César lui-même, dans tout le cours de sa vie, qu'a-t-il vu, qu'a-
t-il fait ? des malheureux. Il a exterminé de pauvres Gaulois qui s'ex-
terminaient eux-mêmes dans leurs continuelles factions. Ces barbares
étaient gouvernés par des druides qui sacrifiaient les filles des citoyens
après avoir abusé d'elles. De vieilles sorcières sanguinaires étaient à la
tête des hordes germaniques qui ravageaient la Gaule, et qui, n'ayant
pas de maison, allaient piller ceux qui en avaient. Arioviste était à la
tête de ces sauvages, et leurs magiciennes avaient un pouvoir absolu

---

1. Cet argument perd toute sa force si l'on suppose que les lois du mouvement sont nécessaires. Dans cette opinion, un coup de dés une fois supposé,
tous les autres en sont la suite ; et il s'agit de savoir si entre tous les premiers
coups de dés possibles, ceux qui donnent une combinaison d'où résulte un
ordre apparent, ne sont pas en plus grand nombre que les autres, si cet ordre
apparent n'est pas même une conséquence infaillible de l'existence de lois nécessaires. On croit inutile d'avertir que, par premier coup de dés, on entend la
combinaison qui existe à un instant donné, et par laquelle les deux suites in-
finies de combinaisons dans le passé et dans l'avenir, sont également détermi-
nées. (*Ed. de Kehl.*)

sur Arioviste. Elles lui défendirent de livrer bataille avant la nouvelle lune. Ces furies allaient sacrifier à leurs dieux Procilius et Titius, deux ambassadeurs envoyés par César à ce perfide Arioviste, lorsque nous arrivâmes, et que nous délivrâmes ces deux citoyens que nous trouvâmes chargés de chaînes. La nature humaine, dans ces cantons, était celle des bêtes féroces, et en vérité nous ne valions guère mieux.

Jetez les yeux sur toutes les autres nations connues; vous ne voyez que des tyrans et des esclaves, des dévastations, des conspirations et des supplices.

Les animaux sont encore plus misérables que nous : assujettis aux mêmes maladies, ils sont sans aucun secours : nés tous sensibles, ils sont dévorés les uns par les autres. Point d'espèce qui n'ait son bourreau. La terre, d'un pôle à l'autre, est un champ de carnage, et la nature sanglante est assise entre la naissance et la mort.

Quelques poètes, pour remédier à tant d'horreurs, ont imaginé les enfers. Étrange consolation! étrange chimère! les enfers sont chez nous. Le chien à trois têtes, et les trois parques, et les trois furies, sont des agneaux en comparaison de nos Sylla et de nos Marius.

Comment un Dieu aurait-il pu former ce cloaque épouvantable de misères et de forfaits? On suppose un Dieu puissant, sage, juste et bon; et nous voyons de tous côtés folie, injustice et méchanceté. On aime mieux alors nier Dieu que le blasphémer. Aussi avons-nous cent épicuriens contre un platonicien. Voilà les vraies raisons de l'athéisme; le reste est dispute d'école.

VI. *Réponse aux plaintes des athées.* — A ces plaintes du genre humain, à ces cris éternels de la nature toujours souffrante, que répondrai-je?

J'ai vu évidemment des fins et des moyens. Ceux qui disent que ni l'œil n'est fait pour voir, ni l'oreille pour entendre, ni l'estomac pour digérer, m'ont paru des fous ridicules : mais ceux qui, dans leurs tourments, me baignent de leurs larmes, qui cherchent un Dieu consolateur, et qui ne le trouvent pas, ceux-là m'attendrissent, je gémis avec eux, et j'oublie de les condamner.

Mortels qui souffrez et qui pensez, compagnons de mes supplices, cherchons ensemble quelque consolation et quelques arguments. Je vous ai dit qu'il est dans la nature une intelligence, un Dieu; mais vous ai-je dit qu'il pouvait faire mieux? le sais-je? dois-je le présumer? suis-je de ses conseils? je le crois très-sage; son soleil et ses étoiles ne l'apprennent. Je le crois très-juste et très-bon, car d'où lui viendraient l'injustice et la malice? Il y a du bon, donc Dieu l'est; il y a du mal, donc ce mal ne vient point de lui. Comment enfin dois-je envisager Dieu? comme un père qui n'a pu faire le bien de tous ses enfants.

VII. *Si Dieu est infini, et s'il a pu empêcher le mal.* — Quelques philosophes me crient : « Dieu est éternel, infini, tout-puissant; il pouvait donc défendre au mal d'entrer dans son édifice admirable. »

Prenez garde, mes amis; s'il l'a pu et s'il ne l'a pas fait, vous le déclarez méchant, vous en faites notre persécuteur, notre bourreau, et non pas notre Dieu.

Il est éternel sans doute. Dès qu'il existe quelque être, il existe un être de toute éternité; sans quoi le néant donnerait l'existence. La nature est éternelle; l'intelligence qui l'anime est éternelle. Mais d'où savons-nous qu'elle est infinie? la nature est-elle infinie? Qu'est-ce que l'infini actuel? nous ne connaissons que des bornes; il est vraisemblable que la nature a les siennes; le vide en est une preuve. Si la nature est limitée, pourquoi l'intelligence suprême ne le serait-elle pas? pourquoi ce Dieu, qui ne peut être que dans la nature, s'étendrait-il plus loin qu'elle? Sa puissance est très-grande : mais qui nous a dit qu'elle est infinie, quand ses ouvrages nous montrent le contraire? quand la seule ressource qui nous reste pour le disculper, est d'avouer que son pouvoir n'a pu triompher du mal physique et moral? Certes, j'aime mieux l'adorer borné que méchant.

Peut-être, dans la vaste machine de la nature, le bien l'a-t-il emporté nécessairement sur le mal, et l'éternel artisan a-t-il été forcé dans ses moyens en faisant encore (malgré tant de maux) ce qu'il y avait de mieux.

Peut-être la matière a été rebelle à l'intelligence qui en disposait les ressorts.

Qui sait enfin si le mal qui règne depuis tant de siècles ne produira pas un plus grand bien dans des temps encore plus longs?

Hélas! faibles et malheureux humains, vous portez les mêmes chaînes que moi; vos maux sont réels; et je ne vous console que par des peut-être.

VIII. *Si Dieu arrangea le monde de toute éternité.* — Rien ne se fait de rien. Toute l'antiquité, tous les philosophes sans exception conviennent de ce principe. Et en effet le contraire paraît absurde. C'est même une preuve de l'éternité de Dieu : c'est bien plus, c'est sa justification. Pour moi, j'admire comment cette auguste intelligence a pu construire cet immense édifice avec de la simple matière. On s'étonnait autrefois que les peintres, avec quatre couleurs, pussent varier tant de nuances. Quels hommages ne doit-on pas au grand Demiourgos qui a tout fait avec quatre faibles éléments!

Nous venons de voir que si la matière existait, Dieu existait aussi.

Quand l'a-t-il fait obéir à sa main puissante? quand l'a-t-il arrangée?

Si la matière existait dans l'éternité, comme tout le monde l'avoue, ce n'est pas d'hier que la suprême intelligence l'a mise en œuvre. Quoi! Dieu est nécessairement actif, et il aurait passé une éternité sans agir? Il est le grand Être nécessaire : comment aurait-il été pendant des siècles éternels le grand Être inutile?

Le chaos est une imagination poétique : ou la matière avait par elle-même de l'énergie, ou cette énergie était dans Dieu. Dans le premier cas, tout se serait donné de lui-même, et sans dessein, le mouvement, l'ordre et la vie; ce qui nous semble absurde.

Dans le second cas, Dieu aura tout fait, mais il aura toujours **tout** fait; il aura toujours tout disposé nécessairement de la manière la plus prompte et la plus convenable au sujet sur lequel il travaillait.

Si on peut comparer Dieu au soleil, son éternel ouvrage, il était comme cet astre, dont les rayons émanent dès qu'il existe. Dieu, en formant l'homme avec des passions nécessaires, ne pouvait peut-être prévenir ni ses vices ni ses désastres. Toujours des peut-être; mais je n'ai point d'autre moyen de justifier la Divinité.

Cher Cicéron, je ne demande point que vous pensiez comme moi, mais que vous m'aidiez à penser.

IX. *Des deux principes, et de quelques autres fables.* — Les Perses, pour expliquer l'origine du mal, imaginèrent, il y a quelque neuf mille ans, que Dieu, qu'ils appellent Oromase ou Orosmade, s'était complu à former un être puissant et méchant, qu'ils nomment, je crois, Arimane, pour lui servir d'antagoniste; et que le bon Oromase, qui nous protége, combat sans cesse Arimane le malin qui nous persécute. C'est ainsi que j'ai vu un de mes centurions qui se battait tous les matins contre son singe pour se tenir en haleine.

D'autres Perses, et c'est, dit-on, le plus grand nombre, croient le tyran Arimane aussi ancien que le bon prince Orosmade. Ils disent qu'il casse les œufs que le favorable Orosmade pond sans cesse, et qu'il y fait entrer le mal; qu'il répand les ténèbres partout où l'autre envoie la lumière; les maladies, quand l'autre donne la santé, et qu'il fait toujours marcher la mort à la suite de la vie. Il me semble que je vois deux charlatans en plein marché, dont l'un distribue des poisons, et l'autre des antidotes.

Des mages s'efforceront, s'ils veulent, de trouver de la raison dans cette fable : pour moi je n'y aperçois que du ridicule; je n'aime point à voir Dieu, qui est la raison même, toujours occupé comme un gladiateur à combattre une bête féroce.

Les Indiens ont une fable plus ancienne; trois dieux réunis dans la même volonté, Birma ou Brama, la puissance et la gloire; Vitsnou ou Bitsnou, la tendresse et la bienfaisance; Sub ou Sib, la terreur et la destruction, créèrent d'un commun accord des demi-dieux, des debta dans le ciel. Ces demi-dieux se révoltèrent, ils furent précipités dans l'abîme par les trois dieux, ou plutôt par le grand Dieu qui présidait à ces trois. Après des siècles de punition, ils obtinrent de devenir hommes; et ils apportèrent le mal sur la terre : ce qui obligea Dieu ou les trois dieux de donner sa nouvelle loi du *Veidam*.

Mais ces coupables, avant de porter le mal sur la terre, l'avaient déjà porté dans le ciel. Et comment Dieu avait-il créé des êtres qui devaient se révolter contre lui? comment Dieu aurait-il donné une seconde loi dans son *Veidam?* sa première était donc mauvaise?

Ce conte oriental ne prouve rien, n'explique rien; il a été adopté par quelques nations asiatiques; et enfin il a servi de modèle à la guerre des Titans.

Les Égyptiens ont eu leur Osiris et leur Typhon.

Le Jupiter d'Homère avec ses deux tonneaux me fait lever **les** épaules. Je n'aime point Jupiter cabaretier, donnant, comme tous les autres cabaretiers, plus de mauvais vin que de bon. Il ne tenait qu'à lui de faire toujours du Falerne.

Le plus beau, le plus agréable de tous les contes inventés pour justifier ou pour accuser la Providence, ou pour s'amuser d'elle, est la boîte de Pandore. Ainsi on n'a jamais débité que des fables comiques sur la plus triste des vérités.

X. *Si le mal est nécessaire.* — Tous les hommes ayant épuisé en vain leur génie à deviner comment le mal peut exister sous un Dieu bon, quel téméraire osera se flatter de trouver ce que Cicéron cherche encore en vain ? Il faut bien que le mal n'ait point d'origine, puisque Cicéron ne l'a pas découverte.

Ce mal nous crible et nous pénètre de tous côtés, comme le feu s'incorpore à tout ce qui le nourrit, comme la matière éthérée court dans tous les pores : le bien fait à peu près le même effet. Deux amants jouissants goûtent le bonheur dans tout leur être : cela est ainsi de tout temps. Que puis-je en penser, sinon que cela fut nécessaire de tout temps ?

Je suis donc ramené malgré moi à cette ancienne idée que je vois être la base de tous les systèmes, dans laquelle tous les philosophes retombent après mille détours, et qui m'est démontrée par toutes les actions des hommes, par les miennes, par tous les événements que j'ai lus, que j'ai vus, et auxquels j'ai eu part ; c'est le fatalisme, c'est la nécessité dont je vous ai déjà parlé.

Si je descends dans moi-même, qu'y vois-je que le fatalisme ? Ne fallait-il pas que je naquisse quand les mouvements des entrailles de ma mère ouvrirent sa matrice, et me jetèrent nécessairement dans le monde ? Pouvait-elle l'empêcher ? Pouvais-je m'y opposer ? Me suis-je donné quelque chose ? Toutes mes idées ne sont-elles pas entrées successivement dans ma tête, sans que j'en aie appelé aucune ? Ces idées n'ont-elles pas déterminé invinciblement ma volonté, sans quoi ma volonté n'aurait point eu de cause ? Tout ce que j'ai fait n'a-t-il pas été la suite nécessaire de toutes ces prémisses nécessaires ? N'en est-il pas ainsi dans toute la nature ?

Ou ce qui existe est nécessaire, ou il ne l'est pas. S'il ne l'est pas, il est démontré inutile. L'univers, en ce cas, serait inutile ; donc il existe d'une nécessité absolue. Dieu, son moteur, son fabricateur, son âme, serait inutile ; donc Dieu existe d'une nécessité absolue, comme nous l'avons dit. Je ne puis sortir de ce cercle dans lequel je me sens renfermé par une force invincible.

Je vois une chaîne immense dont tout est chaînon ; elle embrasse, elle serre aujourd'hui la nature ; elle l'embrassait hier ; elle l'entourera demain : je ne puis ni voir, ni concevoir un commencement des choses. Ou rien n'existe, ou tout est éternel.

Je me sens irrésistiblement déterminé à croire le mal nécessaire, puisqu'il est. Je n'aperçois d'autre raison de son existence que cette existence même.

O Cicéron! détrompez-moi, si je suis dans l'erreur; mais en combien d'endroits êtes-vous de mon avis dans votre livre *de Fato*, sans presque vous en apercevoir! tant la vérité a de force, tant la destinée vous entraînait malgré vous, lors même que vous la combattiez.

XI. *Confirmation des preuves de la nécessité des choses.* — Il y a certainement des choses que la suprême intelligence ne peut empêcher : par exemple, que le passé n'ait existé, que le présent ne soit dans un flux continuel, que l'avenir ne soit la suite du présent, que les vérités mathématiques ne soient vérités. Elle ne peut faire que le contenu soit plus grand que le contenant; qu'une femme accouche d'un éléphant par l'oreille; que la lune passe par un trou d'aiguille.

La liste de ces impossibilités serait très-longue : il est donc, encore une fois, très-vraisemblable que Dieu n'a pu empêcher le mal.

Une intelligence sage, puissante, et bonne, ne peut avoir fait délibérément des ouvrages de contradiction. Mille enfants naissent avec les organes convenables à leur tête; mais ceux de la poitrine sont viciés. La moitié des conformations est manquée, et c'est ce qui détruit la moitié des ouvrages de cette intelligence si bonne. Oh! si du moins il n'y avait que la moitié de ses créatures qui fût méchante! mais que de crimes depuis la calomnie jusqu'au parricide! Quoi! un agneau, une colombe, une tourterelle, un rossignol, ne me nuiront jamais, et Dieu me nuirait toujours! il ouvrirait des abîmes sous mes pas, ou il engloutirait la ville où je suis né, ou il me livrerait pendant toute ma vie à la souffrance, et cela sans motif, sans raison, sans qu'il en résulte le moindre bien! Non, mon Dieu, non, Être suprême, Être bienfaisant, je ne puis le croire, je ne puis te faire cette horrible injure.

On me dira peut-être que j'ôte à Dieu sa liberté : que sa puissance suprême m'en garde! Faire tout ce qu'on peut, c'est exercer sa liberté pleinement. Dieu a fait tout ce qu'un Dieu pouvait faire. Il est beau qu'un Dieu ne puisse faire le mal.

XII. *Réponse à ceux qui objecteraient qu'on fait Dieu étendu, matériel, et qu'on l'incorpore avec la nature.* — Quelques platoniciens me reprochent que j'ôte à Dieu sa simplicité, que je le suppose étendu, que je ne le distingue pas assez de la nature, que je suis plutôt les dogmes de Straton que ceux des autres philosophes.

Mon cher Cicéron, ni eux, ni vous, ni moi, ne savons ce que c'est que Dieu. Bornons-nous à savoir qu'il en existe un. Il n'est donné à l'homme de connaître ni de quoi les astres sont formés, ni comment est fait le maître des astres.

Que Dieu soit appelé *être simple*, j'y consens de tout mon cœur; simple ou étendu, je l'adorerai également; mais je ne comprends pas ce que c'est qu'un être simple. Quelques rêveurs, pour me le faire entendre, disent qu'un point géométrique est un être simple; mais un point géométrique est une supposition, une abstraction de l'esprit, une chimère. Dieu ne peut être un point géométrique; je vois en lui, avec Platon, l'éternel géomètre.

Pourquoi Dieu ne serait-il pas étendu, lui qui est dans toute la nature ? En quoi l'étendue répugne-t-elle à son essence ?

Si le grand Être intelligent et nécessaire opère sur l'étendue, comment agit-il où il n'est pas ? Et s'il est en tous les lieux où il agit, comment n'est-il pas étendu ?

Un être dont je pourrais nier l'existence dans chaque particule du monde, l'une après l'autre, n'existerait nulle part.

Un être simple est incompréhensible; c'est un mot vide de sens, qui ne rend Dieu ni plus respectable, ni plus aimable, ni plus puissant, ni plus raisonnable. C'est plutôt le nier que le définir.

On pourra me répondre que notre âme est un exemple et une preuve de la simplicité du grand Être; que nous ne voyons ni ne sentons notre âme, qu'elle n'a point de parties, qu'elle est simple, que cependant elle existe en un lieu, et qu'elle peut ainsi rendre raison du grand Être simple. C'est ce que nous allons examiner; mais avant de me plonger dans ce vide, je vous réitère qu'en quelque endroit qu'on pose l'Être suprême, le mît-on en tout lieu sans qu'il remplît de place, le reléguât-on hors de tout lieu sans qu'il cessât d'être, rassemblât-on en lui toutes les contradictions des écoles, je l'adorerai tant que je vivrai, sans croire aucune école, et sans porter mon vol dans des régions où nul mortel ne peut atteindre.

XIII. *Si la nature de l'âme peut nous faire connaître la nature de Dieu.* — J'ai conclu déjà que puisque une intelligence préside à mon faible corps, une intelligence suprême préside au grand tout. Où me conduira ce premier pas de tortue ? Pourrai-je jamais savoir ce qui sent et ce qui pense en moi ? Est-ce un être invisible, intangible, incorporel, qui est dans mon corps ? Nul homme n'a encore osé le dire. Platon lui-même n'a pas eu cette hardiesse. Un être incorporel qui meut un corps ! un être intangible qui touche tous mes organes dans lesquels est la sensation ! un être simple, et qui augmente avec l'âge ! un être incorruptible, et qui dépérit par degrés ! quelles contradictions ! quel chaos d'idées incompréhensibles ! Quoi ! je ne puis rien connaître que par mes sens, et j'admettrai dans moi un être entièrement opposé à mes sens ! Tous les animaux ont du sentiment comme moi, tous ont des idées que leurs sens leur fournissent : auront-ils tous une âme comme moi ? Nouveau sujet, nouvelle raison d'être non-seulement dans l'incertitude sur la nature de l'âme, mais dans l'étonnement continuel et dans l'ignorance.

Ce que je puis encore moins comprendre, c'est la dédaigneuse et sotte indifférence dans laquelle croupissent presque tous les hommes, sur l'objet qui les intéresse le plus, sur la cause de leurs pensées, sur tout leur être. Je ne crois pas qu'il y ait dans Rome deux cents personnes qui s'en soient réellement occupées. Presque tous les Romains disent : « Que m'importe ? » Et après avoir ainsi parlé, ils vont compter leur argent, courent aux spectacles ou chez leurs maîtresses. C'est la vie des désoccupés. Pour celle des factieux, elle est horrible. Aucun de ces gens-là ne s'embarrasse de son âme. Pour le petit nombre qui peut y penser, s'il est de bonne foi, il avouera qu'il n'est satisfait d'aucun système.

Je suis prêt de me mettre en colère, quand je vois Lucrèce affirmer que la partie de l'âme, qu'on appelle esprit, intelligence, *animus*, loge au milieu de la poitrine[1], et que l'autre partie de l'âme, qui fait la sensation, est répandue dans le reste du corps; de tous les autres systèmes aucun ne m'éclaire.

Autant de sectes, autant d'imaginations, autant de chimères. Dans ce conflit de suppositions, sur quoi poser le pied pour monter vers Dieu? Puis-je m'élever de cette âme que je ne connais point, à la contemplation de l'essence suprême que je voudrais connaître? Ma nature, que j'ignore, ne me prête aucun instrument pour sonder la nature du principe universel, entre lequel et moi est un si vaste et si profond abîme.

XIV. *Courte revue des systèmes sur l'âme, pour parvenir, si l'on peut, à quelque notion de l'intelligence suprême.* — Si pourtant il est permis à un aveugle de chercher son chemin à tâtons, souffrez, Cicéron, que je fasse encore quelques pas dans ce chaos, en m'appuyant sur vous. Donnons-nous d'abord le plaisir de jeter un coup d'œil sur tous les systèmes.

Je suis corps, et il n'y a point d'esprits.

Je suis esprit, et il n'y a point de corps.

Je possède dans mon corps une âme spirituelle.

Je suis une âme spirituelle qui possède mon corps.

Mon âme est le résultat de mes cinq sens.

Mon âme est un sixième sens.

Mon âme est une substance inconnue, dont l'essence est de penser et de sentir.

Mon âme est une portion de l'âme une universelle.

Il n'y a point d'âme.

Quand je m'éveille après avoir fait tous ces songes, voici ce que me dit la voix de ma faible raison, qui me parle sans que je sache d'où vient cette voix :

Je suis corps, il n'y a point d'esprits. — Cela me paraît bien grossier. J'ai bien de la peine à penser fermement que votre oraison *pro lege Manilia* ne soit qu'un résultat de la déclinaison des atomes.

Quand j'obéis aux commandements de mon général, et qu'on obéit aux miens, les volontés de mon général et les miennes ne sont point des corps qui en font mouvoir d'autres par les lois du mouvement. Un raisonnement n'est point le son d'une trompette. On me commande par intelligence, j'obéis par intelligence. Cette volonté signifiée, cette volonté que j'accomplis, n'est ni un cube ni un globe, n'a aucune figure, n'a rien de la matière. Je puis donc la croire immatérielle. Je puis donc croire qu'il y a quelque chose qui n'est pas matière.

---

1.   « Consilium quod nos animum mentemque vocamus,
   « Idque situm media regione in pectoris hæret. »
                          Lucr., lib. III, v. 140.

Il n'y a que des esprits et point de corps. — Cela est bien délié et bien fin; la matière ne serait qu'un phénomène! Il suffit de manger et de boire, et de s'être blessé d'un coup de pierre au bout du doigt pour croire à la matière.

Je possède dans mon corps une âme spirituelle. — Quoi! moi! je serais la boîte dans laquelle serait un être qui ne tient point de place! moi, étendu, je serais l'étui d'un être non étendu! je posséderais quelque chose qu'on ne voit jamais, qu'on ne touche jamais, de laquelle on ne peut avoir la moindre image, la moindre idée! il faut être bien hardi pour se vanter de posséder un tel trésor. Comment le posséderais-je, puisque toutes mes idées me viennent si souvent malgré moi, pendant ma veille et pendant mon sommeil? C'est un plaisant maître de ses idées, qu'un être qui est toujours maîtrisé par elles.

Une âme spirituelle possède mon corps. — Cela est bien plus hardi à elle; car elle aura beau ordonner à ce corps d'arrêter le cours rapide de son sang, de rectifier tous ses mouvements internes, il n'obéira jamais. Elle possède un animal bien indocile.

Mon âme est le résultat de tous mes sens. — C'est une affaire difficile à concevoir, et par conséquent à expliquer.

Le son d'une lyre, le toucher, l'odeur, la vue, le goût d'une pomme d'Afrique ou de Perse, semblent avoir peu de rapport avec une démonstration d'Archimède; et je ne vois pas bien nettement comment un principe agissant serait dans moi la conséquence de cinq autres principes. J'y rêve, et je n'y entends rien du tout.

Je puis penser sans nez: je puis penser sans goût, sans jouir de la vue, et même ayant perdu le sentiment du tact. Ma pensée n'est donc pas le résultat des choses qui peuvent m'être enlevées tour à tour. J'avoue que je ne me flatterais pas d'avoir des idées si je n'avais jamais eu aucun de mes cinq sens; mais on ne me persuadera pas que ma faculté de penser soit l'effet de cinq puissances réunies, quand je pense encore après les avoir perdues l'une après l'autre.

L'âme est un sixième sens. — Ce système a d'abord quelque chose d'éblouissant. Mais que veulent dire ces paroles? prétend-on que le nez est un être flairant par lui-même? mais les philosophes les plus accrédités ont dit que l'âme flaire par le nez, voit par les yeux, et qu'elle est dans les cinq sens. En ce cas, elle serait aussi dans ce sixième sens, s'il y en avait un; et cet être inconnu, nommé *âme*, serait dans six sens au lieu d'être dans cinq. Que signifierait *l'âme est un sens?* on ne peut rien entendre par ces mots, sinon l'âme est une faculté de sentir et de penser; et c'est ce que nous examinerons.

Mon âme est une substance inconnue, dont l'essence est de penser et de sentir. — Cela revient à peu près à cette idée que l'âme est un sixième sens: mais, dans cette supposition, elle est plutôt mode, accident, faculté que substance.

Inconnue, j'en conviens; mais *substance*, je le nie. Si elle était substance, son essence serait de sentir et de penser, comme celle de la matière est l'étendue et la solidité. Alors l'âme sentirait toujours; et penserait toujours, comme la matière est toujours solide et étendue.

Cependant il est très-certain que nous ne sentons ni ne pensons toujours. Il faut être d'une opiniâtreté ridicule pour soutenir que, dans un profond sommeil, quand on ne rêve point, on a du sentiment et des idées. C'est donc un être de raison, une chimère, qu'une prétendue substance qui perdrait son essence pendant la moitié de sa vie.

Mon âme est une portion de l'âme universelle. — Cela est plus sublime. Cette idée flatte notre orgueil; elle nous fait des dieux. Une portion de la Divinité serait divinité elle-même, comme une partie de l'air est de l'air, et une goutte d'eau de l'Océan est de la même nature que l'Océan. Mais voilà une plaisante divinité, qui naît entre la vessie et le rectum, qui passe neuf mois dans un néant absolu, qui vient au monde sans rien connaître, sans rien faire, qui demeure plusieurs mois dans cet état, qui souvent n'en sort que pour s'évanouir à jamais, et qui ne vit d'ordinaire que pour faire toutes les impertinences possibles.

Je ne me sens point du tout assez insolent pour me croire une partie de la Divinité. Alexandre se fit dieu, César se fera dieu s'il veut, à la bonne heure; Antoine et Nicodème seront ses grands prêtres; Cléopatre sera sa grande prêtresse. Je ne prétends point à un tel honneur.

Il n'y a point d'âme. — Ce système, le plus hardi, le plus étonnant de tous, est au fond le plus simple. Une tulipe, une rose, ces chefs-d'œuvre de la nature dans les jardins, sont produites par une mécanique incompréhensible, et n'ont point d'âme. Le mouvement qui fait tout n'est point une âme, un être pensant. Les insectes qui ont la vie ne nous paraissent point doués de cet être pensant qu'on appelle *âme*. On admet volontiers dans les animaux un instinct qu'on ne comprend point, et nous leur refusons une âme que l'on comprend encore moins. Encore un pas et l'homme sera sans âme.

Que mettrons-nous donc à la place? du mouvement, des sensations, des idées, des volontés, etc., dans chacun de nos individus. Et d'où viendront ces sensations, ces idées, ces volontés, dans un corps organisé? elles viendront de ses organes; elles seront dues à l'intelligence suprême qui anime toute la nature : cette intelligence aura donné à tous les animaux bien organisés des facultés qu'on aura nommées *âme*; et nous avons la puissance de penser sans être âme, comme nous avons la puissance d'opérer des mouvements sans que nous soyons mouvement.

Qui sait si ce système n'est pas plus respectueux pour la Divinité qu'aucun autre? il semble qu'il n'en est point qui nous mette plus sous la main de Dieu. J'ai peur, je l'avoue, que ce système ne fasse de l'homme une pure machine. Examinons cette dernière hypothèse et défions-nous d'elle comme de toutes les autres.

XV. *Examen si ce qu'on appelle âme n'est pas une faculté qu'on a prise pour une substance.* — J'ai le don de la parole et de l'intonation, de sorte que j'articule et je chante; mais je n'ai point d'être en moi qui soit articulation et chant. N'est-il pas bien probable qu'ayant des

sensations et des pensées, je n'ai point en moi un être caché qui soit
à la fois sensation et pensée, ou pensée sentante nommée *âme* ?

Nous marchons par les pieds, nous prenons par les mains, nous pensons, nous voulons par la tête. Je suis entièrement ici pour Épicure et
pour Lucrèce, et je regarde son troisième livre comme le chef-d'œuvre
de la sagacité éloquente. Je doute qu'on puisse jamais dire rien d'aussi
beau ni d'aussi vraisemblable.

Toutes les parties du corps sont susceptibles de sensations; à quoi
bon chercher une autre substance dans mon corps, laquelle sente pour
lui? pourquoi recourir à une chimère quand j'ai la réalité?

Mais, me dira-t-on, l'étendue ne suffit pas pour avoir des sensations
et des idées. Ce caillou est étendu, il ne sent ni ne pense. Non; mais
cet autre morceau de matière organisée possède la sensation et le don
de penser. Je ne conçois point du tout par quel artifice le mouvement,
les sentiments, les idées, la mémoire, le raisonnement, se logent
dans ce morceau de matière organisée; mais je le vois et j'en suis la
preuve à moi-même.

Je conçois encore moins comment ce mouvement, ce sentiment, ces
idées, cette mémoire, ces raisonnements, se formeraient dans un être
inétendu, dans un être simple, qui me paraît équivaloir au néant. Je
n'en ai jamais vu de ces êtres simples; personne n'en a vu; il est impossible de s'en former la plus légère idée; ils ne sont point nécessaires;
ce sont les fruits d'une imagination exaltée. Il est donc, encore une fois,
très-inutile de les admettre.

Je suis corps, et cet arrangement de mon corps, cette puissance de
me mouvoir et de mouvoir d'autres corps, cette puissance de sentir et
de raisonner, je les tiens donc de la puissance intelligente et nécessaire qui anime la nature. Voilà en quoi je diffère de Lucrèce. C'est à
vous de nous juger tous deux. Dites-moi lequel vaut le mieux de croire
un être invisible, incompréhensible, qui naît et meurt avec nous, ou
de croire que nous avons seulement des facultés données par le grand
Être nécessaire [1].

XVI. *Des facultés des animaux.* — Les animaux ont les mêmes facultés que nous. Organisés comme nous, ils reçoivent comme nous la
vie, ils la donnent de même. Ils commencent comme nous le mouvement et le communiquent. Ils ont des sens et des sensations, des idées,
de la mémoire. Quel est l'homme assez fou pour penser que le principe de toutes ces choses est un principe inétendu? nul mortel n'a ja-

---

1. Dans cet ouvrage ainsi que dans *Tout en Dieu* et dans le traité *de l'âme*,
M. de Voltaire semble regarder l'âme humaine plutôt comme une faculté que
comme un être à part. Cependant il me semble que l'idée d'existence n'est réellement pour nous que celle de permanence; que le *moi* est la seule chose dont
la permanence nous soit prouvée, par notre sentiment même et d'une manière
évidente; que la permanence de tout autre être, et son existence par conséquent, ne l'est qu'en vertu d'une sorte d'analogie et avec une probabilité plus
ou moins grande : il en est de même de ma propre existence pour les instants
de sa durée dont je n'ai pas actuellement la conscience; et c'est là, sans doute,
ce que Locke a voulu dire dans son chapitre de *l'Identité*. Mon *âme* ou *moi*
sont donc la même chose. On ne devrait pas dire, à la vérité, *j'ai une âme*, c'est

mais osé proférer cette absurdité. Pourquoi donc serions - nous assez insensés pour imaginer cet esprit en faveur de l'homme?

Les animaux n'ont que des facultés et nous n'avons que des facultés.

Ce serait, en vérité, une chose bien comique que quand un lézard avale une mouche, et quand un crocodile avale un homme, chacun d'eux avalât une âme.

Que serait donc l'âme de cette mouche? un être immortel descendu du plus haut des cieux pour entrer dans ce corps, une portion détachée de la Divinité? ne vaut-il pas mieux la croire une simple faculté de cet animal à lui donnée avec la vie? Et si cet insecte a reçu ce don, nous en dirons autant du singe et de l'éléphant, nous en dirons autant de l'homme et nous ne lui ferons point de tort.

J'ai lu, dans un philosophe[1], que l'homme le plus grossier est au-dessus du plus ingénieux animal. Je n'en conviens point. On achèterait beaucoup plus cher un éléphant qu'une foule d'imbéciles; mais quand même cela serait, qu'en pourrait-on conclure? que l'homme a reçu plus de talents du grand Être et rien de plus.

XVII. *De l'immortalité.* — Que le grand Être veuille persévérer à nous continuer les mêmes dons après notre mort; qu'il puisse attacher la faculté de penser à quelque partie de nous-mêmes qui subsistera encore, à la bonne heure : je ne veux ni l'affirmer ni le nier : je n'ai de preuve ni pour ni contre. Mais c'est à celui qui affirme une chose si étrange à la prouver clairement, et comme jusqu'ici personne ne l'a fait, on me permettra de douter.

Quand nous ne sommes plus que cendre, de quoi nous servirait-il qu'un atome de cette cendre passât dans quelque créature, revêtu des mêmes facultés dont il aurait joui pendant sa vie? Cette personne nouvelle ne sera pas plus ma personne, cet étranger ne sera pas plus moi que je ne serai ce chou et ce melon qui se seront formés de la terre où j'aurai été inhumé.

Pour que je fusse véritablement immortel, il faudrait que je conservasse mes organes, ma mémoire, toutes mes facultés. Ouvrez tous les tombeaux, rassemblez tous les ossements, vous n'y trouverez rien qui vous donne la moindre lueur de cette espérance.

XVIII. *De la métempsycose.* — Pour que la métempsycose pût être admise, il faudrait que quelqu'un de bonne foi se ressouvînt bien posi-

---

une expression vide de sens; mais *je suis une âme,* c'est-à-dire un être sentant, pensant, etc.

Quant au corps, il me paraît qu'il n'y en a aucune partie, considérée comme substance, qui soit identique avec moi. Je dis comme substance, parce qu'à la vérité je ne puis nier que si je suis privé de mon cœur, de mon cerveau, je ne tombe dans un état dont je ne peux me former d'idée; mais je conçois très-bien que chaque particule de mon corps peut être échangée contre une autre successivement, qu'il peut en résulter pour moi un autre ordre d'idées et de sensations, sans que l'identité du sentiment du *moi* en soit détruite.

Le *moi* subsiste dans les animaux comme dans l'homme, et pour chacun l'existence, la permanence de son *moi* est la seule vérité de fait sur laquelle il puisse avoir de la certitude. (*Ed. de Kehl*)

1. Buffon. (ED.)

tivement qu'il a été autrefois un autre homme. Je ne croirai pas plus
que Pythagore a été coq, que je ne crois qu'il a eu une cuisse d'or.

Quand je vous dis que j'ai des facultés, je ne dis rien que de vrai;
quand j'avoue que je ne me suis point fait ces présents, cela est encore d'une vérité évidente; quand je juge qu'une cause intelligente
peut seule m'avoir donné l'entendement, je ne dis rien encore que de
très-plausible, rien qui puisse effaroucher la raison; mais si un char-
bonnier me dit qu'il a été Cyrus et Hercule, cela m'étonne et je le
prie de m'en donner des preuves convaincantes.

XIX. *Des devoirs de l'homme, quelque secte qu'il embrasse.*— Toutes
les sectes sont différentes; mais la morale est partout la même : c'est
de quoi nous sommes convenus souvent dans nos entretiens avec Cotta
et Balbus. Le sentiment de la vertu a été mis par la nature dans le
cœur de l'homme, comme un antidote contre tous les poisons dont il
devait être dévoré. Vous savez que César eut un remords quand il fut
au bord du Rubicon. Cette voix secrète qui parle à tous les hommes lui
dit qu'il était un mauvais citoyen. Si César, Catilina, Marius, Sylla,
Cinna, ont repoussé cette voix, Caton, Atticus, Marcellus, Cotta, Balbus
et vous, vous lui avez été dociles.

La connaissance de la vertu restera toujours sur la terre, soit pour
nous consoler quand nous l'embrasserons, soit pour nous accuser quand
nous violerons ses lois.

Je vous ai dit souvent, à Cotta et à vous, que ce qui me frappait le
plus d'admiration dans toute l'antiquité, était la maxime de Zoroastre :
« Dans le doute si une action est juste ou injuste, abstiens-toi. »

Voilà la règle de tous les gens de bien; voilà le principe de toute la
morale. Ce principe est l'âme de votre excellent livre des *Offices*. On
n'écrira jamais rien de plus sage, de plus vrai, de plus utile. Désormais ceux qui auront l'ambition d'instruire les hommes, et de leur
donner des préceptes, seront des charlatans s'ils veulent s'élever au-
dessus de vous, ou seront tous vos imitateurs.

XX. *Que, malgré tous nos crimes, les principes de la vertu sont
dans le cœur de l'homme.* — Ces préceptes de la vertu que vous avez
enseignés avec tant d'éloquence, grand Cicéron, sont tellement gravés
dans le cœur humain par les mains de la nature, que les prêtres même
d'Égypte, de Syrie, de Chaldée, de Phrygie, et les nôtres, n'ont pu
les effacer. En vain ceux d'Égypte ont consacré des crocodiles, des
boucs et des chats, et ont sacrifié à leur ignorance, à leur ambition
et à leur avarice; en vain les Chaldéens ont eu l'absurde insolence de
lire l'avenir dans les étoiles; en vain tous les Syriens ont abruti la nature humaine par leur détestable superstition : les principes de la morale sont restés inébranlables au milieu de tant d'horreurs et de dé-
mences. Les prêtres grecs eurent beau sacrifier Iphigénie pour avoir
du vent; les prêtres de toutes les nations connues ont eu beau immoler des hommes, et c'est en vain que nous-mêmes, nous Romains qui
nous réputions sages, nous avons sacrifié depuis peu deux Grecs et
deux Gaulois pour expier le crime prétendu d'une vestale : malgré les

efforts de tant de prêtres pour changer tous les hommes en brutes féroces, les lois portées par l'intelligence souveraine de la nature, partout violées, n'ont été abrogées nulle part. La voix qui dit à tous les
hommes : « Ne fais point ce que tu ne voudrais pas qu'on te fît, » sera
toujours entendue d'un bout de l'univers à l'autre.

Tous les prêtres de toutes les religions sont forcés eux-mêmes d'admettre cette maxime; et l'infâme Calchas, en assassinant la fille de
son roi sur l'autel, disait : « C'est pour un plus grand bien que je com-
mets ce parricide. »

Toute la terre reconnaît donc la nécessité de la vertu. D'où vient
cette unanimité, sinon de l'intelligence suprême, sinon du grand Démiourgos, qui, ne pouvant empêcher le mal, y a porté ce remède
éternel et universel?

XXI. *Si l'on doit espérer que les Romains deviendront plus vertueux.* — Nous sommes trop riches, trop puissants, trop ambitieux,
pour que la république romaine puisse renaître. Je suis persuadé
qu'après César, il y aura des temps encore plus funestes. Les Romains,
après avoir été les tyrans des nations, auront toujours des tyrans;
mais quand le pouvoir monarchique sera affermi, il faudra bien parmi
ces tyrans qu'il se trouve quelques bons maîtres. Si le peuple est fa-
çonné à l'obéissance, ils n'auront point d'intérêt d'être méchants, et
s'ils lisent vos ouvrages, ils seront vertueux. Je me console par cette
espérance de tous les maux que j'ai vus, et de tous ceux que je prévois.

XXII. *Si la religion des Romains subsistera.* — Il y a tant de
sectes, tant de religions dans l'empire romain, qu'il est probable
qu'une d'elles l'emportera un jour sur toutes les autres. Quoique nous
ayons un Jupiter, maître des dieux et des hommes, que nous appelons
le *très-puissant* et le *très-bon*, cependant Homère et d'autres poëtes
lui ont attribué tant de sottises, et le peuple a tant de dieux ridicules,
que ceux qui proposeront un seul Dieu, pourront bien à la longue
chasser tous les nôtres. Qu'on me donne un platonicien enthousiaste,
et qui soit épris de la gloire d'être chef de parti, je ne désespère pas
qu'il réussisse.

J'ai vu dans le voisinage d'Alexandrie, au-dessous du lac Mœris,
une secte qui prend le nom de Thérapeutes; ils se prétendent tous
inspirés, ils ont des visions, ils jeûnent, ils prient. Leur enthousiasme
va jusqu'à mépriser les tourments et la mort. Si jamais cet enthousiasme est appuyé des dogmes de Platon, qui commencent à prévaloir
dans Alexandrie, ils pourront à la fin détruire la religion de l'Empire;
mais aussi une telle révolution ne pourrait s'opérer sans beaucoup de
sang répandu; et si jamais on commençait des guerres de religion, je
crois qu'elles dureraient des siècles : tant les hommes sont superstitieux, fous et méchants.

Il y aura toujours sur la terre un très-grand nombre de sectes. Ce
qui est à souhaiter, c'est qu'aucune ne se fasse jamais un barbare devoir de persécuter les autres. Nous ne sommes point tombés jusqu'à
présent dans cet excès. Nous n'avons voulu contraindre ni Égyptiens,

ni Syriens, ni Phrygiens, ni Juifs. Prions le grand Demiourgos (si pourtant on peut éviter sa destinée), prions-le que la manie de persécuter les hommes ne se répande jamais sur la terre; elle deviendrait un séjour plus affreux que les poëtes ne nous ont peint le Tartare. Nous gémissons sous assez de fléaux, sans y joindre encore cette peste nouvelle.

LE TOCSIN DES ROIS.

(1771.)

L'Europe a frémi de l'assassinat du roi de Pologne; les coups qui l'ont frappé ont percé tous les cœurs. Mais quelle puissance se met en devoir de le venger? Sera-ce la sainte Vierge, devant laquelle ces assassins jurèrent sur l'Évangile, entre les mains d'un dominicain, de tuer le meilleur et le plus sage souverain qu'ait jamais eu la Pologne? Il est vrai que Notre-Dame de Csentochova fait tous les jours des miracles, mais elle n'a pas fait celui de prévenir les desseins des conjurés; et jusqu'ici Notre-Dame de Pétersbourg[1] est la seule qui venge l'honneur et les droits du trône. On voit encore, à la honte de tous les chrétiens, des garnisons turques dans les villes polonaises; et, sans les véritables miracles des armées russes, les Ottomans seraient dans Varsovie.

L'empereur des Romains, qui sait l'histoire, et qui est né pour faire des actions dignes de l'histoire, sait assez que ces Turcs ont mis deux fois le siége devant Vienne[2], et qu'ils ont fait plus de trois cent mille Hongrois esclaves.

Les barbares tyrans de Constantinople, souillés si souvent du sang de leurs frères et de leurs vizirs, traitent tous les rois de l'Europe comme les Romains traitaient autrefois les petits princes de la Cappadoce et de la Judée. Ils regardent nos ambassadeurs comme des consuls de marchands.

M. Porter, ci-devant plénipotentiaire à Constantinople, nous apprend que, pour toute sûreté, nos ambassadeurs n'ont que des concessions, dont on ne leur laisse que des copies qui ne sont point authentiques, et quelques priviléges établis par l'usage, qui sont toujours contestés.

Il nous dit que le grand vizir Jein Ali bacha voulut, il n'y a pas longtemps, les confiner tous dans l'île des Princes.

Quand un ambassadeur est admis à l'audience du grand vizir, ce barbare, couché sur un sofa, le fait asseoir sur un petit tabouret, lui dit quatre mots, et le renvoie; deux huissiers le prennent par les bras pour le faire pirouetter et pour le faire incliner devant leur maître; les valets le huent et le sifflent. Du moins il n'y a pas longtemps que cette étiquette était observée.

S'il veut paraître à l'inutile audience du sultan, on le fait attendre

---

1. Catherine II. (ÉD.) — 2. En 1529 et 1683. (ÉD.)

deux heures, et souvent à la pluie et à la neige, dans une petite cour triangulaire, sous un arbre autour duquel est un vieux banc pourri sur lequel les marmitons de Sa Hautesse viennent s'étendre. Il est ainsi conduit d'humiliations en humiliations. Il dissimule ces affronts, et fait accroire à ses commettants qu'il a été reçu avec toutes sortes d'honneurs.

On sait quelles indignités ont souvent souffertes les bailes de Venise. La cour de France ne doit pas avoir oublié que, dans le temps brillant de Louis XIV (en 1658), le grand-vizir Méhémet Cuprogli fit donner à l'audience un soufflet, à poing fermé, au sieur de La Haye Vantelet, fils de l'ambassadeur de France, ambassadeur lui-même, et, de plus, médiateur entre l'empire turc et Venise. On cassa une dent à ce ministre, on le mit dans un cachot. Et pourquoi la Porte exerça-t-elle contre lui ces atrocités? parce qu'il n'avait pas voulu expliquer une lettre qu'il écrivait en chiffres à un provéditeur de Venise.

Comment cette Porte ottomane traite-t-elle les ministres d'une puissance à qui elle veut faire la guerre? Elle commence par les faire mettre en prison. C'est ainsi que Mustapha, maintenant régnant[1], a fait enfermer au château des Sept-Tours le plénipotentiaire de Russie[2]. Cet insolent affront, fait à tous les princes dans la personne de ce ministre, a été bien vengé par les victoires du comte de Romanzof; par les flottes qui sont venues du fond du Nord mettre en cendres les flottes ottomanes, à la vue de Constantinople, sous le commandement des comtes d'Orlof; par la conquête de quatre provinces que les princes Gallitzin, Dolgorouki, et tant d'autres généraux illustres, ont arrachées aux Ottomans.

Tant d'exploits accumulés crient à haute voix au reste de l'Europe : « Secondez-nous, et la tyrannie des Turcs est détruite. »

Certes, si l'impératrice des Romains, Marie-Thérèse, voulait prêter ses troupes à son digne fils, qui pourrait l'empêcher de prendre en une seule campagne toute la Bosnie et toute la Bulgarie, tandis que les armées victorieuses de l'impératrice Catherine II marcheraient à Constantinople?

Combien de fois le comte Marsigli, qui connaissait si bien le gouvernement turc, nous a-t-il dit qu'il est aisé de jeter par terre ce grand colosse, qui n'est puissant que par nos divisions? Je le répète après lui, c'est notre faute si l'Europe n'est pas vengée.

On craint que la maison d'Autriche ne devienne trop puissante, et que l'empereur des Romains ne commande dans Rome. Aimez-vous mieux que les Turcs y viennent? Ce fut longtemps leur dessein, et ils pourront un jour l'accomplir, si on les laisse respirer et réparer leurs pertes.

On craint encore plus la Russie. Mais en quoi cette puissance serait-elle plus dangereuse que celle des Turcs? Et pourquoi redouter des fléaux éloignés, tandis qu'on peut détruire des fléaux présents?

1. Mort en 1774. (ÉD.)
2. D'Obreskoff, ministre de Russie à Constantinople, avait été enfermé aux Sept-Tours le 8 octobre 1768. (ED.)

Quoi ! on a donné la Toscane à un frère de l'empereur[1], Parme à un fils d'un roi d'Espagne[2]; on a dépouillé le pape de Bénévent et d'Avignon sans que personne ait murmuré; et on tremblerait d'ôter le États d'Europe à l'implacable ennemi de toute l'Europe ! les Vénitien n'oseraient reprendre Candie ! on craindrait de rendre Rhodes à ses chevaliers ! on frémirait de voir le Turc hors de la Grèce !

Nos neveux ne pourront un jour comprendre qu'on ait eu cette occasion unique, et qu'on n'en ait pas profité. Et si ce fameux piast[3] Jean Sobieski, ce vainqueur des Ottomans, revenait au monde, que dirait-il en voyant ses compatriotes s'unir avec les Turcs contre son successeur?

Les folles croisades durèrent autrefois plus de cent années; et aujourd'hui la sage union de deux ou trois princes est impraticable ! Des millions d'hommes allèrent périr en Syrie et en Égypte, et on tremble de laisser prendre Constantinople, quand l'Égypte même nous tend les bras ! et cette malheureuse inaction s'appelle politique ! La vraie politique est de chasser d'abord l'ennemi commun. Laissez au temps le soin de vous armer ensuite les uns contre les autres : vous ne manquerez pas d'occasion de vous égorger.

DISCOURS

DU CONSEILLER ANNE DUBOURG A SES JUGES.

(1771.)

L'histoire d'un pendu du xvie siècle, et ses dernières paroles, sont en général peu intéressantes. Le peuple va voir gaiement ce spectacle, qu'on lui donne gratis. Les juges se font payer leurs épices, et disent : « Voyons qui nous reste à pendre. » Mais un homme tel que le conseiller Anne Dubourg peut attirer l'attention de la postérité.

Il était détenu à la Bastille, et jugé, malgré les lois, par des commissaires tirés du parlement même.

L'instinct qui fait aimer la vie porta Dubourg à récuser quelque temps ses juges, à réclamer les formes, à se défendre par les lois contre la force.

Une femme de qualité, nommée Mme de Lacaille, accusée comme lui de favoriser les réformateurs, et détenue comme lui à la Bastille, trouva le moyen de lui parler, et lui dit : « N'êtes-vous pas honteux de chicaner votre vie? craignez-vous de mourir pour Dieu? »

Il n'était pas bien démontré que Dieu, qui a soin de tant de globes roulants autour de leurs soleils dans les plaines de l'éther, voulût ex-

---

1. Pierre-Léopold-Joseph, grand duc de Toscane, le 23 août 1765. (ÉD.)
2. Don Ferdinand, duc de Parme, le 18 juillet 1765. (ÉD.)
3. Synonyme d'autochtone, un des titres des rois de Pologne. (ÉD.)

pressément qu'un conseiller-clerc fût pendu pour lui dans la place de Grève; mais Mme de Lacaille en était convaincue.

Le conseiller en crut enfin quelque chose; et, rappelant tout son courage, il avoua qu'étant Français, et neveu d'un chancelier de France, il préférait Paris à Rome; que Jésus-Christ n'avait jamais été prélat romain; que la France ne devait point être asservie aux Guises et à un légat; que l'Église avait un besoin extrême d'être réformée, etc. Sur cette confession, il fut déclaré hérétique, condamné à être brûlé de droit, et par grâce à être pendu auparavant.

Quand il fut sur l'échelle, voici comme il parla :

« Vous avez, en me jugeant, violé toutes les formes des lois ; qui méprise à ce point les règles méprise toujours l'équité. Je ne suis point étonné que vous ayez prononcé ma mort, puisque vous êtes les esclaves des Guises, qui l'ont résolue. Ce sera sans doute une tache éternelle à votre mémoire et à la compagnie dont je suis membre, que vous ayez joint un confrère à tant d'autres victimes; un confrère dont le seul crime est d'avoir parlé dans nos assemblées contre les prétentions de la cour de Rome, en faveur du droit de nos monarques.

« Je ne puis vous regarder ni comme mes confrères, ni comme mes juges; vous avez renoncé vous-mêmes à cette dignité pour n'être que des commissaires. Je vous pardonne ma mort; on la pardonne aux bourreaux; ils ne sont que les instruments d'une puissance supérieure; ils assassinent juridiquement pour l'argent qu'on leur donne. Vous êtes des bourreaux payés par la faction des Guises. Je meurs pour avoir été le défenseur du roi et de l'État contre cette faction funeste.

« Vous qui jusqu'ici aviez toujours soutenu la majesté du trône et les libertés de l'Église gallicane, vous les trahissez pour plaire à des étrangers. Vous vous êtes avilis jusqu'à l'opprobre d'admettre dans votre commission un inquisiteur du pape [1].

« Vous devriez voir que vous ouvrez à la France une carrière bien funeste, dans laquelle on marchera trop longtemps. Vous prêtez vos mains mercenaires pour soumettre la France entière à des cadets d'une maison vassale de nos rois. La couronne sera foulée par la mitre d'un évêque italien. Il est impossible d'entreprendre une telle révolution sans plonger l'État dans des guerres civiles, qui dureront plus que vous et vos enfants, et qui produiront d'autant plus de crimes, qu'elles auront la religion pour prétexte, et l'ambition pour cause. On verra renaître en France ces temps affreux où les papes persécutaient, déposaient, assassinaient les empereurs Henri IV, Henri V, Frédéric Ier, Frédéric II, et tant d'autres en Allemagne et en Italie. La France nagera dans le sang. Nos rois expireront sous le couteau des Aod, des Samuel, des Joad, et de cent fanatiques.

« Vous auriez pu détourner ces fléaux; et c'est vous qui les préparez. Certes, une telle infamie n'aurait point été commise par ces grands hommes qui inventèrent l'appel comme d'abus, qui déférèrent au concile de Pise Jules II, ce prêtre soldat, ce boute-feu de l'Europe;

---

1. Cet inquisiteur se nommait Mouchi. (ÉD.)

qui s'élevèrent si hautement contre les crimes d'Alexandre VI, et qui, depuis leur institution, furent les gardiens des lois et les organes de la justice.

« L'honneur de l'ancienne chevalerie gouvernait alors la grande chambre, composée originairement de nobles, égaux pour le moins à ces seigneurs étrangers qui vous ont subjugués, qui vous tyrannisent, et qui vous payent.

« Vous avez vendu ma tête; le prix sera bien médiocre, la honte sera grande : mais en vous vendant aux Guises, vous vous êtes mis au-dessus de la honte.

« Votre jugement contre quelques autres de nos confrères est moins cruel, mais il n'est ni moins absurde, ni moins ignominieux. Vous condamnez le sage Paul de Foix et l'intrépide Dufaur à demander pardon à Dieu, au roi, et à la justice, d'avoir dit qu'il faut convertir les réformateurs par des raisons, par des mœurs pures, et non par des supplices; et, pour joindre le ridicule à l'atrocité de vos arrêts, vous ordonnez que Paul de Foix déclare devant les chambres assemblées *que la forme est inséparable de la matière dans l'eucharistie* : qu'a de commun ce galimatias péripatétique avec la religion chrétienne, avec les lois du royaume, avec les devoirs d'un magistrat, avec le bon sens? De quoi vous mêlez-vous? est-ce à vous de faire les théologiens? n'est-ce pas assez des absurdités de Cujas et de Bartole, sans y comprendre encore celles de Thomas d'Aquin, de Scot, et de Bonaventure?

« Ne rougissez-vous pas de croupir aujourd'hui dans l'ignorance du XIVe et du XVe siècle, quand le reste du monde commence à s'éclairer? Serez-vous toujours tels que vous étiez sous Louis XI, quand vous fîtes saisir les premières éditions imprimées de l'*Évangile* et de l'*Imitation de Jésus-Christ* que vous apportaient de la basse Allemagne les inventeurs de ce grand art? Vous prîtes ces hommes admirables pour des sorciers; vous commençâtes leur procès criminel : leurs ouvrages furent perdus; et le roi, pour sauver l'honneur de la France, fut obligé d'arrêter vos procédures, et de leur payer leurs livres. Vous êtes depuis longtemps enfoncés dans la fange de notre antique barbarie. Il est triste d'être ignorants, mais il est affreux d'être lâches et corrompus.

« Ma vie est peu de chose, et je vous l'abandonne : votre arrêt est digne du temps où nous sommes. Je prévois des temps où vous serez encore plus coupables, et je meurs avec la consolation de n'être pas témoin de ces temps infortunés. »

LETTRE DE M. DE VOLTAIRE

A UN DE SES CONFRÈRES A L'ACADÉMIE.

(1772.)

Je n'ai point lu, monsieur, les beaux vers[1] où vous dites que le très-inclément Clément me déchire aussi bien que plusieurs de mes amis. Il y a environ soixante ans que je suis accoutumé à être déchiré par les Desfontaines, les Bonneval, les Fréron, les Clément, les La Beaumelle, et les autres grands hommes de ce siècle. Je vous envoie la jolie pièce de vers que ce M. Clément fit, il y a peu de temps, à mon honneur et gloire. J'en retranche seulement quelques vers, tant parce qu'il faut être modeste, que parce qu'il ne faut pas trop abuser de votre loisir.

O toi que j'aime autant que je t'admire,
Sur ces vers que mon cœur inspire
Et que lui seul doit avouer,
Jette un regard de bonté, de tendresse :
L'art d'une main enchanteresse
Ne cherche point à t'y louer.
Laissons la louange insipide
Pour ces mortels peu délicats
Que de la vérité l'ombre même intimide,
Et que l'encens n'affadit pas.
C'est un poison qu'en nos climats
Une complaisance perfide
Prépara pour la vanité.
La fable, de la vérité
Est une image réfléchie ;
C'est un miroir où l'on n'est point flatté :
Je t'offre sa glace fidèle,
Voltaire, tu t'y connaîtras.
Mais, ô toi, mon autre modèle,
Maudit geai, tu la terniras.

LE ROSSIGNOL ET LE GEAI (FABLE).

Dès son printemps, dès son jeune âge,
Un rossignol, par son ramage,
Dans ses cantons s'était fait respecter ;
Il enchantait son voisinage,
On se taisait pour l'écouter,
Sa voix plaisait aux cœurs plus encor qu'aux oreilles,

---

1. *Boileau à Voltaire*, satire que Clément avait composée pour répondre à l'*Épître à Boileau.* (ED.)

Et ses fredonnements même étaient des merveilles.
Un geai fort sot, fort ennuyeux
Et fort bavard, c'est l'ordinaire,
Ne put entendre sans colère
Du rossignol les chants délicieux.
Le mérite d'autrui le rendait envieux.
Pourquoi? Le voici sans mystère.
C'est qu'il n'en avait point. Il n'avait plu jamais,
Et ne voulait que tout autre pût plaire.
Or, envers maître geai, sur ce point très-sévère,
Le rossignol avait des torts très-vrais :
On l'admirait. Témoin de ses succès,
Jacque enrageait, et lui fit son procès.
Au chanteur, au bon goût, il déclara la guerre.
A sa langue il donna carrière,
De son babil étourdit les forêts.
Outrage, injure journalière,
Il porta tout aux plus grossiers excès.
Que fit messire Jacque? Oh! de l'eau toute claire.
Il avait beau crier : « Messieurs, que c'est mauvais!
Cette voix est cassée, elle devrait se taire;
Ah! croyez-moi.... » L'on n'en voulut rien faire.
Il ne persuada que quelques sots, des geais.
Le rossignol, toujours en paix,
Ne s'avisa de lui répondre.
Répondre aux sots! finirait-on jamais?
Méprisant le stupide, et pour le mieux confondre,
Il formait avec soin des chants toujours nouveaux,
Toujours plus beaux;
Et les autres oiseaux
Disaient au geai bouffi de rage :
« Au rossignol tu crois être fatal,
Détrompe-toi, vain animal;
Ta censure pour lui peut-elle être un outrage?
S'il te plaisait, c'est qu'il chanterait mal. »

« Monsieur, si vous avez la bonté de me permettre de rendre ces vers publics, après y avoir ajouté, retranché, corrigé ce que bon vous semblera, je les enverrai dans quelque ouvrage périodique, ou dans quel recueil que vous aurez la complaisance de m'indiquer.

« Je suis avec tout le respect possible, etc. »

Vous voyez, monsieur, que ce Clément qui me traitait impudemment de rossignol, est devenu geai; mais il ne s'est point paré des plumes du paon. Il s'est contenté de becqueter MM. de Saint-Lambert, Delille, Watelet, Marmontel, etc., etc.

Je voudrais voir cette épître dans laquelle il nous apprend à tous notre devoir, j'en profiterais. Je n'ai que soixante et dix-huit ans; les jeunes gens comme moi peuvent toujours se corriger, et nous devons une grande reconnaissance à ceux qui nous avertissent publiquement, et avec charité, de nos défauts. J'ai dit autrefois :

L'envie est un mal nécessaire;
C'est un petit coup d'aiguillon
Qui nous force encore à mieux faire.

Il fallait dire, l'envie est un bien nécessaire, si pourtant ces messieurs ne connaissent d'autre envie que celle de perfectionner les arts et d'être utiles à l'*univers*. M. Clément semble être l'homme du monde le plus utile après l'illustre Fréron; il entre sagement dans une carrrière qui doit l'immortaliser, et surtout lui faire beaucoup d'amis, etc.

Avis de l'imprimeur. — Nous donnons, pour compléter notre feuille, pour instruire l'*univers*, et pour gagner deux sous, cette lettre d'un libraire de Lyon au sieur L***, notre confrère à Paris :

« Dites, s'il vous plaît, à M. Fréron, de ma part, qu'il est un ladre. Peut-on offrir trente sous de remise sur l'abonnement d'un journal qui donne des soins et de la peine trente fois par année aux libraires qui ont la bonté de se charger de le produire! J'ai été tenté d'en dégoûter les personnes qui se sont adressées à moi; cela ne serait pas difficile, et certainement M. Fréron mériterait cette honnêteté littéraire de la part de tous les libraires de province qu'il enverrait sûrement à l'hôpital, s'ils comptaient sur son journal pour dîner.

« Je gagne plus, mon cher confrère, à vendre un seul exemplaire des *OEuvres de M. de....* qu'à placer trente souscriptions de l'*Année littéraire*. Sans doute que les auteurs donnent du bénéfice à leurs libraires en raison de leur célébrité : en ce cas, j'ai tort de me plaindre. Je vous prie instamment, monsieur, de faire part de cet article de ma lettre à M. Fréron; il me ferait plaisir de lui donner place dans la première feuille dont il régalera les amateurs. »

LETTRE A M. LE MARQUIS DE BECCARIA,

PROFESSEUR EN DROIT PUBLIC A MILAN, AU SUJET DE M. MORANGIÈS.

(1772.)

Monsieur, vous enseignez les lois dans l'Italie, dont toutes les lois nous viennent, excepté celles qui nous sont transmises par nos coutumes bizarres et contradictoires, reste de l'antique barbarie dont la rouille subsiste encore dans un des royaumes les plus florissants de la terre.

Votre livre sur les *délits et les peines* ouvrit les yeux à plusieurs jurisconsultes de l'Europe nourris dans des usages absurdes et inhumains; et on commença partout à rougir de porter encore ses anciens habits de sauvages.

On demanda votre sentiment sur le supplice affreux auquel avaient
été condamnés deux jeunes gentilshommes sortant de l'enfance, dont
l'un, échappé aux tortures, est devenu l'un des meilleurs officiers d'un
très-grand roi, et l'autre, qui donnait les plus chères espérances,
mourut en sage d'une mort affreuse, sans ostentation et sans faiblesse,
au milieu de cinq bourreaux. Ces enfants étaient accusés d'une indécence en action et en paroles, faute que trois mois de prison auraient
assez punie, et que l'âge aurait infailliblement corrigée.

Vous répondîtes que leurs juges étaient des assassins, et l'Europe
pensa comme vous.

Je vous consultai sur les jugements de cannibales contre Calas,
contre Sirven, contre Montbailli, et vous prévîntes les arrêts émanés
depuis du chef de notre justice, de nos maîtres des requêtes, et des
tribunaux qui ont justifié l'innocence condamnée, et qui ont rétabli
l'honneur de notre nation.

Je vous consulte aujourd'hui sur une affaire d'une nature bien différente. Elle est à la fois civile et criminelle. C'est un homme de qualité,
maréchal de camp dans nos armées, qui soutient seul son honneur et
sa fortune contre une famille entière de citoyens pauvres et obscurs et
contre une foule de gens de la lie du peuple, dont les cris se font entendre par toute la France.

La famille pauvre accuse l'officier général de lui voler cent mille écus
par la fraude et par la violence. L'officier général accuse ces indigents
de lui voler cent mille écus par une manœuvre également criminelle.
Ces pauvres se plaignent, non-seulement d'être en risque de perdre un
bien immense qu'ils n'ont jamais paru posséder, mais d'avoir été ty-
rannisés, outragés, battus par des officiers de justice qui les ont forcés
de s'avouer coupables et de consentir à leur ruine et à leur châtiment.
Le maréchal de camp proteste que ces imputations de fraude et de
violence sont des calomnies atroces. Les avocats des deux parties se
contredisent sur tous les faits, sur toutes les inductions, et même sur
tous les raisonnements; leurs Mémoires sont des tissus de démentis,
chacun traite son adversaire d'inconséquent et d'absurde : c'est la méthode de toutes les disputes.

Quand vous aurez eu, monsieur, la bonté de lire leurs Mémoires
que j'ai l'honneur de vous envoyer, et qui sont assez connus en France,
souffrez que je vous soumette mes difficultés; elles sont dictées par
l'impartialité. Je ne connais ni aucune des parties, ni aucun des avocats. Mais ayant vu pendant près de quatre-vingts ans la calomnie et
l'injustice triompher tant de fois, il m'est permis de chercher à pénétrer dans le labyrinthe habité par ces monstres.

Présomptions contre la famille Véron. — 1° Voilà d'abord quatre
billets à ordre pour cent mille écus, faits dans toutes les règles par un
officier chargé d'ailleurs de dettes; ils sont au profit d'une femme
nommée Véron, qui se dit veuve d'un banquier. Ils sont réclamés par
son petit-fils du Jonquay, son héritier, nouvellement reçu docteur ès
lois, quoiqu'il ne sache même pas l'orthographe. Cela suffit-il? Oui,

dans une affaire ordinaire; non, si, dans ce cas-ci, très-extraordinaire, il est d'une extrême vraisemblance que le docteur ès lois n'a jamais porté, ni pu porter l'argent qu'il prétend avoir livré au nom de son aïeule; si la grand'mère, qui subsistait à peine dans un galetas, du malheureux métier de prêteuse sur gages, n'a jamais pu posséder les cent mille écus; si enfin le petit-fils et sa propre mère ont avoué et signé librement qu'ils ont voulu voler le maréchal de camp, et qu'il n'a jamais reçu que douze cents francs, au lieu de trois cent mille livres : l'affaire alors vous paraît-elle éclaircie, et le public est-il assez instruit des préliminaires ?

2° Je m'en rapporte à vous, monsieur; est-il probable qu'une pauvre veuve d'un inconnu, qu'on dit avoir été un vil agioteur et non un banquier, ait pu avoir une somme si considérable à prêter au hasard à un officier publiquement endetté? Le maréchal de camp soutient enfin que l'agioteur, mari de cette femme, mourut insolvable; que son inventaire même ne fut pas payé; que ce prétendu banquier fut d'abord garçon boulanger chez M. le duc de Saint-Aignan, ambassadeur en Espagne; qu'il fit ensuite le métier de courtier à Paris, et qu'il fut obligé par M. Hérault, lieutenant de police, de rendre des billets à ordre ou lettres de change qu'il avait extorqués d'un jeune homme; tant la malédiction semble être sur cette famille pour les billets à ordre! Si tout cela est prouvé, vous paraît-il vraisemblable que cette famille ait prêté cent mille écus à un officier obéré qu'elle ne connaissait pas?

3° Trouvez-vous probable que le petit-fils de l'agioteur, docteur ès lois, ait couru cinq lieues à pied, ait fait vingt-six voyages, ait monté et descendu trois mille marches, le tout pendant cinq heures sans s'arrêter, pour porter *en secret* douze mille quatre cent vingt-cinq louis d'or à un homme auquel il donne le lendemain douze cents francs en public? Une telle histoire vous paraît-elle inventée par un insensé très-maladroit? Ceux qui la croient vous paraissent-ils sages? Que pensez-vous de ceux qui la débitent sans la croire?

4° Est-il probable que le jeune du Jonquay, docteur ès lois, et sa propre mère, aient avoué juridiquement et signé chez un premier juge, nommé chez nous commissaire, que toute cette histoire était fausse, qu'ils n'avaient jamais porté cet or, et qu'ils étaient des fripons, si en effet ils ne l'avaient pas été, si le trouble et le remords ne leur avaient pas arraché cette confession de leur crime? et quand ils disent ensuite qu'ils n'ont fait cet aveu chez le premier juge, que parce qu'on leur avait donné précédemment un coup de poing chez un procureur, cette excuse vous paraît-elle raisonnable ou absurde?

N'est-il pas évident que si ce docteur ès lois a été battu en effet dans une autre maison pour cette même affaire, il doit avoir demandé justice de cette violence à ce premier juge, au lieu de signer librement avec sa mère qu'ils sont coupables tous deux du crime qu'ils n'ont point commis?

Seraient-ils recevables à dire : « Nous avons signé notre condamnation, parce que nous avons cru que le maréchal de camp avait gagné contre nous tous les officiers de la police et tous les premiers juges ? »

Le bon sens permet-il d'écouter de telles raisons? Aurait-on osé les proposer dans nos temps même de barbarie, où nous n'avions encore ni lois, ni mœurs, ni raison cultivée?

Si j'en crois les Mémoires très-circonstanciés du maréchal de camp, les coupables, ayant été mis en prison, ont d'abord persisté dans l'aveu de leur crime. Ils ont écrit deux lettres à celui qu'ils avaient chargé du dépôt des billets extorqués au maréchal de camp. Ils voulaient rendre ces billets; ils étaient effrayés de leur délit, qui pouvait les conduire aux galères ou à la potence. Ils se sont raffermis depuis. Ceux avec lesquels ils doivent partager le fruit de leur scélératesse les encouragent; l'appât de cette somme immense les séduit tous. Ils appellent toutes les fraudes obscures de la chicane au secours d'un crime avéré. Ils profitent adroitement des détresses où l'officier obéré s'est trouvé quelquefois réduit, pour le faire croire capable de rétablir ses affaires par un vol de cent mille écus. Ils excitent la compassion de la populace qui ameute bientôt tout Paris. Ils touchent de pitié des avocats qui se font un devoir d'employer pour eux leur éloquence, et de soutenir le faible contre le puissant, le peuple contre la noblesse. L'affaire la plus claire devient la plus obscure. Un procès simple, que le magistrat de la police aurait terminé en quatre jours, se grossit, pendant plus d'un an, de la fange que tous les canaux de la chicane y apportent. Vous verrez que tout cet exposé est le résumé des Mémoires produits dans cette cause fameuse.

Présomptions en faveur de la famille Véron. — Voici maintenant les défenses de l'aïeule, de la mère, et du petit-fils, docteur ès lois, contre ces fortes présomptions.

1° Les cent mille écus (ou approchant) qu'on prétend que la veuve Véron n'a jamais possédés, lui furent donnés autrefois par son mari, en fidéicommis avec de la vaisselle d'argent. Ce fidéicommis lui fut apporté *en secret*, six mois après la mort de ce mari, par un nommé Chotard. Elle les plaça, et toujours *en secret*, chez un notaire nommé Gillet, qui les lui rendit aussi secrètement en 1760. Donc elle avait en effet les cent mille écus que son adversaire prétend qu'elle n'a jamais possédés.

2° Elle est morte, dans une extrême vieillesse, pendant le cours du procès, en protestant, après avoir reçu les sacrements, que ces cent mille écus ont été portés en or à l'officier général, par son petit-fils, en vingt-six voyages à pied, le 23 septembre 1771.

3° Il n'est nullement probable qu'un officier, accoutumé à emprunter, et rompu aux affaires, ait fait des billets payables à ordre pour la somme de trois cent mille livres à un inconnu, sans avoir reçu cette somme.

4° Il y a des témoins qui ont vu compter et arranger les sacs remplis de cet or, et qui ont vu le docteur ès lois le porter à pied, sous sa redingote, au maréchal de camp, en vingt-six voyages, en cinq heures de temps; et il n'a fait ces vingt-six voyages étonnants que pour complaire au maréchal de camp qui lui avait demandé le *secret*.

5° Le docteur ès lois ajoute : « Notre grand'mère et nous, nous vivions à la vérité dans un gatelas, et nous prêtions sur gages quelque petit argent; mais c'était par une sage économie; c'était pour m'acheter une charge de conseiller au parlement, lorsque la magistrature était vénale. Il est vrai que mes trois sœurs gagnent leur vie au métier de couturière et de brodeuse; mais c'est que ma grand'mère gardait tout pour moi. Il est vrai que je n'ai fréquenté que des entremetteuses, des cochers, et des laquais; j'avoue que je parle et que j'écris comme eux; mais je n'en aurais pas été moins digne d'être magistrat, en me formant avec le temps. »

6° « Tous les honnêtes gens ont été touchés de notre malheur. M. Aubourg, l'un des plus dignes financiers de Paris, a pris notre parti généreusement, et sa voix nous a donné la voix publique. »

Ces défenses paraissent plausibles en partie. Voici comme leur adversaire les réfute.

Raisons du maréchal de camp contre les raisons de la famille Véron. — 1° Le conte du fidéicommis est, aux yeux de tout homme sensé, aussi faux et aussi burlesque que le conte des vingt-six voyages à pied. Si le pauvre agioteur, mari de cette vieille, avait voulu donner en mourant tant d'or à sa femme, il le pouvait de la main à la main, sans employer un tiers.

S'il avait eu cette prétendue vaisselle d'argent, la moitié en appartenait à sa femme, commune en biens. Elle ne serait pas restée tranquille, pendant six mois, dans un bouge à deux cents francs par an, sans redemander sa vaisselle, et sans faire ses diligences. Chotard, l'ami prétendu de son mari et d'elle, ne l'aurait pas laissée six mois entiers dans une grande indigence, et dans une si cruelle inquiétude.

Il y a eu en effet un Chotard; mais c'était un homme perdu de dettes et de débauches, un banqueroutier frauduleux qui emporta quarante mille écus aux fermes générales, dans lesquelles il avait un emploi[1], et qui, probablement, n'aurait pas donné cent mille écus à la veuve Véron, grand'mère du docteur ès lois.

La veuve Véron prétend qu'elle fit valoir son argent, et toujours secrètement, chez un notaire nommé Gillet; et on n'en trouve nul vestige dans l'étude de ce notaire.

Elle articule que ce notaire lui rendit son argent, encore secrètement, en 1760; et il était mort.

Si tous ces faits sont vrais, il faut avouer que la cause de du Jonquay et de la Véron, fondée sur une foule de mensonges ridicules, tombe évidemment avec eux.

2° Le testament de la Véron, fait une demi-heure avant son dernier moment, ayant son Dieu et la mort sur les lèvres, est une pièce bien respectable, on oserait presque dire sacrée : mais si elle est au nombre de ces choses sacrées qu'on fait servir tous les jours au crime; si ce testament a été visiblement dicté par les intéressés au procès; si cette

---

1. Deux fermiers généraux, MM. de Mazières et Dangé, l'attestent.

prêteuse sur gages, en recommandant son âme à Dieu, a manifestement menti à Dieu, de quel poids est alors cette pièce? n'est-elle pas
la plus forte preuve de l'imposture et de la scélératesse?

On a toujours fait dire à cette femme, pendant le procès soutenu
en son propre nom, qu'elle ne possédait que les cent mille écus qu'on
voulait lui ravir; qu'elle n'a jamais eu que cette somme; et la voilà
qui, dans son testament, articule cinq cent mille livres! Voilà deux
cent mille francs de plus auxquels on ne s'attendait pas, et la veuve
Véron convaincue de son crime par sa propre bouche. Ainsi, dans
cette étrange cause, l'imposture atroce et ridicule de la famille éclate
de tous côtés pendant la vie de cette femme, et jusque dans les bras
de la mort.

3° Il est probable, il est prouvé que le maréchal de camp ne devait
pas confier des billets à ordre pour cent mille écus à ce docteur inconnu, pour les négocier, sans exiger de lui une reconnaissance;
mais il a commis cette inadvertance qui est la faute d'un cœur noble:
il a été séduit par la jeunesse, par la candeur, et par la générosité
apparente d'un homme de vingt-sept ans, prêt à être élevé à la magistrature, qui lui prêtait douze cents francs pour une affaire urgente,
et qui lui promettait de lui faire tenir cent mille écus dans peu de
jours, par une compagnie opulente. C'est là le fond et le nœud du
procès. Il faut absolument examiner s'il est probable qu'un homme
qu'on suppose avoir reçu près de cent mille écus en or vienne le lendemain matin demander en hâte douze cents francs, pour une affaire
pressante, à celui-là même qui lui a donné la veille douze mille quatre
cent vingt-cinq louis d'or.

Il n'y a là aucune vraisemblance.

Il est encore plus improbable, comme on l'a déjà dit, qu'un homme
de distinction, un officier général, père de famille, pour récompenser
celui qui vient de lui rendre le service inouï de lui prêter cent mille
écus sans le connaître, ait par reconnaissance imaginé de le faire pendre; lui qui, supposé nanti de cette somme immense, n'avait qu'à
attendre paisiblement les échéances éloignées du payement; lui qui,
pour gagner du temps, n'avait pas besoin de commettre le plus lâche
des crimes; lui qui n'en a jamais commis. Certes, il est plus naturel
de penser que le petit-fils d'un agioteur fripon et d'une misérable prêteuse sur gages, a profité de la confiance aveugle d'un homme de
guerre pour lui extorquer cent mille écus, et qu'il a promis de partager cette somme avec les hommes vils qui pourraient l'aider dans cette
manœuvre.

4° Il y a des témoins qui déposent en faveur de du Jonquay et de la
Véron. Qui sont ces témoins? que déposent-ils?

C'est d'abord une nommée Tourtera, une courtière qui soutenait la
Véron dans son petit commerce de prêteuse sur gages, et qui a été
mise cinq fois à l'Hôpital pour ses infamies scandaleuses; ce qui est
très-aisé à vérifier.

C'est un cocher nommé Gilbert, qui, tantôt ferme dans le crime, et
tantôt ébranlé, a déclaré chez une dame Petit, en présence de six

personnes, qu'il avait été suborné par du Jonquay. Il a demandé plusieurs fois à d'autres personnes s'il était encore à temps de se rétracter, et réitéré ces propos devant témoins [1].

De plus, il se peut encore que ce Gilbert se soit trompé et n'ait point menti. Il se peut qu'il ait vu quelque argent chez des prêteurs sur gages, et qu'on lui ai fait accroire qu'il y avait trois cent mille livres. Rien n'est plus dangereux en bien des gens qu'une tête chaude qui croit avoir vu ce qu'elle n'a pas pu voir.

C'est un nommé Aubriot, filleul de cette entremetteuse Tourtera, et conduit par elle. Il dépose avoir vu dans une rue de Paris, le 23 septembre 1771, le docteur du Jonquay, en manteau, portant des sacs.

Ce n'est pas là assurément une preuve bien forte que ce docteur ait fait ce jour-là même vingt-six voyages à pied, et ait couru cinq lieues pour donner *secrètement* douze mille quatre cent vingt-cinq louis en attendant le reste. Il paraît clair qu'il alla ce jour-là chez le maréchal de camp, qu'il lui parla; et il paraît probable qu'il le trompa; mais il n'est pas clair qu'Aubriot l'y avait vu aller treize fois en un matin, et retourner treize fois. Il est encore moins clair que cet Aubriot ait pu voir ce jour-là tant de choses dans la rue, affligé de la vérole (il faut appeler les choses par leur nom), frotté de mercure ce jour même, les jambes chancelantes, la tête enflée, la langue hors de la bouche; ce n'est pas là le moment de courir. Son ami du Jonquay lui aurait-il dit : « Venez risquer votre vie pour me voir faire cinq lieues de chemin chargé d'or; je vais donner toute la fortune de ma famille en *secret* à un homme noyé de dettes; je veux avoir en secret pour témoin un homme de votre caractère ? » Cela n'est pas vraisemblable. Le chirurgien qui administrait le mercure à ce monsieur atteste qu'il n'était guère en état de sortir; et le fils de ce chirurgien, dans son interrogatoire, s'en rapporte à l'Académie de chirurgie.

Mais enfin, qu'un homme vigoureux ait eu la force, dans cet état honteux et horrible, de prendre l'air, et de faire quelques pas dans une rue, qu'en résulte-t-il ? A-t-il vu du Jonquay faire vingt-six voyages du haut de son galetas à l'hôtel du maréchal de camp ? A-t-il vu douze mille quatre cent vingt-cinq louis d'or entre ses mains ? Quelqu'un a-t-il été témoin de ce prodige digne des Mille et une Nuits ? Non; sans doute, non, personne; à quoi se réduisent donc tous ces témoignages qu'on allègue ?

5° Que la fille de la Véron, dans son galetas, ait emprunté quelquefois de petites sommes sur gages, que la Véron en ait prêté pour faire son petit-fils, conseiller au parlement, cela ne fait rien au fond de l'affaire; il paraît toujours que ce magistrat n'a pas couru cinq lieues à pied pour porter cent mille écus, et que le maréchal de camp ne les a jamais reçus.

6° Un nommé Aubourg se présente, non-seulement comme témoin, mais comme protecteur, comme bienfaiteur de l'innocence opprimée.

---

1. C'est ce que M. le comte de Morangiès articule. S'il en imposait, il serait trop coupable : s'il dit vrai, la cause est jugée.

Les avocats de la famille Véron font de cet homme un citoyen d'une vertu aussi intrépide que rare. Il a été sensible aux malheurs du docteur du Jonquay, de sa mère, de sa grand'mère qu'il ne connaissait pas : il leur a offert son crédit et sa bourse, sans autre intérêt que le plaisir héroïque de secourir la vertu qu'on persécute.

A l'examen, il se trouve que ce héros de la bienfaisance est un malheureux qui a d'abord été laquais, puis tapissier, puis courtier, puis banqueroutier, et qui prête aujourd'hui sur gages, comme la Véron et la Tourtera. Il vole au secours des personnes de sa profession. Cette Tourtera lui a donné d'abord vingt-cinq louis pour disposer sa probité à prêter son ministère à la famille désolée. Le généreux Aubourg a eu la grandeur d'âme de faire un contrat avec la vieille aïeule presque mourante, par lequel elle lui donne cent quinze mille livres sur les cent mille écus que doit le maréchal de camp, à condition qu'Aubourg fera les frais du procès. Il prend même la précaution de faire ratifier ce marché dans le testament qu'on dicte à la vieille agioteuse, ou qu'on suppose prononcé par cette vieille. Cet homme vénérable espère donc partager un jour, avec quelques témoins, les dépouilles du maréchal de camp. C'est le grand cœur d'Aubourg qui a ourdi cette trame; c'est lui qui a conduit le procès dont il a fait son patrimoine. Il a cru que des billets à ordre seraient infailliblement payés; c'est un recéleur qui partage le butin des voleurs, et qui en prend pour lui la meilleure part.

Telles sont les réponses du maréchal de camp. Je n'en diminue rien, je n'y ajoute rien; je ne fais que raconter.

Je vous ai exposé, monsieur, toute la substance de ce procès, et tout ce qu'on allègue de plus fort des deux côtés.

Je vous demande à présent votre opinion sur ce qu'il faut prononcer en cas que les choses restent dans le même état, en cas qu'on ne puisse arracher irrévocablement la vérité d'aucun côté, et la manifester sans nuage.

Les raisons de l'officier général paraissent jusqu'ici convaincantes. L'équité naturelle est pour lui. Cette équité naturelle que Dieu a mise dans le cœur de tous les hommes est la base de toutes les lois. Faudra-t-il détruire ce fondement de toute justice pour condamner un homme à payer cent mille écus qu'il ne paraît pas devoir?

Il a fait des billets pour cent mille écus dans la vaine espérance qu'on lui donnerait l'argent; il a traité avec un jeune inconnu comme s'il avait traité avec le banquier du roi ou de l'impératrice-reine. Ses billets auront-ils plus de force que ses raisons? On ne doit certainement que ce qu'on a reçu. Les billets, les polices, les reconnaissances, supposent toujours qu'on a touché l'argent. Mais s'il y a des preuves qu'on n'a rien touché, on ne doit rien rendre. S'il y a écrit contre écrit, le dernier annule l'autre. Or, ici le dernier écrit est celui de du Jonquay et de sa mère; et il porte que leur adverse partie n'a jamais reçu d'eux les cent mille écus, et qu'ils sont des fripons.

Quoi! parce qu'ils auront désavoué leur aveu, parce qu'ils auront reçu un coup de poing, on leur adjugerait le bien d'autrui!

Je suppose (ce qui n'est pas vraisemblable) que les juges, liés par les formes, condamnent le maréchal de camp à payer ce qu'il ne doit point, ne ruinent-ils pas sa réputation ainsi que sa fortune ? Tous ceux qui se sont élevés contre lui dans cette étrange aventure ne diront-ils pas qu'il a calomnieusement accusé ses adversaires d'un crime dont lui-même est coupable ? Il perdra son honneur à leurs yeux en perdant son bien, Il ne sera justifié que dans l'esprit de ceux qui examinent profondément : c'est toujours le très-petit nombre. Où sont les hommes qui aient le loisir, l'attention, la capacité, la bonne foi, de considérer toutes les faces d'une affaire qui ne les regarde pas ? ils en jugent comme notre ancien parlement condamnait les livres sans les lire.

Vous le savez, on juge de tout sur des préjugés, sur parole et au hasard. Personne ne fait réflexion que la cause d'un citoyen doit intéresser tous les citoyens, et que nous pouvons subir avec désespoir le sort sous lequel nous le voyons accablé avec des yeux indifférents. Nous écrivons tous les jours sur des jugements portés par le sénat de Rome et par l'aréopage d'Athènes; à peine songeons-nous à ce qui se passe dans nos tribunaux !

Vous, monsieur, qui embrassez l'Europe dans vos recherches et dans vos décisions, daignez me prêter vos lumières. Il se peut, à toute force, que des formalités de chicane que je ne connais pas fassent perdre le procès au maréchal de camp; mais il me semble qu'il le gagnera au tribunal du public éclairé, ce grand juge sans appel qui prononce sur le fond des choses, et qui décide de la réputation.

LETTRE SUR UN ÉCRIT ANONYME.

(1772.)

A Ferney, 20 avril 1772.

Dans ce saint temps nous savons comme
On doit expier ses délits,
Et bien dépouiller le vieil homme,
Pour rajeunir en paradis.

Une bonne âme, voulant seconder mes intentions, m'a envoyé par la poste, la veille de Pâques, la deux-centième brochure qu'on a brochée contre moi depuis quelques années. On m'y fait souvenir d'un de mes péchés que j'avais malheureusement oublié, tant à mon âge on a la mémoire débile ! Ce péché est la jalousie, l'envie. Je la regarde vraiment comme le huitième péché mortel. On me fait apercevoir que j'en suis très-coupable. Je n'ai plus qu'à faire pénitence et à m'amender.

1° L'on m'apprend que je suis indignement jaloux de Bernard Palissi, qui vivait sur la fin du seizième siècle. Il avança que le falun de Touraine n'est qu'un amas de coquilles, dont les lits s'amoncelèrent les uns sur les autres pendant cinquante mille siècles plus ou moins, lorsque la place où est la ville de Tours était le rivage de la mer. Ma jalouse fureur ayant fait venir une caisse de ce falun, dans lequel je n'ai trouvé qu'une coquille de colimaçon, j'ai pris insolemment ce falun pour une espèce de pierre calcaire friable, pulvérisée par le temps. J'ai cru y reconnaître évidemment mille parcelles d'un talc informe; et j'ai conclu, avec un orgueil punissable, que c'est une mine qui occupe environ deux lieues et demie. J'ai hasardé cette idée criminelle avec une audace d'autant plus lâche, que ce falun ne se trouve dans aucun autre pays, ni à quarante lieues de la mer, ni à vingt, ni à dix; et que si c'était un monceau de coquilles déposé par la mer dans une prodigieuse suite de siècles, il y en aurait certainement sur d'autres côtes.

C'est avec cette espèce de marne qu'on fume les champs voisins; et j'ai eu l'impudence de dire, moi qui suis laboureur, que des coquilles de cinquante mille siècles ne me donneraient jamais du blé. Mais j'avoue que je ne l'ai dit que par jalousie contre les Tourangeaux.

2° Cette détestable jalousie que j'ai toujours eue des succès du consul Maillet m'a porté jusqu'à douter qu'il y ait des amas de coquilles sur les Hautes-Alpes. J'avoue que j'en ai fait chercher pendant quatre ans, et qu'on n'y en a pas trouvé une seule. On n'en trouve pas plus, dit-on, sur les montagnes de l'Amérique; mais ce n'est pas ma faute.

3° Je confesse que les pierres lenticulaires, les étoilées, les glossopètres, les cornes d'Ammon, dont mon voisinage est plein, ne m'ont jamais paru des poissons; mais il ne m'était pas permis de le dire.

4° Cette même jalousie m'a fait douter aussi que l'Océan eût produit le mont Atlas et que la Méditerranée eût fait naître le mont Caucase. J'ai même osé soupçonner que les hommes n'ont pas été originairement des marsouins, dont la queue fourchue s'est changée visiblement en cuisses et en jambes, comme Maillet le prétend avec beaucoup de vraisemblance.

5° C'est avec une malice d'enfer qu'ayant examiné la chaux dont je me sers depuis vingt ans pour bâtir, je n'y ai trouvé ni coquilles, ni oursins de mer.

6° J'avoue que la même envie diabolique m'a empêché de convenir, jusqu'à présent, que ce globe soit de verre. Je crois que les gens qui l'habitent sont très-fragiles, et surtout moi. Mais pour peu qu'on veuille absolument que la terre soit de verre, comme l'était autrefois le firmament, j'y consens du meilleur de mon cœur pour le bien de la paix.

7° Cette rage, qui m'a toujours dominé, m'a égaré jusqu'au point de douter que la terre fût un soleil encroûté, ou qu'elle fût originairement une comète. J'ai poussé surtout ma jalousie contre l'apothicaire Arnould, jusqu'à dire que ses sachets n'ont pas toujours prévenu l'apoplexie. Mais aussi, comme il ne faut pas se faire plus méchant qu'on ne l'est, je n'ai point porté la perversité jusqu'à prétendre qu'il y eût la moindre charlatanerie dans les sciences et dans les arts. J'ai toujours reconnu, grâce au ciel, qu'il n'y a de charlatan en aucun genre.

8° Il est vrai que j'ai été si horriblement jaloux de l'*Esprit des Lois*, dans mon métier de jurisconsulte, que j'ai osé avoir quelques opinions différentes de celles qu'on trouve dans ce livre, en avouant pourtant qu'il est plein d'esprit et de grandes vues, *qu'il respire l'amour des lois et de l'humanité*. J'ai même parlé très-durement de ses détracteurs. Ce procédé est d'un malhonnête homme, il faut en convenir.

J'ai fait plus; car, dans un livre auquel plusieurs gens de lettres ont travaillé avec un grand succès, l'article *Gouvernement anglais* est de moi; et je finis cet article par dire : « Après avoir relu celui de Montesquieu, j'ai voulu jeter au feu le mien. » C'est là le langage de l'envie la plus détestable.

9° Je m'accuse d'avoir osé m'élever avec une colère peu chrétienne contre certains persécuteurs d'Helvétius, et de plusieurs gens de lettres; d'avoir pris le parti des opprimés contre les oppresseurs; d'avoir seul bravé leur orgueil, leurs cabales et leur malice; mais d'avoir en même temps, par un esprit de jalousie, manifesté une très-petite partie des opinions dans lesquelles je diffère absolument de lui, de l'avoir dit à lui-même, parce que je l'aimais et l'estimais; c'est une infamie qui ne peut s'excuser.

10° Je me souviens aussi que cette même jalousie, qui me ronge, m'a forcé autrefois de prouver que les tourbillons de Descartes étaient mathématiquement impossibles; que sa matière subtile, globuleuse, cannelée, rameuse, était une chimère; qu'il est faux que la lumière vienne du soleil à nous dans un instant; qu'il est faux qu'il y ait également toujours égale quantité de mouvement dans la nature; qu'il est faux que les planètes soient des soleils; qu'il est faux que les mines de sel et les fontaines viennent de la mer; qu'il est faux que le chyle devienne sang dans le foie, etc., etc., etc., etc., etc., etc.

Mon indigne envie contre Descartes m'emporta jusqu'à cette bassesse. Mais je confesse que je fus entraîné dans ce crime par Aristote, qui me fit donner une pension sur la cassette d'Alexandre, seule pension dont j'aie été régulièrement payé.

11° Je dois confesser encore que Scudéri, Claveret, d'Aubignac, Boisrobert, Colletet, et autres, me firent donner beaucoup d'argent par le trésorier du cardinal de Richelieu, pour écrire contre Corneille, dont j'ai persécuté la famille. Je me suis oublié jusqu'à dire que « si ce grand homme n'était pas égal à lui-même dans *Attila* et dans *Agésilas*, on ne jugeait des génies tels que lui que par leurs extrêmes beautés, et non par leurs défauts. »

12° Enfin ma plus grande faute a été de ne pouvoir supporter l'éclat de la gloire dont notre ami Fréron a ébloui l'univers. Mais ce n'est que par degrés que je me suis livré à l'envie que ce grand homme a excitée en moi. D'abord ce fut une émulation louable, si j'ose le dire; mais enfin les serpents de l'envie me piquèrent; j'ai rendu mon maître ridicule : j'ai goûté le plaisir infernal de rire quand son nom s'est trouvé trop souvent au bout de ma plume.

Étant ainsi convenu avec mon charitable directeur de conscience que je suis d'un naturel *jaloux, bas, rampant, avide, ennemi des arts, ennemi de la tolérance, flatteur des gens en place*, etc., et les péchés avoués étant à demi pardonnés, je me flatte que cet honnête homme, que je connais très-bien, sera content de ma confession sincère :

> Je ne suis plus jaloux, mon crime est expié.
> J'éprouve un sentiment plus doux, plus légitime;
> L'auteur d'une lettre anonyme
> Me fait une grande pitié.

Mais, en même temps, j'avertis que voilà la première et la dernière fois que je répondrai aux lettres anonymes des polissons et des fous, et même aux lettres des personnes que je n'ai pas l'honneur de connaître; car bien que je sois très-jeune, et que je n'aie que soixante et dix-huit ans, cependant le temps est cher; et il faut tâcher de ne le pas perdre quand on veut apprendre quelque chose.

J'ajoute encore un mot, et assez sérieusement. Quoique j'aie passé à deux reprises quarante ans loin de Paris, dans une profonde retraite, je connais les cabales de la littérature et du théâtre, et même les autres cabales. Je sais combien on se passionne pour un système chimérique, pour un mauvais ouvrage prôné et oublié, pour une opinion du temps, qui s'évanouit, enfin pour les formes substantielles, les idées innées, et l'harmonie préétablie. Trois ou quatre énergumènes s'unissent pour décrier, pour injurier, pour perdre même, s'ils le peuvent, quiconque n'est pas de leur avis. J'ai vu les emportements et les artifices employés contre ceux qui n'admettaient pour mesure de la force des corps en mouvement que la masse multipliée par la vitesse. J'ai été témoin des inimitiés les plus vives et les plus cruelles entre ceux qui croyaient parvenir à une mesure exacte et uniforme de tous les méridiens, et ceux qui la croyaient impossible et inutile pour la navigation.

Doutiez-vous des miracles de saint Pâris et des convulsionnaires; vous étiez un lâche flatteur de la cour, un traître, un impie, un ennemi de saint Augustin. Aviez-vous quelques scrupules sur les miracles du bienheureux Régis, jésuite, osiez-vous examiner si un cancre avait en effet rapporté à saint Xavier son crucifix tombé au fond de la mer; on vous appelait *athée* dans vingt libelles.

Il a été un temps, fort court à la vérité, mais il a été, ce temps honteux et ridicule, où quelques gens de lettres ne pouvaient pas supporter un homme qui pensait que la subordination est nécessaire dans la société, qu'un garçon charcutier n'est pas égal en tout à un duc et pair, à un ministre d'État, à un prince; et qu'enfin le mariage de l'héritier d'une couronne avec la fille du bourreau ne serait pas tout à fait sortable.

Lorsqu'on fit paraître le *Système de la Nature*, livre diffus, incorrect, ennuyeux, fondé sur un seul argument, et encore argument équivoque, livre stérile en bons raisonnements, et pernicieux par les conséquences, mais éblouissant dans un petit nombre de pages par la peinture, quoique usée, de nos misères; lors, dis-je, qu'on prôna ce livre, on ne voulait pas permettre à un philosophe d'être de l'avis de Cicéron et de Platon, et on disait qu'un homme qui reconnaît un Dieu trahit la cause du genre humain. Je ne doute pas que l'auteur et trois fauteurs de ce livre ne deviennent mes implacables ennemis pour avoir dit ma pensée, et je leur déclare que je la dirai tant que je respirerai, sans craindre ni les énergumènes athées, ni les énergumènes superstitieux.

Encore une fois, je connais l'insensé méchant qui, dans sa lettre anonyme, m'ose accuser *de caresser les gens en place, et d'abandonner ceux qui n'y sont plus.* Je lui répondrai sans détour qu'il en a menti. Il ne s'agit pas ici des petits vers qui ont formé les coraux, et de la mer qui a formé les montagnes, et de toutes ces pauvretés. Non, infâme calomniateur, non, je n'ai point oublié un homme hors de place [1] qui m'a comblé de bienfaits. J'ai témoigné publiquement la respectueuse estime, la tendre reconnaissance dont je serai pénétré pour lui jusqu'au dernier moment de ma vie. Périsse le monstre qui serait ingrat envers son bienfaiteur! Il n'y a ni ministre ni roi qui ne doive approuver ces sentiments. Vous ne savez pas, misérable, jusqu'où j'ai poussé la fermeté de mon caractère inébranlable dans ses attachements, comme dans son mépris pour les lâches tels que vous. Non, je n'ai point caressé les gens en place, mais j'ai admiré l'abolissement de la vénalité, abus infâme, contre lequel je m'étais élevé tant de fois; abus qui ne subsistait qu'en France, et qui la déshonorait.

J'ai senti le bonheur des provinces qui m'entourent, et dont les citoyens ne sont plus obligés d'aller à cent cinquante lieues payer un procureur, à trois mots par ligne, et consumer le reste de leur patrimoine à la porte d'un citoyen orgueilleux qui avait acheté dix mille écus le droit d'achever leur ruine. Je bénis le roi qui nous a délivrés du joug le plus insupportable. J'avais proposé cette réforme il y a vingt ans, je remercie la main qui l'a faite. Je suis citoyen, et vous ne parviendrez à faire regarder comme des flatteurs, ni moi, ni mes parents [2] qui servent l'État dans une place qu'ils n'ont point achetée, mais qu'ils ont méritée; qui joignent la fermeté à la modestie, l'équité à la sensibilité, et qui méprisent vos cabales absurdes autant que vos lettres anonymes.

1. Le duc de Choiseul. (Éd.)
2. Voltaire veut parler de son neveu Mignot, qui, après avoir été conseiller-clerc au grand conseil, en 1750, puis avoir donné sa démission, sollicita de faire partie du parlement Maupeou, et y fut en effet le premier des conseillers-clercs. (*Note de M. Beuchot.*)

ESSAI

SUR LES PROBABILITÉS EN FAIT DE JUSTICE[1].

(1772.)

Presque toute la vie humaine roule sur des probabilités.

Tout ce qui n'est pas démontré aux yeux, ou reconnu pour vrai par les parties évidemment intéressées à le nier, n'est tout au plus que probable.

J'ignore pourquoi l'auteur de l'article PROBABILITÉ[2], dans le grand *Dictionnaire encyclopédique*, admet une demi-certitude. Il me semble qu'il n'y a pas plus de demi-certitude que de demi-vérité. Une chose est vraie ou fausse, point de milieu. Vous êtes certain ou incertain. L'incertitude étant presque toujours le partage de l'homme, vous vous détermineriez très-rarement, si vous attendiez une démonstration.

Cependant il faut prendre un parti, et il ne faut pas le prendre au

---

1. *Avertissement des éditeurs de Kehl.* — L'idée d'appliquer aux preuves juridiques le calcul des probabilités est aussi ingénieuse que l'exécution de cette idée serait utile. On sent qu'elle est encore trop nouvelle, trop éloignée des idées communes, trop propre surtout à faire sentir l'importance des lumières acquises par la méditation et l'étude des sciences, pour n'être pas rejetée comme une de ces rêveries politiques qui naissent dans la tête des philosophes, et que les vrais hommes d'État ignorent ou méprisent.

M. de Voltaire jugeait autrement : mais, étranger à l'espèce de calcul qui peut s'appliquer à ces questions, il n'a pu qu'indiquer la route qu'il fallait suivre ; et c'est dans cette vue seulement qu'il faut lire cet ouvrage.

Dans le calcul des probabilités, on désigne la certitude par l'unité, c'est-à-dire que l'on suppose égal à un le nombre des combinaisons possibles, qui renferment l'événement dont on cherche la probabilité, ou dans lesquelles cet événement n'entre point ; la probabilité de l'événement, représentée alors dans une fraction, est le nombre des combinaisons dans lesquelles l'événement a lieu. Comme la probabilité est indépendante du nombre des combinaisons pour ou contre, mais dépend du rapport entre le nombre des combinaisons qui amènent l'événement, et le nombre des combinaisons qui ne l'amènent point, on a dû représenter le nombre des événements par un nombre toujours constant, et on a choisi l'unité comme celui qui rendait les calculs plus simples.

Par exemple, avoir trois chances en sa faveur sur trente, ou trente sur trois cents, ou quarante-cinq sur quatre cent cinquante, c'est évidemment la même chose ; ainsi, dans tous ces cas, regardant le nombre quelconque des chances comme l'unité, un dixième exprimera le nombre des chances favorables.

Lorsque le nombre des combinaisons en faveur de la vérité d'un événement est beaucoup plus grand que celui des combinaisons contraires, on dit que l'événement est probable. Plus le premier de ces nombres augmente par rapport à l'autre, plus la probabilité de l'événement est grande ; et on appelle certitude morale une probabilité telle, qu'on regarde comme impraticable d'en déterminer une plus approchante de l'unité, à laquelle on ne peut jamais atteindre si l'événement contraire n'est pas rigoureusement impossible.

Ces réflexions suffisent pour montrer combien les expressions, demi-preuves, quarts de preuve, sont vides de sens, à quelles erreurs elles peuvent exposer ; et que, pour se permettre d'employer le langage arithmétique dans l'examen des preuves, il faudrait des connaissances qui manquent à la plupart des jurisconsultes, et des recherches qui n'ont point été faites encore.

2. Diderot. (ÉD.)

hasard. Il est donc nécessaire à notre nature faible, aveugle, toujours sujette à l'erreur, d'étudier les probabilités avec autant de soin que nous apprenons l'arithmétique et la géométrie.

Cette étude des probabilités est la science des juges; science aussi respectable que leur autorité même, puisqu'elle est le fondement de leurs décisions.

Un juge passe sa vie à peser des probabilités les unes contre les autres, à les calculer, à évaluer leur force.

Dans le *civil*, tout ce qui n'est pas soumis à une loi clairement énoncée est soumis au calcul des probabilités.

Dans le *criminel*, tout ce qui n'est pas prouvé évidemment, y est soumis de même; mais avec une différence essentielle. Quelle est cette différence? Celle de la vie et de la mort, celle de l'honneur de toute une famille et de son opprobre.

S'il s'agit d'expliquer un testament équivoque, une clause ambiguë d'un contrat de mariage, d'interpréter une loi obscure sur les successions, sur le commerce, il faut absolument que vous décidiez, et alors la plus grande probabilité vous conduit. Il ne s'agit que d'argent.

Mais il n'en est pas de même quand il s'agit d'ôter la vie et l'honneur à un citoyen. Alors la plus grande probabilité ne suffit pas. Pourquoi? C'est que si un champ est contesté entre deux parties, il est évidemment nécessaire, pour l'intérêt public et pour la justice particulière, que l'une des deux parties possède le champ. Il n'est pas possible qu'il n'appartienne à personne. Mais quand un homme est accusé d'un délit, il n'est pas évidemment nécessaire qu'il soit livré au bourreau sur la plus grande probabilité. Il est très-possible qu'il vive sans troubler l'harmonie de l'État. Il se peut que vingt apparences contre lui soient balancées par une seule en sa faveur. C'est là le cas, et le seul cas, de la doctrine du probabilisme.

Si, dans le fameux et triste jugement contre Langlade et sa femme, on avait pesé probabilité contre probabilité, indice contre indice, un gentilhomme innocent ne serait pas mort aux galères après avoir subi deux fois la torture.

Les juges de Toulouse, qui condamnèrent Calas au plus horrible supplice, devaient avoir certainement plus de présomptions de son innocence que de son crime.

Les juges d'un bailliage de Bar, qui firent périr, en 1768, un père de famille, un vieillard, nommé Martin, sur la roue, le condamnèrent sur les plus fausses conjectures. Un meurtre et un vol s'étaient commis sur le grand chemin à quelques pas de la maison de l'accusé; on trouva sur le sable la trace de deux souliers, et on conclut que c'étaient les siens. Un témoin du meurtre fut confronté avec lui, et dit : « Ce n'est pas là l'assassin. — Dieu soit loué! s'écria le vieillard innocent, en voici un qui ne m'a pas reconnu. » Le juge interprète ces paroles comme un aveu du crime. Il crut qu'elles signifiaient : « Je suis coupable, et on ne m'a pas reconnu. » Elles signifiaient tout le contraire; mais la sentence fut portée, le condamné transféré à Paris, et le jugement confirmé à la Tournelle, dans un temps où de malheureuses affaires publiques ne permettaient pas un examen réfléchi des malheurs particuliers. L'innocent, reconduit au bailliage de Bar, fut exécuté, son bien confisqué, sa nombreuse famille dispersée. Quelques jours après, un scélérat condamné et exécuté dans le même lieu, avoua à la potence qu'il était coupable du meurtre pour lequel un père de famille très-vertueux avait été rompu vif. Il est évident que le juge n'avait porté ce jugement affreux que parce qu'il avait très-mal raisonné.

La fatale méprise d'Arras est encore toute récente : elle criait vengeance. Le conseil d'Artois, réformé depuis, avait, en 1770, condamné un jeune homme très-estimable, nommé Montbailli, à mourir sur la roue, et sa femme, dont il était tendrement aimé, à être brûlée. Montbailli fut exécuté dans la ville de Saint-Omer. Le supplice de son épouse fut différé, parce qu'elle était grosse. On a eu le temps d'obtenir du chef éclairé de la justice, que le procès fût revu par le nouveau conseil d'Arras. Les deux époux ont été absous d'une voix unananime. La malheureuse veuve est revenue en triomphe dans sa patrie. Tout Saint-Omer a couru au-devant d'elle. On a allumé des feux de joie; on a donné une fête à l'avocat qui a défendu l'innocence. Cette femme vit respectée; mais elle vit pauvre : son vertueux mari a été roué, et les juges qui l'ont assassiné juridiquement restent tranquilles.

Il faut le dire, ces exemples étaient très-fréquents il y a quelques années : la justice était égarée hors de ses limites : l'attention portée aux affaires d'État, la précipitation, et je ne sais quel faux honneur attaché au désir secret de se rendre redoutables, coûta la vie à plus d'un innocent; et de cruels supplices suivirent de légers délits qu'une correction paternelle aurait suffisamment expiés. L'Europe en fut indignée, et n'en parle encore qu'avec une horreur douloureuse.

Un fameux procès civil et criminel attire à présent l'attention de toute la France. Il n'est fondé que sur des improbabilités. Les juges ne peuvent être embarrassés qu'à découvrir quelle est la plus absurde. Il n'est pas question ici d'alléguer des lois qui souvent se contredisent; de concilier des coutumes extraites l'une de l'autre, et opposées l'une à l'autre; de débrouiller les commentaires confus de quelque interprète obscur d'une loi oubliée. Ce grand procès (supposé qu'il reste dans l'état où il est) ressemble à une énigme, dont le mot sera trouvé par la sagacité des juges, après les plus pénibles recherches.

Une veuve obscure, inconnue, logée dans la rue Saint-Jacques à un troisième étage avec toute sa famille, liée avec des courtières, dont une fut autrefois enfermée à l'Hôpital; une veuve qui paraissait tout au plus jouir du nécessaire, accuse un homme de qualité, un officier général, de vouloir lui voler cent mille écus; et l'officier général accuse la femme et la famille de lui escroquer cent mille écus.

Dans le cours de ce procès la femme meurt, âgée de quatre-vingt-huit ans, et, avant d'expirer, proteste devant Dieu et par-devant notaire que les cent mille écus ont été réellement prêtés à l'officier général.

Avant d'examiner les probabilités pour et contre dans cette affaire singulière, commençons par rapporter un procès non moins étrange qui occupa le conseil de Bruxelles en 1740 et 1741.

Histoire de la veuve Genep. — La dame Genep, veuve d'un commis à cent écus de gages dans le Brabant hollandais, envoie dire au jésuite Yancin son confesseur, et procureur des jésuites de Bruxelles, qu'elle est très-malade, et le prie de venir vite la confesser. Le jésuite arrive; il la trouve agitée de convulsions; car il y en avait dans Bruxelles comme dans Paris : « Mon père, lui dit-elle, vous avez sans doute placé avantageusement mes trois cent mille florins de Hollande. » (Cela fait 640 000 livres de notre monnaie.) P. Yancin, qui la crut en délire, lui répondit : « N'en soyez pas en peine : ne songez qu'à votre âme. — Je veux savoir, répliqua la dame en haussant la voix, si les trois cent mille florins que je vous ai confiés sont en sûreté? — Eh! oui, encore une fois, ma bonne; calmez-vous. — Mais, mon père, trois cent mille florins en or sont quelque chose. — Je le sais : ce sont des bagatelles qui ne doivent pas vous troubler. L'essentiel est de se confesser et de faire son salut. — Ah! mon salut : oui, je veux faire mon salut; mais j'ai la tête si bouleversée de mes trois cent mille florins, que je ne me souviens plus de mes péchés. Je serai peut-être demain plus tranquille, et alors j'aurai la consolation de me confesser. — A demain donc, ma chère enfant. » Il lui donne sa bénédiction, et s'en va.

Il y avait derrière la tapisserie un notaire, un avocat, et deux témoins, qui rédigeaient par écrit toute cette conversation. Ces messieurs passaient pour être des nouveaux disciples de saint Augustin, qui n'étaient pas fâchés de procurer quelque humiliation salutaire aux disciples de saint Ignace. Le lendemain Mme Genep, au lieu de songer au sacrement de pénitence, envoie un huissier sommer son confesseur de justifier de l'emploi de ces trois cent mille florins, ou de les rendre en espèces sonnantes.

On peut juger quel bruit ce procès excita en Flandre, à Vienne, et même à Rome. La société se défendait en disant qu'il était impossible que Mme Genep, veuve d'un petit commis, eût jamais eu tant de florins. Mme Genep soutint qu'elle les avait légitimement gagnés, *in*, *cum*, *sub* M. le prince d'Orange.

Il y avait à cet aveu quelque probabilité. Madame l'archiduchesse, gouvernante des Pays-Bas, fut obligée de députer à M. le prince d'Orange pour le prier, avec tous les ménagements possibles, de vouloir bien lui dire s'il avait poussé la générosité jusqu'à faire un si beau présent à Mme Genep. Le prince répondit qu'il pouvait être tombé dans quelques péchés; qu'il ne se souvenait pas si Mme Genep en avait jamais augmenté le nombre; mais qu'il n'était ni assez riche, ni assez sot pour payer si chèrement une passade.

Pendant cette négociation, les cabales se multipliaient à Bruxelles. On trouva un honnête fiacre qui déposa qu'il avait mené Mme Genep à la porte des jésuites avec des sacs pleins d'or. C'était apparemment un fiacre janséniste. Il jura que lui-même avait porté les sacs dans la chambre de P. Yancin, laquelle il dépeignit parfaitement, et il ajouta, avec la candeur de l'innocence, qu'il était tombé deux fois en succombant sous le fardeau.

A peine l'ambassadeur dépêché à la conscience de M. le prince d'Orange fut-il de retour avec la déclaration, qui n'était pas à l'avantage de Mme Genep, que cette bonne femme mourut. Mais en mourant elle protesta que le P. Yancin lui devait légitimement trois cent mille florins.

Comment concilier la probabilité résultante du certificat du prince d'Orange avec celle que fournissait le testament de mort de Mme Genep? Les héritiers de cette bonne femme n'osèrent poursuivre le procès, le fiacre janséniste s'enfuit; les jésuites gardèrent l'argent, supposé qu'il y en eût; et ils ne gardèrent que leur innocence, supposé, comme je le crois, qu'ils ne fussent point coupables[1]. On voit assez qu'il est souvent très-difficile de découvrir la vérité, soit qu'elle se cache dans le fond d'un puits, soit qu'elle se réfugie dans la chambre d'un jésuite ou d'un janséniste.

Prenons maintenant nos balances pour peser les vraisemblances entre la vieille pauvre veuve qui jure avoir prêté cent mille écus en or, et un maréchal de camp qui jure ne les avoir pas reçus.

Première probabilité en faveur de la veuve et de sa famille. — D'abord, madame (comme a très-bien dit l'avocat[2] qui plaide contre vous), pour prêter cent mille écus il faut les avoir. Il n'est pas à croire que vous eussiez cent mille écus en or depuis longtemps, en demeurant avec toute votre famille dans un galetas de la rue Saint-Jacques. Vous avez articulé une origine de cette fortune secrète; mais vous n'en avez jamais apporté que des preuves un peu légères. Vous étiez la femme d'un pauvre agioteur de la rue Quincampoix, comme Mme Genep, avec ses six cent quarante mille livres mises en dépôt chez les jésuites, était la femme d'un commis à cent écus de gages. Vous avez prétendu que, six mois après la mort de votre mari, votre ami Chotard vint vous apporter en secret deux cent soixante mille livres en or, et beaucoup de vaisselle d'argent dans un galetas à deux cent cinquante livres de loyer, où vous étiez retirée.

Mais, 1° s'il est prouvé que cet intime ami, si libéral, est mort chargé de dettes et insolvable, cela ne donne pas une grande probabilité à l'aventure de la vaisselle et des deux cent soixante mille livres en or.

2° Si cette donation si secrète était un fidéi-commis de votre mari, vous étiez commune par votre contrat; la moitié vous appartenait: comment auriez-vous pu passer six mois sans réclamer cette vaisselle et cet argent comptant?

3° Vous dites que vous fîtes travailler cet argent chez un notaire

1. La même histoire est racontée dans une lettre qui courut à Paris, mais avec des particularités un peu différentes. Il est aisé de s'informer à Bruxelles du détail de cette étrange aventure.
2. Linguet. (ÉD.)

pendant vingt ans juste. Mais il est un peu extraordinaire que la veuve d'un agioteur mette son argent à intérêt chez un notaire; encore plus singulier qu'on n'en retrouve nulle trace.

4° Vous dites qu'en 1760 ce notaire, nommé Gillet, vous avait rendu votre argent avec l'usure qu'il avait produite, et que vous l'emportâtes à Vitri, où cependant l'argent ne profite guère.

Mais on a prouvé qu'il n'y avait point de notaire Gillet en 1760; que votre Gillet était mort auparavant, et qu'il n'y avait point de Gillet notaire depuis 1755. Vous avez donc menti, madame. Ce n'est pas un préjugé favorable pour votre cause.

Malgré les terribles vraisemblances qui s'élèvent ici contre vous et les vôtres, il n'est pas pourtant absolument impossible que vous ayez emporté environ trois cent mille francs en or de Paris à Vitri; que vous les ayez rapportés de Vitri à Paris; que vous n'en ayez jamais rien fait paraître; et qu'à l'âge de quatre-vingt-huit ans vous les ayez prêtés à six pour cent à un officier que vous ne connaissiez pas, au lieu d'en acheter une charge de robe à votre petit-fils, et d'en faire un magistrat, comme c'était votre intention, à ce qu'il dit. Il se peut, à toute force, que vous ayez oublié que maître Gillet était mort avant 1760; que vous vous soyez méprise de date; que vous ayez prêté à usure votre argent, au lieu d'en acheter un habit et des chemises à votre petit-fils que vous vouliez faire conseiller : tout cela est physiquement possible, et n'est point du tout probable. Mais, comme vous produisez des billets de cet officier, je suspends mon jugement sur le roman que vous faites de vos aventures avec votre ami Chotard et votre notaire Gillet.

Seconde probabilité pour la vieille. — Votre petit-fils [1] dit que vous lui confiâtes cet or pour le prêter à six pour cent à un officier qui était mal dans ses affaires, et qui n'était connu ni de vous, ni de lui. Cela est encore possible, quoique fort extraordinaire, et j'évalue cette possibilité à…. un.

Troisième probabilité défavorable à la vieille. — Votre petit-fils prétend qu'il porta cet or, à pied, en treize voyages, de son galetas chez l'officier. Cela est encore physiquement possible et moralement ridicule. Il faut être fou pour porter tant d'or à pied, en treize voyages, l'espace de deux lieues et demie ou environ, et pour marcher cinq lieues, en comptant les retours, tandis qu'on pouvait aisément transporter cette somme dans un carrosse de louage ou dans celui de l'emprunteur. La vraisemblance pour vous est ici zéro; et la probabilité contre vous est au moins…… cinquante.

Quatrième probabilité en faveur de la vieille. — Enfin, vous avez des billets de cet officier, valeur reçue. La probabilité peut ici s'évaluer en votre faveur à cent.

Elle doit même être regardée en justice comme une évidence en-

1. François Liégard du Jonquay. (ÉD.)

tière, sans aucun examen, si elle n'est pas balancée par des probabilités opposées, et plus fortes, qui puissent la détruire.

Voilà donc jusqu'à présent *cent une* probabilités que je trouve pour la famille de la veuve contre le gentilhomme, officier général; mais il en faut retrancher *cinquante* pour l'improbabilité des treize voyages; il ne reste plus que *cinquante-une* pour la famille.

Voyons celles qui militent en faveur de l'officier.

Première probabilité pour l'officier général. — Son avocat assure que, voulant emprunter de l'argent, il a employé une courtière [1] qui est morte pendant le procès; que cette courtière était une maquignonne d'affaires, qui prêtait et empruntait sur gages; qu'elle promit de lui faire négocier ses billets, par le moyen de la veuve et de son petit-fils, lequel ayant travaillé chez un procureur, et ayant fait son droit, pouvait servir dans cette négociation. L'officier fit donc pour cent mille écus de billets payables dans dix-huit mois à six pour cent. Il donna lui-même ces billets à la veuve chez elle, pour les faire négocier par la courtière et par la famille de la vieille. Il dit avoir eu l'imprudence de ne point tirer de reconnaissance de ces billets; qu'il se contenta d'une modique somme de douze cents francs, en attendant que ces billets fussent négociés.

Il n'est pas naturel, sans doute, qu'un officier, un père de famille, âgé de quarante-cinq ans, dont le bien est en direction, soit assez neuf en affaires, assez simple, pour confier des billets d'une si grande importance sans en tirer un reçu. Et à qui les confie-t-il? A une veuve de quatre-vingt-huit ans, qui peut mourir demain; à un jeune inconnu, petit-fils de cette veuve. C'est tout ce qu'il aurait pu faire s'il eût négocié avec le banquier le plus accrédité de l'Europe. Aussi avons-nous compté pour cent la probabilité qui s'élève ici contre lui.

Mais, de cela même qu'il était environné de créanciers et que son bien était en direction, il résulte qu'il était capable de cette inadvertance. Il a pu se faire illusion : il a pu supposer que le petit-fils de sa prêteuse pourrait, de concert avec la courtière, lui procurer sur ces billets quelque somme d'argent, dans l'espérance de toucher un jour de lui trois cent mille livres. C'est une fatale ressource; mais elle est très-possible et n'est que trop ordinaire à ceux qui sont chargés de dettes. Cette conjecture, assez plausible par les circonstances qui l'accompagnent, diminue un peu la force de l'extrême probabilité qui l'accable : je la diminue de *dix*.

La pauvre famille reste donc contre lui, tout compté, en possession de quarante et une probabilités.

Seconde probabilité en faveur de l'officier. — Il est avoué de part et d'autre que, le lendemain du jour où le jeune homme prétend avoir porté cent mille écus en treize voyages, l'officier est allé lui-même au troisième étage de la veuve. Là, il lui a fait à son ordre des billets

[1]. Nommée Charmette. (Éd.)

pour trois cent vingt-sept mille livres, en comptant les intérêts. Là, il a reçu de son petit-fils un sac de douze cents francs; et ces douze cents livres sont à compte de cette somme de trois cent mille livres qu'on doit négocier pour lui, et que le jeune homme dit avoir délivrée la veille, à douze cents francs près.

Voilà une preuve qu'il était inutile que le jeune homme eût fait cinq lieues à pied, comme un coureur, pour lui apporter cent mille écus en or. Il aurait pu très-aisément faire mettre cet or dans une cassette chez sa mère : la cassette eût été portée dans l'équipage de l'officier. Cette vraisemblance, en sa faveur, devient très-forte; mais elle est moindre que celle des billets, qui parlent en justice. Je l'évalue à .a moitié. Je comptais la probabilité extrême résultante de ces billets à cent, dont j'avais soustrait cinquante pour la chimère des treize voyages en une matinée; il restait cinquante et une pour la famille. J'en ai retranché dix en faveur de la probabilité que l'officier n'a été qu'imprudent. Il ne reste donc plus que vingt et une probabilités pour les prêteurs, mais rien pour le maréchal de camp.

Cependant la courtière qui a conduit cette étrange affaire reçoit une lettre du maréchal de camp, dans laquelle il lui fait entendre qu'elle ne sera payée de son droit de courtage que quand il aura touché cent mille écus. Il est très-probable qu'on n'écrit point une telle lettre, quand on peut être démenti sur-le-champ par cette courtière même, par toute la famille, par ses propres billets.

Il n'est pas vraisemblable qu'un gentilhomme qui a besoin d'argent, et à qui une entremetteuse vient de faire compter trois cent mille francs en or, refuse vingt-cinq louis à cette entremetteuse. Il ne paraît pas même dans la nature que ce gentilhomme forme le dessein absurde de nier un jour le prêt qu'il a reconnu, si en effet il a reçu de l'argent.

Je mettrai cette vraisemblance au niveau de tout ce qui reste en faveur de la famille, il y aura alors égalité de vraisemblance et d'incertitude. Ici la guerre est déclarée.

Actions commencées en justice. — La veuve et les siens commencent par présenter requête au lieutenant criminel. Elle se plaint que l'officier ait séduit son petit-fils : elle avance que ce jeune homme lui a porté tout son or : elle craint qu'on ne la paye pas, attendu que l'officier vient d'écrire qu'il attend ces cent mille écus, lesquels il a cependant touchés. Cette plainte peut être celle d'une partie qui craint d'être lésée; elle peut être aussi la démarche prématurée, hardie et adroite d'une partie criminelle qui craint d'être prévenue.

De son côté, l'officier court chez le lieutenant de police : il expose à ce magistrat qu'il a eu la confiance imprudente de donner à une femme de quatre-vingt-huit ans des billets payables à ordre, lesquels doivent être négociés; qu'il n'a point reçu l'argent de ses billets, et que la famille de la veuve prétend les lui faire payer à l'échéance. Ainsi donc les deux parties plaident avant le terme. L'une dit : « On abuse de mes billets et de mon imprudence; » l'autre crie : « On me prend mon or. » Chacun se plaint d'être volé. A qui croire ? Le magistrat de la police, ne voyant de preuves ni d'une part ni d'une autre, conclut qu'il faut en chercher en tâchant de tirer la vérité de la bouche du jeune homme que l'histoire des treize voyages à pied lui rendait fort suspect.

Il pouvait raisonner ainsi : « Voilà un gentilhomme endetté qui paraît avoir fait des billets de trois cent mille livres pour en tirer peut-être quarante mille comptant, dans l'incertitude d'être en état de les payer; il s'est aveuglé, il a très-grand tort; mais ses adversaires semblent avoir un tort plus funeste et bien plus répréhensible. »

Il pouvait intimider la vieille; mais elle était trop affaiblie et son âge demandait des égards. Il imagine de faire examiner le petit-fils et sa mère, fille de la vieille, par un procureur[1] accrédité en qui il a confiance, par un inspecteur de police[2] intelligent et par un commissaire[3] réputé très-sage. La courtière pouvait donner les plus grandes lumières sur ces obscurités; mais la fatalité veut qu'elle meure dans ce temps-là même. On ne peut donc rien démêler dans ce labyrinthe que par les parties mêmes. Il est à croire que le magistrat de la police, en donnant audience à l'officier, a employé toute sa prudence à découvrir s'il était de bonne ou de mauvaise foi; et que sa longue expérience lui a fait conclure que la famille du galetas devait être coupable; sans quoi ce magistrat lui aurait dit : « Vous avez fait des billets; payez-les à l'échéance. Il n'y a là ni matière à procès, ni objet de police. » Mettons cette vraisemblance pour *dix* en faveur de l'officier. Ainsi de ce chef il aura *dix* sur ses adversaires.

Les officiers de la justice se transportent au troisième étage, où demeure la famille accusée et accusatrice; ils y voient l'ameublement de la pauvreté; ils ne peuvent croire que des gens qui n'ont pas pour cinquante louis de meubles, aient eu trois cent mille francs à prêter à un militaire chargé publiquement de dettes. Les treize voyages leur paraissent surtout une fable absurde. Il faut approfondir ce mystère.

On mène doucement le petit-fils et sa mère chez le procureur à qui le lieutenant de police s'en rapportait, et on laisse la grand'mère tranquille, sans insulter à son âge en l'effarouchant.

Le maréchal de camp, de son côté, se rend secrètement chez ce procureur. Jusque-là tout est dans l'ordre et les deux parties conviennent de ces faits.

Les avocats de la famille du troisième étage disent qu'on a cruellement maltraité la mère et le fils chez le procureur. Les avocats du gentilhomme le dénient. Aucune probabilité sur cet article[4].

L'homme aux treize voyages à pied prétend que le procureur, dans un mouvement d'indignation, lui déboutonna sa veste pour faire voir sa chemise sale et grossière, et lui dit : « Malheureux, tu n'as pas de chemises et tu prétends avoir prêté cent mille écus ! »

Cette exclamation paraît à sa place et ce raisonnement est judicieux. Il est probable qu'un homme qui dispose de tant d'or a des chemises;

---

1. Appelé Lechauve. (Éd.) — 2. Dupuis. (Éd.) — 3. Chesnon. (Éd.)
4. Il est à remarquer que les avocats des deux parties sont diamétralement opposés sur plusieurs faits essentiels, ce qui augmente l'incertitude.

comme il est vraisemblable qu'il ne fait point cinq lieues à pied pour aller hasarder cent mille écus.

C'est une probabilité contre le jeune homme en faveur de l'officier plaignant; mais elle ne peut être évaluée à plus de quatre, parce que, après tout, le petit-fils d'une vieille femme qui a cent mille écus en or peut n'en pas recevoir beaucoup de sa grand'mère. Ainsi l'officier aurait *quatorze* en sa faveur.

Enfin, après un long interrogatoire, après qu'on a mis en usage les raisons et les menaces, la mère du jeune homme avoue le crime en pleurant; elle confesse qu'on n'a délivré que douze cents livres à l'officier et que les treize voyages sont une fable. Alors un commis[1] de l'inspecteur de police fait mettre des menottes à son fils qui fait le même aveu et qui dit : « Je signerai, si l'on veut, que j'ai volé tout Paris. » Ce commis de police était-il en droit de charger de fers un docteur en droit? est-il permis de traiter ainsi un citoyen? Ce commis me paraît punissable; mais enfin le docteur en droit avoue; et ces mots : « Je signerai, si l'on veut, que j'ai volé tout Paris, » paraissent plutôt les expressions d'un homme qui ne rougit de rien, que celles d'un honnête homme indigné d'être accusé d'un crime.

La mère et le fils sont conduits chez le commissaire, qui passe pour un homme très-doux et très-sage : on ôte les menottes au fils, et tous deux signent devant lui leur condamnation. On les mène en prison, et la chose paraît juste. Détenus en prison, ils renoncent d'abord à leur prétention chimérique; ils écrivent, dit-on, à un ancien avocat, leur conseil, qu'ils se désistent. Les sœurs du malheureux vont chez le même commis de police qui a intimidé leur frère et leur mère; elles implorent la pitié du magistrat de la police dans une lettre qu'elles lui écrivent chez ce même commis. Alors nulle probabilité en faveur des accusés; tout est contre eux, tout est pour le maréchal de camp. Plus de procès; l'affaire est consommée. Point du tout, on la fait revivre; elle devient plus violente et plus obscure qu'auparavant.

Nouvelles probabilités contre la famille aux cent mille écus. — Le petit-fils et la mère, encouragés par un homme qui fut autrefois avocat, rétractent leur aveu et reviennent contre leur signature. Ils soutiennent qu'on les a violentés chez le procureur, qu'on les a battus, qu'on les a menacés de la corde s'ils ne signaient pas. Ils crient qu'ils ont cédé à la tyrannie; mais qu'enfin, ayant repris leurs sens, ils espèrent tout de la justice.

Ici le *calcul des probabilités* augmente contre eux. Vous prétendez avoir été maltraités et vous signez chez un commissaire que vous méritez de l'être! Vous dites qu'on vous a traités de coquins et vous signez que vous êtes des coquins! Vous criez qu'on vous a menacés de la corde et vous signez que vous avez fait une action à vous faire pendre! Et chez qui écrivez-vous votre condamnation? Chez un commissaire honnête homme, à qui vous pouviez, au contraire, rendre une plainte

---

1. Nommé Desbrunières ou Desbrugnières. (Éd.)

juridique contre vos bourreaux qui vous ont fait (dites-vous) tant de violence. La crainte a arraché votre aveu et conduit votre main! Quelle crainte aviez-vous, si vous étiez innocents? C'était aux suppôts de la police, à ces bourreaux volontaires de deux citoyens, à trembler. Ne sentez-vous pas qu'en les déférant à la justice vous aviez pour vous tout Paris et toute la France? Le peuple aurait voulu déchirer ces barbares. Leurs vexations étaient ce qui pouvait vous arriver de plus avantageux. Il n'y a pas un homme dans Paris qui, à votre place, eût été seulement tenté de faire le lâche mensonge que vous dites avoir fait. Quoi! vous, docteur en droit, vous mentez pour vous couvrir d'opprobre, vous et votre aïeule, et toute votre pauvre famille! Vous vous calomniez exprès pour perdre cent mille écus que vous réclamiez! vous vous calomniez pour vous perdre vous-même!

Cette probabilité contre vous et en faveur de votre adversaire est très-grande. Je l'évalue au double de la vraisemblance qui naissait des billets de l'officier, c'est-à-dire à *deux cents*. Ainsi il a pour lui *deux cent quatorze*.

Intervention d'un ancien tapissier, solliciteur de procès, dans cette affaire. — Un solliciteur de procès (je ne puis le nommer autrement puisqu'il sollicite), un homme, dis-je, qui n'est ni parent ni ami de la famille[1], achète ce procès de votre grand'mère, pour la somme de cent quinze mille livres qu'il doit prendre un jour sur les biens restants au maréchal de camp, s'il le gagne; moyennant quoi il se charge des frais. Voilà un étrange marché. On dit que la seule conviction, la seule pitié pour une famille opprimée, lui a fait entreprendre cette action généreuse; il ne fallait donc pas l'avilir en prenant de l'argent. Si, au contraire, il en avait donné, comme tant de personnes en ont prodigué dans la catastrophe des Calas et des Sirven, pour venger l'innocence évidemment reconnue, il mériterait l'estime et la reconnaissance de tout le public, et la probabilité pour la cause de la famille augmenterait considérablement; mais sa conduite intéressée, loin de fortifier les vraisemblances, les diminue.

Toutefois il paraît qu'elle ne les diminue pas de beaucoup; car il se peut que cet homme soit avide, et que la famille soit innocente. Il est vraisemblable surtout qu'il ait cru qu'en justice réglée des billets payables à ordre l'emporteraient sur toute autre considération; qu'on jugerait au parlement comme on juge aux consuls et à la Conservation[2] de Lyon; que les preuves testimoniales ne seraient point admises, quand les preuves par écrit parlent si haut.

Que fait-il donc? c'est lui qui, avec un homme autrefois avocat, ranime le courage abattu du jeune homme et de sa mère qui ont fait l'aveu du crime à eux imputé; c'est lui qui les excite à renier cette confession extorquée par la violence. Il dresse leur requête, il parle en

---

1. Il s'appelait Aubourg. Il n'acheta pas le procès; mais la veuve Véron lui fit donation entre vifs de 115 000 francs, à la charge de fournir aux frais du procès. (*Note de M. Beuchot.*)
2. C'était le titre du tribunal de commerce de Lyon. (ÉD.)

leur nom, il les présente au public et aux juges comme des victimes sous le couteau de la tyrannie; il obtient leur élargissement. Presque toute la France élève la voix avec lui pour une famille du peuple trompée, volée, opprimée par un homme qui n'a pour lui que sa qualité et des dettes. Ces dettes le rendent très-suspect; sa qualité ne lui sert pas de défense dans l'esprit d'une nation alarmée, qui a vu tant d'hommes indignes de leur nom se déshonorer par des actions basses et cruelles.

L'intervention de ce solliciteur serait donc une grande probabilité pour les accusés, si elle était gratuite; mais étant mercenaire, elle semble être contre eux; et tout ce qu'on peut faire de plus favorable pour eux, c'est de ne la pas compter.

Mais il y a ici une réflexion importante à faire.

D'un côté, si l'officier n'est pas de bonne foi, il n'y a qu'un délinquant; de l'autre, si le jeune homme a trompé l'officier, il y a neuf criminels, lui, sa grand' mère, ses deux sœurs, les deux témoins, le solliciteur qui achète ce procès, l'ancien avocat qui a servi de conseil.

Mais, de tous ces complices, il se peut qu'il y en ait plusieurs de séduits et de trompés. L'ancien avocat, le solliciteur, peuvent l'avoir été; les deux sœurs, la grand'mère elle-même, peuvent avoir été subjuguées par le jeune homme. Tout cela ne présente encore à l'esprit que de funestes doutes. Mais d'un côté neuf plaignants, et de l'autre un seul, semblent diminuer les probabilités qui parlaient en faveur de l'officier. Réduisons-les à cent cinquante.

Mort et testament de la grand'mère pendant le procès. — Le calcul va bien changer. L'aïeule, sur qui roule toute l'affaire, paye enfin le tribut à la nature; elle reçoit ses sacrements, et fait son testament le jour même de sa mort[1].

Il n'est point dit par ses avocats qu'elle ait fait serment sur l'eucharistie d'avoir prêté les cent mille écus au maréchal de camp, mais elle le dit par son testament; et cet acte, fait immédiatement après sa communion, peut être regardé comme un serment fait à Dieu même. Cette probabilité, dépouillée de toutes les circonstances qui pourraient l'affaiblir, est la plus forte de toutes : elle est du double plus puissante que celle de l'aveu de la fourberie fait par sa fille et par son petit-fils, parce que cet aveu a pu, à toute force, être arraché par des violences. Cet aveu a été rétracté, et le testament ne peut l'être. Les dernières volontés d'une mourante, après avoir communié, sont assurément plus croyables qu'une confession faite en tremblant devant un commissaire. Je n'hésiterais pas à faire valoir cette probabilité au-dessus de toutes les vraisemblances qui déposent contre la famille.

Mais aussi pesons tout : considérons qu'il y a plus d'un exemple de fausses déclarations de mourants.

Qui a cru tromper Dieu pendant sa vie, peut croire le tromper à sa mort. Une femme qui prête à usure au-dessus du taux du roi peut n'a-

1. 10 mars 1772. (ÉD.)

voir pas la conscience bien délicate. Il paraît qu'elle a demeuré dans la rue Quincampoix, à peu près vers le temps du *système;* et cette rue n'était pas l'école de la probité.

Cette femme qui confirme par son testament la vente de son procès pour[1] cent quinze mille livres à un solliciteur, peut avoir été encouragée par ce solliciteur. Le soin de sa réputation et de sa famille peut l'avoir emporté dans son cœur sur la crainte de Dieu même. Entre le malheur d'exposer ses enfants à des peines rigoureuses, et la hardiesse d'un mensonge, elle a pu ne pas balancer.

La Genep, dont nous avons parlé, fit une déclaration plus importante en mourant, et elle était fausse.

Dans l'étonnant procès de la comtesse de Saint-Aignan, la sage-femme qui l'avait gardée jura sur l'eucharistie, avant de mourir, que la comtesse n'avait point accouché. Et les juges n'eurent aucun égard à ce serment.

Un nommé Cognot, ayant assuré par son testament que celle qui depuis se dit sa fille ne l'était pas, ne fut point cru par le parlement.

Cerisantes institua dans Naples le duc de Guise son exécuteur testamentaire : il lui légua sa vaisselle d'or, ses diamants à la duchesse de Pepoli, vingt mille pistoles aux jésuites, trente mille à ses parents; il n'avait rien.

On a vu cent testaments frauduleux depuis celui de sir Ciapelleto jusqu'à celui de Cerisantes.

Pourquoi notre veuve affirme-t-elle, dans ce dernier acte, que son petit-fils a porté trois cent mille livres en or en treize voyages? Elle ne l'a pas vu, et cela peut lui avoir été dicté par lui.

Sa déclaration ne rend pas les treize voyages de son petit-fils moins ridicules; sa fille et son petit-fils n'en ont pas moins avoué devant un commissaire un crime assez grand : la possession de cent mille écus en or, sans en faire usage pendant plusieurs années, n'en est pas moins improbable. Elle avait tenu un appartement de mille livres dans la rue Quincampoix, vers le temps du *système*, et immédiatement après la mort de son mari, elle prit un logement de 250 liv., et ensuite un de 400 liv.; ce qui fait croire que son mari n'avait pas fait une très-grande fortune, et que ces cent mille écus en or pourraient bien être une fable.

Toutes ces vraisemblances, balancées avec son testament, paraissent lui ôter beaucoup de son poids. Ayant donc porté à *cent* contre la famille la valeur de l'aveu fait par les accusés, je ne puis porter plus haut la valeur du testament. En ce cas je réduirai à cinquante les probabilités de l'accusateur.

Nouvelles probabilités à examiner dans cette affaire. — Il faut tâcher de pénétrer dans le mystère d'iniquité qui paraît présumable, mais qui est pourtant très-extraordinaire dans la famille accusée, dans ses témoins, et dans ses fauteurs.

---

[1]. Les avocats ne sont pas d'accord sur la somme : ceux de l'officier général disent 115 000 livres, les autres l'évaluent à 60 000 livres; mais il résulte que ce procès a été vendu.

Voilà un jeune homme, sa mère et ses sœurs qui demandent justice à grands cris et qui disent : « On nous vole notre subsistance. » Ils demandent vengeance de la cruelle persécution qu'ils ont soufferte. Ils prétendent avoir été forcés par les menaces, par les coups, par les chaînes, à s'avouer coupables, lors même qu'on leur arrachait toute leur fortune. Les sœurs elles-mêmes se plaignent que le commis de police, qui a extorqué un aveu de leur frère avec fureur, en a obtenu aussi un de leur main par fourberie; elles reviennent avec leur frère et leur mère contre cet aveu. Serait-il possible que quatre personnes si intéressées à nier une telle iniquité, l'eussent confessée, si la vérité ne les y eût pas forcées? Mais enfin elles prétendent qu'elles n'y ont été forcées que par la crainte. Il leur est permis de réclamer contre une charte privée, contre dix heures entières d'un interrogatoire illégal, contre l'autorité qui les a accablées. Le jeune homme, sans secours et sans protection, produit des témoins, et redemande son bien, le testament de sa grand'mère à la main.

Allons pas à pas.

Quant au testament, il paraît qu'il ne prouve rien, parce qu'il prouve trop. La testatrice y articule cinq cent mille francs au lieu de trois cent mille. Elle suppose, ou plutôt on lui fait supposer qu'elle a donné deux cent mille livres à sa fille, et on ne voit ni l'origine ni l'emploi de ces deux cent mille livres. Cela seul est un puissant indice que la testatrice était une fourbe, ou qu'on a suggéré, et très-maladroitement suggéré ce testament à une femme de quatre-vingt-huit ans, qui prétendait n'avoir jamais eu que ces cent mille écus de bien, et qui, en se contredisant elle-même, prétend en avoir donné déjà deux cent mille autres. Si sa fille ne peut montrer devant les juges l'emploi de ces prétendus deux cent mille francs, il est plus probable que la mère a menti en mourant; et la fausseté de ces deux cent mille livres est la plus forte présomption de la fausseté des trois cent mille.

Mais le jeune homme aux treize voyages a pour lui des témoins et des fauteurs, qui jusqu'à présent n'ont pas paru se démentir aux yeux du public, et qui, trop avertis du danger de se rétracter, pourront ne se démentir jamais.

On est donc réduit jusqu'à présent à peser leur témoignage. L'un des témoins est un cocher devenu piqueur[1], et chassé de chez son maître. Il dit avoir aidé à compter l'or, et à faire les sacs que le jeune homme a portés chez l'officier. On prétend qu'il a été séduit par des promesses d'argent, et par une courtière condamnée ci-devant à être renfermée à l'Hôpital : mais il peut aussi n'être point complice; il peut n'avoir déposé que de ce qui lui a paru vrai; et, quoique sa condition et toutes ses démarches le rendent très-suspect, on ne doit le juger coupable qu'après l'avoir convaincu.

Le second témoin qui dépose avoir vu, le 23 septembre 1771, porter l'or chez l'officier, était (à ce que l'on assure) ce jour-là même frotté

1. Nommé Gilbert. (Ed.)

de mercure dans la rue Jacob, chez un chirurgien. Il est bien aisé de savoir de ce chirurgien et de toute sa maison, si ce malheureux put sortir avant ou après une pareille opération.

Or, s'il est vrai que ce témoin ait passé cette journée dans la maison où il subissait le grand remède, tout sera bientôt mis au grand jour. Un faux témoin en pourra faire découvrir un autre. On verra pourquoi un solliciteur de procès aura acheté cent quinze mille livres cette affaire criminelle comme on achète une métairie; pourquoi un homme, qui fut autrefois avocat, a déterminé le prêteur et sa mère à revenir contre leur aveu et contre leur signature. Enfin la vérité sera connue.

S'il ne reste que des probabilités, que faire? — Mais si les témoins vrais ou faux persistent, si l'une des deux parties s'obstine à dire : *J'ai prêté cent mille écus*, et l'autre à nier qu'elle ait reçu cet argent; si les preuves manquent, à quoi serviront les probabilités?

Certainement s'il y a quelque chose de vraisemblable dans cette affaire, ce n'est pas qu'un officier général ait formé le dessein de voler une famille qui offrait de lui prêter de l'argent; qu'immédiatement après avoir reçu cet argent, il ait juré ne l'avoir point touché, lorsqu'il a signé qu'il l'avait touché : il n'est pas probable que, possesseur de tant d'or, il ait refusé de donner une légère rétribution à une courtière qui lui aurait en effet procuré trois cent mille livres, et que, par ce refus étonnant, il se soit plongé dans un tel précipice.

Il est bien plus naturel de soupçonner un jeune homme sortant de l'étude d'un procureur, associé avec un cocher; avec un homme plus vil encore, connu seulement dans cette affaire par une maladie honteuse; avec un tapissier devenu solliciteur de procès.

Si le public prononce entre des vraisemblances, il pensera que ce jeune homme, fin et hardi, a profité de l'imprudente facilité d'un officier qui a donné ses reçus en attendant son argent.

Ajoutez à ces présomptions l'absurdité d'une somme d'environ cent mille écus donnés autrefois à la grand'mère par un Chotard, mort insolvable, et remis à la même vieille par un Gillet qui n'existait plus. Joignez-y l'absurdité ridicule de porter à pied, en treize voyages, une somme considérable, et qu'on pouvait si aisément transporter dans une voiture.

Ces probabilités, toutes puissantes qu'elles sont, ne sont pas des preuves péremptoires pour les juges; elles indiquent la vérité et ne la démontrent pas. On a vu même quelquefois cette vérité, qu'on cherche avec tant de soin, démentir, en se montrant, toutes les vraisemblances qu'on avait prises pour elle. Des billets à ordre en bonne forme font disparaître toutes les apparences contraires. Vous êtes d'un âge mûr, vous êtes père de famille, vous avez promis de payer trois cent vingt-sept mille livres valeur reçue. Payez-les, comme vous consentez de payer les douze cents francs que vous avez reçus du même prêteur.

La dette est pareille, la loi est précise. On ne plaide point contre sa signature en alléguant de simples probabilités.

Ceux qui sont persuadés que l'officier n'a point reçu les cent mille écus qu'on lui demande, avec l'intérêt usuraire de vingt-sept mille livres, diront : Il est vrai qu'en général on ne peut rien opposer à une promesse *valeur reçue ;* ce mot seul est la preuve légale de la dette. Mais si un homme a fait un billet valeur reçue de cent mille écus à un mendiant, sera-t-il obligé de les payer? Non, sans doute. Pourquoi? c'est que la loi ne juge une promesse payable que parce qu'elle présume l'argent reçu en effet. Or, elle ne peut présumer que cette somme ait été reçue de la main d'un mendiant.

Il s'agit donc ici de voir s'il est aussi probable que l'officier n'a point reçu cent mille écus de la pauvre famille du troisième étage, qu'il serait probable que cet autre homme n'aurait point touché ces cent mille écus de la main d'un gueux qui demandait l'aumône.

Voilà comme peuvent raisonner les partisans de l'officier.

Les partisans de la famille du troisième étage répondront que la comparaison n'est point admissible ; qu'on ne voit point de mendiant riche de cent mille écus, mais qu'on a vu plus d'une fois de vieilles avares posséder beaucoup d'or dans leur coffre. Ils diront que la loi ne force personne à montrer l'origine de sa fortune; que la famille du prêteur n'a découvert la source de sa richesse que par surabondance de droit; que si chaque citoyen était obligé de faire voir d'où il tient l'argent qu'il a prêté, on ne prêterait plus à personne, que la société serait dissoute. « Malheur, diront-ils, aux imprudents majeurs qui font des billets à ordre mal à propos! Eût-on promis quatre millions à un pauvre de l'Hôpital, valeur reçue, il faudrait les payer à l'échéance, si on les avait. »

Maintenant que pensera l'homme impartial et désintéressé?

Ne croira-t-il pas qu'il faut une preuve victorieuse pour annuler des billets de trois cent vingt-sept mille livres à ordre, et que les juges sont ici réduits à forcer, par une enquête sévère, les accusés à faire devant eux le même aveu qu'ils ont fait devant un commissaire, c'est-à-dire de confesser qu'ils n'ont jamais prêté cent mille écus?

Cet aveu, arraché par la justice, est-il la seule pièce qui puisse détruire une promesse par écrit?

Les avocats des deux parties se contredisent hautement : l'un assure que la grand'mère était très-riche, qu'elle vivait avec splendeur, qu'elle était servie à Vitri, en vaisselle d'argent; que son petit-fils a bien voulu faire cinq lieues à pied pour porter cent mille écus sous sa redingote à un homme qu'il voulait obliger; que ses témoins sont très-honnêtes gens, au-dessus de tout reproche; que leur solliciteur, qui a eu la complaisance d'acheter cet étrange procès, en exigeant cent quinze mille livres, et de se réduire ensuite à soixante mille, est un très-rare exemple de générosité; que les courtières qui ont conduit cette affaire sont très-vertueuses.

L'autre proteste que la grand'mère subsistait de l'infâme métier de prêter sur gages; que le jeune homme aux treize voyages n'en a fait qu'un seul; que ses témoins sont de vils fripons; que le solliciteur est un homme qui prête sur gages ouvertement, et qui n'a offert son ministère à la vieille que parce qu'il est du même métier qu'elle; qu'il a été autrefois laquais, ensuite tapissier, et qu'enfin les courtières avec lesquelles la famille prêteuse était liée, avaient une conduite digne de leur profession.

J'ajouterai qu'il y a présentement dans ma maison un domestique de livrée qui assure avoir dîné plusieurs fois avec le jeune homme aux cent mille écus, qui aspirait à une place de magistrat. Il m'a dit devant témoins, que des deux sœurs de ce magistrat, l'une travaillait en broderie pour les marchands du Pont-au-Change, l'autre était couturière; que la grand'mère prêtait sur gages par des tiers; mais que, du reste, il n'avait jamais entendu faire aucun reproche à la famille.

Parmi tant de contradictions, il est évident que les interrogatoires peuvent seuls jeter du jour sur tant d'obscurités.

Décidez, messieurs : vous êtes justes, éclairés, appliqués et sages. Mais quelle pénible fonction de se priver du sommeil et de toutes les consolations de la vie pour la consumer à résoudre tous les problèmes que la cupidité, l'avarice, la perfidie, la méchanceté, accumulent continuellement sous vos yeux! Vous seriez bien plus à plaindre que les plaideurs, si vous n'étiez soutenus par la noblesse de votre ministère.

IL FAUT PRENDRE UN PARTI,

OU LE PRINCIPE D'ACTION.

DIATRIBE.

(1772.)

Ce n'est pas entre la Russie et la Turquie qu'il s'agit de prendre un parti; car ces deux États feront la paix tôt ou tard[2] sans que je m'en mêle.

Il ne s'agit pas de se déclarer pour une faction anglaise contre une autre faction; car bientôt elles auront disparu pour faire place à d'autres.

Je ne cherche point à faire un choix entre les chrétiens grecs, les arméniens, les eutychiens, les jacobistes, les chrétiens appelés papistes, les luthériens, les calvinistes, les anglicans, les primitifs appelés quakers, les anabaptistes, les jansénistes, les molinistes, les sociniens, les piétistes et tant d'autres *istes*. Je veux vivre honnêtement avec tous ces messieurs quand j'en rencontrerai, sans jamais disputer avec eux; parce qu'il n'y en a pas un seul qui, lorsqu'il aura un écu à partager avec moi, ne sache parfaitement son compte, et qui consente à perdre une obole pour le salut de mon âme ou de la sienne.

Je ne prendrai point parti entre les anciens parlements de France et

---

1. Marchette et Tourtera. (ED.) — 2 Ils la firent en juillet 1774. (ED.)

les nouveaux [1], parce que, dans peu d'années, il n'en sera plus question;

Ni entre les anciens et les modernes, parce que ce procès est interminable;

Ni entre les jansénistes et les molinistes, parce qu'ils ne sont plus, et que voilà, Dieu merci, cinq ou six mille volumes devenus aussi inutiles que les œuvres de saint Éphrem;

Ni entre les opéras bouffons français et les italiens, parce que c'est une affaire de fantaisie.

Il ne s'agit ici que d'une petite bagatelle, de savoir s'il y a un Dieu; et c'est ce que je vais examiner très-sérieusement et de très-bonne foi, car cela m'intéresse, et vous aussi.

I. *Du principe d'action.* — Tout est en mouvement, tout agit, et tout réagit dans la nature.

Notre soleil tourne sur lui-même avec une rapidité qui nous étonne; et les autres soleils tournent de même, tandis qu'une foule innombrable de planètes roule autour d'eux dans leurs orbites, et que le sang circule plus de vingt fois par heure dans les plus vils de nos animaux.

Une paille que le vent emporte tend, par sa nature, vers le centre de la terre, comme la terre gravite vers le soleil, et le soleil vers elle. La mer doit aux mêmes lois son flux et son reflux éternel. C'est par ces mêmes lois que des vapeurs qui forment notre atmosphère s'échappent continuellement de la terre, et retombent en rosée, en pluie, en grêle, en neige, en tonnerres.

Tout est action, la mort même est agissante. Les cadavres se décomposent, se métamorphosent en végétaux, nourrissent les vivants qui à leur tour en nourrissent d'autres. Quel est le principe de cette action universelle?

Il faut que le principe soit unique. Une uniformité constante dans les lois qui dirigent la marche des corps célestes, dans les mouvements de notre globe, dans chaque espèce, dans chaque genre d'animal, de végétal, de minéral, indique un seul moteur. S'il y en avait deux, ils seraient ou divers, ou contraires, ou semblables. Si divers, rien ne se correspondrait; si contraires, tout se détruirait; si semblables, c'est comme s'il n'y en avait qu'un; c'est un double emploi.

Je me confirme dans cette idée qu'il ne peut exister qu'un seul principe, un seul moteur, dès que je fais attention aux lois constantes et uniformes de la nature entière.

La même gravitation pénètre dans tous les globes, et les fait tendre les uns vers les autres en raison directe, non de leurs surfaces, ce qui pourrait être l'effet de l'impulsion d'un fluide, mais en raison de leurs masses.

Le carré de la révolution de toute planète est comme la racine du cube de sa distance au soleil (et cela prouve, en passant, ce que Pla-

1. Les parlements établis par Maupeou. (ÉD.)

ton avait deviné, je ne sais comment, que le monde est l'ouvrage de l'éternel géomètre).

Les rayons de lumière ont leurs réflexions et leurs réfractions dans toute l'étendue de l'univers. Toutes les vérités mathématiques doivent être les mêmes dans l'étoile Sirius et dans notre petite loge.

Si je porte ma vue ici-bas sur le règne animal, tous les quadrupèdes, et les bipèdes qui n'ont point d'ailes, perpétuent leur espèce par la même copulation ; toutes les femelles sont vivipares.

Tous les oiseaux femelles pondent des œufs.

Dans toute espèce, chaque genre peuple et se nourrit uniformément.

Chaque genre de végétal a le même fonds de propriétés.

Certes, le chêne et le noisetier ne se sont pas entendus pour naître et croître de la même façon, de même que Mars et Saturne n'ont pas été d'intelligence pour observer les mêmes lois. Il y a donc une intelligence unique, universelle, et puissante, qui agit toujours par des lois invariables.

Personne ne doute qu'une sphère armillaire, des paysages, des animaux dessinés, des anatomies en cire colorée, ne soient des ouvrages d'artistes habiles. Se pourrait-il que les copies fussent d'une intelligence, et que les originaux n'en fussent pas? Cette seule idée me paraît la plus forte démonstration, et je ne conçois pas comment on peut la combattre

II. *Du principe d'action nécessaire et éternel.* — Ce moteur unique est très-puissant, puisqu'il dirige une machine si vaste et si compliquée. Il est très-intelligent, puisque le moindre des ressorts de cette machine ne peut être égalé par nous qui sommes intelligents.

Il est un être nécessaire, puisque sans lui la machine n'existerait pas.

Il est éternel; car il ne peut être produit du néant, qui n'étant rien ne peut rien produire ; et dès qu'il existe quelque chose, il est démontré que quelque chose est de toute éternité. Cette vérité sublime est devenue triviale. Tel a été de nos jours l'élancement de l'esprit humain, malgré les efforts que nos maîtres d'ignorance ont faits pendant tant de siècles pour nous abrutir.

III. *Quel est ce principe?* — Je ne puis me démontrer l'existence du principe d'action, du premier moteur, de l'Être suprême, par la synthèse, comme le docteur Clarke. Si cette méthode pouvait appartenir à l'homme, Clarke était digne peut-être de l'employer; mais l'analyse me paraît plus faite pour nos faibles conceptions. Ce n'est qu'en remontant le fleuve de l'éternité, que je puis essayer de parvenir à sa source.

Ayant donc connu par le mouvement qu'il y a un moteur; m'étant prouvé par l'action qu'il y a un principe d'action, je cherche ce que c'est que ce principe universel; et la première chose que j'entrevois avec une secrète douleur, mais avec une résignation entière, c'est qu'étant une partie imperceptible du grand tout, étant, comme dit

Timée, un point entre deux éternités, il me sera impossible de comprendre ce grand tout et son maître, qui m'engloutissent de toutes parts.

Cependant je me rassure un peu en voyant qu'il m'a été donné de mesurer la distance des astres, de connaître le cours et les lois qui les retiennent dans leurs orbites. Je me dis: « Peut-être parviendrai-je, en me servant de bonne foi de ma raison, jusqu'à trouver quelque lueur de vraisemblance qui m'éclairera dans la profonde nuit de la nature; et si ce petit crépuscule que je cherche ne peut m'apparaître, je me consolerai en sentant que mon ignorance est invincible, que des connaissances qui me sont interdites me sont très-sûrement inutiles, et que le grand Être ne me punira pas d'avoir voulu le connaître, et de n'avoir pu y parvenir. »

IV. *Où est le premier principe? Est-il infini?* — Je ne vois point le premier principe moteur intelligent d'un animal appelé homme, lorsqu'il me démontre une proposition de géométrie, ou lorsqu'il soulève un fardeau. Cependant je juge invinciblement qu'il y en a un dans lui, tout subalterne qu'il est. Je ne puis découvrir si ce premier principe est dans son cœur, ou dans sa tête, ou dans son sang, ou dans tout son corps. De même, j'ai deviné un premier principe de la nature; j'ai vu qu'il est impossible qu'il ne soit pas éternel : mais où est-il?

S'il anime toute existence, il est donc dans toute existence : cela me paraît indubitable. Il est dans tout ce qui est, comme le mouvement est dans tout le corps d'un animal, si on peut se servir de cette misérable comparaison.

Mais, s'il est dans ce qui existe, peut-il être dans ce qui n'existe pas? L'univers est-il infini? on me le dit; mais qui me le prouvera? Je le conçois éternel, parce qu'il ne peut avoir été formé du néant; parce que ce grand principe, *rien ne vient de rien*, est aussi vrai que deux et deux font quatre; parce qu'il y a, comme nous avons vu ailleurs, une contradiction absurde à dire : « L'Être agissant a passé une éternité sans agir; l'Être formateur a été éternel sans rien former; l'Être nécessaire a été pendant une éternité l'Être inutile. »

Mais je ne vois aucune raison pourquoi cet Être nécessaire serait infini. Sa nature me paraît d'être partout où il y a existence; mais pourquoi, et comment une existence infinie? Newton a démontré le vide, qu'on n'avait fait que supposer jusqu'à lui. S'il y a du vide dans la nature, le vide peut donc être hors de la nature. Quelle nécessité que les êtres s'étendent à l'infini? que serait-ce que l'infini en étendue? Il ne peut exister non plus qu'en nombre. Point de nombre, point d'extension à laquelle je ne puisse ajouter. Il me semble qu'en cela le sentiment de Cudworth doit l'emporter sur celui de Clarke.

Dieu est présent partout, dit Clarke. Oui, sans doute; mais partout où il y a quelque chose, et non pas où il n'y a rien. Être présent à rien me paraît une contradiction dans les termes, une absurdité. Je suis forcé d'admettre une éternité; mais je ne suis pas forcé d'admettre un infini actuel.

Enfin, que m'importe que l'espace soit un être réel, ou une simple appréhension de mon entendement? Que m'importe que l'Être nécessaire, intelligent, puissant, éternel, formateur de tout être, soit dans cet espace imaginaire, ou n'y soit pas? en suis-je moins son ouvrage? en suis-je moins dépendant de lui? en est-il moins son maître? Je vois ce maître du monde par les yeux de mon intelligence; mais je ne le vois point au delà du monde.

On dispute encore si l'espace infini est un être réel ou non. Je ne veux point asseoir mon jugement sur un fondement aussi équivoque, sur une querelle digne des scolastiques; je ne veux point établir le trône de Dieu dans les espaces imaginaires.

S'il est permis, encore une fois, de comparer les petites choses qui nous paraissent grandes, à ce qui est si grand en effet, imaginons un alguazil de Madrid qui veut persuader à un Castillan son voisin que le roi d'Espagne est le maître de la mer qui est au nord de la Californie, et que quiconque en doute est criminel de lèse-majesté. Le Castillan lui répond : « Je ne sais pas seulement s'il y a une mer au delà de la Californie. Peu m'importe qu'il y en ait une, pourvu que j'aie de quoi vivre à Madrid. Je n'ai pas besoin qu'on découvre cette mer pour être fidèle au roi mon maître sur les bords du Manzanarès. Qu'il ait, ou non, des vaisseaux au delà de la baie d'Hudson, il n'en a pas moins le pouvoir de me commander ici; je sens ma dépendance de lui dans Madrid, parce que je sais qu'il est le maître de Madrid. »

Ainsi notre dépendance du grand Être ne vient point de ce qu'il est présent hors du monde, mais de ce qu'il est présent dans le monde. Je demande seulement pardon au maître de la nature de l'avoir comparé à un chétif homme pour me mieux faire entendre.

V. *Que tous les ouvrages de l'Être éternel sont éternels.* — Le principe de la nature étant nécessaire et éternel, et son essence étant d'agir, il a donc agi toujours; car, encore une fois, s'il n'avait pas toujours été le Dieu agissant, il aurait été toujours le Dieu indolent, le Dieu d'Épicure, le Dieu qui n'est bon à rien. Cette vérité me paraît démontrée en toute rigueur.

Le monde, son ouvrage, sous quelque forme qu'il paraisse, est donc éternel comme lui, de même que la lumière est aussi ancienne que le soleil, le mouvement aussi ancien que la matière, les aliments aussi anciens que les animaux; sans quoi le soleil, la matière, les animaux, auraient été non-seulement des êtres inutiles, mais des êtres de contradiction, des chimères.

Que pourrait-on imaginer en effet de plus contradictoire qu'un être essentiellement agissant qui n'aurait pas agi pendant une éternité; un être formateur qui n'aurait rien formé, et qui n'aurait formé quelques globes que depuis très-peu d'années, sans qu'il parût la moindre raison de les avoir formés plutôt en un temps qu'en un autre? Le principe intelligent ne peut rien faire sans raison; rien ne peut exister sans une raison antécédente et nécessaire. Cette raison antécédente et nécessaire a été éternellement; donc l'univers est éternel.

Nous ne parlons ici que philosophiquement : il ne nous appartient pas seulement de regarder en face ceux qui parlent par révélation.

VI. *Que l'Être éternel, premier principe, a tout arrangé volontairement.* — Il est clair que cette suprême intelligence nécessaire, agissante, a une volonté, et qu'elle a tout arrangé parce qu'elle l'a voulu. Car comment agir et former tout sans vouloir le former? ce serait être une pure machine, et cette machine supposerait un autre premier principe, un autre moteur. Il en faudrait toujours revenir à un premier être intelligent, quel qu'il soit. Nous voulons, nous agissons, nous formons des machines quand nous le voulons; donc le grand Démiourgos très-puissant a tout fait parce qu'il l'a voulu.

Spinosa lui-même reconnaît dans la nature une puissance intelligente, nécessaire : mais une intelligence destituée de volonté serait une chose absurde, parce que cette intelligence ne servirait à rien; elle n'opérerait rien, puisqu'elle ne voudrait rien opérer. Le grand Être nécessaire a donc voulu tout ce qu'il a opéré.

J'ai dit tout à l'heure qu'il a tout fait nécessairement, parce que si ses ouvrages n'étaient pas nécessaires, ils seraient inutiles. Mais cette nécessité lui ôterait-elle sa volonté? non, sans doute; je veux nécessairement être heureux; je n'en veux pas moins ce bonheur; au contraire, je le veux avec d'autant plus de force que je le veux invinciblement.

Cette nécessité lui ôte-t-elle sa liberté? point du tout. La liberté ne peut être que le pouvoir d'agir. L'Être suprême étant très-puissant est donc le plus libre des êtres.

Voilà donc le grand artisan des choses reconnu nécessaire, éternel, intelligent, puissant, voulant, et libre.

VII. *Que tous les êtres, sans aucune exception, sont soumis aux lois éternelles.* — Quels sont les effets de ce pouvoir éternel résidant essentiellement dans la nature? Je n'en vois que de deux espèces, les insensibles et les sensibles.

Cette terre, ces mers, ces planètes, ces soleils, paraissent des êtres admirables, mais brutes, destitués de toute sensibilité. Un colimaçon qui veut, qui a quelques perceptions, et qui fait l'amour, paraît en cela jouir d'un avantage supérieur à tout l'éclat des soleils qui illuminent l'espace.

Mais tous ces êtres sont également soumis aux lois éternelles et invariables.

Ni le soleil, ni le colimaçon, ni l'huître, ni le chien, ni le singe, ni l'homme, n'ont pu se donner rien de ce qu'ils possèdent; il est évident qu'ils ont tout reçu.

L'homme et le chien sont nés malgré eux d'une mère qui les a mis au monde malgré elle. Tous deux tettent leur mère sans savoir ce qu'ils font, et cela par un mécanisme très-délicat, très-compliqué, dont même très-peu d'hommes acquièrent la connaissance.

Tous deux, au bout de quelque temps, ont des idées, de la mémoire, une volonté; le chien beaucoup plus tôt, l'homme plus tard.

Si les animaux n'étaient que de pures machines, ce ne serait qu'une raison de plus pour ceux qui pensent que l'homme n'est qu'une machine aussi; mais il n'y a plus personne aujourd'hui qui n'avoue que les animaux ont des idées, de la mémoire, une mesure d'intelligence; qu'ils perfectionnent leurs connaissances; qu'un chien de chasse apprend son métier; qu'un vieux renard est plus habile qu'un jeune, etc.

De qui tiennent-ils toutes ces facultés, sinon de la cause primordiale éternelle, du principe d'action, du grand Être qui anime toute la nature?

L'homme a les facultés des animaux beaucoup plus tard qu'eux, mais dans un degré beaucoup plus éminent; peut-il les tenir d'une autre cause? Il n'a rien que ce que le grand Être lui donne. Ce serait une étrange contradiction, une singulière absurdité que tous les astres, tous les éléments, tous les végétaux, tous les animaux, obéissent sans relâche irrésistiblement aux lois du grand Être, et que l'homme seul pût se conduire par lui-même.

VIII. *Que l'homme est essentiellement soumis en tout aux lois éternelles du premier principe.* — Voyons donc cet animal-homme avec les yeux de la raison que le grand Être nous a donnée.

Qu'est-ce que la première perception qu'il reçoit? celle de la douleur; ensuite le plaisir de la nourriture. C'est là toute notre vie, douleur et plaisir. D'où nous viennent ces deux ressorts qui nous font mouvoir jusqu'au dernier moment, sinon de ce premier principe d'action, de ce grand Demiourgos? Certes, ce n'est pas nous qui nous donnons de la douleur; et comment pourrions-nous être la cause du petit nombre de nos plaisirs? Nous avons dit ailleurs qu'il nous est impossible d'inventer une nouvelle sorte de plaisir, c'est-à-dire un nouveau sens. Disons ici qu'il nous est également impossible d'inventer une nouvelle sorte de douleur. Les plus abominables tyrans ne le peuvent pas. Les Juifs, dont le bénédictin Calmet a fait graver les supplices dans son *Dictionnaire*, n'ont pu que couper, déchirer, mutiler, tirer, brûler, étouffer, écraser : tous les tourments se réduisent là. Nous ne pouvons donc rien par nous-mêmes, ni en bien ni en mal; nous ne sommes que les instruments aveugles de la nature.

« Mais je veux penser, et je pense, » dit au hasard la foule des hommes. Arrêtons-nous ici. Quelle a été notre première idée après le sentiment de la douleur? celui de la mamelle que nous avons sucée; puis le visage de notre nourrice; puis quelques autres faibles objets et quelques besoins ont fait des impressions. Jusque-là oserait-on dire qu'on n'a pas été un automate sentant, un malheureux animal abandonné, sans connaissance et sans pouvoir, un rebut de la nature? Osera-t-on dire que dans cet état on est un être pensant, qu'on se donne des idées, qu'on a une âme? Qu'est-ce que le fils d'un roi au sortir de la matrice? Il dégoûterait son père, s'il n'était pas son père. Une fleur des champs qu'on foule aux pieds est un objet infiniment supérieur.

IX. *Du principe d'action des êtres sensibles.* — Vient enfin le temps où un nombre plus ou moins grand de perceptions, reçu dans notre machine, semble se présenter à notre volonté. Nous croyons faire des idées. C'est comme si, en ouvrant le robinet d'une fontaine, nous pensions former l'eau qui en coule. Nous, créer des idées! pauvres gens que nous sommes! Quoi! il est évident que nous n'avons eu nulle part aux premières, et nous serions les créateurs des secondes! Pesons bien cette vanité de faire des idées, et nous verrons qu'elle est insolente et absurde.

Souvenons-nous qu'il n'y a rien dans les objets extérieurs qui ait la moindre anologie, le moindre rapport avec un sentiment, une idée, une pensée. Faites fabriquer un œil, une oreille par le meilleur ouvrier en marqueterie, cet œil ne verra rien, cette oreille n'entendra rien. Il en est ainsi de notre corps vivant. Le principe universel d'action fait tout en nous. Il ne nous a point exceptés du reste de la nature.

Deux expériences continuellement réitérées dans tout le cours de notre vie, et dont j'ai parlé ailleurs, convaincront tout homme qui réfléchit, que nos idées, nos volontés, nos actions, ne nous appartiennent pas.

La première, c'est que personne ne sait, ni ne peut savoir quelle idée lui viendra dans une minute, quelle volonté il aura, quel mot il proférera, quel mouvement son corps fera.

La seconde, que pendant le sommeil il est bien clair que tout se fait dans nos songes sans que nous y ayons la moindre part. Nous avouons que nous sommes alors de purs automates, sur lesquels un pouvoir invisible agit avec une force aussi réelle, aussi puissante qu'incompréhensible. Ce pouvoir remplit notre tête d'idées, nous inspire des désirs, des passions, des volontés, des réflexions. Il met en mouvement tous les membres de notre corps. Il est arrivé quelquefois qu'une mère a étouffé effectivement dans un vain songe son enfant nouveau-né qui dormait à côté d'elle; qu'un ami a tué son ami. D'autres jouissent réellement d'une femme qu'ils ne connaissent pas. Combien de musiciens ont fait de la musique en dormant! combien de jeunes prédicateurs ont composé des sermons, ou éprouvé des pollutions!

Si notre vie était partagée exactement entre la veille et le sommeil, au lieu que nous ne consumons d'ordinaire à dormir que le tiers de notre chétive durée, et si nous rêvions toujours dans ce sommeil, il serait bien démontré alors que la moitié de notre existence ne dépend point de nous. Mais, supposé que de vingt-quatre heures nous en passions huit dans les songes, il est évident que voilà le tiers de nos jours qui ne nous appartient en aucune manière. Ajoutez-y l'enfance, ajoutez-y tout le temps employé aux fonctions purement animales, et voyez ce qui reste. Vous serez étonné d'avouer que la moitié de votre vie au moins ne vous appartient point du tout. Concevez à présent de quelle inconséquence il serait qu'une moitié dépendît de vous, et que l'autre n'en dépendît pas.

Concluez donc que le principe universel d'action fait tout en vous.

Un janséniste m'arrête là, et me dit : « Vous êtes un plagiaire; vous avez pris votre doctrine dans le fameux livre *de l'action de Dieu sur les créatures*, autrement *de la prémotion physique*, par notre grand patriarche Boursier, dont nous avons dit [1] « qu'il avait trempé sa « plume dans l'encrier de la Divinité. » Non, mon ami; je n'ai jamais pris chez les jansénistes ni chez les molinistes qu'une forte aversion pour leurs cabales, et un peu d'indifférence pour leurs opinions. Boursier, en prenant Dieu pour son cornet, sait précisément de quelle nature était le sommeil d'Adam, quand Dieu lui arracha une côte pour en former sa femme; de quelle espèce était sa *concupiscence*, sa grâce habituelle, sa grâce actuelle. Il sait avec saint Augustin qu'on aurait fait des enfants sans volupté dans le paradis terrestre, comme on sème son champ, sans goûter en cela le plaisir de la chair. Il est convaincu qu'Adam n'a péché dans le paradis terrestre que par distraction. Moi, je ne sais rien de tout cela, et je me contente d'admirer ceux qui ont une si belle et si profonde science.

X. *Du principe d'action appelé âme.* — Mais on a imaginé, après bien des siècles, que nous avions une âme qui agissait par elle-même; et on s'est tellement accoutumé à cette idée, qu'on l'a prise pour une chose réelle.

On a crié partout l'*âme!* l'*âme!* sans avoir la plus légère notion de ce qu'on prononçait.

Tantôt par âme on voulait dire la vie, tantôt c'était un petit simulacre léger qui nous ressemblait, et qui allait après notre mort boire des eaux de l'Achéron, c'était une harmonie, une homéomérie, une entéléchie. Enfin on a fait un petit être qui n'est point corps, un souffle qui n'est point air; et de ce mot souffle, qui veut dire esprit en plus d'une langue, on a fait un je ne sais quoi qui n'est rien du tout.

Mais qui ne voit qu'on prononçait ce mot d'*âme* vaguement et sans s'entendre, comme on le prononce encore aujourd'hui, et comme on profère les mots de mouvement, d'entendement, d'imagination, de mémoire, de désir, de volonté? Il n'y a point d'être réel appelé volonté, désir, mémoire, imagination, entendement, mouvement. Mais l'être réel appelé homme comprend, imagine, se souvient, désire, veut, se meut. Ce sont des termes abstraits inventés pour faciliter le discours. Je cours, je dors, je m'éveille; mais il n'y a point d'être physique qui soit course, ou sommeil, ou éveil. Ni la vue, ni l'ouïe, ni le tact, ni l'odorat, ni le goût, ne sont des êtres. J'entends, je vois, je flaire, je goûte, je touche. Et comment fais-je tout cela, sinon parce que le grand Être a ainsi disposé toutes les choses, parce que le principe d'action, la cause universelle, en un mot, Dieu nous donne ces facultés?

Prenons-y bien garde, il y aurait tout autant de raison à supposer dans un limaçon un être secret appelé *âme libre* que dans l'homme. Car ce limaçon a une volonté, des désirs, des goûts, des sensations,

---

1. *Dictionnaire des grands hommes*, à l'article BOURSIER.
N. B. Que parmi ces *grands hommes*, il n'y a guère que des jansénistes, comme parmi les *grands hommes* de l'abbé Ladvocat, on ne trouve guère que des partisans des jésuites.

des idées, de la mémoire. Il veut marcher à l'objet de sa nourriture, à celui de son amour. Il s'en ressouvient, il en a l'idée, il y va aussi vite qu'il peut aller; il connaît le plaisir et la douleur. Cependant vous n'êtes point effarouché quand on vous dit que cet animal n'a point une âme spirituelle, que Dieu lui a fait ces dons pour un peu de temps, et que celui qui fait mouvoir les astres fait mouvoir les insectes. Mais quand il s'agit d'un homme, vous changez d'avis. Ce pauvre animal vous paraît si digne de vos respects, c'est-à-dire, vous êtes si orgueilleux, que vous osez placer dans son corps chétif quelque chose qui semble tenir de la nature de Dieu même, et qui cependant, par la perversité de ses pensées, vous paraît à vous-même diabolique, quelque chose de sage et de fou, de bon et d'exécrable, de céleste et d'infernal, d'invisible, d'immortel, d'incompréhensible; et vous vous êtes accoutumé à cette idée, comme vous avez pris l'habitude de dire *mouvement*, quoiqu'il n'y ait point d'être qui soit mouvement; comme vous proférez tous les mots abstraits, quoiqu'il n'y ait point d'êtres abstraits.

XI. *Examen du principe d'action appelé âme.* — Il y a pourtant un principe d'action dans l'homme. Oui; et il y en a partout. Mais ce principe peut-il être autre chose qu'un ressort, un premier mobile secret qui se développe par la volonté toujours agissante du premier principe aussi puissant que secret, aussi démontré qu'invisible, lequel nous avons reconnu être la cause essentielle de toute la nature?

Si vous créez le mouvement, si vous créez des idées, parce que vous le voulez, vous êtes Dieu pour ce moment-là; car vous avez tous les attributs de Dieu, volonté, puissance, création. Or figurez-vous l'absurdité où vous tombez en vous faisant Dieu.

Il faut que vous choisissiez entre ces deux partis, ou d'être Dieu quand il vous plaît, ou de dépendre continuellement de Dieu. Le premier est extravagant, le second seul est raisonnable.

S'il y avait dans notre corps un petit dieu nommé *âme libre*, qui devient si souvent un petit diable, il faudrait, ou que ce petit dieu fût créé de toute éternité, et qu'il fût créé au moment de votre conception, ou qu'il le fût pendant que vous êtes embryon, ou quand vous naissez, ou quand vous commencez à sentir. Tous ces partis sont également ridicules.

Un petit dieu subalterne, inutilement existant pendant une éternité passée, pour descendre dans un corps qui meurt souvent en naissant, c'est le comble de la contradiction et de l'impertinence.

Si ce petit *dieu-âme* est créé au moment que votre père darde je ne sais quoi dans la matrice de votre mère, voilà le maître de la nature, l'Être des êtres occupé continuellement à épier tous les rendez-vous; toujours attentif au moment où un homme prend du plaisir avec une femme, et saisissant ce moment pour envoyer vite une âme sentante, pensante, dans un cachot, entre un boyau rectum et une vessie. Voilà un petit dieu plaisamment logé! Quand madame accouche d'un enfant mort, que devient ce *dieu-âme* qui était enfermé entre des excréments infects et de l'urine? Où s'en retourne-t-il?

Les mêmes difficultés, les mêmes inconséquences, les mêmes absurdités ridicules et révoltantes, subsistent dans tous les autres cas. L'idée d'une âme telle que le vulgaire la conçoit ordinairement sans réfléchir, est donc ce qu'on a jamais imaginé de plus sot et de plus fou.

Combien plus raisonnable, plus décent, plus respectueux pour l'Être suprême, plus convenable à notre nature, et par conséquent combien plus vrai n'est-il pas de dire :

« Nous sommes des machines produites de tout temps les unes après les autres par l'Éternel géomètre ; machines faites ainsi que tous les autres animaux, ayant les mêmes organes, les mêmes besoins, les mêmes plaisirs, les mêmes douleurs ; très-supérieurs à eux tous en beaucoup de choses, inférieurs en quelques autres ; ayant reçu du grand Être un principe d'action que nous ne pouvons connaître ; recevant tout, ne nous donnant rien ; et mille millions de fois plus soumis à lui que l'argile ne l'est au potier qui la façonne ? »

Encore une fois, ou l'homme est un dieu, ou il est exactement tout ce que je viens de prononcer.

XII. *Si le principe d'action dans les animaux est libre.* — Il y a dans l'homme et dans tout animal un principe d'action comme dans toute machine ; et ce premier moteur, ce premier ressort est nécessairement, éternellement disposé par le maître, sans quoi tout serait chaos, sans quoi il n'y aurait point de monde.

Tout animal, ainsi que toute machine, obéit nécessairement, irrévocablement à l'impulsion qui la dirige ; cela est évident, cela est assez connu. Tout animal est doué d'une volonté, et il faut être fou pour croire qu'un chien qui suit son maître n'ait pas la volonté de le suivre. Il marche après lui irrésistiblement : oui, sans doute ; mais il marche volontairement. Marche-t-il librement ? Oui, si rien ne l'empêche ; c'est-à-dire, il peut marcher, il veut marcher, et il marche, ce n'est pas dans sa volonté qu'est sa liberté de marcher, mais dans la faculté de marcher à lui donnée. Un rossignol veut faire son nid, et le construit quand il a trouvé de la mousse. Il a eu la liberté d'arranger ce berceau, ainsi qu'il a eu la liberté de chanter quand il a eu envie, et qu'il n'a pas été enrhumé ; mais a-t-il eu la liberté d'avoir cette envie ? a-t-il voulu vouloir faire son nid ? A-t-il eu cette absurde liberté d'indifférence que des théologiens ont fait consister à dire : « Je ne veux ni ne veux pas faire mon nid, cela m'est absolument indifférent ; mais je vais vouloir faire mon nid uniquement pour le vouloir, et sans y être déterminé par rien, et seulement pour vous prouver que je suis libre ? » Telle est l'absurdité qui a régné dans les écoles. Si le rossignol pouvait parler, il dirait à ces docteurs : « Je suis invinciblement déterminé à nicher, je veux nicher, j'en ai le pouvoir, et je niche ; vous êtes invinciblement déterminés à raisonner mal, et vous remplissez votre destinée comme moi la mienne. »

Dieu nous tromperait, me dit le docteur Tamponet, s'il nous faisait accroire que nous jouissons de la liberté d'indifférence, et si nous ne l'avions pas.

Je lui répondis que Dieu ne me fait point accroire que j'aie cette sotte liberté; j'éprouve au contraire vingt fois par jour que je veux, que j'agis invinciblement. Si quelquefois un sentiment confus me fait accroire que je suis libre dans votre sens théologal, Dieu ne me trompe pas plus alors que quand il me fait croire que le soleil tourne, que ce soleil n'a pas plus d'un pied de diamètre, que Vénus n'est pas plus grosse qu'une pilule, qu'un bâton droit est courbé dans l'eau, qu'une tour carrée est ronde, que le feu a de la chaleur, que la glace a de la froideur, que les couleurs sont dans les objets. Toutes ces méprises sont nécessaires; c'est une suite évidente de la constitution de cet univers. Notre sentiment confus d'une prétendue liberté n'est pas moins nécessaire. C'est ainsi que nous sentons très-souvent du mal à un membre que nous n'avons plus, et qu'en faisant un certain mouvement de deux doigts croisés l'un sur l'autre, on sent deux boules dans sa main lorsqu'il n'y en a qu'une. L'organe de l'ouïe est sujet à mille méprises qui sont l'effet des ondulations de l'atmosphère. Notre nature est de nous tromper sur tous les objets dans lesquels ces erreurs sont nécessaires.

Nous allons voir si l'homme peut être libre dans un autre sens que celui qui est admis par les philosophes.

XIII. *De la liberté de l'homme, et du destin.* — Une boule qui en pousse une autre, un chien de chasse qui court nécessairement et volontairement après un cerf, ce cerf qui franchit un fossé immense avec non moins de nécessité et de volonté; cette biche qui produit une autre biche, laquelle en mettra une autre au monde, tout cela n'est pas plus invinciblement déterminé que nous ne le sommes à tout ce que nous faisons; car songeons toujours combien il serait inconséquent, ridicule, absurde, qu'une partie des choses fût arrangée, et que l'autre ne le fût pas.

Tout événement présent est né du passé, et est père du futur, sans quoi cet univers serait absolument un autre univers, comme le dit très-bien Leibnitz, qui a deviné plus juste en cela que dans son harmonie préétablie. La chaîne éternelle ne peut être ni rompue ni mêlée. Le grand Être qui la tient nécessairement ne peut la laisser flotter incertaine, ni la changer; car alors il ne serait plus l'Être nécessaire, l'Être immuable, l'Être des êtres; il serait faible, inconstant, capricieux; il démentirait sa nature, il ne serait plus.

Un destin inévitable est donc la loi de toute la nature; et c'est ce qui a été senti par toute l'antiquité. La crainte d'ôter à l'homme je ne sais quelle fausse liberté, de dépouiller la vertu de son mérite, et le crime de son horreur, a quelquefois effrayé des âmes tendres; mais dès qu'elles ont été éclairées, elles sont bientôt revenues à cette grande vérité, que tout est enchaîné, et que tout est nécessaire.

L'homme est libre encore une fois, quand il peut ce qu'il veut; mais il n'est pas libre de vouloir; il est impossible qu'il veuille sans cause. Si cette cause n'a pas son effet infaillible, elle n'est plus cause. Le nuage qui dirait au vent : « Je ne veux pas que tu me pousses, » ne serait

pas plus absurde. Cette vérité ne peut jamais nuire à la morale. Le
vice est toujours vice, comme la maladie est toujours maladie. Il faudra toujours réprimer les méchants; car s'ils sont déterminés au mal,
on leur répondra qu'ils sont prédestinés au châtiment.

Éclaircissons toutes ces vérités.

XIV. *Ridicule de la prétendue liberté, nommée liberté d'indifférence.*
— Quel admirable spectacle que celui des destinées éternelles de tous
les êtres enchaînés au trône du fabricateur de tous les mondes! Je suppose un moment que cela ne soit pas, et que cette liberté chimérique
rende tout événement incertain. Je suppose qu'une de ces substances
intermédiaires entre nous et le grand Être (car il peut en avoir formé
des milliards) vienne consulter cet Être éternel sur la destinée de
quelques-uns de ces globes énormes placés à une si prodigieuse distance de nous. Le souverain de la nature serait alors réduit à lui répondre : « Je ne suis pas souverain, je ne suis pas le grand Être nécessaire; chaque petit embryon est le maître de faire des destinées. Tout
le monde est libre de vouloir sans autre cause que sa volonté. L'avenir
est incertain, tout dépend du caprice; je ne puis rien prévoir : ce
grand tout, que vous avez cru si régulier, n'est qu'une vaste anarchie
où tout se fait sans cause et sans raison. Je me donnerai bien de garde
de vous dire : « Telle chose arrivera »; car alors les gens malins dont les
globes sont remplis feraient tout le contraire de ce que j'aurais prévu,
ne fût-ce que pour me faire des malices. On ose toujours être jaloux
de son maître lorsqu'il n'a pas un pouvoir absolu qui vous ôte jusqu'à
la jalousie : on est bien aise de le faire tomber dans le piége. Je ne suis
qu'un faible ignorant. Adressez-vous à quelqu'un de plus puissant et de
plus habile que moi. »

Cet apologue est peut-être plus capable qu'aucun autre argument de
faire rentrer en eux-mêmes les partisans de cette vaine liberté d'indifférence, s'il en est encore, et ceux qui s'occupent sur les bancs à concilier la prescience avec cette liberté, et ceux qui parlent encore, dans
l'université de Salamanque ou à Bedlam, de la grâce médicinale et de
la grâce concomitante.

XV. *Du mal, et en premier lieu de la destruction des bêtes.* — Nous
n'avons jamais pu avoir l'idée du bien et du mal que par rapport à
nous. Les souffrances d'un animal nous semblent des maux, parce
que étant animaux comme eux, nous jugeons que nous serions fort à
plaindre, si on nous en faisait autant. Nous aurions la même pitié d'un
arbre, si on nous disait qu'il éprouve des tourments quand on le coupe,
et d'une pierre, si nous apprenions qu'elle souffre quand on la taille;
mais nous plaindrions l'arbre et la pierre beaucoup moins que l'animal, parce qu'ils nous ressemblent moins. Nous cessons même bientôt
d'être touchés de l'affreuse mort des bêtes destinées pour notre table.
Les enfants qui pleurent la mort du premier poulet qu'ils voient égorger, en rient au second.

Enfin, il n'est que trop certain que ce carnage dégoûtant, étalé
sans cesse dans nos boucheries et dans nos cuisines, ne nous paraît pas

un mal; au contraire, nous regardons cette horreur, souvent pestilentielle, comme une bénédiction du Seigneur; et nous avons encore des
prières dans lesquelles on le remercie de ces meurtres. Qu'y a-t-il
pourtant de plus abominable que de se nourrir continuellement de cadavres?

Non-seulement nous passons notre vie à tuer et à dévorer ce que
nous avons tué, mais tous les animaux s'égorgent les uns les autres;
ils y sont portés par un attrait invincible. Depuis les plus petits insectes jusqu'au rhinocéros et à l'éléphant, la terre n'est qu'un vaste champ
de guerres, d'embûches, de carnage, de destruction; il n'est point
d'animal qui n'ait sa proie, et qui, pour la saisir, n'emploie l'équivalent de la ruse et de la rage avec laquelle l'exécrable araignée attire et
dévore la mouche innocente. Un troupeau de moutons dévore en une
heure plus d'insectes, en broutant l'herbe, qu'il n'y a d'hommes sur
la terre.

Et ce qui est encore de plus cruel, c'est que, dans cette horrible
scène de meurtres toujours renouvelés, on voit évidemment un dessein formé de perpétuer toutes les espèces par les cadavres sanglants
de leurs ennemis mutuels. Ces victimes n'expirent qu'après que la nature a soigneusement pourvu à en fournir de nouvelles. Tout renaît
pour le meurtre.

Cependant je ne vois aucun moraliste parmi nous, aucun de nos lo-
quaces prédicateurs, aucun même de nos tartufes, qui ait fait la
moindre réflexion sur cette habitude affreuse, devenue chez nous nature. Il faut remonter jusqu'au pieux Porphyre, et aux compatissants
pythagoriciens, pour trouver quelqu'un qui nous fasse honte de notre
sanglante gloutonnerie; ou bien il faut voyager chez les brames : car,
pour nos moines que le caprice de leurs fondateurs a fait renoncer à la
chair, ils sont meurtriers de soles et de turbots, s'ils ne le sont pas
de perdrix et de cailles; et ni parmi les moines, ni dans le concile de
Trente, ni dans nos assemblées du clergé, ni dans nos académies, on
ne s'est encore avisé de donner le nom de mal à cette boucherie universelle. On n'y a pas plus songé dans les conciles que dans les cabarets.

Le grand Être est donc justifié chez nous de cette boucherie, ou
bien il nous a pour complices.

XVI. *Du mal dans l'animal appelé homme.* — Voilà pour les bêtes;
venons à l'homme. Si ce n'est pas un mal que le seul être sur la terre
qui connaisse Dieu par ses pensées, soit malheureux par ses pensées;
si ce n'est pas un mal que cet adorateur de la Divinité soit presque
toujours injuste et souffrant, qu'il voie la vertu, et qu'il commette le
crime, qu'il soit si souvent trompeur et trompé, victime et bourreau
de ses semblables, etc., etc.; si tout cela n'est pas un mal affreux, je
ne sais pas où le mal se trouvera.

Les bêtes et les hommes souffrent presque sans relâche, et les hommes encore davantage, parce que non-seulement leur don de penser
est très-souvent un tourment, mais parce que cette faculté de penser

leur fait toujours craindre la mort, que les bêtes ne prévoient point.
L'homme est un être très-misérable qui a quelques heures de relâche,
quelques minutes de satisfaction, et une longue suite de jours de douleurs dans sa courte vie. Tout le monde l'avoue, tout le monde le dit,
et on a raison.

Ceux qui ont crié que tout est bien sont des charlatans. Shaftesbury, qui mit ce conte à la mode, était un homme très-malheureux.
J'ai vu Bolingbroke rongé de chagrins et de rage, et Pope, qu'il engagea à mettre en vers cette mauvaise plaisanterie, était un des
hommes les plus à plaindre que j'aie jamais connus, contrefait dans
son corps, inégal dans son humeur, toujours malade, toujours à
charge à lui-même, harcelé par cent ennemis jusqu'à son dernier moment. Qu'on me donne du moins des heureux qui me disent : « Tout
est bien. »

Si on entend par ce *tout est bien*, que la tête de l'homme est bien
placée au-dessus de ses deux épaules; que ses yeux sont mieux à côté
de la racine de son nez que derrière ses oreilles; que son intestin rectum est mieux placé vers son derrière qu'auprès de sa bouche; à la
bonne heure. Tout est bien dans ce sens-là. Les lois physiques et mathématiques sont très-bien observées dans sa structure. Qui aurait vu
la belle Anne de Boulen, et Marie Stuart plus belle encore, dans leur
jeunesse, aurait dit : « Voilà qui est bien : » mais l'aurait-il dit en les
voyant mourir par la main d'un bourreau? l'aurait-il dit en voyant
périr le petit-fils de la belle Marie-Stuart par le même supplice, au
milieu de sa capitale? l'aurait-il dit en voyant l'arrière-petit-fils plus
malheureux encore, puisqu'il vécut plus longtemps? etc., etc., etc.

Jetez un coup d'œil sur le genre humain, seulement depuis les proscriptions de Sylla jusqu'aux massacres d'Irlande.

Voyez ces champs de bataille où des imbéciles ont étendu sur la terre
d'autres imbéciles par le moyen d'une expérience de physique que fit
autrefois un moine[1]. Regardez ces bras, ces jambes, ces cervelles sanglantes, et tous ces membres épars; c'est le fruit d'une querelle entre
deux ministres ignorants, dont ni l'un ni l'autre n'auraient pu dire un
mot devant Newton, devant Locke, devant Halley; ou bien c'est la
suite d'une querelle ridicule entre deux femmes très-impertinentes.
Entrez dans l'hôpital voisin, où l'on vient d'entasser ceux qui ne sont
pas encore morts; on leur arrache la vie par de nouveaux tourments,
et des entrepreneurs font ce qu'on appelle une fortune, en tenant un
registre de ces malheureux qu'on dissèque de leur vivant, à tant par
jour, sous prétexte de les guérir.

Voyez d'autres gens vêtus en comédiens[2] gagner quelque argent
chanter, dans une langue étrangère, une chanson très-obscure et très-
plate, pour remercier le père de la nature de cet exécrable outrage fait
à la nature; et puis, dites tranquillement : «Tout est bien. » Proférez
ce mot, si vous l'osez, entre Alexandre VI et Jules II; proférez-le sur
les ruines de cent villes englouties par des tremblements de terre, et au

---

1. Schwartz. (ÉD.) — 2. Les prêtres catholiques. (ÉD.)

milieu de douze millions d'Américains qu'on assassine en douze millions de manières, pour les punir de n'avoir pu entendre en latin une bulle du pape que des moines leur ont lue. Proférez-le aujourd'hui 24 auguste, ou 24 août 1772, jour où ma plume tremble dans ma main, jour de l'anniversaire centenaire de la Saint-Barthélemy. Passez de ces théâtres innombrables de carnage à ces innombrables réceptacles de douleurs qui couvrent la terre, à cette foule de maladies qui dévorent lentement tant de malheureux pendant toute leur vie ; contemplez enfin cette bévue affreuse de la nature, qui empoisonne le genre humain dans sa source, et qui attache le plus abominable des fléaux au plaisir le plus nécessaire. Voyez ce roi si méprisé, Henri III, et ce chef de parti si médiocre, le duc de Mayenne, attaqués tous deux de la vérole en faisant la guerre civile ; et cet insolent descendant d'un marchand de Florence, ce Gondi, ce Retz, ce prêtre, cet archevêque de Paris, prêchant un poignard à la main avec la chaude-p..... Pour achever ce tableau si vrai et si funeste, placez-vous entre ces inondations et ces volcans qui ont tant de fois bouleversé tant de parties de ce globe ; placez-vous entre la lèpre et la peste qui l'ont dévasté. Vous enfin qui lisez ceci, ressouvenez-vous de toutes vos peines, avouez que le mal existe, et n'ajoutez pas à tant de misères et d'horreurs la fureur absurde de les nier.

XVII. *Des romans inventés pour deviner l'origine du mal.* — De cent peuples qui ont recherché la cause du mal physique et moral, les Indiens sont les premiers dont nous connaissons les imaginations romanesques. Elles sont sublimes, si le mot sublime veut dire *haut ;* car le mal, selon les anciens brachmanes, vient d'une querelle arrivée autrefois dans le plus haut des cieux, entre les anges fidèles et les anges jaloux. Les rebelles furent précipités du ciel dans l'Ondéra pour des milliards de siècles. Mais le grand Être leur fit grâce au bout de quelques mille ans : on les fit hommes, et ils apportèrent sur la terre le *mal* qu'ils avaient fait naître dans l'empyrée. Nous avons rapporté ailleurs avec étendue cette antique fable, la source de toutes les fables.

Elle fut imitée avec esprit chez les nations ingénieuses, et avec grossièreté chez les barbares. Rien n'est plus spirituel et plus agréable, en effet, que le conte de Pandore et de sa boîte. Si Hésiode a eu le mérite d'inventer cette allégorie, je le tiens aussi supérieur à Homère qu'Homère l'est à Lycophron. Mais je crois que ni Homère ni Hésiode n'ont rien inventé ; ils ont mis en vers ce qu'on pensait de leur temps.

Cette boîte de Pandore, en contenant tous les maux qui en sont sortis, semble aussi renfermer tous les charmes des allusions les plus frappantes à la fois et les plus délicates. Rien n'est plus enchanteur que cette origine de nos souffrances. Mais il y a quelque chose de bien plus estimable encore dans l'histoire de cette Pandore. Il y a un mérite extrême dont il me semble qu'on n'a point parlé, c'est qu'il ne fut jamais ordonné d'y croire.

XVIII. *De ces mêmes romans, imités par quelques nations bar-*

bares. — Vers la Chaldée et vers la Syrie, les barbares eurent aussi leurs fables sur l'origine du mal, et nous avons parlé ailleurs de ces fables. Chez une de ces nations voisines de l'Euphrate, un serpent ayant rencontré un âne chargé, et pressé par la soif, lui demanda ce qu'il portait. « C'est la recette de l'immortalité, répondit l'âne; Dieu en fait présent à l'homme qui en a chargé mon dos; il vient après moi, et il est encore loin, parce qu'il n'a que deux jambes; je meurs de soif, enseignez-moi de grâce un ruisseau. » Le serpent mena boire l'âne, et pendant qu'il buvait, il lui déroba la recette. De là vint que le serpent fut immortel, et que l'homme fut sujet à la mort, et à toutes les douleurs qui la précèdent.

Vous remarquerez que le serpent passait pour immortel chez tous les peuples, parce que sa peau muait. Or, s'il changeait de peau, c'était sans doute pour rajeunir. J'ai déjà parlé ailleurs de cette théologie de couleuvres; mais il est bon de la remettre sous les yeux du lecteur, pour lui faire bien voir ce que c'était que cette vénérable antiquité chez laquelle les serpents et les ânes jouaient de si grands rôles.

En Syrie, on prenait plus d'essor; on contait que l'homme et la femme ayant été créés dans le ciel, ils avaient eu un jour envie de manger d'une galette; qu'après ce déjeuner, il fallut aller à la garde-robe; qu'ils prièrent un ange de leur enseigner où étaient les privés. L'ange leur montra la terre. Ils y allèrent; et Dieu, pour les punir de leur gourmandise, les y laissa. Laissons-les-y aussi, eux, et leur déjeuner, et leur âne, et leur serpent. Ces ramas d'inconcevables fadaises, venues de Syrie, ne méritent pas qu'on s'y arrête un moment. Les détestables fables d'un peuple obscur doivent être bannies d'un sujet sérieux.

Revenons de ces inepties honteuses à ce grand mot d'Épicure, qui alarme depuis si longtemps la terre entière, et auquel on ne peut répondre qu'en gémissant : « Ou Dieu a voulu empêcher le mal, et il ne l'a pas pu; ou il l'a pu, et ne l'a pas voulu, etc. »

Mille bacheliers, mille licenciés ont jeté les flèches de l'école contre ce rocher inébranlable; et c'est sous cet abri terrible que se sont réfugiés tous les athées; c'est là qu'il rient des bacheliers et des licenciés. Mais il faut enfin que les athées conviennent qu'il y a dans la nature un principe agissant, intelligent, nécessaire, éternel; et que c'est de ce principe que vient ce que nous appelons le bien et le mal. Examinons la chose avec les athées.

XIX. *Discours d'un athée sur tout cela.* — Un athée me dit : « Il m'est démontré, je l'avoue, qu'un principe éternel et nécessaire existe. Mais de ce qu'il est nécessaire, je conclus que tout ce qui en dérive est nécessaire aussi; vous avez été forcé d'en convenir vous-même. Puisque tout est nécessaire, le mal est inévitable comme le bien. La grande roue de la machine, qui tourne sans cesse, écrase tout ce qu'elle rencontre. Je n'ai pas besoin d'un être intelligent qui ne peut rien par lui-même, et qui est esclave de sa destinée comme moi de la mienne. S'il existait, j'aurais trop de reproches à lui faire. Je serais forcé de l'appeler *faible* ou *méchant*. J'aime mieux nier son existence que de lui dire des injures. Achevons, comme nous pourrons, cette vie misérable, sans recourir à un être fantastique que jamais personne n'a vu, et auquel il importerait très-peu, s'il existait, que nous le crussions ou non. Ce que je pense de lui ne peut pas plus l'affecter, supposé qu'il soit, que ce qu'il pense de moi, et que j'ignore, ne m'affecte. Nul rapport entre lui et moi, nulle liaison, nul intérêt. Ou cet être n'est pas, ou il m'est absolument étranger. Faisons comme neuf cent quatre-vingt-dix-neuf mortels sur mille : ils sèment, ils plantent, ils travaillent, ils engendrent, ils mangent, boivent, dorment, souffrent, et meurent sans parler de métaphysique, sans savoir s'il y en a une. »

XX. *Discours d'un manichéen.* — Un manichéen ayant entendu cet athée, lui dit : « Vous vous trompez. Non-seulement il existe un Dieu, mais il y en a nécessairement deux. On nous a très-bien démontré que tout étant arrangé avec intelligence, il existe dans la nature un pouvoir intelligent; mais il est impossible que ce pouvoir intelligent, qui a fait le bien, ait fait aussi le mal. Il faut que le mal aussi ait son Dieu. Le premier *Zoroastre* annonça cette grande vérité il y a environ douze mille ans, et deux autres *Zoroastres* sont venus la confirmer dans la suite. Les Parsis ont toujours suivi cette admirable doctrine et la suivent encore. Je ne sais quel misérable peuple, appelé Juif, étant autrefois esclave chez nous, y apprit un peu de cette science, avec le nom de Satan, et de Knat-bull. Il reconnut enfin Dieu et le diable : et le diable même fut si puissant chez ce pauvre petit peuple, qu'un jour Dieu étant descendu dans son pays, le diable l'emporta sur une montagne [1]. Reconnaissez donc deux Dieux; le monde est assez grand pour les contenir et pour leur donner de l'exercice. »

XXI. *Discours d'un païen.* — Un païen se leva alors, et dit : « S'il faut reconnaître deux dieux, je ne vois pas ce qui nous empêchera d'en adorer mille. Les Grecs et les Romains, qui valaient mieux que vous, étaient polythéistes. Il faudra bien qu'on revienne un jour à cette doctrine admirable qui peuple l'univers de génies et de divinités. C'est indubitablement le seul système qui rende raison de tout, le seul dans lequel il n'y ait point de contradiction. Si votre femme vous trahit, c'est Vénus qui en est la cause. Si vous êtes volé, vous vous en prenez à Mercure. Si vous perdez un bras ou une jambe dans une bataille, c'est Mars qui l'a ordonné ainsi. Voilà pour le mal. Mais, à l'égard du bien, non-seulement Apollon, Cérès, Pomone, Bacchus, et Flore, vous comblent de présents; mais dans l'occasion, ce même Mars peut vous défaire de vos ennemis, cette même Vénus peut vous fournir des maîtresses, ce même Mercure peut verser dans votre coffre tout l'or de votre voisin, pourvu que votre main aide son caducée.

« Il était bien plus aisé à tous ces dieux de s'entendre ensemble pour gouverner l'univers, qu'il ne paraît facile à ce manichéen, qu'Oromase

---

1. Matth., IV, 8; Luc, IV, 5. (ÉD.)

le bienfaisant, et Arimane le malfaisant, tous deux ennemis mortels, se concilient pour faire subsister ensemble la lumière et les ténèbres. Plusieurs yeux voient mieux qu'un seul. Aussi tous les anciens poëtes assemblent sans cesse le conseil des dieux. Comment voulez-vous qu'un seul Dieu suffise à la fois à tous les détails de ce qui se passe dans Saturne, et à toutes les affaires de l'étoile de la Chèvre? Quoi! dans notre petit globe, tout sera réglé par des conseils, excepté chez le roi de Prusse et chez le pape Ganganelli, et il n'y aurait point de conseil dans le ciel! Rien n'est plus sage, sans doute, que de décider le tout à la pluralité des voix. La Divinité se conduit toujours par les voies les plus sages. Je compare un déiste, vis-à-vis un païen, à un soldat prussien qui va dans le territoire de Venise : il y est charmé de la bonté du gouvernement. « Il faut, dit-il, que le roi de ce pays-ci travaille du « soir jusqu'au matin. Je le plains beaucoup.—Il n'y a point de roi, lui « répond-on; c'est un conseil qui gouverne. »

« Voilà donc les vrais principes de notre antique religion. »

« Le grand être appelé Jéovah ou Hiao chez les Phéniciens, le Jov des autres nations asiatiques, le Jupiter des Romains, le Zeus des Grecs, est le souverain des dieux et des hommes :

.... *Divum pater atque hominum rex.*
Virg., Æn., I, 69; II, 648; X, 2, 743.

« Le maître de toute la nature, et dont rien n'approche dans toute l'étendue des êtres :

Nec viget quicquam simile aut secundum.
Hor., lib. I, od. XII, v. 18.

« L'esprit vivifiant qui anime l'univers :

.... *Jovis omnia plena.*
Virg., ecl. III, v. 60.

« Toutes les notions qu'on peut avoir de Dieu sont renfermées dans ce beau vers de l'ancien Orphée, cité dans toute l'antiquité, et répété dans tous les mystères :

Εἰς ἔστ' αὐτογενὴς, ἑνὸς ἔκγονα πάντα τέτυκται.
Il naquit de lui-même, et tout est né de lui.

« Mais il confie à tous les dieux subalternes le soin des astres, des éléments, des mers, et des entrailles de la terre. Sa femme, qui représente l'étendue de l'espace qu'il remplit est Junon. Sa fille, qui est la sagesse éternelle, sa parole, son verbe, est Minerve. Son autre fille, Vénus, est l'amante de la génération. Philometai. Elle est la mère de l'amour, qui enflamme tous les êtres sensibles, qui les unit, qui répare leurs pertes continuelles, qui reproduit, par le seul attrait de la volupté, tout ce que la nécessité dévoue à la mort. Tous les dieux ont fait des présents aux mortels. Cérès leur a donné les blés, Bacchus la vigne, Pomone les fruits; Apollon et Mercure leur ont appris les arts.

« Le grand Zeus, le grand Demiourgos, avait formé les planètes et la terre. Il avait fait naître sur notre globe les hommes et les animaux. Le premier homme, au rapport de Bérose, fut Alore, père de Sarès, aïeul d'Alaspare, lequel engendra Aménon, dont naquit Métalare, qui fut père de Daon, père d'Évérodac, père d'Amphis, père d'Osiarte, père de ce célèbre Xixutros, ou Xixuter, ou Xixutrus, roi de Chaldée, sous lequel arriva cette inondation[1] si connue, que les Grecs ont appelée déluge d'Ogygès, inondation dont on n'a point aujourd'hui d'époque certaine, non plus que de l'autre grande inondation qui engloutit l'île Atlantide et une partie de la Grèce, environ six mille ans auparavant.

« Nous avons une autre théogonie, suivant Sanchoniathon, mais on n'y trouve point de déluge. Celles des Indiens, des Chinois, des Égyptiens, sont encore fort différentes.

« Tous les événements de l'antiquité sont enveloppés dans une nuit obscure; mais l'existence et les bienfaits de Jupiter sont plus clairs que a lumière du soleil. Les héros qui, à son exemple, firent du bien aux hommes, étaient appelés du saint nom de Dionysios, fils de Dieu. Bacchus, Hercule, Persée, Romulus, reçurent ce surnom sacré. On alla même jusqu'à dire que la vertu divine s'était communiquée à leurs mères. Les Grecs et les Romains, quoique un peu débauchés comme le sont aujourd'hui tous les chrétiens de bonne compagnie, quoique un peu ivrognes comme des chanoines d'Allemagne, quoique un peu sodomites comme le roi de France Henri III et son Nogaret, étaient très-religieux. Ils sacrifiaient, ils offraient de l'encens, ils faisaient des processions, ils jeûnaient : « Stolatæ ibant nudis pedibus, passis ca- « pillis..., manibus puris, et Jovem aquam exorabant; et statim urcea- « tim pluebat. »

« Mais tout se corrompt. La religion s'altéra. Ce beau nom de fils de Dieu, c'est-à-dire de juste et de bienfaisant, fut donné dans la suite aux hommes les plus injustes et les plus cruels, parce qu'ils étaient puissants. L'antique piété, qui était humaine, fut chassée par la superstition, qui est toujours cruelle. La vertu avait habité sur la terre tant que les pères de famille furent les seuls prêtres, et offrirent à Jupiter et aux dieux immortels les prémices des fruits et des fleurs; mais tout fut perverti quand les prêtres répandirent le sang, et voulurent partager avec les dieux. Ils partagèrent en effet, en prenant pour eux les offrandes, et laissant aux dieux la fumée. On sait comment nos ennemis réussirent à nous écraser, en adoptant nos premières mœurs, en rejetant nos sacrifices sanglants, en rappelant les hommes à l'égalité,

---

1. Plusieurs savants croient que ce déluge de Sixuter, Sixutrus, ou Xixutre, ou Xixoutrou, est probablement celui qui forma la Méditerranée. D'autres pensent que c'est celui qui jeta une partie du Pont-Euxin dans la mer Égée. Bérose raconte que Saturne apparut à Sixuter; qu'il l'avertit que la terre allait être inondée, et qu'il devait bâtir au plus vite, pour se sauver lui et les siens, un vaisseau large de mille deux cents pieds, et long de six mille deux cents. Sixuter construisit son vaisseau. Lorsque les eaux furent retirées, il lâcha des oiseaux, qui, n'étant point revenus, lui firent connaître que la terre était habitable. Il laissa son vaisseau sur une montagne d'Arménie. C'est de là que vient, selon les doctes, la tradition que notre arche s'arrêta sur le mont Ararat.

à la simplicité, en se faisant un parti parmi les pauvres, jusqu'à ce qu'ils eussent subjugué les riches. Ils se sont mis à notre place. Nous sommes anéantis, ils triomphent; mais, corrompus enfin comme nous, ils ont besoin d'une grande réforme, que je leur souhaite de tout mon cœur. »

XXII. *Discours d'un Juif.* — « Laissons là cet idolâtre qui fait de Dieu un stathouder, et qui nous présente des dieux subalternes comme des députés des Provinces-Unies.

« Ma religion, étant au-dessus de la nature, ne peut avoir rien qui ressemble aux autres.

« La première différence entre elle et nous, c'est que notre source fut cachée très-longtemps au reste de la terre. Les dogmes de nos pères furent ensevelis, ainsi que nous, dans un petit pays d'environ cinquante lieues de long sur vingt de large. C'est dans ce puits qu'habita la vérité, inconnue à tout le globe, jusqu'à ce que des rebelles, sortis du milieu de nous, lui ôtassent son nom de vérité, sous les règnes de Tibère, de Caligula, de Claude, de Néron, et que peu à peu ils se vantassent d'établir une vérité toute nouvelle.

« Les Chaldéens avaient pour père Alore, comme vous savez. Les Phéniciens descendaient d'un autre homme qui se nommait Origine, selon Sanchoniathon. Les Grecs eurent leur Prométhée; les Atlantides eurent leur Ouran, nommé en grec Ouranos. Je ne parle ici ni des Chinois, ni des Indiens, ni des Scythes. Pour nous, nous eûmes notre Adam, de qui personne n'entendit jamais parler, excepté notre seule nation, et encore très-tard. Ce ne fut point l'Éphaïstos des Grecs, appelé Vulcanus par les Latins, qui inventa l'art d'employer les métaux; ce fut Tubalkain. Tout l'Occident fut étonné d'apprendre, sous Constantin, que ce n'était plus à Bacchus que les nations devaient l'usage du vin, mais à un Noé, de qui personne n'a jamais entendu prononcer le nom dans l'empire romain, non plus que ceux de ses ancêtres, inconnus de la terre entière. On ne sut cette anecdote que par notre *Bible* traduite en grec, qui ne commença que vers cette époque à être un peu répandue. Le soleil alors ne fut plus la source de la lumière; mais la lumière fut créée avant le soleil et séparée des ténèbres, comme les eaux furent séparées des eaux. La femme fut pétrie d'une côte que Dieu lui-même arracha d'un homme endormi, sans le réveiller, et sans que ses descendants aient jamais eu une côte de moins.

« Le Tigre, l'Araxe, l'Euphrate, et le Nil[1], ont eu tous quatre leur source dans le même jardin. Nous n'avons jamais su où était ce jardin; mais il est prouvé qu'il existait, car la porte en a été gardée par un chérub[2].

« Les bêtes parlent. L'éloquence d'un serpent[3] perd tout le genre humain. Un prophète chaldéen s'entretient avec son âne[4].

« Dieu, le créateur de tous les hommes, n'est plus le père de tous les hommes, mais de notre seule famille. Cette famille toujours errante

1. *Genèse,* II, 11-14. (ÉD.) — 2. *Id.,* III, 24. (ÉD.) — 3. *Id.,* III, 1. (ÉD.)
4. *Nombres,* XXII, 28. (ÉD.)

abandonna le fertile pays de la Chaldée, pour aller errer quelque temps vers Sodome; et c'est de ce voyage qu'elle acquit des droits incontestables sur la ville de Jérusalem, laquelle n'existait pas encore.

« Notre famille pullule tellement, que soixante et dix [1] hommes, au bout de deux cent quinze ans, en produisent six cent trente mille [2] portant les armes; ce qui compose, en comptant les femmes, les vieillards et les enfants, environ trois millions. Ces trois millions habitent un petit canton de l'Égypte qui ne peut pas nourrir vingt mille personnes. Dieu égorge en leur faveur, pendant la nuit [3], tous les premiers-nés égyptiens; et Dieu, après ce massacre, au lieu de donner l'Égypte à son peuple, se met à sa tête pour s'enfuir avec lui à pied sec au milieu de la mer, et pour faire mourir toute la génération juive dans un désert.

« Nous sommes sept fois esclaves malgré les miracles épouvantables que Dieu fait chaque jour pour nous, jusqu'à faire arrêter la lune en plein midi, et même le soleil [4]. Dix de nos tribus sur douze périssent à jamais. Les deux autres sont dispersées et rognent les espèces. Cependant nous avons toujours des prophètes. Dieu descend toujours chez notre seul peuple, et ne se mêle que de nous. Il apparaît continuellement à ces prophètes, ses seuls confidents, ses seuls favoris.

« Il va visiter Addo, ou Iddo, ou Jeddo, et lui ordonne de voyager sans manger. Le prophète croit que Dieu lui a ordonné de manger pour mieux marcher; il mange, et aussitôt il est mangé par un lion (troisième des *Rois*, chap. XIII [5]).

« Dieu commande à Isaïe de marcher tout nu, et expressément de montrer ses fesses, *discoopertis natibus* (*Isaïe*, chap. XX [6]).

« Dieu ordonne à Jérémie de se mettre un joug sur le cou et un bât sur le dos (chap. XXVII, selon l'hébreu).

« Il ordonne à Ézéchiel de se faire lier, et de manger un livre de parchemin, de se coucher trois cent quatre-vingt-dix jours sur le côté droit, et quarante jours sur le côté gauche, puis de manger de la m.... sur son pain [7] (*Ézéch.*, chap. IV).

« Il commande à Osée de prendre une fille de joie et de lui faire trois enfants; puis il lui commande de payer une femme adultère, et de lui faire aussi des enfants, etc., etc., etc., etc.

« Joignez à tous ces prodiges une série non interrompue de massacres,

1. Dans la *Genèse*, XLVI, 26, on dit *Soixante et six;* mais dans l'*Exode,* I, 5, il y a *Soixante et dix.* (ÉD.)
2. Les *Nombres*, chap. I, verset 46, disent six cent trois mille cinq cent cinquante. (ÉD.)
3. *Exode*, XII, 29. (ÉD.) — 4. Josué, X, 12. (ÉD.)
5. Verset 26. (ÉD.) — 6. Verset 4. (ÉD.)
7. C'est ainsi que le convulsionnaire Carré de Montgeron, conseiller du parlement de Paris, dans son *Recueil des miracles*, présenté au roi, certifie qu'une fille remplie de la grâce efficace ne but, pendant vingt et un jours, que de l'urine, et ne mangea que de la m.... ; ce qui lui donna tant de lait qu'elle le rendait par la bouche. Il faut supposer que c'était son amant qui la nourrissait. On voit par là que les mêmes farces se sont jouées chez les Juifs et chez les Welches. Mais ajoutez-y toutes les autres nations; elles se ressemblent, au déjeuner près du prophète Ezéchiel et de la petite convulsionnaire.

et vous verrez que tout est divin chez nous, puisque rien n'y est suivant les lois appelées honnêtes chez les hommes.

« Mais malheureusement nous ne fûmes bien connus des autres nations que lorsque nous fûmes presque anéantis. Ce furent nos ennemis les chrétiens qui nous firent connaître en s'emparant de nos dépouilles. Ils construisirent leur édifice des matériaux de notre *Bible*, bien mal traduite en grec. Ils nous insultent, ils nous oppriment encore aujourd'hui ; mais patience, nous aurons notre tour, et l'on sait quel sera notre triomphe à la fin du monde, quand il n'y aura plus personne sur la terre. »

XXIII. *Discours d'un Turc.* — Quand le Juif eut fini, un Turc, qui avait fumé pendant toute la séance, se lava la bouche, récita la formule *Allah Illah*, et, s'adressant à moi, me dit :

« J'ai écouté tous ces rêveurs ; j'ai entrevu que tu es un chien de chrétien, mais tu m'agrées, parce que tu me parais indulgent, et que tu es pour la prédestination gratuite. Je te crois homme de bon sens, attendu que tu sembles être de mon avis.

« La plupart de tes chiens de chrétiens n'ont jamais dit que des sottises sur notre Mahomet. Un baron de Tott, homme de beaucoup d'esprit et de fort bonne compagnie, qui nous a rendu de grands services dans la dernière guerre, me fit lire, il n'y a pas longtemps, un livre d'un de vos plus grands savants, nommé Grotius, intitulé : *De la vérité de la religion chrétienne.* Ce Grotius accuse notre grand Mahomet d'avoir fait accroire qu'un pigeon lui parlait à l'oreille, qu'un chameau avait avec lui des conversations pendant la nuit, et qu'il avait mis la moitié de la lune dans sa manche. Si les plus savants de vos christicoles ont dit de telles âneries, que dois-je penser des autres ?

« Non, Mahomet ne fit point de ces miracles opérés dans un village, et dont on ne parle que cent ans après l'événement prétendu. Il ne fit point de ces miracles que M. de Tott m'a lus de la *Légende dorée* écrite à Gênes. Il ne fit point de ces miracles à la Saint-Médard, dont on s'est tant moqué dans l'Europe, et dont un ambassadeur de France a tant ri avec nous. Les miracles de Mahomet ont été des victoires ; et Dieu, en lui soumettant la moitié de notre hémisphère, a montré qu'il était son favori. Il n'a point été ignoré pendant deux siècles entiers. Dès qu'on l'a persécuté, il a été triomphant.

« Sa religion est sage, sévère, chaste, et humaine : sage, puisqu'elle ne tombe pas dans la démence de donner à Dieu des associés, et qu'elle n'a point de mystères ; sévère, puisqu'elle défend les jeux de hasard, le vin et les liqueurs fortes, et qu'elle ordonne la prière cinq fois par jour ; chaste, puisqu'elle réduit à quatre femmes ce nombre prodigieux d'épouses qui partageaient le lit de tous les princes de l'Orient ; humaine, puisqu'elle nous ordonne l'aumône bien plus rigoureusement que le voyage de la Mecque.

« Ajoutez à tous ces caractères de vérité la tolérance. Songez que nous avons, dans la seule ville de Stamboul[1], plus de cent mille

---

1. Constantinople (ÉD.)

chrétiens de toutes sectes, qui étalent en paix toutes les cérémonies de leurs cultes différents, et qui vivent si heureux sous la protection de nos lois, qu'ils ne daignent jamais venir chez vous, tandis que vous accourez en foule à notre porte impériale. »

XXIV. *Discours d'un théiste.* — Un théiste alors demanda la permission de parler, et s'exprima ainsi :

« Chacun a son avis bon ou mauvais. Je serais fâché de contrister un honnête homme. Je demande d'abord pardon à monsieur l'athée; mais il me semble qu'étant forcé de reconnaître un dessein admirable dans l'ordre de cet univers, il doit admettre une intelligence qui a conçu et exécuté ce dessein. C'est assez, ce me semble, que quand monsieur l'athée fait allumer une bougie, il convienne que c'est pour l'éclairer. Il me paraît qu'il doit convenir aussi que le soleil est fait pour éclairer notre portion d'univers. Il ne faut pas disputer sur des choses si vraisemblables.

« Monsieur doit se rendre de bonne grâce, d'autant plus qu'étant honnête homme, il n'a rien à craindre d'un maître qui n'a nul intérêt de lui faire du mal. Il peut reconnaître un Dieu en toute sûreté : il n'en payera pas un denier d'impôt de plus, et n'en fera pas moins bonne chère.

« Pour vous, monsieur le païen, je vous avoue que vous venez un peu tard pour rétablir le polythéisme. Il eût fallu que Maxence eût remporté la victoire sur Constantin, ou que Julien eût vécu trente ans de plus.

« Je confesse que je ne vois nulle impossibilité dans l'existence de plusieurs êtres prodigieusement supérieurs à nous, lesquels auraient chacun l'intendance d'un globe céleste. J'aurais même assez volontiers quelque plaisir à préférer les Naïades, les Dryades, les Sylvains, les Grâces, les Amours, à saint Fiacre, à saint Pancrace, à saints Crépin et Crépinien, à saint Vit, à sainte Cunégonde, à sainte Marjolaine; mais enfin il ne faut pas multiplier les êtres sans nécessité; et puisqu'une seule intelligence suffit pour l'arrangement de ce monde, je m'en tiendrai là, jusqu'à ce que d'autres puissances m'apprennent qu'elles partagent l'empire.

« Quant à vous, monsieur le manichéen, vous me paraissez un duelliste qui aimez à combattre. Je suis pacifique, je n'aime pas à me trouver entre deux concurrents qui sont éternellement aux prises. Il me suffit de votre Oromase; reprenez votre Arimane.

« Je demeurerai toujours un peu embarrassé sur l'origine du mal; mais je supposerai que le bon Oromase, qui a tout fait, n'a pu faire mieux. Il est impossible que je l'offense quand je lui dis : « Vous avez « fait tout ce qu'un être puissant, sage, et bon, pouvait faire. Ce n'est « pas votre faute, si vos ouvrages ne peuvent être aussi bons, aussi « parfaits que vous-même. Une différence essentielle entre vous et vos « créatures, c'est l'imperfection. Vous ne pouviez faire des dieux; il a « fallu que les hommes, ayant de la raison, eussent aussi de la folie, « comme il a fallu des frottements dans toutes les machines. Chaque

« homme a essentiellement sa dose d'imperfection et de démence, par
« cela même que vous êtes parfait et sage. Il ne doit pas être toujours
« heureux, par cela même que vous êtes toujours heureux. Il me pa-
« raît qu'un assemblage de muscles, de nerfs, et de veines, ne peut
« durer que quatre-vingts ou cent ans tout au plus, et que vous devez
« durer toujours. Il me paraît impossible qu'un animal, composé né-
« cessairement de désirs et de volontés, n'ait pas trop souvent la vo
« lonté de se faire du bien en faisant du mal à son prochain. Il n'y a
« que vous qui ne fassiez jamais de mal. Enfin, il y a nécessairement
« une si grande distance entre vous et vos ouvrages, que si le bien
« est dans vous, le mal doit être dans eux.

« Pour moi, tout imparfait que je suis, je vous remercie encore de
« m'avoir donné l'être pour un peu de temps, et surtout de ne m'avoir
« pas fait professeur de théologie. »

« Ce n'est point là du tout un mauvais compliment. Dieu ne saurait
être fâché contre moi, quand je ne veux pas lui déplaire. Enfin, je
pense qu'en ne faisant jamais de tort à mes frères, et en respectant
mon maître, je n'aurai rien à craindre ni d'Arimane, ni de Satan, ni
de Knat-bull, ni de Cerbère et des Furies, ni de saint Fiacre et saint
Crépin, ni même de ce M. Cogé, régent de seconde, qui a pris *magis*
pour *minus*, et que j'achèverai mes jours en paix *in ista quæ vocatur
hodie philosophia*.

« Je viens à vous, monsieur Acosta, monsieur Abrabanel, monsieur
Benjamin ; vous me paraissez les plus fous de la bande. Les Cafres, les
Hottentots, les nègres de Guinée, sont des êtres beaucoup plus raisonnables et plus honnêtes que les Juifs vos ancêtres. Vous l'avez emporté sur toutes les nations en fables impertinentes, en mauvaise conduite, et en barbarie ; vous en portez la peine, tel est votre destin.
L'empire romain est tombé ; les Parsis, vos anciens maîtres, sont dispersés ; les Banians le sont aussi. Les Arméniens vont vendre des
haillons, et sont courtiers dans toute l'Asie. Il n'y a plus de trace des
anciens Égyptiens. Pourquoi seriez-vous une puissance ?

« Pour vous, monsieur le Turc, je vous conseille de faire la paix au
plus vite avec l'impératrice de Russie, si vous voulez conserver ce que
vous avez usurpé en Europe. Je veux croire que les victoires de Mahomet, fils d'Abdalla, sont des miracles ; mais Catherine II fait des
miracles aussi : prenez garde qu'elle ne fasse un jour celui de vous
renvoyer dans les déserts dont vous êtes venus. Continuez surtout à
être tolérants ; c'est le vrai moyen de plaire à l'Être des êtres, qui est
également le père des Turcs et des Russes, des Chinois et des Japonais,
des nègres, des tannés et des jaunes, et de la nature entière.

XXV. *Discours d'un citoyen.* — Quand le théiste eut parlé, il se leva
un homme qui dit :

« Je suis citoyen, et par conséquent l'ami de tous ces messieurs. Je
ne disputerai avec aucun d'eux ; je souhaite seulement qu'ils soient
tous unis dans le dessein de s'aider mutuellement, de s'aimer, et de
se rendre heureux les uns les autres, autant que des hommes d'opi-

nions si diverses peuvent s'aimer, et autant qu'ils peuvent contribuer à leur bonheur; ce qui est aussi difficile que nécessaire.

« Pour cet effet, je leur conseille d'abord de jeter dans le feu tous les livres de controverse qu'ils pourront rencontrer; et surtout ceux du Jésuite Garasse, du jésuite Guignard, du jésuite Malagrida, du jésuite Patouillet, du jésuite Nonotte, et du jésuite Paulian, le plus impertinent de tous; comme aussi la *Gazette ecclésiastique*, et tous autres libelles qui ne sont que l'aliment de la guerre civile des sots.

« Ensuite chacun de nos frères, soit théiste, soit turc, soit païen, soit chrétien grec, ou chrétien latin, ou anglican, ou scandinave, soit juif, soit athée, lira attentivement quelques pages des *Offices de Cicéron*, ou de Montaigne, et quelques fables de La Fontaine.

« Cette lecture dispose insensiblement les hommes à la concorde que tous les théologiens ont eue jusqu'ici en horreur. Les esprits étant ainsi préparés, toutes les fois qu'un chrétien et un musulman rencontreront un athée, ils lui diront : « Notre cher frère, le ciel vous illu« mine! » et l'athée répondra : « Dès que je serai converti, je viendrai « vous en remercier. »

« Le théiste donnera deux baisers à la femme manichéenne à l'honneur des deux principes. La grecque et la romaine en donneront trois à chacun des autres sectaires, soit quakers, soit jansénistes. Elles ne seront tenues que d'embrasser une seule fois les sociniens, attendu que ceux-là ne croient qu'une seule personne en Dieu; mais cet embrassement en vaudra trois, quand il sera fait de bonne foi.

« Nous savons qu'un athée peut vivre très-cordialement avec un juif, surtout si celui-ci ne lui prête de l'argent qu'à huit pour cent; mais nous désespérons de voir jamais une amitié bien vive entre un calviniste et un luthérien. Tout ce que nous exigeons du calviniste, c'est qu'il rende le salut au luthérien avec quelque affection, et qu'il n'imite plus les quakers, qui ne font la révérence à personne, mais dont les calvinistes n'ont pas la candeur.

« Nous exhortons les primitifs nommés quakers à marier leurs fils aux filles des théistes nommés sociniens, attendu que ces demoiselles, étant presque toutes filles de prêtres, sont très-pauvres. Non-seulement ce sera une fort bonne action devant Dieu et devant les hommes; mais ces mariages produiront une nouvelle race qui, représentant les premiers temps de l'Église chrétienne, sera très-utile au genre humain.

« Ces préliminaires étant accordés, s'il arrive quelque querelle entre deux sectaires, ils ne prendront jamais un théologien pour arbitre; car celui-ci mangerait infailliblement l'huître, et leur laisserait les écailles.

« Pour entretenir la paix établie, on ne mettra rien en vente, soit de Grec à Turc, ou de Turc à Juif, ou de Romain à Romain, que ce qui sert à la nourriture, au vêtement, au logement, ou au plaisir de l'homme On ne vendra ni circoncision, ni baptême, ni sépulture, ni la permission de courir dans le caaba autour de la pierre noire, ni l'agrément de s'endurcir les genoux devant la Notre-Dame de Lorette, qui est plus noire encore.

« Dans toutes les disputes qui surviendront, il est défendu expressément de se traiter de chien, quelque colère qu'on soit; à moins qu'on ne traite d'hommes les chiens, quand ils nous emporteront notre dîner et qu'ils nous mordront, etc., etc., etc. »

RÉFLEXIONS PHILOSOPHIQUES

SUR LE PROCÈS DE MADEMOISELLE CAMP[1].

(1772.)

La loi commande, le magistrat prononce, le public, dont l'arrêt est inutile pour l'exécution des lois, mais irrévocable au tribunal de l'équité naturelle, décide en dernier ressort. Sa voix se fait entendre à la dernière postérité.

Ce juge suprême, quoique sans pouvoir, et dont au fond tous les tribunaux ambitionnent le suffrage, a consacré l'arrêt du nouveau parlement de Paris porté entre le vicomte de Bombelles et la demoiselle Camp. Le public a senti qu'une loi dure ne permettant pas en France à un catholique de se marier à une protestante par le ministère d'un prétendu réformé, le mariage devait être déclaré nul. Mais en même temps la bonne foi de la mariée a été récompensée par une réparation civile et par une somme d'argent proportionnée aux facultés du mari; si pourtant un peu d'argent peut tenir lieu d'un état dans la société.

Les juges ont assigné une pension à la fille née de ce mariage malheureux. Ils ont même eu soin de la recommander au roi, comme ayant droit à ses grâces par les vertus de sa mère. Ainsi ils ont rempli tous les devoirs de la législation et de l'humanité.

---

1. Le vicomte de Bombelles, officier au régiment du roi, avait épousé à Montauban Mlle Camp, fille d'un négociant protestant, et, pour se conformer à la religion de la demoiselle, avait consenti que le mariage se fit suivant le rit de sa religion, c'est-à-dire *au désert*; cérémonie proscrite alors en France, par la loi qui déclarait nuls les mariages des protestants. Depuis, profitant sans doute de cette nullité, le vicomte se maria, en 1771, avec une demoiselle Carvoisin; et cette fois, ce fut suivant le rit catholique. La première épouse revendiqua ses droits et son état, et porta plainte devant les tribunaux. Linguet fut chargé du Mémoire. Les *Mémoires secrets* disent que, dès que l'affaire eut éclaté, le conseil de l'École militaire, où le vicomte avait été élevé, lui écrivit pour lui annoncer qu'on désirait qu'il s'abstînt d'y paraître davantage. Les faits furent contestés par le vicomte. Enfin, le 7 auguste 1772, intervint un arrêt qui déboute Mlle Camp, la condamne aux frais et dépens envers la demoiselle Carvoisin, femme Bombelles; qui ordonne que l'enfant de la demoiselle Camp et du sieur Bombelles sera élevée dans la religion catholique, apostolique et romaine; aux frais du père, à raison de six cents francs par an, pour lesquels il sera tenu de faire un fonds de douze mille francs; et qui condamne ledit Bombelles à douze mille francs de dommages-intérêts envers la demoiselle Camp, par forme de réparation civile (ce qui entraînait la contrainte par corps); sur le surplus, met les parties hors de cour.

Mlle Camp, depuis Mme Van-Robais, est morte le 11 février 1778. (*Note de M. Beuchot.*)

Il ne reste plus à la nation qu'à désirer de voir finir cette séparation funeste qui a privé la patrie d'environ sept à huit cent mille citoyens utiles, et qui plonge encore cent mille familles dans l'incertitude continuelle de leur sort, dans la douleur de mettre au monde des enfants dont la subsistance peut toujours être disputée, et dont la naissance est regardée comme un crime. Cette fatalité destructive de la population, de la paix et du bien de l'État, réputée autrefois nécessaire, désole sourdement la France depuis cent années.

Les guerres et les assassinats de religion sous François II, Charles IX, Henri III, Henri IV, Louis XIII, furent les motifs qui semblèrent déterminer Louis XIV aux sévérités qu'il exerça dans un temps où ces guerres civiles n'étaient plus à craindre; il punit les petits-neveux tranquilles des fautes de leurs aïeux turbulents.

Nous nous sommes aperçus enfin que la médecine trop forte, donnée aux petits-fils pour la maladie de leurs grands-pères, n'avait pu les guérir. Ils ont persisté dans leur culte; mais si on n'a pu ouvrir leurs yeux à nos sublimes vérités, on avait guéri leurs cœurs; il faut avouer qu'ils étaient de bons citoyens et des sujets fidèles dans le temps de la révocation de l'édit de Nantes.

Si on défend pendant la contagion toute communication avec une province infectée, il est triste que cette défense ait lieu lorsque le mal est entièrement passé.

On doit espérer qu'un jour la sagesse du ministère trouvera le moyen de concilier ce qu'on doit à la religion dominante et à la mémoire de Louis XIV, avec ce qu'on doit à la nature et au bien de la patrie.

Ce moyen semble déjà indiqué en quelque sorte par la conduite qu'on tient en Alsace. Les luthériens ont joui sans interruption de tous les droits de citoyen, depuis que le roi est en possession de cette belle province. Leurs mariages sont reconnus légitimes, ils partagent les charges municipales avec les catholiques. L'université de Strasbourg leur appartient tout entière. Les calvinistes eux-mêmes y possèdent quatre temples. Ces trois religions vivent en paix comme dans l'Empire.

Il est donc évident, par une expérience heureuse, que plusieurs religions peuvent subsister ensemble sans aucun trouble, ainsi que plusieurs manufactures jalouses l'une de l'autre peuvent prospérer dans une même ville, lorsqu'une administration prudente contient chacune dans ses bornes. L'émulation les vivifie, et la discorde ne les déchire pas. C'est ce qu'on voit en Allemagne, en Russie, en Angleterre, en Hollande, en Suisse.

Le seul obstacle qui pourrait détruire en Alsace l'esprit de charité qui doit régner entre tous les hommes, serait peut-être l'ancienne loi qui défend aux catholiques et aux protestants, soit luthériens, soit calvinistes, de s'unir par les liens du mariage. Si saint Paul a dit[1] que l'épouse fidèle convertissait le mari infidèle, cette conversion ne devrait s'opérer en aucun pays plus promptement qu'en France, où le

---

1. *I Cor.*, VII, 13-14. (ÉD.)

sexe a tant d'empire, où les plaisirs, les spectacles, les fêtes brillantes sont le partage de la religion dominante, où les grâces du prince, souvent sollicitées par les femmes, volent en foule au-devant de quiconque en est susceptible.

Cette proscription de mariages entre catholiques et protestants est une loi contre l'amour ; elle semble désavouée par la nature ; elle forme deux peuples où l'on n'en devrait voir qu'un seul. On ne répétera pas ici tout ce qui a été dit sur une matière si intéressante et si délicate. Cent volumes ne valent pas un arrêt du conseil. Attendons de la prudence et de la bonté de nos rois ce qu'on n'obtiendra jamais des arguments de théologie.

Espérons pour nos frères désunis une tolérance politique que nos maîtres sauront accorder avec la religion dont ils sont les protecteurs.

Réponse à M. l'abbé de Caveyrac. — Gardons-nous seulement de dire avec M. l'abbé de Caveyrac[1] « que la tolérance n'a produit en Angleterre que des fruits funestes, qu'il n'en restait qu'un seul à mûrir, qu'ils le recueillent aujourd'hui, et que c'est le mépris des nations. » Notre roi a triomphé trois fois des Anglais, à Fontenoi, à Liége, à Laufelt, et les a toujours estimés.

On ne les voit méprisés en Asie, en Afrique, en Amérique, et en Europe, que de M. l'abbé de Caveyrac.

Gardons-nous de répéter avec lui[2] que Dieu « ordonna d'exterminer jusqu'au dernier Amalécite ; qu'il veut que celui qui aurait été sollicité à servir des dieux étrangers livre l'instigateur au peuple, et soit le premier à l'assommer, fût-il son frère, son fils, sa femme, ou son ami. »

Cet ordre ne fut donné que dans la loi de rigueur, et nous sommes sous la loi de grâce. Il est un peu trop dur de nous proposer d'*assommer* nos frères, nos fils, nos femmes. Nous devons d'autant plus pencher vers la douceur, que nous sommes dans l'année centenaire et dans le mois de la Saint-Barthélemy, fête un peu lugubre, dans laquelle en effet les frères assommèrent leurs frères, et que M. l'abbé de Caveyrac nous reproche dans une nouvelle *Dissertation* de n'être pas de son avis sur cette journée.

Il dit que cette journée ne fut[3] qu'*une affaire de proscription.* Quelle affaire, juste ciel ! Nous sommes encore étonnés qu'on dise affaire de proscription comme affaire de finances, affaire de famille, affaire d'accommodement. Une proscription est-elle donc si peu de chose ? et le faux zèle de religion n'entra-t-il pour rien dans cette affaire épouvantable ?

N'est-il pas prouvé que plusieurs personnes à qui l'on offrit leur grâce, s'ils voulaient changer de religion, furent massacrées sur leur

1. Page 362 de l'*Apologie de Louis XIV et de son conseil sur la révocation de l'édit de Nantes*, avec une *Dissertation sur la journée de la Saint-Barthélemy.*
2. *Ibid.*, p. 368. — 3. Page 1 de sa *Dissertation sur la Saint-Barthélemy.*

refus? Le respectable de Thou ne dit-il pas expressément, au livre LIII, que la nouvelle des massacres causa dans Rome une joie inexprimable : que le pape Grégoire XIII, suivi de tous les cardinaux, alla, le 6 septembre, remercier Dieu dans l'église de Saint-Marc; que, le lundi suivant, il fit chanter une messe solennelle à la Minerve; qu'on tira le canon, qu'on fit des illuminations; qu'il marcha en procession, le 8 septembre, à l'église de Saint-Louis; qu'on mit à la porte de cette église un écriteau par lequel Charles IX remerciait le pape de ses bons conseils qu'on avait exécutés, etc.?

En est-ce assez pour réfuter M. l'abbé de Caveyrac? faut-il nous forcer à rappeler ce que nous voudrions ensevelir dans un oubli éternel ?

Comment peut-il dire que cette affaire ne fut que l'effet d'une résolution subite, quand le jésuite Daniel avoue que Charles IX dit : « N'ai-je pas bien joué mon rôlet? » Comment peut-on démentir ainsi tous les Mémoires du temps?

Pourquoi s'obstiner encore à vouloir persuader que, depuis l'an 1680, l'émigration de nos concitoyens n'a été que médiocre et presque insensible ? Pense-t-on fermer nos plaies en les niant, et en contredisant ceux qui ont vu des villes entières bâties par des réfugiés? Peut-on dire qu'*il ne s'est pas établi cinquante familles françaises à Genève*, tandis que le quart de la ville au moins est composé de Français; et de quels Français encore? des citoyens les plus utiles, parmi lesquels il en est qui possèdent des fortunes de trois millions. Il ne faut ni exagérer ni diminuer nos pertes et nos malheurs; mais il est permis de montrer nos blessures aux yeux d'un gouvernement qui peut les guérir.

Enfin pourquoi répéter dans son nouvel écrit que le roi de Prusse s'est trompé en assurant que plus de vingt mille Français se réfugièrent dans ses États? Pourquoi dire que c'est moi qui suis l'auteur des *Mémoires de Brandebourg*, quand il est avéré que ce monarque est le seul historien de sa patrie, comme il en est le législateur et le héros? M. l'abbé de Caveyrac se trompe assurément en disant[1] « que j'ai donné cette *Histoire de Brandebourg* à beaucoup de personnes comme mon ouvrage, et que je l'ai vendue à plus d'un libraire comme mon bien. »

La vérité et l'honneur m'obligent de dire qu'il n'y a personne en Europe à qui j'aie jamais ni prêté, ni donné, encore moins vendu l'*Histoire de Brandebourg*, et que du jour où cette histoire parut jusqu'à présent, il n'y a aucun libraire à qui j'aie jamais vendu un seul manuscrit. Si M. de Caveyrac était mieux informé de la vie que je mène, il ne me ferait pas de telles imputations. Enfin, pourquoi mêler mes neveux, conseillers au parlement, dans cette question?

Ces réflexions sont bien étrangères au mariage de Mlle Camp et au jugement de son procès; mais nous avons cru ne devoir pas rejeter cette occasion de nous défendre contre les accusations de M. l'abbé de

---

1. Page 48 de sa seconde lettre.

Caveyrac, à qui nous demandons non-seulement de l'indulgence pour les protestants, mais encore pour nous qui avons été obligés de réfuter ses opinions.

QUELQUES PETITES HARDIESSES

DE M. CLAIR,

A L'OCCASION D'UN PANÉGYRIQUE DE SAINT LOUIS [1].

(1772.)

En lisant le Panégyrique de saint Louis prononcé par M. Maury devant notre illustre Académie, je croyais, à l'article des Croisades, entendre ce Cucupietre ou Pierre l'Ermite, changé en Démosthène et en Cicéron. Il donne presque envie de voir une croisade. J'avoue que je ne serais pas fâché qu'on en fît une contre l'empire ottoman. J'aime l'Église grecque; elle est la mère de l'Église latine. J'ai ouï dire qu'il y a quelques princes qui, dans l'occasion, s'uniraient pour relever (non pas trop haut, mais sur ses pieds) le patriarche de Constantinople écrasé par le muphti. Je verrais avec plaisir la belle Grèce, la patrie d'Alcibiade et d'Anacréon, délivrée de son long esclavage. Il serait doux de souper dans Athènes libre avec Aspasie et Périclès, au sortir d'une tragédie de Sophocle.

Mais pour aller faire la guerre vers Immaüs et Corozaïm, je confesse que ce n'est pas mon goût.

Tous les premiers historiens des croisades semblent mordus des mêmes tarentules que les croisés. Il semble, à les entendre, qu'on rendait un important service à Dieu, en abandonnant la culture des terres les plus fertiles de l'Occident, en portant son or et son argent dans un pays aride, en visitant les saints lieux sur un cheval de charrette, avec sa maîtresse en croupe, et en se faisant tuer par des Turcs et des Sarrasins, à dix-huit cents lieues de sa patrie.

De droit, on n'en avait aucun. Quelle fut donc l'origine de cette fureur épidémique qui dura deux cents années et qui fut toujours signalée par toutes les cruautés, toutes les perfidies, toutes les débauches, toute la démence dont la nature humaine est capable?

« L' armi pietose e 'l capitano, che 'l gran sepolcro liberò di Cristo « col senno e con la mano, » est fort bon dans un poëme épique; mais il n'en est pas de même dans l'histoire telle que le *senno* l'exige aujourd'hui.

Je hasarde de dire avec soumission, et en me trompant peut-être, que les papes conçurent ce vaste et hardi dessein de transporter l'Europe militaire en Asie. Les pèlerinages étaient fort à la mode; ils avaient commencé dans l'Orient, à la Mecque, où les savants Arabes préten-

---

1. Le *Panégyrique de saint Louis*, par l'abbé (depuis cardinal) Maury, fut prononcé le 25 auguste 1772. (ED.)

daient qu'Abraham et Ismael étaient enterrés. On avait imité ces émigrations passagères dans l'Occident. On allait visiter à Rome les tombeaux de saint Pierre et de saint Paul, dont les corps reposent dans
cette ville, selon les savants occidentaux : mais l'opinion répandue depuis très-longtemps parmi les chrétiens, que le monde allait finir,
avait, depuis près de cent ans, détourné les fidèles du pèlerinage de
Rome au pèlerinage de Jérusalem. Le tombeau de Jésus-Christ l'emportait, comme de raison, sur le tombeau de ses disciples, quoique
après tout la saine critique n'ait pas plus de preuve démonstrative de
l'endroit précis où notre Seigneur fut enseveli, que de celui où gît le
corps d'Abraham.

Le monde ne finissant point, et les Turcs, maîtres de Jérusalem,
rançonnant les pèlerins, ces pieux voyageurs latins se plaignirent, non-
seulement des Turcs qui leur faisaient payer trop cher leur dévotion,
mais encore plus des Arabes qui les dépouillaient, et beaucoup plus des
Grecs chrétiens qui ne les assistaient pas à leur retour par Constantinople; car les malheureux et les imprudents s'irritent plus contre leurs
frères qui ne les secourent pas, que contre les ennemis qui les dépouillent.

Le premier qui imagina d'armer l'Occident contre l'Orient, sous prétexte d'aider les pèlerins et de délivrer les saints lieux, fut ce pape
Grégoire VII, ce moine si audacieux, cet homme si fourbe à la fois et
si fanatique, si chimérique et si dangereux, cet ennemi de tous les
rois, qui établit sa chaire de saint Pierre sur des trônes renversés. On
voit par ses lettres qu'il s'était proposé de publier une croisade contre
les Turcs; mais cette croisade devait nécessairement être dirigée contre
l'empire chrétien de Constantinople. On ne pouvait rétablir l'Église
latine en Asie que sur les ruines de la grecque, sa rivale éternelle; et
on ne pouvait écraser cette Église qu'en prenant Constantinople.

Urbain II eut le même dessein. C'est cet Urbain II qui aggrava la
persécution commencée par Grégoire VII, contre le grand et infortuné
empereur Henri IV; c'est lui qui arma le fils contre le père, et qui
sanctifia ce crime; c'est lui qui, né sujet du roi de France, Philippe Ier,
osa excommunier son souverain dans la France même où il prêcha la
croisade.

Le dessein était si bien pris de s'emparer de Constantinople, que
l'évêque Monteil, légat du pape et guerrier, voulut absolument qu'on
commençât l'expédition par le siége de cette capitale et qu'on exter-
minât les chrétiens grecs avant d'aller aux Turcs. Le comte Boemondo,
qui était dans le secret, n'eut jamais d'autre avis. Hugues, frère du
roi de France, n'ayant ni troupe ni argent, ayant hautement soutenu
ce projet, fut assez imprudent pour aller faire une visite à l'empereur
Alexis Comnène, qui le fit arrêter et qui eut ensuite la générosité de
le relâcher. Enfin ce Goffredo, qui n'était point du tout le chef des
croisés, comme on l'a cru, attaqua les faubourgs de la ville impériale,
col senno e con la mano, pour son premier exploit; mais trop heureux
de faire sa paix avec l'empereur, il obtint enfin la permission d'aller
à Jérusalem, dont le comte de Toulouse et le prince de Tarente lui ouvri-

rent le chemin par la prise ou plutôt par la surprise d'Antioche. En un mot, le but de cette croisade était si bien de se saisir de l'empire grec, que les croisés s'en emparèrent en 1204, et en furent les maîtres pendant environ cinquante ans.

Si tout cela fut juste, je m'en rapporte à Grotius, *De jure belli et pacis*.

Alors les papes se virent élevés à ce point de grandeur dont les califes descendaient. Ces califes avaient commencé par porter le glaive et l'encensoir : les papes, qui commencèrent par l'encensoir, se servirent ensuite du glaive des princes. S'ils s'en étaient armés eux-mêmes, ils auraient peut-être, à l'aide du fanatisme de ces temps, réuni sous leurs lois les empires d'Orient et d'Occident du même bras dont ils terrassaient Henri IV, Frédéric Barberousse et Frédéric II; mais ils restèrent dans Rome et ils ne combattirent qu'avec des bulles.

On sait comment les Grecs chassèrent les Latins et reprirent leur malheureux empire : on sait comment les musulmans exterminèrent tous les croisés dans l'Asie-Mineure et dans la Syrie. Il ne resta de ces multitudes de barbares émigrants, que quelques ordres religieux qui firent vœu au Dieu de paix de verser le sang humain.

Ce fut dans ces circonstances que saint Louis eut le malheur de faire le même vœu à Paris, dans un accès de fièvre, pendant lequel il crut entendre une voix céleste qui lui ordonnait d'entreprendre une croisade. Il devait bien plutôt écouter la véritable voix céleste, celle de la raison, qui lui ordonnait de rester chez lui, de continuer à faire fleurir dans son royaume l'agriculture, le commerce et les lois; d'être le père de son peuple et l'arbitre de ses voisins. Il jouissait de cette gloire; et s'il voulait conquérir, il pouvait être plus à propos de prendre la Guienne que d'aller lui-même se faire prendre en Égypte, en appauvrissant et en dépeuplant son royaume.

Il suivait, disait-on, le préjugé du temps. C'était à sa grande âme de se mettre au-dessus du préjugé. Il lui appartenait de changer son siècle. Il avait déjà donné cet utile exemple en résistant avec piété aux entreprises de la cour de Rome. Que ne résistait-il de même à la démence des croisades, lui qui regardait le bien de son État comme son premier devoir? Qu'est-ce donc que la France avait à démêler avec Jérusalem? Quel intérêt, quelle raison, quel traité, l'appelaient en Égypte? S'il y avait quelques Français esclaves dans cette contrée, le vieux et sage Melecsala, qui demandait la paix, les lui aurait rendus pour mille et mille fois moins d'argent que ne lui coûta sa fatale entreprise. Nulle nation ne le pressait d'aller faire en Égypte une guerre qui l'aurait ruiné quand même elle eût été heureuse. Au contraire, toutes les nations de l'Europe étaient lasses de ces croisades ridicules et affreuses, à commencer par Rome même.

On reproche à notre siècle de ne condamner sa croisade que parce qu'il était un saint; mais c'est (nous osons le dire) parce qu'il était un saint, qu'il ne devait pas l'entreprendre. Il la fit en saint et en héros sans doute; mais s'il eût employé autrement ses grandes vertus, il eût été plus saint et plus héros.

C'est parce que nous révérons sa mémoire avec amour, que nous pleurons sur lui, qui se rendit le plus malheureux des hommes; sur sa femme, qui accoucha dans une prison de l'Égypte, dans la crainte continuelle de la mort; sur son fils, qui périt avec le père dans ces entreprises funestes; sur son frère le comte d'Artois, dont les vainqueurs portèrent la tête au bout d'une lance; sur la fleur de la chevalerie égorgée à ses yeux; sur cinquante mille Français perdus dans cette expédition désastreuse.

Nous chérissons sa mémoire, nous nous prosternons devant ses autels; mais qu'on nous permette d'estimer son vainqueur Almoadan qui le fit guérir de la peste et qui lui remit deux cent mille *besans* d'or de sa rançon. On le sait et on doit le dire : les Orientaux étaient alors les peuples instruits et civilisés, et nous étions les barbares.

Enfin Blanche, sa mère, qui savait gouverner, désapprouva hautement cette croisade, et l'on peut faire gloire de penser comme la reine Blanche.

Je suppose maintenant qu'on raconte à un homme de bon sens l'histoire de cette croisade de saint Louis, et qu'on lui dise tout ce qu'il a fait de sage, de grand, de beau, c'est-à-dire de juste, avant cette héroïque imprudence[1]; l'homme de bon sens dira sans doute : « Ce grand roi n'en commettra pas une seconde. » Mais qu'il sera étonné quand vous lui apprendrez qu'il retourne encore en Afrique, qu'il fait encore une croisade plus funeste que la première, puisqu'elle coûta à la France le meilleur de ses rois et le plus grand homme de l'Europe! Ce n'est plus en Égypte qu'il porte la guerre, c'est à Tunis. Et pour qui va-t-il faire cette guerre funeste? Pour un de ses frères, à la vérité; mais pour un usurpateur, pour un barbare, souillé lâchement du sang de Conradin, légitime héritier des Deux-Siciles, et du duc d'Autriche; pour un monstre (appelons les choses par leur nom, si nous espérons d'effrayer les tyrans), pour un monstre qui fit servir la religion et la justice, le pape et les bourreaux, au supplice de deux têtes couronnées, innocentes et respectables.

Ce Charles d'Anjou réclamait un petit subside que lui devait le roi de Tunis; et dans la vue de recouvrer ce peu d'argent pour Naples, on chargea la France d'impôts si accablants, que le peuple fit entendre partout ses cris de douleur et que tout le clergé refusa longtemps de payer.

Charles d'Anjou fit accroire à son frère que le roi de Tunis voulait se faire chrétien, et qu'il n'attendait que l'armée française pour déclarer sa conversion : saint Louis partit sur cette étrange espérance.

Il voulait de Tunis aller vers la Palestine; il n'y avait plus de chré-

---

1. L'abbé Velly avoue dans son Histoire qu'on la traita de *pieuse extravagance*, et qu'un roi sage ne devait ni l'autoriser ni la protéger.

Joinville s'exprime bien plus fortement. Voici ses paroles : *J'ai ouï dire que ceux qui conseillèrent au bon roi cette entreprise firent un très-grand mal, et péchèrent mortellement.*

Au reste, il faut savoir que le Joinville que nous lisons est une traduction faite du temps de François Ier. Le jargon de Joinville ne s'entend plus.

tiens dans ce triste pays, nul reste de ces multitudes innombrables, sinon quelques esclaves qui avaient renoncé à leur religion.

Le fameux Bondocdar[1], autrefois l'un des émirs qui avaient le plus servi aux défaites de saint Louis, était soudan de Damas, de la Syrie et de l'Égypte. Ses armées montaient, dit-on, à trois cent mille hommes : il avait toujours été vainqueur. Nos choniqueurs en parlen comme d'un brigand ; tous les Orientaux le regardent comme un héros égal aux Saladin, aux Omar et aux Alexandre.

C'était contre ce grand homme que saint Louis avait le courage d'aller combattre sur les ossements de deux millions de croisés morts en Syrie, avec une faible armée, déjà découragée par les défaites de celles qui l'avaient précédée. Il n'eut pas le malheur de parvenir jusqu'à Bondocdar, il mourut de la peste, sur les sables de l'Afrique, et laissa son royaume dans la désolation et dans la pauvreté. Quels sentiments doit-il inspirer? il faut le révérer à jamais, le chérir, l'admirer et le plaindre[2].

Nous avons parlé des guerres de ce prince infortuné : parlons des lois de ce prince juste. On lui attribue une pragmatique-sanction et les établissements qui portent son nom. Mais comment n'avons-nous pas, du moins, une copie authentique et légale de ces deux fameuses pièces, quand nous en avons de ses simples ordonnances? Comment peut-on croire que saint Louis ait cité *le Code* et *le Digeste*, qui n'étaient nullement connus de son temps en France?

On se fonde sur l'opinion commune qui lui attribua ces lois plusieurs années après sa mort. Mais n'a-t-on pas imputé au cardinal de Richelieu ce testament ridicule qui déshonorerait sa mémoire s'il était de lui, et qu'on a reconnu trop tard pour n'être pas son ouvrage?

A Dieu ne plaise que saint Louis ait fait un code où l'on ordonnait de brûler vive une pauvre femme qui recélait un petit vol pour lequel le voleur était pendu!

Qu'il ait privé les enfants de la succession mobilière d'un père mort malheureusement sans être confessé, après huit jours de maladie!

Qu'il ait fait arracher les yeux à ceux qui *emblent un cheval!*

---

1. *N. B.* Velly, dans son *Histoire de France*, fait dire à ce Bondocdar « qu'il aimait mieux un petit nombre de gens sobres, qu'une multitude d'efféminés, vils esclaves, plus propres à briller dans l'obscurité des tavernes et des ruelles, que dans les nobles champs du dieu Mars. » Il n'est guère probable qu'un soudan ait tenu un tel discours; qu'il ait parlé du dieu Mars, des tavernes et des ruelles, que les musulmans ne connaissaient pas. Il n'y avait point chez eux de tavernes, encore moins de ruelles. L'abbé Velly lui prête son langage, ou plutôt le langage des écrivains des charniers, du temps de Louis XIII. Il y a des morceaux bien faits dans Velly; on lui doit des éloges et de la reconnaissance, mais il faudrait avoir le style de son sujet : et pour faire une bonne Histoire de France, il ne suffirait pas d'avoir du discernement et du goût, il faudrait assembler longtemps tous ses matériaux à Paris, et aller faire imprimer son ouvrage en Hollande.

2. Velly dit que « saint Louis songeait à rendre son fils Philippe digne du premier sceptre du monde. » Cela n'est pas poli pour l'empereur, ni pour l'impératrice de Russie, ni pour le Grand-Seigneur, ni pour le Grand-Mogol, ni pour l'empereur de la Chine. Le sceptre de la France était un très-beau sceptre, mais la modestie l'aurait embelli encore.

Qu'il ait permis qu'on excommuniât pour dettes !

Qu'il ait condamné à la corde tout gentilhomme qui se serait sauvé de prison !

Qu'on coupât le poing au fabricant qui vendrait du drap trop étroit !

Ce sont là des lois de Dracon, et non des lois de saint Louis. N'outrageons point sa mémoire jusqu'à l'en croire l'auteur.

Défions-nous de tout ce qu'on a écrit dans ces temps d'ignorance et de barbarie. Comparons un moment ces nuits de ténèbres à nos beaux jours : comparons la multitude de nos florissantes villes avec ces prisons qu'on appelait fertés, châtels, roches, basties, bastilles; nos arts perfectionnés à la disette de tous les arts; la politesse à la grossièreté; les scandales sanglants et abominables de Rome à la paix, à la décence, à la politique circonspecte qui rendent aujourd'hui le séjour de Rome délicieux ; l'absurde atrocité anglaise au siècle de Newton; la raison humaine perfectionnée à l'instinct humain abruti; nos mœurs douces et polies aux mœurs agrestes et féroces. Saint Louis en sera plus grand pour s'être élevé, dans ses domaines peu étendus, au-dessus de la fange où l'Europe était plongée. Mais nous en serons plus heureux en considérant que nous n'avons été que des barbares dans un si grand nombre de siècles, et que nous ne le sommes plus.

LA VOIX DU CURÉ,

SUR LE PROCÈS DES SERFS DU MONT-JURA.

(1772.)

ARTICLE I. — Le jour de Saint-Louis 1772 je pris possession de ma cure. Plusieurs de mes paroissiens vinrent en troupe me demander mes secours en versant des larmes. Je leur dis que ma cure appartient à des moines qui me donnent une pension de quatre cents francs, qu'on appelle, je ne sais pourquoi, portion congrue, et que je la partagerais volontiers avec mes amis. Leur syndic portant la parole, me répondit ainsi :

« Nous sommes prêts nous-mêmes à mettre à vos pieds le peu qui nous reste, et à travailler de nos mains pour subvenir à vos besoins. Nous venons seulement demander votre appui pour sortir de l'esclavage injuste sous lequel nous gémissons dans ces déserts que nous avons défrichés.

— Comment! que voulez-vous dire, mes enfants? quel esclavage ? est-ce qu'il y a des esclaves en France?

— Oui, monsieur, reprit le syndic ; nous sommes esclaves des mêmes moines sécularisés qui vous donnent quatre cents francs pour desservir votre cure, et qui recueillent le fruit de vos travaux et des nôtres. Ces moines, devenus chanoines, se sont faits nos souverains, et nous sommes leurs serfs nommés mainmortables. Secourez-nous au nom de ce roi qui ne fit la guerre que pour délivrer des esclaves chrétiens, et dont nous célébrons aujourd'hui la fête. »

Je leur demandai ce que signifiait ce mot étrange d'esclaves main-mortables. « Lorsque autrefois, me dit le syndic, nos maîtres n'étaient pas contents des dépouilles dont ils s'emparaient dans nos chaumières après notre mort, ils nous faisaient déterrer; on coupait la main droite à nos cadavres, et on la leur présentait en cérémonie, comme une indemnité de l'argent qu'ils n'avaient pu ravir à notre indigence, et comme un exemple terrible qui avertissait les enfants de ne jamais toucher aux effets de leurs pères, qui devaient être la proie des moines nos souverains. »

Je frémissais, et il continua ainsi :

« Nous sommes esclaves dans nos biens et dans nos personnes. Si nous demeurons dans la maison de nos pères et mères, si nous y te-nons avec nos femmes un ménage séparé, tout le bien appartient aux moines à la mort de nos parents. On nous chasse du logis paternel, nous demandons l'aumône à la porte de la maison où nous sommes nés. Non-seulement on nous refuse cette aumône; mais nos maîtres ont le droit de ne payer ni les remèdes fournis à nos parents, ni les derniers bouillons qu'on leur a donnés. Ainsi, dans nos maladies, nul marchand n'ose nous vendre un linceul à crédit; nul boucher n'ose nous fournir un peu de viande; l'apothicaire craint de nous donner une médecine qui pourrait nous rendre la vie. Nous mourons aban-donnés de tous les hommes, et nous n'emportons dans le sépulcre que l'assurance de laisser des enfants dans la misère et dans l'es-clavage.

« Si un étranger, ignorant ces usages, a le malheur de venir habiter un an et un jour dans cette contrée barbare, il devient esclave des moines ainsi que nous. Qu'il acquière ensuite une fortune dans un autre pays, cette fortune appartient à ces mêmes moines; ils la revendiquent au bout de l'univers, et ce droit s'appelle le droit de poursuite[1].

« S'ils peuvent prouver qu'une fille mariée n'ait pas couché dans la maison de son père la première nuit de ses noces, mais dans celle de son mari, elle n'a plus de droit à la succession paternelle. On lance contre elle des monitoires qui effrayent tout un pays, et qui forcent souvent des paysans intimidés à déposer que la mariée pourrait bien avoir commis le crime de passer la première nuit chez son époux; alors ce sont les moines qui héritent. Que l'héritage soit de vingt écus ou de cent mille francs, n'importe, il leur appartient.

« Nous sommes des bêtes de somme; les moines nous chargent pendant que nous vivons, ils vendent notre peau quand nous sommes morts, et jettent le corps à la voirie. »

Je m'écriai : « Tout cela n'est pas possible, mes chers paroissiens! ne vous jouez pas de ma simplicité; nous sommes dans le pays de la fran-chise; nos rois, nos premiers pontifes, ont aboli depuis longtemps l'esclavage; c'est calomnier des religieux de supposer qu'ils aient des

---

1. *Le droit de poursuite* a été aboli par l'édit de 1778. (*Éd. de Kehl.*)

serfs. Au contraire, nous avons des pères de la Merci qui recueillent des aumônes, et qui passent les mers pour aller délivrer nos frères lorsqu'on les a faits serfs à Maroc, à Tunis, ou chez les Algériens.

— Eh bien, s'écria un vieillard de la troupe, qu'ils viennent donc nous délivrer !

— Quoi ! repris-je, des monitoires lancés pour découvrir si une fille esclave n'aurait pas couché dans le lit de son mari la première nuit de ses noces ? non, ce serait un trop grand outrage à la religion, aulois de la nature. On ne fulmine des monitoires que pour découvrir de grands crimes publics dont les auteurs sont inconnus. Allez, je ne puis vous croire. »

Comme j'achevais ces paroles, une femme nommée Jeanne-Marie Mermet tomba presque à mes pieds en pleurant. « Hélas ! me dit-elle, ces bonnes gens ne vous ont dit que la vérité. Le fermier des chanoines de Saint-Claude, ci-devant bénédictins, a voulu me dépouiller des biens de mon père, sous prétexte que j'avais couché dans le logis de mon mari la nuit de mon mariage. Le chapitre obtint un monitoire contre moi. J'étais réduite à la mendicité. Je voyais périr ces quatre enfants que je vous amène. Les sbires qui nous chassaient de notre maison me refusèrent le lait que j'y avais laissé pour mon dernier né. Nous mourions sans le secours du célèbre avocat Christin, défenseur des opprimés, et de M. de La Poule, son digne confrère, qui prirent ma défense, et qui trouvèrent des nullités dans le monitoire fatal publié pour me ravir tout mon bien, comme on m'a dit qu'on en publia un à Toulouse contre les Calas. Le parlement de Besançon eut pitié de mon infortune et de mon innocence ; mes persécuteurs furent condamnés aux dépens par un arrêt solennel et unanime, rendu le 22 juin 1772. »

Elle me fit voir l'arrêt du parlement de Besançon qu'elle avait entre les mains. Ma surprise redoubla. J'appris par mon sentiment qu'on pouvait être en même temps pénétré de douleur et de joie. J'avoue que je répandis bien des larmes ; je bénis le parlement, je bénis Dieu ; j'embrassai en pleurant mes chers paroissiens qui pleuraient avec moi ; je leur demandai pour quel crime leurs ancêtres avaient été condamnés à une si horrible servitude dans le pays de la franchise. Mais quel fut l'excès de mon étonnement, de ma terreur et de ma pitié, quand j'appris que les titres sur lesquels ces moines fondaient leur usurpation étaient évidemment d'anciens ouvrages de faussaires ; qu'il suffisait d'avoir des yeux pour en être convaincu ; que, dans plus d'une contrée, des gens appelés bénédictins, bernardins, prémontrés, avaient commis autrefois des crimes de faux, et qu'ils avaient trahi la religion pour exterminer tous les droits de la nature.

Un des avocats qui avaient plaidé pour ces infortunés, et qui avait sauvé la pauvre Mermet des serres de la rapacité, accourut alors et me donna un livre instructif et nécessaire, intitulé, *Dissertation sur l'abbaye de Saint-Claude, ses chroniques, ses légendes, ses chartres, ses usurpations, et sur les droits des habitants de cette terre*[1].

1. Cet ouvrage est de l'avocat Christin. (ÉD.)

Je congédiai mes paroissiens; je lus attentivement cet ouvrage, que tous nos juges et tous ceux qui aiment la vérité ont lu sans doute avec fruit.

Je fus d'abord effrayé de la quantité des chartres supposées, de ce nombre prodigieux de faux actes découverts par le savant et pieux chancelier d'Aguesseau, et avant lui par les Launoi, par les Baillet, par les Dumoulin.

Je vis, avec le sentiment douloureux de la pitié indignée d'avoir été trompée par des fables, que toutes les légendes de Saint-Claude n'é-taient qu'un ramas des plus grossiers mensonges, inventés, comme e dit Baillet, au douzième et au treizième siècle; je vis que des di-lômes de l'empereur Charlemagne, de l'empereur Lothaire, d'un ouis-l'Aveugle, se disant roi de Provence, de l'empereur Frédéric Ier, e l'empereur Charles IV, de Sigismond son fils, étaient autant d'im-postures aussi méprisables que la *Légende dorée*.

C'était pourtant sur ces mensonges si contemptibles aux yeux de tous les savants, et si punissables aux yeux de la justice, qu'autrefois les moines de Saint-Claude avaient fondé leurs richesses, leurs usurpa-tions, et l'esclavage du malheureux peuple dont la Providence m'a fait le pasteur.

Il y a plus. Les tyrans de ces malheureux colons n'ont point dégé-néré de leurs prédécesseurs; ils ont tronqué, falsifié un arrêt du par-lement de Besançon, rendu le 12 décembre 1679, entre eux et un sieur Boissette, pour cette même mainmorte; ils ont osé imprimer récem-ment qu'ils avaient gagné ce procès, tandis que le greffe dépose qu'ils ont été condamnés. C'est ce même procès qui sert aujourd'hui contre eux de nouvelle preuve; ils ont été faussaires dans le douzième siècle, ils le sont dans le dix-huitième. Ils mentent à la justice [1].

Passant à tout moment de la surprise à l'indignation, je vis enfin qu'un très-petit nombre de moines avait réussi insensiblement à ré-duire à l'esclavage douze mille citoyens, douze mille serviteurs du roi, douze mille hommes nécessaires à l'État, auxquels ils avaient vendu solennellement la propriété des mêmes terrains dans lesquels ils les enchaînent aujourd'hui. Chaque ligne me remplissait d'effroi et de dou-leur; et je suis bien persuadé que nos juges, ainsi que tous les lec-teurs, auront éprouvé les mêmes sentiments que moi.

« Quoi! disais-je en moi-même, des moines ont vendu à des hommes libres des terrains immenses dont ils s'étaient emparés par de fausses chartres, et ensuite ils auront fait des esclaves de ces hommes libres, en abusant de leur ignorance, en intimidant leurs consciences, en les faisant trembler sous le joug de l'inquisition, lorsque la Franche-Comté, si mal nommée Franche, appartenait à l'Espagne! Ah! c'était plutôt à ces colons qui achetèrent ces terrains à imposer la mainmorte aux moines; c'était aux propriétaires incontestables que ce droit de mainmorte appartenait : car enfin tout moine est mainmortable par sa

_____

1. Voy. les pages 115 et 117 du livre intitulé *Dissertation sur l'établissement de l'abbaye de Saint-Claude, ses chroniques, ses légendes*, etc.

nature; il n'a rien sur la terre, son seul bien est dans le ciel, et la terre appartient à ceux qui l'ont achetée. »

ARTICLE II. — Ému et troublé dans toutes les puissances de mon âme, je crus voir, pendant la nuit, Jésus-Christ lui-même, suivi de quelques-uns de ses apôtres. Tout son extérieur annonçait l'humilité et la pauvreté; mais il nourrissait cinq mille hommes [1] dans un désert avec quelques pains et quelques poissons. Je crus voir dans un autre désert quelques moines et leur abbé, possédant cent mille livres de rente, et enchaînant douze mille hommes au lieu de les nourrir.

Il me parut que Jésus se transporta dans un moment, quoique à pied, du désert de Génézareth à celui de Saint-Claude; il demanda aux moines pourquoi ils étaient si riches et pourquoi ils enchaînaient ces douze mille Gaulois. Un des moines (c'était le cellérier) répondit : « Seigneur, c'est parce que nous les avons faits chrétiens; nous leur avons ouvert le ciel, et nous leur avons pris la terre. »

Jésus-Christ repartit en ces mots : « Je ne croyais pas être venu sur cette terre, y avoir enduré la pauvreté, les travaux, et la faim, pratiqué constamment l'humilité et le désintéressement, uniquement pour enrichir des moines aux dépens des hommes.

— Oh! répliqua le cellérier, les choses sont bien changées depuis vous et vos premiers disciples. Vous étiez l'Église souffrante, et nous sommes l'Église triomphante. Il est juste que les triomphateurs soient des seigneurs opulents. Vous paraissez étonné que nous ayons cent mille livres de rente et des esclaves; que diriez-vous donc si vous saviez qu'il y a des abbayes qui en ont deux et trois fois davantage sans avoir de meilleurs titres que nous? »

A ces mots je m'écriai : « N'y aura-t-il plus de frein sur la terre? l'heureux accablera-t-il toujours l'infortuné? » Le tonnerre gronda, et la vision disparut.

ARTICLE III.— Quand je fus remis de ma frayeur, je m'appliquai à étudier avec le plus grand soin ce fameux procès de douze mille citoyens contre vingt moines sécularisés. Je sus que ces moines n'avaient été élevés à la dignité de chanoines qu'en 1742; que depuis ce temps on avait donné plusieurs canonicats à des hommes qui, n'ayant pas été nourris dans l'état monastique, n'avaient pu contracter cette dureté de cœur, cette avidité, cette haine secrète contre le genre humain, qui se puisent quelquefois dans les couvents.

J'allai trouver un de ces messieurs, après avoir consulté mes paroissiens. Je lui dis que je venais lui procurer un moyen de terminer un procès odieux. Cet honnête gentilhomme m'embrassa cordialement; il m'avoua, les larmes aux yeux, qu'il avait toujours gémi en secret de soutenir une cause dont l'unique objet est de dépouiller la veuve et l'orphelin. « Je sais bien, me dit-il, que s'il y a de la justice sur la terre, nous perdrons infailliblement notre procès. J'avoue que nos ti-

---

1. Matthieu, XIV, 21; Marc, VI, 44; Luc, IX, 14; Jean, VI, 10. (ÉD.)

tres sont faux, et que ceux de nos adversaires sont authentiques; j'avoue qu'en 1350 Jean de Châlons, seigneur de ces cantons, affranchit les colons de toute mainmorte; qu'en 1390 Guillaume de La Baume abbé de Saint-Claude, vendit à ces mêmes colons les restes des terrain dont ils sont propriétaires légitimes; que, sur la fin du xvɪᵉ siècle et au commencement du xvɪɪᵉ, les moines de Saint-Claude usurpèrent le droit de mainmorte sur des cultivateurs ignorants intimidés, sans qu'ils pussent produire le moindre titre de ce droit prétendu. Je sais qu'une telle possession sans titre ne peut se soutenir, et qu'il n'y a point de prescription contre les droits de la nature fortifiés par des pièces authentiques.

« Ces moines, à la place de qui je suis aujourd'hui, ne peuvent se comparer aux seigneurs légitimes des autres cantons mainmortables, qui concédèrent autrefois des terres à des cultivateurs, à condition que si les colons mouraient sans enfants, les terres reviendraient à la maison des donateurs. Ces seigneurs furent des bienfaiteurs respectables; et les moines, je l'avoue, furent des oppresseurs. Ces seigneurs ont leurs titres en bonne forme, et les moines n'en ont point. Ces moines n'établirent insensiblement la mainmorte qu'en disant, sur la fin du xvɪᵉ siècle, aux colons grossiers : « Si vous voulez vous préserver de l'hérésie, soyez nos esclaves au nom de Dieu; » mais les colons plus instruits leur disent aujourd'hui : « C'est au nom de Dieu que nous sommes libres. »

Je fus si touché des paroles de ce brave gentilhomme, que je le serrai dans mes bras avec la tendresse que m'inspirait sa vertu. Je lui dis : « Faites passer dans l'âme de vos confrères vos sentiments généreux. Ni vous ni eux vous n'êtes coupables des fraudes commises dans les siècles passés. Il faut que les hommes deviennent plus justes à mesure qu'ils deviennent plus savants; séparez vos vertus des prévarications de vos prédécesseurs. Il ne faut souvent qu'un homme de bien pour ramener tout un chapitre. Convertissez le vôtre. Ils y gagneront; ils éviteront un procès odieux qui les exposerait à la haine et à la honte publique quand même ils le gagneraient. Qu'ils transigent avec les colons; qu'ils abandonnent le droit affreux d'imposer la servitude, si messéant à des prêtres. Qu'ils renoncent à cette fatale prétention, pour des droits plus humains, pour des augmentations de redevances. Plusieurs seigneurs leur ont déjà donné cet exemple.

« M. le marquis de Choiseul La Baume vient d'affranchir ses vassaux dans ses terres. M. de Villefrancon, conseiller au parlement, M. l'avocat de Voré ¹, et quelques autres dont j'aurai les noms, ont eu la même générosité. Les fermiers généraux, touchés d'une action si belle, en ont partagé l'honneur; ils ont refusé le droit d'insinuation qui leur est dû, et qui est très-considérable. Qu'en est-il arrivé? ils y ont tous gagné. Leur bonne action a été récompensée, sans qu'ils espérassent aucune récompense. Des mains libres ont mieux cultivé leurs champs; les redevances se sont multipliées avec les fruits; les ventes ont été

1. Helvétius était seigneur de Voré. (Éd.)

fréquentes, la circulation abondante, la vie revenue dans le séjour de
la mort.

« Que dis-je! le roi de Sardaigne [1] vient d'affranchir tous les serfs
de la Savoie; et cette Savoie, dont le nom seul était le proverbe de la
pauvreté, va devenir florissante.

« Montrez ces grands exemples à vos confrères; enrichissez-les par
leur grandeur d'âme. Proposez surtout à leur avocat cet arrangement
honorable; il sait combien leur cause est mauvaise. L'ordre des avocats pense noblement. La qualité d'arbitres est plus digne d'eux que
celle de défenseurs d'une cause mal fondée. »

Le chanoine fut transporté de ma proposition. Il courut chez ses confrères. Ceux qui n'avaient point été moines l'écoutèrent avec attendrissement; ceux qui l'avaient été le refusèrent avec aigreur. Il vint me
retrouver en gémissant. « Ah! me dit-il, il n'y a qu'un caractère in-
délébile dans le monde; c'est celui de moine. »

Il faudra donc plaider; il faudra que ceux qui devraient édifier scan-
dalisent; il faudra que les tribunaux retentissent toujours des procès
des moines! et quel procès que celui-ci! d'un côté, trois mille familles
utiles qui composent au moins douze mille têtes, redemandant avec
larmes, et leurs titres à la main, la liberté qu'ils ont payée, la propriété de leurs déserts et de leurs tanières qu'on leur a vendus, et
dont ils représentent la quittance; enfin des droits qui sont incontestables dans tous les tribunaux de la terre.

De l'autre côté, sont vingt hommes inutiles, qui disent pour toute
raison : « Ces trois mille familles sont nos esclaves, parce que nous
avons eu autrefois dans ces montagnes quelques faussaires, et même
des faussaires maladroits. »

Si notre religion, qui commença par ne point connaître les moines,
et qui, sitôt qu'ils parurent, leur défendit toute propriété, qui leur fit
une loi de la charité et de l'indigence; si cette religion, qui ne crie
de nos jours que dans le ciel en faveur des opprimés, se tait dans les
montagnes et dans les abîmes du mont Jura, ô justice sainte! ô sœur
de cette religion! faites entendre votre voix souveraine; dictez vos
arrêts, quand l'Évangile est oublié, quand on foule aux pieds la nature!

NOUVELLES PROBABILITÉS
EN FAIT DE JUSTICE,
DANS L'AFFAIRE D'UN MARÉCHAL DE CAMP ET DE QUELQUES CITOYENS DE PARIS.

(1772.)

Non-seulement il s'agit dans ce procès étonnant d'une somme de
cent mille écus, sans compter les frais immenses; non-seulement l'af-

1. Charles-Emmanuel III. Son édit est du 20 janvier 1762. (ÉD.)

faire est criminelle, mais l'honneur y est en péril encore plus que la
fortune. C'est le public qui est juge souverain de l'honneur; il faut
donc que le public soit parfaitement instruit.

Tous les faits avancés par les avocats des deux parties sont contradictoires; ils allèguent des raisons non moins opposées; il y a des témoins de part et d'autre : chacun des plaideurs traite les témoins qui
ne sont pas favorables de subornés et de parjures. Les deux adversaires se disent l'un à l'autre : « Vous me volez cent mille écus. »

Le prêteur crie à l'emprunteur : « Je vous ai apporté chez vous, le
23 septembre 1771, douze mille quatre cent vingt-cinq louis d'or en
treize voyages à pied, pour rendre cette négociation secrète selon vos
vues; j'ai couru pendant cinq lieues pour vous donner tout le bien de
mon aïeule.

— C'est un mensonge aussi impudent que ridicule, répond l'emprunteur : je n'ai reçu de vous que douze cents francs dans votre chambre;
c'était le 24 septembre.

— Mais voilà vos billets à ordre signés de vous, lui réplique le prêteur.
Voilà plus encore, s'il est possible; reconnaissez cette promesse que
vous me fîtes, le 24 septembre, d'accepter les conditions auxquelles je
vous faisais prêter ces cent mille écus. Vous approuvâtes par écrit mon
opération; vous vous engageâtes, ce jour du 24, à me faire vos billets
dès que vous auriez reçu l'argent; vous l'avez reçu : osez-vous bien
réclamer contre vos deux signatures?

— Votre fourberie est aussi insolente qu'absurde, répond l'emprunteur. Il est impossible que vous m'ayez compté cent mille écus le 23 septembre, comme vous le dites, si je vous ai signé le 24 que je vous ferais mes billets dès que j'aurais l'argent. Cela seul manifeste votre manœuvre criminelle. »

Le prêteur ne s'intimide pas. Il répond : « Cette pièce ne peut me
nuire; elle était restée entre vos mains; c'est vous qui l'avez remise
entre celles des juges; elle est écrite par votre secrétaire, et non par
moi; vous l'avez signée du jour qu'il vous a plu. J'ai d'autres pièces
assez victorieuses pour vous confondre; j'ai vos quatre billets pour trois
cent mille livres et les intérêts, à l'ordre de ma grand'mère : un maréchal de camp ne m'aurait pas fait ces billets s'il n'avait reçu la
somme. Ces titres incontestables reçoivent un surcroît de force par
les dépositions de quatre témoins qui m'ont vu compter l'or, et le
porter.

— Il est évident que ce sont de faux témoins, lui dit le gentilhomme
inculpé. Votre grand'mère, au profit de laquelle vous m'avez fait donner mes billets à ordre, m'était absolument inconnue; vous me dîtes
dans votre chambre que cette femme était la veuve d'un banquier à
laquelle une compagnie devait les trois cent mille livres que vous pro-
mettiez de me faire prêter. Vous étiez mon courtier, et non mon prêteur; vous m'avez trompé en tout; il se trouve que cette prétendue
créancière d'une prétendue compagnie, est votre grand'mère qui prête
un peu d'argent sur gages, et que vous avez engagé toute votre famille dans votre fourberie. »

Le prêteur insiste : « Quoi ! vous ne me fîtes pas chez vous treize billets au nom de ma grand'mère, le 23 septembre, jour auquel je vous apportai dans mes poches douze mille quatre cent vingt-cinq louis d'or en treize voyages? et le lendemain vous ne vîntes pas chez moi changer vos treize billets contre quatre autres que vous fîtes sur ma table?

— Rien n'est plus faux, ni plus mal imaginé, ni plus extravagant, ni plus incroyable, dit le gentilhomme; je vous ai fait chez vous, le 24 septembre, quatre billets montant à la somme de 327 000 livres pour le principal et les intérêts; je vous confiai ces billets sur lesquels vous ne me les avez jamais données; vous ne pouviez jamais les avoir; vous me volez par une friponnerie avérée que vous déguisez par les plus grossiers mensonges.

— C'est vous qui me volez indignement, réplique l'autre; et on voit plus de gentilshommes chargés de dettes trahir leur honneur pour ne les point payer, qu'on ne voit de familles bourgeoises comploter de voler au péril de leur vie un gentilhomme, et surtout un gentilhomme obéré. »

Ce procès étrange entre un maréchal de camp et des citoyens obscurs devient bientôt une querelle entre la noblesse et la bourgeoisie : tout Paris prend parti; tous les esprits s'aigrissent; plus on instruit la cause, et plus les préventions, les contradictions, les animosités, augmentent des deux côtés.

On recherche toute la vie de son adversaire, on ne convient sur rien on empoisonne toutes ses actions, on se blanchit pour le noircir : il y a pourtant de part ou d'autre une fraude manifeste; tranchons le mot, un crime honteux. Les juges pourront prononcer seulement sur les pièces, sur les témoignages, sur la loi; l'honneur est d'une autre espèce. Il dépend de l'opinion publique, et cette opinion ne peut être que le résultat des probabilités.

Il se peut qu'un homme soit justement condamné par les lois à payer ce qu'il ne doit pas, si on produit ses propres billets signés de lui avec trop de facilité, si des témoins ou trompés ou trompeurs persistent à le charger, et surtout si, dans le cours de l'affaire, il a fait ou occasionné malheureusement quelques démarches contraires aux lois. Mais alors, en perdant son argent, il ne peut perdre sa réputation, il ne portera que la peine d'une imprudence.

Résumons donc ici les principales probabilités qui peuvent déterminer le public. Peut-être ces vraisemblances accumulées, et portées jusqu'à un degré approchant de la conviction, ne seront pas méprisées par les juges mêmes.

1° Il paraît très-vraisemblable que ni le prêteur, ni son aïeule, ni sa famille, n'ont jamais pu disposer de cent mille écus. On a vu de vieilles avares très-riches; mais plus on est avare, moins on prête tout son bien à un militaire chargé de dettes. Une telle imbécillité serait aussi incroyable que le roman de la fortune de cette grand'mère, qui est un principal personnage dans l'affaire.

2° Ce jeune homme, son petit-fils, qui prétend avoir prêté tout le bien de son aïeule; ce jeune homme achevant son droit par bénéfice d'âge, passant sa vie dans les salles d'armes et avec des gens de la lie du peuple, ne peut guère avoir eu assez de crédit pour faire prêter ces cent mille écus par d'autres.

3° On allègue qu'il est docteur ès lois, qu'il a été très-bien élevé et à grands frais, et que son aïeule allait lui acheter une charge de magistrat : mais quel magistrat qu'un homme qui écrit ce qu'on va lire :

« Il ne sera pas dit qu'un honnête homme comme moi passe pour avoir escroqué des titres qui ne lui sont pas dus, et que pour le tout à droit de mont voisin le qualifiant de f.... fripon, on lui couperait le visage [1].

« Monsieur, je vous prie de m'obliger de suivre de point en point la lettre que j'ai eut l'honneur de vous écrire.

« J'esper que quelque jour vous connoitroit nôtre innocence, et que vous ne pourroit point vous empêché de me plaindre, etc. Vous verrez l'extirpation d'honneur que vous voulez me faire.

« Vous serez obligé de me réparer.

« Vous cherchez a en pauser a une pauvre femme. »

De telles expressions, une telle orthographe, ne sont pas d'un homme élevé si noblement, et qui pouvait avoir une charge de conseiller au parlement, lorsqu'on les vendait encore. *Loquela tua manifestum te facit* [2]. Et les habitudes, les liaisons d'un tel homme avec des cochers et des laquais, suffisent pour le rendre très-suspect. Il faut avouer que ces premières probabilités contre lui sont assez fortes.

4° L'histoire qu'il fait de treize voyages consécutifs à pied, pour porter secrètement de l'or, le 23 septembre, au même gentilhomme auquel il donne publiquement un sac d'argent le lendemain, est si dénuée de vraisemblance, si contradictoire, si opposée au sens commun, si extravagante, qu'elle ne serait pas soufferte dans le roman le plus ridicule et le plus incroyable. Cela seul peut indigner tout homme impartial qui ne cherche que la vérité.

5° Quand l'officier général, qui s'est si tristement compromis avec de tels personnages, qui s'est rabaissé jusqu'à s'exposer à recevoir des lettres offensantes d'une courtière et de ce docteur ès lois, s'abaisse encore en allant implorer le magistrat de la police contre ses propres billets; quand les menaces des délégués de ce magistrat forcent le docteur et sa mère à faire l'aveu de leur crime; quand tous deux, sans être contraints, signent chez un commissaire que l'histoire des treize voyages est fausse; que jamais le gentilhomme n'a reçu les cent mille écus, qu'on ne lui a prêté que douze cents livres, alors tout semble éclairci. Il n'est pas dans la nature (je le répète ici) qu'une mère et un fils avouent qu'ils sont coupables, quand un péril inévitable ne les y force pas.

Je veux que deux délégués de la police aient outrepassé leurs pouvoirs; qu'un procureur nommé pour examiner l'affaire et en rendre

---

1. Voy. les Mémoires du sieur La Ville. — La Ville était l'avocat ou le conseil de la famille Véron au commencement du procès. (ED.)
2. Matth., XXVI, 73. (ED.)

compte se soit érigé mal à propos en juge; qu'il ait fait prêter serment;
qu'un autre officier de la police ait traité la mère et le fils avec dureté : ils sont en cela très-répréhensibles; mais leur faute n'a rien de
commun avec le crime avoué par la mère et le fils. On s'est écarté de
la loi avec eux; mais ils n'ont pas moins fait leur aveu légalement devant un commissaire : ils ne l'ont pas moins fait librement; ils pouvaient aisément protester devant ce commissaire contre les vexations
illégales de ces deux hommes sans caractère. Plus on avait exercé
contre eux de violences, plus ils étaient en droit de demander hautement une justice qu'on ne pouvait leur refuser.

Le fils et la mère disent qu'on les a battus chez le procureur. Je
veux que la chose soit vraie; c'est pour cela même qu'ils devaient crier
à la tyrannie. Quel est l'homme qui signera en justice qu'il est un
scélérat, parce qu'on l'a maltraité ailleurs? Quel homme consentira à
perdre librement d'un trait de plume cent mille écus, parce qu'on aura
précédemment usé de quelque violence envers lui? C'est à peine ce
qu'il pourrait faire s'il était appliqué à la torture.

Mais qu'une mère et un fils, un docteur ès lois, signent ainsi leur
condamnation quand ils sont innocents; qu'ils se dépouillent eux-
mêmes de tous leurs biens, c'est de quoi il n'y a pas un seul exemple :
la force de la vérité, et le trouble qui suit le crime, peuvent seuls arracher un tel aveu.

Cet aveu juridique paraît être le dénoûment de toute l'affaire; il ne
peut avoir été dicté par cette crainte que les jurisconsultes appellent
metus cadens in constantem virum [1]. Ce n'était qu'en niant leur crime,
non pas en le confessant, que la mère et le fils pouvaient se mettre en
sûreté : ils n'avaient rien à redouter que leur propre confession, et ils
la font tant le premier remords attaché au crime en présence d'un seul
homme de loi les a transportés hors d'eux-mêmes, et leur a ôté cette
fermeté qui est rarement inébranlable.

Ce qui doit surtout faire penser que cet aveu était très-sincère, c'est
qu'il est articulé expressément, par leurs avocats, que le docteur ès
lois dit aux délégués de la police qui l'interrogeaient : « Je signerai, si
l'on veut, que j'ai volé tout Paris. »

Certainement un tel discours n'est point celui de l'innocence : c'est
plutôt celui du crime et de la bassesse. On ne dit point : « Je signerai
que j'ai volé tout Paris, » quand on peut sauver cent mille écus qui
nous appartiennent, et échapper aux galères en ne signant rien.

6° Plusieurs jours après, ils paraissent avoir eu le temps de reprendre leurs esprits; ils se sont raffermis; on leur a donné des conseils.
On voit tout d'un coup paraître sur la scène un nommé Aubourg, autrefois domestique, puis tapissier, et maintenant prêteur sur gages; il
achète de la grand'mère ce procès funeste; il s'engage à le poursuivre
à ses frais. Ainsi, dans toute cette affaire, il y a d'un côté des prêteurs
et des prêteuses sur gages, des entremetteuses, des courtières; et de
l'autre est un officier général endetté, qui cherchait à rétablir ses af-

1. Expression de Tribonien. (ÉD.)

faires par un emprunt. De quel côté est la vraisemblance la plus favorable?

7° Le testament de la grand'mère du docteur ès lois, qui paraît au premier coup d'œil un témoignage terrible contre l'officier général, semble, quand il est examiné de près, une nouvelle preuve du crime du docteur ès lois. La grand'mère l'avait dit auparavant, et son petit-fils l'avait dit avec elle, que sa fortune entière consistait en trois cent mille livres : on assurait que cette fortune venait d'un fidéicommis de son mari, et que son argent, auquel elle n'avait point touché pendant trente années, lui avait été remis par un nommé Chotard, qu'on prétend être mort insolvable.

Cependant elle déclare dans son testament qu'elle a prêté et avancé à sa fille, mère du docteur ès lois, deux cent mille livres argent comptant, outre ces cent mille écus qu'elle réclame.

Elle assurait, avant ce testament, qu'elle avait toujours caché son bien à sa fille; et maintenant voici deux cent mille francs qu'elle lui a donnés. On voit une femme qui subsistait à peine d'une industrie honteuse, et qui meurt dans un galetas, riche de cinq cent mille livres au lieu de trois cent mille. Ou elle a menti toute sa vie, ou elle ment à l'heure de la mort.

Elle déclare « qu'elle a prêté à l'officier-général trois cent mille livres qui lui ont été portées en or par son petit-fils en plusieurs voyages; » et cependant elle n'en a rien vu. Elle confirme le marché qu'elle a fait de son procès avec le nommé Aubourg, prêteur sur gages; presque tout son testament ressemble à un plaidoyer dicté par une partie intéressée.

Cette pièce enfin, jointe à toutes les présomptions contre la famille des accusés, semble mettre toutes les probabilités du côté de l'officier général, et contre les prétendus prêteurs.

Si tout cela n'est pas une preuve démonstrative en justice, c'en est une très-forte en morale. Il n'y a, je crois, personne qui puisse se persuader sur cet exposé que le maréchal de camp ait ourdi la trame la plus noire, pour voler trois cent mille livres à une pauvre famille, obscurément reléguée dans un troisième étage de la rue Saint-Jacques. Pour que cet officier, cet ancien gentilhomme, ce père de famille fût coupable d'une lâcheté si atroce, il faudrait qu'il eût raisonné ainsi :

« Je suis endetté; je vais, pour me libérer, emprunter cent mille écus d'une famille qui paraît très-peu riche. Dès que je les aurai, je jurerai ne les avoir point reçus. J'accuserai la famille d'avoir exigé mes billets pour les négocier, et de ne m'avoir point donné d'argent. Je ferai mettre cette famille au cachot; je pourrai la faire punir d'une peine afflictive, et je jouirai de tout son bien que je lui aurai volé. Pour mieux faire réussir mon horrible dessein, je refuserai de payer cent écus à la courtière qui m'aura fait prêter cette somme immense : par là je la soulèverai contre moi, et je m'exposerai à être pendu. »

Il ne paraît pas possible qu'un homme qui n'a pas l'esprit aliéné, conçoive un projet si fou, et qu'un homme qui n'a jamais commis de crime, commence par un crime si infâme.

Une telle démarche aurait été aussi inutile qu'abominable et dangereuse. S'il eût en effet touché cent mille écus, il n'avait qu'à les garder, se taire, et ne les point payer à l'échéance, quitte pour dire enfin au docteur ès lois : « Mon bien est en direction, pourvoyez-vous envers mes autres créanciers, vous ne pouvez être payé qu'après eux. »

Cette marche était simple, aisée, et sûre, s'il avait voulu agir avec mauvaise foi. Il semble évident qu'il ne peut être coupable de la manœuvre déshonorante et absurde dont on l'accuse.

Comment donc cette querelle si funeste a-t-elle pu s'élever? comment ce procès si compliqué a-t-il pu se former? ne pourra-t-on pas enfin trouver la solution de ce problème?

Voici comme il semble que tout s'est passé. Ce gentilhomme cherche à emprunter de l'argent; il met en campagne des courtières. Une d'elles, qui est liée avec la grand'mère du docteur ès lois, s'adresse à lui. Celui-ci prête douze cents francs à l'officier, qui en avait un besoin pressant, et lui fait espérer de lui négocier cent mille écus. « Donnez-moi vos billets, lui dit-il, et vous ne payerez que six pour cent d'intérêt, et dans quelques jours vous aurez votre argent. »

Le gentilhomme, aveuglé par cette promesse, prend le jeune docteur ès lois pour un homme simple, il l'est lui-même; il signe sa ruine dans l'espérance d'avoir de l'argent. Au bout de deux jours il entre en défiance. Le docteur, qui en est instruit, et qui craint la police, n'a d'autre ressource que de la prévenir. Il s'adresse, lui et sa grand'mère, au lieutenant criminel. Cette démarche même paraît celle d'un homme égaré; car il demande qu'on saisisse chez l'officier les cent mille écus qu'il dit avoir prêtés : mais de quel droit peut-on faire saisir un argent dont le payement n'est pas échu? Et si l'officier veut abuser de cet argent, s'il l'a détourné, comment le trouvera-t-on ?

Le gentilhomme, de son côté, dès qu'il est sûr que le docteur l'a voulu tromper, court chez le lieutenant de police, et demande qu'on oblige les délinquants à restituer des billets dont ils n'ont point donné la valeur. Toute cette marche est naturelle, et s'explique aisément.

L'autre, au contraire, est incompréhensible. Il faut supposer d'abord cent mille écus donnés secrètement à une pauvre femme depuis plus de trente ans, cachés pendant tout ce temps à une famille entière, tirés enfin d'une armoire, prêtés au hasard à un officier chargé de dettes.

Le docteur a fait environ cinq lieues à pied pour porter cette somme en secret à un homme qu'il n'a vu qu'une fois. Enfin ces cent mille écus, si longtemps ignorés, se trouvent tout d'un coup portés à cinq cent mille livres par le testament de la grand'mère. De ces cinq cent mille livres, il y en a eu deux cent mille données à la mère du docteur, laquelle n'a pas de quoi vivre, et dont les filles gagnent leur vie par leur travail. Tout cela est si sottement romanesque, et d'une absurdité si révoltante, qu'il n'y a pas moyen de l'examiner sérieusement.

L'honneur de l'officier paraît donc à couvert aux yeux de tout homme qui ne juge que suivant les lumières de la raison.

Il n'en est pas de même de la justice; elle a nécessairement ses formes et ses entraves. Il faut des interrogatoires réguliers; de faux témoins préparés de longue main peuvent ne pas se démentir. L'officier a fait des billets payables à ordre; et quand les juges seraient persuadés de son innocence, ils seraient forcés peut-être de le condamner à payer ce qu'il ne doit pas.

Il est vrai qu'il y a signature contre signature, preuve par écrit contre preuve par écrit. Il est vrai même que l'aveu du crime, signé par la mère et par le fils, a plus de poids dans la balance de la raison et de la simple équité, que n'en ont les billets du maréchal de camp; car il est très-naturel qu'un officier, ébloui de l'espérance de rétablir sa maison, et sachant que la coutume est de confier aveuglément ses billets aux agents de change accrédités, en ait usé de même avec un jeune homme dont l'âge lui inspirait quelque confiance, et qui lui prêtait même douze cents francs pour le mieux tromper. Mais assurément il n'est point vraisemblable que la vieille grand'mère ait eu cent mille écus par fidéicommis; qu'elle les ait gardés plus de trente ans sans les placer; qu'elle les ait prêtés à un officier sans le connaître; que son petit-fils les ait portés à pied en treize voyages l'espace de cinq lieues, etc.

Il se pourrait à toute force que le juge, obligé de décider, non sur ces raisons, mais sur des billets en bonne forme, sur les dépositions de témoins aguerris, qui ne se démentiraient pas, condamnât malgré lui le maréchal de camp. Mais il paraît que le public éclairé doit l'absoudre, puisque ce public est le seul juge qui préfère le fond à la forme. Si l'officier est condamné, il ne le sera que pour l'imprudence avec laquelle il a remis pour cent mille écus de billets, avec les intérêts à six pour cent, entre les mains d'un jeune homme inconnu, sans crédit et sans aveu, comme s'il les avait confiés à l'agent de change le plus opulent et le plus accrédité de Paris. C'est une faute d'attention; mais elle est celle d'un cœur noble; c'est l'imprudence d'un moment; mais elle ne peut déshonorer personne. Il est même encore très-possible que la justice prononce comme le public : il est vraisemblable qu'elle trouvera, dans la forme comme dans le fond, de quoi justifier l'officier.

L'auteur de ce petit écrit n'a nul intérêt dans cette affaire. Il n'a jamais vu aucune des parties, ni aucun des avocats; mais il aime la vérité. Il est indigné de toutes les calomnies sous lesquelles il a vu souvent succomber l'innocence. Il croit qu'un honnête homme ne peut mieux employer son loisir qu'à démêler le vrai dans une affaire qui est si essentielle pour plusieurs familles, surtout pour une maison qui a si longtemps servi le roi dans ses armées. Il a tâché de résoudre un problème difficile, et certes, ce problème est plus important que plusieurs questions de philosophie, dont il ne peut résulter aucune utilité pour le genre humain.

FRAGMENT D'UNE LETTRE

SUR LES DICTIONNAIRES SATIRIQUES.

(1773.)

Un de ces plus étranges dictionnaires de parti, un de ces plus impudents recueils d'erreurs et d'injures par A et par B, est celui d'un nommé Paulian, ex-jésuite, imprimé à Nîmes, chez Gaude, en 1770; il est intitulé : *Dictionnaire philosopho-théologique*, et il n'est assurément ni d'un philosophe ni d'un vrai théologien; supposé qu'il y ait de vrais théologiens chez les jésuites.

A l'article *Religion*, il dit que « quiconque admet la religion naturelle avoue sans peine qu'un Être infiniment parfait a tiré du néant ce vaste univers. »

Remarquez cependant qu'il n'y a jamais eu aucun philosophe, aucun patriarche, aucun homme d'une religion naturelle ou surnaturelle qui ait enseigné la création du néant. Il faudrait être d'une ignorance bien obstinée pour nier que la *Genèse* n'a aucun mot qui signifie créer de rien. On sait assez que l'hébreu et le grec se servent du mot *faire*, et non du mot *créer*. Ce n'est pas même une question chez les savants.

Au mot *Messie*, Paulian, ayant ouï dire que cet article est savamment traité dans la grande *Encyclopédie*, s'est imaginé que l'auteur était un laïque, et par conséquent que ce morceau était d'un athée; il ne savait pas que cet excellent morceau est de M. Polier de Bottens, théologien beaucoup plus éclairé que lui, et beaucoup plus honnête; il se jette avec fureur sur les laïques comme sur des esclaves échappés des chaînes des jésuites. On est indigné des outrages que ce fanatique de collège leur prodigue. A l'article *Mahométisme*, voici comme il parle : « Les dogmes et la morale de cette religion forment l'*Alcoran*, livre dont la lecture n'est permise qu'à un petit nombre de mahométans : on enseigne dans ce livre que Dieu a un corps, que l'âme est matière, que la circoncision est nécessaire, que Jésus-Christ est le Messie, que la béatitude consistera dans les plus sales voluptés. »

Examinons ce seul article : autant de mots, autant de faussetés, et toutes très-palpables. Il est très-faux que la lecture du *Koran* ne soit permise qu'à un petit nombre. Il faut apprendre à cet ex-jésuite que, sur le dos de chaque exemplaire du *Koran*, ces lignes du sura LVI[1] sont toujours écrites : *Personne ne doit toucher ce livre qu'avec des mains pures;* c'est pourquoi tout musulman se lave les mains avant de le lire. Ce jésuite s'imagine qu'il en est par toute la terre comme à Rome, où l'on a défendu de lire la *Bible* sans une permission expresse; il pense qu'on admet dans le reste du monde cette contradiction : « Voilà

---

1. Les sura sont les chapitres.

la vérité, et vous ne la lirez pas; voilà votre règle, et vous n'en saurez rien. »

Dieu a un corps. Rien n'est plus faux encore, c'est une calomnie impertinente. Si Paulian avait lu une bonne traduction de l'*Alcoran*, il aurait vu au sura XVII ces propres paroles : « L'esprit a été créé par Dieu même. » Pour prouver que Dieu est un être pur, Mahomet dit, au sura XXXVII, « que Dieu n'a ni fils ni fille; » et dans le sura CXII : « Dieu est le seul Dieu, l'éternel Dieu; il n'engendre ni n'est engendré, et rien ne lui ressemble dans l'étendue des êtres. »

Il est bien vrai que, dans l'*Alcoran*, on se sert quelquefois des mots de trône, de tribunal, pour exprimer imparfaitement la grandeur de l'Être suprême; mais jamais on ne fait descendre Dieu sur la terre, jamais on ne le rabaisse aux fonctions humaines. Il faut que ce Paulian n'ait jamais lu ce livre dont il parle si affirmativement; il ne connaît pas plus son *Alcoran* que son *Évangile*.

L'âme est matière. Il n'y a pas un mot dans tout l'*Alcoran* qui puisse le moins du monde excuser cette imposture.

La circoncision est nécessaire. Il n'est pas dit un seul mot de la circoncision dans tout l'*Alcoran*. Mahomet laissa subsister cette pratique ridicule, qu'il trouva établie chez les Arabes de temps immémorial; c'était une superstition ancienne (comme elles le sont toutes) de présenter aux dieux ce qu'on avait de plus cher et de plus noble.

Jésus est le Messie. Cette citation de l'*Alcoran* est encore très-fausse. Jésus est appelé Christ dans plusieurs endroits du *Koran*; c'est un nom propre, comme chez Tacite qui dit : *Impellente Christo quodam* [1].

Au reste, il faut bien observer qu'il y avait, du temps de Mahomet, vers l'Arabie, quelques exemplaires des *Évangiles* que nous ne recevions pas; comme celui de Barnabé, qui existe encore; celui des basilidiens et des ébionites : c'est dans celui des basilidiens qu'on lisait que Jésus n'avait pas été crucifié, et que Dieu l'avait soustrait à la fureur de ses ennemis. C'est évidemment cet *Évangile* que Mahomet suivit, sans reconnaître jamais notre Sauveur pour fils de Dieu; car il dit expressément, dans plusieurs endroits, que Dieu n'a ni fils ni fille.

La béatitude dans les plus sales voluptés. Il faut apprendre à ce Paulian que la jouissance de la vue de Dieu est la première récompense promise dans l'*Alcoran*; il est vrai qu'au sura LV, il dit que le paradis, c'est-à-dire le jardin, sera composé de trois grands bosquets, dans l'un desquels sera un large bassin d'eau céleste, entouré de palmiers et de grenadiers. « On trouvera, dit-il, dans ce lieu de délices, de belles vierges aux grands yeux noirs, des houris dont personne n'a jamais approché, et qui reposent sous de riches pavillons, couchées sur des tapis magnifiques. »

Remarquons qu'il n'y a pas, dans ce chapitre, un seul mot qui puisse alarmer la pudeur. On y dit que ces nymphes ne seront connues que

---

1. Dans ses *Annales*, XV, XLIV, Tacite dit : « Auctor nominis ejus Christus. » (*Note de M. Beuchot.*)

par ceux qui leur seront destinés pour époux; ce n'est pas là assurément une sale volupté. Toutes les religions anciennes, qui admirent
tôt ou tard la résurrection, enseignèrent qu'on ressusciterait avec tous
ses sens; il n'était pas déraisonnable de penser que, puisqu'on avait des
sens, on aurait aussi des sensations : c'était le sentiment des pharisiens,
chez le petit peuple juif; et, s'il est permis de comparer nos livres sacrés et mystérieux aux imaginations des autres peuples, qui sont tous
évidemment plongés dans l'erreur, n'avons-nous pas, dans l'*Apocalypse* [1], un exemple frappant de ce que je dis? n'y voit-on pas la belle
épouse qui se marie avec l'agneau? n'y voit-on pas la Jérusalem céleste
toute bâtie d'or et de pierres précieuses? cette ville carrée n'a-t-elle
pas soixante lieues en tout sens? les maisons n'y sont-elles pas de
soixante lieues de haut? n'y a-t-il pas des canaux d'eau vive, bordés
d'arbres qui portent des fruits délicieux? On trouve des allégories à peu
près semblables, quoique moins sublimes, dans la plus haute antiquité.

Non-seulement ce Paulian, dans son *Dictionnaire*, calomnie les
musulmans, mais il calomnie toutes les communions chrétiennes, et
les sectes, et les particuliers : c'est assez le propre des jésuites; ces
malheureux ont pris cette mauvaise habitude dans les écoles où ils ont
régenté. Le pédantisme et l'insolence ont formé le caractère de ceux
qui ont disputé; ils n'ont pu s'en défaire après leur dispersion : ils
sont comme les Juifs, qui ont conservé leurs anciennes superstitions
n'ayant plus de Jérusalem. Nous laissons encore les juifs prêter sur
gages; et nous laissons aboyer les Paulian et les Nonotte.

Mais ces chiens devraient s'apercevoir qu'ils n'aboient plus que dans
la rue, qu'ils sont chassés de toutes les maisons où ils mordaient
autrefois.

Ce roquet de Paulian (qui le croirait?) parle encore de la grâce suffisante. Il est vraiment bien question aujourd'hui de la grâce suffisante
qui ne suffit pas! Ces sottises faisaient grand bruit sous Louis XIV,
quand le misérable Normand Le Tellier, natif de Vire, osait persécuter
le cardinal de Noailles. Les querelles ridicules des jansénistes et des
molinistes sont oubliées aujourd'hui, comme mille autres qui ont troublé la paix publique dans des temps d'ignorance et de bel esprit.

Je vous enverrai, par la première poste, un relevé des calomnies de
Paulian contre les bons chrétiens [2].

RÉPONSE A CETTE LETTRE, PAR M. DE MORZA.

Votre Paulian, monsieur, est aussi ignoré dans Paris, que les tragédies et les comédies de l'année passée, les oraisons funèbres faites
dans ce siècle, les *Almanachs des Muses*, et la foule innombrable des
autres fadaises dont la presse est surchargée. Ce n'est pas seulement
la rage d'un fanatisme imbécile qui met la plume à la main de ces

1. Chap. XXI. (ÉD.)
2. Nous n'avons pas trouvé ce relevé; ce sera pour une autre fois : *Oportet
gnosci malos.*

gens-là; c'est une autre espèce de rage, qui est le résultat de la misère, de la faim, de la répugnance pour un métier honnête, et de
cet orgueil secret qui se mêle aux sentiments les plus bas. Nous
en avons un bel exemple dans cet homme nommé Sabotier, natif de
Castres. Il ne tenait qu'à lui d'être un bon perruquier comme son
père; il s'est fait abbé, et vous savez ce qu'il est devenu. Après avoir
été chassé de Toulouse et mis au cachot à Strasbourg, il se procura,
je ne sais comment, une entrée dans la maison de M. Helvétius;
et la première chose qu'il fit, après la mort de son bienfaiteur et de son
maître, fut de le déchirer, non pas à belles dents, mais à très-vilaines
dents, dans un de ces dictionnaires de calomnies, intitulé *les Trois
Siècles*, ouvrage de la haine et de l'envie de quelques prétendus gens
de lettres décrédités, qui eurent la bassesse de s'associer avec lui : et
savez-vous, monsieur, quel prétexte ils inventèrent pour justifier cette
œuvre d'iniquité? celui de défendre la religion chrétienne. C'est sous
ce masque sacré que cette petite troupe de démons voulut paraître en
anges de lumière.

Il est bon, monsieur, de savoir quels sont ces apôtres; le public un
jour les connaîtra tous : en attendant, je vous dirai que, dans un de
mes voyages, j'ai vu entre les mains de M. de V.... un extrait et un
commentaire de Spinosa, écrit tout entier de la main de ce malheureux
Sabotier. C'est un in-4° de cinquante-sept pages : intitulé : *Analyse de
Spinosa* [1], *où l'on expose les causes et les motifs de l'incrédulité de ce
philosophe*. Le manuscrit commence par ces mots : *Spinosa était fils
d'un juif marchand;* et finit par ceux-ci : *adieu baptisabit*. Il est
accompagné d'un recueil de petites pièces de vers de M. l'abbé, dignes
des *Étrennes de la Saint-Jean* et des lieux honnêtes où ce saint homme
les a faits. Tout cela est écrit de la main de M. l'abbé Sabotier, et signé
de lui. Des personnes que ce confesseur avait insultées dans son *Dictionnaire des Trois Siècles* [2], envoyèrent ce manuscrit à M. de V...,
espérant qu'il le dénoncerait au ministre qui veille sur la littérature, et
qu'il obtiendrait qu'on fît de ce confesseur un martyr; mais M. de V....
n'était pas homme à descendre à une telle vengeance; et celui qui
avait tiré l'abbé Desfontaines de Bicêtre ne pouvait s'avilir jusqu'à persécuter le petit abbé commentateur.

Vous connaissez, monsieur, la fameuse réponse de Desfontaines à
M. le comte d'Argenson : « Monseigneur, il faut que je vive [3]. » Il faut
que l'abbé Sabotier vive aussi : mais je conseillerais à tous les malheureux qui croient vivre de brochures, soit contre les beaux-arts,
soit contre le gouvernement, de lire avec attention ces vers du *Pauvre
diable :*

> Prête l'oreille à mes avis fidèles.
> Jadis l'Égypte eut moins de sauterelles
> Que l'on ne voit aujourd'hui dans Paris

1. Par l'abbé Sabotier. (Éᴅ.)
2. *Les Trois Siècles de notre littérature, ou Tableau de l'esprit de nos écrivains, par ordre alphabétique.* (Éᴅ.)
3. D'Argenson répliqua : *Je n'en vois pas la nécessité.* (Éᴅ.)

De malotrus, soi-disant beaux esprits,
Qui, dissertant sur les pièces nouvelles,
En font encor de plus sifflables qu'elles;
Tous l'un de l'autre ennemis obstinés,
Mordus, mordants, chansonneurs, chansonnés,
Nourris de vent au temple de mémoire,
Peuple crotté qui dispense la gloire.
J'estime plus ces honnêtes enfants
Qui de Savoie arrivent tous les ans,
Et dont la main légèrement essuie
Ces longs canaux engorgés par la suie,
J'estime plus celle qui, dans un coin,
Tricote en paix les bas dont j'ai besoin;
Le cordonnier qui vient de ma chaussure
Prendre à genoux la forme et la mesure,
Que le métier de tes obscurs Frérons, etc.

DISCOURS DE Mᴱ BELLEGUIER,

ANCIEN AVOCAT,

SUR LE TEXTE PROPOSÉ PAR L'UNIVERSITÉ DE LA VILLE DE PARIS,
POUR LE SUJET DU PRIX DE L'ANNÉE 1775[1].

(1773.)

> Non magis Deo quam regibus infensa est ista quæ vocatur
> « hodie philosophia. »
> Cette qu'on nomme aujourd'hui philosophie n'est pas plus
> ennemie de Dieu que des rois.

Je ne compose pas pour le prix de l'Université : je n'ai pas tant d'ambition; mais ce sujet me paraît si beau et si bien énoncé, que je ne puis résister à l'envie d'en faire mon thème.

Non, sans doute, la philosophie n'est et ne peut être l'ennemie de

---

1. L'université de Paris est dans l'usage de proposer chaque année un prix pour un discours latin. La langue française, qu'on y appelle poliment *lingua vernacula* (la langue des laquais), ne paraît point à nos maîtres d'éloquence valoir la peine d'être encouragée. Il est évident que nos colonels, nos magistrats, nos évêques, ne parlant jamais que français, on ne peut se dispenser d'employer les trois quarts du temps de leur éducation à leur apprendre à faire des phrases en latin; sans cette précaution, ils ne parleraient cette langue de leur vie.

Le prix ne peut être disputé que par des maîtres ès arts : il fut fondé dans un temps où les jésuites existaient encore; et on sait quel scandale se serait élevé dans l'université, si par mégarde elle avait couronné le latin du collége de Clermont.

Cependant M. Cogé, professeur de rhétorique au collége Mazarin, s'avisa, vers 1768, de faire un livre contre le quinzième chapitre de *Bélisaire*, où il prouva doctement que, pour éviter d'être brûlé pendant toute l'éternité, il faut croire que Trajan, Marc-Aurèle, et Titus, sont dans l'enfer pour jamais, et de

Dieu ni des rois, s'il est permis de mettre des hommes à côté de l'Etre
éternel et suprême. La philosophie est expressément l'amour de la sagesse; et ce serait le comble de la folie d'être l'ennemi de Dieu, qui
nous donne l'existence, et des rois, qui nous sont donnés par lui pour
rendre cette existence heureuse, ou du moins tolérable. Osons d'abord
dire un petit mot de Dieu, nous parlerons ensuite des rois. Il y a l'infini entre ces deux objets.

De Dieu. — Socrate fut le martyr de la Divinité, et Platon en fut
l'apôtre. Zaleucus, Charondas, Pythagore, Solon, et Locke, tous philosophes et législateurs, ont recommandé dans leurs lois l'amour de
Dieu et du gouvernement sous lequel il nous a fait naître. Les beaux
vers du véritable Orphée, que nous trouvons épars dans Clément d'A-
lexandrie, parlent de la grandeur de Dieu avec sublimité. Zoroastre
l'annonçait à la Perse, et Confutzée à la Chine. Quoi qu'en ait dit l'i-
gnorance, appuyée de la malignité, la philosophie fut dans tous les
temps la mère de la religion pure et des lois sages.

S'il y eut tant d'athées chez les Grecs trop subtils, et chez les Romains, leurs imitateurs, n'imputons qu'à des menteurs publics, avares,
cruels, et fourbes, aux prêtres de l'antiquité, l'excès monstrueux où
ces athées tombèrent. Les uns nièrent la Divinité, parce que les sacri-
ficateurs la rendaient odieuse, et que les oracles la rendaient ridicule.
Les autres, comme les épicuriens, indignés du rôle qu'on faisait jouer
aux dieux dans le gouvernement du monde, prétendaient qu'ils ne
daignaient pas se mêler des misérables occupations des hommes. Le
char de la fortune allait si mal, qu'il parut impossible que des êtres
bienfaisants en tinssent les rênes. Épicure et ses disciples, d'ailleurs
aimables et honnêtes gens, étaient si mauvais physiciens, qu'ils
avouaient sans difficulté qu'il y a un dieu dans le soleil et dans chaque
planète; mais ils croyaient que ces dieux passaient tout leur temps à

plus contribuer de toutes ses forces à faire brûler de leur vivant ceux qui pensent comme ces hommes abominables, soit en portant des fagots à leur bûcher
comme le roi d'Espagne saint Ferdinand, soit en écrivant contre eux des libelles
comme M. le professeur. Des philosophes prirent la peine de se moquer des
libelles et de Cogé, qui, se trouvant, quelques années après, recteur de l'université, imagina, pour se venger, de faire proposer pour sujet du prix, la question suivante:

*Non magis Deo quam regibus infensa est ista quæ vocatur hodie philoso-
phia.*

Il voulait dire que la philosophie n'est pas *moins* ennemie des rois que de
Dieu : et il disait, au contraire, qu'elle n'est pas plus ennemie de Dieu que des
rois.

C'était précisément la même aventure que celle qui arriva jadis au prophète
Balaam, lorsqu'il dit la vérité malgré lui.

On rit beaucoup, même dans l'université, du programme de Cogé. De tous les
discours composés alors, celui de Me Belleguier est le seul dont on n'ait jamais
parlé, quoiqu'il fût écrit en français, et que l'auteur eût étudié chez les jésuites.

L'archevêque de Paris, Beaumont, s'étant fait expliquer le latin de Cogé par
son secrétaire, qui ne manqua pas de traduire *magis* par *moins*, promit au
savant recteur la place de grand inquisiteur pour la foi, qu'il avait résolu de
faire créer aussitôt que les prophéties qui annonçaient le rétablissement des
jésuites seraient accomplies. (*Éd. de Kehl.*)

boire, à se réjouir, et à ne rien faire. Ils en faisaient des chanoines en Allemagne.

— Les véritables philosophes ne pensaient pas ainsi. Les Antonin, si grands sur le trône du monde alors connu, Épictète, dans les fers, connaissaient, adoraient un Dieu tout-puissant et juste; ils tâchaient d'être justes comme lui.

Ils n'auraient pas prétendu, comme l'auteur du *Système de la nature*, que le jésuite Needham avait créé des anguilles, et que Dieu n'avait pas pu créer l'homme. Needham ne leur eût pas paru philosophe, et l'auteur du *Système de la nature* n'eût été regardé que comme un discoureur par l'empereur Marc-Antonin.

L'astronome qui voit le cours des astres établi selon les lois de la plus profonde mathématique, doit adorer l'éternel Géomètre. Le physicien qui observe un grain de blé ou le corps d'un animal, doit reconnaître l'éternel Artisan. L'homme moral qui cherche un point d'appui à la vertu, doit admettre un être aussi juste que suprême. Ainsi Dieu est nécessaire au monde en tout sens, et l'on peut dire, avec l'auteur de l'*Épître au griffonneur du plat livre des Trois Imposteurs* :

Si Dieu n'existait pas, il faudrait l'inventer.

Je conclus de là que *ista quæ vocatur hodie philosophia*, cette qu'on nomme aujourd'hui philosophie, est le plus digne soutien de la Divinité, si quelque chose peut en être digne sur la terre. Le ciel me préserve de faire des phrases pour énerver une vérité si importante !

Du gouvernement. — Les philosophes qui ont reconnu un Dieu, et les sophistes qui l'ont nié, ont tous, sans aucune exception, avoué cette autre vérité, reconnue de tout le monde, qu'un citoyen doit être soumis aux lois de sa patrie; qu'il faut être bon républicain à Venise et en Hollande, bon sujet à Paris et à Madrid; sans quoi ce monde serait un coupe-gorge, comme il l'a été trop souvent, grâces à ceux qui n'étaient pas philosophes.

Lorsque l'ancien parlement de Paris et l'Université de Paris vinrent reconnaître à genoux l'Anglais Henri V pour roi de France, qui fut fidèle à son roi légitime?... Gerson, le philosophe Gerson, l'honneur éternel de l'Université, cet homme qui osait s'opposer d'une main aux fureurs de quatre antipapes également coupables, et présenter l'autre pour relever, s'il le pouvait, le trône renversé de son maître. Il mourut à Lyon, dans un exil qui le rendait encore plus vénérable aux sages, tandis que ses confrères les théologiens, arrachés à leur saint ministère par la rage des guerres civiles, faisaient leur cour aux Anglais, et n'en recevaient que des mépris, des outrages et des chaînes.

— Hélas! était-il bien occupé des propriétés de la matière, de l'antiquité du monde, et des lois de la gravitation, celui qui justifia, qui canonisa publiquement le meurtre abominable du duc d'Orléans, frère de Charles VI le Bien-Aimé? c'était un docteur en théologie; c'était Jean Petit, très-dévot à la Vierge, pour laquelle il avait composé une

prière dans le goût de l'oraison des trente jours. Étaient-ils platoniciens ou académiciens, ou stratoniciens, ceux qui, sous le même règne, firent rejaillir sur le dauphin le sang de deux maréchaux de
France, et qui massacrèrent dans les rues de Paris trois mille cinq
cents gentilshommes? On les nommait les Maillotins, les Cabochiens.
Ce n'est pas là une secte de philosophie.

Si, lorsqu'on brûla vive dans Rouen l'héroïne champêtre qui sauva
a France, il s'était trouvé dans la faculté de théologie un philosophe,
il n'eût pas souffert que cette fille, à qui l'antiquité eût dressé des
autels, fût brûlée vive dans un bûcher élevé sur une plate-forme de
dix pieds de haut, afin que son corps, jeté nu dans les flammes, pût
être contemplé du bas en haut par les dévots spectateurs. Cette exécrable barbarie fut ordonnée sur une requête de la sacrée faculté, par
sentence de Cauchon, évêque de Beauvais, de frère Martin, vicaire
général de l'inquisition, de neuf docteurs de Sorbonne, de trente-cinq
autres docteurs en théologie. Ces barbares n'auraient pas abusé du
sacrement de la confession pour condamner la guerrière vengeresse
du trône au plus affreux des supplices; ils n'auraient pas caché deux
prêtres derrière le confessionnal, pour entendre ses péchés, et pour
en former contre elle une accusation; ils n'auraient pas, comme on
l'a déjà dit, été sacriléges pour être assassins.

Ce crime, si horrible et si lâche, ne fut point commis par les Anglais;
il le fut uniquement par des théologiens de France, payés par le duc
de Bedford. Deux de ces docteurs, à la vérité, furent condamnés depuis
à périr par le même supplice, quand Charles VII fut victorieux; mais la
plus belle expiation de la Sorbonne fut son repentir et sa fidélité pour
nos rois, quand les conjonctures devinrent plus favorables.

Je passe à regret aux horreurs de la Ligue contre Henri III et le
grand Henri IV. Ces temps, depuis François II, furent abominables;
mais il est doux de pouvoir dire que le philosophe Montaigne, le philosophe Charron, le philosophe chancelier de l'Hospital, le philosophe
de Thou, le philosophe Ramus, ne trempèrent jamais dans les factions.
Leur vertu demande grâce pour leur siècle.

La journée de la Saint-Barthélemy, dont la mémoire durera autant
que le monde, ne leur sera jamais imputée.

J'avouerai encore, si l'on veut, aux jésuites, éternels et déplorables
ennemis du parlement et de l'Université, que l'ancien parlement de
Paris, qui n'était pas philosophe, commença un procès criminel contre
Henri III son roi, et nomma, pour informer, les conseillers Courtin et
Michon, qui n'étaient pas philosophes non plus.

Je ne dissimulerai point que le docteur Rose, le docteur Guincestre,
le docteur Boucher, le docteur Aubri, le docteur Pelletier, condamnés
depuis à la roue, furent les trompettes du meurtre et du carnage. On a
souvent dit que le docteur Bourgoin fit descendre une statue de la
sainte Vierge pour encourager frère Jacques Clément au parricide; je
l'accorde en gémissant. On me répète que soixante et dix docteurs de
Sorbonne déclarèrent, au nom du Saint-Esprit, tous les sujets déliés
de leur serment de fidélité; j'en conviens avec horreur.

On me crie que, dans le temps où Henri IV préparait son abjuration, et lorsque les citoyens présentèrent requête pour faire quelque accommodement avec ce grand homme, ce bon roi, ce conquérant et le père de la France, toute la faculté de théologie assemblée condamna la requête comme *inepte, séditieuse, impie, absurde, inutile, attendu qu'on connaît l'obstination de Henri le Relaps.* La faculté déclare expressément tous ceux qui parlent d'engager le roi à professer la religion catholique, *parjures, séditieux, perturbateurs du royaume, hérétiques, fauteurs d'hérétiques, suspects d'hérésie, sentant l'hérésie; et qu'ils doivent être chassés de la ville, de peur que ces bêtes pestiférées n'infectent tout le troupeau.*

Ce décret du 1er novembre 1592 est tout au long dans le *Journal de Henri IV*, tome Ier, page 259. Le respectable de Thou rapporte des décrets encore plus horribles, et qui font dresser les cheveux.

Bénissons les philosophes qui ont appris aux hommes qu'il faut prodiguer ses biens et sa vie pour son roi, fût-il de la religion de Mahomet, de Confucius, de Brama, ou de Zoroastre.

Mais je répondrai toujours que la Sorbonne s'est repentie de ces écarts, et qu'on ne doit les imputer qu'au malheur des temps. Une compagnie peut s'égarer; elle est composée d'hommes : mais aussi ces hommes réparent leurs fautes. La raison, la saine doctrine, la modestie, la défiance de soi-même, reviennent se mettre à la place de l'ignorance, de l'orgueil, de la démence, et de la fureur. On n'ose plus condamner personne après avoir été si condamnable. On devient meilleur pour avoir été méchant. On est l'édification d'une patrie dont on fut l'horreur et le scandale.

Les jésuites ont fatigué la France du récit de tant de crimes : mais l'Université, de son côté, a reproché aux frères jésuites d'avoir mis le couteau à la main de Jean Châtel, d'avoir forcé le grand Henri IV à dire au duc de Sully qu'il aimait mieux les rappeler et s'en faire des amis, que de craindre continuellement le poignard et le poison. Elle les a peints, dans tous ses procès contre eux, comme des soldats en robe, d'une puissance dangereuse, comme des espions de toutes les cours, des ennemis de tous les rois, des traîtres à toutes les patries.

Combien de fois le docteur Arnauld, le docteur Boileau, le docteur Petit-Pied, et tant d'autres docteurs, n'ont-ils pas reproché à ces ci-devant jésuites la banqueroute de Séville, qui précéda d'un siècle la banqueroute du frère La Valette; leurs calomnies contre le bienheureux don Juan de Palafox; et après huit volumes entiers de pareils reproches, ne leur ont-ils pas remis sous les yeux la conspiration des poudres, et trois jésuites écartelés pour ce crime inconcevable? Les jésuites en ont-ils été moins fiers? non; tout écrasés qu'ils sont, il leur reste trois doigts dont ils se servent pour imprimer dans Avignon que les docteurs de Sorbonne sont des ignorants insolents, et pour répéter en plagiaires ce que M. Deslandes, de l'Académie des sciences, a mis en note dans son troisième tome, page 299 : *Que la Sorbonne est aujourd'hui le corps le plus méprisable du royaume.*

Ces outrages, ces injures réciproques n'ont rien de philosophique : je dirai plus, elles n'ont rien de chrétien.

J'observerai, avec la satisfaction d'un bon sujet, que dans les troubles de la Fronde, non moins affreux peut-être que la conspiration des poudres, mais infiniment plus ridicules, ce ne fut ni Descartes, ni Gassendi, ni Pascal, ni Fermat, ni Roberval, ni Méziriac, ni Rohault, ni Chapelle, ni Bernier, ni Saint-Évremont, ni aucun autre philosophe, qui mit à prix la tête du cardinal premier ministre. Nul d'eux ne vola l'argent du roi pour payer cette tête ; nul ne força Louis XIV et sa mère de s'enfuir du Louvre, et d'aller coucher sur la paille à Saint-Germain ; nul ne fit la guerre à son roi, et ne leva contre lui le régiment des Portes-cochères, et le régiment de Corinthe, etc., etc.

Je conviendrai avec le jésuite auteur du petit livre *Tout se dira*, « que ces petites fautes commises à bonne intention, l'étaient par maître *Quatre hommes*, maître *Quatre sous*, maître Bitaud, maître Pitaut, maîtres Boisseau, Gratau, Martinau, Boux, Crépin, Cullet, etc..., etc...» tous tuteurs des rois, et qui avaient acheté la tutelle : ils n'étaient pas philosophes. Ce n'est pas moi qui parle, c'est le jésuite auteur de *Tout se dira*, et de l'*Appel à la raison*. Je ne sais s'il est plus philosophe que MM. Cullet et Crépin. Ce que je sais certainement avec l'Europe, c'est que, tant que Gondi-Retz fut archevêque de Paris, il fut vain, insolent, débauché, factieux, criminel de lèse-majesté. Quand il devint philosophe, il fut bon sujet, bon citoyen ; il fut juste.

Je répondrai surtout aux détracteurs de l'ancien parlement de Paris, comme à ceux de l'Université ; je dirai : « Il se repentit, il fut fidèle à Louis XIV. »

On a prétendu que Malagrida, et l'assassin du roi de Pologne, et ceux de deux autres grands princes, avaient une teinture de philosophie ; mais à l'examen cette accusation a été reconnue fausse.

Enfin, si nous remontons du temps présent aux temps antérieurs, dans les autres pays de l'Europe, nous trouverons que la philosophie ne fut soupçonnée par personne de l'assassinat de Farnèse, duc de Parme, bâtard du pape Paul III ; de l'assassinat de Galeas Sforze dans une église ; de l'assassinat des Médicis dans une autre église pendant l'élévation de l'eucharistie, afin que le peuple prosterné ne vît pas le crime, et que Dieu seul en fût témoin.

La philosophie ne fut point complice des assassinats et des empoisonnements nombreux commis par le pape Alexandre et par son bâtard César Borgia. Allez jusqu'au pape Sergius III ; je vous défie de trouver aucun philosophe coupable du moindre trouble pendant tant de siècles où l'Italie fut troublée sans cesse.

On a vendu, dans les États d'Italie appartenant au roi d'Espagne, cette fameuse bulle de la cruzade, qui, moyennant deux réaux de plate, sauve une âme du feu éternel de l'enfer, et permet à son corps de manger de la viande le samedi. On trafiquait de cette autre bulle de la componende, qui permet aux voleurs de garder une partie de ce qu'ils ont volé, pourvu qu'ils en mettent une partie en œuvres pies ; mais cette bulle vaut dix ducats. On achetait des dispenses de tout, à tout prix. Les Phrynés et les Gitons triomphaient depuis Milan jusqu'à Tarente. Les bénéfices, institués pour nourrir les pauvres, se vendaient publiquement pour nourrir le luxe; et les bénéficiers employaient le stylet et la cantarella contre les bénéficiers qui leur dérobaient leurs Gitons et leurs Phrynés. Rien n'égalait les débauches, les perfidies, les sacriléges de certains moines. Cependant Galilée, le restaurateur de la raison, démontrait tranquillement le mouvement de la terre et des autres planètes dans leurs orbites elliptiques, autour du soleil immobile dans sa place au centre du monde et tournant sur lui-même.

« O l'homme dangereux ! ô l'ennemi de tous les rois et du grand-duc de Toscane et de la sainte Église ! s'écrièrent les universités; le monstre ! il ose prouver que c'est la terre qui tourne, tandis que le savant Josué assure formellement que le soleil s'arrêta sur Gabaon[1], et la lune sur Aïalon en plein midi ! »

Galilée ne fut pas brûlé, le grand-duc[2] le protégeait. Le saint-office se contenta de le déclarer absurde et hérétique, sentant l'hérésie : il ne fut condamné qu'à garder la prison, à jeûner au pain et à l'eau, à réciter le rosaire. Il récita sans doute son rosaire, ce grand Galilée ! *iste qui vocabatur philosophus.*

Tournez les yeux vers cette île fameuse, longtemps plus sauvage que nous-mêmes, habitée comme notre malheureux pays par l'ignorance et le fanatisme, couverte comme la France du sang de ses citoyens; demandez-lui quel prodige l'a changée, pourquoi elle n'a plus de Fairfax, de Cromwell, et d'Ireton ? comment à ses guerres aussi abominables que religieuses, qui firent tomber la tête d'un roi sur un échafaud[3], a succédé une paix intérieure qui n'est troublée que par des querelles au sujet de l'élection de milord-maire, ou du bilan de la compagnie des Indes, ou du numéro 45 ? L'Angleterre vous répondra : « Grâces en soient rendues à Locke, à Newton, à Shaftesbury, à Collins, à Trenchard, à Gordon, à une foule de sages, qui ont changé l'esprit de la nation, et qui l'ont détourné des disputes absurdes et fatales de l'école, pour le diriger vers les sciences solides. »

Cromwell à la tête de son régiment des frères rouges, portait la *Bible* à l'arçon de sa selle, et leur montrait les passages où il est dit : « Heureux ceux qui éventreront les femmes grosses, et qui écraseront les enfants sur la pierre[4] ! » Locke et ses pareils ne voulaient point qu'on traitât ainsi les femmes et les enfants. Ils ont adouci les mœurs des peuples sans énerver leur courage.

La philosophie est simple, elle est tranquille, sans envie, sans ambition; elle médite en paix loin du luxe, du tumulte, et des intrigues du monde; elle est indulgente; elle est compatissante. Sa main pure porte le flambeau qui doit éclairer les hommes; elle ne s'en est jamais servie pour allumer l'incendie en aucun lieu de la terre. Sa voix est faible, mais elle se fait entendre; elle dit, elle répète : *Adorez Dieu, servez les rois, aimez les hommes.* Les hommes la calomnient; elle se

1. Josué, X, 13. (ÉD.) — 2. Ferdinand II, de la famille des Médicis. (ÉD.)
3. Charles Ier, roi d'Angleterre. (ÉD.) — 4. Osée, XIV, 1. (ÉD.)

console en disant : « Ils me rendront justice un jour. » Elle se console
même souvent sans espérance de justice.

Ainsi la partie de l'université de Paris consacrée aux beaux-arts, à
l'éloquence et à la vérité, ne pouvait choisir un sujet plus digne d'elle
que ces belles paroles : *Non magis Deo quam regibus infensa est ista
quæ vocatur hodie philosophia.*

O toi, qui seras toujours compté parmi les rois les plus illustres ;
toi qui vis naître le long siècle des héros et des beaux-arts, et qui les
conduisis tous dans les divers sentiers de la gloire ; toi que la nature
avait fait pour régner, Louis XIV, petit-fils de Henri IV, plût au ciel
que ta belle âme eût été assez éclairée par la philosophie pour ne point
détruire l'ouvrage de ton grand-père[1] ! tu n'aurais point vu la huitième
partie de ton peuple abandonner ton royaume, porter chez tes ennemis les manufactures, les arts, et l'industrie de la France : tu n'aurais
point vu des Français combattre sous les étendards de Guillaume III
contre des Français, et leur disputer longtemps la victoire : tu n'aurais
point vu un prince catholique armer contre toi deux régiments de
Français protestants : tu aurais sagement prévenu le fanatisme barbare
des Cévennes, et le châtiment non moins barbare que le crime. Tu le
pouvais ; tout t'était soumis ; les deux religions t'aimaient, te révéraient également : tu avais devant les yeux l'exemple de tant de nations, chez qui les cultes différents n'altèrent point la paix qui doit
régner parmi les hommes, unis par la nature. Rien ne t'était plus aisé
que de soutenir et de contenir tous tes sujets. Jaloux du nom de
Grand, tu ne connus pas ta grandeur. Il eût mieux valu avoir six ré-
giments de plus de Français protestants, que de ménager encore Odes-
calchi, Innocent XI, qui prit si hautement contre toi le parti du prince
d'Orange, huguenot. Il eût mieux valu te priver des jésuites, qui ne
travaillaient qu'à établir la grâce suffisante, le congruisme, et les
lettres de cachet, que te priver de plus de quinze cent mille bras
qui enrichissaient ton beau royaume, et qui combattaient pour sa
défense.

Ah ! Louis XIV, Louis XIV, que n'étais-tu philosophe ! Ton siècle a
été grand ; mais tous les siècles te reprocheront tant de citoyens expa-
triés, et Arnauld sans sépulture.

Et toi que nous voyons avec une tendresse respectueuse assis sur le
trône de Henri IV et de Louis XIV, dont le sang coule dans tes veines,
vainqueur à Fontenoi, à Raucoux, à Fribourg, et pacificateur dans
Versailles, écoute toujours la voix de la philosophie, c'est-à-dire de la
sagesse.

C'est par elle que tu as assoupi pour jamais ces disputes du jansé-
nisme et du molinisme qui nous rendaient à la fois malheureux et ridicules. C'est elle qui t'inspira quand tu donnas la paix aux vivants et
aux mourants, en nous délivrant de l'impertinence des billets pour
l'autre monde, et du scandale des sacrements conférés la baïonnette
au bout du fusil. Tu es un vrai philosophe lorsque tu fermes l'oreille

1. L'édit de Nantes (Éᴅ.)

à la calomnie, aux bruits mensongers, qui éclatent avec tant d'impudence, ou qui se glissent avec tant d'artifice. L'empereur Marc-Aurèle
dit que les hommes ne seront heureux que quand les rois seront philosophes. Pense, agis toujours comme Marc-Aurèle, et que ta vie soit
plus longue que celle de ce monarque, le modèle des hommes!

LETTRE ANONYME

ADRESSÉE AUX AUTEURS DU JOURNAL ENCYCLOPÉDIQUE,

AU SUJET D'UNE NOUVELLE ÉPÎTRE DE BOILEAU A M. DE VOLTAIRE.

(1773.)

Messieurs, j'ai lu depuis peu une *épître* adressée à M. de Voltaire,
sous le nom de Boileau. Boileau est mort; et quand nous ne le sau-
rions pas, cet ouvrage suffirait pour nous en convaincre. En général,
il est rare qu'un homme qui n'a pas le courage de se servir de son
propre nom, ait la force de porter celui d'autrui. Mais je ne sache
point que, depuis feu Cotin, qui en a donné l'exemple, le nom de
Despréaux ait été aussi étrangement prostitué; il semblerait, du moins,
qu'un homme qui se hasarde à faire parler le législateur de notre
poésie, devrait avoir lu l'*Art poétique*. Le téméraire qui évoque aujourd'hui les mânes de Boileau, ou n'a jamais lu ses préceptes, ou les
a parfaitement oubliés :

> Surtout qu'en vos écrits la langue révérée,
> Dans vos plus grands excès vous soit toujours sacrée[1].

Voilà comme parlait le véritable Boileau, voici comme écrit son
pseudonyme. Je vais vous citer d'abord de sa prose, et ensuite de ses
vers.

« L'ombre de Boileau, dit-il dans un avertissement fort aigre, ayant
porté ses regards parmi nous, n'y a vu, d'un côté, *que la foule de ses
détracteurs, aussi* nombreux *que la foule des sots;* de l'autre, le petit
nombre éclairé de ses admirateurs *pusillanimes et sans courage.* »
Vous demandez pourquoi l'auteur traite si mal ceux qu'il appelle
le petit nombre éclairé des admirateurs de Boileau? Je n'en sais rien,
non plus que vous; mais je crois savoir, comme vous, que si ce sont
les détracteurs qui sont *aussi nombreux que les sots,* ils ne le sont pas
autant que *la foule des sots;* et que si c'est la foule des détracteurs qui
égale celle des sots, elle est justement *aussi nombreuse,* mais non pas
aussi *nombreux.*

Au bas de la page 7, je trouve ces vers :

> Dès qu'un astre brillant s'élevait *dans notre âge,*
> En éclairant mes yeux, il *obtint* mon hommage.

---

1. *Art poétique*, I, 155-156. (ÉD.)

Dans notre âge, est certainement une cheville dont maître Adam n'aurait pas voulu. Cela ne veut pas dire la même chose que *dans notre temps*, et *dans notre temps* serait encore une expression impropre, lorsque Boileau parle à M. de Voltaire; car le temps de l'un n'est pas celui de l'autre. *Un astre brillant* ne se lève point *dans un âge*. Et pour ce qui est de dire, *dès qu'un astre brillant se levait, il obtint*, au lieu de *il obtenait*, j'ai quelque idée que, lorsque je faisais mes humanités au collége du Plessis, si je fusse tombé dans ce solécisme, le bon M. Jacquin, qui aime qu'on parle français, m'aurait fait donner une férule.

Je ne crois pas qu'il eût toléré davantage ces étranges expressions : *Sous couleur d'illustrer Corneille* et sa mémoire; *sous couleur* est bien barbare, et je ne crois pas que personne sache de quelle couleur est la *couleur d'illustrer*. Celle-là n'est point sortie du prisme newtonien; et si l'auteur eût eu, comme M. Guillaume[1], la sagesse de consulter son teinturier, il n'aurait pas inventé à lui tout seul cette *couleur* extraordinaire qui ne l'*illustrera* pas, ou du moins pas plus que l'hémistiche suivant :

> Tu viens, *loueur* perfide.

On dit bien, non point en vers, mais en prose très-familière, un *loueur de carrosses*, et c'est le seul sens dans lequel le mot *loueur* soit français; mais il n'est jamais tolérable de dire *loueur perfide*, à moins que la voiture ne casse.

On dit bien encore *ombragé d'un panache*, on dit *un cheval ombrageux*; mais on ne dit pas, et l'on n'imprime point *un orgueil qui s'ombrage d'un homme*, comme dans ces vers :

> Quiconque est sans génie est sûr de ton suffrage
> Mais malheur à celui dont ton orgueil s'ombrage.

J'ignore si c'est ainsi qu'écrivent les morts; mais certainement aucune de ces expressions n'est de la langue des vivants.

Encore un exemple d'une façon de parler peu commune, à la page 22; le faux Boileau dit : *C'est de toi qu'on a pris la méthode de bannir toute règle, de se faire un art, d'avoir chacun son genre,*

> D'imaginer sans cesse une sottise rare,
> Et, pour se distinguer, tâcher d'être bizarre.

La langue aurait voulu *de tâcher d'être bizarre*, et la phrase ne pourrait pas se finir régulièrement d'une autre manière; mais le vers n'y aurait pas été, et l'auteur a mieux aimé que le vers fût contre la langue. Il a cru qu'avec le nom de Boileau, on pouvait se mettre audessus des règles; ce n'est pas ainsi que le vrai Boileau avait acquis le droit d'en imposer aux autres écrivains, et de poursuivre les Clément de son siècle

---

1. Personnage de l'*Avocat patelin*. (ÉD.)

Avant que d'écrire, disait ce grand homme, *apprenez à penser.*

> Si le sens de vos vers tarde à se faire entendre,
> Mon esprit aussitôt commence à se détendre [1].

Croit-on qu'avec une si juste sévérité pour toute expression obscure, ◄ eût vu de bon œil les vers de son pseudonyme, dont la figure favo-ite est l'amphibologie; témoin cet hémistiche,

> Quoique jeune, inconnu,

qui peut également signifier, *quoique jeune et inconnu*, ou *inconnu quoique jeune ?* Les doctes prétendent même que ce dernier sens est réellement celui de l'auteur qui ne conçoit pas qu'on puisse être in-connu dans sa jeunesse, parce que *quoique jeune il s'est fait connaître*, à ce qu'il pense, très-avantageusement, par des satires mordantes contre quelques poètes qui écrivent mieux que lui, et des imputations graves contre tous les philosophes qui n'auront jamais avec lui rien de commun [2].

Un peu plus bas sont ces vers énigmatiques :

> Jamais de mes rivaux bassement envieux,
> Au mérite éclatant je ne fermai les yeux.

L'auteur veut-il dire que ses rivaux *étaient bassement envieux?* veut-il dire qu'il ne fut jamais *bassement envieux de ses rivaux ?* veut-il dire qu'il ne *ferma pas les yeux de ses rivaux au mérite ?* veut-il dire qu'il ne *ferma pas ses yeux* au mérite de ses rivaux ? veut-il dire....car on pourrait encore trouver trois ou quatre sens à cette phrase. Si c'est là de la richesse, elle est d'une espèce rare, et ce n'est du moins ni du bon goût, ni de la clarté.

Voici un autre passage où vous trouverez à la fois amphibologie et solécisme :

> D'outrager le bon sens, les mœurs, et la décence,
> Des talents dont toi-même en secret tu fais cas.

Sont-ce *les mœurs et la décence des talents ?* le sens serait absurde. Est-ce *d'outrager des talents ?* mais pourquoi le verbe *outrager* gou-verne-t-il l'article *les* dans le premier vers, et l'article *des* dans le se-cond ? Il fallait *les talents*, pour que la phrase fût française ; et, en ôtant le solécisme, l'auteur aurait supprimé l'amphibologie. Mais il aime trop celle-ci pour s'en priver. Despréaux disait :

> Les stances avec grâce apprirent à tomber,
> Ft le vers sur le vers n'osa plus enjamber [3].

---

1. *Art poétique.*
2. Voy. *les Observations critiques de M. Clément*, dans lesquelles on trouve, page 251, ces paroles aussi absurdes qu'injustes : « Le philosophe aime avec une tendre humanité *le Lapon et l'Orang-Outang* qu'il ne verra jamais, afin de re-garder comme étranger son compatriote qu'il voit tous les jours; » et beaucoup d'autres traits de ce même genre, que les Grecs appelaient συκοφαντί
3. *Art poétique*, I, 137-138. (Ed.)

Son secrétaire actuel écrit :

> Car ton esprit sans frein, dans ses jeux médisants,
> Ne sait point se borner aux traits fiers et plaisants
> D'un bon mot qui nous pique, etc.

L'*Art poétique*[1] veut

> Que toujours dans vos vers le sens coupant les mots,
> Suspende l'hémistiche, en marque le repos.

Le prétendu Boileau fait bonnement imprimer ces lignes

> Plein de courage, armé d'une savante audace.
> . . . .
> Dans ce nombre effrayant d'auteurs, dont les écrits
> Menacent, chaque jour, de noyer tout Paris.

Indépendamment de l'extraordinaire harmonie de ces vers, remarquez qu'on dit bien que *Paris est inondé d'écrits*, de mauvais écrits, de vers ridicules, et de prose impertinente; mais qu'on ne saurait dire qu'il en soit *noyé, ni menacé d'être noyé*. Cet écrivain n'a pas médité, comme il le devait, le livre de l'abbé Girard[2]. L'autre Boileau aurait montré à l'abbé Girard à le faire.

Il ne remplissait pas ses vers avec des chevilles. Il exige

> Que toujours le bon sens s'accorde avec la rime[3].

Mais l'usurpateur de son nom fait ces vers :

> Voyons qui de nous deux, *par une sage loi*,
> A fait de la satire un plus utile emploi.

L'oreille délicate du vieux Boileau sentait

> *qu'il est un heureux choix de mots harmonieux*[4].

Il nous prescrit

> *De fuir* des mauvais sons le concours odieux[5].

Il se serait reproché ces vers de son imitateur :

> Amoureux de la *gloire* et de la vérité,
> Mon esprit ne put *voir*, sans être révolté, etc.

La sorte de consonnance de *gloire* et de *voir* lui aurait déplu; mais, quant à ceux-ci,

> Eh bien donc *raisonnons; car* toujours *badiner*,
> Turlupiner, railler, sans jamais *raisonner*

Il s'en serait moqué toute sa vie.

---

1. Chant I, vers 105-106. (ÉD.) — 2. Les *Synonymes français.* (ÉD.)
3. *Art poétique*, I, 28. (ÉD.) — 4. *Id.*, I, 109. (ÉD.) — 5. *Id.*, I, 110. (ÉD.)

Voici encore quelques passages d'une étonnante versification.

> Ma muse se moquant
> Parsemait ses écrits
> Du sel le plus piquant,
> Pour vaincre des esprits.
> . . . .
> Les lecteurs amusés
> Pardonnaient en riant,
> D'être désabusés,
> Au naïf enjoûment.
> . . . .
> Si l'ardeur de briller
> En tout genre d'écrire
> La licence à penser,
> L'audace de tout dire,
> L'art de tout effleurer,
> . . . .
> Le clinquant merveilleux
> Pour éblouir les sots,
> Et le fatras pompeux,
> Monté sur les grands mots,
> . . . .
> Voltaire, c'est ainsi
> Que tes beautés fragiles,
> De ton siècle ébloui
> Charment les yeux débiles.
> . . . .
> Ne se trouve en lambeaux,
> Partout dans tes ouvrages;
> Et que tous ces oiseaux
> Reprenant leur plumage,
> De furtives couleurs,
> Le corbeau dépouillé,
> Ne soit des spectateurs
> Sifflé, moqué, raillé.

Qu'est-ce que tout cela? de méchants vers de six syllabes en rimes croisées, ou de méchants vers alexandrins à rimes plates? Ni l'un ni l'autre; c'est de la prose plate et monotone, et qu'on ose appeler vers, et donner à Boileau.

Et c'est en mettant plus de quarante lignes de cette force dans une pièce qui n'en a pas quatre cents, et à laquelle on a dû travailler plus de deux ans, puisqu'elle répond à une autre, qui depuis plus de deux ans[1] est publique; c'est avec ce degré de talent, d'étude, de lumière, et de goût, qu'on s'érige en Aristarque de tous les poëtes et de tous

---

1. L'Epître à Boileau, par Voltaire est de 1769; le Boileau à Voltaire, par Clément est de 1772. (ED.)

les philosophes vivants, et qu'on insulte nommément MM. de Voltaire, d'Alembert, Diderot, Marmontel, Saurin, Thomas, de Saint-Lambert du Belloi, Delille, de La Harpe, et plus qu'eux tous encore, Boileau, sous le nom duquel on met tant de sottises ! Ah ! vanité, vanité, que tu serais laide, si tu n'étais pas ridicule !

J'ai l'honneur d'être, etc.

DÉCLARATION DE M. DE VOLTAIRE.

SUR LE PROCÈS ENTRE M. LE COMTE DE MORANGIÉS ET LES VÉRON.

(1773.)

Ma famille fut attachée à la famille de M. le comte de Morangiés; mon père fut longtemps son conseil. Mais sans écouter aucune prévention et étant absolument sans intérêt, je ne me déterminai à croire M. le comte de Morangiés entièrement innocent dans son étrange procès contre la famille Véron, qu'après avoir lu toutes les pièces et tous les mémoires contre lui.

Il me parut absurde et impossible qu'un maréchal de camp, qu'un père de famille, dont les affaires à la vérité sont dérangées, mais qui n'a jamais commis aucune action criminelle, eût conçu le projet extravagant et abominable qu'on lui impute. Non, il n'est pas possible qu'un ancien officier, qui n'a pas l'esprit aliéné et endurci dans la scélératesse, eût imaginé non-seulement de voler cent mille écus à une veuve nonagénaire, mais d'accuser la famille de cette veuve de lui avoir volé à lui-même ces cent mille écus et de chercher à faire périr cette famille dans les supplices. Il ne me paraissait pas dans la nature qu'un homme obéré, qu'on prétend avoir été tiré tout d'un coup par le sieur du Jonquay de l'état le plus cruel, et nanti par lui d'une somme exorbitante de cent mille écus, eût refusé de payer une somme légère à la courtière qu'on supposait lui avoir procuré un argent si inattendu. M. de Morangiés aurait eu l'intérêt le plus pressant à satisfaire cette entremetteuse. Qu'on se représente un homme tourmenté par le besoin d'argent, à qui une femme fait tomber tout d'un coup dans les mains cent mille écus, comme par enchantement : refusera-t-il, dans les premiers transports de sa joie et de sa reconnaissance, une rétribution légitime à sa bienfaitrice ? Je soutiens que cela n'est pas dans la nature humaine.

S'il avait reçu tant d'argent, et s'il avait formé le dessein coupable de ne point payer son créancier, il n'avait qu'à garder paisiblement la somme; il pouvait attendre, sans inquiétude, le temps des payements et renvoyer alors le prétendu prêteur à l'assemblée de ses créanciers, pour se faire payer à son rang comme il pourrait; mais il ne se serait pas exposé à un procès criminel prématuré.

Il était donc de la plus grande vraisemblance que M. de Morangiés n'avait rien reçu, puisqu'il osait soutenir un procès criminel contre ceux qui prétendaient lui avoir prêté.

D'un autre côté, la manière dont on alléguait qu'on lui avait fait ce prêt tenait de la fable la plus incroyable. De l'argent qui doit être toujours porté en secret par du Jonquay, tandis que le lendemain matin le même homme donne au même M. de Morangiés de l'argent en public; cent mille écus portés à pied en treize voyages, tandis qu'il était si aisé de les porter en carrosse; une course de cinq à six lieues, lorsqu'il était si simple de s'épargner cette fatigue inouïe : tout cela est tellement romanesque, que quand je lus la réfutation de cette aventure dans le plaidoyer de M. Linguet, j'eus peine à me persuader qu'on eût osé proposer sérieusement de telles chimères devant la première cour du royaume, et qu'on eût abusé à ce point de la patience des juges.

Ce fut pis encore, j'ose le dire, lorsqu'on remonta à la source des prétendus cent mille écus en or qu'une pauvre veuve, logée à un troisième étage et ayant à peine de quoi soutenir sa famille, avait, dit-on, prêtés par les mains de son petit-fils du Jonquay, qui avait couru six lieues à pied chargé de ce fardeau. M. Linguet remarque fort bien que, pour prêter cent mille écus, il faut les avoir. Le roman de la fortune si longtemps inconnue de cette veuve Véron me parut aussi étonnant que l'histoire des treize voyages. On ne faisait voir aucune preuve, aucune trace des origines de cette fortune secrète, qui formait un si grand contraste avec la pauvreté de la famille. On m'assurait que la Véron était la veuve d'un agioteur obscur et malaisé de la rue Quincampoix, qui louait, à la vérité, un corps de logis de mille cinquante livres, mais qui en relouait une partie, et qui mourut insolvable, au point qu'on n'a jamais payé les frais de l'inventaire fait à sa mort, frais encore dus au successeur de ce même Gillet, notaire, chez qui la veuve Véron prétendait avoir fait valoir clandestinement ces prétendus cent mille écus.

On m'avait écrit encore que ce Véron, qu'on nous donnait pour un fameux banquier, avait fait plusieurs métiers bien éloignés de la finance; qu'entre autres il avait été boulanger chez M. le duc de Saint-Aignan.

Je ne parlais d'aucune de ces anecdotes qui forment partout un très-puissant préjugé dans cette cause, parce que c'est à M. de Morangiés, qui est sur les lieux, à les vérifier et à en tirer avantage.

Je savais d'ailleurs que la famille Véron vivait très à l'étroit et subsistait mesquinement d'un petit fonds que la veuve faisait valoir en prêtant, dit-on, sur gages par les mains des courtières. Je le savais par le rapport naïf d'un domestique d'un de mes neveux, M. de Florian, ancien capitaine de cavalerie au régiment de Brionne, qui était alors à Ferney, et qui y est encore. Ce domestique, nommé Montreuil, nous disait souvent qu'il connaissait ce du Jonquay; qu'il avait mangé plusieurs fois avec lui; que ses sœurs travaillaient, l'une en broderie, l'autre en linge, et vendaient leurs ouvrages. Ces discours toujours uniformes d'un ancien laquais me frappèrent; et enfin j'ai pris le parti de tirer de lui une déclaration authentique par-devant notaire.

« L'an mil sept cent soixante et treize, le seize février, etc., en présence des témoins, a comparu Charles Montreuil, natif de Montreuil-sur-Mer en Picardie, ci-devant domestique à Paris, et actuellement chez M. de Florian, ancien capitaine de cavalerie, lequel a déclaré qu'il a connu à Paris le sieur du Jonquay, avec lequel il a mangé plusieurs fois; qu'il logeait dans la rue Saint-Jacques avec sa grand'mère, la veuve Véron, laquelle prêtait de petites sommes sur gages, à deux sous par mois par vingt sous. Que la veuve Durant, courtière, proposa plusieurs fois à lui Montreuil de lui faire prêter, par ladite Véron, quelques petites sommes sur de bons effets. Que ledit du Jonquay avait deux sœurs qui travaillaient fort bien en linge et en broderie, et qu'elles avaient permission de leur grand'mère de vendre leurs ouvrages à leurs profit, etc.   *Signé* NICOD, notaire.

« Contrôlé à Gex, le même jour.   LA CHAUX. »

Toutes ces probabilités réunies faisaient sur moi la forte impression qu'elles doivent faire sur tout esprit impartial qui n'est d'aucune faction, qui aime la vérité et qui s'indigne contre l'injustice. Dans ces circonstances, M. le comte de Morangiés m'écrivit souvent et me fit tout le détail de sa malheureuse aventure. Il s'ouvrait à moi avec une confiance sans bornes; et dans toutes ses lettres jamais je n'ai pu remarquer la moindre apparence de contradiction; je voyais toujours un homme pénétré d'horreur en m'exposant les artifices employés pour le surprendre.

J'étais frappé de la contradiction énorme qui se trouve dans le roman des cent mille écus, portés en or en treize voyages, le 23 septembre 1771, et la promesse de M. de Morangiés, du 24, d'accepter les propositions du prêteur dès qu'il aurait reçu l'argent. Ce seul trait de lumière me semblait devoir dessiller tous les yeux. Il est impossible que M. de Morangiés ait reçu l'argent la veille et qu'il ait signé le lendemain qu'il ferait ses billets dès qu'il aurait reçu l'argent.

Il me paraissait fort naturel, et il me le paraîtra toujours, que le prétendu prêteur ait fait accroire, le 24, à M. de Morangiés, qu'il fallait qu'il lui confiât quatre billets de trois cent vingt-sept mille livres, y compris les intérêts payables à la veuve Véron. Il persuada à M. de Morangiés qu'il avait en main une compagnie opulente qui avait des affaires avec cette veuve d'un prétendu banquier, et que dans peu de jours il lui apporterait l'argent sur des billets qu'il fallait montrer à cette compagnie. Pour mieux aveugler le comte de Morangiés par cette chimère incroyable, il lui prêta généreusement douze cents francs dont le comte avait malheureusement un besoin pressant. Voilà les extrémités où des officiers se réduisent tous les jours dans Paris, par l'obligation où ils croient être de soutenir un extérieur d'opulence.

Je sais quel besoin avait M. de Morangiés de ces douze cents francs. Il est bien clair qu'il ne serait pas venu les chercher lui-même à un troisième étage, s'il avait reçu environ cent mille écus la veille. Tout homme sensé conclura de ce que M. de Morangiés courut chercher douze cents francs le 24, qu'il n'avait pas touché trois cent mille livres le 23. Cette faible somme qu'on lui donnait acheva son malheur.

Le comte crut qu'il pouvait confier ses billets à cet inconnu, comme on les confie à un agent de change. Il ne savait pas que la Véron, qui était alors dans une chambre voisine, était la propre grand'mère de du Jonquay. Ce sont là de ces tours qui sont assez communs dans toutes ces affaires obscures et honteuses. Enfin il fut séduit et il laissa ses billets exigibles entre les mains de du Jonquay, sans en tirer de reconnaissance. Voilà ce qu'il me mandait dans le plus grand détail. Ces démarches, cette conduite avec un inconnu, me paraissent très-peu prudentes; mais il me paraissait aussi fort vraisemblable qu'un officier obéré, tourmenté de sa situation, fasciné par l'espoir chimérique de posséder bientôt cent mille écus en espèces, eût été séduit par un si grand appât. Je voyais bien que M. de Morangiés avait fait une très-grande faute de fournir de telles armes contre lui. Je le lui mandais; à peine en voulait-il convenir; mais plus la faute était grande, plus je voyais l'art avec lequel on l'avait fait tomber dans ce piége grossier.

Je demande à présent à tous les avocats, à tous les juges, à tous ceux qui connaissent le cœur humain, est-il possible que M. de Morangiés, que je n'ai jamais vu, ayant en sa possession cent mille écus, m'eût écrit des volumes plus gros que toute la procédure, pour me persuader qu'il ne les avait pas reçus? Quel besoin avait-il de descendre dans les plus petits détails avec un vieillard mourant qui demeure à cent vingt lieues de lui? Certes, s'il avait possédé cet argent, il en aurait joui sans se mettre en peine de mon opinion inutile.

Cette opinion reçut un nouveau degré d'évidence quand j'appris qu'enfin du Jonquay et sa mère, qu'on nomme Romain, participante à toute cette affaire, avaient tout avoué devant un commissaire de police, qu'ils avaient reconnu et signé la fausseté de l'histoire des cent mille écus, que tout était avéré. Ils firent cette déclaration étant libres chez ce commissaire, et pouvant faire une déclaration toute contraire; donc assurément la force de la vérité leur arrachait cet aveu.

Je n'examine point si cet aveu est revêtu de toutes les formes légales et si on peut revenir contre une déclaration si authentique. Je m'en tiens à soutenir qu'il est bien difficile qu'une mère et un fils, dans la fortune la plus serrée, abandonnent tout d'un coup, d'un commun accord, leurs prétentions à une fortune de cent mille écus qui leur appartiendrait légitimement. Je présume qu'il n'y a pas une seule famille dans le royaume qui se dépouillât ainsi de tout son bien par une déclaration chez un commissaire. Je maintiens que des violences, des menaces, ne forceraient personne à confesser que son bien n'est point à lui, si les remords et le trouble qu'ils inspirent ne tiraient cette vérité du fond d'une âme coupable.

Du Jonquay et sa mère disent, longtemps après, qu'ils n'ont tout avoué, tout signé, chez un commissaire, que parce qu'un commis de la police, nommé Desbrugnières, leur avait donné précédemment un coup de poing chez un procureur. C'était précisément cette raison-là même, je le répète, qui devait les exciter à soutenir la légitimité de leurs cent mille écus chez le commissaire. C'était là qu'ils devaient demander justice contre ce commis; c'était là qu'ils devaient dire : « Voilà l'homme qui nous a violentés, qui ne nous a parlé que de cachots, qui nous a battus pour nous dépouiller de notre bien; nous voilà libres à présent sous les yeux d'un premier juge : nous faisons serment que les cent mille écus nous appartiennent, et que ce commis a employé la force et la barbarie pour nous en dépouiller. Nous attestons les témoins qui nous ont vus porter notre or qu'on nous ravit. Nous demandons notre bien et vengeance. »

Au lieu de prendre ce parti, que la nature dicterait aux hommes les plus faibles et les moins instruits, ils se taisent, ils ne citent aucun témoin en leur faveur : donc ils n'en avaient point trouvé encore. Ils ne se défendent pas, ils conviennent de leur délit, ils signent leur condamnation. Avant même de signer ils avouent tout, non pas d'abord au commis dont ils prétendent avoir été durement traités, mais à un clerc d'un inspecteur de police, nommé Colin, et au clerc du commissaire; ils confessent qu'ils ont trompé M. de Morangiés. La femme Romain, mère de du Jonquay, demande pardon à M. de Morangiés, et le conjure de ne la pas perdre. Ils font plus : le lendemain, étant en prison, ils écrivent à leur conseil pour redemander les billets qu'ils ont extorqués, et pour les remettre entre les mains de la police. Ils confirment l'aveu de leur délit. La grand'mère Véron vient dans la prison, et elle semble faire le même aveu tacitement à Desbrugnières, en recommandant ses petits-enfants à ses bons offices. Du Jonquay et sa mère renouvellent encore leur déclaration de la veille.

Voyez combien d'aveux! au sieur Colin, à un clerc du commissaire, à Desbrugnières, au commissaire, à M. de Morangiés lui-même, dont ils ont imploré la miséricorde. N'est-ce pas la vérité qui a parlé? Et cette vérité serait anéantie, sous prétexte qu'un homme réputé coupable a été menacé et saisi par ses boutons chez un procureur!

La manière dont on s'y est pris pour tirer cette vérité de leur bouche, peut n'être pas dans la forme ordinaire de la justice réglée. Je sais qu'on objecte que ce commis de la police les avait conduits et intimidés chez ce procureur, qui n'était pas fait pour tenir audience; que ce commis, trop zélé et trop vif, n'a pas eu cette sévérité tranquille et circonspecte, si nécessaire à quiconque agit au nom de la justice. Je veux croire enfin que toute cette affaire a été mal ménagée. Il en résulte que plus on avait transgressé les règles, plus du Jonquay et sa mère devaient éclater en plaintes, et non pas confesser leur délit; ils se sont avoués cinq fois coupables : donc on pouvait croire qu'ils l'étaient, donc ils peuvent l'être encore aux yeux du public impartial, qui prononce suivant l'équité naturelle, qui n'écoute que les principes du sens commun, et qui ne s'informe pas si les formalités des lois ont été bien ou mal observées.

On pousse aujourd'hui la chicane jusqu'à prétendre que les déclarations authentiques de du Jonquay et de sa mère ne peuvent être regardées comme des preuves par écrit, quoiqu'elles soient écrites; que du Jonquay n'est que témoin, quoiqu'il ait toujours été partie principale.

Les honnêtes gens n'entendent point ces subtilités ; il leur suffit que deux accusés aient avoué cinq fois l'iniquité dont on les charge.

Enfin le procès étant engagé en règle entre M. de Morangiés et la famille Véron, cette famille vend son procès au nommé Aubourg (qu'on a cru un prêteur sur gages, et qui est un homme inconnu), comme on vend une maison qui demande des réparations. Le marché fait, la veuve Véron meurt ; et quelques heures avant sa mort on lui fait faire un testament, dans lequel elle contredit tout ce qu'elle et sa famille avaient soutenu auparavant. Elles criaient qu'en perdant ces cent mille écus, elles perdaient tout ce que la Véron avait jamais possédé. Elle articule, dans ce testament, qu'elle a donné deux cent mille francs à sa fille Romain, mère de du Jonquay, à cette même Romain qui à peine a de quoi subsister : voilà la Véron qui n'avait presque rien, et qui meurt riche, par son testament, de plus de cinq cent mille livres.

Ce tissu étrange de choses incroyables, qui se succèdent si rapidement, forme aujourd'hui un des procès les plus singuliers qui aient jamais occupé les tribunaux : c'est alors que, pressé par des amis de M. de Morangiés, j'écrivis, malgré ma répugnance et mon peu de capacité, dans l'absence de M. Linguet, quelques réflexions sommaires sur les *probabilités en fait de justice*, sans y mettre mon nom, sans nommer même ni M. de Morangiés ni ses adversaires, me tenant dans les bornes du doute, et cherchant la vérité. Mes doutes me conduisirent à reconnaître M. de Morangiés très-innocent.

Ce petit écrit simple et sans aucun art fit revenir en sa faveur plusieurs esprits prévenus. En ne décidant rien, je les persuadai. Je me gardai bien de prévenir orgueilleusement les décisions de la justice. Au contraire, je déclarai, et je dis encore, que j'écrivais pour le public, juge de l'honneur, et non pour les magistrats, juges des formes, des procédures, et de l'esprit de la loi.

J'observai, et j'observe de nouveau, qu'on peut gagner son procès dans le fond du cœur de tous ses juges, et le perdre très-justement par un défaut de formes. Il en était de même chez les Romains, et c'était une maxime chez eux : *Qui viole les formes perd sa cause*. Si vous avez payé votre créancier, votre marchand, et que vous ayez oublié d'en tirer quittance, vous êtes condamné justement à payer deux fois, parce que votre dette existante dépose contre vous. Si vous avez eu la dangereuse bonne foi de laisser entre les mains d'un inconnu des promesses signées de vous, valeur reçue, sans en avoir reçu la valeur, et sans avoir de contre-lettre, vous pouvez être justement condamné à payer ce que vous ne devez pas, faute d'avoir observé une formalité nécessaire.

Si deux témoins, ou trompés, ou trompeurs, persistent uniformément à déposer contre vous, dans la crainte que leur impose notre loi rigoureuse d'être punis s'ils se rétractent après le récolement, vous êtes condamné quoique évidemment innocent

Qu'un piqueur et un homme à peu près de cette condition, il n'importe, tout est égal devant la justice, aient vu quelques sacs étalés sur une table, et qu'on leur ait dit qu'il y avait cent mille écus ; qu'ils l'aient cru, qu'ils le croient d'autant plus qu'on les a traités durement pour l'avoir dit; qu'ils prétendent avoir vu porter cet argent chez vous; qu'une courtière, enfermée autrefois à l'Hôpital, les encourage ou non à cette déposition, mais qu'on vous représente pour cent mille écus de billets signés de vous imprudemment le même jour ou le lendemain, vous êtes condamné avec dépens, dommages, et intérêts. La justice vous dit : « Je ne juge pas les cœurs, je juge les pièces du procès. »

RÉPONSE A L'ÉCRIT D'UN AVOCAT,

INTITULÉ PREUVES DÉMONSTRATIVES EN FAIT DE JUSTICE.

(1773.)

Un avocat qui ne se nomme pas [1], et c'est un funeste préjugé contre lui, écrit un libelle diffamatoire contre M. de Morangiés et contre moi, sous ce titre moins modeste que le mien : *Preuves démonstratives*, etc.; libelle dans lequel assurément rien n'est démontré que le désir cruel de diffamer et de nuire. Il me demande de quel droit j'ai écrit en faveur de M. de Morangiés. Je lui réponds : « Du droit qu'a tout citoyen de défendre un citoyen; du droit que me donne l'étude que j'ai faite des ordonnances de nos rois, et des lois de ma patrie; du droit que me donnent des prières auxquelles j'ai cédé; de la conviction intime où j'ai été, et où je suis jusqu'à ce moment, de l'innocence de M. le comte de Morangiés; de mon indignation contre les artifices de la chicane, qui accablent si souvent l'innocence. Je pouvais, monsieur, exercer comme vous la noble profession d'avocat. Je pouvais même être votre juge, ainsi que le sont mes parents. Si j'ai préféré les belles-lettres, ce n'est pas à vous qui les cultivez à me le reprocher. »

Oui, monsieur, je crois M. de Morangiés malheureux et innocent, peut-être mal conseillé d'abord dans cette affaire épineuse; peut-être inconsidérément servi par un commis de police trop livré à son zèle; ayant contre lui la famille entière Véron, et tous ceux qui ont pris le parti de cette famille, et une faction nombreuse. Mais pourquoi le chargez-vous d'injures et d'opprobres avant le jugement? pourquoi dites-vous d'un maréchal de camp (page 51) « qu'il n'est qu'un fourbe maladroit, et qu'il n'a reçu de la nature que de médiocres dispositions pour être faussaire? »

Pourquoi lui dites-vous (page 55) : « Vous mentez impudemment? »

Et dans la même page : « qu'il ameute toutes les bouches impures qui veulent le servir? »

Pourquoi enfin poussez-vous l'atrocité (page 86) jusqu'à vous servir deux fois du terme de fripon? Il était, dites-vous, un *fripon, de son aveu et du mien*. Quoi! vous qui n'auriez pas eu la hardiesse de lui

---

1. Falconnet, auteur des *Preuves démonstratives en fait de justice*, opuscule écrit dans l'intérêt de Véron. (ED.)

manquer de respect en sa présence, vous lui dites dans un libelle ces odieuses injures que vous tremblez de signer, et vous faites consulter ce libelle comme l'ouvrage d'un avocat! Ainsi vous offensez doublement l'honneur de votre corps en n'osant pas paraître, et en osant souiller de ces infâmes opprobres un mémoire que vous rendez juridique, en l'appuyant d'une consultation.

Vous ne vous contentez pas de cet excès qui fait tant de tort à votre cause; vous joignez ce que la bouffonnerie a de plus vil à ce que l'emportement a de plus grossier.

Vous commencez dans une affaire capitale, où il s'agit de l'honneur et de la fortune de deux familles, et peut-être des peines les plus rigoureuses; vous commencez, dis-je, par annoncer que *vous ne dînez point chez Fréron;* vous plaisantez sur les Calas et sur Lavaisse : quel sujet de raillerie! Vous prenez Lavaisse pour le gendre de La Beaumelle, sans être le moins du monde au fait des choses mêmes dont vous parlez, et que vous voulez tourner en ridicule. Vous prenez des pirates pour des corsaires; vous me faites dire ce que je n'ai jamais dit; vous raillez indécemment sur l'affaire criminelle la plus sérieuse; vous transformez le sanctuaire de la justice, tantôt en un canton des halles, tantôt en un théâtre de la foire. Ce n'est pas ainsi qu'en a usé M. Vermeil, le véritable avocat de la cause dans laquelle vous vous êtes intrus pour la gâter.

Quoi! monsieur, vous voulez intéresser pour le sieur du Jonquay; vous voulez arracher des larmes en faveur d'un homme que vous peignez vertueux et opprimé; et vous le faites parler comme un farceur qui cherche à faire rire la canaille! Ah! monsieur, souvenez-vous qu'il faut avoir le style de son sujet : c'est un devoir qui est bien rarement rempli. Songez qu'Horace n'a point dit : *Si vis me flere*, ridendum *est primum ipsi tibi.*

On vous pardonnerait de déguiser des faits peu favorables, d'essayer de faire valoir les choses les plus frivoles, de répondre par des paralogismes ridicules aux raisons les plus solides; de crier que vous avez prouvé ce que vous n'avez point prouvé, et que vous avez détruit ce qui n'est point détruit. Vous pouvez donner au mensonge l'air de la vérité, et à la vérité les couleurs du mensonge, vous épuiser en vaines déclamations sur des faits qui n'ont aucun rapport au fond de l'affaire, et courir rapidement sur les faits les plus graves qui déposent contre vous. Cette méthode n'est pas honorable sans doute; elle est tolérée pour le malheur des hommes. Mais j'ose dire que nous retombons dans les siècles de la plus épaisse barbarie, s'il est permis désormais de souiller le barreau par des injures et par des farces. La justice tranquille et sévère, assise sur le trône de la vérité, veut que tous ceux qui participent en quelque sorte à son ministère auguste tiennent quelque chose de sa gravité et de sa décence.

Vous avez voulu, dans cette cause, soulever le peuple contre la noblesse, et en faire une affaire de parti; vous avez voulu peindre un gentilhomme qui se plaint d'avoir été surpris, comme un tyran appuyé de pouvoir despotique pour opprimer de pauvres innocents. Vous vous y êtes bien mal pris. Il se trouve, par votre Mémoire, que c'est l'homme de qualité qui est opprimé, et que ce sont les pauvres citoyens qui insultent. Je vois que, dans cette affaire, on affecte d'envisager M. de Morangiés comme un homme puissant qui accable du poids de sa grandeur une famille obscure. M. de Morangiés est bien loin d'être un homme puissant; c'est un brave gentilhomme, un bon officier comme tant d'autres; et, dans de telles affaires, c'est le peuple qui est puissant, c'est lui qui s'ameute, c'est lui qui crie, c'est lui qui soulève mille praticiens, c'est lui qui fait retentir mille voix : les gens de qualité se taisent.

M. de Morangiés est très-malheureux sans doute de s'être humilié jusqu'à recevoir des lettres insultantes d'une courtière, et de du Jonquay. Il eût mieux valu cent fois vivre obscurément dans une de ses terres jusqu'au payement de ses dettes : que dis-je? il eût mieux valu vivre de pain de munition sur la frontière, dans une garnison, que d'avoir quelque chose à disputer avec des prêteuses sur gages, et de chercher en vain dans Paris de malheureuses ressources qui finissent toujours par ruiner un homme de qualité.

Mais M. le comte de Morangiés est encore le plus à plaindre de s'être exposé à essuyer de vous des opprobres que votre sang ne réparerait pas.

Quoi qu'il en soit, monsieur, attendons, vous et moi, respectueusement le résultat des interrogatoires et de toute la procédure. Quelque jugement qu'on porte, il sera juste, parce qu'il sera fondé sur la loi. Un arrêt nous révélera peut-être ce que sont devenus ces cent mille écus, donnés autrefois secrètement à la veuve Véron par un banqueroutier, transportés secrètement à Vitri-le-Brûlé par la veuve, reportés secrètement de Vitri dans la rue Saint-Jacques, et portés à pied secrètement chez M. de Morangiés. Je souscris d'avance à l'arrêt que le parlement prononcera. Si M. de Morangiés est déclaré convaincu et coupable, je le crois alors coupable. Si ses adversaires sont déclarés innocents, je les tiens innocents.

Mais je soutiendrai toujours qu'il serait possible que M. de Morangiés fût condamné justement par les formes à payer les cent mille écus et les dépens, quoiqu'il ne dût rien dans le fond, au lieu qu'il est impossible que les Véron soient disculpés s'ils sont condamnés. D'où vient cette grande différence entre M. de Morangiés et ses adversaires? La voici.

C'est que M. de Morangiés a fait malheureusement des billets d'une forme très-légale qui parlent contre lui. Et si le désaveu de du Jonquay et de sa mère a été fait dans une forme illégale, si des témoins intéressés persistent dans leurs témoignages, toutes les apparences sont alors contre M. de Morangiés, quoique le fond de l'affaire soit pour lui. Le roman des cent mille écus de la Véron, soutenu par les formes, l'emportera sur la vérité mal conduite; ce qui serait un grand et fatal exemple.

Si, au contraire, la famille Véron perdait son procès, elle le perdrait probablement, parce qu'on aurait des preuves judiciaires plus claires que le jour de la nullité des billets de M. de Morangiés.

Or, il me semble qu'on a beaucoup de preuves morales de la nullité de' ces billets; mais, pour les preuves légales, elles dépendent des procédures. Ces preuves morales ont paru victorieuses dans l'esprit du public impartial. Mais, je l'ai déjà dit, il faut que la loi conduise les juges.

Le Châtelet, saisi d'abord de cette affaire, semblait n'écouter que les probabilités; le bailliage du palais semble ne consulter que les procédures. Les lumières réunies des chambres assemblées du parlement dissiperont tous nos doutes. Ce tribunal, depuis qu'il est formé, n'a pas prononcé un seul arrêt dont le public ait murmuré.

DÉCLARATION DE M. DE VOLTAIRE

(1773.)

Celui qui a vendu la tragédie des *Lois de Minos* au libraire Valade, rue Saint-Jacques, n'a pas fait une action honnête, quoiqu'elle soit assez commune; il a volé des comédiens à qui l'auteur avait abandonné, selon sa coutume, le petit honoraire qui peut revenir des représentations, et de l'édition de ses ouvrages passagers. C'est aujourd'hui un des plus petits inconvénients de la littérature. Mais l'éditeur des *Lois de Minos* ayant entièrement défiguré cette pièce qui n'est pas reconnaissable, l'auteur est obligé d'en avertir le petit nombre de lecteurs qui pourraient l'acheter.

Il avertit aussi ceux qui lui écrivent des lettres anonymes, qu'il renvoie au rebut toutes les lettres des personnes qu'il n'a pas l'honneur de connaître.

LE PHILOSOPHE,

PAR M. DUMARSAIS[1].

(1773.)

Cette pièce est connue depuis longtemps, et s'est conservée dans les portefeuilles de tous les curieux; elle est de l'année 1730. Voyez l'éloge de M. Dumarsais dans le septième tome du grand Dictionnaire encyclopédique..

« Il n'y a rien qui coûte moins à acquérir que le nom de philosophe.

1. César Chesneau Dumarsais, né à Marseille en juillet 1676, mort le 11 juin 1756, avait composé un petit écrit intitulé *Le Philosophe*, qu'il donna à un libraire. Ce libraire le fit imprimer dans un recueil ayant pour titre : *Nouvelles libertés de penser*. Naigeon le reproduisit dans le *Recueil philosophique* en 1770 et en l'an II de la République (1794), dans l'*Encyclopédie méthodique* (*Philosophie*, t. III, p. 203-208). Le *Philosophe* a été admis par MM. Duchosal et Milon dans l'édition qu'ils ont donnée des *OEuvres de Dumarsais* en 1797. Voltaire abrégea l'ouvrage de Dumarsais, et fit imprimer sa rédaction à la suite des *Lois de Minos* en 1773. (*Note de M. Beuchot.*)

Une vie obscure et retirée, quelques dehors de sagesse avec un peu de lecture, suffisent pour mériter ce nom à des personnes qui s'en décorent sans aucun droit. D'autres, qui ont eu la force de se défaire des préjugés de l'éducation, se regardent comme les seuls et véritables philosophes.

« Le philosophe est un être organisé comme les autres hommes, mais qui, par sa constitution, réfléchit sur ses mouvements. Les autres hommes sont déterminés à agir, sans connaître les causes qui les font sentir, sans même songer qu'il y en ait. Le philosophe, au contraire, démêle ces causes autant qu'il est en lui, et souvent même les prévient, et se livre à elles avec connaissance. C'est une horloge qui se monte quelquefois, pour ainsi dire, elle-même; ainsi il évite les objets qui peuvent lui causer des sentiments qui ne conviennent ni au bien-être, ni à l'être raisonnable, et cherche ceux qui peuvent exciter en lui des affections convenables à l'état où il se trouve.

« Le philosophe forme et établit ses principes sur une infinité d'observations particulières; le peuple adopte le principe sans penser aux observations qui l'ont produit; il croit que la maxime existe pour ainsi dire par elle-même; mais le philosophe prend la maxime dans sa source; il en examine l'origine, il en connaît la propre valeur, et n'en fait que l'usage qui convient.

« De cette connaissance que les principes ne naissent que des observations particulières, le philosophe en conçoit de l'estime pour la science des faits. Il aime à s'instruire des détails et de tout ce qui ne se devine point. Ainsi, il regarde comme une maxime très-opposée aux progrès des lumières de l'esprit, de se borner à la seule méditation, et de croire que l'homme ne tire la vérité que de son propre fonds.

« Certains[1] métaphysiciens disent : « Évitez les impressions des sens, « laissez aux historiens la connaissance des faits, et celle des langues « aux grammairiens. » Nos philosophes, au contraire, sont persuadés que toutes nos connaissances nous viennent des sens; que nous ne nous sommes fait des règles que sur l'uniformité des impressions sensibles; que nous sommes au bout de nos lumières quand nos sens ne sont ni assez déliés, ni assez forts pour nous en fournir. Convaincus que la source de nos connaissances est hors de nous, ils nous exhortent à faire une ample provision d'idées en nous livrant aux impressions extérieures des objets; mais en nous y livrant en disciple qui consulte et écoute, et non en maître qui décide et qui impose silence : ils veulent que nous étudiions l'impression précise que chaque objet fait en nous, et que nous évitions de la confondre avec celles qu'un autre objet a causées.

« De là, la certitude et les bornes des connaissances humaines : certitude, quand on sent qu'on a reçu du dehors l'impression propre et précise que chaque jugement suppose; car tout jugement suppose une

---

1. C'est au P. Malebranche, et au petit nombre de sectateurs qu'il avait encore, que ceci s'adresse.

impression extérieure qui lui est particulière; bornés, quand on ne saurait recevoir des impressions ou par la nature de l'objet, ou par la faiblesse des organes. Augmentez, s'il est possible, la puissance des organes, vous augmenterez les connaissances.

« Ce n'est que depuis l'invention du télescope et du microscope qu'on a fait tant de progrès dans l'astronomie et dans la physique.

« C'est aussi pour augmenter le nombre de nos connaissances et de nos idées que nos philosophes étudient les hommes d'autrefois et les hommes d'aujourd'hui. « Répandez-vous comme des abeilles, vous « disent-ils, dans le monde passé et dans le monde présent; vous re- « viendrez ensuite dans votre ruche composer votre miel. »

« Le philosophe s'applique à la connaissance de l'univers et de lui-même. Mais comme l'œil ne saurait se voir, le philosophe connaît qu'il ne saurait se connaître parfaitement, puisqu'il ne saurait recevoir des impressions extérieures du dedans de lui-même, et que nous ne connaissons rien que par de semblables impressions; cette pensée n'a rien d'affligeant pour lui, parce qu'il se prend lui-même tel qu'il est, non pas tel qu'il paraît à l'imagination qu'il pourrait être. D'ailleurs, cette ignorance n'est pas en lui une raison de décider qu'il est composé de deux substances opposées. Ainsi, comme il ne se connaît point parfaitement, il dit qu'il ne connaît point comment il pense; mais comme il sent qu'il pense si dépendamment de tout lui-même, il reconnaît que sa substance est capable de penser de la même manière qu'elle est capable d'entendre et de voir.

« La pensée est dans l'homme une espèce de sens, si on l'ose dire, faute de termes, comme la vue et l'ouïe dépendent également d'une constitution organique. Le feu seul peut exciter la chaleur, les yeux seuls peuvent voir, les seules oreilles peuvent entendre, et la seule substance du cerveau est susceptible de recevoir des pensées. Que si les hommes ont tant de peine d'unir l'idée de la pensée avec l'idée de l'étendue, c'est qu'ils n'ont jamais vu d'étendue penser. Ils sont à cet égard ce qu'un aveugle-né est à l'égard des couleurs, un sourd de naissance à l'égard des sons. Ceux-ci ne sauraient unir ces idées avec l'étendue qu'ils tâtent, parce qu'ils n'ont jamais vu cette union. Mais, dès qu'on réfléchit à la puissance infinie de l'Être suprême, auteur de tout, et qu'on voit évidemment que l'homme n'est auteur de rien, on conçoit aisément que Dieu, qui donne la pensée, peut la donner et la conserver à tel être qu'il daignera choisir.

« Chaque jugement, comme on l'a déjà remarqué, suppose un motif extérieur qui doit l'exciter. Le philosophe sent quel doit être le motif propre du jugement qu'il doit porter. Si ce motif manque, il ne juge point, il l'attend, il se console quand il voit qu'il l'attend inutilement.

« Le monde est plein de personnes d'esprit, et de beaucoup d'esprit, qui jugent toujours; toujours ils devinent : car c'est deviner que de juger sans sentir qu'on a le motif propre du jugement; ils ignorent quelle est la portée de l'esprit humain, ils croient qu'il peut tout connaître; ainsi ils trouvent de la honte à ne point porter de jugement, et ils s'imaginent que l'esprit consiste à juger. Le philosophe est plus content de lui-même quand il a suspendu la faculté de se déterminer, que s'il s'était déterminé avant d'avoir le motif propre de sa décision. Ainsi il juge et parle moins; mais il juge plus sûrement, et parle mieux. Il n'évite point les traits vifs qui se présentent naturellement à l'esprit par un prompt assemblage d'idées qu'on est souvent étonné de voir unies. C'est dans cette prompte et subite liaison que consiste ce que communément on appelle esprit. Mais aussi c'est ce qu'il recherche le moins : il préfère à ce brillant le soin de bien distinguer les idées, et d'en connaître la juste étendue et la liaison précise; il évite de prendre le change en portant trop loin quelque rapport particulier que des idées auraient entre elles : c'est dans ce discernement que consiste ce qu'on appelle le jugement et la justesse d'esprit.

« A cette justesse se joignent encore la souplesse et la netteté. Le philosophe n'est pas tellement attaché à un système qu'il ne sente toute la force des objections. Mais la plupart des hommes ordinaires sont si fort livrés à leurs opinions qu'ils ne prennent pas seulement la peine de pénétrer celle des autres.

« Le philosophe comprend le sentiment qu'il rejette avec la même étendue et la même netteté qu'il entend celui qu'il a adopté. L'esprit philosophique consiste dans un esprit d'observation et de justesse, qui rapporte tout à ses véritables principes.

« Mais ce n'est pas l'esprit seul que le philosophe cultive. Il porte plus loin ses attentions et ses soins. L'homme n'est point un monstre qui ne doive vivre que dans les abîmes de la mer ou dans le fond d'une forêt; les seules commodités de la vie lui rendent le commerce des autres nécessaire; et, dans quelque état qu'il se puisse trouver, ses besoins et son bien-être l'engagent à vivre en société. Ainsi la raison exige de lui qu'il connaisse, qu'il étudie, et qu'il travaille à acquérir les qualités sociables. Il est étonnant que les hommes s'attachent si peu à tout ce qui est de pratique, et qu'ils s'échauffent si fort sur de vaines spéculations. Voyez les désordres affreux que tant de disputes théologiques ont causés; elles ont toujours roulé sur des points inexplicables, et quelquefois très-ridicules.

« Notre philosophe ne se croit point en exil en ce monde; il ne croit point être en pays ennemi, il veut jouir en sage économe des biens que la nature lui offre; il veut trouver des plaisirs avec les autres; et, pour en trouver, il faut en faire aux autres; ainsi, il cherche à convenir à ceux avec qui le hasard ou son choix le font vivre; et il trouve en même temps ce qui lui convient; c'est un honnête homme qui veut plaire et se rendre utile.

« La plupart des grands à qui les dissipations ne laissent pas assez de temps pour méditer, sont féroces envers ceux qu'ils ne croient pas leurs égaux. Les philosophes ordinaires, qui méditent trop, ou plutôt qui méditent mal, le sont envers tout le monde.

« Il serait inutile de remarquer ici combien le philosophe est jaloux de tout ce qui s'appelle honneur et probité.

« Les sentiments de probité entrent autant dans la constitution du philosophe que les lumières de l'esprit. Plus vous trouverez de raison

dans un homme, plus vous trouverez de probité en lui. C'est le contraire
où règnent le fanatisme et la superstition, les passions et l'emportement.

« Ce qui fait l'honnête homme, ce n'est pas d'agir par amour ou
par haine, par espérance ou par crainte ; c'est d'agir par esprit d'ordre
et par raison.

« La faculté d'agir est, pour ainsi dire, comme la corde d'un instrument de musique ; montée sur un certain ton, elle ne saurait rendre
un ton contraire. Il craint de se détonner, de se désaccorder avec lui-
même ; et ceci me fait souvenir de ce que Velleius Paterculus dit de
Caton d'Utique : Il n'a jamais fait de bonnes actions pour paraître les
avoir faites, mais parce qu'il n'était pas en lui de faire autrement :
*Nunquam recte fecit ut facere videretur, sed quia aliter facere non
poterat* (liv. II, chap. xxxv). »

LETTRE SUR LA PRÉTENDUE COMÈTE[1].

A Grenoble, ce 17 mai 1773.

Quelques Parisiens, qui ne sont pas philosophes, et qui, si on les
en croit, n'auront pas le temps de le devenir, m'ont mandé que la fin
du monde approchait, et que ce serait infailliblement pour le 20 du
mois de mai où nous sommes.

Ils attendent ce jour-là une comète qui doit prendre notre petit globe
à revers, et le réduire en poudre impalpable, selon une certaine prédiction de l'Académie des sciences qui n'a point été faite.

Rien n'est plus probable que cet événement ; car Jacques Bernouilli,
dans son *Traité de la comète*, prédit expressément que la fameuse comète de 1680 reviendrait avec un terrible fracas, le 17 mai 1719 ; il
nous assura qu'à la vérité sa perruque ne signifierait rien de mauvais,
mais que sa queue serait un signe infaillible de la colère du ciel. Si
Jacques Bernouilli se trompa, ce ne peut être que de cinquante-quatre
ans et trois jours.

Or, une erreur aussi peu considérable étant regardée comme nulle
dans l'immensité des siècles, par tous les géomètres, il est clair que
rien n'est plus raisonnable que d'espérer la fin du monde pour le 20 du
présent mois de mai 1773, ou dans quelque autre année. Si la chose
n'arrive pas, ce qui est différé n'est pas perdu.

---

1. L'astronome Lalande devait lire, dans la séance de l'Académie des sciences
du 21 avril 1773, des *Réflexions sur les comètes qui peuvent approcher de la
terre*. Ce qu'il avait dit à quelques amis, du résultat de ses calculs, s'altéra,
suivant l'usage, en passant de bouche en bouche. On parla d'une comète qui,
dans un an, dans un mois, dans huit jours, allait causer la fin du monde. Pour
dissiper ces inquiétudes, Lalande fit imprimer une note dans la *Gazette de
France* du 7 mai, puis ses *Réflexions* dont, faute de temps, il n'avait pu faire
lecture à la séance de l'Académie des sciences. Ce fut aussi le sujet de la *Lettre
sur la prétendue comète*, qui fut imprimée, sans nom d'auteur, dans le *Journal
encyclopédique* du 1er juin 1773. Le nom de l'auteur est au faux titre d'une édition séparée, en 20 pages in-8. (*Note de M. Beuchot.*)

Il n'y a certainement nulle raison de se moquer de M. Trissotin, tout Trissotin qu'il est, lorsqu'il vient dire à Mme Philaminte (*Femmes savantes*, acte IV, scène III) :

> Nous l'avons en dormant, madame, échappé belle :
> Un monde près de nous a passé tout du long,
> Est chu tout au travers de notre tourbillon :
> Et, s'il eût en chemin rencontré notre terre,
> Elle eût été brisée en morceaux comme verre.

Une comète peut à toute force rencontrer notre globe dans la parabole qu'elle peut parcourir ; mais alors qu'arrivera-t-il ? ou cette comète aura une force égale à celle de la terre, ou plus grande, ou plus petite. Si égale, nous lui ferons autant de mal qu'elle nous en fera, la réaction étant égale à l'action ; si plus grande, elle nous entraînera avec elle ; si plus petite, nous l'entraînerons.

Ce grand événement peut s'arranger de mille manières, et personne ne peut affirmer que la terre et les autres planètes n'aient pas éprouvé plus d'une révolution, par l'embarras d'une comète rencontrée dans leur chemin.

Le grand Newton nous a donné de plus fortes alarmes que M. Trissotin ; car il a prétendu que la comète de 1680 s'étant approchée du soleil à la distance d'un demi-diamètre de cet astre, dut acquérir une chaleur deux mille fois plus forte que celle du fer embrasé : M. Lemonnier dit trois mille. Mais, supposons que cette comète eût été de fer, pourquoi aurait-elle acquis, à cent cinquante mille lieues du soleil, une chaleur deux ou trois mille fois plus forte que le fer ne peut en acquérir dans nos forges ? Les solides, comme les fluides, ont chacun leur dernier degré de chaleur qui ne peut augmenter. L'eau bouillante ne peut jamais s'échauffer davantage, l'huile de même, les métaux de même. Le fer, le cuivre, qui coulent dans nos forges en fleuves de feu, ne s'embrasent jamais plus que leur nature ne le comporte. Le feu d'une forge est le même que celui du soleil. Cet astre étant plus grand, embrasera les corps plus vite ; mais il ne les embrasera pas avec une plus grande intensité que celle qu'ils peuvent souffrir.

Newton, dans son calcul, a supposé que l'embrasement du fer pourrait augmenter, et a calculé suivant cette hypothèse. Mais comment un corps, quel qu'il soit, passant rapidement à cent cinquante mille lieues du soleil, peut-il s'embraser dix mille fois plus que le fer qui est pénétré de feu dans une fournaise ardente, et qui est parvenu à son dernier degré de chaleur ? Il semble que Newton pouvait réserver cette aventure de l'inflammation pour son commentaire de l'*Apocalypse*.

Quant au retour des mêmes comètes, c'est une opinion très-raisonnable ; mais elle n'est pas démontrée. Elle est si peu démontrée, qu'excepté M. Clairaut, tous ceux qui ont prédit leur apparition ont été pris pour dupes.

Il est beau, sans doute, d'en savoir assez pour se tromper ainsi ;

mais attendons encore quelques milliers de siècles pour avoir la démonstration.

Nous sommes parvenus lentement à connaître quelque chose de la nature; la postérité achèvera le reste lentement.

On prétend que les anciens savaient, comme nous, que les comètes sont des planètes qui ont un cours régulier autour du soleil; et on cite en preuve des Pythagore, des Philolaüs, des Sénèque, des Plutarque, etc., etc.

Oui, ils le savaient d'une science confuse, incertaine, qui n'était point une science; ils connaissaient la circulation des comètes, comme Hippocrate connaissait la circulation du sang, sans l'avoir définie, sans l'avoir prouvée, sans l'avoir enseignée.

Jamais il n'y eut aucune école qui enseignât méthodiquement la course de la terre, des autres planètes, et des comètes autour du soleil dans leurs orbites; c'était un soupçon jeté au hasard, une idée philosophique tombée dans quelques têtes, et non développée. C'est à peu près ainsi que Bacon avait annoncé une gravitation, une attraction universelle; les vrais inventeurs sont ceux qui prouvent.

M. Lemonnier, dans ses *Institutions astronomiques*, a raison de citer Sénèque le philosophe, qui dit[1] : « Non existimo cometem subitaneum esse ignem, sed inter opera æterna naturæ. » Je ne crois pas les comètes des feux subitement allumés, mais des ouvrages éternels de la nature.

Il faut louer, honorer Sénèque d'avoir deviné que le temps viendrait où la postérité serait étonnée que son siècle eût ignoré des choses si simples : « Veniet tempus quo posteri nostri tam aperta nos nescisse mirabuntur[2]. » Mais cela même prouve que de son temps on n'en savait rien.

C'était le sort des Sénèques de prédire l'avenir, par de simples conjectures, d'une manière toute contraire à celle des autres prophètes. Sénèque le Tragique prédit ainsi, dans un chœur de son *Thyeste*[3], la découverte d'un nouveau monde. Mais si on voulait en inférer que Sénèque doit partager avec le Génois Colombo la gloire de la découverte, on serait non-seulement injuste, on serait ridicule.

Nous ne trouverons point dans Plutarque de témoignage plus fort en faveur de l'antiquité que dans Sénèque : « Quelques[4] pythagoriciens, dit-il, pensent qu'une comète est un astre qui ne se montre qu'après un certain temps; d'autres assurent qu'une comète n'est qu'un effet de la vision, comme les apparences de ce qu'on voit dans un miroir. Anaxagore et Démocrite disent que c'est un concours d'étoiles mêlant leur lumière ensemble. Aristote prétend que c'est une exhalaison du sec enflammé, etc. »

Or je demande si l'exhalaison du sec, les apparences du miroir, et

---

1. *Nat. quæst.*, VII, 22. (ÉD.) — 2. *Id.*, *Ibid.*, 25. (ÉD.)
3. Ce n'est pas dans *Thyeste*, mais dans *Médée*, que Sénèque parle de la découverte d'un nouveau monde. (ÉD.)
4. *Des opinions des philosophes*, livre III, chap. II.

le concours des deux lumières, donnent une idée bien nette de la théorie des comètes.

L'opinion du peuple de Paris, qu'une comète qui apparaîtrait le 20 ou le 21 de mai 1773 nous amènerait la fin du monde, a quelque chose de plus positif que le discours de Plutarque : mais cette idée n'est pas neuve. Il y a longtemps que les gens qui savaient comment le monde a été fait savaient aussi comment il devait finir. Jupiter lui-même dit, dès le premier livre des *Métamorphoses*[1], que le monde doit périr par le feu :

> *Esse quoque in fatis reminiscitur adfore tempus*
> *Quo mare, quo tellus, correptaque regia cœli,*
> *Ardeat, et mundi moles operosa laboret.*

Mais Jupiter ne dit point que ce sera l'effet d'une comète. Cette idée de la fin du monde dura depuis Jupiter jusqu'à notre treizième siècle. Nos moines en profitèrent. On sait que plus d'un acte de donation à ces pauvres gens commençait par ces mots : « La fin du monde étant proche, et moi, N..., ne voulant pas être rangé parmi les boucs, je donne pour le remède de mon âme, etc., etc. » Mais les comètes n'eurent aucune part à ces dévotions.

Le Jack Pudding qui prédit à Londres, en 1756, un tremblement de terre et la destruction de la ville, ne mit aucune comète de moitié avec lui dans le parti; et cependant le peuple épouvanté sortit de la ville au jour marqué par ce mage.

Les Parisiens ne déserteront pas leur ville le 20 mai; ils feront des chansons, et on jouera la comète et la fin du monde à l'Opéra-Comique, etc., etc.

PRÉCIS

DU PROCÈS DE M. LE COMTE DE MORANGIÉS

CONTRE LA FAMILLE VÉRON.

(1773.)

Plusieurs personnes, qui cherchent le vrai en tout genre, ont désiré qu'après le procès criminel du comte de Lally, on leur donnât un précis du procès civil et criminel que le comte de Morangiés a essuyé. Le voici :

La maison de Morangiés avait des dettes dont le comte de Morangiés, maréchal de camp, s'était chargé. Pour éteindre ces dettes, il voulut faire exploiter et vendre en détail une forêt dans le Gévaudan, laquelle a, dit-on, environ dix mille arpents d'étendue, et dont il pouvait disposer par un accord public avec les créanciers de sa mai-

---

1. Vers 256-8. (ÉD.)

son. Il montre le plan de cette forêt, signé d'un arpenteur juré : il présente toutes les pièces nécessaires ; mais un homme endetté ne pouvait guère trouver de l'argent à Paris, pour faire couper une forêt dans le Gévaudan.

Il s'adresse à une courtière d'usure. Cette courtière lui indique un jeune homme nommé du Jonquay, que ses avocats disent très-bien né, petit-fils d'une veuve opulente, arrivé depuis un an de province, ayant travaillé quelques mois chez un procureur, reçu docteur ès lois par bénéfice d'âge, comme tant de magistrats bien élevés, et prêt d'acheter une charge de conseiller de la cour des aides ou du parlement, dans le temps où le droit de juger les hommes se vendait encore.

Après quelques pourparlers, le maréchal de camp vient signer au jeune magistrat des billets de trois cent mille livres, avec les intérêts à six pour cent. Ces billets à ordre sont faits dans un galetas où logeait ce prêteur, et où il y avait pour tous meubles trois chaises de paille et une table de sapin. L'emprunteur, en voyant cet ameublement, crut être chez un jeune courtier d'agent de change. Il affirme et jure qu'il n'a fait ces billets que pour être négociés sur la place, et qu'il n'a point reçu la valeur : qu'il ne devait la recevoir que quand l'affaire serait consommée, selon l'usage établi dans toutes les villes de commerce.

Le jeune homme affirme et jure que c'est l'or de madame sa grand'mère qu'il a donné ; qu'il a porté cet or à pied, en treize voyages, en un matin ; qu'il a fait environ cinq lieues et demie à pied, pour obliger M. le comte, quoiqu'il pût porter cet or dans un fiacre en un seul voyage [1].

Il a fait faire ces billets au profit de la dame Véron, sa grand'mère. Il n'y a pas d'apparence qu'un homme d'un âge mûr les eût signés, s'il n'en avait pas reçu la valeur. Mais il y a peut-être encore moins d'apparence que la grand'mère Véron, qui demeurait dans un galetas avec la Romain, mère de du Jonquay, et trois sœurs de du Jonquay, très-pauvrement vêtues, et subsistant, elle et toute sa famille, d'un très-petit fonds qu'elle faisait valoir à usure, eût possédé la somme exorbitante de trois cent mille livres en or.

La famille prévient cette objection qu'on ne lui faisait pas encore, en disant que la veuve Véron, la grand'mère, avait reçu secrètement une grande partie de cet argent depuis plus de trente ans, par les mains d'un nommé Chotard, qui était mort banqueroutier ; que son mari, prétendu banquier, avait donné secrètement cette somme à l'inconnu Chotard par un fidéicommis secret. La veuve l'avait fait valoir secrètement chez un notaire : elle l'avait retiré secrètement de ce notaire, qui était mort alors ; elle l'avait portée à Vitri secrètement, au fond

---

1. On voit en effet au procès un écrit de M. le comte de Morangiés, du 24 septembre 1771, par lequel, de plusieurs plans d'emprunts proposés par du Jonquay (qu'il prenait pour un courtier), il adopte celui de trois cent vingt-sept mille livres payables pour trois cent mille comptant, et promet de faire des billets de trois cent vingt-sept mille livres, y compris l'usure, quand il recevra l'argent. Or du Jonquay prétend avoir donné cet argent le 23. Il est impossible que l'emprunteur ait promis le 24 de signer sitôt qu'on lui apporterait un argent qu'il aurait reçu la veille.

de la Champagne, dans une charrette; elle y avait vendu secrètement à des juifs de beaux diamants, dont le prix servit à compléter les trois cent mille livres; elle fit porter secrètement à Paris ces trois cent mille livres en or, dans une charrette d'un voiturier[1] qu'on ne nomme pas, à un troisième étage, rue Saint-Jacques. « Et moi, ajoutait du Jonquay, je les ai portées secrètement à pied, en treize voyages, à M. de Morangiés, pour mériter sa protection. J'ai pour témoins un cocher[2] de mes amis qui est, comme moi, un très-bon bretailleur, et un ancien clerc de procureur[3] qui se faisait guérir dans ce temps-là même de la vérole chez le chirurgien Ménager; j'ai pour témoins mes sœurs, qui subsistent de leur travail de couturières et de brodeuses, et une prêteuse sur gages qui a été enfermée à l'Hôpital. »

Il demande, au nom de Mme Véron et au sien, que la justice aille enfoncer toutes les portes chez le comte de Morangiés et chez son père, lieutenant général des armées du roi, pour voir si les cent mille écus en or ne s'y trouvaient pas[4]. La justice n'y va point, et on ne sait pourquoi. Mais le comte de Morangiés demande au magistrat de la police, qui a l'inspection sur les prêteurs à usure, qu'on approfondisse cette affaire.

Le magistrat délègue le sieur Dupuis, inspecteur de police, homme très-sage et reconnu pour tel, qui se transporte, accompagné d'un autre officier, nommé Desbrugnières, chez un procureur où l'on fait venir du Jonquay et sa mère nommée Romain, fille de la veuve Véron. La mère et le fils interrogés avouent qu'ils ont menti, et qu'ils n'ont jamais donné cent mille écus au comte de Morangiés. On les transfère alors chez un commissaire; ils signent leur délit l'un après l'autre. Le fils dit à sa mère : « Ma mère, je viens de déclarer la vérité. » Elle lui répond : « Tu l'as dite, mon fils; tu aurais bien fait de la dire plus tôt. » Le commissaire, son clerc, l'inspecteur Dupuis, entendent cet aveu, et il est consigné au procès. Tout étant ainsi avéré, et juridiquement constaté, on mène les deux coupables au For-l'Évêque. Ils confirment leur aveu dans la prison[5].

---

1. Il est étrange que, dans le cours de ce procès, on n'ait point songé à rechercher le fait de ce prétendu voiturier : tous les voituriers sont connus, leurs noms sont sur des registres : comment n'a-t-on fait aucune enquête à Paris et à Vitri ?

2. Gilbert. (ÉD). — 3. Aubriot. (ÉD.)

4. Cette requête n'est-elle pas un artifice par lequel on voulait se ménager l'avantage de paraître au moins prévenir les plaintes de l'emprunteur? Il est bien vraisemblable que si cet emprunteur avait reçu les cent mille écus qu'il déniait, il les aurait mis à couvert, et aurait rendu très-inutiles les démarches de la famille Véron. Il n'est pas moins probable que, si l'emprunteur avait été de mauvaise foi, il n'avait nul besoin de nier la dette; il aurait dit à l'échéance : « Arrangez-vous avec les directeurs des créanciers; » et il aurait joui de ces cent mille écus. S'il n'a pas pris un parti si facile, c'est une preuve assez forte qu'il n'avait rien touché.

Il n'y a qu'à lire attentivement les lettres du sieur du Jonquay mentionnées au procès, pour voir que cet homme n'avait point porté et donné cent mille écus.

5. C'est ce que rapporte l'avocat de M. le comte de Morangiés, dans son dernier mémoire intitulé *Supplément*. Si le fait est vrai, comme il n'est pas permis

Du Jonquay, dès le lendemain, écrit à un homme qui était son conseil, et qui était dépositaire des billets.

« Moncieur, la malheureuse afaire ou je suis plongé m'a réduit ainsi que ma chère mère ès prisons du Fort l'Évêque, nous fûmes arrêté yere par ordre du roi. Si vous voulez me secondé pour nous en tirer, il faut que vous ayez la bonté de remettre au porteur les effets que je vous ait confié, lesquelles dits éfets j'ay promire à moncieur Dupuy de lui faire pacer au plus tard à dix heures du matin, d'après la parolle que j'ai donné je vous cerai obligé de me mettre à même de la mettre à exécution, comme aussi je vous prie moncieur de cecer toute poursuite et aussitôt que nous aurons nôtre liberté nous aurons l'honneur de vous marquer nôtre reconnaissance au sujet de tous les soins que vous vous êtes donné.

« J'ai l'honneur d'être, moncieur, votre très-humble et très-obéissant serviteur, « Du Jonquay.

« Ma chère mère a l'honneur de vous assurer de ses respects.

« Du Forlevesque, ce 1er octobre 1771. »

Et dans une autre lettre du même jour :

« Moncieur, si vous pouvié être porteuse vous même de la réponse vous m'obligerié ainsi que ma chère mère. Votre cerviteur,

Du Jonquay. »

Ces lettres ne paraissent pas plus d'un homme innocent, que le style et l'orthographe ne sont d'un homme qui allait être incessamment magistrat dans une cour supérieure.

On croyait cette affaire entièrement terminée, lorsqu'un praticien habile engage la famille à démentir ses aveux et ses signatures. Du Jonquay et sa mère crient alors que Desbrugnières les a battus chez le procureur, qu'ils n'ont signé que par crainte chez le commissaire, et que le comte de Morangiés a corrompu toute la police pour les opprimer.

Le docteur ès lois du Jonquay, qui ne sait pas un mot de latin, soutient que c'est le *metus cadens in constantem virum*[1], et qu'il est le *constans vir.* « Je ne vous ai pas battus, répond Desbrugnières, je vous ai poussés, je vous ai séparés, vous et votre mère, pour vous empêcher de concerter ensemble vos réponses. J'étais convaincu, j'étais indigné de votre friponnerie. — Vous nous avez poussés trop rudement. Vous avez faussé un de mes boutons, reprend du Jonquay; et cela nous a tellement troublés, ma mère et moi, que nous avons signé la vérité quatre heures après, ne sachant ce que nous faisions. »

Alors tous les usuriers de Paris, tous les gens qui vivent d'intrigues,

d'en douter, il est démontré que les du Jonquay sont coupables, et que le comte de Morangiés est innocent. Tout devait finir là; mille procédures, mille sentences ne peuvent affaiblir une démonstration.

1. Expressions de Tribonien. (Ed.)

tous les escrocs, fâchés depuis longtemps contre la police, font entendre leurs clameurs contre elle. Une autre espèce de gens se joint à eux.
« Jusqu'à quand souffrira-t-on ce tribunal irrégulier qui ne fut établi
que par Louis XIV? Auparavant nous volions impunément : on pouvait
s'enrichir, soit par l'usure, soit par le larcin. Paris était un grand
coupe-gorge, favorable à l'industrie ; il y avait un chef des voleurs accrédité, qui faisait rendre les effets volés aux propriétaires, moyennant une somme convenue ; tout était dans la règle. Aujourd'hui un
tribunal inconnu à nos pères tient des registres funestes des prêteurs
sur gages, et persécute les gens de bien. On ose fausser les boutons
d'un homme qui va acheter une charge de conseiller. » Tous crient que
la noblesse n'est, depuis quelques années, qu'un amas de petits tyrans
escrocs, insolents et lâches, qui vexent les bons sujets du roi autant
qu'ils servent mal l'État. On répand partout que M. de Morangiés a
voulu payer ses créanciers en les faisant pendre. On le dit dans les
plaidoyers ; on l'imprime dans les mémoires ; on parvient à le faire
croire à la moitié de Paris. Un des avocats qui ont voulu se signaler
en écrivant contre lui, pousse l'indécence jusqu'à supputer les sommes
que M. de Morangiés a dû donner à la police.

Le comte de Morangiés, son père, lieutenant général des armées du
roi, respectable vieillard, chéri et estimé généralement, ses frères qui
jouissent du même avantage, toute sa famille enfin, vend le peu de
meubles qui lui reste pour soutenir ce procès affreux ; elle paye quelques dettes pressées, elle se réduit à la pauvreté la plus grande et la
plus honorable. La cabale crie que c'est avec l'argent des du Jonquay
qu'elle a fait ces dépenses ; et cette infâme imposture est répétée par
des écumeurs de barreau et par des usuriers de Paris.

La noblesse du Gévaudan écrit la lettre la plus forte en faveur du
comte de Morangiés ; c'est une lettre mendiée, c'est une conjuration
contre le tiers-état.

Un avocat célèbre [1] prend-il en main la défense de l'accusé, sans
espoir de rétribution, tous les cafés, tous les cabarets, tous les lieux
moins honnêtes, retentissent des injures qu'on lui prodigue : c'est à la
fois un impudent et un lâche, c'est un espion de la police ; on veut le
rendre exécrable, parce qu'il soutint, il y a quelque temps, la cause
d'un officier général [2] qui avait battu et chassé les Anglais descendus
en France, et qui avait hasardé son sang pour sauver la patrie.

Cet avocat a pour son frère et pour lui une cuisinière et un petit
carrosse. Est-il une preuve plus éclatante qu'il a partagé les cent mille
écus avec le comte de Morangiés, et que la police en a eu sa part ? On
le poursuit par vingt libelles, on le déchire encore plus qu'on n'insulte
son client.

Dans cette prodigieuse effervescence on va jusqu'à soutenir que
jamais la maison de Morangiés n'a eu de forêt, qu'il ne lui reste qu'un
vieux tronc pourri sur un rocher du Gévaudan. Toute la basse faction
le répète, et les gens qui veulent faire les entendus disent d'abord, et

---

1. Linguet. (ÉD.) — 2. Le duc d'Aiguillon. (ÉD.)

assez longtemps : « M. de Morangiés a tort ; pourquoi a-t-il voulu emprunter de l'argent sur une forêt qui n'existe pas ? » On ne croit rien de ce qui peut lui être favorable ; mais on croit aveuglément aux cent mille écus portés par du Jonquay, un matin, en treize voyages à pied, l'espace de cinq lieues.

Un agioteur, nommé Aubourg, trouve ce procès si bon, qu'il l'achète. La veuve Véron, grand'mère de du Jonquay, lui vend cet effet avant de mourir, comme on vend des actions sur la place. On lui fait ratifier cette vente dans son testament, six heures avant sa mort ; et pour donner plus de poids à l'histoire incompréhensible des trois cent mille livres, on lui fait déclarer qu'elle avait eu deux cent mille livres de plus, parce que abondance de droit ne peut nuire. Ainsi cette veuve Véron, qui avait toujours vécu dans l'état le plus médiocre, est morte riche de cinq cent mille livres. C'était une espèce de miracle ; aussi les avocats n'ont pas manqué de faire voir, dans ce testament, le doigt de Dieu qui a multiplié tout d'un coup les richesses du pauvre, et qui a révélé sa gloire aux petits en la cachant aux grands.

Aubourg poursuit le procès au bailliage du palais, auquel cette affaire est renvoyée en première instance. Les témoins qui déposent en faveur de M. de Morangiés sont mis au cachot. M. le comte de Morangiés, maréchal de camp, est traîné en prison comme suborneur de ces témoins, et coupable d'un crime énorme.

Cependant on interroge tous ceux qui peuvent donner quelques éclaircissements sur une affaire si extraordinaire. Les sœurs de du Jonquay comparaissent. Le juge leur demande s'il n'est pas vrai que leur grand'mère avait beaucoup d'or, lorsqu'elle partit de Paris pour aller à la petite ville de Vitri, en Champagne, vers l'an 1760. Elles répondent qu'elle en avait prodigieusement, mais qu'elles n'en ont jamais rien vu ni rien su.

N'avait-elle pas beaucoup de beaux diamants qu'elle vendit dans la ville de Vitri, quarante mille francs à des juifs, pour compléter ses trois cent mille livres ?

Oui, sans doute ; elle avait des épingles de diamants qui n'étaient pas inventées alors.

N'avait-elle pas aussi de belles boucles d'oreilles, de beaux nœuds, de belles aigrettes, qui convenaient parfaitement à une personne d'environ quatre-vingts ans ?

« Oui, monsieur ; de belles aigrettes, de beaux bracelets à la nouvelle mode, » répond l'une de ces sœurs. La femme Romain, fille de la veuve Véron, et mère de du Jonquay, répond au contraire que la veuve Véron, sa mère, n'avait rien de tout cela, et qu'elle ne croyait pas qu'elle eût jamais eu un diamant fin.

Cette même femme Romain, mère de du Jonquay, interrogée si les richesses secrètes de la veuve Véron ne venaient pas d'un fidéicommis secret de son mari, et de la générosité secrète d'un banqueroutier nommé Chotard, répond que non, que rien n'est plus faux.

« Mais, madame, vos avocats ont plaidé, ont imprimé cette anecdote. — Ils ont eu tort, » réplique-t-elle.

Le juge demande à du Jonquay s'il n'y avait pas cent mille écus en or à son troisième étage, dans l'armoire à linge de la veuve Véron, sa grand'mère. « Oui, monsieur, et c'est ma mère Romain qui m'en a donné a clef, pour porter ces cent mille écus secrètement, en treize voyages pied, chez M. de Morangiés [1]. »

La mère Romain répond que cela n'est pas vrai, que son fils Du Jonquay a pris la clef des mains de la Véron, sa grand'mère.

Après toutes ces contradictions, on interroge les témoins qui ont été emprisonnés comme subornés par M. de Morangiés; on ne trouve pas, malheureusement, le plus léger indice de subornation, de séduction.

Enfin, on prononce la sentence [2]. Cette sentence déclare d'abord que M. de Morangiés, mis en prison pour avoir suborné des témoins, en est parfaitement innocent, et qu'en conséquence il payera aux du Jonquay trois cent mille livres qui font le fonds de l'affaire avec les intérêts, plus vingt mille livres de dépens, plus trois mille au cocher qui a déposé contre lui, plus quinze cents livres solidairement avec les officiers de police; le tout sans dire un mot de l'usure stipulée par du Jonquay, et punissable par les lois.

Et comme le juge reconnaît avoir emprisonné injustement M. de Morangiés, il le condamne à garder prison; en outre à être admonété et à l'aumône, pour avoir osé nier qu'un homme tout prêt d'être reçu conseiller de la cour des aides ou du parlement, lui ait apporté trois cent mille livres en treize voyages, et ait fait cinq lieues à pied en un matin, quand il pouvait porter cet or prétendu dans un fiacre en un quart d'heure.

Ce n'est pas tout : une pauvre fille [3], qui avait servi de faux témoin contre M. de Morangiés, se rétracte; elle avoue son crime. Son père avoue le crime de sa fille, tous deux en demandent pardon à Dieu et à la justice. On ne les écoute pas. Ils ont demandé pardon à Dieu trop tard. On les condamne au bannissement, non pas pour avoir fait un faux serment en justice, non pas pour avoir calomnié l'innocent, mais pour s'être repentis mal à propos.

Il faut avouer que si ce jugement d'un bailli subsiste, si M. de Morangiés est coupable, s'il a reçu en effet cent mille écus des mains du docteur ès lois du Jonquay, tout le monde doit dire avec un grand auteur très-sensé :

Le vrai peut quelquefois n'être pas vraisemblable.

Tout Paris aujourd'hui, toute la France s'élève contre cette sentence. On croit M. de Morangiés innocent, on le plaint autant qu'on s'était déchaîné contre lui; toutes les opinions ont changé : tel est le petit et

---

1. Si toutes ces contradictions rapportées par l'avocat de M. de Morangiés ne sont pas une preuve évidente du complot le plus absurde et le plus ridicule qu'on ait jamais formé, il faut vivre désormais dans un scepticisme imbécile : il n'y a plus de caractère de vérité sur la terre; il n'y a plus de juste et d'injuste.

2. Le 28 mai 1773. (ÉD.) — 3. Nommée Hérissé. (ÉD.)

le grand vulgaire, tels sont les hommes : ils ont vérifié ce qu'avait dit un écrivain impartial [1], que M. de Morangiès pouvait perdre son procès sans perdre son honneur.

Ce qu'on peut conclure de cette affaire jusqu'à présent, c'est que rien n'est plus dangereux souvent pour les officiers du roi, que les négociations au troisième étage.

Celui qui a réclamé avec la hardiesse la plus intrépide contre cette sentence est l'avocat du condamné. Il trouve, dans ce jugement, une foule de contradictions palpables et d'obscurités qu'il veut mettre au grand jour. Les oracles de la justice ne doivent être en effet jamais susceptibles ni de la moindre obscurité, ni de la contradiction la plus légère. Cela n'appartenait autrefois qu'à des oracles d'un autre genre.

Le zèle et l'indignation de cet avocat l'ont emporté jusqu'à dire que les juges n'ont écouté ni la raison ni la justice; qu'il se regarde comme Renaud dans la forêt enchantée du Tasse, infectée par des monstres; qu'il est Curtius se précipitant dans le gouffre pour le fermer; que son client est Tantale et Orphée dans les enfers; que les juges sont les Furies, et qu'il prend à partie tous ces gens-là.

Les sept gradués [2] qui ont jugé cette affaire en première instance, disent qu'ils ne sont ni monstres ni furies; ni même des imbéciles; qu'ils en savent autant que cet avocat qui répand sur eux tant de mépris, et qui leur fait tant de reproches; que n'ayant nul intérêt à l'affaire, ils ont jugé suivant leur conscience et leurs lumières. Voilà donc un nouveau procès entre cet avocat et ces sept juges.

Les hommes impartiaux et judicieux disent : Ne prévenons point la décision du parlement; ne nous hâtons point de prononcer sur une cause si compliquée, dont nous n'avons peut-être que des connaissances superficielles, puisque nous n'avons pas vu toutes les pièces secrètes, non plus que les avocats [3]. Le parlement ne jugera qu'avec bien de la peine sur des connaissances approfondies. Les magistrats du parlement sont les interprètes des lois, dont un tribunal inférieur doit être, dit-on, l'esclave. Il n'appartient qu'à eux de décider entre l'esprit et la lettre. La balance de Thémis n'a été inventée que pour peser les probabilités.

Les nations qui nous ont tout appris, publièrent autrefois que Thémis était fille de Dieu, mais que la fille n'avait pas les yeux du père; qu'il voyait tout clairement, et qu'elle ne voyait qu'à travers son bandeau; qu'il connaissait, et qu'elle devinait. Thémis, selon cette mythologie sublime, remit sa balance et son glaive entre les mains de vieillards sans passions, sans intérêt, sans vices (non pas sans défauts), exercés dans l'art de sonder les cœurs, et de démêler les plus grandes

1. Voltaire lui-même, dans ses *Nouvelles probabilités*. (Éd.)
2. Le bailliage du palais était composé de sept juges. (Éd.)
3. Et pourquoi les pièces sont-elles secrètes quand les sentences sont publiques? Pourquoi, dans Rome, dont nous tenons presque toute notre jurisprudence, tous les procès criminels étaient-ils exposés au grand jour, tandis que, parmi nous, ils se poursuivent dans l'obscurité?

vraisemblances et les moindres. Retirés de la foule, ils ne se montraient aux hommes que pour apaiser leurs misérables différends, et pour réprimer leurs injustices; ils s'aidaient mutuellement de leurs lumières, que la pureté de leurs intentions rendait encore plus pures. La vérité était le seul trésor qu'ils cherchaient sans cesse; et avec tout cela ils se trompaient souvent, parce qu'ils étaient hommes, et que Dieu seul est infaillible.

Ce qui pouvait les induire en erreur, ce n'était pas seulement la mauvaise foi des plaideurs, c'était surtout l'artifice des avocats. Autant les juges employaient de lumières à découvrir la vérité, autant les clients assemblaient de nuages pour l'obscurcir. Ils se faisaient un mérite, un honneur, un devoir d'égarer les juges pour servir les accusés : de là est venue enfin la défiance que les ministres de la justice ont aujourd'hui de l'éloquence, ou plutôt de ces fleurs de rhétorique qui consistent dans l'exagération des plus minces objets, et dans la réticence des faits les plus graves, dans l'art de tirer des conséquences qui ne sont pas renfermées dans le principe, et d'éluder celles qui se présentent d'elles-mêmes; dans l'art encore plus adroit d'alléguer des exemples qui paraissent semblables, et qui ne le sont pas; dans l'affectation de citer des lois détruites par d'autres lois, ou de les mal appliquer, ou de les corrompre, en un mot, dans l'art de séduire. La plupart des magistrats, dégoûtés de ces plaidoyers insidieux, ne se donnent plus la peine de les lire : et c'est encore un malheur; car dans la foule de tant de raisons apparentes, d'objections bien ou mal faites et bien ou mal répondues, dans ces labyrinthes de difficultés, on peut trouver encore un sentier qui conduise au vrai.

Le parlement trouvera-t-il quelque vraisemblance dans la fable des cent mille écus? Les billets de M. de Morangiés l'emporteront-ils sur l'absurdité de cette fable? y a-t-il des cas où des billets à ordre, valeur reçue, doivent être déclarés nuls? et l'espèce présente est-elle un de ces cas? Les témoins qui ont déposé une chose très-probable en faveur de M. de Morangiés, détruiront-ils le témoignage de ceux qui ont déposé une chose très-improbable en faveur de du Jonquay? écoutera-t-on la rétractation d'un faux témoin qui ne s'est repenti qu'après la confrontation?

Les attentions paternelles du magistrat de la police à réprimer l'usure et la friponnerie seraient-elles réputées illégales? et l'aveu cinq fois répété d'un délit évident serait-il compté pour rien, parce que celui qui a arraché cet aveu des coupables n'a pas été assez instruit des règles, et s'est laissé emporter à son zèle?

Un procès acheté par un inconnu, et poursuivi par cet inconnu, aura-t-il auprès des juges la même prépondérance qu'aurait le procès d'une famille respectable, jouissant d'une renommée sans tache?

Se pourrait-il qu'une foule de probabilités, presque équivalente à la démonstration, fût anéantie par des billets dont il est évident que la valeur n'a jamais été comptée?

Qu'on mette d'un côté dans la balance les subtilités, les subterfuges d'une cabale aussi obscure qu'acharnée, et de l'autre l'opinion de celui

qui est en France le premier juge de l'honneur; ce premier juge a
senti qu'il était impossible que le comte de Morangiés eût jamais reçu
l'argent qu'on lui demande. Qui l'emportera de ce juge sacré ou de la
cabale? Enfin M. de Morangiés, reconnu aujourd'hui innocent par
toute la cour, par tous les hommes éclairés dont Paris abonde, par
toutes les provinces, par tous les officiers de l'armée, sera-t-il déclaré
coupable par les formes?

Attendons respectueusement l'arrêt d'un parlement dont tous les
jugements ont eu jusqu'ici les suffrages de la France entière.

LETTRE DE M. DE VOLTAIRE

A MM. DE LA NOBLESSE DU GÉVAUDAN, QUI ONT ÉCRIT
EN FAVEUR DE M. LE COMTE DE MORANGIÉS.

A Ferney, 10 auguste 1773.

Messieurs, j'ai lu la lettre authentique par laquelle vous avez rendu
justice à M. le comte de Morangiés. M. de Florian, mon neveu, votre
compatriote, ancien capitaine de cavalerie, qui demeure à Ferney.
aurait signé votre lettre s'il avait été sur les lieux. C'est l'honneur qui
l'a dictée. Une partie considérable des cours de France et de Savoie,
qui est venue dans nos cantons, a fait éclater des sentiments conformes
aux vôtres.

M. de Florian est en droit plus que personne de s'élever contre les
persécuteurs de M. de Morangiés, puisqu'un de ses laquais, nommé
Montreuil, nous a dit vingt fois qu'il avait mangé souvent avec le sieur
du Jonquay, et qu'on lui avait proposé de lui faire prêter de petites
sommes sur gages par cette famille qui subsistait de ce commerce clandestin. Les juges auraient pu interroger ce domestique qui est à Paris.
Il ne faut rien négliger dans une affaire si étonnante, et qui a partagé
si longtemps la noblesse et le tiers état.

Pour moi, j'ai fait déposer par-devant notaire la déclaration de cet
homme. La vérité est trop précieuse en tout genre pour omettre un
seul moyen de la découvrir, quelque petit qu'il puisse être. Je ne prétends point me mettre au rang des avocats qui ont plaidé pour et contre, et dont la fonction est de montrer dans le jour le plus favorable
tout ce qui peut faire réussir leur cause, et d'obscurcir tout ce qui
peut lui être contraire. Je n'entre point dans le labyrinthe des formes
de la justice. Je ne cherche que le vrai. C'est de ce vrai seul que dépend l'honneur de la maison de Morangiés : il n'est point dans les
mains d'une courtière, prêteuse sur gages, enfermée à l'Hôpital; d'un
cocher connu par des actions punissables; d'un clerc de procureur,
filleul de cette courtière couverte d'infamie, et qui, retenu chez un
chirurgien par la suite de ses débauches, prétend avoir vu ce qu'il n'a
pu voir; il n'est point dans les intrigues d'un tapissier, nommé Aubourg, qui a osé, à la honte des lois, acheter ce procès comme on

achète sur la place des billets décriés qu'on espère faire valoir par les variations de la finance.

Cet honneur si précieux dépend de vous, messieurs; vous en êtes les possesseurs et les arbitres.

Je commence par vous dire hardiment que le roi, qui est la source de tout honneur, et qui l'est aussi de toute justice, a décidé comme vous. Ce n'est point violer le respect qu'on doit à ce nom sacré, c'est au contraire lui témoigner le respect le plus profond, que de vous répéter ce que Sa Majesté a dit publiquement : « Il y a mille probabilités contre une que M. de Morangiés n'a point reçu les cent mille écus. » Les seigneurs qui ont entendu ces paroles me les ont redites, ces paroles respectables qui sont, sans doute, du plus grand sens et du jugement le plus droit.

En effet, comment serait-il possible que la dame Véron eût eu cent mille écus à prêter? Comment cette veuve d'un courtier obscur de la rue Quincampoix eût-elle reçu d'un banqueroutier, six mois après la mort de son mari Véron, par un fidéicommis de ce mari, deux cent soixante mille livres en or, et de la vaisselle d'argent que le défunt pouvait si bien lui remettre de la main à la main? Comment ce Véron aurait-il confié secrètement à un étranger cette somme, en y comprenant sa vaisselle d'argent, dont la moitié appartenait à sa femme par la coutume de Paris? Comment cette femme aurait-elle ignoré que son mari eût tant d'or et tant de vaisselle? et par quelle manœuvre contraire à tous les usages aurait-elle fait valoir cette somme chez un notaire, sans qu'on ait retrouvé dans l'étude de ce notaire la moindre trace de cette manœuvre frauduleuse? Par quel excès d'une démence incroyable aurait-elle porté cet or dans une charrette à Vitri, au fond de la Champagne? Comment l'aurait-elle reporté ensuite à Paris, dans une autre charrette, sans que sa famille en eût jamais le moindre soupçon, sans que dans le cours du procès personne se soit avisé de demander seulement le nom du charretier qui doit être enregistré, ainsi que sa demeure?

Après cette foule de suppositions extravagantes, débitées si grossièrement pour prévenir l'objection naturelle que la veuve Véron ne pouvait posséder cent mille écus dans son galetas; après, dis-je, ce ramas d'absurdités, vient l'autre fable des mêmes cent mille écus portés par du Jonquay dans ses poches à M. de Morangiés, en treize voyages à pied, l'espace de cinq à six lieues. Ce dernier excès de folie était le comble; et la nation en aurait partagé l'opprobre, si elle avait pu croire longtemps ce long tissu d'impostures stupides qui font frémir la raison, et que cependant on s'efforça d'abord d'accréditer.

Ne dissimulons rien, messieurs : notre légèreté nous fait souvent adopter pour un temps les fables les plus ridicules; mais, à la longue, la saine partie de la nation ramène l'autre. Je ne crains point de le dire: cette nation courageuse, spirituelle, pleine de grâces, mais trop vive, aura toujours besoin d'un roi sage.

Cette affaire, aussi affreuse qu'extravagante, aurait fini en quatre jours, si les formalités nécessaires de nos lois avaient pu laisser agir monsieur le lieutenant de police, dont le ministère s'exerce sur les usuriers, sur les courtiers. Je ne parle pas ainsi pour le flatter : je n'ai pas l'honneur de le connaître; et près de ma fin je n'ai personne à flatter, ni rois ni magistrats.

Je vous remettrai seulement sous les yeux que monsieur le lieutenant de police, par ses soins et par ses délégués, était parvenu en un seul jour à faire avouer à du Jonquay et à sa mère Romain, fille de la Véron, que jamais ils n'avaient porté cent mille écus à M. de Morangiés, qu'ils ne lui avaient prêté que douze cents francs. Non-seulement ils firent cet aveu verbalement; mais ils le déclarèrent ensemble, après l'avoir déclaré séparément; non-seulement ils firent de vive voix cette déclaration authentique devant des juges et des témoins, mais ils la signèrent étant libres; ils la confirmèrent dans la prison. Ils n'articulèrent pas cet aveu une seule fois; il sortit cinq fois de leur bouche.

Voilà, messieurs, le grand nœud, le seul nœud de cette affaire qu'on a voulu embrouiller par les tours et les retours de cent nœuds différents.

L'aveu formel, l'aveu irrévocable du délit de du Jonquay prévaudra-t-il sur les billets faits par M. de Morangiés avec trop de facilité? La chose du monde la plus probable est que cet officier général n'a fait ces billets que pour les négocier, et qu'il a eu en du Jonquay la même confiance qu'on a tous les jours dans les agents de change accrédités, chez lesquels on ne négocie pas autrement.

La chose la plus improbable dans tous les sens et dans toutes les circonstances, c'est que du Jonquay ait porté à pied cent mille écus dans ses poches à l'officier général. Qui l'emportera de la plus grande vraisemblance, ou de l'extrême improbabilité?

J'ose avancer, messieurs, qu'il n'est point de juge éclairé qui ne pense, comme le roi, que jamais M. de Morangiés n'a reçu ces cent mille écus. Reste à savoir si les juges étant persuadés dans le fond de leur cœur de l'impossibilité de cette dette prétendue, nos lois sont assez précises pour les forcer à condamner M. de Morangiés à payer un argent que certainement il ne doit pas.

La chicane, se mettant à la place de la justice, dont elle est l'éternelle ennemie, s'est élevée pour lui lier les mains : « L'aveu de du Jonquay est formel; il est incontestable, mais il est illégal; c'est un aveu arraché par la crainte. Un des officiers de la police avait donné un coup de poing chez un procureur; il l'avait menacé du cachot, avant que ce du Jonquay avouât son crime. Son aveu est nul, et les billets payables au porteur existent. »

Je sais, messieurs, combien cette matière est délicate; je sais combien il importe à la sûreté des citoyens que la violence ne soit jamais employée dans la justice. La violence doit être punie; elle doit même être emportée : mais un coup de poing donné par un homme qui n'était pas en effet du corps de la justice peut-il être allégué, excusé? Le nie. Le parlement et les juges n'ont dû examiner qu'un signe employé en subalterne, aurait outrepassé ses fonctions, ne s'ensuit de

son indignation contre du Jonquay, quand il aurait montré un zèle indécent, ce léger oubli de la bienséance empêche-t-il que le sieur Dupuis, inspecteur de la police, et le sieur Chenon, commissaire au
Châtelet et juge des délits, ne se soient comportés en ministres équitables des lois du royaume? du Jonquay et sa mère ont signé leur
crime devant eux en toute liberté. Si les du Jonquay n'ont pas donné
les cent mille écus, ils sont des voleurs : et quel voleur échapperait à
son châtiment, sous prétexte qu'un officier du guet lui aurait donné
un coup de poing avant que le juge tirât de lui l'aveu de son crime?

On ose parler de violence ! et quelle plus grande violence que celle
qui a été exercée envers M. le comte de Morangiés, maréchal de camp
des armées du roi? Il est traîné en prison sur le simple soupçon d'avoir
séduit des témoins en sa faveur! et les premiers juges qui l'ont traité
avec tant de rigueur sont obligés d'avouer, par leur sentence, qu'il
n'a séduit personne. Ils font mettre au cachot un homme public, un
homme nécessaire, un père de famille, un chirurgien connu par sa
probité, uniquement parce qu'il n'a pas déposé conformément aux
témoignages d'une usurière sortie de l'hôpital, et d'un débauché sorti
de ses mains, qu'il a traité d'une maladie ignominieuse.

Voilà des violences aussi avérées qu'elles sont étranges. Le comte de
Morangiés en est encore la victime. Il est encore en prison pour un
délit dont ses juges mêmes l'ont déclaré innocent : en seront-ils quittes
pour dire qu'ils se sont trompés?

Nous espérons, messieurs, que le parlement ne se trompera pas.
Il verra, par le Mémoire sage et convaincant du sieur Dupuis, et par
les contradictions absurdes des du Jonquay, quels sont les coupables.
Il apercevra dans la défense du chirurgien Ménager la foule des horreurs qui ont opprimé M. de Morangiés.

Chaque juge lira toutes les pièces du procès, du moins les plus
importantes. L'équité éclairée et impartiale prononcera sans prévention.

A qui a cultivé sa raison, à qui a un peu connu le cœur humain, il
suffit de lire des lettres de du Jonquay pour percer dans ces ténèbres
d'iniquité. La seule aventure d'une malheureuse nommée Hérissé, qui
se rétracte et qui demande pardon d'avoir accusé M. de Morangiés (et
cela sans avoir reçu de coup de poing de personne), est une preuve
assez convaincante des manœuvres employées par la cabale du Jonquay. Il n'y a peut-être pas une ligne dans tous les factums de M. de
Morangiés, et même dans ceux de ses adversaires, qui ne manifeste
son innocence, et l'imposture qui l'attaque ; mais les juges sont
astreints aux formes. Nous verrons qui l'emportera, ou de ces formes
quelquefois funestes, mais toujours indispensables, ou de la vérité,
qui s'est montrée avec tant de clarté et sans formes aux yeux du roi,
aux vôtres, à ceux de tous les honnêtes gens.

Si les premiers juges de cette affaire si singulière se sont oubliés
jusqu'à faire subir les plus grandes rigueurs de la prison à M. de Morangiés et au chirurgien Ménager, qu'ils ont déclarés innocents;
si cette énorme contradiction soulève les esprits raisonnables, il

ne se faut imputer, messieurs, qu'à un sentiment d'équité qui s'est mépris.

Vous connaissez le serment de rendre justice aux pauvres comm aux riches, aux petits comme aux grands. Ce serment et la crainte de faire pencher la balance emportent quelquefois les âmes les plus vertueuses jusqu'à l'injustice. Il faudrait leur imposer plutôt le serment de rendre justice au riche comme au pauvre, au puissant comme au faible; mais ce serait ici la cause de la famille Véron qui deviendrait la cause du riche : car si elle gagne son procès, elle a d'un côté les cent mille écus supposés prêtés à M. de Morangiés, et deux cent[1] mille francs supposés donnés à la femme Romain par le testament absurde et contradictoire dicté à la veuve Véron; et la maison Morangiés est ruinée. Ce n'est pas, sans doute, le maréchal de camp qui est puissant dans sa prison; c'est la cabale hardie, industrieuse, redoutable par ses clameurs et par ses efforts infatigables, qui est puissante.

Enfin, messieurs, attendons l'arrêt définitif d'un parlement dont les lumières et les intentions sont également pures.

Si l'avocat de l'infortuné maréchal de camp, pénétré de son innocence, a pu, dans la chaleur du zèle le plus désintéressé, manquer au respect qu'il devait à messieurs les gens du roi, ils sont assez grands pour lui pardonner, et trop justes pour faire retomber sur le plus malheureux des hommes de son rang la faute d'un avocat dont ils reconnaissent d'ailleurs l'éloquence et l'intégrité.

Je suis avec un profond respect, messieurs, votre très-humble et très-obéissant serviteur,

VOLTAIRE.

SECONDE LETTRE AUX MÊMES,

SUR LE PROCÈS DE M. LE COMTE DE MORANGIÉS.

A Ferney, 16 auguste 1773.

Messieurs, un de vos compatriotes, certain de l'innocence de M. de Morangiés, mais alarmé par le dernier Mémoire fait contre lui, et sachant combien il faut craindre les jugements des hommes, m'a communiqué ses inquiétudes. Je les partage, et voici ma réponse.

Je vous ai déjà mandé que l'honneur de M. le comte de Morangiés est à couvert par la publicité du sentiment du roi et du vôtre. Je vous supplie de remarquer que Sa Majesté n'a déclaré son opinion qu'après avoir entendu parler à fond de ce procès, et après avoir pesé les raisons. Vous en avez usé de même. Songez que, dans les commencements, la

---

1. Il est à remarquer que, dans la foule des contradictions étonnantes dont fourmillent toutes les pièces des Véron, on a fait dire à cette veuve qu'elle n'avait jamais eu que ces cent mille écus, et on la fait riche de cinq cent mille francs par son testament.

cabale avait séduit Paris et la cour contre l'accusé : on n'est revenu que parce qu'enfin la vérité s'est montrée.

Souffrez que je vous retrace ici une partie des raisons qui ont depuis déterminé toute la cour, toute l'armée, tous les magistrats éclairés, tous les gens considérables du royaume, et même un grand nombre d'étrangers.

1° L'impossibilité que la Véron eût cent mille écus en or, provenant de la source chimérique qu'elle alléguait.

2° L'inconcevable absurdité du transport clandestin, de Paris au fond de la Champagne, d'un coffre rempli d'or, que quatre hommes ne pouvaient remuer, selon le dernier factum de l'avocat des Véron; et ce même coffre rapporté clandestinement à Paris, sans qu'on dise le nom du voiturier, sans qu'aucun de la famille Véron se soit douté qu'il y eût de l'argent dans ce coffre; et l'on ne craint pas d'étaler aux yeux du parlement ce roman misérable qui déshonorerait le siècle de la Légende dorée.

3° Le port clandestin de ces cent mille écus à pied en six heures de temps, l'espace d'environ six lieues, lorsqu'on pouvait si aisément les voiturer en quelques minutes, et lorsque, le lendemain, le sieur du Jonquay prête même douze cents francs au même homme ouvertement. Et observez que ces malheureux douze cents francs ont seuls plongé M. de Morangiés dans cet abîme; il ne crut pas qu'un jeune homme qui lui prêtait, sans vouloir de billet, cette somme dont il avait un besoin pressant, pût être assez perfide pour le tromper sur les billets de cent mille écus. Voilà l'origine et le fond de toute cette affaire.

4° L'extrême improbabilité et l'extrême absurdité que le comte de Morangiés fût venu emprunter douze cents livres dans le galetas de du Jonquay, le 24 septembre 1771, supposé qu'il eût reçu cent mille écus de lui le 23.

5° La lettre même de du Jonquay au comte, par laquelle il est évident qu'il prépare son crime. Il lui dit : Vous cherchez à « en pauser à une pauvre veuve, vous serez obligé de me réparer. » C'est ainsi que s'exprime un homme que son avocat nous représente comme un docteur ès lois prêt d'acheter une charge de conseiller au parlement. Il ose dire à M. de Morangiés : « Vous avez écarté tous vos domestiques le jour que je vous ai porté cent mille écus dans mes poches en treize voyages. » Et remarquez, messieurs, que ce même du Jonquay interpelle ensuite tous les domestiques du comte qui étaient dans la maison. Cela seul n'est-il pas une preuve la plus évidente, la plus forte, la plus incontestable, de la friponnerie la plus avérée et en même temps la plus grossière?

6° L'improbabilité que le comte de Morangiés eût refusé à une courtière son droit de courtage, s'il avait reçu de du Jonquay cent mille écus par les soins de cette femme.

7° L'improbabilité qu'un homme qui vient de toucher cent mille écus, qui peut en jouir et ne les pas rendre, poursuive le prétendu prêteur devant le magistrat de la police, comme un fripon qui veut faire valoir des billets, lesquels ne lui appartiennent pas, et qui l'a trompé avec le plus grand artifice, mêlé de l'impudence la plus effrontée, en lui disant qu'il agissait au nom d'une compagnie, et en lui cachant que la Véron fût sa grand'mère.

8° L'impossibilité que M. de Morangiés ait signé, le 24 septembre 1771, « qu'il ferait ses billets quand il aurait l'argent, » s'il avait reçu cet argent le 23.

9° Le mensonge grossier de du Jonquay qui le trahit dans sa fable mal ourdie. Il prétend, dans le premier Mémoire de son avocat, que dans ses treize voyages de six lieues, il faisait signer chaque fois à M. de Morangiés : « Je reconnais que M. du Jonquay m'a apporté mille louis, dont je promets faire mon billet à Mme Véron, sa grand'mère, » et, dans le second Mémoire, ce même billet est conçu en ces termes : « Je reconnais avoir reçu du sieur du Jonquay mille louis au nom de la dame Véron, sa grand'mère, dont je promets lui faire mes billets lorsque la somme sera complète. » Quelle somme? Il aurait fallu au moins la spécifier. Voilà donc deux billets différents l'un de l'autre. Lequel est le vrai? il est évident que tous les deux sont faux.

10° Le mensonge encore plus grossier rapporté par le même avocat, qui prétend défendre sa partie, et qui la convainc malgré lui d'imposture. Il dit que la servante de la Véron, seule servante de cette femme riche, dépose avoir vu M. de Morangiés chez elle lui remettre ces billets importants qui faisaient toute la preuve du port des cent mille écus, ces billets qui auraient prévenu tout procès. Eh! famille Véron, que ne les avez-vous donc gardés? C'était votre plus grande sûreté; c'était la seule probabilité de vos treize voyages. N'est-il pas évident qu'ils n'ont jamais existé, et qu'ils sont aussi mal imaginés que le reste de votre détestable fable? La nation rougira d'avoir cru quelque temps une fourberie si maladroite et si atroce.

11° L'improbabilité frappante que du Jonquay et sa mère aient avoué tant de fois et signé chez un commissaire qu'ils n'avaient point donné les cent mille écus à M. de Morangiés, si en effet du Jonquay avait fait le prodige de les porter. Il n'est pas dans la nature qu'on se résolve ainsi à perdre toute sa fortune, à être puni d'un supplice flétrissant, quand rien ne force à faire un tel aveu. On a déjà observé qu'il n'y a personne en France qui signât ainsi la perte de tout son bien, sa honte et son supplice, même au milieu des tortures.

Certes, soit que Desbrugnières ait froissé un bouton de du Jonquay, soit qu'il ne l'ait pas froissé, il résulte que cet homme et sa mère ont confessé très-librement un crime d'ailleurs avéré.

12° Le discours tenu par du Jonquay devant les officiers de la police : « Je signerai, si l'on veut, que j'ai volé tout Paris. » Quel est l'homme qui s'exprimerait ainsi, si son âme n'était pas aussi basse que criminelle? Ce seul discours, échappé au coupable, dévoile le crime à quiconque connaît un peu le cœur humain, à quiconque réfléchit. On a du moins des deux côtés preuve contre preuve par écrit. Il ne s'agit donc plus que de considérer laquelle doit prévaloir. Or quel est le plus probable, ou qu'un gentilhomme fasse ses billets à des entremetteurs avant de recevoir son argent, ce qui est d'un usage très-commun, ou qu'une famille entière signe librement son crime et sa perte, si elle n'était pas coupable, ce qui n'est jamais arrivé?

13° La lettre même des sœurs de du Jonquay au magistrat de la police, qu'on a eu l'absurdité de faire valoir, et qui n'est qu'une preuve incontestable du crime de la famille. Car ces sœurs seraient-elles venues chez un délégué de la police le supplier de les aider à obtenir la grâce de leur frère, si elles n'avaient pas su que ce frère était coupable? et ce délégué leur aurait-il laissé la minute de cette lettre, s'il avait voulu les tromper?

14° La publicité que la Véron prêtait par des entremetteuses de petites sommes sur gages, qu'elle subsistait de ce commerce infâme; ce qui prouve que cette maison était un repaire d'usure et d'escroquerie.

15° La certitude que la Véron avait vendu depuis peu une rente de six cents livres; ce qu'elle n'aurait pas fait dans une extrême vieillesse, si elle avait eu alors cinq cent mille francs de bien qu'on lui attribue.

16° Le testament aussi vicieux qu'absurde qu'on a fait signer à la Véron mourante, testament qui est un vrai plaidoyer; testament dans lequel elle contredit tout ce qu'on lui avait fait dire auparavant. Elle avait assuré qu'elle n'avait que ces cent mille écus prétendus; et, par cet acte, elle avait possédé plus de cinq cent mille livres.

17° Le comte de Morangiés traîné en prison pour avoir suborné des témoins, déclaré innocent par le premier juge, et cependant prisonnier encore.

18° Le chirurgien Ménager enfermé dans un cachot par ordre du même juge, parce qu'un des témoins de du Jonquay était, le 23 septembre 1771, entre les mains de ce chirurgien; parce que ce témoin vérolé avait ce jour-là le corps frotté de mercure, la tête enflée, la langue pendante, et la mort entre les dents ébranlées; parce que ce vérolé avait osé dire qu'il avait vu ce jour-là même dans les rues du Jonquay portant cent mille écus à pied, et que ce chirurgien interrogé avait répondu qu'il était difficile qu'un vérolé, dans cet état, pût se promener dans Paris.

19° La déposition précise d'un compagnon de ce vérolé, qui jouait aux cartes avec lui dans le temps même que ce malheureux prétendait avoir vu du Jonquay courir chargé d'or dans les rues.

20° Une Tourtera, une courtière, une prêteuse sur gages, une marraine du vérolé, une gueuse sortant de l'hôpital, écoutée comme un témoin irréprochable.

21° Un cocher, un bretailleur, un ami de du Jonquay, écouté comme un témoin grave.

22° Une autre gueuse[1], condamnée au fouet par la Tournelle, écoutée quand elle calomnie M. de Morangiés, et rejetée quand elle se repent publiquement de son crime. Le parlement entendra sans doute cette misérable, qui peut fournir un fil à l'aide duquel les juges sortiront de ce labyrinthe.

1. La fille Hérissé. (ÉD.)

Je vous ai indiqué, messieurs, plus de vingt preuves de l'innocence de votre compatriote et du délit de ses adversaires. Vous en découvrirez plus de cent, si vous voulez lire avec attention tous les Mémoires. La cabale acharnée à diffamer, à perdre la maison Morangiés, vient d'abuser étrangement de la candeur d'un homme de bien qui, ayant d'abord soutenu cette abominable cause, s'est cru malheureusement engagé à la défendre encore.

Il est vrai qu'il n'ose plus parler du testament frauduleux de la Véron, à qui on fait dire qu'elle avait donné deux cent mille francs à sa fille, après avoir attesté si souvent le ciel qu'elle perdait tout en perdant les prétendus cent mille écus portés au comte de Morangiés. Il se tait sur cette contradiction trop manifeste, et trop terrible pour les accusateurs de votre compatriote.

Il ne ramène plus sur la scène ce généreux, ce bienfaisant Aubourg, ce tapissier, cet homme d'affaires qui a eu la bassesse insolente d'acheter publiquement le procès de la Véron, dans lequel il pourrait gagner plus de cinquante mille livres. Ces infamies ont révolté sans doute M. l'avocat Vermeil. Mais qu'on a trompé sa bonne foi sur le reste! de combien d'anecdotes inutiles au fond de l'affaire l'a-t-on surchargé! que de contradictions on lui a présentées comme des vérités qui se conciliaient! comme on l'a fait tomber dans le piége!

Pour ne pas rendre ma lettre trop prolixe, je vous en donnerai seulement quelques exemples bien frappants.

M. Vermeil avait dit, dans son premier Mémoire, que du Jonquay était un jeune innocent arrivé de province pour acheter une charge dans la magistrature. Il nous le montre, dans son second factum, comme un praticien consommé, dès l'an 1767, dans le métier de la chicane. Il faut voir avec quelle vivacité ce du Jonquay poursuit le payement d'un billet de deux mille livres que M. l'abbé Le Rat avait fait à sa grand'mère, sans qu'on sache à quelle usure; comme après la mort de M. l'abbé Le Rat il excède M. Gatou! Cette guerre, il faut l'avouer, dément un peu la simple innocence avec laquelle il a porté cent mille écus à un officier publiquement obéré, et les lui a confiés sans prendre la moindre sûreté. Ce contraste seul, messieurs, démontre assez l'absurdité de toute la fable qu'on a forgée.

Le même avocat, ayant dit, dans son premier Mémoire, d'après du Jonquay, que le comte de Morangiés avait écarté tous les domestiques de la maison le jour des treize voyages, avoue, dans le second Mémoire, qu'ils y étaient tous ce jour-là même. Voilà déjà une contradiction bien formelle qui anéantit toute la fable de la cabale. Tous ces domestiques, témoins nécessaires, avouent cette vérité déjà tant reconnue, que du Jonquay n'est venu qu'une seule fois chez leur maître, le 23 septembre 1771.

M. Vermeil avoue ingénument que leurs dépositions sont concordantes; et après avoir dit qu'elles sont concordantes, il essaye de les trouver contradictoires.

Un voisin dit qu'il était sur le pas de la porte, les jambes croisées, et qu'il n'a vu entrer personne, quoiqu'il en soit entré plusieurs dans cette matinée. Quel rapport ce fait minutieux peut-il avoir avec les treize voyages absurdes de du Jonquay? Ce voisin doit-il avoir eu toujours les jambes croisées à la porte pendant huit heures?

L'avocat croit voir des contradictions dans des domestiques qui peuvent se méprendre de quinze ou trente minutes.

M. le chevalier de Bourdeix arrive chez M. de Morangiés ce matin même. Il y passe environ deux heures; il ne voit point paraître d Jonquay; il l'atteste devant les premiers juges. L'avocat veut infirme le témoignage de ce gentilhomme, parce que la femme du suisse di qu'il était en redingote, attendu qu'il pleuvait alors, et que M. de Bourdeix, à qui on demande quel habit il portait, répond que son justaucorps était de velours. L'avocat croit trouver une contradiction dans cette réponse, comme s'il n'était pas très-naturel de couvrir son velours d'une redingote pendant la pluie.

Du moins M. Vermeil a trop de pudeur pour dire que M. le chevalier de Bourdeix soit un faux témoin; mais d'autres n'ont pas tant de délicatesse. Ils le traitent de Gascon fripon qui jure pour un Languedocien fripon, parce qu'ils sont tous deux gentilshommes. Si l'on en croit cette cabale, il suffit d'être d'un sang noble pour être un coquin; et la vertu ne se réfugie que chez une entremetteuse sortie de l'hôpital, chez le cocher Gilbert, chez un clerc de procureur vérolé, chez M. du Jonquay, soldat dans les troupes des fermes et marchandant une charge de magistrat.

A quelles ressources, hélas! l'éloquence et la raison même sont-elles réduites, quand elles combattent la vérité!

Qu'importe à toute cette grande affaire ce qu'aura conté un soir M. de Morangiés à Mme Maisonneuve et à M. Cochois? On a la barbarie de reprocher à un maréchal de camp d'avoir vendu ses boutons de manchettes d'or, et un crayon d'or. Je ne sais pas quel jour il les a vendus; mais son avocat assure que la cabale usurière a réduit ce gentilhomme à un état qui doit exciter la compassion des juges, et soulever tous les cœurs en sa faveur.

Voyez, messieurs, contre quels ennemis vous avez à combattre. Vous avez le roi pour vous; il faut espérer que vous ne serez point battus. M. Linguet achèvera de détromper M. Vermeil; il achèvera de montrer la vérité à tous les juges. On s'est plaint de sa vivacité; mais il faut pardonner à son feu qui brûle, en faveur de la clarté qu'il donne.

Je suppose, messieurs, que Solon, Numa, Aristide, Caton, le chancelier de l'Hospital, reviennent sur la terre, et qu'on leur donne cette cause à examiner, n'agiraient-ils pas comme M. de Sartine? ne diraient-ils pas : « La famille Véron a confessé son délit de son plein gré; donc la famille l'a commis; elle a écrit de son plein gré à son propre avocat : *Rendez les billets*; donc il faut les rendre? » Tel est l'arrêt de la voix publique. J'ignore si nos formes peuvent s'y opposer.

Je suis avec un profond respect, messieurs, votre très-humble et très-obéissant serviteur,   VOLTAIRE.

TROISIÈME LETTRE AUX MÊMES.

A Ferney, 26 auguste 1773.

Messieurs, vous savez que plusieurs officiers, pénétrés de l'innocence de M. le comte de Morangiés, en connaissance de cause, ont fait un fonds pour lui en présence de M. le marquis de Monteynard[1]. Si votre province en fait un, mon neveu vous demande la permission de se joindre à vous.

C'est une réparation authentique de la sentence inouïe du bailliage du palais, juridiction dont vous n'avez jamais entendu parler. Si cette malheureuse sentence subsistait, notre nation en devrait peut-être autant rougir que des arrêts qu'un aveuglement barbare dicta contre les Calas, contre les Sirven, contre les Montbailli, contre le cultivateur Martin, contre le brave Lally, contre l'infortuné chevalier de La Barre, enfant imprudent à la vérité, mais enfant qu'il était si aisé de corriger, mais enfant de grande espérance, mais petit-fils d'un lieutenant général qui avait si bien servi l'État; enfin, contre tant d'autres citoyens, dont les meurtres juridiques ont épouvanté la nature et la raison humaine.

La sentence rendue par le bailliage n'est pas, à la vérité, de l'atrocité de ces arrêts; la cause ne le permettait pas; mais l'absurdité est encore plus grande. Il ne faut pas que la France passe pour ridicule aux yeux de l'Europe, après avoir passé pour cruelle. Nous n'avons pas acquis assez de gloire dans la dernière guerre[2] pour que nous n'ayons pas soin de notre réputation dans le sein de la paix. Il serait triste qu'il ne nous restât d'autre gloire que celle d'avoir cultivé les beaux-arts il y a cent ans, et que nous eussions aujourd'hui la honte d'avoir persécuté la vérité en tout genre sans la connaître.

Le parlement de Paris, messieurs, examine l'affaire avec autant d'attention que d'intégrité. Espérons de lui la restauration de la justice qu'un bailli vient de violer, à l'étonnement de quiconque a le sens commun.

Il est démontré aujourd'hui qu'une foule de vils usuriers escrocs a volé cent mille écus en billets à M. de Morangiés. Tout le monde convient que la fable de leurs cent mille écus en or est ce que la fourberie et l'insolence ont jamais inventé de plus absurde et de plus punissable.

Quelques personnes, d'abord trompées dans le commencement par les séductions de la famille Véron, se réduisent aujourd'hui à dire qu'à la vérité M. de Morangiés n'a pas reçu les cent mille écus, mais qu'il en a touché probablement une partie. Elles sont honteuses d'avoir cru un moment le roman des treize voyages; mais elles substituent une autre fable à cette fable décriée. Pardonnons à cette faiblesse de

1. Alors ministre de la guerre. (ÉD.) — 2. La guerre de Sept ans. (ÉD.)

leur amour-propre; mais il eût été plus beau d'avouer son erreur sans détour.

Il ne faut pas supposer ce qu'aucun des avocats des Véron n'a jamais osé dire. Tous ont fait retentir à nos oreilles le prêt imaginaire des cent mille écus : du Jonquay en a fait serment avant de se dédire chez un commissaire. Voilà le procès : il ne faut pas en imaginer un autre, qui, au fond, serait plus absurde encore. Car comment serait-il possible que M. de Morangiés, n'ayant reçu, par exemple, que cent mille francs, comme ces messieurs le supposent, eût été assez ennemi de soi-même pour signer des billets de trois cent vingt-sept mille livres, qui feraient plus de trois fois et un quart la valeur reçue ? Ce serait une usure de deux cent vingt-sept pour cent; usure aussi chimérique que toute la fable des Véron; usure plus criminelle encore, s'il est possible, que la manœuvre avérée dont ils sont coupables.

Que pour justifier M. de Morangiés on ne rende donc pas cette affaire plus ridicule, plus absurde et plus incroyable qu'elle ne l'est en effet. Qu'on s'en tienne au procès; il est assez extravagant.

Je ne connais, messieurs, dans l'histoire du monde, aucune dispute à laquelle la démence n'ait présidé, quand l'esprit de parti s'y est joint. Vous savez que la basse faction des Véron était, il y a quelque temps, un parti formidable; c'était celui du peuple, et vous connaissez le peuple. La faction des convulsionnaires de Saint-Médard ne fut jamais ni plus fanatique, ni plus aveugle, ni plus opiniâtre, ni plus imbécile.

Les mensonges imprimés des avocats de la Véron tenaient tous des *Mille et une Nuits*, et ont été reçus comme des vérités par M. Pigeon.

Ils peignaient la Véron, veuve d'abord d'un commis des fermes, et ensuite d'un petit agioteur de la rue Quincampoix, comme la veuve d'un riche banquier.

Ils lui attribuaient une fortune immense, et elle couchait à terre, elle et toute sa famille, dans un galetas.

Ils présentaient M. du Jonquay, son petit-fils, comme un docteur ès lois, qui allait acheter trente mille francs une charge de conseiller au parlement, de juge suprême des pairs de France; et ce conseiller n'avait pu seulement demeurer garde dans une brigade d'employés des fermes, et ce conseiller a le style et l'orthographe d'un laquais, et les avocats répondaient qu'un magistrat n'est pas puriste.

Ils affirmaient dans tous leurs mémoires que Mme Véron sa grand'mère, et Mme Romain sa mère, étaient des personnes de considération très-opulentes, très-honnêtes, ne prêtant jamais sur gages, mais empruntant quelquefois sur gages comme de grandes dames; et le nommé Montreuil, laquais de M. de Florian, affirme, par serment, qu'ayant mangé plusieurs fois avec le magistrat du Jonquay, la veuve Durand, courtière, lui a proposé de lui faire prêter par Mme Véron vingt-quatre francs, douze francs, pourvu qu'il donnât quelques boucles de souliers, quelques chemises en nantissement; et M. Pigeon n'a point interrogé ceux à qui la Véron a prêté sur gages des soixante, des quarante, et jusqu'à des neuf francs! petites sommes dont le trafic la faisait subsister par l'entremise de ses courtières, et qui sont consignées dans le registre des usures dont le dépôt est à la police.

Les avocats parlaient toujours des cent mille écus en or de la veuve, et ils ne disaient rien de sa seule véritable fortune qui consistait principalement en une rente de six cents livres, vendue pour prêter sur gages. C'était là son meilleur effet.

Ces avocats, qui ne pouvaient alléguer que les raisons suggérées par leurs commettants, et qui étaient malgré eux les organes de l'imposture, séduits par la faction, séduisaient le peuple, et faisaient voler l'erreur de bouche en bouche.

Ils célébraient la grandeur d'âme de M. Aubourg, qui, touché de l'embarras d'une famille respectable de fripons, forcée de voler cent mille écus à M. le comte de Morangiés, et à l'opprimer, a pris en main généreusement la cause de cette famille Véron, et se sacrifie aujourd'hui pour elle. Mais il se trouve que ce M. Aubourg, ce héros généreux, est un tapissier devenu écumeur du palais, qui a acheté ce malheureux procès pour en partager le profit; manœuvre qui n'est guère différente de celle des recéleurs.

M. Linguet, défenseur de M. le comte de Morangiés, affirme, dans son résumé, que ce M. Aubourg a volé un étui d'or qu'il a été obligé de rendre. Il reproche à cet homme d'honneur cent autres traits pareils. Il assure qu'il a des preuves que cet Aubourg, instigateur de toute cette infâme affaire, commandait publiquement des pâtés qu'il envoyait au bailliage pendant l'instruction du procès : de sorte qu'au fond on voit un voleur et un recéleur protégés par M. Pigeon contre vous, messieurs, et contre l'opinion du roi.

Les avocats attestaient Dieu, devant qui la veuve Véron avait fait son testament après avoir communié. « Elle ne pouvait pas tromper Dieu, » disaient-ils. Non, mais elle pouvait tromper les hommes; ou plutôt on se servait d'elle pour les tromper très-grossièrement, en lui faisant dire qu'au lieu de trois cent mille livres qu'elle assura tant de fois composer tout son bien, elle avait possédé cinq cent mille livres. On la faisait mentir dans ce testament comme elle avait menti pendant sa vie.

Ces avocats fondaient leurs plaidoyers sur le témoignage de personnages dignes de foi, qui avaient déposé pour les Véron. Mais qui étaient ces témoins irréprochables? Une femme infâme, enfermée plusieurs fois à l'Hôpital; son filleul, commis des fermes et chassé; un cocher l'ami de du Jonquay, qui déposaient des choses absurdes, incroyables, impossibles. Cent dépositions de cette espèce ne pèsent pas le témoignage d'un honnête homme. C'est assez de deux témoins, quand ce sont des hommes de bien qui s'accordent sur des faits vraisemblables : mais la foule d'une canaille qui dépose des faits dont le seul récit choque la raison, et qui se contredit sur presque tous ces faits, n'a pas plus de poids que les quatre mille gredins qui virent les miracles de l'abbé Pâris.

Dira-t-on que ces contradictions de la bande de du Jonquay sont des preuves en sa faveur, « parce qu'elles ne sont pas faites de concert? »

Non, messieurs, ils ne se sont pas concertés pour se couper dans leurs réponses, mais ils s'étaient concertés pour le crime.

Enfin, messieurs, je vous le répète, du Jonquay et sa mère ont librement avoué, ont signé leur crime chez un commissaire au Châtelet, dont la réputation est intacte. Ils n'ont été forcés à cet aveu chez le commissaire, ni par aucun traitement rigoureux, ni par la moindre menace. Ils ont confessé le crime le plus vraisemblable, le plus ordinaire; car est-il quelque chose de plus commun que de voir des usuriers escrocs? Et on oserait encore accuser un maréchal de camp du crime le plus rare, le plus extravagant, le plus ridicule, le plus impossible, d'avoir emprunté cent mille écus en or des pauvres habitants d'un galetas, pour avoir le plaisir de les faire pendre!

Les avocats ont osé dire que cet aveu ne vaut rien chez un commissaire, parce que du Jonquay avait reçu un coup de poing chez un procureur. Il semblait, à les entendre, que quatre bourreaux eussent mis du Jonquay et la Romain à la question ordinaire et extraordinaire. Cent mille personnes dans Paris étaient persuadées que la police avait torturé pendant sept heures, et presque jusqu'à la mort, un homme destiné à être conseiller au parlement, et Mme Romain, sa mère, pour leur escroquer cent mille écus, dont les voleurs privilégiés, qui siégent dans les antres de la police, partageaient le profit avec M. de Morangiés, maréchal de camp des armées du roi. Ce nuage de mensonges absurdes, de calomnies grossières, est enfin dissipé, et peut-être pour en reproduire bientôt quelque autre plus ridicule encore et plus funeste.

Mais, messieurs, quand une fois la vérité a paru aux yeux des sages, dans quelque genre que ce puisse être, il n'est plus possible de la détruire. On ne peut plus ôter l'honneur à la maison de Morangiés, on ne peut que la ruiner.

Je suis, etc.

QUATRIÈME LETTRE AUX MÊMES.

A Ferney, le 8 septembre 1773.

Messieurs, permettez-moi de joindre mes acclamations et celles de mon neveu, M. de Florian, aux vôtres.

Il eût été honteux à jamais pour la France qu'une horde infâme d'usuriers escrocs eût accablé en justice la vertu d'un maréchal de camp qui a servi la patrie avec honneur, ainsi que tous ses ancêtres.

Le roi, sans être instruit de la procédure, avait, par les seules lumières d'un esprit éclairé et droit, déclaré la fable inventée par les Véron, ce qu'elle est en effet, le comble de l'absurdité la plus grossière et de l'audace la plus effrénée. L'opinion du roi et de tous les hommes sages me rassurait. Les formes seules pouvaient me donner quelque légère inquiétude.

M. Linguet, avocat de M. le comte de Morangiés, résistant seul, par sa fermeté et par son éloquence, à une foule d'avocats séduits par les

Véron, devenus malgré eux les organes du mensonge, à la cabale d'une populace déchaînée, à la sentence d'un bailliage prévenu et partial, s'est fait une réputation qui durera autant que le barreau.

Le parlement s'en est fait une plus grande en débrouillant ce chaos de fraudes et d'impostures, accumulées pendant deux ans entiers par tant de suppôts de l'usure et de la chicane.

La raison et l'équité ont dicté son arrêt. La cabale est rentrée dans le néant; il ne reste à ceux qu'elle avait entraînés que la honte d'avoir été surpris par elle.

Cet exemple fera voir combien nous devons respecter et chérir des juges qui, n'étant point entrés dans le sanctuaire de la justice par la porte de la vénalité, et choisis par le roi pour être justes, avaient confondu eux-mêmes toute cabale, en s'occupant uniquement de leurs devoirs sacrés.

Les chambres assemblées travaillèrent à ce jugement, le 3 de ce mois, depuis cinq heures et demie du matin jusqu'à six heures et demie du soir, sans prendre ni repos ni nourriture. Il faut les regarder comme les pères de la patrie. On voit, par cet arrêt mémorable, qu'ils ont été encore plus occupés de justifier la vertu opprimée que de punir le crime; et M. de Morangiés me mande que ses sentiments s'accordent avec l'arrêt.

La faction des Véron avait tellement préoccupé une grande partie de tout Paris, que j'ai lu, dans les Nouvelles à la main du 3 auguste, ces propres mots : « Tout le monde s'étonne de la part singulière que prend M. de Voltaire à cette affaire ténébreuse. » C'est ce qu'avait déjà imprimé un des avocats des Véron.

La part que j'ai prise, messieurs, à cette affaire qui n'a jamais été ténébreuse pour moi, était fondée sur la conviction, sur l'examen de tous les papiers que M. le comte de Morangiés avait bien voulu m'envoyer, sur les mémoires solides de M. Linguet, sur ceux même de ses adversaires; enfin sur l'ancienne amitié dont l'aïeul de M. de Morangiés honora toujours mon père. J'ai rempli mon devoir et je crois le remplir encore en vous félicitant.

Je suis avec un profond respect, messieurs, votre très-humble et très-obéissant serviteur,   VOLTAIRE.

FRAGMENTS HISTORIQUES

SUR QUELQUES RÉVOLUTIONS DANS L'INDE,

ET SUR LA MORT DU COMTE DE LALLY.

(JUIN-DÉCEMBRE 1773.)

ARTICLE I. — *Tableau historique du commerce de l'Inde.*

« Impiger extremos curris mercator ad Indos,
« Per mare, pauperiem fugiens, per saxa, per ignes. »

Dès que l'Inde fut un peu connue des barbares de l'Occident et du Nord, elle fut l'objet de leur cupidité, et le fut encore davantage, quand ces barbares, devenus policés et industrieux, se firent de nouveaux besoins.

On sait assez qu'à peine on eut passé les mers qui entourent le midi et l'orient de l'Afrique, on combattit vingt peuples de l'Inde, dont auparavant on ignorait l'existence. Les Albuquerques et leurs successeurs ne purent parvenir à fournir du poivre et des toiles en Europe que par le carnage.

Nos peuples européans ne découvrirent l'Amérique que pour la dévaster et pour l'arroser de sang ; moyennant quoi ils eurent du cacao, de l'indigo, du sucre, dont les cannes furent transportées d'Asie par les Européans dans les climats chauds de ce nouveau monde ; ils rapportèrent quelques autres denrées, et surtout le quinquina : mais ils y contractèrent une maladie aussi affreuse qu'elle est honteuse et universelle, et que cette écorce d'un arbre du Pérou ne guérissait pas.

A l'égard de l'or et de l'argent du Pérou et du Mexique, le public n'y gagna rien, puisqu'il est absolument égal de se procurer les mêmes nécessités avec cent marcs ou avec un marc. Il serait même très-avantageux au genre humain d'avoir peu de métaux qui servent de gages d'échange, parce qu'alors le commerce est bien plus facile : cette vérité est démontrée en rigueur. Les premiers possesseurs des mines sont, à la vérité, réellement plus riches d'abord que les autres, ayant plus de gages d'échange dans leurs mains ; mais les autres peuples aussitôt leur vendent leurs denrées à proportion : en très-peu de temps l'égalité s'établit, et enfin le peuple le plus industrieux devient en effet le plus riche[1].

Personne n'ignore quel vaste et malheureux empire les rois d'Espagne acquirent aux deux extrémités du monde sans sortir de leurs pa-

---

[1]. Les mines ont une valeur réelle pour le propriétaire, comme toutes les autres productions ; mais leur valeur baisse à mesure que les métaux qu'on en tire deviennent communs, ce qui arrive toutes les fois que les mines en fournissent plus qu'on n'en consomme.

Observons aussi que les métaux précieux qui sont si propres à servir, non de signes de valeurs, comme on l'a dit trop souvent, mais de valeurs connues,

lais ; combien l'Espagne fit passer d'or, d'argent, de marchandises précieuses en Europe, sans en devenir plus opulente ; et à quel point elle étendit sa domination en se dépeuplant.

L'histoire des grands établissements hollandais dans l'Inde est connue, de même que celle des colonies anglaises qui s'étendent aujourd'hui de la Jamaïque à la baie d'Hudson, c'est-à-dire depuis le voisinage du tropique jusqu'à celui du pôle.

Les Français, qui sont venus tard au partage des deux mondes, ont perdu à la guerre de 1756 et à la paix tout ce qu'ils avaient acquis dans la terre ferme de l'Amérique septentrionale, où ils possédaient environ quinze cents lieues en longueur, et environ sept à huit cents en largeur. Cet immense et misérable pays était très à charge à l'État, et sa perte a été encore plus funeste.

Presque tous ces vastes domaines, ces établissements dispendieux, toutes ces guerres entreprises pour les maintenir, ont été le fruit de la mollesse de nos villes et de l'avidité des marchands, encore plus que de l'ambition des souverains.

C'est pour fournir aux tables des bourgeois de Paris, de Londres, et des autres grandes villes, plus d'épiceries qu'on n'en consommait autrefois aux tables des princes ; c'est pour charger de simples citoyennes de plus de diamants que les reines n'en portaient à leur sacre ; c'est pour infecter continuellement ses narines d'une poudre dégoûtante, pour s'abreuver, par fantaisie, de certaines liqueurs inutiles, inconnues à nos pères, qu'il s'est fait un commerce immense, toujours désavantageux aux trois quarts de l'Europe ; et c'est pour soutenir ce commerce que les puissances se sont fait des guerres, dans lesquelles le premier coup de canon tiré dans nos climats met le feu à toutes les batteries en Amérique et au fond de l'Asie. On s'est toujours plaint des impôts, et souvent avec la plus juste raison ; mais nous n'avons jamais réfléchi que le plus grand et le plus rude des impôts est celui que nous imposons sur nous-mêmes par nos nouvelles délicatesses qui sont devenues des besoins, et qui sont en effet un luxe ruineux, quoiqu'on ne leur ait point donné le nom de luxe.

Il est très-vrai que depuis Vasco de Gama, qui doubla le premier la pointe de la terre des Hottentots, ce sont des marchands qui ont changé la face du monde.

Les Japonais, ayant éprouvé l'inquiétude turbulente et avide de quelques-unes de nos nations européennes, ont été assez heureux et assez puissants pour leur fermer tous leurs ports, et pour n'admettre chaque année qu'un seul vaisseau d'un petit peuple qu'ils traitent avec une rigueur et un mépris [1] que ce petit peuple seul est capable de supporter, quoiqu'il soit très-puissant dans l'Inde orientale.

Les habitants de la vaste presqu'île de l'Inde n'ont eu ni le pouvoir

sont en même temps des denrées très-utiles. Il serait très-avantageux pour l'humanité en général que l'argent et l'or surtout fussent très-communs. (*Ed. de Kehl.*)

1. Il est très-vrai que, dans le commencement de la révolution de 1638, on obligea les Hollandais, comme les autres, à marcher sur le crucifix.

ni le bonheur de se mettre, comme les Japonais, à l'abri des invasions étrangères. Leurs provinces maritimes sont depuis plus de deux cents ans le théâtre de nos guerres.

Les successeurs des brachmanes, de ces inventeurs de tant d'arts, de ces amateurs et de ces arbitres de la paix, sont devenus nos facteurs, nos négociateurs mercenaires. Nous avons désolé leur pays, nous l'avons engraissé de notre sang. Nous avons montré combien nous les surpassons en courage et en méchanceté, et combien nous leur sommes inférieurs en sagesse. Nos nations d'Europe se sont détruites réciproquement dans cette même terre, où nous n'allons chercher que de l'argent, et où les premiers Grecs ne voyageaient que pour s'instruire.

La compagnie des Indes hollandaises faisait déjà des progrès rapides, et celle d'Angleterre se formait, lorsqu'en 1604 le grand Henri accorda, malgré l'avis du duc de Sully, le privilége exclusif du commerce dans les Indes à une compagnie de marchands plus intéressés que riches, et nullement capables de se soutenir par eux-mêmes. On ne leur donna qu'une lettre patente, et ils restèrent dans l'inaction.

Le cardinal de Richelieu créa, en 1642, une espèce de compagnie des Indes; mais elle fut ruinée en peu d'années. Ces tentatives semblèrent annoncer que le génie français n'était pas aussi propre à ces entreprises que le génie attentif et économe des Hollandais, et que l'esprit hardi, entreprenant et opiniâtre des Anglais.

Louis XIV, qui allait à la gloire et à l'avantage de sa nation par toutes les routes, fonda, en 1664, par les soins de l'immortel Colbert, une compagnie des Indes puissante : il lui accorda les priviléges les plus étendus, et l'aida de quatre millions tirés de son épargne, lesquels en feraient environ huit d'aujourd'hui. Mais, d'année en année, le capital et le crédit de la compagnie dépérirent. La mort de Colbert détruisit presque tout. La ville de Pondichéri, sur la côte de Coromandel, fut prise par les Hollandais en 1693. Une colonie établie à Madagascar fut entièrement ruinée.

Ce qui avait été la principale cause du dépérissement total de ce commerce, avant la perte même de Pondichéri, était, à ce qu'on a cru, l'avidité de quelques administrateurs dans l'Inde, leurs jalousies continuelles, l'intérêt particulier qui s'oppose toujours au bien général, et la vanité qui préfère, comme on disait autrefois, le paraître à l'être, défaut qu'on a souvent reproché à la nation.

Nous avons vu de nos yeux, en 1719, par quel étonnant prestige cette compagnie renaquit de ses cendres. Le système chimérique de Law, qui bouleversa toutes les fortunes, et qui exposait la France aux plus grands malheurs, ranima pourtant l'esprit de commerce. On rebâtit l'édifice de la compagnie des Indes avec les décombres de ce système. Elle parut d'abord aussi florissante que celle de Batavia; mais elle ne le fut effectivement qu'en grands préparatifs, en magasins, en fortifications, en dépenses d'appareil, soit à Pondichéri, soit dans la ville et dans le port de Lorient en Bretagne, que le ministère de France lui concéda, et qui correspondait avec sa capitale de l'Inde. Elle eut une apparence imposante; mais de profit réel, produit par le commerce, elle n'en fit jamais. Elle ne donna, pendant soixante ans, pas un seul dividende du débit de ses marchandises. Elle ne paya ni les actionnaires, ni aucune de ses dettes en France, que de neuf millions que le roi lui accordait par année sur la ferme du tabac; de sorte qu'en effet ce fut toujours le roi qui paya pour elle.

Il y eut quelques officiers militaires de cette compagnie, quelques facteurs industrieux qui acquirent des richesses dans l'Inde; mais la compagnie se ruinait avec éclat, pendant que ces particuliers accumulaient quelques trésors. Il n'est guère dans la nature humaine de s'expatrier, de se transporter chez un peuple dont les mœurs contredisent en tout les nôtres, dont il est très-difficile d'apprendre la langue, et impossible de la bien parler, d'exposer sa santé dans un climat pour lequel on n'est point né, enfin de servir la fortune des marchands de la capitale, sans avoir une forte envie de faire la sienne. Telle a été la source de plusieurs désastres.

ARTICLE II. — *Commencements des premiers troubles de l'Inde, et des animosités entre les compagnies française et anglaise.*

Le commerce, ce premier lien des hommes, étant devenu un objet de guerre et un principe de dévastation, les premiers mandataires des compagnies anglaise et française, salariés par leurs commettants sous le nom de *gouverneurs*, furent bientôt des espèces de généraux d'armée : on les aurait pris dans l'Inde pour des princes : ils faisaient la guerre et la paix tantôt entre eux, tantôt avec les souverains de ces contrées.

Quiconque est un peu instruit sait que le gouvernement du Mogol est, depuis Gengis-kan, et probablement longtemps auparavant, un gouvernement féodal tel à peu près que celui d'Allemagne, tel qu'il fut établi longtemps chez les Lombards, chez les Espagnols, et en Angleterre même, comme en France et dans presque tous les États de l'Europe : c'est l'ancienne administration de tous les conquérants scythes et tartares, qui ont vomi leurs inondations sur la terre. On ne conçoit pas comment l'auteur de l'*Esprit des lois* a pu dire que la féodalité est « un événement arrivé une fois dans le monde, et qui n'arrivera peut-être jamais. » La féodalité n'est point un événement; c'est une forme très-ancienne, qui subsiste dans les trois quarts de notre hémisphère avec des administrations différentes. Le Grand-Mogol est semblable à l'empereur d'Allemagne. Les soubas sont les princes de l'empire devenus souverains, chacun dans ses provinces. Les nababs sont des possesseurs de grands arrière-fiefs. Ces soubas et ces nababs sont d'origine tartare, et de la religion musulmane. Les raïas, qui jouissent aussi de grands fiefs, sont pour la plupart d'origine indienne, et de l'ancienne religion des brames. Ces raïas possèdent des provinces moins considérables, et ont bien moins de pouvoir que les nababs et les soubas. C'est ce que nous confirment tous les mémoires venus de l'Inde.

Ces princes cherchaient à se détruire les uns les autres, et tout était en combustion dans ces pays, depuis l'année 1739 de notre ère, année mémorable dans laquelle le Sha-Nadir, ayant d'abord protégé l'empereur de Perse son maître, et lui ayant ensuite arraché les yeux, vint ravager le nord de l'Inde, et se saisir de la personne même du Grand-Mogol. Nous parlerons en son lieu de cette grande révolution. Alors ce fut à qui se jetterait sur les provinces de ce vaste empire, qui se démembraient d'elles-mêmes. Tous ces vice-rois, soubas, nababs, se disputaient ces ruines, et ces princes si fiers, qui dédaignaient auparavant d'admettre des négociants français en leur présence, eurent recours à eux. Les compagnies des Indes française et anglaise, ou plutôt leurs agents, furent tour à tour les alliés et les ennemis de ces princes. Les Français eurent d'abord de brillants avantages sous le gouverneur Dupleix; mais bientôt après les Anglais en eurent de plus solides. Les Français ne purent affermir leur prospérité; et les Anglais ont abusé enfin de la leur. Voici le précis de ces événements.

Article III. — *Sommaire des actions de La Bourdonnais et de Dupleix.*

Dans la guerre de 1741, pour la succession de la maison d'Autriche, guerre semblable, en quelque sorte, à celle de 1701 pour la succession d'Espagne, les Anglais prirent bientôt le parti de Marie-Thérèse, reine de Hongrie, depuis impératrice. Dès que la rupture entre la France et l'Angleterre éclata, il fallut se battre dans l'Amérique et dans l'Inde, selon l'usage.

Paris et Londres sont rivaux en Europe : Madras et Pondichéri le sont encore plus dans l'Asie, parce que ces deux villes marchandes sont plus voisines, situées toutes deux dans la même province, nommée Arca ou Arcate, à quatre-vingt mille pas géométriques l'une de l'autre, faisant toutes deux le même commerce, divisées par la religion, par la jalousie, par l'intérêt, et par une antipathie naturelle. Cette gangrène, apportée d'Europe, s'augmente et se fortifie sur les côtes de l'Inde.

Nos Européans, qui vont mutuellement se détruire dans ces climats, ne le font jamais qu'avec de petits moyens. Leurs armées sont rarement de quinze cents hommes effectifs venus de France ou d'Angleterre; le reste est composé d'Indiens, qu'on appelle *cépois* ou *cipayes*, et de noirs, anciens habitants des îles, transplantés depuis un temps immémorial dans le continent, ou achetés depuis peu dans l'Afrique. Ce peu de ressources donne souvent plus d'essor au génie. Des hommes entreprenants, qui auraient langui inconnus dans leur patrie, se placent et s'élèvent d'eux-mêmes dans ces pays lointains, où l'industrie est rare et nécessaire. Un de ces génies audacieux fut Mahé de La Bourdonnais, natif de Saint-Malo, le Duguay-Trouin de son temps, supérieur à Duguay-Trouin par l'intelligence, et égal en courage. Il avait été utile à la compagnie des Indes dans plus d'un voyage, et encore plus à lui-même. Un des directeurs lui demandant comment il avait bien mieux fait ses affaires que celles de sa compagnie : « C'est, répondit-il, parce que j'ai suivi vos instructions dans tout ce qui vous regarde, et que je n'ai écouté que les miennes dans mes intérêts. » Ayant été fait gouverneur de l'île de Bourbon par le roi, avec un plein pouvoir, quoique au nom de la compagnie, il arma des vaisseaux à ses frais, forma des matelots, leva des soldats, les disciplina, fit un commerce avantageux à main armée : il créa en un mot l'île de Bourbon. Il fit plus, il dispersa une escadre anglaise dans la mer de l'Inde; ce qui n'était jamais arrivé qu'à lui, et ce qu'on n'a pas revu depuis. Enfin il assiégea Madras; et força cette ville importante à capituler.

Les ordres précis du ministère français étaient de ne garder aucune conquête en terre ferme : il obéit. Il permit aux vaincus de racheter leur ville pour environ neuf millions de France, et servit ainsi le roi son maître et la compagnie. Rien ne fut jamais dans ces contrées ni plus utile ni plus glorieux. On doit ajouter, pour l'honneur de La Bourdonnais, que dans cette expédition il se conduisit avec une politesse, une douceur, une magnanimité dont les Anglais firent l'éloge. Ils estimèrent et ils aimèrent leur vainqueur. Nous ne parlons que d'après des Anglais revenus de Madras, qui n'avaient nul intérêt de nous déguiser la vérité. Quand les étrangers estiment un ennemi, il semble qu'ils avertissent ses compatriotes de lui rendre justice.

Le gouverneur de Pondichéri, Dupleix, réprouva cette capitulation; il osa la faire casser par une délibération du conseil de Pondichéri, et garda Madras, malgré la foi des traités et les lois de toutes les nations. Il accusa La Bourdonnais d'infidélité; il le peignit à la cour de France et aux directeurs de la compagnie comme un prévaricateur qui avait exigé une rançon trop faible et reçu de trop grands présents. Des directeurs, des actionnaires joignirent leurs plaintes à ces accusations. Les hommes, en général, ressemblent aux chiens qui hurlent quand ils entendent de loin d'autres chiens hurler.

Enfin les cris de Pondichéri ayant animé le ministère de Versailles, le vainqueur de Madras, le seul qui dans cette guerre eût soutenu l'honneur du pavillon français, fut enfermé à la Bastille par lettre de cachet. Il languit dans cette prison pendant trois ans et demi, sans pouvoir jouir de la consolation de voir sa famille. Au bout de ce temps, les commissaires du conseil, qu'on lui donna pour juges, furent forcés, par l'évidence de la vérité, et par le respect pour ses grandes actions, de le déclarer innocent. M. Bertin, l'un de ses juges, depuis ministre d'État, fut principalement celui dont l'équité lui sauva la vie. Quelques ennemis, que sa fortune, ses exploits et son mérite, lui suscitaient encore, voulaient sa mort. Ils furent bientôt satisfaits; il mourut[1], au sortir de sa prison, d'une maladie cruelle que cette prison lui avait causée. Ce fut la récompense du service mémorable rendu à sa patrie.

Le gouverneur Dupleix s'excusa dans ses Mémoires sur des ordres secrets du ministère. Mais il n'avait pu recevoir à six mille lieues des ordres concernant une conquête qu'on venait de faire, et que le minis-

1. Le 9 septembre 1753. (ÉD.)

tère de France n'avait jamais pu prévoir. Si ces ordres funestes avaient été donnés par prévoyance, ils étaient formellement contradictoires avec ceux que La Bourdonnais avait apportés. Le ministère aurait eu à se reprocher la perte de neuf millions dont on priva la France en violant la capitulation, mais surtout le cruel traitement dont il paya le génie, la valeur, et la magnanimité de La Bourdonnais.

M. Dupleix répara depuis sa faute affreuse et ce malheur public, en défendant Pondichéri pendant quarante-deux jours de tranchée ouverte contre deux amiraux anglais soutenus des troupes d'un nabab du pays. Il servit de général, d'ingénieur, d'artilleur, de munitionnaire; ses soins, son activité, son industrie, et la valeur éclairée de M. de Bussi, officier distingué, sauvèrent la ville pour cette fois. M. de Bussi servait alors dans les troupes de la compagnie, qu'on nommait le bataillon de l'Inde. Il était venu de Paris chercher sur le rivage de Coromandel la gloire et la fortune. Il y trouva l'une et l'autre. La cour de France récompensa Dupleix en le décorant du grand cordon rouge et du titre de marquis.

La faction française et l'anglaise, l'une ayant conservé la capitale de son commerce, l'autre ayant perdu la sienne, s'attachaient plus que jamais à ces nababs, à ces soubas, dont nous avons parlé. Nous avons dit que l'empire était devenu une anarchie. Ces princes, étant toujours en guerre les uns contre les autres, se partageaient entre les Français et les Anglais : ce fut une suite de guerres civiles dans la presqu'île.

Nous n'entrerons point ici dans les détails de leurs entreprises; assez d'autres ont écrit les querelles, les perfidies des Nazerzingue, des Mouzaferzingue, leurs intrigues, leurs combats, leurs assassinats. On a les journaux des siéges de vingt places inconnues en Europe, mal fortifiées, mal attaquées, et mal défendues; ce n'est pas là notre objet. Mais nous ne pouvons passer sous silence l'action d'un officier français, nommé de La Touche, qui, avec trois cents soldats seulement, pénétra la nuit dans le camp d'un des plus grands princes de ces contrées, lui tua douze cents hommes sans perdre plus de trois soldats, et dispersa par ce succès inouï une armée de près de soixante mille Indiens, renforcée de quelques troupes anglaises. Un tel événement fait voir que les habitants de l'Inde ne sont guère plus difficiles à vaincre que l'étaient ceux du Mexique et du Pérou. Il nous montre combien la conquête de ce pays fut facile aux Tartares et à ceux qui l'avaient subjugué auparavant.

Les mœurs, les usages antiques se sont conservés dans ces contrées, ainsi que les habillements; tout y est le contraire de nous; la nature et l'art n'y sont point les mêmes. Parmi nous, après une grande bataille, les soldats vainqueurs n'ont pas un denier d'augmentation de paye; dans l'Inde, après un petit combat, les nababs donnaient des millions aux troupes d'Europe qui avaient pris leur parti. Chandazaëb, l'un des princes protégés par M. Dupleix, fit présent aux troupes d'environ deux cent mille francs, et d'une terre de neuf à dix mille livres de rente à leur commandant le comte d'Auteuil. Le souba Mouzaferzingue, en une autre occasion, fit distribuer douze cent cinquante mille livres à la petite armée française et en donna autant à la compagnie. M. Dupleix eut encore une pension de cent mille roupies (deux cent quarante mille livres de France), dont il ne jouit pas longtemps. Un ouvrier gagne trois sous par jour dans l'Inde : un grand a de quoi faire ces profusions.

Enfin le vice-gérant d'une compagnie marchande reçut du Grand-Mogol une patente de nabab. Les Anglais lui ont soutenu que cette patente était supposée, que c'était une fraude de la vanité, pour en imposer aux nations de l'Europe dans l'Inde. Si le gouverneur français avait usé d'un tel artifice, il lui était commun avec plus d'un nabab et d'un souba. On achetait à la cour de Delhi de ces faux diplômes, qu'on recevait ensuite en cérémonie par un homme aposté, soi-disant commissaire de l'empereur. Mais soit que le souba Mouzaferzingue et le nabab Chandazaëb, protecteurs et protégés de la compagnie française, eussent en effet obtenu pour le gouverneur de Pondichéri ce diplôme impérial, soit qu'il fût supposé, il en jouissait hautement. Voilà un agent d'une société marchande devenu souverain; ayant des souverains à ses ordres. Nous savons que souvent des Indiens le traitèrent de roi, et sa femme de reine. M. de Bussi, qui s'était signalé à la défense de Pondichéri, avait une dignité qui ne se peut mieux exprimer que par le titre de général de la cavalerie du Grand-Mogol. Il faisait la guerre et la paix avec les Marattes, peuple guerrier que nous ferons connaître, qui vendait ses services tantôt aux Anglais, tantôt aux Français. Il affermissait sur leurs trônes des princes que M. Dupleix avait créés.

La reconnaissance fut proportionnée aux services. Les richesses ainsi que les honneurs en furent la récompense. Les plus grands seigneurs en Europe n'ont ni autant de pouvoir ni autant de splendeur; mais cette fortune et cet éclat passèrent en peu de temps. Les Anglais et leurs alliés battirent les troupes françaises en plus d'une occasion. Les sommes immenses données aux soldats par les soubas et les nababs, étaient en partie dissipées par les débauches, et en partie perdues dans les combats; la caisse, les munitions, les provisions de Pondichéri épuisées.

La petite armée qui restait à la France était commandée par le major Law, neveu de ce fameux Law qui avait fait tant de mal au royaume, mais à qui l'on devait la compagnie des Indes. Ce jeune Écossais combattit contre les Anglais en brave homme; mais privé de secours et de vivres, son courage était inutile. Il mena le nabab Chandazaëb dans une île formée par des rivières, nommée Cheringam, appartenante aux brames. Il est peut-être utile d'observer ici que les brames sont les souverains de cette île. Nous avons beaucoup de pareils exemples en Europe. On pourrait même assurer qu'il y en a eu dans toute la terre. Les brachmanes furent autrefois, dit-on, les premiers souverains de l'Inde. Les brames, leurs successeurs, ont conservé de bien faibles restes de leur ancienne puissance. Quoi qu'il en soit, la petite armée française, commandée par un Écossais, et logée dans un monastère indien, n'avait ni vivres, ni argent pour en acheter. M. Law nous a conservé la lettre par laquelle M. Dupleix lui ordonnait de prendre de force tout ce qui lui conviendrait dans le couvent des brames. Il ne restait que deux ornements réputés sacrés : c'étaient deux chevaux sculptés, couverts de lames d'argent : on les prit, on les vendit, et les brames ne murmurèrent pas ; ils ne firent aucune représentation. Mais le produit de cette vente ne put empêcher la troupe française de se rendre prisonnière de guerre aux Anglais. Ils se saisirent de ce nabab Chandazaëb, pour qui le major Law combattait ; et le nabab anglais, compétiteur de Chandazaëb, lui fit trancher la tête. M. Dupleix accusa de cette barbarie le colonel anglais Lawrence, qui s'en défendit, comme d'une imposture criante [1].

Pour le major Law, relâché sur sa parole, et revenu à Pondichéri, le gouverneur le mit en prison, parce qu'il avait été aussi malheureux que brave. Il osa même lui faire un procès criminel qu'il n'osa pas achever.

Pondichéri restait dans la disette, dans l'abattement, et dans la crainte, tandis qu'on envoyait en France des médailles d'or frappées en l'honneur et au nom de son gouverneur. Il fut rappelé en 1753 ; partit en 1754, et vint à Paris désespéré. Il intenta un procès contre la compagnie. Il lui redemandait des millions qu'elle lui contestait, et qu'elle n'aurait pu payer si elle en avait été débitrice. Nous avons de lui un mémoire dans lequel il exhalait son dépit contre son successeur Godeheu, l'un des directeurs de la compagnie. M. Godeheu lui répondit, non sans aigreur. Les factums de ces deux négociants titrés sont plus volumineux que l'histoire d'Alexandre. Ces détails fastidieux de la faiblesse humaine sont feuilletés pendant quelques jours par ceux qui s'y intéressent, et sont oubliés bientôt pour de nouvelles querelles à leur tour effacées par d'autres. Enfin Dupleix mourut du chagrin que lui causèrent sa grandeur, sa chute, et surtout la nécessité douloureuse de solliciter des juges, après avoir régné. Ainsi les deux grands rivaux qui s'étaient signalés dans l'Inde, La Bourdonnais, et Dupleix, périrent l'un et l'autre à Paris par une mort triste et prématurée.

Ceux qui étaient par leurs lumières en droit de décider de leur mérite disaient que La Bourdonnais avait les qualités d'un marin et d'un guerrier, et Dupleix celles d'un prince entreprenant et politique. C'est ainsi qu'en parle un auteur anglais qui a écrit les guerres des deux compagnies jusqu'en 1755.

M. Godeheu était un négociant sage et pacifique, autant que son prédécesseur avait été audacieux dans ses projets, et brillant dans son administration. Le premier n'avait pensé qu'à s'agrandir par la guerre. Le second avait ordre de se maintenir par la paix, et de revenir rendre compte de sa gestion à la cour, lorsqu'un troisième gouverneur serait établi à Pondichéri.

Il fallait surtout ramener les esprits des Indiens irrités par des

1. Chandazaëb fut jugé par un conseil où fut appelé Mahomet-Ali-Kan, suivant une lettre écrite de l'Inde à M. de Voltaire en 1776. (*Note de Wagnière.*)

cruautés exercées sur quelques-uns de leurs compatriotes dépendants
le la compagnie. Un Malabare, nommé Nama, banquier de La Bour-
lonnais, avait été jeté dans un cachot pour n'avoir pas déposé contre
ili. Un autre se plaignait des exactions qu'il avait éprouvées. Les enfants d'un autre Indien, nommé de Mondamia, régisseur d'un canton
roisin, ne cessèrent de demander justice de la mort de leur père,
qu'on avait fait expirer dans les tortures pour tirer de lui de l'argent.
Mille plaintes de cette nature rendaient le nom français odieux. Le
nouveau gouverneur traita les Indiens avec humanité, et ménagea un
accommodement avec les Anglais. Lui et M. Saunders, alors gouverneur de Madras, établirent une trêve en 1755, et firent une paix con-
ditionnelle. Le premier article était que l'un et l'autre comptoir renon-
ceraient aux dignités indiennes; les autres articles portaient des
règlements pour un commerce pacifique.

La trêve ne fut pas exactement observée. Il y a toujours des subalternes qui veulent tout brouiller pour se rendre nécessaires. D'ailleurs
on prévoyait, dès le commencement de 1756, une nouvelle guerre en
Europe : il fallait s'y préparer. On a prétendu que, dans cet intervalle,
l'avidité de quelques particuliers glanait dans le champ du public, devenu stérile pour la compagnie, et que la colonie de Pondichéri ressemblait à un mourant dont on pille les meubles avant qu'il soit
expiré.

ARTICLE IV. — *Envoi du comte de Lally dans l'Inde. Quel était
ce général; quels étaient ses services avant cette expédition.*

Pour arrêter ces abus, et pour prévenir les entreprises des Anglais
encore plus à craindre, le roi de France envoya dans l'Inde de l'argent
et des troupes. La France et l'Angleterre recommençaient alors cette
guerre de 1756, dont le prétexte était un ancien traité de paix fort
mal fait. Les ministres avaient oublié dans ce traité de spécifier les limites de l'Acadie, misérable pays glacé vers le Canada. Puisqu'on se
battait dans ces déserts septentrionaux de l'Amérique, il fallait bien
s'aller égorger aussi dans la zone torride en Asie. Le ministère de
France nomma pour cette entreprise le comte de Lally. C'était un gentilhomme irlandais dont les ancêtres suivirent en France la fortune
les Stuarts, maison la plus malheureuse de toutes celles qui ont porté
une couronne. Cet officier était un des plus braves et des plus attachés
que le roi de France eût à son service. Il fit des actions de valeur dont
le monarque fut témoin à la bataille de Fontenoi. Il sut qu'il portait
une haine irréconciliable aux Anglais, qu'il avait dit aux soldats de
son régiment : « Marchez contre les ennemis de la France et les vôtres ;
ne tirez que quand vous aurez la pointe de vos baïonnettes sur leurs ven-
tres; » qu'il en avait blessé plusieurs de sa main; et que, malgré cette
haine, il les avait tous secourus après l'action. Tant de courage et de
générosité touchèrent le roi; il le fit brigadier sur le champ de bataille. Lally était déjà colonel d'un régiment de son nom.

Dans le temps même où Louis XV rassurait sa nation par cette victoire de Fontenoi, Charles-Édouard, petit-fils de Jacques II, tentait

une entreprise inouïe qu'il avait cachée à Louis XV lui-même. Il traversait le canal de Saint-George, avec sept officiers seulement pour tout secours, quelques armes et deux mille louis d'or empruntés, dans le dessein d'aller soulever l'Écosse en sa faveur par sa seule présence, et de faire une nouvelle révolution dans la Grande-Bretagne. Il aborda au continent de l'Écosse, le 15 juin 1745, environ un mois après la bataille de Fontenoi. Cette entreprise, qui finit si malheureusement, commença par des victoires inespérées. Le comte de Lally fut le premier qui imagina de faire envoyer une armée de dix mille Français à son secours. Il communiqua son idée au marquis d'Argenson, ministre des affaires étrangères, qui la saisit avidement. Le comte d'Argenson, frère du marquis, et ministre de la guerre, la combattit, mais bientôt y consentit. Le duc de Richelieu fut nommé général de l'armée qui devait débarquer en Angleterre au commencement de l'année 1746. Les glaces retardèrent l'envoi des munitions et des canons qu'on transportait par les canaux de la Flandre française. L'entreprise échoua, mais le zèle de Lally réussit beaucoup auprès du ministère, et son audace le fit juger capable d'exécuter de grandes entreprises. Celui qui écrit ces mémoires en parle avec connaissance de cause; il travailla avec lui pendant un mois par ordre du ministre; il lui trouva un courage d'esprit opiniâtre, accompagné d'une douceur de mœurs que ses malheurs altérèrent depuis, et changèrent en une violence funeste.

Le comte de Lally était décoré du grand cordon de Saint-Louis, et lieutenant général des armées, quand on l'envoya dans l'Inde. Les retardements qu'on éprouve toujours dans les plus petites entreprises, comme dans les grandes, ne permirent pas que l'escadre du comte d'Aché, qui devait porter le général et les secours à Pondichéri, mît à la voile du port de Brest avant le 20 février 1757.

Au lieu de trois millions que M. de Séchelles, contrôleur général des finances, avait promis, M. de Moras, son successeur, n'en put donner que deux; et c'était beaucoup dans la crise où était alors la France.

De trois mille hommes qui devaient s'embarquer avec lui, on fut obligé d'en retrancher plus de mille; et le comte d'Aché n'eut dans son escadre que deux vaisseaux de guerre au lieu de trois, et quelques vaisseaux de la compagnie des Indes.

Tandis que les deux généraux Lally et d'Aché voguent vers le lieu de leur destination, il est nécessaire de faire connaître aux lecteurs qui veulent s'instruire l'état de l'Inde dans cette conjoncture, et quelles étaient les possessions des nations de l'Europe dans ces contrées.

ARTICLE V. — *État de l'Inde lorsque le général Lally y fut envoyé.*

Ce vaste pays, au deçà et au delà du Gánge, contient quarante degrés en latitude des îles Maldives aux limites de Cachemire et de la Grande-Boukharie, et quatre-vingt-dix degrés en longitude des confins du Sablestan à ceux de la Chine; ce qui compose des États dont l'étendue entière surpasse dix fois celle de la France, et trente fois celle de l'An-

gleterre proprement dite. Mais cette Angleterre qui domine aujourd'hui
dans tout le Bengale, qui étend ses possessions en Amérique, du qua-
torzième degré jusque par delà le cercle polaire, qui a produit Locke
et Newton, et enfin qui a conservé les avantages de la liberté avec ceux
de la royauté, est, malgré tous ses abus, aussi supérieure aux peuples
de l'Inde que la Grèce fut supérieure à la Perse du temps de Miltiade,
d'Aristide, et d'Alexandre. La partie sur laquelle le Grand-Mogol règne,
ou plutôt semble régner, est sans contredit la plus grande, la plus peuplée, la plus fertile et la plus riche. C'est dans la presqu'île en deçà
du Gange que les Français et les Anglais se disputaient des épices, des
mousselines, des toiles peintes, des parfums, des diamants, des perles,
et qu'ils avaient osé faire la guerre aux souverains.

Ces souverains, qui sont, comme nous l'avons déjà dit, les soubas,
premiers seigneurs féodaux de l'empire, n'ont joui d'une autorité indépendante qu'à la mort d'Aurengzeb, appelé le *Grand*, qui fut en effet
le plus grand tyran de tous les princes de son temps, empoisonneur
de son père, assassin de ses frères, et, pour comble d'horreur, dévot,
ou hypocrite, ou persuadé, comme tant de pervers de tous les temps et
de tous les lieux, qu'on peut commettre impunément les plus grands
crimes en les expiant par de légères démonstrations de pénitence et
d'austérité.

Les provinces où règnent ces soubas, et où les nababs règnent sous
eux dans leurs grands districts, se gouvernent très-différemment des
provinces septentrionales plus voisines de Delhi, d'Agra et de Lahor,
résidences des empereurs.

Nous avouons à regret qu'en voulant connaître la véritable histoire
de cette nation, son gouvernement, sa religion et ses mœurs, nous
n'avons trouvé aucun secours dans les compilations de nos auteurs
français. Ni les écrivains qui ont transcrit des fables pour des libraires,
ni nos missionnaires, ni nos voyageurs, ne nous ont presque jamais
appris la vérité. Il y a longtemps que nous osâmes réfuter ces auteurs
sur le principal fondement du gouvernement de l'Inde. C'est un objet
qui importe à toutes les nations de la terre. Ils ont cru que l'empereur
était le maître des biens de tous ses sujets, et que nul homme, depuis
Cachemire jusqu'au cap de Comorin, n'avait de propriété. Bernier, tout
philosophe qu'il était, l'écrivit au contrôleur général Colbert. C'eût été
une imprudence bien dangereuse de parler ainsi à l'administrateur des
finances d'un roi absolu, si ce roi et ce ministre n'avaient pas été généreux et sages. Bernier se trompait, ainsi que l'Anglais Thomas Roe.
Tous deux éblouis de la pompe du Grand-Mogol et de son despotisme,
ils s'imaginèrent que toutes les terres lui appartenaient en propre,
parce que ce sultan donnait des fiefs à vie. C'est précisément dire que
le grand maître de Malte est propriétaire de toutes les commanderies
auxquelles il nomme en Europe; c'est dire que les rois de France et
d'Espagne sont les propriétaires de toutes les terres dont ils donnent
les gouvernements, et que tous les bénéfices ecclésiastiques sont leur
domaine. Cette même erreur, préjudiciable au genre humain, a été
cent fois répétée sur le gouvernement turc, et a été puisée dans la

même source. On a confondu des timares et des zaïms, bénéfices militaires, donnés et repris par le Grand-Seigneur, avec les biens de patrimoine. C'est assez qu'un moine grec l'ait dit le premier pour que cent
écrivains l'aient répété.

Dans notre désir sincère de trouver la vérité et d'être un peu utile,
nous avons cru ne pouvoir mieux faire, pour constater l'état présent
de l'Inde, que de nous en rapporter à M. Holwell, qui a demeuré si
longtemps dans le Bengale, et qui a non-seulement possédé la langue
du pays, mais encore celle des anciens brames; de consulter M. Dow,
qui a écrit les révolutions dont il a été témoin; et surtout d'en croire
ce brave officier, M. Scrafton, qui joint l'amour des lettres à la fran-
chise, et qui a tant servi aux conquêtes du lord Clive. Voici les propres
paroles de ce digne citoyen : elles sont décisives.

« Je vois avec surprise tant d'auteurs assurer que les possessions des
terres ne sont point héréditaires dans ce pays, et que l'empereur est
l'héritier universel. Il est vrai qu'il n'y a point d'actes de parlement
dans l'Inde, point de pouvoir intermédiaire qui retienne légalement
l'autorité impériale dans ses limites; mais l'usage consacré et invariable de tous les tribunaux est que chacun hérite de ses pères. Cette
loi non écrite est plus constamment observée qu'en aucun État monarchique. »

Osons ajouter que si les peuples étaient esclaves d'un seul homme
(ce qu'on a prétendu, et ce qui est impossible), la terre du Mogol aurait été bientôt déserte. On y compte environ cent dix millions d'habitants. Les esclaves ne peuplent point ainsi. Voyez la Pologne : les cultivateurs, la plupart des bourgeois y ont été jusqu'ici serfs de glèbe,
esclaves des nobles; aussi il y a tel noble dont la terre est entièrement
dépeuplée.

Il faut distinguer dans le Mogol le peuple conquérant et le peuple
soumis, encore plus qu'on ne distingue les Tartares et les Chinois : car
les Tartares qui ont conquis l'Inde jusqu'aux confins des royaumes
d'Ava et du Pégu ont conservé la religion musulmane, au lieu que les
autres Tartares qui ont subjugué la Chine ont adopté les lois et les
mœurs des Chinois.

Tous les anciens habitants de l'Inde sont restés fidèles au culte et aux
usages des brahmes, usages consacrés par le temps, et qui sont, sans
contredit, ce qu'on connaît de plus ancien sur la terre.

Il reste encore dans cette partie de l'Inde quelques-uns de ces antiques monuments échappés aux ravages du temps et des révolutions;
ils exerceront encore longtemps la curieuse sagacité des philosophes.
La pagode de Shalembroum est de ce nombre; elle est située à deux
lieues de la mer et à dix de Pondichéri; on la croit antérieure aux pyramides d'Égypte : les savants appuient cette opinion sur ce que les
inscriptions de ce temple sont dans une langue plus ancienne que le
Hanscrit, qui aujourd'hui n'est presque plus entendu; or, les premiers
livres écrits dans la langue sacrée du *Hanscrit* ont environ cinq mille
ans d'antiquité, selon M. Holwell; donc, disent-ils, le monument de
Shalembroum est beaucoup plus ancien que ces livres.

Mais c'est à Bénarès, sur le Gange, que sont les ouvrages les plus anciens des hommes, si on en veut croire les brahmes, qui exagèrent probablement. Les figures du *lingam*, et la vénération qu'on a pour elles dans ces temples, sont encore une preuve de l'antiquité la plus reculée. Ce *lingam* est l'origine du *phall* ou *phallus* des Égyptiens, et du priape des Grecs.

On prétend que ce symbole de la réparation du genre humain ne put obtenir un culte que dans l'enfance d'un peuple nouveau, qui habitait en petit nombre les ruines de la terre. Il est probable qu'on ne peut exposer ces figures aux yeux, et les révérer, que dans les temps d'une simplicité innocente qui, loin de rougir des bienfaits des dieux, osait les en remercier publiquement. Ce qui fut d'abord un sujet de culte devint ensuite un sujet de dérision, quand les mœurs furent plus raffinées. Peut-être, en respectant dans les temples ce qui donne la vie, était-on plus religieux que nous ne le sommes aujourd'hui en entrant dans nos églises, armés en pleine paix d'un fer qui n'est qu'un instrument d'homicide.

Le plus grand fruit qu'on peut retirer de ces longs et pénibles voyages, n'est ni d'aller tuer des Européans dans l'Inde, ni de voler des raïas qui ont volé les peuples, et de s'en faire donner l'absolution par un capucin transporté de Bayonne à la côte de Coromandel; c'est d'apprendre à ne pas juger du reste de la terre par son clocher.

Il y a encore une autre race de mahométans dans l'Inde : c'est celle des Arabes qui, environ deux cents ans après Mahomet, abordèrent à la côte de Malabar; ils subjuguèrent avec facilité cette contrée qui, depuis Goa jusqu'au cap Comorin, est un jardin de délices, habitée alors par un peuple pacifique et innocent, incapable également de nuire et de se défendre. Ils franchirent les montagnes qui séparent la région de Coromandel de celle du Malabar, et qui sont la cause des moussons. C'est cette chaîne de montagnes habitées aujourd'hui par les Marattes.

Ces Arabes allèrent bientôt jusqu'à Delhi, donnèrent une race de souverains à une grande partie de l'Inde. Cette race fut subjuguée par Tamerlan, ainsi que les naturels du pays. On croit qu'une partie de ces anciens Arabes s'établit alors dans la province du Candahar, et fut confondue avec les Tartares. Ce Candahar est l'ancien pays que les Grecs nommaient Paropamise, n'ayant jamais appelé aucun peuple par son nom. C'est par là qu'Alexandre entra dans l'Inde. Les Orientaux prétendent qu'il fonda la ville de Candahar; ils disent que c'est une abréviation d'Alexandre, qu'ils ont appelé Iscandar. Nous observerons toujours que cet homme unique fonda plus de villes en sept ou huit ans que les autres conquérants n'en ont détruit; qu'il courait cependant de conquête en conquête, et qu'il était jeune.

C'est aussi par Candahar que passa de nos jours ce Nadir, berger, natif de Corassan, devenu roi de Perse, lorsque, ayant ravagé sa patrie, il vint ravager le nord de l'Inde.

Ces Arabes dont nous parlons, aujourd'hui sont connus sous le nom de Patanes, parce qu'ils fondèrent la ville de Patna vers le Bengale.

Nos marchands d'Europe, très-mal instruits, appelèrent indistinctement Maures tous ces peuples mahométans. Cette méprise vient de ce que les premiers que nous avions autrefois connus étaient ceux qui vinrent de Mauritanie conquérir l'Espagne, une partie des provinces méridionales de France et quelques contrées de l'Italie. Presque tous les peuples, depuis la Chine jusqu'à Rome, victorieux et vaincus, voleurs et volés, se sont mêlés ensemble.

Nous appelons Gentous les vrais Indiens, de l'ancien mot Gentils, Gentes, dont les premiers chrétiens désignaient le reste de l'univers qui n'était pas de leur religion secrète. C'est ainsi que tous les noms et toutes les choses ont toujours changé. Les mœurs des conquérants ont changé de même : le climat de l'Inde les a presque tous énervés.

ARTICLE VI. — *Des Gentous, et de leurs coutumes les plus remarquables.*

Ces antiques Indiens que nous nommons Gentous sont dans le Mogol au nombre d'environ cent millions, à ce que M. Scrafton nous assure. Cette multitude est une fatale preuve que le grand nombre est facilement subjugué par le petit. Ces innombrables troupeaux de Gentous pacifiques, qui cédèrent leur liberté à quelques hordes de brigands, ne cédèrent pas pourtant leur religion et leurs usages. Ils ont conservé le culte antique de Brahma. C'est, dit-on, parce que les mahométans ne se sont jamais souciés de diriger leurs âmes, et se sont contentés d'être leurs maîtres.

Leurs quatre anciennes castes subsistent encore dans toute la rigueur de la loi qui les sépare les unes des autres, et dans toute la force des premiers préjugés fortifiés par tant de siècles. On sait que la première est la caste des brahmes qui gouvernèrent autrefois l'empire; la seconde est des guerriers, la troisième est des agriculteurs, la quatrième des marchands : on ne compte point celle qu'on nomme des *hallacores* ou des *parias*, chargés des plus vils offices : ils sont regardés comme impurs; ils se regardent eux-mêmes comme tels, et n'oseraient jamais manger avec un homme d'une autre tribu, ni le toucher, ni même s'approcher de lui.

Il est probable que l'institution de ces quatre castes fut imitée par les Égyptiens, parce qu'il est en effet très-probable ou plutôt certain que l'Égypte n'a pu être médiocrement peuplée et policée que longtemps après l'Inde; il fallut des siècles pour dompter le Nil, pour le partager en canaux, pour élever des bâtiments au-dessus de ses inondations, tandis que la terre de l'Inde prodiguait à l'homme tous les secours nécessaires à la vie, ainsi que nous l'avons dit et prouvé ailleurs.

Les disputes élevées sur l'antiquité des peuples sont nées pour la plupart de l'ignorance, de l'orgueil et de l'oisiveté. Nous nous moquerions des oiseaux s'ils prétendaient être formés avant les poissons; nous ririons des chevaux qui se vanteraient d'avoir inventé l'art de pâturer avant les bœufs.

Pour sentir tout le ridicule de nos querelles savantes sur les origines, remontons seulement aux conquêtes d'Alexandre, il n'y a pas loin; cette époque est d'hier en comparaison des anciens temps. Supposons que Callisthène eût dit aux brahmanes : « Les Darius et les Madiès sont venus ravager votre beau pays, Alexandre n'est venu que pour se faire admirer, et moi je viens pour vous instruire ; vos conquérants ôtèrent à quelques-uns de vos compatriotes une vie passagère, et je vous donnerai la vie éternelle ; il ne s'agit que d'apprendre par cœur ce petit morceau d'histoire sans laquelle il n'y a aucune vérité sur la terre.

« Or le roi Xissutre était fils d'Ortiate, lequel fut engendré par Anédaph, qui fut engendré par Évedor, qui fut engendré par Megalar, qui fut engendré par Ameno, et Ameno par Amilar, et Amilar par Alapar, qui fut engendré par Alor, qui ne fut engendré par personne.

« Or le dieu Cron[1] étant apparu à Xissutre, fils d'Ortiate, il lui dit : « Xissutre, fils d'Ortiate, la terre va être détruite par une inondation : « écrivez l'histoire du monde, afin qu'elle serve de témoignage quand il « ne sera plus, et vous cacherez sous la terre votre histoire dans Cipara, « la ville du soleil, après quoi vous construirez un vaisseau de cinq « stades de longueur, et de deux stades de largeur, et vous y entrerez « vous et vos parents, et tous les animaux ; » et Xissutre obéit, et il écrivit l'histoire, et il la cacha sous terre dans la ville de Cipara ; et la terre, c'est-à-dire la Thrace, dont Xissutre était roi, fut submergée.

« Et quand les eaux se furent retirées, Xissutre lâcha deux colombes pour voir si les eaux étaient retirées ; et son vaisseau se reposa sur la montagne d'Ararat en Arménie, etc. »

Voilà pourtant ce que Bérose le Chaldéen raconte, au mépris de nos livres sacrés, et en quoi il diffère absolument de Sanchoniathon le Phénicien, qui diffère d'Orphée le Thracien, qui diffère d'Hésiode le Grec, qui diffère de tous les autres peuples.

C'est ainsi que la terre a été inondée de fables : mais au lieu de se quereller, et même de s'égorger pour ces fables, il vaut mieux s'en tenir à celles d'Ésope, qui enseignent une morale sur laquelle il n'y eut jamais de dispute.

La manie des chimères a été poussée jusqu'à faire semblant de croire que les Chinois sont une colonie d'Égyptiens, quoique en effet il n'y ait pas plus de rapport entre ces deux peuples qu'entre les Hottentots et les Lapons, entre les Allemands et les Hurons. Cette prétention ridicule a été entièrement confondue par le P. Parennin, l'homme le plus savant et le plus sage de tous ceux que la folie envoya à la Chine, et qui, ayant demeuré trente ans à Pékin, était plus en état que personne de réfuter les nouvelles fables de notre Europe.

Cette puérile idée que les Égyptiens allèrent enseigner aux Chinois

---

1. Le dieu Cron ou Χρόνος, est le Temps ou Saturne; et Xissutre, nommé par Voltaire, en d'autres endroits, Xissuter, Xissutrus, ou Xixoutrou, est le Noé des Chaldéens. On le nomme plus communément *Xisithrus*. (*Clogenson.*)

à lire et à écrire, vient de se renouveler encore; et par qui? par ce
même jésuite Needham, qui croyait avoir fait des anguilles avec du
jus de mouton et du seigle ergoté. Il induisit en erreur de grands philosophes; ceux-ci trouvèrent, par leurs calculs, que si de mauvais
seigle produisait des anguilles, de beau froment produirait infailliblement des hommes.

Le jésuite Needham, qui connaît tous les dialectes égyptiens et
chinois comme il connaît la nature, vient de faire encore un petit
livre pour répéter que les Chinois descendent des Égyptiens comme
les Persans descendent de Persée, les Français de Francus, et les
Bretons de Britannicus.

Après tout, ces inepties, qui dans notre siècle sont parvenues au
dernier excès, ne font aucun mal à la société. Dieu nous garde des
autres inepties pour lesquelles on se querelle, on s'injurie, on se calomnie, on arme les puissants et les sots qui sont si souvent de la
même espèce, on s'attaque, on se tue; et les savants qui sont persuadés qu'il faut casser les œufs par le gros bout, traînent aux échafauds
les savants qui cassent les œufs par le petit bout !

ARTICLE VII. — *Des brahmes.*

Toute la grandeur et toute la misère de l'esprit humain s'est déployée
dans les anciens brahmanes, et dans les brahmes leurs successeurs.
D'un côté, c'est la vertu persévérante, soutenue d'une abstinence rigoureuse; une philosophie sublime, quoique fantastique, voilée par
d'ingénieuses allégories; l'horreur de l'effusion du sang; la charité
constante envers les hommes et les animaux. De l'autre côté, c'est la
superstition la plus méprisable. Ce fanatisme, quoique tranquille, les
a portés depuis des siècles innombrables à encourager le meurtre volontaire de tant de jeunes veuves qui se sont jetées dans les bûchers
enflammés de leurs époux. Cet horrible excès de religion et de grandeur d'âme subsiste encore avec la fameuse profession de foi des brahmes, « que Dieu ne veut de nous que la charité et les bonnes œuvres.»
La terre entière est gouvernée par des contradictions. M. Scrafton
ajoute qu'ils sont persuadés que Dieu a voulu que les différentes nations eussent des cultes différents. Cette persuasion pourrait conduire
à l'indifférence; cependant ils ont l'enthousiasme de leur religion,
comme s'ils la croyaient la seule vraie, la seule donnée par Dieu
même.

La plupart d'entre eux vivent dans une molle apathie. Leur grande
maxime, tirée de leurs anciens livres, est « qu'il vaut mieux s'asseoir
que de marcher, se coucher que de s'asseoir, dormir que de veiller,
et mourir que de vivre. » On en voit pourtant beaucoup sur la côte de
Coromandel qui sortent de cette léthargie pour se jeter dans la vie active. Les uns prennent parti pour les Français, les autres pour les
Anglais; ils apprennent les langues de ces étrangers, leur servent d'interprètes et de courtiers. Il n'est guère de grand commerçant sur
cette côte qui n'ait son brahme, comme on a son banquier. En géné-

ral, on les trouve fidèles, mais fins et rusés. Ceux qui n'ont point eu de commerce avec les étrangers ont conservé, dit-on, la vertu pure qu'on attribue à leurs ancêtres.

M. Scrafton et d'autres ont vu entre les mains de quelques brahmes des éphémérides composés par eux-mêmes, dans lesquels les éclipses sont calculées pour plusieurs milliers d'années.

Le savant et judicieux M. Le Gentil dit qu'il a été étonné de la promptitude avec laquelle les brahmes faisaient en sa présence les plus longs calculs astronomiques. Il avoue qu'ils connaissent la précession des équinoxes de temps immémorial. Cependant il n'a vu que quelques brahmes du Tanjaour vers Pondichéri; il n'a point pénétré, comme M. Holwell, jusqu'à Bénarès, l'ancienne école des brahmanes; il n'a point vu ces anciens livres que les brahmes modernes cachent soigneusement aux étrangers et à quiconque n'est pas initié à leurs mystères. M. Le Gentil n'a levé qu'un coin du voile sous lequel les savants brahmes se dérobent à la curiosité inquiète des Européans; mais il en a vu assez pour être convaincu que les sciences sont beaucoup plus anciennes dans l'Inde qu'à la Chine même [1].

Ce savant homme ne croit point à leur généalogie; il la trouve très-exagérée. La nôtre n'est-elle pas évidemment aussi fautive, quoique plus récente? Nous avons soixante et dix systèmes sur la supputation des temps; donc il y a soixante-neuf systèmes erronés, sans qu'on puisse deviner quel est le soixante et dixième véritable; et ce soixante et dixième inconnu est peut-être aussi faux que tous les autres.

Quoi qu'il en soit, il résulte invinciblement que, malgré le détestable gouvernement de l'Inde, malgré les irruptions de tant d'étrangers avides, les brahmes ont encore des mathématiciens et des astronomes; mais en même temps ils ont tous le ridicule de l'astrologie judiciaire, et ils poussent cette extravagance aussi loin que les Chinois et les Persans. Celui qui écrit ces mémoires a envoyé à la bibliothèque du roi le *Cormo-Veidam*, ancien commentaire du *Veidam* : il est rempli de prédictions pour tous les jours de l'année, et de préceptes religieux pour toutes les heures. Ne nous en étonnons point : il n'y a pas deux cents ans que la même folie possédait tous nos princes, et que le même charlatanisme était affecté par nos astronomes. Il faut bien que les brahmes, possesseurs de ces éphémérides, soient très-instruits. Ils sont philosophes et prêtres comme les anciens brahmanes; ils disent que le peuple a besoin d'être trompé, et qu'il doit être ignorant. En conséquence, comme les premiers brahmanes marquèrent par les hiéroglyphes de la tête et de la queue du dragon les nœuds de la lune dans lesquels se font les éclipses, ils débitent que ces phénomènes sont causés par les efforts du dragon qui attaque la lune et le soleil. La même ineptie est adoptée à la Chine. On voit dans l'Inde des mil-

---

1. Voy. les *Mémoires de la Chine*, rédigés par du Halde. Il y est dit que, dans le cabinet des antiques de l'empereur Cam-hi, les plus anciens monuments étaient indiens.

lions d'hommes et de femmes qui se plongent dans le Gange pendant la durée d'une éclipse, et qui font un bruit prodigieux avec des instruments de toute espèce pour faire lâcher prise au dragon. C'est ainsi à peu près que la terre a été longtemps gouvernée en tout genre.

Au reste, plus d'un brahme a négocié avec des missionnaires pour les intérêts de la compagnie des Indes; mais il n'a jamais été question entre eux de religion.

D'autres missionnaires (il le faut répéter) se sont hâtés, en arrivant dans l'Inde, d'écrire que les brahmes adoraient le diable, mais que bientôt ils seraient tous convertis à la foi. On avoue que jamais ces moines d'Europe n'ont tenté seulement de convertir un seul brahme, et que jamais aucun Indien n'adora le diable, qu'ils ne connaissaient pas. Les brahmes rigides ont conçu une horreur inexprimable pour nos moines, quand ils les ont vus se nourrir de chair, boire du vin, et tenir à leurs genoux de jeunes filles dans la confession. Si leurs usages ont été regardés par nous comme des idolâtries ridicules [1], les nôtres leur ont paru des crimes.

Ce qui doit être plus étonnant pour nous, c'est que, dans aucun livre des anciens brachmanes, non plus que dans ceux des Chinois, ni dans les fragments de Sanchoniathon, ni dans ceux de Bérose, ni dans l'Égyptien Manéthon, ni chez les Grecs, ni chez les Toscans, on ne trouve la moindre trace de l'histoire sacrée judaïque, qui est notre histoire sacrée. Pas un seul mot de Noé, que nous tenons pour le restaurateur du genre humain; pas un seul mot d'Adam, qui en fut le père; rien de ses premiers descendants. Comment toutes les nations ont-elles perdu les titres de la grande famille? comment personne n'avait-il transmis à la postérité une seule action, un seul nom de ses ancêtres? pourquoi tant d'antiques nations les ont-elles ignorés, et pourquoi un petit peuple nouveau les a-t-il connus? Ce prodige mériterait quelque attention si l'on pouvait espérer de l'approfondir. L'Inde entière, la Chine, le Japon, la Tartarie, les trois quarts de l'Afrique, ne se doutent pas encore qu'il ait existé un Caïn, un Caïnan, un Jared, un Mathusalem qui vécut près de mille ans; et les autres nations ne se familiarisèrent avec ces noms que depuis Constantin. Mais ces questions, qui appartiennent à la philosophie, sont étrangères à l'histoire.

---

1. Un des grands missionnaires jésuites, nommé de Lalane, a écrit en 1709 : « On ne peut douter que les brames ne soient véritablement idolâtres, puisqu'ils adorent des dieux étrangers. » (Tome X, page 14, des *Lettres édifiantes*.)

Et il dit (page 15) : « Voici une de leurs prières que j'ai traduite mot pour mot :

« J'adore cet être qui n'est sujet ni au changement ni à l'inquiétude; cet « être, dont la nature est indivisible; cet être, dont la spiritualité n'admet aucune « composition de qualités; cet être, qui est l'origine et la cause de tous les êtres, « et qui les surpasse tous en excellence; cet être, qui est le soutien de l'univers, « et qui est la source de la triple puissance. »

Voilà ce qu'un missionnaire appelle de l'idolâtrie.

ARTICLE VIII. — *Des guerriers de l'Inde, et des dernières révolutions.*

Les Gentous en général ne paraissent pas plus faits pour la guerre dans leur beau climat, et dans les principes de leur religion, que les Lapons dans leur zone glacée, et que les primitifs nommés quakers, dans les principes qu'ils se sont faits. Nous avons vu [1] que la race des vainqueurs mahométans n'a presque plus rien de tartare, et est devenue indienne avec le temps.

Ces descendants des conquérants de l'Inde, avec une armée innombrable, n'ont pu résister au Sha-Nadir quand il est venu, en 1739, attaquer, avec une armée de quarante mille brigands aguerris, du Candahar et de Perse, plus de six cent mille hommes que Mahmoud-Sha lui opposait. M. Cambridge nous apprend ce que c'était que ces six cent mille guerriers. Chaque cavalier, accompagné de deux valets, portait une robe légère et traînante de soie : les éléphants étaient parés comme pour une fête : un nombre prodigieux de femmes suivait l'armée. Il y avait dans le camp autant de boutiques et de marchandises de luxe que dans Delhi. La seule vue de l'armée de Nadir dispersa cette pompe ridicule. Nadir mit Delhi à feu et à sang ; il emporta en Perse tous les trésors de ce puissant et misérable empereur, et le méprisa assez pour lui laisser sa couronne.

Quelques relations nous disent, et quelques compilateurs nous redisent, d'après ces relations, qu'un faquir arrêta le cheval de Nadir dans sa marche à Delhi, et qu'il cria au prince : « Si tu es Dieu, prends-nous pour victimes ; si tu es homme, épargne des hommes ; » et que Nadir lui répondit : « Je ne suis point Dieu, mais celui que Dieu envoie pour châtier les nations de la terre [2]. »

Le trésor dont Nadir se contenta, et qui ne lui servit de rien, puisqu'il fut assassiné quelque temps après par son neveu, se montait, à ce qu'on nous assure, à plus de quinze cents millions, monnaie de France, selon la valeur numéraire présente de nos espèces. Que sont devenues ces richesses immenses ? En quelques mains que de nouvelles rapines en aient fait passer une partie, et quelles que soient les cavernes où l'avarice et la crainte enfouissent l'autre, la Perse et l'Inde ont été également les pays les plus malheureux de la terre, tant les hommes se sont toujours efforcés de changer en calamités effroyables tous

---

1. Page 198. (ÉD.)

2. Un conte semblable a été fait sur Fernand Cortès, sur Tamerlan, sur Attila, qui s'intitulait FLAGELLUM DEI, le *fléau de Dieu*, suivant la traduction des compilateurs modernes. Personne ne s'avisa jamais de s'appeler *fléau*. Les jésuites appelaient Pascal *porte d'enfer* : mais Pascal leur répond dans ses *Provinciales* que son nom n'est pas *porte d'enfer*. La plupart de ces aventures et de ces réponses, attribuées d'âge en âge à tant d'hommes célèbres, sortirent d'abord de l'imagination des auteurs qui voulurent égayer leurs romans, et sont répétées encore aujourd'hui par ceux qui écrivent des histoires sur des collections de gazettes. Tous ces bons mots prétendus, tous ces apophthegmes grossissent des *ana*. On peut s'en amuser, et non les croire. — Voy. la XVᵉ des *Lettres provinciales*. (ÉD.)

les biens que la nature leur a faits. La Perse et l'Inde ne furent plus, depuis la victoire et la mort de Nadir, qu'une anarchie sanglante. C'étaient les mêmes torrents de révolutions.

ARTICLE IX. — *Suite des révolutions.*

Un jeune valet persan qui avait servi en qualité de porte-massue dans la maison du Sha-Nadir, se fit voleur de grand chemin, comme l'avait été son maître. Il eut avis d'un convoi de trois mille chameaux chargés d'armes, de vivres, et d'une grande partie de l'or emporté de Delhi par les Persans. Il tua l'escorte, prit tout le convoi, leva des troupes, et s'empara d'un royaume entier au nord-est de Delhi[1]. Ce royaume faisait autrefois une partie de la Bactriane; il confine d'un côté aux montagnes de la belle province de Cachemire, et de l'autre à Caboul.

Ce brigand, nommé Abdala, fut alors un grand prince, un héros; il marcha vers Delhi en 1746, et ne se promit pas moins que de conquérir tout l'Indoustan. C'était précisément dans le temps que La Bourdonnais prenait Madras.

Le vieux mogol Mahmoud, dont la destinée fut d'être opprimé par des voleurs, soit rois, soit voulant l'être, envoya d'abord contre celui-ci son grand vizir, sous qui son petit-fils Sha-Ahmed fit ses premières armes. On livra bataille aux portes de Delhi : la victoire fut indécise; mais le grand vizir fut tué. On assure que les omras, commandants des troupes de l'empereur, étranglèrent leur maître, et firent courir le bruit qu'il s'était empoisonné lui-même.

Son petit-fils Sha-Ahmed lui succéda sur ce trône si chancelant; prince qu'on a peint brave, mais faible[2], voluptueux, indécis, inconstant, défiant, destiné à être plus malheureux que son grand-père. Un raïa nommé Gasi, qui tantôt le secourut, et tantôt le trahit, le prit prisonnier, et lui fit arracher les yeux. L'empereur mourut des suites de son supplice. Le raïa Gasi, ne pouvant se faire empereur, mit en sa place un descendant de Tamerlan; c'est Alumgir, qui n'a pas été plus heureux que les autres. Les omras, semblables aux agas des janissaires, veulent que la race de Tamerlan soit sur le trône, comme les Turcs ne veulent de sultan que de la race ottomane; il ne leur importe qui règne, incapable ou méchant, pourvu qu'il soit de la famille. Ils le

1. Ce royaume s'appelle *Chisni.* Nous n'avons trouvé ce nom ni dans les cartes de Vaugondi, ni dans nos dictionnaires; cependant il a existé, et il est aujourd'hui démembré.
2. Nous ne cherchons que le vrai, nous ne prétendons faire le portrait ni des princes ni des hommes d'État qui ont vécu à six mille lieues de nous, comme on s'avise tous les jours de nous tracer jusqu'aux plus petites nuances du caractère de quelques souverains qui régnaient il y a deux mille ans, et des ministres qui régnaient sous eux ou sur eux. Le charlatanisme qui s'étend partout varie ces tableaux en mille manières; on fait dire à ces hommes qu'on connaît si peu ce qu'ils n'ont jamais dit, on leur attribue des harangues qu'ils n'ont jamais prononcées, ainsi que des actions qu'ils n'ont jamais faites. Nous serions bien en peine de faire un vrai portrait des princes que nous avons vus de près, et on veut nous donner celui de Numa et de Tarquin!

déposent, ils lui arrachent les yeux : ils le tuent sur un trône qu'ils regardent comme sacré. C'est ainsi qu'ils en usent depuis Aurengzeb.

On peut juger si, pendant ces orages, les soubas, les nababs, les raïas du midi de l'Inde, se disputèrent les provinces envahies par eux, et si les factions anglaise et française faisaient leurs efforts pour partager la proie.

Nous avons fait voir comment un faible détachement d'Européans traînait au combat ou dissipait des armées de Gentous. Ces soldats de Visapour, d'Arcate, de Tanjaour, de Golconde, d'Orixa, du Bengale, depuis le cap de Comorin jusqu'au promontoire des Palmiers et à l'embouchure du Gange, sont de mauvais soldats sans doute : point de discipline militaire, point de patience dans les travaux, nul attachement à leurs chefs, uniquement occupés de leur paye, qui est toujours fort au-dessus du salaire des laboureurs et des ouvriers, par un usage directement contraire à celui de toute l'Europe. Ni eux, ni leurs officiers ne s'inquiètent jamais de l'intérêt du prince qu'ils servent; ils s'inquiètent seulement de la caisse de son trésorier. Mais enfin, Indiens contre Indiens vont aux coups, et leur force ou leur faiblesse est égale; leurs corps, qui soutiennent rarement la fatigue, affrontent la mort. Les cailles se combattent et se tuent aussi bien que les dogues.

Il faut excepter de ces faibles troupes les montagnards, appelés Marattes, qui tiennent un peu plus de la constitution robuste de tous les habitants des lieux escarpés. Ils ont plus de dureté, plus de courage, et plus d'amour de la liberté, que les habitants de la plaine. Ces Marattes sont précisément ce que furent les Suisses dans les guerres de Charles VIII et de Louis XII : quiconque les pouvait soudoyer était sûr de la victoire, et on payait chèrement leurs services. Ils se choisissent un chef auquel ils n'obéissent que pendant la guerre; et encore lui obéissent-ils très-mal : les Européans ont appelé roi ce capitaine de brigands, tant on prodigue ce nom. On les vit armés tantôt pour les empereurs, et tantôt contre eux. Ils ont servi tour à tour nabab contre nabab, et Français contre Anglais.

Au reste, on ne doit pas croire que ces Gentous marattes, quoique de la religion des brames, en observent les rites rigoureux : eux et presque tous les soldats mangent de la viande et du poisson; ils boivent même des liqueurs fortes quand ils en trouvent. On accommode par tout pays sa religion avec ses passions.

Ces Marattes empêchèrent Abdala de conquérir l'Inde. Il aurait été sans eux un Tamerlan, un Alexandre! Nous venons de voir le petit-fils de Mahmoud livré à la mort par un de ses sujets. Son successeur Alumgir éprouva les mêmes révolutions dans une courte vie, et finit par le même sort. Les Marattes déclarés contre lui entrèrent dans Delhi, et la saccagèrent pendant sept jours. Abdala revint encore augmenter la confusion et le désastre en 1757. L'empereur Alumgir, tombé en démence, gouverné et maltraité par son vizir, implora la protection de cet Abdala même; le vizir indigné mit en prison son maître, et bientôt après lui fit couper la tête. Cette dernière catastrophe arriva peu d'années après. Nos mémoires, qui s'accordent sur le fond, se contredisent sur les dates ; mais qu'importe pour nous en quel mois, en quelle année on ait tué dans l'Inde un Mogol efféminé, tandis qu'on assassinait tant de souverains en Europe!

Cet amas de crimes et de malheurs qui se suivent sans interruption, dégoûte enfin le lecteur : leur nombre et l'éloignement des lieux diminuent la pitié que ces calamités inspirent.

ARTICLE X. — *Description sommaire des côtes de la presqu'île où le Français et les Anglais ont commercé et fait la guerre.*

Après avoir fait voir quels étaient les empereurs, les grands, le peuples, les soldats, les prêtres avec qui le général Lally avait à combattre et à négocier, il faut montrer en quel état se trouvait la fortune des Anglais auxquels on l'opposait, et commencer par donner quelque idée des établissements formés par tant de nations d'Europe sur les côtes occidentales et orientales de l'Inde.

Il est désagréable de ne point mettre ici une carte géographique sous les yeux du lecteur : nous n'en avons ni le temps ni la facilité; mais quiconque voudra lire avec fruit ces mémoires, pourra aisément en consulter une. S'il n'en a point, qu'il se figure toutes les côtes de la presqu'île de l'Inde couvertes d'établissements de marchands d'Europe, fondés par les concessions des naturels du pays, ou les armes à la main. Commencez par le nord-ouest. Vous trouvez d'abord sur la côte la presqu'île de Cambaie, où l'on a prétendu que les hommes vivaient communément deux cents années. Si cela était, elle aurait cette eau d'immortalité qui a fait le sujet des romans de l'Asie, ou cette fontaine de Jouvence connue dans les romans de l'Europe. Les Portugais y ont conservé *Diu* ou *Diou*, une de leurs anciennes conquêtes.

Au fond du golfe de Cambaie est Surate, ville immédiatement gouvernée par le Grand-Mogol, dans laquelle toutes les nations commerçantes de la terre avaient des comptoirs, et surtout les Arméniens, qui sont les facteurs de la Turquie, de la Perse, et de l'Inde.

La côte de Malabar, proprement dite, commence par une petite île qui appartenait aux jésuites : elle porte encore leur nom; et par un singulier contraste, l'île de Bombai qui suit est aux Anglais. Cette île de Bombai est le séjour le plus malsain de l'Inde et le plus incommode. C'est pourtant pour la conserver que les Anglais ont eu une guerre avec le nabah de Décan, qui affecte la souveraineté de ces côtes. Il faut bien qu'ils trouvent leur profit à garder un établissement si triste; et nous verrons comment ce poste a servi à une des plus étonnantes aventures qui aient jamais rendu le nom anglais respectable dans l'Inde.

Plus bas est la petite île de Goa. Tous les navigateurs disent qu'il n'y a point de plus beau port au monde : ceux de Naples et de Lisbonne ne sont ni plus grands ni plus commodes. La ville est encore un monument de la supériorité des Européans sur les Indiens, ou plutôt du canon que ces peuples ne connaissaient pas. Goa est malheureusement célèbre par son inquisition, également contraire à l'humanité et

au commerce. Les moines portugais firent accroire que le peuple ado-
rait le diable, et ce sont eux qui l'ont servi.

Descendez vers le sud, vous rencontrez Cananor que les Hollandais
ont enlevé aux Portugais, qui l'avaient ravi aux propriétaires.

On trouve après cet ancien royaume de Calicut, qui coûta tant de
sang aux Portugais. Ce royaume est d'environ vingt de nos lieues en
tout sens. Le souverain de ce pays s'intitulait *Zamorin*, roi des rois;
et les rois ses vassaux possédaient chacun environ cinq à six lieues.
C'était la place du plus grand commerce; ce ne l'est plus, les marchands ne fréquentent plus Calicut. Un Anglais qui a longtemps voyagé
sur toutes ces côtes, nous a confirmé que ce terrain est le plus agréable de l'Asie, et le climat le plus salubre; que tous les arbres y conservent un feuillage perpétuel; que la terre y est en tout temps couverte de fleurs et de fruits. Mais l'avidité humaine n'envoie pas les
marchands dans l'Inde pour respirer un air doux et pour cueillir des
fleurs.

Un moine portugais écrivit autrefois que quand le roi de ce pays se
marie, il prie d'abord les prêtres les plus jeunes de coucher avec sa
femme; que toutes les dames et la reine elle-même peuvent avoir chacune sept maris; que les enfants n'héritent point, mais les neveux; et
qu'enfin tous les habitants y font de pompeux sacrifices au diable. Ces
absurdités ridicules sont répétées dans vingt histoires, dans vingt livres de géographie, dans La Martinière lui-même. On s'indigne contre
cette foule de compilateurs qui transcrivent de sang-froid tant d'inepties en tout genre, comme si ce n'était rien de tromper les hommes [1].

Nous regardons comme un devoir de redire ici que les premiers
brachmanes, ayant inventé la sculpture, la peinture, les hiéroglyphes,
ainsi que l'arithmétique et la géométrie, représentèrent la vertu sous
l'emblème d'une femme à laquelle ils donnaient dix bras pour combattre dix monstres, qui sont les dix péchés auxquels les hommes sont le
plus sujets. Ce sont ces figures allégoriques que des aumôniers de vaisseaux, ignorants, trompés et trompeurs, prenaient pour des statues

---

1. Le fameux jésuite Tachard conte qu'on lui a dit que les dames nobles de
Calicut peuvent avoir jusqu'à dix maris à la fois (tome III des *Lettres édifiantes*,
page 158). Montesquieu (XVI, chap. v) cite cette niaiserie, comme s'il citait un
article de la coutume de Paris; et ce qu'il y a de pis, c'est qu'il rend raison de
cette loi.

L'auteur de ces *Fragments*, ayant avec quelques amis envoyé un vaisseau
dans l'Inde, s'est informé soigneusement si cette loi étonnante existe dans le
Calicut; on lui a répondu en haussant les épaules et en riant. En effet, comment
imaginer que le peuple le plus policé de toute la côte de Malabar ait une coutume si contraire à celle de tous ses voisins, aux lois de sa religion et à la nature humaine? Comment croire qu'un homme de qualité, un homme de guerre,
puisse se résoudre à être le dixième favori de sa femme? A qui appartiendraient
les enfants? Quelle source abominable de querelles et de meurtres continuels!
Il serait moins ridicule de dire qu'il y a une basse-cour où dix coqs se partagent
tranquillement la jouissance d'une poule. Ce conte est aussi absurde que celui
dont Hérodote amusait les Grecs, quand il leur disait que toutes les dames de
Babylone étaient obligées d'aller au temple vendre leurs faveurs au premier
étranger qui voulait les acheter. Un suppôt de l'université de Paris (Larcher)
a voulu justifier cette sottise, il n'y a pas réussi.

de Satan et de Belzébuth, anciens noms persans qui jamais n'ont été connus dans la presqu'île[1]. Mais que diraient les descendants de ces brachmanes, premiers précepteurs du genre humain, s'ils avaient la curiosité de voir nos pays si longtemps barbares, comme nous avons la rage d'aller chez eux par avarice ?

Tanor, qui suit, est encore appelé royaume par nos géographes : c'est une petite terre de quatre lieues sur deux, une maison de plaisance située dans un lieu délicieux, où les voisins vont acheter quelques denrées précieuses.

Immédiatement après est le royaume de Cranganor, à peu près de la même étendue. La plupart des relations peuplent cette côte d'autant de rois que nous voyons en Italie et en France de marquis sans marquisat, de comtes sans comté, et en Allemagne de barons sans baronnie.

Si Cranganor est un royaume, Coulan, qui est auprès, peut s'appeler un vaste empire : car il a environ douze lieues sur près de trois en largeur. Les Hollandais, qui ont chassé les Portugais des capitales de ces États, ont établi dans Cranganor un comptoir dont ils ont fait une forteresse imprenable à tous ces monarques réunis. Ils font un commerce immense à Cranganor, qui est, dit-on, un jardin de délices.

En allant toujours au midi, sur le rivage de cette péninsule qui se resserre de plus en plus, les Hollandais ont encore pris aux Portugais la forteresse qu'ils avaient dans le royaume de Cochin, petite province qui dépendait autrefois de ce roi des rois, zamorin de Calicut. Il y a près de trois siècles que ces souverains voient des marchands armés venus d'Europe, s'établir dans leurs territoires, se chasser les uns les autres, et s'emparer tour à tour de tout le commerce du pays, sans que les habitants de trois cents lieues de côtes aient jamais pu y mettre obstacle.

Travancor est la dernière terre qui termine la presqu'île. On est surpris de la faiblesse des voyageurs et des missionnaires qui ont titré de royaume le petit pays de Travancor, aussi bien que tous ces autres assemblages de riches bourgades que nous venons de parcourir. Pour peu que ces royaumes eussent occupé chacun cinquante lieues seulement le long de la côte, il y aurait plus de douze cents lieues depuis Surate jusqu'au cap Comorin ; et si on avait converti la centième partie des Indiens, parmi lesquels il n'y a pas un chrétien, il y en aurait plus d'un million[2].

1. Voy. l'article BRAMES.
2. Un jésuite, nommé Martin, raconte, dans le cinquième volume des *Lettres curieuses et édifiantes*, que c'est une coutume vers Travancor de faire un fonds tous les ans pour le distribuer par le sort. Un Indien, dit-il, fit vœu à saint François Xavier de donner une somme aux jésuites s'il gagnait à cette espèce de loterie. Il eut le gros lot : il fit encore un vœu, et eut le second lot. Cependant, ajoute le jésuite Martin, cet Indien conserva, ainsi que tous ses compatriotes, une horreur invincible pour la religion des Francs, qu'ils appellent le *franguinisme*. C'était un ingrat. Qu'on joigne à tous ces traits dont les *Lettres curieuses* sont remplies, les miracles attribués à saint François Xavier ; ses sermons dans tous les idiomes de l'Inde et du Japon, dès qu'il débarquait dans ces pays ; les neuf morts ressuscités par lui ; les deux vaisseaux dans lesquels il se

Avant de quitter le Malabar, quoiqu'il n'entre point du tout dans notre plan de faire l'histoire naturelle de ce pays délicieux, qu'on nous permette seulement d'admirer les cocotiers et l'arbre sensitif. On sait que les cocotiers fournissent à l'homme tout ce qui lui est nécessaire, nourriture et boisson agréable, vêtement, logement et meubles : c'est le plus beau présent de la nature. L'arbre sensitif, moins connu, produit des fruits qui s'enflent et qui bondissent sous la main qui les touche. Notre herbe sensitive, aussi inexplicable, a beaucoup moins d propriétés. Cet arbre, si nous en croyons quelques naturalistes, se reproduit de lui-même en quelque sens qu'on le coupe. On ne l'a poin pourtant mis au rang des animaux zoophytes, comme Leuvenhoeck y a mis ces petits joncs, nommés polypes d'eau douce, qui croissent dans quelques marais et sur lesquels on a débité tant de fables trop légèrement accréditées. On cherche du merveilleux, il est partout, puisque les moindres ouvrages de la nature sont incompréhensibles. Il n'est pas besoin d'ajouter des fables à ces mystères réels qui frappent nos yeux et que nous foulons aux pieds.

Article XI. — *Suite de la connaissance des côtes de l'Inde.*

Enfin on double ce fameux cap de Comor ou Comorin, connu des anciens Romains dès le temps d'Auguste, et alors on est sur cette côte des perles qu'on appelle *la Pêcherie*. C'est de là que les plongeurs indiens fournissaient des perles à l'Orient et à l'Occident. On en trouvait encore beaucoup lorsque les Portugais découvrirent et envahirent ce rivage dans notre xvi⁰ siècle. Depuis ce temps-là, cette branche immense de commerce a diminué de jour en jour, soit que les mers plus orientales produisent aujourd'hui des perles d'une plus belle eau, soit que la matière qui les forme ait changé sur la plage de ce promontoire de l'Inde, comme tant de mines d'or, d'argent et de tous les métaux, se sont épuisées dans tant de terres.

Vous allez alors un peu au nord du huitième degré de l'équateur où vous êtes et vous voyez à votre droite la Trapobane ou Taprobane des anciens, nommée depuis par les Arabes l'île de Serinbid, et enfin, Ceilan. C'est assez, pour la faire connaître, de dire que le roi de Portugal, Emmanuel, demandant à un de ses capitaines de vaisseau, qui en revenait, si elle méritait sa réputation, cet officier lui répondit : « J'y ai vu une mer semée de perles, des rivages couverts d'ambre gris, des

trouva en même temps à cent lieues l'un de l'autre, et qu'il préserva de la tempête ; son crucifix qui tomba dans la mer, et qui lui fut rapporté par un cancre ; et qu'on juge si une religion aussi sainte que la nôtre doit être continuellement mêlée de semblables contes.

Ce même Martin, qui a pourtant demeuré longtemps dans l'Inde, ose dire qu'il y a un petit peuple nommé les *Coleries*, dont la loi est que, dans leurs querelles et dans leurs procès, la partie adverse est obligée de faire tout ce que fait l'autre. Celle-ci se crève-t-elle un œil, celle-là est obligée de s'en arracher un. Si un Colerie égorge sa femme et la mange, son adversaire aussitôt assassine et mange la sienne. M. Orm, savant Anglais, qui a vu beaucoup de ces Coleries, assure en propres mots que ces coutumes diaboliques sont absolument inconnues, et que le P. Martin en a menti.

forêts d'ébène et de cannelle, des montagnes de rubis, des cavernes de cristal de roche, et je vous en apporte dans mon vaisseau. » Quelle réponse ! et il n'exagérait pas.

Les Hollandais n'ont pas manqué de chasser les Portugais de cette île des trésors. Il semblait que le Portugal n'eût entrepris tant de pénibles voyages et conquis tant d'États au fond de l'Asie, que pour les Hollandais. Ceux-ci s'étant rendus maîtres de toutes les côtes de Ceilan, en interdisent l'abord à tous les peuples. Ils ont fait le souverain de l'île leur tributaire ; et il n'est jamais tombé dans l'esprit des raïas, des nababs et des soubas de l'Inde, de tenter seulement de les en déposséder.

Vous remontez de la côte de Malabar, que nous avons parcourue, à celles de Coromandel et de Bengale, théâtres des guerres entre les princes du pays, et entre la France et l'Angleterre.

Nous ne parlerons plus ici de monarques et de zamorins, rois des rois, mais de soubas, de nababs, de raïas. Cette côte de Coromandel est peuplée d'Européans comme celle de Malabar. Ce sont d'abord les Hollandais à Négapatam, qu'ils ont encore enlevé au Portugal et dont ils ont fait, dit-on, une ville assez florissante.

Plus haut c'est Tranquebar, petit terrain que les Danois ont acheté et où ils ont fondé une ville plus belle que Négapatam. Près de Tranquebar, les Français avaient le comptoir et le fort de Karical. Les Anglais, au-dessus, celui de Goudelour et celui de Saint-David.

Tout près du fort Saint-David, dans une plaine aride et sans port, les Français ayant, comme les autres, acheté du souba de la province de Décan un petit territoire où ils bâtirent une loge, ils firent, avec le temps, de cette loge une ville considérable : c'est Pondichéri, dont nous avons déjà parlé.

Ce n'était d'abord qu'un comptoir entouré d'une forte haie d'acacias, de palmiers, de cocotiers, d'aloès ; et on appelait cette place la Haie des Limites.

A trente lieues au nord est Madras, comme nous l'avons vu, ce chef-lieu du grand commerce des Anglais. La ville est bâtie en partie des ruines de Méliapour ; et cet ancien Méliapour avait été changé par les Portugais en Saint-Thomé, en l'honneur de saint Thomas Didyme, apôtre. On trouve encore dans ces quartiers des restes de Syriens, nommés d'abord chrétiens de Thomas, parce qu'un Thomas, marchand de Syrie et nestorien, était venu s'y établir avec ses facteurs au VIe siècle de notre ère. Bientôt après on ne douta pas que ce nestorien n'eût été saint Thomas Didyme lui-même. On a vu partout des traditions, des croyances publiques, des monuments, des usages, fondés sur de telles équivoques. Les Portugais croyaient que saint Thomas était venu à pied de Jérusalem à la côte de Coromandel, en qualité de charpentier, bâtir un palais magnifique pour le roi Gondafer. Le jésuite Tachard a vu près de Madras l'ouverture que fit saint Thomas au milieu d'une montagne, pour s'échapper par ce trou des mains d'un brachmane qui le poursuivait à grands coups de lance, quoique les brachmanes n'aient jamais donné de coups de lance à personne. Les chrétiens anglais et les chrétiens français se sont détruits, de nos jours, à coups de canon sur ce même terrain que la nature ne semblait pas avoir fait pour eux. Du moins les prétendus chrétiens de saint Thomas étaient des marchands paisibles.

Plus loin est le petit fort de Paliacate, appartenant aux Hollandais. C'est de là qu'ils vont acheter des diamants dans la nababie de Golconde.

A cinquante lieues plus au nord, les Anglais et les Français se disputaient Masulipatan, où se fabriquent les plus belles toiles peintes et où toutes les nations commerçaient. M. Dupleix obtint du nabab cet établissement entier. On voit que des étrangers ont partagé tout ce rivage et que les Indiens n'ont rien gardé pour eux sur leur propre territoire.

Quand on a franchi la côte de Coromandel, on est à la hauteur de la grande nababie de Golconde, où sont les plus grands objets de l'avarice, les mines de diamants. Les nababs avaient longtemps empêché les nations étrangères de se faire des établissements fixes dans cette province. Les facteurs anglais et hollandais y venaient d'abord acheter les diamants qu'ils vendaient en Europe.

Les Anglais possédaient au nord de Golconde la petite ville de Calcutta, bâtie par eux sur le Gange dans le Bengale, province qui passe pour la plus belle, la plus riche et la plus délicieuse contrée de l'univers. Pour les Français, ils avaient Chandernagor et un autre petit comptoir sur le Gange. C'est à Chandernagor que M. Dupleix commença sa grande fortune, qu'il perdit depuis. Il y avait équipé pour son compte quinze vaisseaux qui allaient dans tous les ports de l'Asie, avant qu'il fût nommé gouverneur de Pondichéri.

Les Hollandais ont la ville d'Ougli, entre Calcutta et Chandernagor. Il est bien à remarquer que dans toutes ces dernières guerres qui ont bouleversé l'Inde, qui ont mis les Anglais sur le penchant de leur ruine et qui ont détruit les Français, jamais les Hollandais n'ont pris ouvertement de parti : ils ne se sont point exposés, ils ont joui tranquillement des avantages de leur commerce, sans prétendre former des empires. Ils en possèdent un assez beau à Batavia. On les vit agir en grands guerriers contre les Espagnols et les Portugais; mais dans ces dernières guerres, ils se sont conduits en négociants habiles.

Observons surtout que tant de peuples de l'Europe ayant de grands vaisseaux armés en guerre sur tous les rivages de l'Inde, il n'y a que les Indiens qui n'en aient point eu, si nous exceptons un seul pirate. Est-ce faiblesse et ignorance du gouvernement? est-ce mollesse, est-ce confiance dans la bonté de leurs vastes et fertiles terres qui n'ont aucun besoin de nos denrées? C'est tout cela ensemble.

ARTICLE XII. — *Ce qui se passait dans l'Inde avant l'arrivée du général Lally. Histoire d'Angria. Anglais détruits dans le Bengale.*

Ayant fait connaître, autant que nous l'avons pu dans ce précis, les côtes de l'Inde qui intéressent les nations commerçantes de l'Europe et de l'Asie, commençons par rendre compte d'un service que les Anglais leur rendirent à toutes.

Il y a cent ans qu'un Maratte, nommé Conogé Angria, qui avait commandé quelques barques de sa nation contre les barques de l'empereur des Indes, se fit pirate, et s'étant retranché vers Bombai, il pilla indifféremment ses compatriotes, ses voisins et tous les commerçants qui naviguaient dans cette mer. Il s'était aisément emparé sur cette côte de quelques petites îles qui ne sont que des rochers inabordables. Il en fortifia une en creusant des fossés dans le roc. Ses bastions étaient soutenus par des murs épais de dix ou douze pieds et garnis de canons. C'était là qu'il renfermait son butin. Son fils et son petit-fils continuèrent le même métier et avec plus de succès. Une province entière, derrière Bombai, était soumise à ce dernier Angria. Mille vagabonds marattes, indiens, renégats chrétiens, nègres, étaient venus augmenter cette république de brigands, presque semblable à celle d'Alger. Les Angria faisaient bien voir que la terre et la mer appartiennent à qui sait s'en rendre maître. Nous voyons tour à tour deux voleurs se former de grandes dominations au nord et au sud de l'Inde : l'un est Abdala vers Caboul; l'autre Angria vers Bombai. Et combien de grandes puissances n'ont pas eu d'autres commencements !

Il fallut que l'Angleterre armât consécutivement deux flottes contre ces nouveaux conquérants. L'amiral James, en 1755, commença cette guerre qui en effet en méritait le nom, et l'amiral Watson l'acheva. Le capitaine Clive, depuis si célèbre, y signala ses talents militaires. Toutes les retraites de ces illustres voleurs furent prises l'une après l'autre. On trouva dans le rocher qui leur servait de capitale, des amas immenses de marchandises; deux cents canons, des arsenaux d'armes de toute espèce, la valeur de cent cinquante millions, monnaie de France, en or, en diamants, en perles, en aromates : ce qu'on rassemblerait à peine dans toute la côte de Coromandel et dans celle du Pérou était caché dans ce rocher. Angria échappa. L'amiral Watson prit sa mère, sa femme et ses enfants prisonniers. Il les traita avec humanité, comme on peut bien le croire. Le plus jeune des enfants, entendant dire qu'on n'avait pu trouver Angria, se jeta au cou de l'amiral et lui dit : « Ce sera donc vous qui me servirez de père. » M. Watson se fit expliquer ces paroles par un interprète; elles l'attendrirent jusqu'aux larmes; et en effet il servit de père à toute la famille. Cette action et ce bonheur mémorable étaient compensés dans le chef-lieu des établissements anglais au Bengale, par un désastre plus sensible.

Il s'éleva une querelle entre leur comptoir de Calcutta sur le Gange, et le souba du Bengale. Ce prince crut que les Anglais avaient à Calcutta une garnison considérable, puisqu'ils l'avaient bravé. Cette ville ne renfermait pourtant qu'un conseil de marchands et environ trois cents soldats. Le plus grand prince de l'Inde marcha contre eux avec soixante mille soldats, trois cents canons et trois cents éléphants.

Le gouverneur de Calcutta, nommé Drak, était bien différent du fameux amiral Drak. On a dit, on a écrit qu'il était de cette religion nazaréenne primitive, professée par ces respectables Pensylvaniens que nous connaissons sous le nom de *quakers*. Ces primitifs, dont la patrie est Philadelphie dans le Nouveau-Monde, et qui doivent faire rougir le nôtre, ont la même horreur du sang que les brames. Ils regardent la guerre comme un crime. Drak était un marchand très-habile et un honnête homme : il avait jusque-là caché sa religion ; il se déclara et le conseil le fit embarquer sur le Gange pour le mettre à couvert.

Qui croirait que les Mogols, au premier assaut, perdirent douze mille hommes? les relations l'ont assuré. Si le fait est vrai, rien ne peut mieux confirmer ce que nous avons tant dit de la supériorité de l'Europe. Mais on ne pouvait résister longtemps : la ville fut prise ; tout fut mis aux fers. Il y eut parmi les captifs cent quarante-six Anglais, officiers et facteurs, conduits dans une prison qu'on appelle le *trou noir*. Ils firent une funeste expérience des effets de l'air enfermé et échauffé, ou plutôt des vapeurs continuellement exhalées de tous les corps, et auxquelles on a donné le nom d'air et d'élément. Cent vingt-trois hommes en moururent en peu d'heures. Bourhave [1], dans sa chimie, rapporte un exemple plus singulier : c'est celui d'un homme qui tomba sur-le-champ en pourriture dans une raffinerie de sucre à l'instant qu'on en eut fermé la porte. Ce pouvoir des vapeurs fait voir la nécessité des ventilateurs, surtout dans les climats chauds, et les dangers mortels qui menacent les corps humains, non-seulement dans les prisons, mais dans les spectacles où la foule est pressée et surtout dans les églises où l'on a l'infâme coutume d'enterrer les morts, et dont il s'exhale une odeur pestilentielle [2].

M. Holwell, gouverneur en second de Calcutta, fut un de ceux qui échappèrent à cette contagion subite. On le mena lui et vingt-deux officiers de la factorerie mourants à Maxadabad, capitale du Bengale. Le souba eut pitié d'eux, et leur fit ôter leurs fers. Holwell lui offrit une rançon : le prince la refusa, en lui disant qu'il avait trop souffert sans être encore obligé de payer sa liberté.

C'est ce même Holwell qui avait appris non-seulement la langue des brames modernes, mais encore celle des anciens brachmanes. C'est lui qui a écrit depuis des mémoires si précieux sur l'Inde [3], et qui a traduit

1. Les Hollandais écrivent et impriment *Boerhave*; œ chez eux se prononce ou : mais nous devons écrire suivant notre prononciation. On imprime tous les jours *Westphalie, Wirtemberg, Wirsbourg* ; on ne sait pas que ce caractère W est l'v consonne des Allemands. Les Allemands prononcent Vestphalie, Virtemberg, Virsbourg.

2. A Saulieu en Bourgogne, au mois de juin 1773, les enfants étant assemblés dans l'église au nombre de soixante pour faire leur première communion, on s'avisa de creuser une fosse dans cette église pour y enterrer le soir même un cadavre : il s'éleva de la fosse, où étaient entassés d'anciens cadavres, une exhalaison si maligne, que le curé, le vicaire, quarante enfants, et plusieurs paroissiens qui entraient alors, en moururent, si l'on en croit les papiers publics. Ce terrible avertissement de ne plus souiller les temples de corps morts sera-t-il encore inutile en France? C'était autrefois un sacrilège : jusqu'à quand cette horreur sera-t-elle un acte de piété?

3. *Evénements historiques intéressants, relatifs aux provinces de Bengale et à l'empire de l'Indostan : on y a joint la mythologie, la cosmogonie, etc., traduits en français*, 1768, 2 vol. in-8°. (*Note de M. Beuchot.*)

des morceaux sublimes des premiers livres écrits dans la langue sacrée, plus anciens que ceux du Sanchoniathon de Phénicie, du Mercure de l'Égypte, et des premiers législateurs de la Chine. Les savants brames de Bénarès attribuent à ces livres environ cinq mille ans d'antiquité.

Nous saisissons avec reconnaissance cette occasion de rendre ce que nous devons à un homme qui n'a voyagé que pour s'instruire. Il nous a dévoilé ce qui était caché depuis tant de siècles; il a fait plus que les Pythagore et les Apollonius de Tyane. Nous exhortons quiconque veut s'instruire comme lui à lire attentivement les anciennes fables allégoriques, sources primitives de toutes les fables qui ont depuis tenu lieu de vérités en Perse, en Chaldée, en Égypte, en Grèce, et chez les plus petites et les plus misérables hordes, comme chez les plus grandes et les plus florissantes nations. Ces objets sont plus dignes de l'étude du sage[1] que ces querelles de quelques commis pour de la mousseline et des toiles peintes, dont nous serons obligés, malgré nous, de dire un mot dans le cours de cet ouvrage.

Pour revenir à cette révolution dans l'Inde, le souba, qui s'appelait Suraia-Doula, était un Tartare d'origine. On disait qu'à l'exemple d'Aurengzeb, son dessein était de s'emparer de l'Inde entière : on ne peut douter qu'il ne fût très-ambitieux, puisqu'il était à portée de l'être : on ajoute qu'il méprisait son empereur, faible et dur, inappliqué et sans courage, et qu'il haïssait également tous ces marchands étrangers qui venaient profiter des troubles de l'empire, et les augmenter. Dès qu'il eut pris le fort des Anglais, il menaça ceux des Hollandais et des Français : ils se rachetèrent pour des sommes d'argent très-modiques dans ce pays; les Français, pour environ six cent mille livres; les Hollandais, pour douze cent mille francs, parce qu'ils sont plus riches. Ce prince ne s'occupa point alors à les détruire. Il avait dans ses armées un rival de son ambition, son parent et parent du Grand-Mogol, plus à craindre pour lui qu'une société de marchands. Suraia-Doula pensait d'ailleurs comme plus d'un vizir turc, et plus d'un sultan de Constantinople, qui ont voulu chasser quelquefois tous les ambassadeurs des princes d'Europe et toutes leurs factoreries, mais qui leur ont fait payer chèrement le droit de résider en Turquie.

A peine eut-on reçu à Madras la nouvelle du danger où les Anglais étaient sur le Gange, qu'on envoya par mer à leur secours tout ce qu'on put ramasser d'hommes portant les armes.

1. Ce n'est pas que nous ayons une foi aveugle pour tout ce que nous débite M. Holwell; il ne faut l'avoir pour personne : mais enfin il nous a démontré que les Gangarides avaient écrit une mythologie, bonne ou mauvaise, il y a cinq mille ans, comme le savant et judicieux jésuite Parennin nous a démontré que les Chinois étaient réunis en corps de peuple vers ces temps-là. Et s'ils l'étaient alors, il fallait bien qu'ils le fussent auparavant : de grandes peuplades ne se forment pas en un jour. Ce n'est donc pas à nous, qui n'étions que des sauvages barbares, quand ces peuples étaient policés et savants, à leur contester leur antiquité. Il se peut que, dans la foule des révolutions qui ont dû tout changer sur la terre, l'Europe ait cultivé des arts et connu des sciences avant l'Asie; mais il n'en reste aucun vestige, et l'Asie est pleine d'anciens monuments.

M. de Bussi, qui était dans ces quartiers avec quelques troupes, profita de cette conjoncture; lui et M. Law s'emparèrent de tous les comptoirs anglais par delà Masulipatan, sur la côte de la grande province d'Orixa, entre celles de Golconde et de Bengale. Ce succès rendit quelques forces à la compagnie affaiblie, qui devait bientôt succomber.

Cependant l'amiral Watson et le colonel Clive, vainqueurs d'Angria et libérateurs de toute la côte du Malabar, venaient aussi au Bengale par la mer de Coromandel. Ils apprirent dans leur route qu'il n'y avait plus de retour pour eux dans la ville de Calcutta qu'en combattant; et ils firent force de voiles. Ainsi la guerre fut partout, en peu de temps, depuis Surate jusqu'aux bouches du Gange, dans un contour d'environ mille lieues, comme elle l'est si souvent en Europe entre tant de princes chrétiens, dont les intérêts se croisent et changent continuellement pour le malheur des hommes.

Quand l'amiral Watson et le colonel Clive arrivèrent à la rade de Calcutta, ils trouvèrent ce bon quaker, gouverneur de la ville, et ceux qui s'étaient sauvés avec lui, retirés dans des barques délabrées sur le Gange : on ne les avait point poursuivis. Le souba avait cent mille soldats, des canons, des éléphants, mais point de bateaux. Les Anglais chassés de Calcutta attendaient patiemment sur le Gange qu'on vînt de Madras à leur secours; l'amiral leur donna des vivres dont ils manquaient. Le colonel, aidé des officiers de la flotte et des matelots qui grossissaient sa petite armée, courut affronter toutes les forces du souba; mais il ne rencontra qu'un raïa, gouverneur de la ville, qui venait à lui à la tête d'un corps considérable : il le mit en fuite. Cet étrange gouverneur, au lieu de se retirer dans sa place, s'en alla porter l'alarme au camp de son prince, en lui disant que les Anglais qu'il avait rencontrés étaient d'une espèce bien différente de ceux qui avaient été pris dans Calcutta.

Le colonel Clive confirma le prince dans cette idée, en lui écrivant ces propres mots, si nous en croyons les mémoires du temps et les papiers publics : « Un amiral anglais qui commande une flotte invincible, et un soldat, dont le nom est assez connu de vous, sont venus vous punir de vos cruautés. Il vaut mieux pour vous nous faire satisfaction que d'attendre notre vengeance. » Il pouvait hasarder ce style audacieux et oriental. Le souba savait bien que son compétiteur, dont nous avons parlé, raïa très-puissant dans son armée, et qu'il n'osait faire arrêter, négociait secrètement avec les Anglais. Il ne répondit à cette lettre qu'en livrant une bataille; elle fut indécise entre une armée d'environ quatre-vingt mille combattants et une d'environ quatre mille, moitié Anglais, moitié cipayes. Alors on négocia, et ce fut à qui serait le plus adroit. Le souba rendit Calcutta et les prisonniers; mais il traitait sous main avec M. de Bussi; et le colonel ou plutôt le général Clive traitait sourdement de son côté avec le rival du souba. Ce rival s'appelait Jaffer : il voulait perdre le souba son parent, et le détrôner. Le souba voulait perdre les Anglais par les Français, ses nouveaux amis, pour exterminer ensuite ses amis mêmes. Voici les articles du traité singulier que le prince mogol Jaffer signa dans sa tente :

« En présence de Dieu et de son prophète, je jure d'observer cette convention tant que je vivrai, moi, Jaffer, etc.

« Les ennemis des Anglais seront les miens, etc.

« Pour les indemniser de la perte que Levia-Oda[1] leur a fait souffrir, je donnerai cent laks (c'est vingt-quatre millions de nos livres).

« Pour les simples habitants, cinquante autres laks (douze millions).

« Pour les Maures et les Gentous au service des Anglais, vingt laks (quatre millions huit cent mille livres).

« Pour les Arméniens qui trafiquent à Calcutta, sept laks (seize cent quatre-vingt mille livres; le tout faisant environ quarante-deux millions quatre cent quatre-vingt mille livres).

« Je payerai comptant, sans délai, toutes ces sommes, dès qu'on m'aura fait souba de ces provinces.

« L'amiral, le colonel, et quatre autres officiers (qu'il nomme) pourront disposer de cet argent comme il leur plaira. »

Cet article était stipulé pour les mettre à couvert de tout reproche.

Outre ces présents, le souba, désigné par le colonel Clive, étendait prodigieusement les terres de la compagnie. M. Dupleix n'avait pas, à beaucoup près, obtenu les mêmes avantages, quand il créait des nababs.

On ne voit pas que les officiers anglais aient juré ce traité sur l'Évangile; peut-être ne s'en trouva-t-il point; et d'ailleurs c'était plutôt un billet au porteur qu'un traité.

Le souba Suraia-Doula, de son côté, envoyait des secours réels d'argent à MM. de Bussi et Law, tandis que son rival ne donnait que des promesses. Il voulut faire tuer Jaffer, mais ce prince se faisait trop bien garder. L'un et l'autre, dans l'excès de leurs haines et de leurs défiances, se jurèrent sur l'*Alcoran* une amitié inviolable.

Le souba, trompé et voulant tromper, mena Jaffer contre la troupe anglaise, que nous n'osons appeler une armée. Enfin, le 30 juin 1756, la bataille décisive se donna entre lui et le colonel Clive. Le souba la perdit : on lui prit son canon, ses éléphants, son bagage, son artillerie. Jaffer était à la tête d'un camp séparé. Il ne combattit point; c'est la prudence des perfides. Si le souba était vainqueur, il s'unissait à lui; si les Anglais l'emportaient, il marchait avec eux. Les vainqueurs poursuivirent le souba; ils entrèrent après lui dans Maxadabad, sa capitale. Le souba s'enfuit, et fut errant misérablement pendant quelques jours. Le colonel Clive salua Jaffer, souba des trois provinces, Bengale, Golconde, et Orixa, qui composaient un des plus beaux royaumes de la terre.

Suraia-Doula, ce prince détrôné, fuyait seul, sans secours, sans espérance. Il apprit qu'il y avait une grotte où vivait un saint faquir (ce sont des moines, des ermites mahométans). Doula se réfugia dans la grotte de ce saint. Sa surprise fut extrême, quand il reconnut dans le

---

1. C'est le nom du général qui prit Calcutta.

Jaquir un fripon auquel il avait fait autrefois couper le nez et les deux oreilles. Le prince et le saint se réconcilièrent au moyen de quelque argent; mais, pour en avoir davantage, le faquir dénonça le fugitif à son vainqueur. Doula fut pris, et condamné à mort par Jaffer : ses prières et ses larmes ne le sauvèrent pas; il fut exécuté impitoyablement, après qu'on lui eut jeté de l'eau sur la tête, par une cérémonie bizarre établie de temps immémorial sur les bords du Gange, à l'eau duquel les peuples ont attribué de singulières propriétés. C'est une espèce de purification imitée depuis par les Égyptiens; c'est l'origine de l'eau lustrale chez les Grecs et chez les Romains, et d'une cérémonie pareille chez des peuples plus nouveaux. On trouva dans les papiers de ce malheureux prince toute sa correspondance avec MM. de Bussi et Law.

C'est pendant le cours de cette expédition que le général Clive courut à la conquête de Chandernagor, le poste alors le plus important que les Français eussent dans l'Inde, rempli d'une quantité prodigieuse de marchandises, et défendu par cent soixante pièces de canon, cinq cents soldats français, et sept cents noirs.

Clive et Watson n'avaient que quatre cents hommes de plus : cependant au bout de cinq jours il fallut se rendre. La capitulation fut signée d'un côté par le général et l'amiral, et de l'autre par les préposés Fournier, Nicolas, La Potière, et Caillot, le 23 mars 1757. Ces commissaires demandèrent que le vainqueur laissât les jésuites dans la ville; Clive répondit : « Les jésuites peuvent aller partout où ils voudront, hors chez nous. »

Les marchandises qu'on trouva dans les magasins furent vendues cent vingt-cinq mille livres sterling (environ deux millions huit cent soixante mille francs). Tous les succès des Anglais dans cette partie de l'Inde furent dus principalement aux soins de ce célèbre Clive. Son nom fut respecté à la cour du Grand-Mogol, qui lui envoya un éléphant chargé de présents magnifiques, et une patente de raïa. Le roi d'Angleterre le créa pair en Irlande. C'est lui qui, dans les derniers débats qui s'élevèrent au sujet de la compagnie des Indes, répondit à ceux qui lui demandaient compte des millions qu'il avait ajoutés à sa gloire : « J'en ai donné un à mon secrétaire, deux à mes amis, et j'ai gardé le reste pour moi. » Dans une autre séance, il dit : « Nul n'attaquera mon honneur impunément; mes juges doivent songer à garder le leur. »

Presque tous les principaux agents de la compagnie anglaise en ont usé de même. Leurs profusions ont égalé leurs richesses. Les actionnaires y perdent, l'Angleterre y gagne, puisqu'au bout de quelques années chacun vient répandre dans sa patrie ce qu'il a pu amasser sur les bords du Gange, et sur les côtes de Coromandel et de Malabar; c'est ainsi que les trésors immenses conquis par l'amiral Anson, en faisant le tour du monde, et ceux que tant d'autres amiraux acquièrent par tant de prises, augmentèrent l'opulence de la nation.

Depuis les victoires de lord Clive, les Anglais ont régné dans le Bengale : les nababs qui ont voulu les attaquer ont été repoussés. Mais enfin

on a craint à Londres que la compagnie ne pérît par l'excès de son
bonheur, comme la compagnie française a été détruite par la discorde,
la disette, la modicité des secours venus trop tard, les changements
continuels de ministres, qui, ne pouvant avoir sur l'Inde que des idées
confuses et fausses, changeaient au hasard des ordres donnés aveuglément par leurs prédécesseurs.

Tous les malheurs de la France retombaient nécessairement sur la
compagnie. On ne pouvait la secourir efficacement quand on était
battu en Allemagne, qu'on perdait le Canada, la Martinique, la Gua-
deloupe en Amérique, l'île de Gorée en Afrique, tous les établissements
sur le Sénégal, que tous les vaisseaux étaient pris, et qu'enfin le roi
et les citoyens vendaient leur vaisselle pour payer des soldats; faible
ressource dans de si grandes calamités.

ARTICLE XIII. — *Arrivée du général Lally; ses succès ses traverses.*
Conduite d'un jésuite nommé Lavaur.

Ce fut dans ces circonstances que le général Lally et le chef d'escadre d'Aché, après avoir séjourné quelque temps à l'île de Bourbon,
entrèrent dans la rade de Pondichéri, le 28 avril 1758. Le vaisseau,
nommé *le Comte de Provence*, qui portait le général, fut salué de
coups de canon à boulets, dont il fut très-endommagé. Cette étrange
méprise, ou cette méchanceté de quelques subalternes, fut d'un très-
mauvais augure pour les matelots, toujours superstitieux, et même
pour Lally, qui ne l'était pas.

Ce commandant avait en perspective le bâton de maréchal de France,
qu'il croyait pouvoir obtenir, s'il opérait une grande révolution dans
l'Inde, et s'il réparait l'honneur des armes françaises, peu soutenu
alors dans les autres parties du monde. Sa seconde passion était d'humilier la grandeur anglaise, dont il était l'ennemi implacable.

Dès qu'il fut arrivé, il assiégea trois places : l'une était Goudelour,
ville commerçante et défendue par un petit fort à quatre lieues de
Pondichéri; la seconde, Saint-David, citadelle bien plus considérable;
la troisième, Divicotey, qui se rendit à son approche. Il était flatteur
pour lui d'avoir sous ses ordres, dans ses premières expéditions, un
comte d'Estaing, descendant de ce d'Estaing qui sauva la vie à Philippe Auguste à la bataille de Bovines, et qui transmit à sa maison
les armoiries des rois de France; un Crillon, arrière-petit-fils de ce
Crillon surnommé *le Brave*, digne d'être aimé du grand Henri IV; un
Montmorency, un Conflans, dont la maison est si ancienne et si illustre; un La Fare, et plusieurs autres officiers de la première qualité.
Ce n'était pas l'usage qu'on fît servir des jeunes gens d'un grand nom
dans l'Inde. Il est vrai qu'il eût fallu avec eux plus de troupes et plus
d'argent. Cependant le comte d'Estaing avait investi Goudelour, et le
surlendemain la place s'était rendue au général Lally, qui, suivi de
cette florissante jeunesse, alla sur-le-champ mettre le siége devant
l'importante place de Saint-David.

Il n'y avait pas un moment de perdu chez les deux nations rivales :

pendant que l'on prenait Goudelour, une flotte anglaise, commandée par l'amiral Pococke, attaquait celle du comte d'Aché à la rade de Pondichéri. Des hommes blessés ou tués, des mâts brisés, des voiles déchirées, des agrès rompus, furent tout l'effet de cette bataille indécise. Les deux flottes endommagées restèrent dans ces parages également hors d'état de se nuire. La française était la plus maltraitée : elle n'avait que quarante morts; mais cinq cents hommes étaient blessés : le comte d'Aché et son capitaine l'étaient aussi; et après la bataille on eut encore le malheur de perdre un vaisseau de soixante et quatorze canons qui échoua sur la côte[1]. Mais une preuve évidente que l'amiral français[2] partagea avec l'amiral anglais l'honneur de la journée, c'est que l'Anglais ne tenta point de jeter du secours dans le fort Saint-David assiégé.

Tout s'opposait dans Pondichéri à l'entreprise du général. Rien n'était prêt pour le seconder. Il demandait des bombes, des mortiers, des outils de toute espèce; on n'en avait point. Le siége traînait en longueur, on commençait à craindre l'affront de l'abandonner; l'argent même manquait. Les deux millions apportés sur la flotte, et remis au trésor de la compagnie, étaient déjà consommés; le conseil marchand de Pondichéri avait cru nécessaire de payer des dettes pressantes pour ranimer un crédit expiré : il avait mandé à Paris que si l'on ne le secourait pas de dix millions, tout était perdu. Le gouverneur de Pondichéri pour l'administration marchande, successeur de Godeheu, écrivait au général, le 24 mai, ce billet qu'il reçut à la tranchée :

« Mes ressources sont épuisées, et nous n'avons plus rien à attendre que d'un succès. Où en trouverai-je de suffisantes dans un pays ruiné par quinze ans de guerre, pour fournir aux dépenses de votre armée, et aux besoins d'une escadre par laquelle nous attendions bien des espèces de secours, et qui se trouve au contraire dénuée de tout? »

Ce seul billet explique la cause de tous les désastres qu'on avait éprouvés, et de tous ceux qui suivirent. Plus la disette de toutes les choses nécessaires se faisait sentir dans la ville, plus on blâmait le général d'avoir entrepris le siége de Saint-David.

Malgré tant de traverses et tant d'obstacles, le général emporte, l'épée à la main, quatre forts qui couvraient Saint-David, et force le commandant anglais à se rendre. On trouva dans la place cent quatre-vingts canons, des provisions de toute espèce, dont on manquait à Pondichéri, et de l'argent dont on manquait encore davantage. Il y avait trois cent mille livres en espèces et autant en effets, qui furent remis au trésorier de la compagnie. Nous ne spécifions ici que les faits dont tous les partis conviennent.

Le comte de Lally fit démolir cette forteresse et toutes les métairies

---

1. Ce vaisseau était celui du capitaine Bouvet, officier de la compagnie. Il avait montré dans cette bataille un courage et une habileté qui eussent fait honneur à l'officier de marine le plus expérimenté. (Ed. de Kehl.)

2. Nous donnons le nom d'amiral au chef d'escadre, parce que c'est le titre des chefs d'escadre anglais. Le grand amiral est en Angleterre ce qu'est l'amiral en France.

voisines. C'était un ordre du ministère, ordre dangereux qui attira bientôt de tristes représailles. Le fort Saint-David pris, le général disposa tout sur-le-champ pour la conquête de Madras. Il écrivit à M. de Bussi, qui était alors au fond du Décan : « Dès que je serai maître de Madras, je me porte sur le Gange, soit par terre, soit par mer. Ma politique est dans ces cinq mots : *Plus d'Anglais dans la péninsule.* » Son ardeur ne put alors être satisfaite; la flotte n'était pas en état de le seconder. Elle venait d'essuyer un second combat naval le 2 juillet 1758, à la vue de Pondichéri, plus désavantageux encore que le premier. Le comte d'Aché y avait reçu deux blessures; et, dans ce combat meurtrier, il avait soutenu avec cinq vaisseaux délabrés les efforts d'une armée navale plus forte que la sienne. Il quitte l'Inde, le 2 septembre, malgré les efforts que faisaient pour le retenir le général, les principaux officiers de l'armée, les membres du conseil, et part pour l'île de France, où il croyait sans doute que sa présence serait plus utile et sa flotte plus en sûreté.

A l'entrée de la côte de Coromandel est une assez belle province qu'on nomme Tanjaour. Le raïa de ce pays, à qui les Français et les Anglais donnaient le nom de roi, était un prince très-riche. La compagnie prétendait que ce prince lui devait environ treize millions de France.

Le gouverneur de Pondichéri, pour la compagnie, exigea du général qu'il allât redemander cet argent l'épée à la main. Un jésuite français, nommé Lavaur, supérieur de la mission des Indes, lui disait et lui écrivait « que la Providence bénissait ce projet d'une manière sensible. » Nous serons obligés de parler encore de ce jésuite, qui a joué un grand et funeste rôle dans toutes ces aventures. Il suffit de dire à présent que le général, dans sa route, passa sur les terres d'un autre petit prince, dont les neveux avaient offert depuis peu à la compagnie quatre laks de roupies, environ un million, pour avoir le petit État de leur oncle, et le chasser du pays. Le jésuite exhorta vivement le comte de Lally à cette bonne œuvre. Voici mot pour mot une de ses lettres : « La loi des successions dans ce pays-ci est la loi du plus fort. Il ne faut pas regarder l'expulsion d'un prince sur le même pied qu'on la regarderait en Europe. »

Il lui disait dans une autre lettre : « Il ne faut pas travailler pour la seule gloire des armes de Sa Majesté. A bon entendeur, demi-mot. » Ces traits font connaître l'esprit du pays et celui du jésuite.

Le prince de Tanjaour eut recours aux Anglais de Madras. Ils se disposèrent à faire une diversion; il eut le temps de faire entrer d'autres troupes auxiliaires dans sa ville capitale menacée d'un siège. La petite armée française ne reçut de Pondichéri ni les vivres, ni les munitions nécessaires : on fut forcé d'abandonner cette entreprise; la Providence ne la bénissait pas autant que le jésuite le prétendait. La compagnie n'eut ni l'argent du prince ni celui des deux neveux qui voulaient déposséder leur oncle.

Comme on préparait la retraite, un nègre du pays, commandant d'une troupe de cavaliers nègres dans le Tanjaour, vint se présenter à la garde avancée du camp des Français, suivi de cinquante cavaliers; il dit qu'il voulait parler au général, et prendre parti à son service. Le comte, qui était au lit, sortit de sa tente presque nu, tenant un bâton d'épine à la main. Le capitaine nègre lui porte sur-le-champ un coup de sabre qu'à peine il put parer : les autres cavaliers nègres fondent sur lui. La garde du général accourut dans l'instant même; on tua presque tous ces assassins. Ce fut l'unique fruit de cette expédition du Tanjaour; mais du moins les troupes, à qui les vivres manquaient, avaient vécu pendant quelques mois aux dépens des ennemis.

ARTICLE XIV. — *Le comte de Lally prend Arcate, assiége Madras. Commencement de ses malheurs.*

Enfin, malgré l'éloignement de la flotte française, conduite par le comte d'Aché aux îles de Bourbon et de France, le général chasse les Anglais de tous les postes qu'ils occupaient dans les environs d'Arcate, s'empare de cette ville, et n'est arrêté dans ses conquêtes que par l'impossibilité où il se trouva de payer les noirs qui faisaient partie de son armée. Cependant il reprend son projet favori d'assiéger Madras.

« Vous avez trop peu d'argent et de vivres, » lui disait-on; il répondait : « Nous en prendrons dans la ville. » Quelques membres du conseil de Pondichéri, joints aux plus riches habitants, prêtèrent trente-quatre mille roupies, environ quatre-vingt-deux mille livres. Les fermiers des villages, ou aldées[1] de la compagnie, avancèrent quelque argent. Le général fournit seul soixante mille roupies. On fit des marches forcées, on arriva devant cette ville qui ne s'y attendait pas.

Madras, comme l'on sait, est partagée en deux parties fort différentes l'une de l'autre : la première, où est le fort Saint-George, était très-bien fortifiée depuis l'expédition de La Bourdonnais. La seconde, beaucoup plus grande, est peuplée de négociants de toutes les nations. On l'appelle *la ville Noire*, parce qu'en effet les noirs y sont les plus nombreux. Le grand espace qu'elle occupe n'a pas permis qu'on la fortifiât; une muraille et un fossé faisaient sa défense. Cette grande ville très-riche fut surprise et pillée.

On imagine assez tous les excès, toutes les barbaries où s'emporte alors le soldat qui n'a plus de frein, et qui regarde comme son droit incontestable le meurtre, le viol, l'incendie, la rapine. Les officiers les continrent autant qu'ils le purent[2]; mais ce qui les arrêta le plus, c'est qu'à peine étaient-ils entrés dans cette ville basse, qu'il fallut s'y défendre. La garnison de Madras tomba sur eux; on se battit de rue en rue; maisons, jardins, temples chrétiens, indiens et maures, furent autant de champs de bataille où les assaillants, chargés de butin,

1. *Aldée* est un mot arabe conservé en Espagne. Les Arabes qui allèrent dans l'Inde y introduisirent plusieurs termes de leur langue. Une étymologie bien avérée sert quelquefois à prouver les émigrations des peuples.
2. Oui, plusieurs; mais quelques-uns se livrèrent aux mêmes excès que les soldats : on en vit se colleter et se battre à coups de poing avec ces soldats. C'est ce que j'ai entendu attester à M. de Voltaire par des officiers mêmes et par d'autres particuliers témoins oculaires. (*Note de Wagnière.*)

combattaient en désordre ceux qui venaient leur arracher leur proie. Le comte d'Estaing accourut le premier contre une troupe anglaise qui marchait dans la grande rue. Le bataillon de Lorraine qu'il commandait n'était pas encore rassemblé; il combattait presque seul, et fut fait prisonnier : malheur qui lui en attira de plus grands; car étant depuis pris par les Anglais sur mer, et transporté en Angleterre, il fut plongé à Portsmouth dans une prison affreuse : traitement indigne de son nom, de son courage, de nos mœurs et de la générosité anglaise.

La prise du comte d'Estaing, au commencement du combat, pouvait entraîner la perte de la petite armée qui, après avoir surpris la ville Noire, était surprise à son tour. Le général, accompagné de toute cette noblesse française dont nous avons parlé, rétablit l'ordre. On poussa les Anglais jusqu'à un pont établi entre le fort Saint-George et la ville Noire. Si le général eût été secondé, on eût pu couper toute la garnison anglaise, et le fort serait resté sans défense. Le chevalier de Crillon seul courut avec une petite troupe à ce pont, où il tua cinquante Anglais; on y fit trente-trois prisonniers, on resta maître de la ville.

L'espérance de prendre bientôt le fort Saint-George, ainsi que l'avait pris La Bourdonnais, anima tous les officiers; et, ce qui est singulier, cinq ou six mille habitants de Pondichéri accoururent à cette expédition, quelques-uns pour piller, d'autres par curiosité, comme on va à une fête. Les assiégeants n'étaient composés que de deux mille sept cents Européans d'infanterie, et de trois cents cavaliers. Ils n'avaient que dix mortiers et vingt canons. La ville était défendue par seize cents Européans et deux mille cinq cents cipayes; ainsi les assiégés étaient plus forts d'onze cents hommes. Il est reçu dans la tactique qu'il faut d'ordinaire cinq assiégeants contre un assiégé. Les exemples d'une prise de ville par un nombre égal au nombre qui la défend sont très-rares : réussir sans provisions est plus rare encore.

Ce qu'il y eut de plus triste, c'est que deux cents déserteurs français passèrent dans le fort Saint-George. Il n'est point d'armées où la désertion soit plus fréquente que dans les armées françaises, soit inquiétude naturelle de la nation, soit espérance d'être mieux traité ailleurs. Ces déserteurs paraissaient quelquefois sur les remparts tenant une bouteille de vin dans une main et une bourse dans l'autre; ils exhortaient leurs compatriotes à les imiter. On voyait pour la première fois la dixième partie d'une armée assiégeante réfugiée dans la ville assiégée.

Le siége de Madras, entrepris avec allégresse, fut bientôt regardé comme impraticable par tout le monde. M. Pigot, mandataire de la compagnie anglaise et gouverneur de la ville, promit cinquante mille roupies à la garnison si elle se défendait bien; et il tint parole. Celui qui récompense ainsi est mieux servi que celui qui n'a point d'argent. Cependant le comte de Lally avait repoussé et battu quatre fois un corps de cinq mille hommes envoyé au secours de la place : on avait fait une brèche considérable, et il se disposait à tenter un assaut. Mais dans le temps même qu'on se préparait à une action si audacieuse, il parùt dans le port de Madras six vaisseaux de guerre, détachés de la flotte anglaise qui était alors vers Bombaï. Ces vaisseaux apportaient des renforts d'hommes et de munitions. A leur vue, l'officier qui commandait la tranchée la quitta. Il fallut quitter le siége en hâte, et aller défendre Pondichéri, que les Anglais pouvaient attaquer plus aisément encore que l'on n'avait attaqué Madras.

Il ne s'agissait plus alors d'aller faire des conquêtes auprès du Gange. Lally ramena sa petite armée diminuée et découragée dans Pondichéri plus découragé encore. Il n'y trouva que des ennemis de sa personne qui lui firent plus de mal que les Anglais ne lui en pouvaient faire. Presque tout le conseil et tous les employés de la compagnie, irrités contre lui, insultaient à son malheur. Il s'était attiré leur haine par des reproches durs et violents, par des lettres injurieuses que lui dictait le dépit de n'être pas assez secondé dans ses entreprises. Ce n'est pas qu'il ne sût très-bien que tout commandant qui n'a qu'une autorité limitée doit ménager un conseil qui la partage; que s'il fait des actions de vigueur, il doit avoir des paroles de douceur : mais les contradictions continuelles l'aigrissaient, et la place même qu'il occupait lui attirait la mauvaise volonté de presque toute une colonie qu'il était venu défendre.

On est toujours ulcéré, sans même qu'on s'en aperçoive, de se voir sous les ordres d'un étranger. L'aliénation des esprits augmentait par les instructions mêmes envoyées de la cour au général. Il avait ordre de veiller sur la conduite du conseil; les directeurs de la compagnie des Indes à Paris lui avaient donné des notes sur les abus inséparables d'une administration si éloignée. Eût-il été le plus doux des hommes, il aurait été haï. Sa lettre écrite le 14 février à M. de Leirit, gouverneur de Pondichéri, avant la levée du siége de Madras, rendait cette haine implacable. La lettre finissait par ces mots : « J'irais plutôt commander les Cafres de Madagascar que de rester dans votre Sodome, qu'il n'est pas possible que le feu des Anglais ne détruise tôt ou tard, au défaut de celui du ciel. »

Le mauvais succès de Madras envenima toutes ces plaies. On ne lui pardonna point d'avoir été malheureux; et de son côté il ne pardonna point à ceux qui le haïssaient. Des officiers joignirent bientôt leurs voix à ce cri général; surtout ceux du bataillon de l'Inde, troupe appartenant à la compagnie, furent les plus aigris. Ils surent malheureusement ce que portait l'instruction du ministère. « Vous aurez l'attention de ne confier aucune expédition aux seules troupes de la compagnie. Il est à craindre que l'esprit d'insubordination, d'indiscipline et de cupidité leur fasse commettre des fautes; et il est de la sagesse de les prévenir pour n'avoir pas à les punir. » Tout concourut donc à rendre le général odieux, sans le faire respecter.

Avant d'aller à Madras, toujours rempli du projet de chasser les Anglais de l'Inde, mais manquant de tout ce qui était nécessaire pour de si grands efforts, il pria le brigadier de Bussi de lui prêter cinq millions dont il serait la seule caution. M. de Bussi, en homme sage, ne jugea point à propos de hasarder une somme si forte, payable sur

des conquêtes si incertaines ; il prévit qu'une lettre de change signée
Lally, remboursable dans Madras ou dans Calcutta, ne serait jamais
acceptée par les Anglais. Il est des circonstances où, si vous prêtez
votre argent, vous vous faites un ennemi secret ; refusez-le, vous avez
un ennemi ouvert. L'indiscrétion de la demande et la nécessité du refus firent naître entre le général et le brigadier une aversion qui dé-
généra en une haine irréconciliable, et qui ne servit pas à rétablir les
affaires de la colonie. Plusieurs autres officiers se plaignirent amère-
ment. On se déchaîna contre le général ; on l'accabla de reproches,
de lettres anonymes, de satires. Il en tomba malade de chagrin : quelque temps après, la fièvre et de fréquents transports au cerveau le
troublèrent pendant quatre mois ; et pour consolation on lui insultait
encore.

ARTICLE XV. — *Malheurs nouveaux de la Compagnie des Indes.*

Dans cet état, non moins triste que celui de Pondichéri, le général
formait de nouveaux projets de campagne. Il envoya au secours de l'é-
tablissement très-considérable de Masulipatan, à soixante lieues au
nord de Madras, M. de Moracin, officier dans le civil et dans le militaire, homme de tête et de résolution, capable d'affronter la flotte anglaise, maîtresse de la mer, et de lui échapper. Moracin était un de
ses ennemis les plus déclarés et les plus ardents. Le général était réduit à ne pouvoir guère en employer d'autres. Cet officier, membre du
conseil, partit avec cinq cents hommes, tant cipayes que matelots ;
mais Masulipatan était déjà pris [1]. Moracin alla, quatre-vingts lieues
plus loin, sur un vaisseau qui lui appartenait, faire la guerre à un raïa
qui devait de l'argent à la compagnie ; il perdit quatre cents hommes
et son argent.

Quels étaient donc ces princes à qui un particulier d'Europe venait
redemander quelques milliers de roupies à main armée ?

Un autre exemple bien plus étrange du gouvernement indien mérite
plus d'attention.

Pondichéri et Madras sont, comme on l'a déjà dit, sur la côte de la
grande nababie de Carnate, que les Européans appellent toujours un
royaume. Le parti anglais, avec cinq ou six cents hommes de sa nation, tout au plus, et le parti français, avec le même nombre de la
sienne, protégeaient depuis longtemps chacun son nabab ; et c'était
toujours à qui ferait un souverain.

Le chevalier de Soupire, maréchal de camp, était depuis longtemps
dans la province d'Arcate avec quelques soldats français, quelques

1. M. de Lally avait donné l'ordre en décembre, étant encore devant Madras ;
il ne fut exécuté qu'après son retour, et dans le mois de mars. Cependant le
secours n'arriva que deux jours après la prise de la place. Mais nous nous gar-
derons bien d'entrer dans tous les petits détails des querelles entre MM. de Lally
et de Moracin, entre MM. de Moracin et de Leirit, entre tant de plaintes réciproques. S'il fallait détailler toutes ces misères de tant d'Européens transplantés dans l'Inde, on ferait un livre beaucoup plus gros que l'*Encyclopédie*. On
ne saurait trop étendre les sciences, et trop resserrer le tableau des faiblesses
humaines.

noirs, et quelques cipayes mal armés et mal payés. Le chevalier de
Soupire se plaignait aussi qu'ils ne fussent point vêtus; mais ce n'est
pas un grand mal dans la zone torride. Il y a dans cette province un
poste qu'on dit de la plus grande importance; c'est la forteresse de Vandavachi, qui couvrait les établissements des Français. Vandavachi est
situé dans une petite île formée par des rivières. La colonie française
était encore maîtresse de cette place : les Anglais vinrent pour l'attaquer. Le comte de Lally marcha pour la secourir avec quatre cents
hommes, et les Anglais n'osèrent l'attendre. Ils revinrent quelques
mois après au nombre de deux cents Européans et de quatre mille
noirs; et M. de Geoghegan, avec onze cents hommes seulement, rem-
porta sur eux une victoire complète.

Une chose qu'on ne voit guère que dans ce pays-là, c'est que les
deux nababs pour lesquels on combattait étaient chacun à cent lieues
du champ de bataille. Pondichéri respirait un peu après ce petit succès. Mais l'armée navale du comte d'Aché ayant reparu sur la côte, elle
fut encore attaquée par l'amiral Pococke, et plus maltraitée dans cette
troisième bataille que dans les premières; car un de ses grands vaisseaux de guerre prit feu, et la mâture fut brûlée; quatre vaisseaux de
la compagnie s'enfuirent. Cependant l'amiral français échappa à l'amiral anglais, qui, malgré la supériorité du nombre et de la marine, ne
put prendre aucun de ses vaisseaux.

Le comte d'Aché alors voulut repartir pour les îles de Bourbon et de
France. Les officiers de l'armée, le conseil de Pondichéri, protestèrent
contre le départ de l'amiral, et le rendirent responsable de la ruine de
la compagnie : tous croyaient alors que le départ de la flotte était la
perte de Pondichéri; l'amiral les laissa protester; il donna le peu d'argent qu'il avait apporté, et débarqua environ huit cents hommes;
aussitôt il alla se radouber à l'île de France. Pondichéri, sans munitions, sans vivres, resta dans la discorde et dans la consternation. Le
passé, le présent, et l'avenir, étaient effrayants.

Les troupes qui couvraient Pondichéri se révoltèrent. Ce ne fut point
une de ces séditions tumultueuses qui commencent sans raison et qui
finissent de même. La nécessité sembla les plonger dans ce parti, le
seul qui leur restait pour être payées et pour avoir de quoi subsister.
«Donnez-nous, disaient-elles, du pain et notre solde, ou nous allons en
demander aux Anglais.» Les soldats en corps écrivirent au général qu'ils
attendaient quatre jours, mais qu'au bout de ce temps, toutes leurs
ressources étant épuisées, ils passeraient à Madras.

On a prétendu que cette révolte avait été fomentée par un jésuite
missionnaire nommé Saint-Estevan, jaloux de son supérieur, le P. Lavaur, qui de son côté trahissait le général autant que le missionnaire
Saint-Estevan les trahissait tous deux. Cette conduite ne s'accorde pas
avec ce zèle pur qui éclate dans les *Lettres édifiantes*, et avec la foule
de miracles dont le Seigneur a récompensé ce zèle.

Quoi qu'il en soit, il fallut trouver de l'argent : on n'apaise point les
séditions dans l'Inde avec des paroles. Le directeur de la Monnaie,
nommé Boyleau, donna le peu qui lui restait de matières d'or et d'ar-

gent. Le chevalier de Crillon prêta quatre mille roupies, M. de Gadeville autant. M. de Lally, qui avait heureusement cinquante mille francs chez lui, les donna, et engagea même le jésuite Lavaur, son ennemi secret, à prêter trente-six mille livres de l'argent qu'il réservait pour son usage ou pour ses missions, le tout remboursable par la compagnie, si elle était en état de le faire. On devait aux troupes dix mois de paye, et cette paye était forte : elle montait à plus d'un écu par jour pour chaque cavalier, et à treize sous pour les soldats. Nous savons combien ces détails sont petits ; mais nous sentons qu'ils sont nécessaires.

La révolte ne fut apaisée qu'au bout de sept jours ; la bonne volonté du soldat en fut affaiblie. Les Anglais revinrent à ce lieu fatal de Vandavachi ; ils livrèrent dans cet endroit une seconde bataille qu'ils gagnèrent complétement. M. de Bussi y fut fait prisonnier : tout fut désespéré alors.

Après cette défaite la cavalerie se révolta encore, et voulut passer aux Anglais, aimant mieux servir les vainqueurs dont elle était sûre d'être bien payée, que les vaincus qui devaient encore une grande partie de sa solde. Le général la ramena une fois avec son argent ; mais il ne put empêcher que plusieurs cavaliers ne désertassent [1].

Les désastres se suivirent rapidement pendant une année entière. La colonie perdit tous ses postes ; les troupes noires, les cipayes, les Européans, désertaient en foule. On avait eu recours à ces Marattes que chaque parti emploie tour à tour dans tout le Mogol ; nous les avons comparés aux Suisses ; mais s'ils vendent comme eux leurs services, et s'ils ont quelque chose de leur valeur, ils n'en ont pas la fidélité.

Les missionnaires se mêlent de tout dans cette partie de l'Inde : un d'eux, qui était Portugais et décoré du titre d'évêque d'Halicarnasse, avait amené deux mille Marattes. Ils ne combattirent point à la journée de Vandavachi ; mais pour faire quelque exploit de guerre, ils pillèrent tous les villages appartenant encore à la France, et partagèrent le butin avec l'évêque [2].

1. Quelle est donc cette fureur de désertion ? L'amour de la patrie se perd-il à mesure qu'on s'éloigne d'elle ? Le soldat, qui tirait hier sur les ennemis, tire demain sur ses compatriotes ; il s'est fait un nouveau devoir de tuer d'autres hommes, ou d'être tué par eux. Mais pourquoi y avait-il tant de Suisses dans les troupes anglaises, et pas un dans les troupes de France ? Pourquoi, parmi ces Suisses, unis à la France par tant de traités, s'est-il trouvé tant d'officiers et de soldats qui ont servi les Anglais contre cette même France en Amérique et en Asie ?

D'où vient enfin qu'en Europe, pendant la paix même, des milliers de Français ont quitté leurs drapeaux pour toucher la même paye de l'étranger ? Les Allemands désertent aussi, les Espagnols rarement, les Anglais presque jamais. Il est inouï qu'un Turc et un Russe désertent.

Dans la retraite des Dix mille, au milieu des plus grands dangers et des fatigues les plus décourageantes, aucun Grec ne déserta. Ils n'étaient pourtant que des mercenaires, officiers et soldats, qui s'étaient vendus pour un peu d'argent au jeune Cyrus, à un rebelle, à un usurpateur. C'est au lecteur, et surtout au militaire éclairé, de trouver la cause et le remède de cette maladie contagieuse, plus commune aux Français qu'aux autres nations depuis plusieurs années, dans la guerre comme pendant la paix.

2. Un évêque latin de la ville grecque d'Halicarnasse qui appartient aux

Nous ne prétendons pas faire un journal de toutes les minuties du brigandage, et détailler les malheurs particuliers qui précédèrent la prise de Pondichéri et le malheur général. Quand une peste a détruit une peuplade, à quoi bon fatiguer les vivants du récit de tous les symptômes qui ont emporté tant de morts? il nous suffira de dire que le général Lally se retira dans Pondichéri, et que les Anglais bloquèrent bientôt cette capitale.

ARTICLE XVI. — *Aventure extraordinaire dans Surate. Les Anglais y dominent.*

Pendant que la colonie française était dans le trouble et dans la détresse, les Anglais donnèrent dans l'Inde, à cinq cents lieues de Pondichéri, un exemple qui tint toute l'Asie attentive.

Surate, ou Surat, au fond du golfe de Cambaie, était, depuis Tamerlan, le grand marché de l'Inde, de la Perse, et de la Tartarie : les Chinois même y avaient envoyé souvent des marchandises. Elle conservait encore un très-grand lustre, habitée principalement par des Arméniens et par des juifs, courtiers de toutes les nations; et chaque nation y avait son comptoir. C'était là que se rendaient tous les sujets mahométans du Grand-Mogol, qui voulaient faire le pèlerinage de la Mecque. Un seul grand vaisseau que l'empereur entretenait à l'embouchure de la rivière qui passe à Surate, transportait de là les pèlerins à la mer Rouge. Ce vaisseau et les autres petits navires indiens étaient sous les ordres d'un Cafre, qui avait amené une colonie de Cafres à Surate.

Cet étranger mourut, et son fils obtint sa place. Deux Cafres, amiraux du Grand-Mogol, l'un après l'autre, sans qu'on ait pu savoir de quelle côte d'Afrique étaient ces hommes! rien ne démontre mieux combien le Mogol était mal gouverné, et par conséquent malheureux. Le fils exerçait un empire tyrannique dans Surate. Le gouverneur ne pouvait lui résister. Tous les marchands gémissaient sous les redoublements continuels de ses extorsions. Il rançonnait tous les pèlerins de la Mecque. Telle était la faiblesse du Grand-Mogol Alumgir [1] dans toutes les parties de l'administration; et c'est ainsi que les empires périssent.

Enfin les pèlerins de la Mecque, les Arméniens, les juifs, tous les habitants se réunirent pour demander aux Anglais leur protection contre un Cafre que le successeur de Tamerlan n'osait punir. L'amiral Pococke, qui était alors à Bombai, envoya deux vaisseaux de guerre à Surate. Ce secours suffit avec les troupes commandées par le capitaine Maitland, qui marcha à la tête de huit cents Anglais et de quinze cents cipayes.

L'amiral et son parti se retranchèrent dans les jardins du comptoir

Turcs! un évêque d'Halicarnasse qui prêche et qui pille! et qu'on dise, après cela, que ce monde ne se gouverne pas par des contradictions! Cet homme s'appelait Norogna; c'était un cordelier de Goa, qui s'était enfui à Rome, où il avait obtenu un titre d'évêque missionnaire. M. de Lally lui disait quelquefois : « Mon cher prélat, comment as-tu fait pour n'être pas brûlé ou pendu ? »

1. Aalem-Guyr II, cité plus bas dans l'art. XXXIV. (ED.)

français, au delà d'une porte de la ville. Il était naturel que, les Anglais le poursuivant, les Français lui donnassent un asile.

On canonna, on bombarda cette retraite. Il y avait plusieurs factions
dans Surate; et il était à craindre qu'une de ces factions n'appelât les
Marattes, qui sont toujours prêts à profiter des divisions de l'empire.
Enfin on s'accommoda, on se réunit avec les Anglais; les portes du
château leur furent ouvertes. Le comptoir de France, dans la ville, ne
fut pas garanti du pillage, mais aucun des employés ne fut tué, et la
journée ne coûta la vie qu'à cent personnes du parti de l'amiral, et à
vingt soldats du capitaine Maitland.

Les Cafres se retirèrent où ils purent. S'il était rare qu'un homme
de cette nation eût été amiral de l'empire, il y eut une chose plus rare
encore, c'est que l'empereur donna le titre et les appointements d'a-
miral à la compagnie anglaise. Cette place valait trois laks de roupies
et quelques droits. Le tout montait à huit cent mille francs par an. La
facilité d'attirer à elle tout le commerce de Surate lui valait vingt fois
davantage.

Cette aventure étrange semblait affermir la puissance et l'élévation
des Anglais dans l'Inde, du moins pour un très-long temps; et la compagnie de Pondichéri descendait à grands pas vers sa destruction.

ARTICLE XVII. — *Prise et destruction de Pondichéri.*

Pendant que l'armée anglaise s'avançait vers l'occident, et qu'une
nouvelle flotte menaçait la ville à l'orient, le comte de Lally avait peu
de soldats. Il se servit d'une ruse assez ordinaire dans la guerre et dans
la vie civile : c'est de paraître avoir plus qu'on n'a. Il commanda une
parade sous les murs de la ville du côté de la mer. Il ordonna que tous
les employés de la compagnie y parussent comme soldats, en uniforme, pour en imposer à la flotte ennemie qui était à la rade.

Le conseil de Pondichéri et tous les employés vinrent lui déclarer
qu'ils ne pouvaient obéir à cet ordre. Les employés dirent qu'ils ne reconnaissaient pour leur commandant que le gouverneur établi par la
compagnie. Tout bourgeois, d'ordinaire, se croit avili d'être soldat,
quoique en effet ce soient les soldats qui donnent les empires. Mais la
véritable raison est qu'on voulait contrarier en tout celui qui avait en-
couru la haine publique.

Ce fut la troisième révolte [1] qu'il essuya en peu de jours. Il ne punit
les chefs de la cabale qu'en les faisant sortir de la ville; mais il joignit
à cette peine si modérée des paroles accablantes qui ne s'oublient jamais, et qui reviennent bien fortement au cœur lorsqu'on peut s'en
venger. De plus, le général défendit au conseil de s'assembler sans son
ordre. L'animosité de cette compagnie fut aussi grande que celle des
parlements de France l'était alors contre les commandants qui leur ap-

---

1. Dans une de ces révoltes, une troupe de grenadiers armés de sabres pénètre
dans la chambre du général, et lui demande de l'argent avec insolence : Lally
seul les charge l'épée à la main, et les chasse de sa chambre : on a imprimé
depuis qu'il était un lâche.

portaient des ordres sévères de la cour, et souvent des ordres contradictoires. Il eut donc à combattre les citoyens et les ennemis.

La place manquait de vivres. Il fit rechercher dans toutes les maisons le peu de superflu qu'on y pourrait trouver pour fournir aux troupes une subsistance nécessaire. On commença par celle du général;
mais on prétendit que ceux qui étaient chargés de ce triste détail n'en
usaient pas avec assez de discrétion chez des officiers principaux, dont
le nom ou la personne méritait des ménagements. Les cœurs déjà trop
irrités furent ulcérés au dernier point : on criait à la tyrannie. M. Dubois, intendant de l'armée, qui remplit ce devoir, devint l'objet de
l'exécration publique. Quand des ennemis vainqueurs ordonnent une
telle recherche, personne n'ose murmurer; mais lorsque le général
l'ordonnait pour sauver la ville, tout s'élevait contre lui.

L'officier était réduit à une demi-livre de riz par jour, le soldat à
quatre onces [1]. La ville n'avait plus que trois cents soldats noirs et sept
cents Français pressés par la faim, pour se défendre contre quatre
mille soldats d'Europe et dix mille noirs. Il fallait bien se rendre. Lally,
désespéré, agité de convulsions, l'esprit accablé et égaré, voulut renoncer au commandement, et en charger le brigadier de Landivisiau,
qui se garda bien d'accepter un poste si délicat et si funeste. Lally fut
réduit à ordonner le malheur et la honte de la colonie. Au milieu de
toutes ces crises, il recevait chaque jour des billets anonymes qui le
menaçaient du fer et du poison. Il se crut en effet empoisonné, il
tomba en épilepsie; et le missionnaire Lavaur alla dire dans toute la
ville qu'il fallait prier Dieu pour ce pauvre Irlandais qui était devenu
fou.

Cependant le péril croissait : les troupes anglaises avaient abattu la
malheureuse haie qui entourait la ville. Le général voulut assembler le
conseil mixte du civil et du militaire qui tâcherait d'obtenir une capitulation supportable pour la ville et pour la colonie. Le conseil de Pondichéri ne répondit que par un refus. « La démarche nous semble précipitée, » disait-il. Lally fit une seconde démarche, et essuya un
nouveau refus. « Vous nous avez cassés, dit alors le conseil; nous ne
sommes plus rien.... — Je ne vous ai point cassés, répondit le général;
je vous ai défendu de vous assembler sans ma permission, et je vous
commande au nom du roi de vous assembler et de former un conseil
mixte, qui cherche les moyens d'adoucir le sort de la colonie entière et
le vôtre. » Le conseil répliqua par cette sommation qu'il lui fit signifier :
« Nous vous sommons, au nom de tous les ordres religieux, de tous
les habitants, et au nôtre, de demander dans l'instant une suspension
d'armes à M. Cootes (c'était le commandant anglais); et nous vous
rendons responsable envers le roi de tous les malheurs que des délais
hors de saison pourraient occasionner. »

Cependant les Anglais s'approchent : on croit qu'ils préparent un
assaut. Lally ordonne à la garnison et aux habitants de prendre les ar-

---

1. Le général avait deux rations et deux petits pains. Une pauvre femme
chargée d'enfants lui demanda des secours, et il ordonna de lui donner tous les
jours la moitié de ce qui était réservé pour lui.

mes, distribue aux soldats exténués de fatigue le seul tonneau de vin qui lui reste, et, quoique mourant, se fait transporter sur la brèche, où il espérait trouver une mort glorieuse. Les Anglais se gardèrent bien d'attaquer une place qu'ils allaient prendre sans combat.

Le général assembla alors un conseil de guerre, composé de tous les principaux officiers qui faisaient encore le service; ils conclurent à se rendre : mais ils différaient sur les conditions. Le comte de Lally, outré contre les Anglais, qui avaient, disait-il, violé en plus d'une occasion le cartel établi entre les deux nations, fit une déclaration particulière, dans laquelle il leur reprochait leurs infractions aux traités. Ce n'était pas une politique prudente de parler de leurs torts à des vainqueurs, et d'aigrir ceux qu'il fallait fléchir; mais tel était son caractère. Après leur avoir exposé ses plaintes, il demandait qu'on laissât un asile à la mère et aux sœurs d'un raïa, qui s'étaient réfugiées à Pondichéri lorsque ce raïa eut été assassiné dans le camp des Anglais mêmes. Il leur reprochait vivement, selon sa coutume, d'avoir souffert cette barbarie. Le colonel Cootes ne fit aucune réponse à cette déclaration hardie. Le conseil de Pondichéri envoya de son côté au commandant anglais des articles de capitulation, rédigés par le jésuite Lavaur. Ce missionnaire les porta lui-même. Cette démarche aurait été bonne au Paraguai, mais non pas avec des Anglais. Si Lally les offensait en les accusant d'injustices et de cruauté, on les offensait davantage en députant un jésuite intrigant pour négocier avec des guerriers victorieux. Le colonel ne daigna pas seulement lire les articles du jésuite; mais il donna les siens. Les voici :

« Le colonel Cootes veut que les Français se rendent prisonniers de guerre, pour être traités comme il conviendra aux intérêts du roi son maître. Il aura pour eux toute l'indulgence qu'exige l'humanité.

« Il enverra demain matin, entre huit et neuf heures, les grenadiers de son régiment prendre possession de la porte Vilmour.

« Après-demain, à la même heure, il prendra possession de la porte Saint-Louis.

« La mère et les sœurs du raïa seront escortées jusqu'à Madras. On aura tout le soin possible d'elles, et on ne les livrera point à leurs ennemis. Fait à notre quartier général, près de Pondichéri, le 15 janvier 1761. »

Il fallut obéir aux ordres du colonel Cootes. Il entra dans la ville. La petite garnison mit bas les armes. Le colonel ne dîna point avec le général, contre lequel il était piqué, mais chez le gouverneur de la compagnie, nommé Duval de Leirit, avec plusieurs membres du conseil.

M. Pigot, gouverneur de Madras pour la compagnie anglaise, réclama son droit sur Pondichéri : on ne put le lui disputer, parce que c'était lui qui payait les troupes. Ce fut lui qui régla tout après la conquête. Le général Lally était toujours très-malade; il demanda à ce gouverneur anglais la permission de rester encore quatre jours à Pondichéri; il fut refusé; on lui signifia qu'il fallait partir le lendemain pour Madras.

Nous pouvons remarquer comme une chose assez singulière que

Pigot était d'une origine française, comme Lally d'une origine irlandaise : l'un et l'autre combattait contre son ancienne patrie.

Cette rigueur fut la plus légère que le général essuya. Les employés de la compagnie, les officiers de ses troupes, qu'il avait insultés lorsqu'il devait les punir, se réunirent tous contre lui. Les employés surtout l'insultèrent jusqu'au moment de son départ, affichant contre lui des placards, jetant des pierres à ses fenêtres, l'appelant à grands cris traître et scélérat. La troupe grossissait par les indifférents qui s'y joignaient et qui étaient bientôt échauffés de la fureur des autres. Une troupe d'assassins, à la tête de laquelle on voyait un conseiller de l'Inde, depuis un des principaux témoins admis à déposer contre lui, l'attendait à la place par laquelle on devait le transporter couché sur un palanquin, suivi au loin de quinze houssards anglais nommés pour l'escorter pendant sa route jusqu'à Madras. Le colonel Cootes lui avait permis de se faire accompagner de quatre de ses gardes jusqu'à la porte ; les séditieux environnèrent son lit en le chargeant d'injures, et en le menaçant de le tuer. On eût cru voir des esclaves qui voulaient assommer de leurs fers un de leurs compagnons. Il continua sa marche au milieu d'eux, tenant de ses mains affaiblies deux pistolets. Ses gardes et les houssards anglais le garantirent de leur fureur [1].

Les séditieux s'en prirent à M. Dubois, ancien et brave officier, âgé de soixante et dix ans, intendant de l'armée, qui passa un moment après : cet intendant, l'homme du roi, fut assassiné ; on le vola ; on le dépouilla nu ; on l'enterra dans un jardin : ses papiers furent saisis sur-le-champ dans sa maison, et on ne les a jamais revus.

Pendant que le général Lally était conduit à Madras, des employés de la compagnie obtinrent à Pondichéri la permission d'ouvrir ses coffres, comptant y trouver des trésors en or, en diamants, en lettres de change : ils n'y trouvèrent qu'un peu de vaisselle, des hardes, des papiers inutiles, et ils n'en furent que plus acharnés ; ces mêmes effets furent saisis par la douane anglaise jusqu'à ce que Lally eût satisfait aux dettes qu'il avait contractées en son nom pour la défense de la place.

Accablé de chagrins et de maladies, Lally, prisonnier dans Madras, demanda vainement qu'on différât son transport en Angleterre : il ne put obtenir cette grâce. On le mena de force à bord d'un vaisseau marchand, dont le capitaine le traita inhumainement pendant toute la traversée. On ne lui donnait pour tout soulagement que du bouillon de porc. Ce patron anglais croyait devoir traiter ainsi un Irlandais au service de France. Bientôt les officiers, le conseil de Pondichéri, et les principaux employés, furent obligés de le suivre ; mais avant d'être transférés ils eurent la douleur de voir commencer la démolition de toutes les fortifications qu'ils avaient faites à leur ville, la destruction de leurs immenses magasins, de leurs halles, de tout ce qui pouvait servir au commerce, comme à la défense, et jusqu'à leurs propres

---

1. L'officier anglais voulait charger ces misérables. Lally l'en empêcha, et eut la générosité de leur sauver la vie.

maisons. Lally avait obtenu du général Cootes la conservation de la ville, mais Cootes ne commandait plus à Pondichéri.

M. Dupré, nommé gouverneur par le conseil de Madras, pressait cette destruction. C'était (à ce qu'on a mandé) le petit-fils d'un de ces Français que la révocation de l'édit de Nantes força de s'exiler de leur patrie et de servir contre elle. Louis XIV ne s'attendait pas qu'au bout d'environ quatre-vingts ans, la capitale de sa compagnie des Indes se rait détruite par un Français.

Le jésuite Lavaur eut beau lui écrire : « Monsieur, êtes-vous également pressé de détruire la maison où nous avons un autel domestique pour y continuer en cachette l'exercice de notre religion, etc. ? »

Dupré se souciait fort peu que Lavaur dît la messe en cachette : il lui répondit que le général Lally avait rasé Saint-David, et n'avait donné que trois jours aux habitants pour transporter leurs effets; que le gouverneur de Madras avait accordé trois mois aux habitants de Pondichéri; que les Anglais égalaient au moins les Français en générosité; mais qu'il fallait partir, et aller dire la messe ailleurs. Alors la ville fut impitoyablement rasée, sans que les Français pussent avoir le droit de se plaindre.

Article XVIII.—*Lally et les autres prisonniers conduits en Angleterre, relâchés sur leur parole. Procès criminel de Lally.*

Les prisonniers continuèrent dans la route et en Angleterre leurs reproches mutuels, que le désespoir aigrissait encore. Le général avait ses partisans, surtout parmi les officiers du régiment de son nom : presque tous les autres étaient ses ennemis déclarés; chacun écrivait au ministre de France, chacun accusait le parti opposé d'être la cause du désastre. Mais la véritable cause était la même que dans les autres parties du monde : la supériorité des flottes anglaises, l'opiniâtreté attentive de la nation, son crédit, son argent comptant, et cet esprit de patriotisme, qui est plus fort à la longue que l'esprit mercantile et que la cupidité des richesses.

Le général Lally obtint de l'amirauté d'Angleterre la permission de repasser en France sur sa parole. Son premier soin fut de payer ce qu'il avait emprunté pour le service public. La plupart de ses ennemis revinrent en même temps que lui; ils arrivèrent précédés de toutes les plaintes, des accusations formées de part et d'autre, et de mille écrits dont Paris était inondé. Les partisans de Lally étaient en très-petit nombre, et ses adversaires innombrables.

Un conseil entier, deux cents employés sans ressources; les directeurs de la compagnie des Indes, voyant leur grand établissement anéanti; les actionnaires tremblant pour leur fortune; des officiers irrités : tous se déchaînaient avec d'autant plus d'animosité contre Lally, qu'ils croyaient qu'en perdant Pondichéri il avait gagné des millions. Les femmes, toujours moins modérées que les hommes dans leurs terreurs et dans leurs plaintes, criaient au traître, au concussionnaire, au criminel de lèse-majesté.

Le conseil de Pondichéri en corps présenta une requête contre lui au contrôleur général. Il disait dans cette requête : « Ce n'est point le désir de venger nos injures et notre ruine personnelle qui nous anime, c'est la force de la vérité, c'est le sentiment pur de nos consciences, c'est le cri général. »

Il paraissait pourtant que le sentiment pur des consciences était un peu corrompu par la douleur d'avoir tout perdu, par une haine personnelle peut-être excusable, et par la soif de la vengeance qu'on ne peut excuser.

Un très-brave officier, de la noblesse la plus antique, fort mal à propos outragé par le général, et même dans son honneur, écrivait en termes beaucoup plus violents que le conseil de Pondichéri. « Voilà, disait-il, ce qu'un étranger sans nom, sans actions devers lui, sans naissance, sans aucun titre enfin, comblé des honneurs de son maître, prépare en général à toute cette colonie. Rien n'a été sacré pour ses mains sacriléges; ce chef les a portées jusqu'à l'autel, en s'appropriant six chandeliers d'argent et un crucifix, que le général anglais lui a fait rendre à la sollicitation du supérieur des capucins, etc., etc. »

Le général s'était attiré par ses fougues indiscrètes et par ses reproches injustes une accusation si cruelle : il est vrai qu'il avait fait porter chez lui ces chandeliers et ce crucifix, mais si publiquement qu'il n'était pas possible qu'au milieu de tant de grands intérêts il voulût s'emparer d'un objet si mince. Aussi l'arrêt qui le condamna ne parle point de sacrilége.

Le reproche d'une basse naissance était bien injuste : nous avons ses titres munis du grand sceau du roi Jacques. Sa maison était très-ancienne [1]. On passait donc les bornes avec lui, comme il les avait passées avec tant d'autres. Si quelque chose doit inspirer aux hommes la modération, c'est sans doute cette fatale aventure.

Le ministre des finances devait naturellement protéger une compagnie de commerce dont la ruine semblait si préjudiciable au royaume : il y eut un ordre secret d'enfermer Lally à la Bastille. Lui-même offrit de s'y rendre; il écrivit au duc de Choiseul : « J'apporte ici ma tête et mon innocence. J'attends vos ordres. » Quelque temps auparavant, un des agents de ses ennemis lui avait offert de lui révéler toutes leurs intrigues, et il refusa cette offre avec mépris.

Le duc de Choiseul, ministre de la guerre et des affaires étrangères, était généreux à l'excès, bienfaisant, et juste; la hauteur de son âme était égale à la grandeur de ses vues, mais il eut le malheur de céder aux clameurs de Paris : on avait décidé d'abord qu'on ne prendrait un parti qu'après le rapport fait au conseil des accusations intentées contre Lally, et des preuves sur lesquelles on les appuyait. Cette résolution si sage ne fut pas suivie. Lally fut enfermé à la Bastille, dans la

---

1. Une branche de cette famille a possédé le château de Tollendal en Irlande depuis un temps immémorial jusqu'à la dernière révolution. Le lord Kelli vice-roi d'Irlande sous Élisabeth, était du nom de Lally, mais d'une autre branche.

même chambre où avait été La Bourdonnais, et n'en sortit pas de même.

Il s'agissait d'abord de voir quels juges on lui donnerait. Un conseil de guerre semblait le tribunal le plus convenable; mais on lui imputait des malversations, des concussions, des crimes de péculat, dont les maréchaux de France ne sont pas juges. Le comte de Lally avait d'abord formé ses plaintes : ainsi ses adversaires ne firent en quelque sorte que récriminer. Ce procès était si compliqué, il fallait faire venir tant de témoins, que le prisonnier resta quinze mois à la Bastille sans être interrogé, et sans savoir devant quel tribunal il devait répondre. C'est là, disaient quelques jurisconsultes, le triste destin des citoyens d'un royaume célèbre par les armes et par les arts, mais qui manque encore de bonnes lois, ou plutôt chez qui les sages lois anciennes sont quelquefois oubliées.

Le jésuite Lavaur était alors à Paris; il demandait au gouvernement une modique pension de quatre cents francs, pour aller prier Dieu le reste de ses jours au fond du Périgord où il était né. Il mourut, et on lui trouva douze cent cinquante mille livres dans sa cassette, en or, en diamants, en lettres de change. Cette aventure d'un supérieur des missions de l'Orient, et la banqueroute de trois millions que fit en ce temps-là le supérieur des missions de l'Occident, nommé La Valette, excitèrent dans toute la France une indignation égale à celle qu'on inspirait contre Lally, et fut une des causes qui produisirent enfin l'abolissement des jésuites : mais en même temps la cassette de Lavaur prépara la perte de Lally. On trouva dans ce coffre deux mémoires, l'un en faveur du comte, l'autre qui le chargeait de tous les crimes. Il devait faire usage de l'un ou de l'autre de ces écrits, selon que les affaires tourneraient. De ce couteau tranchant à double lame, on porta au procureur général[1] celle qui blessait l'accusé. Cet homme du roi fit sa plainte au parlement contre le comte, de vexations, de concussions, de trahisons, de crimes de lèse-majesté. Le parlement renvoya l'affaire au Châtelet en première instance. Et bientôt après des lettres patentes du roi renvoyèrent à la grand' chambre et à la Tournelle assemblées, « la connaissance de tous les délits commis dans l'Inde, pour être le procès fait et parfait aux auteurs desdits délits, selon la rigueur des ordonnances. » Le mot de justice conviendrait mieux, peut-être que celui de rigueur.

Comme le procureur général avait inséré dans sa plainte les termes de crime de haute trahison, de lèse-majesté, on refusa un conseil à l'accusé. Il n'eut pour sa défense d'autres secours que lui-même. On lui permit d'écrire : il se servit de cette permission pour son malheur. Ses écrits irritèrent encore ses adversaires, et lui en firent de nouveaux. Il reprochait au comte d'Aché d'avoir été cause de la perte de l'Inde, en ne restant pas dans Pondichéri. Mais ce chef d'escadre avait préféré de défendre les îles de Bourbon et de France contre une

---

1. Joly de Fleury, né en 1710, frère ainé d'Omer Joly de Fleury, avocat-général. (ED.)

invasion dont sans doute il les croyait menacées. Il avait combattu trois fois contre la flotte anglaise, et avait été blessé dans ces trois batailles. M. de Lally faisait des reproches sanglants au chevalier de Soupire, qui lui répondit, et qui déposa contre lui avec une modération aussi estimable qu'elle est rare.

Enfin, se rendant à lui-même le témoignage qu'il avait toujours fait rigoureusement son devoir, il se livra avec la plume aux mêmes emportements qu'il avait eus quelquefois dans ses discours. Si on lui eût donné un conseil, ses défenses auraient été plus circonspectes, mais il pensa toujours qu'il lui suffisait de se croire innocent. Il força surtout M. de Bussi à lui faire une réponse, et cette réponse d'un homme en faveur duquel l'opinion s'était alors déclarée, paraissant quelques jours avant le jugement, ne pouvait manquer de faire effet sur des esprits déjà prévenus. Lally, qui tant de fois avait prodigué sa vie, et que M. de Bussi affectait de soupçonner de manquer de courage, en avait trop en insultant tous ses adversaires dans ses mémoires. C'était se battre seul contre une armée; il n'était guère possible que cette multitude ne l'accablât pas : tant les discours de toute une ville font impression sur les juges, lors même qu'ils croient être en garde contre cette séduction.

ARTICLE XIX. — *Fin du procès criminel contre Lally. Sa mort.*

Par une fatalité singulière, et qui ne se voit peut-être qu'en France, le ridicule se mêle presque toujours aux événements funestes. C'était un très-grand ridicule en effet de voir des hommes de paix, qui n'étaient jamais sortis de Paris que pour aller à leurs maisons de campagne, interroger, avec un greffier, des officiers généraux de terre et de mer sur leurs opérations militaires.

Les membres du conseil marchand de Pondichéri, les actionnaires de Paris, les directeurs de la compagnie des Indes, les employés, les commis, leurs femmes, leurs parents, criaient aux juges et aux amis des juges contre le commandant d'une armée qui consistait à peine en mille soldats. Les actions étaient tombées parce que le général était un traître, et que l'amiral s'était allé radouber, au lieu de livrer un quatrième combat naval. On répétait les noms de Trichenapali, de Vandavachi, de Chétoupet. Les conseillers de la grand'chambre achetaient de mauvaises cartes de l'Inde, où ces places ne se trouvaient pas[1].

On faisait un crime à Lally de ne s'être pas emparé de ce poste nommé Chétoupet, avant d'aller à Madras. Tous les maréchaux de France assemblés auraient eu bien de la peine à décider de si loin si on devait assiéger Chétoupet ou non : et on portait cette question à la grand'chambre! Les accusations étaient si multipliées, qu'il n'était pas possible que, parmi tant de noms indiens, un juge de Paris ne prît souvent une ville pour un homme, et un homme pour une ville.

---

1. On prétend qu'un des juges demanda à une personne de la famille de M. de Lally si Pondichéri était bien à deux cents lieues de Paris.

Le général de terre accusait le général de mer d'être la première cause de la chute des actions, tandis que lui-même était accusé par tout le conseil de Pondichéri d'être l'unique principe de tous les malheurs.

Le chef d'escadre fut assigné pour être ouï. On l'interrogeait, après serment de dire la vérité, pourquoi il avait *mis le cap au sud*, au lieu de s'être *embossé* au nord-est entre Alamparvé et Goudelour, noms qu'aucun Parisien n'avait entendu prononcer auparavant. Heureusement il n'avait point de cabale formée contre lui.

A l'égard du général Lally, on le chargeait d'avoir assiégé Goudelour au lieu d'assiéger d'abord Saint-David ; de n'avoir pas marché aussitôt à Madras ; d'avoir évacué le poste de Chéringan ; de n'avoir pas envoyé trois cents hommes de renfort, noirs ou blancs, à Masulipatan ; d'avoir capitulé à Pondichéri, et de n'avoir pas capitulé [1].

Il fut question de savoir si M. de Soupire, maréchal de camp, avait continué ou non le service militaire depuis la perte de Cangivaron, poste assez inconnu à la Tournelle. Il est vrai qu'en interrogeant Lally sur de tels faits, on avait soin de lui dire que c'étaient des opérations militaires sur lesquelles on n'insistait pas ; mais on n'en tirait pas moins des inductions contre lui. A ces chefs d'accusation que nous avons entre les mains, en succédaient d'autres sur sa conduite privée. On lui reprochait de s'être mis en colère contre un conseiller de Pondichéri, et d'avoir dit à ce conseiller qui se vantait de donner son sang pour la compagnie : « Avez-vous assez de sang pour fournir du boudin aux troupes du roi qui manquent de pain ? » (N° 74.)

On l'accusait d'avoir dit des sottises à un autre conseiller. (N° 87.)

D'avoir condamné un perruquier, qui avait brûlé de son fer chaud l'épaule d'une négresse, à recevoir un coup du même fer sur son épaule [2]. (N° 88.)

De s'être enivré quelquefois. (N° 104).

D'avoir fait chanter un capucin dans la rue. (N° 105.)

D'avoir dit que Pondichéri ressemblait à un bordel, où les uns caressaient les filles, et où les autres les voulaient jeter par les fenêtres. (N° 106.)

D'avoir rendu quelques visites à Mme Pigot, qui s'était échappée de chez son mari. (N° 108.)

D'avoir fair donner du riz à ses chevaux, dans le temps qu'il n'avait point de chevaux. (N° 112.)

---

1. Le maréchal Keith disait à une impératrice de Russie : « Madame, si vous envoyez en Allemagne un général traître et lâche, vous pouvez le faire pendre à son retour. Mais s'il n'est qu'incapable, tant pis pour vous, pourquoi l'avez-vous choisi ? c'est votre faute, il a fait ce qu'il a pu ; vous lui devez encore des remerciments. » Ainsi, quand on aurait prouvé que Lally était incapable, ce qu'on était encore bien loin de prouver, puisqu'il avait eu du succès tant qu'il n'avait pas manqué de troupes et d'argent, tant qu'on lui avait obéi, il aurait encore été très-injuste de le condamner.

2. Cette accusation est très-remarquable ; elle prouve quelles idées les gens de Pondichéri ont de la justice, et quelle espèce de témoins on entendait. (*Ed. de Kehl.*)

D'avoir donné une fois aux soldats du punch fait avec du coco. (N° 131.)

De s'être fait traiter d'un abcès au foie, sans que cet abcès eût crevé; et si l'abcès eût crevé, il en serait heureusement mort. (N° 147.)

Ces griefs étaient mêlés d'accusations plus importantes. La plus forte fait d'avoir vendu Pondichéri aux Anglais; et la preuve en était que pendant le blocus il avait fait tirer des fusées, sans qu'on en sût la raison, et qu'il avait fait la ronde la nuit, tambour battant. (N°ˢ 144 et 145.)

On voit assez que ces accusations étaient intentées par des gens fâchés, et mauvais raisonneurs. Leur énorme extravagance semblait devoir décréditer les autres imputations. Nous ne parlerons point ici de cent petites affaires d'argent, qui forment un chaos plus aisé à débrouiller par un marchand que par un historien. Ses défenses nous ont paru très-plausibles, et nous renvoyons le lecteur à l'arrêt même, qui ne le déclara pas concussionnaire.

Il y eut cent soixante chefs d'accusation contre lui, les cris du public en augmentaient encore le nombre et le poids : ce procès devenait très-sérieux malgré son extrême ridicule; on approchait de la catastrophe.

Le célèbre d'Aguesseau a dit dans une de ses mercuriales[1], en adressant la parole aux magistrats, en 1714 : « Justes par la droiture des intentions, êtes-vous toujours exempts de l'injustice des préjugés? et n'est-ce pas cette espèce d'injustice que nous pouvons appeler l'erreur de la vertu, et si nous l'osons dire, le crime des gens de bien? »

Le terme de *crime* est bien fort; un honnête homme ne commet point de crime, mais il fait souvent des fautes pernicieuses; et quel homme, quelle compagnie n'a pas commis de telles fautes?

Le rapporteur[2] passait pour un homme dur, préoccupé et sanguinaire. S'il avait mérité ce reproche dans toute son étendue, le mot de *crime* alors n'aurait pas été peut-être trop violent. Il se vantait d'aimer la justice; mais il la voulait toujours rigoureuse, et ensuite il s'en repentait. Ses mains étaient encore teintes du sang d'un enfant (l'on peut donner ce nom à un jeune gentilhomme d'environ dix-sept ans), coupable d'un excès dont l'âge l'aurait corrigé, et que six mois de prison auraient expié. C'était lui qui avait déterminé quinze juges contre six à faire périr cette victime par la mort la plus affreuse, réservée aux parricides[3]. Cette scène se passait chez un peuple réputé sociable, dans le temps même où le monstre de l'inquisition s'apprivoisait ailleurs, et où les anciennes lois des temps barbares s'adoucissaient dans

---

1. Mercuriale XIII. (ÉD.) — 2. Pasquier. (ÉD.)
3. Cinq voix ont donc suffi pour condamner un enfant aux supplices accumulés de la torture ordinaire et extraordinaire, de la langue arrachée avec des tenailles, du poing coupé, et d'être jeté dans les flammes. Un enfant! un petit-fils d'un lieutenant général qui avait bien servi l'État! et cet événement, plus horrible que tout ce qu'on a jamais rapporté ou inventé sur les cannibales, s'est passé chez une nation qui passe pour éclairée et humaine!

les autres États. Tous les princes, tous les peuples de l'Europe eurent horreur de cet effroyable assassinat juridique. Ce magistrat même en eut des remords; mais il n'en fut pas moins impitoyable dans le procès du comte Lally.

Quelques autres juges et lui étaient persuadés de la nécessité des supplices dans les affaires les plus graciables; on eût dit que c'était un plaisir pour eux. Leur maxime était qu'il faut toujours en croire les délateurs plus que les accusés; et que s'il suffisait de nier, il n'y aurait jamais de coupables. Ils oubliaient cette réponse de l'empereur Julien le Philosophe, qui avait lui-même rendu la justice dans Paris : « S'il suffisait d'accuser, il n'y aurait jamais d'innocents. »

Il fallait lire et relire un tas énorme de papiers, mille écrits contradictoires d'opérations militaires, faites dans des lieux dont la position et le nom étaient inconnus aux magistrats; des faits dont il leur était impossible de se former une idée exacte, des incidents, des objections, des réponses qui coupaient à tout moment le fil de l'affaire. Il n'est pas possible que chaque juge examine par lui-même toutes ces pièces : quand on aurait la patience de les lire, combien peu sont en état de démêler la vérité dans cette multitude de contradictions! on s'en repose presque toujours sur le rapporteur dans les affaires compliquées, il dirige les opinions; on l'en croit sur sa parole; la vie et la mort, l'honneur et l'opprobre sont dans sa main.

Un avocat général, ayant lu toutes les pièces avec une attention infatigable, fut pleinement convaincu que l'accusé devait être absous. C'était M. Séguier, de la même famille que ce chancelier, qui se fit un nom dans l'aurore des belles-lettres, cultivées trop tard en France ainsi que tous les arts; homme d'ailleurs de beaucoup d'esprit, et plus éloquent encore que le rapporteur, dans un goût différent. Il était si persuadé de l'innocence du comte, qu'il s'en expliquait hautement devant les juges et dans tout Paris. M. Pellot, ancien conseiller de grand'-chambre, le juge peut-être le plus appliqué et du plus grand sens, fut entièrement de l'avis de M. Séguier.

On a cru que le parlement, aigri par ses fréquentes querelles avec des officiers généraux chargés de lui annoncer les ordres du roi; exilé plus d'une fois pour sa résistance, et résistant toujours; devenu enfin, sans presque le savoir, l'ennemi naturel de tout militaire élevé en dignité, pouvait goûter une secrète satisfaction en déployant son autorité sur un homme qui avait exercé un pouvoir souverain. Il humiliait en lui tous les commandants. On ne s'avoue pas ce sentiment caché au fond du cœur; mais ceux qui le soupçonnent peuvent ne pas se tromper.

Le vice-roi de l'Inde française fut, après plus de cinquante ans de services, condamné à la mort, à l'âge de soixante-huit ans (6 mai 1766).

Quand on lui prononça son arrêt, l'excès de son indignation fut égal à celui de sa surprise. Il s'emporta contre ses juges ainsi qu'il s'était emporté contre ses accusateurs; et tenant à la main un compas qui lui avait servi à tracer des cartes géographiques dans sa prison, il s'en frappa vers le cœur : le coup ne pénétra pas assez pour lui ôter la vie. Réservé à la perdre sur l'échafaud, on le traîna dans un tombereau de boue, ayant dans la bouche un large bâillon qui, débordant sur ses lèvres et défigurant son visage, formait un spectacle affreux. Une curiosité cruelle attire toujours une foule de gens de tout état à un tel spectacle. Plusieurs de ses ennemis vinrent en jouir, et poussèrent l'atrocité jusqu'à l'insulter par des battements de mains. On lui bâillonnait ainsi la bouche, de peur que sa voix ne s'élevât contre ses juges sur l'échafaud, et qu'étant si vivement persuadé de son innocence, il n'en persuadât le peuple. Ce tombereau, ce bâillon, soulevèrent les esprits de tout Paris, et la mort de l'infortuné ne les révolta pas.

L'arrêt portait « que Thomas-Arthur Lally était condamné à être décapité, comme dûment atteint et convaincu d'avoir trahi les intérêts du roi, de l'État, et de la compagnie des Indes, d'abus d'autorité, vexations et exactions. »

On a déjà remarqué ailleurs que ces mots *trahir les intérêts* ne signifient point une perfidie, une trahison formelle, un crime de lèse-majesté, en un mot la vente de Pondichéri aux Anglais, dont on l'avait accusé. Trahir les intérêts de quelqu'un, veut dire les mal ménager, les mal conduire. Il était évident que, dans tout ce procès, il n'y avait pas l'ombre de trahison ni de péculat. L'ennemi implacable des Anglais, qui les brava toujours, ne leur avait pas vendu la ville. S'il l'avait fait, on le saurait aujourd'hui. De plus, les Anglais n'auraient pas acheté une ville qu'ils étaient sûrs de prendre. Enfin, Lally aurait joui à Londres du fruit de sa trahison, et ne fût pas venu chercher la mort en France parmi ses ennemis. A l'égard du péculat, comme il ne fut pas chargé de l'argent du roi ni de celui de la compagnie, on ne pouvait l'accuser de ce crime, qu'on dit trop commun.

Abus d'autorité, vexations, exactions, sont aussi des termes vagues et équivoques, à la faveur desquels il n'y a point de présidial qui ne pût condamner à mort un général d'armée, un maréchal de France. Il faut une loi précise et des preuves précises. Le général Lally usa sans doute très-mal de son autorité, en outrageant de paroles quelques officiers, en manquant d'égards, de circonspection, de bienséance : mais comme il n'y a point de loi qui dise : « Tout maréchal de France, tout général d'armée qui sera un brutal, aura la tête tranchée, » plusieurs personnes impartiales pensèrent que c'était le parlement qui paraissait abuser de son autorité.

Le mot d'exactions est encore un terme qui n'a pas un sens bien déterminé. Lally n'avait jamais imposé une contribution d'un denier, ni sur les habitants de Pondichéri, ni sur le conseil. Il ne demanda même jamais au trésorier de ce conseil le payement de ses appointements de général : il comptait le recevoir à Paris, et il n'y reçut que la mort.

Nous savons de science certaine (autant qu'il est permis de prononcer ce mot de *certaine*), que trois jours après sa mort, un homme très-respectable ayant demandé à un des principaux juges sur quel délit avait porté l'arrêt : « Il n'y a point de délit particulier, répondit le juge en propres mots; c'est sur l'ensemble de sa conduite qu'on a assis le jugement[1]. » Cela était très-vrai ; mais cent incongruités dans la conduite d'un homme en place, cent défauts dans le caractère ; cent traits de mauvaise humeur mis ensemble, ne composaient pas un crime digne du dernier supplice. S'il était permis de se battre contre son général, s'il fût mort dans un combat de la main des officiers outragés par lui, on eût pu ne pas le plaindre ; mais il ne méritait pas de mourir du glaive de la justice, qui ne connaît ni haine ni colère. On peut assurer qu'aucun militaire ne l'eût accusé si violemment ; s'ils avaient prévu que leurs plaintes le conduiraient à l'échafaud ; au contraire, ils l'auraient excusé. Tel est le caractère des officiers français.

Cet arrêt semble aujourd'hui d'autant plus cruel que, dans le temps même où l'on avait instruit ce procès, le Châtelet, chargé par ordre du roi de punir les concussions évidentes faites en Canada par des gens de plume, ne les avait condamnés qu'à des restitutions, à des amendes, et à des bannissements. Les magistrats du Châtelet avaient senti que, dans l'état d'humiliation et de désespoir où la France était réduite en ce temps malheureux, ayant perdu ses troupes, ses vaisseaux, son argent, son commerce, ses colonies, sa réputation, on ne lui aurait rien rendu de tout cela, en faisant pendre dix ou douze coupables qui, n'étant point payés par un gouvernement alors obéré, s'étaient payés par eux-mêmes. Ces accusés n'avaient point contre eux de cabale ; et il y en avait une acharnée et terrible contre un Irlandais qui paraissait avoir été bizarre, capricieux, emporté, jaloux de la fortune d'autrui, appliqué à son intérêt, sans doute, comme tout autre ; mais point voleur, mais brave, mais attaché à l'État, mais innocent. Il fallut du temps pour que la pitié prît la place de la haine : on ne revint en faveur de Lally qu'après plusieurs mois, quand la vengeance assouvie laissa entrer l'équité dans les cœurs avec la commisération.

Ce qui contribua le plus à rétablir sa mémoire dans le public, c'est qu'en effet, après bien des recherches, on trouva qu'il n'avait laissé qu'une fortune médiocre. L'arrêt portait qu'on prendrait sur la confiscation de ses biens cent mille écus pour les pauvres de Pondichéri. Il ne se trouva pas de quoi payer cette somme, dettes préalables acquittées ; et le conseil de Pondichéri avait, dans ses requêtes, fait monter ses trésors à dix-sept millions. Les vrais pauvres intéressants étaient

---

1. Sous Charles Ier, en Angleterre, le parlement entreprit de faire le procès à l'archevêque Laud, dont le crime réel était d'être le favori du roi, et dont le crime imaginaire était celui *de qui n'en a pas* (comme dit Montesquieu en parlant de *lèse-majesté* et de *trahison*). Jean Herne, plaidant pour lui, disait : « Milords, je représenterai humblement à Vos Grandeurs que ce que nous entreprenons de faire aujourd'hui est une affaire de la plus haute et de la plus grande conséquence. Il s'agit ici de la vie d'un archevêque, et d'un archevêque élevé à la plus haute dignité.... — Monsieur Herne, dit alors le conseiller Wild, en l'interrompant, nous n'avons jamais allégué que chacune de ses actions, *prises en particulier*, rendît cet archevêque coupable de *trahison* et de mort ; mais nous disons que toutes les fautes de cet archevêque, soit grandes, soit petites, *mises ensemble*, forment par une voie d'accumulation une grande *trahison*. — Monsieur le conseiller, répliqua Herne, je vous demande pardon ; mais je n'avais pas su jusqu'ici que deux cents lapins pussent jamais faire un cheval. »

ses parents : le roi leur accorda des grâces qui ne réparèrent pas le malheur de la famille. La plus grande grâce qu'elle espérait était de faire revoir, s'il était possible, le procès par un autre parlement, ou d'en faire remettre la décision à un conseil de guerre, aidé de magistrats.

Il parut enfin aux hommes sages et compatissants que la condamnation du général Lally était un de ces meurtres commis avec le glaive de la justice. Il n'est point de nation civilisée chez qui les lois, faites pour protéger l'innocence, n'aient servi quelquefois à l'opprimer. C'est un malheur attaché à la nature humaine, faible, passionnée, aveugle. Depuis le supplice des Templiers, point de siècle où les juges en France n'aient commis plusieurs de ces erreurs meurtrières. Tantôt c'était une loi absurde et barbare qui commandait ces iniquités judiciaires, tantôt c'était une loi sage qu'on pervertissait [1].

Qu'il soit permis de remettre ici sous les yeux ce que nous avons dit autrefois, que si on avait différé les supplices de la plupart des hommes en place, un seul à peine aurait été exécuté. La raison en est que cette même nature humaine, si cruelle quand elle est échauffée, revient à la douceur lorsqu'elle se refroidit [2].

[1]. La maréchale d'Ancre fut accusée d'avoir sacrifié un coq blanc à la lune, et brûlée comme sorcière.

On prouva au curé Gaufredi qu'il avait eu de fréquentes conférences avec le diable. Une des plus fortes charges contre Vanini était qu'on avait trouvé chez lui un grand crapaud ; et en conséquence il fut déclaré sorcier et athée.

Le jésuite Girard fut accusé d'avoir ensorcelé La Cadière ; le curé Grandier, d'avoir ensorcelé tout un couvent.

Le parlement défendit d'écrire contre Aristote sous peine des galères.

Montecuculli, chambellan, échanson du dauphin François, fut condamné comme séduit par l'empereur Charles-Quint, pour empoisonner ce jeune prince, parce qu'il se mêlait un peu de chimie. Ces exemples d'absurdité et de barbarie sont innombrables.

[2]. Les ennemis du comte de Lally avaient tellement excité la haine contre lui, qu'un bruit vrai ou faux s'étant répandu que le parlement avait envoyé au roi une députation pour le prier de ne point accorder de grâce, personne ne parut s'étonner d'une démarche qui, faite par des juges contre un homme qu'ils viennent de condamner, serait un aveu de leur partialité ou de leur corruption. On a dit aussi que la crainte de voir cet acte de la justice et de la bonté du roi empêcher une mort devenue nécessaire à l'existence et à la fortune des ennemis de Lally, avait fait accélérer l'exécution, et que ce fut cette raison qui fit négliger à son égard toute espèce de bienséance, mais on ne peut le croire sans accuser ceux qui présidaient à l'exécution d'être les complices des calomniateurs de Lally. D'autres ont aussi prétendu que l'on avait voulu le punir par cette humiliation d'avoir cherché à se tuer ; cette idée est absurde ; on ne peut soupçonner des magistrats d'une superstition aussi cruelle que honteuse. Le fait du bâillon n'est que trop vrai ; mais personne, dès le lendemain de l'exécution, n'osa s'avouer l'auteur de cet abominable raffinement de barbarie. Dans un pays où les lois seraient respectées, un homme capable d'ajouter à la sévérité d'un supplice prononcé par un arrêt, serait sévèrement puni ; et l'impunité de ceux qui ont donné l'ordre du bâillon, est un opprobre pour la législation française, à laquelle les étrangers ne font déjà que trop de reproches.

Le comte de Lally a laissé un fils né d'un mariage secret. Il apprit en même temps sa naissance, la mort horrible de son père, et l'ordre qu'il lui donnait de venger sa mémoire : forcé d'attendre sa majorité, tout ce temps fut employé à s'en rendre digne. Enfin l'arrêt fatal fut cassé, au rapport de M. Lambert, par le conseil, qui fut effrayé de la foule de violations des formes légales qui avaient précédé et accompagné ce jugement. M. de Voltaire était mourant lorsqu'il ap-

ARTICLE XX. — *Destruction de la compagnie française des Indes.*

La mort de Lally ne rendit pas la vie à la compagnie des Indes : elle ne fut qu'une cruauté inutile. S'il est triste de s'en permettre de nécessaires, combien doit-on s'abstenir de celles qui ne servent qu'à faire dire aux nations voisines : « Ce peuple, auparavant généreux et redoutable, n'était en ce temps-là dangereux que pour ceux qui le servaient ! »

Ce fut depuis un grand problème à la cour, dans Paris, dans les provinces maritimes, parmi les négociants, parmi les ministres, s'il fallait soutenir ou abandonner ce cadavre à deux têtes, qui avait fait également mal à la fois le commerce et la guerre, et dont le corps était composé de membres qui changeaient tous les jours. Les ministres qui penchaient vers le dessein de lui ôter son privilége exclusif employèrent la plume de M. l'abbé Morellet, à la vérité licencié en théologie, mais homme très-instruit, d'un esprit net et méthodique, plus propre à rendre service à l'État dans des affaires sérieuses, qu'à disputer sur des fadaises de l'école. Il prouva que, dans l'état où se trouvait la compagnie, il n'était pas possible de lui conserver un privilége qui l'avait ruinée. Il voulut prouver aussi qu'il eût fallu ne lui en jamais donner. C'était dire en effet que les Français ont dans leur caractère, et trop souvent dans leur gouvernement, quelque chose qui ne leur permet pas de former de grandes associations heureuses ; car les compagnies anglaise, hollandaise, et même danoise, prospéraient avec leur privilége exclusif. Il fut prouvé que les différents ministères, depuis 1725 jusqu'à 1769, avaient fourni à la compagnie des Indes, aux dépens du roi et de l'État, la somme étonnante de trois cent soixante et seize millions, sans que jamais elle eût pu payer ses actionnaires du produit de son commerce, comme on ne peut trop le redire.

Enfin le fantôme de cette compagnie qui avait donné de si grandes espérances fut anéanti. Il n'avait pu réussir par les soins du cardinal de Richelieu, ni par les libéralités de Louis XIV, ni par celles du duc

---

prit cette nouvelle : elle le tira de la léthargie où il était plongé. *Je meurs content,* écrivit-il au jeune comte de Lally, *je vois que le roi aime la justice.*

Le parlement de Normandie fut chargé de revoir le procès ; la haine pour Lally ne subsistait plus que dans le cœur de ce ramas de brigands qui jouissaient à Paris du fruit des rapines qu'ils avaient exercées dans l'Inde. L'opinion publique avait changé, et le parlement de Paris se conduisit avec la modération et la dignité convenable à des juges qui savent que ce n'est pas l'erreur, mais la partialité qui peut les déshonorer. Le neveu d'un des employés de la compagnie crut devoir au parlement de Paris, et à la mémoire de son oncle qui lui avait prescrit le contraire, de se rendre partie dans un procès qui lui était étranger. Le parlement de Rouen admit son intervention, que toutes les lois devaient l'obliger de rejeter ; le conseil fut forcé de casser encore cet arrêt, et de renvoyer de nouveau le jugement au parlement de Bourgogne. Le fils du comte de Lally a défendu lui-même, dans tous les tribunaux, la cause de son père avec une éloquence simple, noble, et pathétique ; la piété filiale en a fait un jurisconsulte et un orateur ; et quel que soit l'événement de cette grande cause, l'estime et le respect de toutes les âmes honnêtes sera sa récompense. — L'arrêt du parlement de Dijon a confirmé celui du parlement de Paris, le 23 août 1783, et même avec plus de dureté. (L'addition à cette note est de Wagnière, secrétaire de Voltaire.)

d'Orléans, ni sous aucun des ministres de Louis XV. Il fallait cent millions pour lui donner une nouvelle existence; et cette compagnie aurait encore été exposée à les perdre. Les actionnaires et les rentiers continuèrent à être payés sur la ferme du tabac, de sorte que si le tabac passait de mode, la banqueroute serait inévitable.

La compagnie anglaise, mieux dirigée, mieux secourue par des flottes maîtresses des mers, animée d'un esprit plus patriotique, s'est vue au comble de la puissance et de la gloire qui peuvent être passagères. Elle a eu aussi ses querelles avec les actionnaires et avec le gouvernement : mais ces querelles étaient des disputes de vainqueurs qui ne s'accordaient pas sur le partage des dépouilles; et celles de la compagnie française ont été des plaintes et des cris de vaincus, s'accusant les uns les autres de leurs infortunes au milieu de leurs débris.

On a voulu, dans le parlement d'Angleterre, ravir au lord Clive et à ses officiers les richesses immenses acquises par leurs victoires. On a prétendu que tout devait appartenir à l'État et non à des particuliers, ainsi que le parlement de Paris semblait l'avoir préjugé. Mais la différence entre le parlement d'Angleterre et celui de Paris était infinie, malgré l'équivoque du nom : l'un représentait légalement la nation entière; l'autre était un simple tribunal de judicature, chargé d'enregistrer les édits des rois. Le parlement anglais décida, le 24 mai 1773, qu'il était honteux de redemander dans Londres au lord Clive et à tant de braves gens le prix légitime de leurs belles actions dans l'Inde; que cette bassesse serait aussi injuste que si on avait voulu punir l'amiral Anson d'avoir fait le tour du globe en vainqueur; et qu'enfin le plus sûr moyen d'encourager les hommes à servir leur patrie était de leur permettre de travailler aussi pour eux-mêmes. Ainsi il y eut en tout une différence prodigieuse entre le sort de l'Anglais Clive et celui de l'Irlandais Lally : mais l'un était vainqueur et l'autre vaincu; l'un s'était fait aimer et l'autre s'était fait détester.

De savoir à présent ce que deviendra la compagnie anglaise; de dire si elle établira sa puissance dans le Bengale et sur la côte de Coromandel sur d'aussi bons fondements que les Hollandais en ont jeté à Batavia; ou si les Marattes et les Patanes trop aguerris prévaudront contre elle, si l'Angleterre dominera dans l'Inde comme dans l'Amérique septentrionale.... c'est ce que le temps doit apprendre à notre postérité. Ce que nous savons de certain jusqu'à présent, c'est que tout change sur la terre.

ARTICLE XXI. — *De la science des brachmanes.*

C'est une consolation de quitter les ruines de la compagnie française des Indes, l'échafaud sur lequel le meurtre de Lally fut commis, et les malheureuses querelles de nos marchands et de nos officiers. On sort avec plaisir d'un chaos si triste pour retourner à la contemplation philosophique de l'Inde, et pour examiner avec attention cette vaste et ancienne partie de la terre, que certainement les prévarications du jésuite Lavaur, et les mensonges imprimés du jésuite Martin, et même les miracles attribués à François Xavero, appelé chez nous Xavier, ne nous feront jamais connaître.

C'est d'abord une remarque très-importante que Pythagore alla de Samos au Gange pour apprendre la géométrie; il y a environ deux mille cinq cents ans au moins et plus de sept cents ans avant notre ère vulgaire, si récemment adoptée par nous. Or, certainement Pythagore n'aurait pas entrepris un si étrange voyage, si la réputation de la science des brachmanes n'avait été dès longtemps établie de proche en proche en Europe, et si plusieurs voyageurs n'avaient déjà enseigné la route.

On sait avec quelle lenteur tout s'établit : ce ne sont pas des prêtres égyptiens qui auront d'abord couru dans l'Inde pour s'instruire. Ils étaient trop infatués du peu qu'ils savaient. Leurs intrigues et leurs propres superstitions occupaient toute leur vie sédentaire. La mer leur était en horreur; c'était leur Typhon. Nul auteur ne parle d'aucun prêtre d'Égypte qui ait voyagé. Ennemis des étrangers, ils se seraient crus souillés de manger avec eux; il fallait qu'un étranger se fît couper le prépuce pour être admis à leur parler : un lévite n'était pas plus insociable.

Il est vraisemblable que des marchands arabes furent les premiers qui passèrent dans l'Inde, dont ils étaient voisins. L'intérêt est plus ancien que la science. On alla chercher des épiceries pendant des siècles, avant de chercher des vérités.

Nous avons observé ailleurs que, dans l'histoire allégorique de Job[1], écrite en arabe longtemps avant le Pentateuque, ce Job parle du commerce des Indes et des toiles peintes.

Nous avons rapporté que l'histoire de Bacchus, né en Arabie, était fort antérieure à Job. Son voyage dans l'Inde est aussi certain qu'une ancienne histoire peut l'être; mais il est encore plus certain que les Arabes chargèrent cet événement de plus de fables qu'ils n'en mirent depuis dans leurs *Mille et une Nuits*. Ils firent de Bacchus un conquérant musicien, débauché, ivrogne, magicien et dieu. Des rayons de lumière lui sortaient de la tête; une colonne de feu marchait devant son armée pendant la nuit; il écrivait ses lois en chemin sur des tables de marbre; il traversait à pied la mer Rouge avec une multitude d'hommes, de femmes et d'enfants; d'un coup de baguette il faisait jaillir d'un rocher une fontaine de vin; il arrêtait à la fois d'un seul mot la lune qui marche et le soleil qui ne marche pas. Toutes ces merveilles peuvent être des figures emblématiques; mais il est difficile d'en pénétrer le sens. C'est ainsi que longtemps après, quand les Grecs ayant équipé un vaisseau pour aller trafiquer en Mingrélie, leurs prophètes poëtes embellirent cette entreprise utile, en y mêlant des oracles, des miracles, des demi-dieux, des héros et des prostituées, enfin des sages voyagèrent pour s'instruire.

Le premier qui soit connu pour être venu chercher la science dans l'Inde, est l'un de ces anciens Zerdust que les Grecs appelaient Zo-

1. Job chap. XXVIII, v. 16.

roastre; le second est Pythagore. M. Holwell nous assure qu'il a vu leurs noms consacrés dans les annales des brachmanes, à la suite des noms des autres disciples venus à l'école de Bénarès sur la frontière septentrionale du Bengale. Ils ont aussi dans leurs registres le nom d'Alexandre; mais il est parmi les destructeurs, tout grand homme qu'il était; et les Pythagore et les Zoroastre sont parmi les anciens précepteurs du genre humain qui étudièrent chez les brachmanes, et qui rapportèrent dans leur patrie le peu de vérités et la foule des erreurs qu'ils avaient apprises.

Nous avons déjà reconnu que l'arithmétique, la géométrie, l'astronomie, étaient enseignées chez les brachmanes. Les douze signes de leur zodiaque et leurs vingt-sept constellations en sont une preuve évidente.

Les brachmanes connaissaient la précession des équinoxes de temps immémorial et ils se trompèrent bien moins que les Grecs dans leur calcul; car ce mouvement apparent des étoiles était chez eux et est encore de cinquante-quatre secondes par an; de sorte que cette période était pour eux de vingt-quatre mille ans, au lieu que les Grecs la firent de trente-six mille. Elle est chez nous de vingt-cinq mille neuf cent vingt ans; ainsi les brachmanes se rapprochaient plus de la vérité que les Grecs, qui vinrent longtemps après eux.

M. Le Gentil, savant astronome, qui a demeuré quelque temps à Pondichéri, a rendu justice aux brames modernes, qui ne sont que les échos des premiers brachmanes. Il a très-ingénieusement résolu le problème de la durée du monde, fixée par ces anciens philosophes de l'Inde à quatre millions trois cent vingt mille ans, dont il y a trois millions huit cent quatre-vingt-dix-sept mille huit cent quatre-vingt-un d'écoulés en l'an 1773 de notre ère. Ainsi notre monde n'aurait plus que quatre cent vingt-deux mille cent dix-neuf ans à subsister.

M. Le Gentil s'est très-bien aperçu que ce nombre, qui semble prodigieux, et qui n'est rien par rapport au temps nécessairement éternel, n'est qu'une combinaison des révolutions de l'équinoxe, à peu près comme la période julienne de Jules Scaliger, qui est une multiplication des cycles du soleil par ceux de la lune et par l'indiction.

Mais, en même temps, M. Le Gentil a reconnu avec admiration la science des brachmanes, et l'immensité des temps qu'il fallut à ces Indiens pour parvenir à des connaissances dont les Chinois même n'ont jamais eu l'idée, et qui ont été inconnues à l'Égypte et à la Chaldée qui enseigna l'Égypte.

Ægyptum docuit Babylon, Ægyptus Achivos.

ARTICLE XXII. — *De la religion des brachmanes et surtout de l'adoration d'un seul Dieu.*

Le gouvernement chinois accusé d'athéisme. — La théogonie des brachmanes s'enfonce dans des temps qui doivent encore plus étonner l'espèce humaine, dont la vie n'est qu'un instant.

M. Dow, M. Holwell, sont d'accord dans l'exposition de cette antique théogonie [1]. Tous deux savaient la langue sacrée du *Hanscrit* ou *San-scrit*, tous deux avaient demeuré longtemps dans le Bengale, où la première école des brachmanes subsiste encore.

Ces deux hommes, également utiles à l'Angleterre par leurs services et au genre humain par leurs découvertes, conviennent de ce que nous avons dit et de ce que nous ne pouvons trop répéter, que les brames ont conservé des livres écrits depuis près de cinq mille années, lesquels prouvent nécessairement une suite prodigieuse de siècles précédents.

Que les Indiens aient toujours adoré un seul Dieu, ainsi que les Chinois, c'est une vérité incontestable. On n'a qu'à lire le premier article de l'ancien *Shasta* traduit par M. Holwell. La fidélité de la traduction est reconnue par M. Dow, et cet aveu a d'autant plus de poids que tous deux diffèrent sur quelques autres articles; voici cette profession de foi : nous n'avons point sur la terre d'hommage plus antique rendu à la Divinité.

« Dieu est celui qui fut toujours : il créa tout ce qui est; une sphère parfaite, sans commencement ni fin, est sa faible image. Dieu anime et gouverne toute la création par la providence générale de ses principes invariables et éternels. Ne sonde point la nature de l'existence de celui qui fut toujours; cette recherche est vaine et criminelle : c'est assez que jour par jour et nuit par nuit ses ouvrages t'annoncent sa sagesse, sa puissance et sa miséricorde. Tâche d'en profiter. »

Quand nous écririons mille pages sur ce simple passage, selon la méthode de nos commentateurs d'Europe, nous n'y ajouterions rien : nous ne pourrions que l'affaiblir. Qu'on songe seulement que, dans le temps où ce morceau sublime fut écrit, les habitants de l'Europe, qui sont aujourd'hui si supérieurs au reste de la terre, disputaient leurs aliments aux animaux et avaient à peine un langage grossier.

Les Chinois étaient, à peu près dans ce temps, parvenus à la même doctrine que les Indiens. On en peut juger par la déclaration de l'empereur Kang-ki, tirée des anciens livres, et rapportée dans la compilation de du Halde [2].

« Au vrai principe de toutes choses.

« Il n'a point eu de commencement et il n'aura point de fin. Il a produit toutes choses dès le commencement. C'est lui qui les gouverne et qui en est le véritable seigneur. Il est infiniment bon, infiniment juste; l éclaire, il soutient, il règle tout avec une suprême autorité et une souveraine justice. »

L'empereur Kien-long s'exprime avec la même énergie dans son poëme de *Moukden* composé depuis peu d'années. Ce poëme est simple il célèbre sans enthousiasme les bienfaits de Dieu et les beautés de la

---

1. On en trouvera quelque chose dans l'*Essai sur les mœurs et l'esprit des nations*; mais c'est surtout chez MM. Holwell et Dow qu'il faut s'instruire. Consultez aussi les judicieuses réflexions de M. Sinner, dans son *Essai sur les dogmes de la métempsycose et du purgatoire.*
2. Page 41, édition d'Amsterdam.

nature. Combien d'ouvrages moraux la Chine n'a-t-elle pas de ses premiers empereurs ? Confucius était vice-roi d'une grande province : avons-nous parmi nous beaucoup d'hommes pareils ?

Quand le gouvernement chinois n'aurait montré d'autre prudence que celle d'adorer un seul Dieu sans superstition et de contenir toujours les bonzes, aux rêveries desquels il abandonne la populace, il mériterait nos plus sincères respects. Nous ne prétendons point inférer de là que ces nations orientales l'emportent sur nous dans les sciences et dans les arts; que leurs mathématiciens aient égalé Archimède et Newton; que leur architecture soit comparable à Saint-Pierre de Rome, à Saint-Paul de Londres, à la façade du Louvre; que leurs poëmes approchent de Virgile et de Racine; que leur musique soit aussi savante, aussi harmonieuse que la nôtre. Ces peuples seraient aujourd'hui nos écoliers en tout, mais ils ont été en tout nos maîtres.

Les monuments les plus irréfragables sur l'unité de Dieu, qui nous restent des deux nations les plus anciennement policées de la terre, n'ont pas empêché nos disputeurs de l'Occident de donner à des gouvernements si sages le nom ridicule d'idolâtres. Ils étaient bien loin de l'être, et il faut avouer, avec le P. Lecomte, « qu'ils offraient à Dieu un culte pur dans les plus anciens temples de l'univers. »

C'est ainsi que les premiers Persans adorèrent un seul Dieu dont le feu était l'emblème, comme le savant Hyde l'a démontré dans un livre qui méritait d'être mieux digéré [1].

C'est ainsi que les Sabéens reconnurent aussi un Dieu suprême dont le soleil et les étoiles étaient les émanations, comme le prouve le sage et méthodique Sale, le seul bon traducteur de l'*Alcoran* [2].

Les Égyptiens, malgré la consécration de leurs bœufs, de leurs chats, de leurs singes, de leurs crocodiles et de leurs oignons, malgré leurs fables d'Ishet, d'Oshiret et de Typhon, adorèrent un Dieu suprême, désigné par une sphère posée sur le frontispice de leurs principaux temples. Les mystères d'Égypte, de Thrace, de Grèce, de Rome, eurent toujours pour objet l'adoration d'un seul Dieu.

Nous avons rapporté ailleurs mille preuves de cette vérité évidente [3].

---

1. *Historia religionis veterum Persarum eorumque magorum.* (Éd.)
2. La traduction de l'*Alcoran*, par Sale, est en anglais. (Éd.)
3. Nous citerons ici un passage de Sénèque qui confirme cette opinion de M. de Voltaire, et qui prouve combien ceux qui ont accusé les Romains de polythéisme ou d'idolâtrie ont eu d'ignorance ou de mauvaise foi. Dans toutes les nations un peu éclairées, les hommes d'un état supérieur au peuple ont reconnu un Dieu suprême.

« Ils n'ont pas même cru (les anciens) que le Jupiter qui lance la foudre fût celui qu'on adore dans le Capitole et dans les autres temples ; ils ont désigné le même Jupiter que nous, le surveillant et le conservateur de l'univers, l'âme et l'esprit du grand tout, l'architecte et le maître de ce grand édifice du monde, enfin un être à qui tous les noms conviennent. Voulez-vous l'appeler *le destin ?* vous ne vous tromperez pas ; c'est de lui que tout dépend, il est la cause des causes. Voulez-vous le nommer *la providence ?* vous aurez encore raison ; c'est lui dont la sagesse pourvoit à tous les besoins du monde, y entretient l'ordre, en dirige les mouvements. Voulez-vous lui donner le nom de *nature ?* vous ne serez pas répréhensible ; c'est lui qui a donné la naissance à tous les êtres ; c'est son souffle qui nous anime. Voulez-vous enfin le désigner sous le nom général de

Les Grecs et les Romains, en adorant le Dieu très-bon et très-grand, rendaient aussi leurs hommages à une foule de divinités secondaires : mais nous répéterons ici qu'il est aussi absurde de leur reprocher l'idolâtrie parce qu'ils reconnaissaient des êtres supérieurs à l'homme et subordonnés à Dieu, qu'il serait injuste de nous accuser d'être idolâtres parce que nous vénérons des saints[1].

Les métamorphoses d'Ovide n'étaient point la religion de l'empire romain ; et ni *la Fleur des saints* ; ni le *Pensez-y-bien*, ne sont la religion des sages chrétiens.

Toutes les nations ont toujours élevé les unes contre les autres des accusations fondées sur l'ignorance et sur la mauvaise foi. On a hautement imputé l'athéisme au gouvernement chinois, et les ennemis des jésuites les ont accusés de fomenter l'athéisme à Pékin. Il y a sans doute à la Chine et dans l'Inde, comme ailleurs, des philosophes qui, ne pouvant concilier le mal physique et le mal moral dont la terre est inondée, avec la croyance d'un Dieu, ont mieux aimé ne reconnaître dans la nature qu'une nécessité fatale. Les athées sont partout, mais aucun gouvernement ne le fut par principe, et ne le sera jamais : ce n'est l'intérêt ni des royaumes, ni des républiques, ni des familles ; il faut un frein aux hommes.

D'autres jésuites missionnaires aux Indes, moins éclairés que leurs confrères de la Chine, et soldats crédules naguère d'un despote artificieux, ceux-là ont pris les brames adorateurs d'un seul Dieu pour des idolâtres. Nous avons déjà vu avec quelle simplicité ils croyaient que le diable était un des dieux de l'Inde. Ils l'écrivaient à notre Europe ; ils le persuadaient dans Pondichéri, dans Goa, dans Diu, à des marchands plus ignorants qu'eux. L'idée d'adorer le diable n'est jamais tombée dans la tête d'aucun homme, encore moins d'un brachmane, d'un gymnosophiste. Nous ne pouvons ici adoucir les termes : il faut avoir bien peu de raison et beaucoup de hardiesse pour croire qu'il soit possible de prendre pour son dieu un être qu'on suppose condamné par Dieu même à des supplices et à des opprobres éternels, un fantôme abominable et ridicule, occupé à nous faire tomber dans l'abîme de ses tourments. Recherchons dans la mythologie indienne ce qui peut avoir donné un prétexte à l'ignorance de calomnier si brutalement l'antiquité.

---

monde ? ce ne sera pas non plus une erreur ; le grand tout que vous voyez n'est que lui-même ; il est disséminé tout entier dans ses propres parties, et se soutient par sa propre énergie. Les Étrusques ont pensé comme nous ; et s'ils lui ont attribué l'émission de la foudre, c'est que rien ne se fait sans lui. » (Sén. *Quest. nat.*, l. II, c. XLV). *Traduction de M. de La Grange. (Ed. de Kehl.)*

1. Que pourraient en effet penser des Chinois, des Tartares, des Arabes, des Persans, des Turcs, s'ils voyaient tant d'églises dédiées à saint Janvier, à saint Antoine, à saint François, à saint Fiacre, à saint Roch, à sainte Claire, à sainte Ragonde, et pas une au maître de la nature, à l'essence suprême et universelle par qui nous vivons ?

ARTICLE XXIII. — *De l'ancienne mythologie philosophique avérée, et des principaux dogmes des anciens brachmanes sur l'origine du mal.*

Les anciens brachmanes sont sans contredit les premiers qui osèrent examiner pourquoi sous un Dieu bon il y a tant de mal sur la terre. Et ce qui est très-remarquable, c'est que ces mêmes philosophes, qu'on dit avoir vécu dans la tranquillité la plus heureuse, et dans une apathie uniquement animée par l'étude, furent les premiers qui se fatiguèrent à rechercher l'origine d'un malheur qu'ils n'éprouvaient guère. Ils virent des révolutions dans le nord de l'Inde, des crimes et des calamités amenées par ces peuples inconnus qui n'avaient pas même alors de nom, et que les Juifs, dans des temps plus récents, appelèrent Gog et Magog[1]; termes qui ne pouvaient avoir aucune acception précise chez un peuple si ignorant.

Les crimes et les calamités des nations barbares, voisines de l'Inde, et probablement des provinces de l'Inde même, toutes les misères du genre humain, durent pénétrer profondément des esprits philosophiques. Il n'est pas étonnant que les inventeurs de tant d'arts et de ces jeux qui exercent et qui fatiguent l'esprit humain, aient voulu sonder un abîme que nous creusons encore tous les jours, et dans lequel nous nous perdons.

Peut-être était-il convenable à la faiblesse humaine de penser qu'il n'y a du mal sur la terre que parce qu'il est impossible qu'il n'y en ait pas; parce que l'être parfait et universel ne peut rien faire de parfait et d'universel comme lui; parce que des corps sensibles sont nécessairement soumis aux souffrances physiques; parce que des êtres qui ont nécessairement des désirs ont aussi nécessairement des passions, et que ces passions ne peuvent être vives sans être funestes.

Cette philosophie semblait devoir être d'autant plus adoptée par les brachmanes, que c'est la philosophie de la résignation; et les brachmanes, dans leur apathie, semblaient les plus résignés des hommes.

Mais ils aimèrent mieux donner l'essor à leurs idées métaphysiques que d'admettre le système de la nécessité des choses; système embrassé par tant de grands génies, mais dont l'abus peut conduire à cet athéisme qu'on a reproché à beaucoup de Chinois, et dont nos philosophes d'Europe sont encore aujourd'hui si soupçonnés[2].

Les premiers brachmanes imaginèrent donc une fable très-ingénieuse et très-hardie, qui semblait justifier la Providence divine, et rendre raison du mal physique et du mal moral. Ils supposèrent que l'Être suprême n'avait créé d'abord que des êtres presque semblables à lui, ne pouvant rien former qui l'égalât. Il forma ces demi-dieux, ces génies, *debta*, auxquels les Perses donnèrent depuis le nom de

1. Ézéchiel, XXXVIII, 2; *Apocalypse*, XX, 7. (ÉD.)
2. L'auteur des *Recherches philosophiques sur les Égyptiens et sur les Chinois*, rapporte (tome II, page 178) que le minime Mersenne, colporteur des rêveries de Descartes, écrivit dans une de ses lettres qu'il y avait mille athées dans Paris, de compte fait, et qu'il en connaissait douze dans une seule maison. La police supprima cette lettre pour l'honneur du corps.

péris, ou *féris*, d'où vient le mot de *fée*. Nous n'avons pas de terme pour exprimer ce que les anciens entendaient précisément par demi-dieux en Asie, et même en Grèce et à Rome. Nous employons le mot d'*ange* qui ne signifie que messager; et nous avons attribué mille faits miraculeux à ces messagers divins dont il est parlé dans la sainte Écriture : tant les hommes ont aimé également à la fois la vérité et le merveilleux[1]!

Ces demi-dieux, ces génies, ces debta inventés dans l'Inde, reçurent la vie longtemps avant que l'Éternel créât les étoiles, les planètes et notre terre. Dieu tenait lieu de tout avec ses debta, qui partageaient autour de lui sa béatitude. Voici comme l'ancien livre attribué à Brama lui-même s'exprime :

« L'éternel.... absorbé dans la contemplation de son essence, résolut de communiquer quelques rayons de sa grandeur et de sa félicité à des êtres capables de sentir et de jouir.... ils n'existaient pas encore, Dieu voulut et ils furent. »

Il faut avouer que ces mots, ce tour de phrase, cette exposition, sont sublimes, et qu'on ne peut disputer sur ce passage comme Boileau disputa contre l'évêque d'Avranches et contre Le Clerc sur cet endroit de *la Genèse* : « Il dit : *Que la lumière se fasse*, et la lumière se fit.[2] »

---

1. Ἄγγελος, chez les Grecs, ne signifiait que messager. Tous les commentateurs de la sainte Écriture conviennent que les *meleachim* hébreux, qu'on a traduits par ἄγγελοι, *angeli*, anges, n'ont été connus que lorsque les Juifs furent captifs chez les Babyloniens. Raphaël n'est nommé que dans le livre de Tobie, et Tobie était captif en Médie. Michel et Gabriel ne se trouvent pour la première fois que dans Daniel. C'est par ces recherches qu'on parvient à découvrir quelque chose dans la filiation des idées anciennes.

2. Longin, ancien rhéteur grec, attaché à Zénobie, reine de Palmyre, dit dans son *Traité du Sublime*, chap. VII : « Moïse, législateur des Juifs, qui n'était pas sans doute un homme ordinaire, ayant fort bien conçu la grandeur et la puissance de Dieu, l'a exprimée dans toute sa dignité au commencement de ses lois par ces paroles : *Dieu dit : Que la lumière se fasse, et la lumière se fit : que la terre se fasse, et la terre se fit.* » Il faut que Longin n'eût pas lu le texte de Moïse, puisqu'il l'altère et qu'il l'allonge. On sait qu'il n'y a point *que la terre se fasse, et la terre se fit.* La création est sans doute sublime ; mais le récit de Moïse est très-simple, comme le style de toute *la Genèse* l'est, et le doit être. Le sublime est ce qui s'élève, et l'histoire de *la Genèse* ne s'élève jamais. On y raconte la production de la lumière comme tout le reste, en répétant toujours la même formule : « Et la terre était informe et vide, et les ténèbres étaient sur la superficie de l'abîme, et le vent de Dieu soufflait sur les eaux, et Dieu dit : « Que la lumière se fasse, » et la lumière se fit ; et il vit que la lumière était bonne, et il divisa la lumière des ténèbres ; et il appela la lumière *jour*, et il fut fait un jour, le soir, et le matin. Dieu dit aussi : « Que le firmament « se fasse au milieu des eaux, et qu'il divise les eaux des eaux ; » et Dieu fit le firmament, et il divisa les eaux sous le firmament des eaux sur le firmament ; et il appela le firmament *ciel* ; et il fut fait un second jour, le soir, et le matin, etc. ; et Dieu dit : « Que les eaux qui sont sous le ciel se rassemblent en un seul « lieu, et que l'aride paraisse, » et il fut fait ainsi. Et Dieu appela l'aride *la terre*, et il appela l'assemblage des eaux la *mer*, et il vit que cela était bon. » Il est de la plus grande évidence que tout est également simple et uniforme dans ce récit, et qu'il n'y a pas un mot plus sublime qu'un autre.

Ce fut le sentiment de Huet : Boileau le combattit rudement avant que Huet fût évêque. Celui-ci répondit savamment, et Boileau se tut quand Huet fut promu à un évêché. Le Clerc ayant soutenu l'opinion de Huet, et n'étant point évêque, Boileau tomba plus rudement encore sur Le Clerc, qui lui répondit de même.

Quoi qu'il en soit, les debta, ces favoris de Dieu, abusant de leur bonheur et de leur liberté[1], se révoltèrent contre leur créateur. Une partie de cette fable fut sans doute l'origine de la guerre des géants contre les dieux, des attentats de Typhon contre Ishet et Oshiret, que les Grecs appelèrent Isis et Osiris, et de la rebellion éternelle d'Arimane contre son créateur, Orosmade ou Oromase chez les Perses. On sait assez que la fable se propage plus aisément et plus loin que la vérité. Les extravagances théologiques des Indiens firent plus de progrès chez leurs voisins que leur géométrie.

Il ne paraît pas que les Syriens aient jamais rien adopté de la théologie indienne. Ils avaient leur Astarté, leur Moloc, leur Adonis ou Adoni : ils n'entendirent jamais parler en Syrie de la révolte des debta dans le ciel. Le petit peuple juif n'en fut un peu plus informé que vers le premier siècle de notre ère, lorsque dans la foule de mille écrits apocryphes on en supposa un qu'on osa attribuer à Enoc, *septième homme après Adam*[2]. On fait dire à ce septième homme que les anges firent autrefois une conspiration; mais c'était pour coucher avec des filles. Le prétendu Énoc nomme les anges coupables; il ne nomme point leurs maîtresses. Il se contente de dire que les géants naquirent de leurs amours[3]. L'apôtre saint Jude ou Juda, ou Lébée, ou Tebeus, ou Thadeus, cite ce faux Énoc comme un livre canonique dans la lettre qui lui est attribuée, sans qu'on sache à qui elle est adressée. Saint Jude, dans cette lettre, parle de la défection des anges.

Voici ses paroles[4] : « Or je veux vous faire souvenir de tout ce que vous savez, que Jésus, sauvant le peuple de la terre d'Égypte, détruisit ensuite ceux qui ne crurent pas, et qu'il retient dans des chaînes éternelles et dans l'obscurité les anges qui n'ont pas gardé leur principauté, mais qui ont quitté leur domicile. »

Et dans un autre endroit[5], en parlant des méchants : « Ce sont des nuées sans eau, des arbres d'automne sans fruits, deux fois morts et déracinés; des flots de la mer agitée, écumant ses confusions; des étoiles errantes, à qui la tempête des ténèbres est réservée pour l'éternité. Or c'est d'eux qu'a prophétisé Énoc, le septième après Adam. »

On s'est donc servi dans notre Occident d'un livre apocryphe pour fonder la chute des anges, la première cause de la chute de l'homme.

---

1. Cet abus énorme de la liberté, cette révolte des favoris de Dieu contre leur maître pouvait éblouir, mais ne résolvait pas la question : car on pouvait toujours demander pourquoi Dieu donna à ses favoris le pouvoir de l'offenser; pourquoi il ne les nécessita pas à une heureuse impuissance de mal faire. Il est démontré que cette difficulté est insoluble.

2. Jude, verset 14. (ÉD.)

3. Dom Calmet était persuadé de l'existence de cette race de géants, comme de celle des vampires. Il se prévaut surtout, dans sa dissertation sur cette matière, de la découverte que fit, en 1613, un fameux chirurgien très-inconnu. Il trouva, dit dom Calmet, le tombeau et les os du roi Teutoboc, qui avait trente pieds de long et douze pieds d'une épaule à l'autre; c'était en Dauphiné près de Montrigaut. Ce roi Teutoboc descendait évidemment des anges qui daignèrent faire des enfants aux filles.

4. Versets 5 et 6. (ÉD.) — 5. Versets 12-14. (ÉD.)

On a corrompu aussi le sens naturel d'un passage d'Isaïe pour trans-
former le premier des anges en diable, en tordant singulièrement ces
paroles[1] : « Comment es-tu tombé du ciel, Lucifer? » Il est vrai que
notre populace, appelle notre diable Lucifer ; mais le mot Lucifer n'est
point dans Isaïe : c'est Hélel : c'est l'étoile du matin; c'est l'étoile de
Vénus ; c'est une métaphore dont Isaïe se sert pour exprimer la mort
du roi de Babylone : « Comment as-tu pu mourir, malgré tes mu-
settes? comment es-tu couché avec les vers? comment es-tu tombée,
étoile du matin ? » Les commentateurs figuristes ont imaginé cette
équivoque pour faire accroire que le diable, Lucifer, est tombé du ciel;
et cette erreur s'est longtemps soutenue[2].

Mais la vérité est qu'il n'a jamais été, question d'un génie, d'un
demi-dieu, d'un ange précipité du ciel, que dans le *Shasta* des brachmanes. Ni Lucifer, ni Belzébuth, ni Satan, n'étaient son nom. Il s'appelait Moisasor : c'était le chef de la bande rebelle; il devint diable, si
l'on veut, avec sa suite : il fut du moins damné en effet. L'Éternel le
précipita dans le vaste cachot de l'ondéra; mais il ne fut point tenta-
teur; il ne vint point exciter les hommes au péché; car ni les hommes
ni la terre n'existaient alors. Dieu l'enferma dans ce grand enfer de
l'ondéra, lui et les siens, pour des milliers de monontours. Or il faut
savoir qu'un *monontour* est une période de quatre cent vingt-six millions d'années. Chez nous, Dieu n'a pas encore pardonné au diable;
mais chez les Indiens, Moisasor et sa troupe obtinrent leur grâce au
bout d'un monontour. Ainsi l'enfer de l'ondéra n'avait été, à proprement parler, qu'un purgatoire[3].

Alors Dieu créa la terre et la peupla d'animaux. Il fit venir les délinquants, dont il adoucit les peines. Ils furent changés d'abord en
vaches. C'est depuis ce temps que les vaches sont si sacrées dans la
presqu'île de l'Inde, et que les dévots n'y mangent aucun animal.
Ensuite les anges pénitents furent changés en hommes, et distingués
en quatre castes. Comme coupables, ils apportèrent dans ce monde le
germe des vices; comme punis, ils apportèrent le principe de tous les
maux physiques : voilà l'origine du bien et du mal.

On reprochera peut-être à ce système que les animaux n'ayant point
péché, sont pourtant aussi malheureux que nous, qu'ils se dévorent
tous les uns les autres, qu'ils sont mangés par tous les hommes, excepté par les brames. C'eût été une faible objection du temps qu'il y
avait des cartésiens.

Nous n'entrerons point ici dans les disputes des théologiens de l'Inde
sur cette origine du mal. Les prêtres ont disputé partout; mais il faut
avouer que les querelles des brames ont été toujours paisibles.

Des philosophes pourront s'étonner que des géomètres, inventeurs
de tant d'arts, aient formé un système de religion, qui, quoique in-

1. Isaïe, XIV, 12. (Éd.)
2. Voy. l'article BEKER dans les *Questions sur l'Encyclopédie.*
3. Vous retrouverez le purgatoire chez les Égyptiens, vous le retrouverez très-
expressément dans le sixième chant de l'*Énéide.* Nous avons tout pris des anciens, presque sans exception.

génieux, est pourtant si peu raisonnable. Nous pourrions répondre qu'ils avaient affaire à des imbéciles, et que les prêtres chaldéens, persans, égyptiens, grecs, romains, n'eurent jamais de système ni mieux lié, ni plus vraisemblable.

Il est absurde, sans doute, de changer des êtres célestes en vaches; mais on voit chez toutes les nations policées et savantes la plus misérable folie marcher à côté de la plus respectable sagesse. Les vaisseaux d'Énée changés en nymphes chez les Romains, la fille d'Inachus devenue vache chez les Grecs, et de vache devenue étoile, valaient bien les debta changés en vaches et en hommes. Milton n'a-t-il pas, chez un peuple à jamais célèbre pour les sciences exactes, transformé notre diable en crapaud, en cormoran, en serpent, quoique la sainte Écriture dise positivement le contraire[1]? De pareilles niaiseries eurent cours partout, hors chez les sages Chinois et chez les Scythes, trop simples pour inventer des fables.

L'antre de Trophonius fut plus respecté en Grèce que l'académie : les augures à Rome eurent plus de crédit que les Scipions. La fable s'établit d'abord, ensuite vient la vérité, qui, voyant la place prise, est trop heureuse de trouver un asile obscur chez les sages

ARTICLE XXIV. — *De la métempsycose.*

Le dogme de la métempsycose suivait naturellement de la transformation des génies en vaches et des vaches en hommes.

Des gens qui avaient été demi-dieux dans le ciel pendant des siècles innombrables, ensuite damnés dans l'ondéra pendant quatre cent vingt-six millions de nos années solaires, puis vaches douze ou quinze ans, et enfin hommes quatre-vingts ans tout au plus, devaient bien être quelque chose quand ils cessaient d'être hommes. N'être rien du tout semblait trop dur. Les brachmanes croyaient qu'on avait une âme dans l'Inde aussi bien que partout ailleurs, sans être plus instruits que le reste du genre humain de la nature de cet être; sans savoir s'il est une substance ou une qualité; sans examiner si Dieu peut animer la matière; sans rechercher si, tout venant de lui, il ne peut pas communiquer la pensée à des organes formés par lui; en un mot, sans rien savoir. Ils prononçaient vaguement et au hasard le nom d'âme, comme nous le prononçons tous. Et puisqu'il est plus aisé à tous les hommes d'imaginer que de raisonner, ils se figurèrent que l'âme d'un homme de bien pouvait passer dans le corps d'un perroquet ou d'un docteur, d'un éléphant ou d'un raïa, ou même retourner animer le corps du défunt dans le ciel sa première patrie. C'est pour revoir cette patrie que tant de jeunes veuves se sont jetées dans le bûcher enflammé de leurs maris, et souvent sans les avoir aimés. On a vu dans Bénarès des disciples de brames, et jusqu'à des brames même, se brûler pour renaître bienheureux. C'est assez qu'une femme sensible et superstitieuse, comme il y en a tant, se soit jetée dans les flammes

[1]. Or le serpent était le plus fin de tous les animaux.

d'un bûcher, pour que cent femmes l'aient imitée; comme il suffit qu'un faquir marche tout nu, chargé de fers et de vermine, pour qu'il ait des disciples[1].

Le dogme de la métempsycose était d'ailleurs spécieux, et même un peu philosophique; car, en admettant dans tous les animaux un principe moteur intelligent (chacun en raison de ses organes), on supposait que ce principe intelligent, étant distingué de sa demeure, ne périssait point avec elle. Cette âme était faite pour un corps, disaient les Indiens, donc elle ne pouvait exister sans un corps. Si, après la dissolution de son étui, on ne lui en donne pas un autre, elle devient entièrement inutile. Il fallait en ce cas que Dieu fût continuellement occupé à créer de nouvelles âmes. Il se délivrait de ce soin en faisant servir les anciennes. Il en créait de nouvelles quand les races se multipliaient. Le calcul était bon jusque-là; mais lorsque les races diminuaient, il se trouvait une grande difficulté. Que faisait-on des âmes qui n'avaient plus de logement[2]? Il n'était guère possible de bien répondre à cette objection; mais quel est l'édifice bâti par l'imagination humaine qui n'ait des murs qui écroulent?

La doctrine de la métempsycose eut cours dans toute l'Inde, et autant au delà du Gange que vers le fleuve Indus. Elle s'étendit jusqu'à la Chine chez le peuple gouverné par les bonzes; mais non pas chez les colaos et chez les lettrés gouvernés par les lois. Pythagore, après une longue suite de siècles, l'ayant apprise dans la presqu'île de l'Inde, put à peine l'établir à Crotone. Apparemment qu'il trouva la Grande-Grèce attachée à d'autres fables; car chaque peuple avait la sienne.

Les Égyptiens inventèrent une autre folie; ils imaginèrent qu'ils ressusciteraient au bout de trois mille ans; et même, enfin, trouvant le terme trop éloigné, ils obtinrent de leur choen, de leurs prêtres, que leurs âmes rentreraient dans leurs corps après dix siècles de mort seulement. Dans cette douce espérance, ils essayèrent de ne perdre de leurs corps que le moins qu'ils pourraient. L'art d'embaumer devint le plus grand art de l'Égypte. Une âme, à la vérité, devait être fort embarrassée de se trouver sans ses entrailles et sans sa cervelle que les embaumeurs avaient arrachées; mais les difficultés n'arrêtèrent jamais les systèmes. Nous avons bien eu parmi nous un philosophe qui a dit que nous ressusciterions sans derrière[3].

Platon enfin, qui avait puisé quelques idées dans Pythagore et dans Timée de Locres, admit la métempsycose dans son livre d'une république chimérique, et dans son dialogue, non moins chimérique, de

---

1. Nous lisons dans la relation des deux Arabes qui voyagèrent aux Indes et à la Chine, dans le neuvième siècle de notre ère, qu'ils virent sur les côtes de l'Inde un faquir tout nu, chargé de chaînes, ayant le visage tourné au soleil, les bras étendus, les parties viriles enfermées dans un étui de fer, et qu'au bout de seize ans, en repassant au même endroit, ils le virent dans la même posture.

2. Voy. le catéchisme des brachmanes, art. XXVI.

3. Charles Bonnet. (ÉD.)

Phèdre. Il semblerait que Virgile crût à ce système, dans son sixième chant, s'il croyait quelque chose.

> *O pater! anne aliquas ad cœlum hinc ire putandum est*
> *Sublimes animas, iterumque ad tarda reverti*
> *Corpora? Quæ lucis miseris tam dira cupido!*
> Æneid., lib. VI, v. 719.

> Quel désir insensé d'aspirer à renaître;
> D'affronter tant de maux pour le vain plaisir d'être;
> De reprendre sa chaîne, et d'éprouver encor
> Les chagrins de la vie et l'horreur de la mort !

On prétend que les Gaulois, les Celtes, avaient adopté la croyance de la métempsycose, quoiqu'ils ne connussent ni le Léthé de Virgile, ni les embaumements de l'Égypte. César dit dans ses *Commentaires* [1] : « Ils pensent que les âmes ne meurent point, mais qu'elles passent d'un corps à un autre. Cette idée, selon eux, inspire un courage qui fait mépriser la mort. »

Mais César, qui était épicurien, ne croyant point à l'immortalité de l'âme, avait encore plus de courage que les Gaulois. Que César ait eu tort, et que les Gaulois aient eu raison, il est toujours indubitable que les Indiens sont les inventeurs de la métempsycose, et les premiers auteurs de la théologie.

Il nous semble que c'est au grand Thibet que la sublime folie de la métempsycose a produit le plus grand effet. Les lamas ont su persuader aux Tartares de ce pays que leur grand prêtre était immortel; et la populace, qui croit tout, le croit encore. Le fait est que les lamas eux-mêmes étant imbus de l'idée fantasque que l'âme de leur pontife passait dans l'âme de son successeur, ils ont enté sur cette absurdité sacrée une autre folie plus respectée encore du peuple, c'est que ce grand lama ne meurt jamais. On a vu ailleurs des opinions si bizarres, qu'un homme sage est en doute de savoir dans quel pays le bon sens a été le plus outragé.

> *Optimus ille est*
> .... *qui minimis urgetur* [2].

Article XXV. — *D'une trinité reconnue par les brames.* *De leur prétendue idolâtrie.*

Personne ne doute aujourd'hui que les brachmanes et leurs successeurs n'aient toujours reconnu un Dieu suprême, créateur, conservateur, rémunérateur, punisseur et miséricordieux. « Ces idolâtres, dit le jésuite Bouchet [3], reconnaissent un Dieu infiniment parfait, qui existe de toute éternité, et qui renferme en soi les plus excellents attributs. » Ensuite, pour prouver qu'ils sont idolâtres, il dit que, selon eux, « il y a une distance infinie entre Dieu et tous les êtres, et qu'il

---

1. *De Bello Gallico*, VI, v. (ÉD.) — 2. Horace. liv. I. sat. III, 68-69. (ÉD.)
3. Recueil IXᵉ, p. 6.

a créé des substances intermédiaires entre lui et les hommes. » Le jésuite Bouchet n'est ni conséquent ni poli : il veut empêcher les brames
d'ériger des temples à ces êtres subalternes supérieurs à l'homme,
tandis que ces brames permettaient aux jésuites de bâtir des chapelles
à Ignace et à Xavier, de baiser à genoux le prétendu cadavre de Xavier, de l'invoquer, et d'offrir de l'encens à ses os vermoulus. Certes,
si l'on avait demandé dans Goa à un voyageur chinois quel est l'idolâtre, ou de ce jésuite ou de ce brame, il aurait répondu, en jugeant
selon les apparences, c'est ce jésuite.

Tout le monde convient que les brames reconnurent toujours une
espèce de trinité sous un Dieu unique. Il paraît qu'en ce point les
théologiens des côtes de Malabar et de Coromandel diffèrent de ceux
qui habitent vers le Gange, et de l'ancienne école de Bénarès; mais
où sont les théologiens qui s'accordent ? Tous admettent trois dieux
sous un seul Dieu. Ces trois dieux sont Brama, Vishnou et Sib. Mais
ces trois dieux sont-ils des substances distinctes, ou simplement des
attributs du grand Dieu créateur ? C'est sur quoi les brames disputent.

Ils ne conviennent guère que sur le dogme de la création. Toutes
les sectes et toutes les castes rassemblées une fois l'an dans le fameux
temple de Jaganat, entre Orixa et le Bengale, y viennent célébrer le
jour où le monde fut tiré du néant par la seule pensée de l'Éternel.
C'est cette fête surtout que nos missionnaires ont appelée la grande
fête du diable.

Les brachmanes représentèrent Dieu sous trois emblèmes. Brama
est le dieu créateur; Vishnou ou bien Vithnou est le dieu conservateur,
qui s'est incarné tant de fois; Sib est le dieu miséricordieux. D'autres
théologiens indiens très-anciens l'appellent le dieu destructeur : tant
il est difficile à ceux qui osent dogmatiser sur la nature divine de s'accorder ensemble !

Nous n'avons pas assez de monuments de l'antiquité pour oser affirmer que l'*Isis*, l'*Osiris* et l'*Horus* des Égytiens soient une copie de la
trinité indienne. Nous ne déciderons pas si les trois frères Jupiter,
Neptune et Pluton, qui se partagèrent le monde, sont une fable imitée d'une autre fable; nous répéterons seulement ici combien le nombre trois fut toujours mystérieux dans l'antiquité. Il semblait que,
dans l'Orient, un secret instinct eût pressenti quelques idées imparfaites d'une vérité encore ignorée.

Mais comme tout se contredit chez les hommes, on ajouta bientôt
une quatrième personne aux trois autres. Cette quatrième personne
est Routren, selon plusieurs docteurs, le dieu destructeur, celui que
le grand Origène[1] appelle le dieu supplantateur.

---

1. Origène, dans la réfutation qu'il publia de Celse, après la mort de ce philosophe, assure que les conjurations de la magie ne peuvent réussir que quand
le magicien se sert des noms propres convenables; que si l'on fait une conjuration par le nom de dieu *supplantateur*, destructeur, ou même par les noms
traduits d'après les noms d'Adonaï et de Sabaoth, on n'opérera rien; mais si on
se sert des noms propres syriaques Adonaï, Sabaoth, la cérémonie magique
aura son plein et entier effet. (Origène, *contre Celse*, article 20 et article 262.)

On voit encore dans quelques anciens temples des brachmanes cette représentation des quatre attributs de Dieu, figurée par quatre têtes sous une même couronne; et c'est cet emblème de la divinité unique et multiforme, que nos aumôniers de vaisseau ne manquèrent pas de prendre pour le diable dès qu'ils furent descendus à terre.

Nous ne chargerons point cet abrégé de toutes les superstitions indiennes mêlées dans ce pays, comme dans d'autres, avec la connaissance d'un Être suprême. Nous ne parlerons point des mille noms de Dieu, des voyages de Dieu en homme sur la terre, des oracles, des prodiges, et de toutes les folies qui ont partout déshonoré la sagesse. Nous ne prétendons point faire la somme de la théologie des Gangarides.

Mais n'oublions pas d'observer que l'amour est un de leurs dieux; il s'appelle *Cam-débo :* on lui donne encore dix-huit noms qui nous sembleraient barbares, et dont aucun du moins ne sonnerait si agréablement que celui d'amour à nos oreilles. Ce dieu d'amour est le propre fils de Vishnou, et par conséquent le petit-fils du Dieu suprême.

Ils ont des *usséra;* ce sont des filles charmantes qui chantent dans la musique du ciel, et dont Mahomet pourrait bien avoir emprunté ses houris.

Les Indiens paraissent aussi être les premiers qui aient inventé les Salamandres, les Ondains, les Sylphes et les Gnomes; si pourtant ce n'a pas été une idée naturelle à tous les hommes de peupler le ciel et les quatre éléments.

Article XXVI. — *Du catéchisme indien.*

M. Dow nous assure que les brachmanes eurent depuis quatre mille ans un catéchisme, dont voici la substance. C'est un entretien entre la raison humaine, qu'ils appellent *narud*, et la sagesse de Dieu, qu'ils nomment *brim* ou *bram*.

LA RAISON. — O premier-né de Dieu! on dit que tu créas le monde. Ta fille, la raison, étonnée de tout ce qu'elle voit, te demande comment tout fut produit.

LA SAGESSE DIVINE. — Ma fille, ne te trompe pas : ne pense point que j'aie créé le monde indépendamment du premier moteur. Dieu a tout fait. Je ne suis que l'instrument de sa volonté. Il m'appelle pour exécuter ses desseins éternels.

LA RAISON. — Que dois-je penser de Dieu?

LA SAGESSE DIVINE. — Qu'il est immortel, incompréhensible, invisible, sans forme, éternel, tout-puissant, qu'il connaît tout, qu'il est présent partout.

LA RAISON. — Comment Dieu créa-t-il le monde?

LA SAGESSE DIVINE. — La volonté demeura dans lui de toute éternité : elle était triple, créatrice, conservatrice, exterminante.... Dans une conjonction des destins et des temps, la volonté de Dieu se joignit à sa bonté, et produisit la matière. Les actions opposées de la volonté qui crée, et de la volonté qui détruit, enfantèrent le mouvement qui naît et qui périt[1]. Tout sortit de Dieu, et tout rentra dans Dieu.... Il dit au *sentiment* : « Viens ; » et il le logea chez tous les animaux ; mais il donna la réflexion à l'homme pour l'élever au-dessus d'eux.

LA RAISON. — Qu'entends-tu par sentiment ?

LA SAGESSE DIVINE. — C'est une portion de la grande âme de l'univers ; elle respire dans toutes les créatures pour un temps marqué.

LA RAISON. — Que devient-il après leur mort ?

LA SAGESSE DIVINE. — Il anime d'autres corps, où il se replonge, comme une goutte d'eau, dans l'océan immense dont il est sorti.

LA RAISON. — Les âmes vertueuses seront-elles sans récompense, et les criminelles sans punition ?

LA SAGESSE DIVINE. — Les âmes des hommes sont distinguées de celles des autres animaux. Elles sont raisonnables. Elles ont la conscience du bien et du mal. Si l'homme fait le bien, son âme, dégagée de son corps par la mort, sera absorbée dans l'essence divine, et ne ranimera plus un corps de terre. Mais l'âme du méchant restera revêtue des quatre éléments ; et après qu'elles auront été punies, elles reprendront un corps ; mais, si elles ne reprennent leur première pureté, elles ne seront jamais absorbées dans le sein de Dieu.

LA RAISON. — Quelle est la nature de cette infusion dans Dieu même ?

LA SAGESSE DIVINE. — C'est une participation à l'essence suprême : on ne connaît plus les passions ; toute l'âme est plongée dans la félicité éternelle.

LA RAISON. — O ma mère ! tu m'as dit que si l'âme n'est parfaitement pure, elle ne peut habiter avec Dieu. Les actions des hommes sont tantôt bonnes, tantôt mauvaises. Où vont toutes ces âmes mi-parties immédiatement après la mort ?

LA SAGESSE DIVINE. — Elles vont subir dans l'ondéra, pendant quelque temps, des peines proportionnées à leurs iniquités. Ensuite elles vont au ciel, où elles reçoivent *quelque temps* la récompense de leurs bonnes actions ; enfin, elles rentrent dans des corps nouveaux.

LA RAISON. — Qu'est-ce que le temps, ma mère ?

LA SAGESSE DIVINE. — Il existe avec Dieu pendant l'éternité ; mais on ne peut l'apercevoir et le compter que du point où Dieu créa le mouvement qui le mesure.

Tel est ce catéchisme, le plus beau monument de toute l'antiquité. Ce sont là ces idolâtres auxquels on a envoyé, pour les convertir, le jésuite Lavaur, le jésuite Saint-Estevan, et l'apostat Norogna[2].

Au reste, le lieutenant-colonel Dow, et le sous-gouverneur Holwell, ayant gratifié l'Europe des plus sublimes morceaux de ces anciens livres sacrés, ignorés jusqu'à présent, nous sommes bien éloignés de soupçonner leur véracité, sous prétexte qu'ils ne sont pas d'accord sur des objets très-futiles, comme sur la manière de prononcer shasta-bad, ou shastrabeda ; et si *beda* signifie science ou livre. Souvenons-nous

1. Nous passons quelques lignes, de peur d'être longs et obscurs.
2. Voyez l'article XV.

que nous avons vu nier dans Paris les expériences de Newton sur la lumière, et lui faire des objections plus frivoles.

ARTICLE XXVII. — *Du baptême indien*

Il n'est pas surprenant qu'un fleuve aussi bienfaisant que le Gange ait été regardé comme un don de Dieu, qu'il ait été réputé comme sacré, et qu'enfin on ait imaginé que ses eaux qui lavaient et rafraîchissaient le corps, en pussent faire autant à l'âme. Car tous les peuples de l'antiquité, sans exception, faisaient de l'âme une figure légère enfermée dans son logis; et qui nettoyait l'un, nettoyait l'autre.

Le bain expiatoire et sacré du Gange passa bientôt vers le fleuve Indus, ensuite vers le Nil, et enfin vers le Jourdain. Les prêtres juifs, imitateurs en tout des prêtres d'Égypte, leurs maîtres et leurs ennemis, eurent des jours de bain comme eux. Les isiaques ne pouvaient se baptiser, se plonger toujours dans le Nil, à cause des crocodiles; et les lévites d'Hershalaïm, que nous nommons Jérusalem, étant éloignés dans leur petit pays d'une cinquantaine de milles du Jourdain, se plongeaient comme les prêtres isiaques dans de grandes cuves. Les prêtres de Babylone, de Syrie, de Phénicie, en faisaient autant.

Nous avons remarqué ailleurs que les Juifs avaient chez eux deux baptêmes : l'un était le baptême de justice pour ceux qui voulaient ajouter cette cérémonie à celle de la circoncision; l'autre était le baptême des prosélytes pour les étrangers, pour leurs esclaves, quand ils n'étaient pas esclaves eux-mêmes, et qu'ils en avaient quelques-uns qui voulaient embrasser la religion juive. On les circoncisait, et ensuite on les plongeait nus ou dans le Jourdain ou dans des cuves. On plongeait aussi des femmes nues, et trois prêtres étaient chargés de les baptiser. Enfin l'on sait comment notre religion sanctifia cet antique usage, et apposa le sceau de la vérité à ces ombres,

ARTICLE XXVIII. — *Du paradis terrestre des Indiens, et de la conformité apparente de quelques-uns de leurs contes avec les vérités de notre Sainte Écriture.*

On dit que, dans la foule de ces opinions théologiques, quelques brames ont admis une espèce de paradis terrestre; cela n'est pas étonnant. Il n'y a point de pays au monde où les hommes n'aient vanté le passé aux dépens du présent. Partout on a regretté un temps où les hommes étaient plus robustes, les femmes plus belles, les saisons plus égales, la vie plus longue, et la lune plus lumineuse.

Si nous en croyons le jésuite Bouchet, les Indiens eurent leur jardin *Chorcam*, comme les Juifs avaient eu leur jardin d'*Éden*. C'est à ce jésuite à voir si les brachmanes avaient été les plagiaires du *Pentateuque*, ou s'ils s'étaient rencontrés avec lui, et quel est le plus ancien peuple, celui des vastes Indes, ou celui d'une partie de la Palestine[1].

---

1. Le Bengale est appelé paradis terrestre dans tous les rescrits du Grand-Mogol et des soubas.

Il prétend que Brama est une copie d'Abraham, parce que Abraham s'était appelé Abram en première instance, et qu'Abraham est évidemment l'anagramme de Brama.

Vishnou est, selon lui, Moïse, quoiqu'il n'y ait pas le moindre rapport entre ces deux personnages, et qu'il soit difficile de trouver l'anagramme de Moïse dans Vishnou.

A-t-il plus heureusement rencontré avec le fort Samson, qui assembla un jour trois cents renards [1], les attacha tous par la queue, et leur mit le feu au derrière, moyennant quoi toutes les moissons des Philistins, dont il était esclave, furent brûlées [2] ?

Le R. P. Bouchet affirme dans sa lettre à M. Huet, ancien évêque d'Avranches, qu'une espèce de dieu ou de génie, ayant la guerre contre le roi de Serindib, leva contre lui une armée de singes, et, ayant mis le feu à leurs queues, brûla toute la cannelle et tout le poivre de l'île.

Notre Bouchet ne doute pas que les queues des renards n'aient formé les queues de ces singes.

C'est ainsi qu'aux Indes, en Perse, à la Chine, on lit mille histoires à peu près semblables aux nôtres, non-seulement sur les choses de la religion, mais en morale, et même en fait de romans. Le conte de *la Matrone d'Éphèse*, celui de *Joconde*, sont écrits dans les plus anciens livres orientaux.

On trouve l'aventure d'*Amphitryon* parmi les plus vieilles fables des brachmanes. Il y a même, ce me semble, plus de sagacité dans le dénoûment de l'aventure indienne que dans celui de la grecque. Un Indou d'une force extraordinaire avait une très-belle femme; il en fut jaloux, la battit, et s'en alla. Un égrillard de dieu, non pas un Brama ou un Vishnou, mais un dieu du bas étage, et cependant fort puissant, fait passer son âme dans un corps entièrement semblable à celui du mari fugitif, et se présente sous cette figure à la dame délaissée. La doctrine de la métempsycose rendait cette supercherie vraisemblable. Le dieu amoureux demande pardon à sa prétendue femme de ses emportements, obtient sa grâce, couche avec elle, lui fait un enfant, et reste le maître de la maison. Le mari, repentant et toujours amoureux de sa femme, revient se jeter à ses pieds : il trouve un autre lui-même établi chez lui. Il est traité par cet autre d'imposteur et de sorcier. Cela forme un procès tout semblable à celui de notre Martin-Guerre [3]. L'affaire se plaide devant le parlement de Bénarès. Le premier président était un brachmane qui devina tout d'un coup que l'un des deux maîtres de la maison était une dupe, et que l'autre était un dieu. Voici comme il s'y prit pour faire connaître le véritable mari :

1. *Juges*, XIV, 4, 5. (ÉD.)
2. A Rome, le peuple se donnait tous les ans le plaisir de faire courir dans le cirque quelques renards, à la queue desquels on attachait des brandons. Bochard, l'étymologiste, ne manque pas de dire que c'était une commémoration de l'aventure de Samson, très-célèbre dans l'ancienne Rome.
3. Le Sosie de Guerre (Martin) se nommait Arnaud du Thil. Il trouva, dans le parlement de Toulouse, des juges plus sévères que ceux de Bénarès : car il fut pendu le 16 septembre 1560. (*Note de M. Clogenson.*)

à Votre époux, madame, dit-il, est le plus robuste de l'Inde : couchez avec les deux parties l'une après l'autre en présence de notre parlement indien, celui des deux qui aura fait éclater les plus nombreuses marques de valeur sera sans doute votre mari. » Le mari en donna douze ; le fripon en donna cinquante. Tout le parlement brame décida que l'homme aux cinquante était le vrai possesseur de la dame. « Vous vous trompez tous, répondit le premier président : l'homme aux douze est un héros ; mais il n'a pas passé les forces de la nature humaine : l'homme aux cinquante ne peut-être qu'un dieu qui s'est moqué de nous. » Le dieu avoua tout, et s'en retourna au ciel en riant.

De pareils contes, dont l'Inde fourmille, ont du moins cela de bon qu'ils peuvent tenir une nation entière dans une douce joie, ainsi que les métamorphoses recueillies et embellies par Ovide. Ils n'excitent point de querelles, et la moitié d'un peuple ne persécute point l'autre pour la forcer à croire que la fable des deux maris indiens est prise des deux *Amphitryons* et des deux *Sosies*.

ARTICLE XXIX. — *Du Lingam, et de quelques autres superstitions.*

On nous a envoyé des Indes un petit Lingam d'une espèce de pierre de touche. Il est exposé à la vue de tout le monde, et n'a jamais effarouché les yeux de personne ; soit que sa petitesse ne puisse faire une impression dangereuse, soit qu'on le regarde comme un simple objet de curiosité. On nous a assuré que la plupart des dames indiennes ont de ces petites figures dans leurs maisons, comme on avait des Phallus en Égypte, et des Priapes à Rome.

Les parties naturelles de l'homme sont visibles dans toutes nos statues antiques et dans mille modernes. La plus belle fontaine de Bruxelles est un enfant de bronze admirablement sculpté par François Flamand [1]. il pisse continuellement de l'eau, et les dames lui donnent un bel habit et une perruque le jour de sa fête. On fait plus : l'enfant Jésus est représenté avec cette partie dans un grand nombre d'églises catholiques, sans que jamais personne se soit avisé ni d'être scandalisé de cette nudité, ni d'en faire une raillerie indécente. Le Lingam est presque toujours représenté chez les Indiens dans l'attitude de la propagation, et par conséquent serait parmi nous un objet obscène et abominable. Cette figure est révérée dans plusieurs de leurs temples. Il y a même, nous dit-on, des filles que leurs mères y conduisent pour lui offrir leur virginité avant d'être mariées ; quelques-unes, dit-on, par le besoin d'une opération physique, quelques autres par dévotion.

Nous avons toujours présumé que le culte du Lingam dans l'Inde,

1. Le petit homme ou enfant de bronze, appelé *Manneken-pisse*, était effectivement l'ouvrage de François Duquesnoi, plus connu sous le nom de François Flamand, mort en 1646 ; mais ayant été volé et mis en morceaux vers 1822, il a été refait avec ses propres débris, et placé, dans la même attitude, à la fontaine qui n'est plus, comme en 1740, la plus belle de Bruxelles. Le *Manneken-pisse*, qualifié de premier bourgeois de Bruxelles, a sans doute perdu ce titre depuis qu'il a été refondu. (*Note de M. Clogenson.*)

celui du Phallus en Égypte, celui même de Priape à Lampsaque, ne put être l'effet d'une débauche effrontée, mais bien plutôt de la simplicité et de l'innocence. Dès que les hommes surent tailler des figures, il était très-naturel qu'ils consacrassent à la divinité ce qui perpétuait l'humanité. Nous répéterons ici qu'il y a plus de piété, plus de reconnaissance à porter en procession l'image du dieu conservateur que du dieu destructeur; qu'il est plus humain d'arborer le symbole de la vie que l'instrument de la mort, comme faisaient les Scythes qui adoraient une épée, et à peu près comme nous faisons aujourd'hui dans notre Occident, en insultant Dieu dans nos temples, où nous entrons armés comme si nous allions combattre, et où quelques évêques d'Allemagne célèbrent une fois l'an la messe l'épée au côté.

Saint Augustin nous instruit que, dans Rome, on faisait quelquefois asseoir la mariée sur le sceptre énorme de Priape [1].

Ovide ne parle point de cette cérémonie dans ses Fastes, et nous ne connaissons aucun auteur romain qui en fasse mention. Il se peut que la superstition ait ordonné cette posture à quelques femmes stériles. Nous ne voyons pas même que les Romains aient jamais érigé un temple à Priape. Il était regardé comme une de ces divinités subalternes dont on tolérait les fêtes plutôt qu'on ne les approuvait. Nous avons dans nos provinces un saint dont nous n'osons écrire le nom monosyllabe, à qui plus d'une femme a quelquefois adressé ses prières. Le dieu Priape, le dieu Jugatin, qui unissait les époux; le subjuguant Materprema, qui empêchait la matrice de faire la difficile; la Pertunda, qui présidait au devoir conjugal; tous ces magots, tous ces pénates, n'étaient point regardés comme des dieux. Ils n'avaient point de place dans le panthéon d'Agrippa, non plus que Rumilia, la déesse des tétons; Stercutius, le dieu de la chaise percée; et Crepitus, le dieu pet. Cicéron ne s'abaisse point à citer ces prétendues divinités dans son livre *De la nature des dieux*, dans ses *Tusculanes*, dans sa *Divination*. Il faut laisser à la populace ses amusements, son saint Ovide, qui ressuscite les petits garçons; et son saint Rabboni, qui rabonnit les mauvais maris, ou qui les fait mourir au bout de l'année.

Il est vraisemblable que le Lingam indien et le Phallus égyptien furent autrefois traités plus sérieusement chez des nations qui existaient tant de siècles avant Rome. L'amour, si nécessaire au monde, et qui est l'âme de la nature, n'était point une plaisanterie comme du temps de Catulle et d'Horace. Les premiers Grecs surtout en parlèrent avec respect. Les poëtes étaient ses prophètes. Hésiode, en appelant Vénus

---

1. « Sed quid hoc dicam? quum ibi sit Priapus nimius masculus super cujus « immanissimum et turpissimum phallum nova nupta sedere jubeatur, more « honestissimo et religiossimo matronarum. » *De civitate Dei*, lib. VI, cap IX.
    Giri traduit : « Mais que dis-je? on trouve en ce lieu-là même un autre dieu que l'on nomme mâle par excellence : c'est ce dieu dont un objet infâme ayant, comme ces idolâtres croyaient, la force d'empêcher la malignité des charmes, c'était une coutume reçue avec tant de religion et de chasteté, parmi les honnêtes femmes, d'y faire asseoir l'épousée. » Il est difficile de traduire plus infidèlement, plus obscurément, plus mal. On croit avoir en français une traduction de la *Cité de Dieu*, et on n'en a point.

l'amante de la génération (φιλομμηδςή), révère en elle la source des êtres.

On a prétendu qu'Astaroth, chez les Syriens, était autrefois le même que le Priape de Lampsaque. Chez les Indiens, ce ne fut jamais qu'un symbole. On y attache encore quelque superstition, mais on ne l'adore pas. Ce mot d'*adorer*, employé par quelques compilateurs, est la profanation d'un mot consacré à l'Être des êtres.

On demande pourquoi ce symbole existe encore dans quelques endroits des côtes de Malabar et de Coromandel : c'est qu'il exista. Les habitants de ces climats conservèrent longtemps cette simplicité grossière qui ne sait ni rougir ni railler de la nature. Les femmes indiennes n'ont jamais eu de commerce avec les Européans. La malignité des peuples éclairés rit d'un tel usage : l'innocence le voit impunément. Il paraît qu'une telle coutume a dû s'établir d'autant plus aisément, que l'adultère, ce vol domestique, ce parjure dont nous nous moquons, fut longtemps inconnu dans l'Inde, et que la vie retirée des femmes le rend encore aujourd'hui extrêmement rare. Ainsi ce qui ne nous paraît qu'un signe honteux de la débauche n'était pour eux que le signe de la foi conjugale.

Qu'il nous soit permis de répéter ici que si dans presque toutes les religions il y eut des usages atroces, si on fit couler le sang humain pour apaiser le ciel, il n'y eut jamais de fêtes instituées par les magistrats pour favoriser le libertinage. Il se mêle bientôt aux fêtes, mais il n'en fut jamais l'objet. Les excès des orgies de Bacchus, à la fin réprimés par les lois, n'avaient pas certainement été ordonnés par les lois. Au contraire, les prêtresses de Bacchus, dans Athènes, juraient « d'observer la chasteté, et de ne point voir d'hommes [1]. » Partout les prêtres voulurent être terribles, mais nulle part méprisables. Les plus infâmes débauches accompagnèrent souvent nos pèlerinages, et n'étaient point commandées.

Nous avons une ordonnance de 1671, renouvelée en 1738, par laquelle il est défendu, sous peine des galères, d'aller à Notre-Dame de Lorette et à Saint-Jacques en Galice sans une permission expresse signée d'un secrétaire d'État. Ce n'est pas que les chapelles de Saint-Jacques et de la Vierge aient été instituées pour le libertinage.

ARTICLE XXX. — *Épreuves.*

Ces épreuves d'un pain d'orge qu'on mange sans étouffer; de l'eau bouillante, dans laquelle on enfonce la main sans s'échauder; le plongement dans la rivière sans se noyer; une barre de fer rouge qu'on touche, ou sur laquelle on marche sans se brûler; toutes ces manières de trouver la vérité, tous ces jugements de Dieu, si usités autrefois dans notre Europe, ont été et sont encore communs dans l'Inde. Tout vient d'Orient, le bien et le mal. Il n'est pas étonnant que, pour découvrir les crimes secrets, pour effrayer les coupables, et pour mani-

---

[1]. Démosthène, dans son plaidoyer contre Neæra.

fester l'innocence accusée, on ait imaginé que Dieu même interrompait les lois de la nature. On se permit du moins cet artifice. « Si tu es coupable, avoue, ou Dieu va te punir. » Cette formule pouvait être un frein au crime chez le peuple grossier.

L'épreuve la plus commune dans l'Inde était l'eau bouillante; si l'accusé en retirait sa main saine, il était déclaré innocent. Il y a plus d'une manière de subir cette épreuve impunément. On peut remplir le vase d'eau bouillante et d'huile froide qui surnage. On peut avoir un vase à double fond, dans lequel l'eau froide sera séparée en haut de l'eau qui bouillira dans la partie inférieure. On peut s'endurcir la peau par des préparations; et des charlatans vendaient chèrement ces secrets aux accusés. Le plongement dans une rivière était trop équivoque. Il est trop clair qu'on surnage, quand on est lié par des cordes qui font, avec le corps, un volume moins pesant qu'un pareil volume d'eau. Manier un fer brûlant était plus dangereux, mais aussi plus rare. Passer rapidement entre deux bûchers n'était pas un grand risque : on pouvait tout au plus brûler ses cheveux et ses habits.

Ces épreuves sont si évidemment le fruit du génie oriental, qu'elles vinrent enfin aux Juifs. Le *Vaïedabber*, que nous appelons *les Nombres*, nous apprend [1] qu'on institua dans le désert l'épreuve des eaux de jalousie. Si un mari accusait sa femme d'adultère, le prêtre faisait boire à la femme d'une eau chargée de malédictions, dans laquelle il jetait un peu de poussière ramassée sur le pavé du tabernacle, c'est-à-dire, probablement sur la terre; car le tabernacle, composé de pièces de rapport, et porté sur une charrette, ne pouvait guère être pavé. Il disait à la femme : « Si vous êtes coupable, votre cuisse pourrira, et votre ventre crèvera. » On remarque que, dans toute l'histoire juive, il n'y a pas un seul exemple d'une femme soumise à cette épreuve; mais, ce qui est étrange, c'est que, dans l'Évangile de saint Jacques, il est dit que saint Joseph et la sainte Vierge furent condamnés tous deux à boire de cette eau de jalousie, et que tous deux en ayant bu impunément, saint Joseph reprit son épouse dont il s'était séparé après les premiers signes de sa grossesse. L'Évangile de saint Jacques, quoique intitulé *premier Évangile*, fut à la vérité rayé du catalogue des livres canoniques : il est proscrit; mais en quelque temps qu'il ait été composé, c'est un monument qui nous apprend que les Juifs conservèrent très-longtemps l'usage de ces épreuves.

Nous ne voyons point qu'aucun peuple de l'Asie ait jamais adopté les jugements de Dieu par l'épée, ou par la lance. Ce fut une coutume inventée par les sauvages qui détruisirent l'empire romain. Ayant adopté le christianisme, ils y mêlent leurs barbaries. C'était une jurisprudence bien digne de ces peuples, que le meurtre devînt une preuve de l'innocence, et qu'on ne pût se laver d'un crime que par en commettre un plus grand. Nos évêques consacrèrent ces atrocités : nos parlements les ordonnèrent, comme on ordonne un *appointé à mettre*. Nos rois en firent le divertissement solennel de leurs cours gothiques. Nous avons

---

1. Vers 17-21. (ÉD.)

remarqué que ces jugements de Dieu furent condamnés à la cour de Rome, plus sage que les autres, et plus digne alors de donner des lois dans tout ce qui ne touchait pas à son intérêt. Nous avons traité ailleurs cette matière[1]. Nous ne ferons ici qu'une réflexion. Comment l'erreur, la démence, et le crime, ayant presque en tout temps gouverné la terre entière, les hommes ont-ils pu cependant inventer et perfectionner tant d'arts merveilleux, faire de bonnes lois parmi tant de mauvaises, et parvenir à rendre la vie non-seulement tolérable dans tant de campagnes, mais agréable dans tant de grandes villes, depuis Méaco, la capitale du Japon, jusqu'à Paris, Londres, et Rome ? La véritable raison est, à notre avis, l'instinct donné à l'homme. Il est poussé malgré lui à s'établir en société, à se procurer le nécessaire, et ensuite le superflu ; à réparer toutes ses pertes, et à chercher ses commodités ; à travailler sans cesse soit à l'utile, soit à l'agréable. Il ressemble aux abeilles : elles se font des habitations commodes ; on les détruit, elles les rebâtissent ; la guerre souvent s'allume entre elles ; mille animaux les dévorent : cependant la race se multiplie ; les ruches changent, l'espèce subsiste impérissable. Elle fait partout son miel et sa cire, sans que les abeilles de Pologne viennent d'Égypte, ni que celles de la Chine viennent d'Italie.

ARTICLE XXXI. — *De l'histoire des Indiens jusqu'à Timour ou Tamerlan.*

Jusqu'où l'insatiable curiosité de l'esprit européan s'est-elle portée ? Du temps de Tite Live, c'était être savant que de connaître l'histoire de la république romaine, et d'avoir quelque teinture des auteurs grecs. Cette nouvelle passion des archives n'a peut-être pas six mille ans d'antiquité ; quoique Platon dise en avoir vu de dix mille ans. Les hommes ont été très-longtemps comme tous nos rustres, qui, entièrement occupés de leurs besoins et de leurs travaux toujours renaissants, ne s'embarrassent jamais de ce qui s'est fait dans leur chaumière cinquante ans avant eux. Croit-on que les habitants de la Forêt-Noire soient fort curieux de l'antiquité, et que les quatre villes forestières aient beaucoup de monuments ? La passion de l'histoire est née, comme toutes les autres, de l'oisiveté. Maintenant qu'il faut entasser dans sa tête les révolutions des deux mondes, maintenant qu'on veut connaître à fond les nègres d'Angola et les Samoyèdes, le Chili et le Japon, la mémoire succombe sous le poids immense dont la curiosité l'a chargée. Le lieutenant-colonel Dow s'est donné la peine de traduire en sa langue une partie d'une histoire de l'Inde, composée dans Delhi même par le Persan Cassim Féristha[2], sous les yeux de l'empereur de l'Inde, Gean-Guir[3], au commencement du XVIIe siècle.

1. *Essai sur les mœurs et l'esprit des nations*, chap. XXII.
2. Le même que Mohammed-Kazem Ferichtah. (ED.)
3. C'est le Zéangir des uns, et le Djehan-Guyr des autres. On est encore peu d'accord sur l'orthographe et la prononciation des noms de ce genre, cités dans les *Fragments sur l'Inde. (Note de M Clogenson.)*

Cet écrivain persan, qui paraît un homme d'esprit et de jugement, commence par se défier des fables indiennes, et principalement de leurs quatre grandes périodes qu'ils appellent *jog*, dont la première, dit-il, fut de quatorze millions quatre cent mille années, pendant laquelle chaque homme vivait cent mille ans; alors tout était sur la terre vertu et félicité.

Le second jog ne dura que dix-huit cent mille ans. Il n'y eut alors que les trois quarts de vertu et de bonheur de ce qu'on en avait eu dans la première période, et la vie des hommes ne s'étendit pas au delà de cent siècles.

Le troisième jog ne fut que de soixante et douze mille ans. La vertu et le bonheur furent réduits à la moitié, et la vie des hommes à dix siècles.

Le quatrième jog fut raccourci jusqu'à trente-six mille ans, et le lot des hommes fut un quart de vertu et de bonheur avec trois quarts de méchanceté et de misère : aussi les hommes ne vécurent plus qu'environ cent ans, et c'est jusqu'à présent leur condition. Ce conte allégorique est probablement le modèle des quatre âges, d'or, d'argent, de cuivre et de fer. Ces origines sont bien éloignées de celles des Chaldéens, des Chinois, des Égyptiens, des Persans, des Scythes, et surtout de notre Sem, de notre Cham, et de notre Japhet. Nos étrennes mignonnes ne ressemblent en rien aux almanachs de l'Asie.

Si l'auteur persan Féristha avait pris pour une histoire de l'Inde l'ancienne fable morale des quatre jog, ce serait comme si Thucydide avait commencé l'histoire de la Grèce à la naissance de Vénus et à la boîte de Pandore.

M. Dow remarque que ce Persan ne savait pas la langue du *Hanscrit*, et que par conséquent l'antiquité lui était inconnue.

Après les temps fabuleux chez toutes les nations, viennent les temps historiques; et cet historique est encore partout mêlé de fables. Ce sont, chez les Grecs, les travaux d'Hercule, la toison d'or, le cheval de Troie. Les Romains ont le viol et la mort de Lucrèce, l'aventure de Clélie et de Scévola, le vaisseau qu'une vestale tire sur le sable avec sa ceinture, le pontife Navius qui coupe un caillou avec un rasoir. Tous nos peuples barbares, Germains, Gaulois, habitants de la Grande-Bretagne, faisaient des miracles avec le gui de chêne; les Bretons descendaient de Brutus, fils cadet d'Énée: leur roi Vortiger était sorcier. Un prétendu roi de France, nommé Childéric, s'enfuyait en Allemagne, qui n'avait point de rois; et là il enlevait au roi Bazin la reine sa femme, Bazine. Un ange descendait du ciel, on ne sait pas précisément de quelle partie, pour apporter un étendard au Sicambre Hildovic. Un pigeon descendait aussi du ciel, et lui apportait dans son bec une petite fiole d'huile. Les Espagnols, mêlés d'anciens Tyriens, et ensuite d'Africains, de Juifs, de Romains, de Vandales, de Goths, et d'Arabes, venaient pourtant en droite ligne de Japhet par Tubal, fils d'Ibérus. Hispan appela le pays Espagne. Lusus, fils d'Élie, fonda le royaume de Lusitanie, qui est aujourd'hui le Portugal; mais ce fut Ulysse qui bâtit Lisbonne.

Parcou.ez toutes les nations de l'univers, vous n'en trouverez pas une dont l'histoire ne commence par des contes dignes des quatre fils Aimon et de Robert le Diable. Féristha sentit bien ce ridicule universel, et son traducteur anglais le sent encore mieux.

Ce qu'il y a de pis, c'est que le savant Féristha ne nous apprend ni les mœurs, ni les lois, ni les usages du pays dont il parle, et dans lequel il vivait.

Nous n'avons vu dans toute son histoire qu'un roi juste; il se nommait Biker-Mugit. Les poëtes de son temps disaient que l'aimant n'osait attirer le fer, et l'ambre n'osait s'attacher à la paille sans sa permission.

Ce qu'il rapporte peut-être de plus curieux, c'est qu'il a trouvé d'anciens mémoires qui confirment ce que les Persans disent de leur héros Rustan, qu'il conquit l'Inde environ douze cents ans avant notre ère vulgaire.

Cette découverte prouve ce que nous avons dit, que l'Inde, ainsi que l'Égypte, appartint toujours à qui voulut s'en emparer. C'est le sort de presque tous les climats heureux.

La chronologie est très-bien observée par cet auteur; il semble qu'il ait prévu la réforme que le grand Newton a faite à cette science : Newton et Féristha s'accordent dans l'époque de Darius, fils d'Hystaspe, et dans celle d'Alexandre.

L'auteur persan dit qu'Alexandre, devenu roi de Perse, ne fit la guerre à Porus que sur le refus de ce prince indien de payer le tribut ordinaire qu'il devait au roi de Perse. Ce Porus, que d'autres nomment *Por*, il l'appelle *For*, qui était probablement son véritable nom; mais il ne dit point, comme Quinte-Curce, qu'Alexandre rendit son royaume au roi vaincu : au contraire, il assure que Porus, ou For, périt dans une grande bataille. Il ne parle point de Taxile; ce n'est point un nom indien. Féristha ne dit rien de l'invasion de Gengis-kan, qui probablement ne fit que traverser le nord de l'Inde : mais il dit qu'avant la conquête de cette vaste région par Tamerlan, un prince persan, dans neuf expéditions, en rapporta vingt mille livres pesant de diamants et de pierres précieuses. C'est une exagération sans doute : elle prouve seulement que les conquérants n'ont jamais été que des voleurs heureux, et que ce prince persan avait volé les Indiens neuf fois.

Il rapporte encore qu'un capitaine d'un autre brigand ou sultan persan, résidant à Delhi, ayant conduit un détachement de son armée dans le Bengale, à Golconde, au Décan, au Carnate, où sont aujourd'hui Madras et Pondichéri, revint présenter à son maître trois cent douze éléphants chargés de cent millions de livres sterling en or. Et le lieutenant-colonel Dow, qui sait ce que de simples officiers de la compagnie des Indes ont gagné dans ces pays, n'est point étonné de cette somme incroyable.

L'Inde n'a presque point de mines métalliques. Ces trésors ne venaient que du commerce des pierres précieuses et des diamants du Bengale, des épiceries de l'île de Serindib et de mille manufactures, dont le génie des brachmanes avait enseigné l'art aux peuples sédentaires.

patients et appliqués, dans le midi de ces contrées, depuis Surate et Bénarès jusqu'à l'extrémité de Serindib sous l'équateur.

Les barbares vomis de Candahar, de Caboul, du Sablestan, avaient, sous le nom de sultans, ravagé le séjour paisible de l'Inde, dès l'an 975 de notre ère jusque vers 1420, quand le tartare Timur vint fondre sur eux, comme un vautour sur d'autres oiseaux carnassiers.

C'était le temps où notre Europe occidentale n'avait presque aucun commerce avec l'Orient. C'était la fin du grand schisme[1], aussi ridicule qu'affreux, qui désola l'Italie, l'Allemagne, l'Angleterre, la France et l'Espagne, pour savoir lequel de trois fripons serait reconnu pour le vicaire infaillible de Dieu. C'était l'époque où un roi, devenu fou, déshérita son fils pour donner le royaume de France à un étranger son vainqueur. Nos contrées, alors barbares par les mœurs et par l'ignorance, avaient leurs malheurs de toute espèce, comme la riche Asie avait les siens.

ARTICLE XXXII. — *De l'histoire indienne depuis Tamerlan jusqu'à M. Holwell.*

Nous avons été étonnés que notre auteur persan n'ait fait qu'une mention courte, froide et sèche, de ce Tamerlan fondateur du trône des Mogols. Apparemment qu'il n'a pas voulu répéter ce qu'en avaient dit Abulcazi et le Persan Mircond[2]. Il épargne ses lecteurs. Une telle retenue est bien contraire à la profusion de nos Européans, qui répètent tous les jours ce qu'on a publié cent fois et qui, pour notre malheur, ne répètent souvent que des fables.

Féristha nous apprend du moins que le tyran Tamerlan, après avoir vaincu la Perse, vint combattre sous les murs de Delhi un tyran nommé Mahmoud, qu'on dit fou et aussi méchant que lui, et qui opprima les peuples pendant vingt années. Tamerlan vengea l'Inde de ce brigand couronné; mais qui la vengea de Tamerlan? Quel droit avait sur les terres de l'Indus et du Gange un Tartare, un obscur mirza d'un petit désert nommé *Kech* ou *Gash?* Il exerça d'abord ses brigandages vers Caboul, comme nous avons vu Abdala commencer les siens, après avoir volé quelques bestiaux à des hordes voisines, et comme a commencé Sha-Nadir[3]. Bientôt il ravagea la moitié de la Perse. On l'eût empalé s'il eût été pris : ses vols furent heureux et il fut roi. On dit qu'il entra dans Ispahan et qu'il en fit égorger tous les citoyens : enfin il soumit tous les peuples depuis le nord de la mer d'Hyrcanie jusqu'à Ormus.

La raison de tous ses succès n'est pas qu'il fût plus brave que tant de capitaines qui le combattirent; mais il avait des troupes plus en-

---

1. Le grand schisme d'Occident, commencé le 27 auguste 1378, ne s'éteignit entièrement que le 26 juillet 1429. Ce fut en 1420 que Charles VI déshérita son fils, en faveur du roi d'Angleterre Henri V. (*Note de M. Clogenson.*)

2. Aboul-Ghazy-Béhader, prince de la famille de Djenguyz-khan (Gengis-kan), mort en 1663-4, selon M. Langlès; et Hamam Eddyn Mirkhawend Mohammed, vulgairement appelé Mirkhond, mort en 1498, selon M. Audiffret. (*Id.*)

3. Plus connu sous le nom de Thamas-Kouli-kan. (Éᴅ.)

durcies aux fatigues et mieux disciplinées que celles de ses voisins; mérite qui, après tout, n'est pas plus grand que celui d'un chasseur qui a de meilleurs chiens qu'un autre, mais mérite qui donna presque toujours la victoire et l'empire.

C'est Tamerlan qui arrêta un moment les invasions des Turcs dans l'Europe, lorsqu'il prit Bajazet prisonnier dans la célèbre bataille d'Ancyre. Il est arrivé en Angleterre, par une singulière fantaisie, qu'un poëte de ce pays [1], ayant composé une tragédie sur Tamerlan et Bajazet, dans laquelle Tamerlan est peint comme un libérateur et Bajazet comme un tyran, les Anglais font jouer tous les ans cette tragédie, le jour où l'on célèbre le couronnement du roi Guillaume III, prétendant que Tamerlan est Guillaume et que Bajazet est Jacques II. Il est clair cependant que Tamerlan est encore plus usurpateur que Bajazet.

Ce héros du vulgaire, dévastateur d'une grande partie du monde, conquit la partie septentrionale de l'Inde jusqu'à Lahor et jusqu'au Gange, par lui ou par ses fils, en très-peu d'années. Féristha assure qu'ayant pris dans Delhi cent mille captifs, il les fit tous égorger : qu'on juge par là du reste. La conquête n'était pas difficile : il avait affaire à des Indiens, et tout était partagé en factions. La plupart de ces invasions subites, qui ont changé la face de la terre, furent faites par des loups qui entraient dans des bergeries ouvertes. Il est assez connu que lorsqu'une nation est aisément soumise par un peuple étranger, c'est parce qu'elle était mal gouvernée.

L'auteur persan, qui raconte brièvement une partie des victoires de Tamerlan, et qui paraît saisi d'horreur à toutes ses cruautés, n'est point d'accord avec les autres écrivains sur une infinité de circonstances. Rien ne nous prouve mieux combien il faut se défier de tous les détails de l'histoire. Nous ne manquons pas en Europe d'auteurs qui ont copié au hasard des écrivains asiatiques plus ampoulés que vrais, comme ils le sont presque tous.

Parmi ces énormes compilations, nous avons l'*Introduction à l'histoire générale et politique de l'univers, commencée par M. le baron de Puffendorf, complétée et continuée jusqu'à 1745 par M. Bruzen de La Martinière, premier géographe de Sa Majesté catholique, secrétaire du roi des Deux-Siciles et du conseil de Sa Majesté.*

Cet écrivain, d'ailleurs homme de mérite, avait le malheur de n'être en effet que le secrétaire des libraires de Hollande. Il dit [2] que Tamerlan entama les Indes par ses ravages au Caboulestan et revint, sur la fin du XIVᵉ siècle, dans ce même Caboulestan qui avait cru pouvoir secouer impunément sa domination, et qu'il châtia les rebelles. Le secrétaire d'un valet de chambre de Tamerlan aurait pu s'exprimer ainsi. J'aimerais autant dire que Cartouche châtia des gens qu'il avait volés et qui voulaient reprendre leur argent.

Il paraît, par notre auteur persan, que Tamerlan fut obligé de quitter l'Inde, après en avoir saccagé tout le nord, qu'il n'y revint

1. Nicolas Rowe; sa tragédie est intitulée *Tamerlan.* (Éd.)
2. Tome VII, pages 35 et 36.

plus, qu'aucun de ses enfants ne s'établit dans cette conquête. Ce ne fut point lui qui porta la religion mahométane dans l'Inde ; elle était déjà établie depuis longtemps avant lui dans Delhi et ses environs. Mahmoud, chassé par Tamerlan et revenu ensuite dans ses États pour en être chassé par d'autres princes, était mahométan. Les Arabes, qui s'étaient emparés depuis longtemps de Surate, de Patna et de Delhi, y avaient porté leur religion.

Tamerlan était, dit-on, théiste, ainsi que Gengiskan, et les Tartares, et la cour de la Chine. Le jésuite Catrou, dans son Histoire générale du Mogol, dit que cet illustre meurtrier, l'ennemi de la secte musulmane, « se fit assister à la mort par un iman mahométan, et qu'il mourut plein de confiance en la miséricorde du Seigneur et de crainte pour sa justice, en confessant l'unité d'un Dieu. Malheureux prince, d'avoir cru pouvoir arriver jusqu'à Dieu sans passer par Jésus-Christ. »

A Dieu ne plaise que nous entrions et que nous conduisions nos lecteurs, si nous en avons, dans l'abominable chaos où l'Inde fut plongée après l'invasion de Tamerlan, et que nous tirions les princes, qui se disputèrent Delhi, de l'obscurité profonde où des hommes qui n'ont fait aucun bien à la terre doivent être ensevelis!

Je ne sais quel écrivain[1], gagné par Desaint et Saillant, libraires de Paris, rue Saint-Jean-de-Beauvais, vis-à-vis le collége, a compilé l'*Histoire moderne des Chinois, Japonais, Indiens, Persans, Turcs, Russes, pour servir de suite à l'histoire ancienne de Rollin.*

Rollin, d'ailleurs utile et éloquent, avait transcrit beaucoup de vérités et de fables sur les Carthaginois, les Perses, les Grecs, les anciens Romains, pour *former l'esprit et le cœur* des jeunes Parisiens. Il n'y a pas d'apparence que le compilateur de l'histoire moderne des Chinois, Japonais, etc., ait prétendu former *l'esprit et le cœur* de personne. Au reste, il nous apprend qu'Abou-saïd, fils de Tamerlan, régna dans l'Inde, dont il n'approcha jamais. Ce fut Babar[2], petit-fils de Tamerlan, qui forma véritablement l'empire mogol. Il arriva de la Tartarie comme Tamerlan et commença ses conquêtes à la fin du xv⁰ siècle, au temps où les Portugais s'établissaient déjà sur les côtes de Malabar, où le commerce du monde changeait, où un nouvel hémisphère était découvert pour l'Espagne et où le pontife de Rome, Alexandre VI, si horriblement célèbre, donnait de sa pleine autorité les Indes orientales aux Espagnols et les occidentales aux Portugais, par une bulle. L'audace, le génie, la cruauté et le ridicule, gouvernaient l'univers.

L'invention du canon, qui ne fut que si tard connue des Chinois, quoiqu'ils eussent depuis plus de dix siècles le secret de la poudre,

---

1. *Histoire moderne des Chinois, des Japonais, des Indiens, des Persans, des Turcs, des Russiens, etc., pour servir de suite à l'Histoire ancienne de M. Rollin,* Paris, 1765-78, trente volumes in-12. Les onze premiers sont de Marsy, mort en 1763 ; les dix-neuf autres d'Adrien Richer, mort en 1798. Le passage rappelé par Voltaire est au tome IV, pages 82-83. (*Note de M. Beuchot.*)

2. Babour ou Babr, arrière-petit-fils de Tamerlan. (ÉD.)

était déjà parvenue dans l'Inde. Ces instruments de destruction avaient été portés des chrétiens d'Europe chez les Turcs, et des Turcs chez les Persans. Féristha nous instruit que, dans la grande bataille de Mavat, qui décida du sort de l'Inde, l'an de notre ère 1526, le premier de notre mois de mars, Babar plaça ses petits canons au front de son armée, et les lia ensemble par des chaînes de fer, de peur qu'on ne les lui prît. Cette victoire, remportée contre tous les raïas de l'Inde septentrionale, donna l'empire qu'on nomme des Mogols à Babar, empire d'abord assez faible et qui ne remonte pas si haut que l'élection de l'empereur Charles-Quint.

ARTICLE XXXIII. — *De Babar, qui conquit une partie de l'Inde après Tamerlan, au* XVIe *siècle. D'Acbar, brigand encore plus heureux. Des barbaries exercées chez la nation la plus humaine de la terre.*

Féristha nous avertit que le vainqueur Babar fit ériger sur une éminence, près du champ de bataille, une pyramide toute incrustée des têtes des vaincus. Cela n'est pas étonnant : les Suisses avaient dressé, quarante ans auparavant, sur le chemin, vers Morat, à peu près un pareil monument qui subsiste encore.

Il nous conte que Babar, ayant gagné la bataille malgré les prédictions de son astrologue, lui fit donner un lak de roupies et le chassa. Cela prouve que la démence de l'astronomie était plus respectée dans l'Orient que parmi nous. L'Europe était remplie de princes qui payaient des astrologues ; mais ils ne donnaient pas deux cent quarante mille francs à ces charlatans pour avoir menti.

Lorsque après sa victoire il assiégea un fort nommé Chingeri, défendu par les Indiens attachés au braminisme, ils commencèrent par égorger leurs femmes et eurs enfants, et se précipitèrent ensuite sur les épées des Tartares. Sont-ce là ces mêmes peuples qui tremblaient de blesser une vache et un insecte ? Le désespoir est plus fort que les préjugés même de l'enfance et que la nature. Ces faibles habitants de Chingeri n'ont fait que ce qu'on rapporte de Sardanapale, plus amolli et plus énervé qu'eux, et ce qu'on a dit de Sagonte et de quelques autres villes. Enfin, ayant étendu ses conquêtes de Caboul au Gange, il faut finir son histoire par ces mots qui en montrent la vanité : *il mourut.*

Ce qui nous paraît étrange, c'est que Babar était musulman. Son aïeul Tamerlan ne l'était pas. Babar, né dans le Caboulestan, avait-il embrassé cette religion afin de paraître partager le joug des peuples qu'il voulait écraser ? Il avait choisi la secte d'Omar : c'était sans doute parce que les Perses, ses voisins et ses ennemis, étaient de la secte d'Ali. La religion musulmane et la bramiste partagèrent l'Inde : elles se haïrent, mais sans persécution. Les mahométans vainqueurs n'en voulaient qu'aux bourses et non aux consciences des Indous.

Humaiou, fils de Babar, régna dans l'Inde avec des fortunes diverses. C'était, dit-on, un bon astronome, et plus grand astrologue. Il avait sept palais dédiés chacun à une planète. Il donnait audience aux guerriers dans la maison de Mars, et aux magistrats dans celle de

Mercure. En s'occupant ainsi des choses du ciel, il risqua de perdre celles de la terre. Un de ses frères lui prit Agra, et le vainquit dans une grande bataille. Ainsi la maison de Tamerlan fut presque toujours plongée dans les guerres civiles.

Pendant que les deux frères se battaient et s'affaiblissaient l'un l'autre, un tiers s'empara des terres qu'ils se disputaient. C'était un aventurier du Candahar; il se nommait Sher. Ce Sher mourut dans une de ses expéditions. Toute sa famille se fit la guerre pour partager les dépouilles; et pendant ce temps l'astrologue Humaiou était réfugié en Perse chez le sophi Thamas. On voit que la nation indienne était une des plus malheureuses de la terre, et méritait ses malheurs, puisqu'elle n'avait su ni se gouverner elle-même, ni résister à ses tyrans. L'écrivain persan fait un long récit de toutes ces calamités, bien ennuyeux pour quiconque n'est pas né dans l'Inde, et peut-être pour les naturels du pays. Quand l'histoire n'est qu'un amas de faits qui n'ont laissé aucune trace, quand elle n'est qu'un tableau confus d'ambitieux en armes, tués les uns par les autres, autant vaudrait tenir des registres des combats des bêtes.

Humaiou revint enfin de Perse, quand la plupart des autres usurpateurs qui l'avaient chassé se furent exterminés. Il mourut pour s'être laissé tomber de l'escalier d'une maison qu'il faisait construire; mais qu'importe? Ce qui importe, c'est que les peuples gémissaient et périssaient sur des ruines, non-seulement dans l'Inde, dans la Perse, mais dans l'Asie Mineure et dans nos climats.

Après Humaiou vint Acbar son fils, plus heureux dans l'Inde que tous ses prédécesseurs, et qui établit une puissance durable, au moins jusqu'à nos jours. Quand il succéda à son père par le droit des armes, et que l'usurpation commençait à tourner en droit sacré, il ne possédait point encore la capitale Delhi. Agra était fort peu de chose; de l'argent, il n'en avait pas, mais il avait des troupes du Nord aguerries, de l'esprit, et du courage; avec quoi on prend aisément l'argent des Indiens. Il nourrit la guerre par la guerre, prit Delhi, et s'y affermit. Il sut vaincre les petits princes, soit Indiens, soit tartares, cantonnés partout depuis l'irruption passagère de Tamerlan.

Féristha nous conte qu'Acbar, se voyant bientôt à la tête de deux mille éléphants et de cent mille chevaux, poursuivait avec des détachements de cette grande armée un khan tartare, nommé Ziman, retiré derrière le Gange, du côté de Lahor, dans un endroit nommé *Manczpour*. On cherchait des bateaux, le temps se perdait, il était nuit; Acbar, ayant devancé son armée, apprend que les ennemis, se croyant en sûreté à l'autre bord du fleuve, ont célébré une fête à la manière de tous les soldats, et qu'ils sont en débauche. Il passe le grand fleuve du Gange à la nage, sur son éléphant, suivi seulement de cent chevaux, aborde, trouve les ennemis endormis et dispersés; ils ne savent quel nombre ils ont à combattre, ils fuient; les troupes d'Acbar, ayant passé le fleuve, voient Acbar et cent hommes vainqueurs d'une armée entière. Ceux qui aiment à comparer peuvent mettre en parallèle le passage du Granique par Alexandre, César passant à la nage un bras de la mer d'Alexandrie, Louis XIV dirigeant le passage du Rhin, Guillaume III combattant en personne au milieu de la Boyne, et Acbar sur son éléphant.

Acbar fut le premier qui s'empara de Surate et du royaume de Guzarate, fondé par des marchands arabes devenus conquérants à peu près comme des marchands anglais sont devenus les maîtres du Bengale.

Ce même Bengale fut bientôt soumis par Acbar; il envahit une partie du Décan : toujours à cheval ou sur un éléphant; toujours combattant du fond de Cachemire jusqu'au Visapour, et mêlant toujours les plaisirs à ses travaux, ainsi que tant de princes.

Notre jésuite Catrou, dans son *Histoire générale du Mogol*, composée sur les mémoires des jésuites de Goa, assure que cet empereur mahométan fut presque converti à la religion chrétienne par le P. Aquaviva; voici ses paroles :

« Jésus-Christ (lui disaient nos missionnaires) vous paraît avoir suffisamment prouvé sa mission par des miracles attestés dans l'*Alcoran*. C'est un prophète autorisé; il faut donc le croire sur sa parole. Il nous dit qu'il était avant Abraham. Tous les monuments qui restent de lui confirment la trinité, etc. »

L'empereur sentit la force de ce raisonnement, quitta la conversation; les larmes aux yeux, et répéta plusieurs fois : « Devenir chrétien!... changer la religion de mes pères!... quel péril pour un empereur! quel poids pour un homme élevé dans la mollesse et dans la liberté de l'*Alcoran!* »

Il est vrai que si Acbar prononça ces paroles après avoir quitté la conversation, le P. Aquaviva ne les entendit pas. Il est encore vrai qu'Acbar n'avait pas été élevé dans la mollesse, et que l'*Alcoran* n'est pas si mou que le dit le jésuite Catrou. On sait assez qu'il n'est pas besoin de calomnier l'*Alcoran* pour en montrer le ridicule. D'ailleurs il ordonne le jeûne le plus rigoureux, l'abstinence de toutes les liqueurs fortes, la privation de tous les jeux, cinq prières par jour, l'aumône de deux et demi pour cent de son bien : et il défend à tous les princes d'avoir plus de quatre femmes, eux qui en prenaient auparavant plus de cent. Catrou ajoute que « le musulman Acbar honorait à certains temps Jésus et Marie; qu'il portait au cou un reliquaire, un *Agnus Dei*, et une image de la sainte Vierge. » Notre Persan, traduit par M. Dow, ne dit rien de tout cela.

ARTICLE XXXIV. — *Suite de l'histoire de l'Inde jusqu'à* 1770.

L'auteur persan finit son histoire à la mort d'Acbar; M. Dow en donne la suite en peu de mots, jusqu'à ce qu'il arrive au temps où ses compatriotes commencent eux-mêmes à être en partie un grand objet de l'histoire de l'Inde.

C'est ainsi, ce me semble, qu'on doit s'y prendre en toutes choses. Ce qui nous touche davantage doit être traité plus à fond que ce qui nous est étranger.

Quand nous répéterions que Géan-Guir, fils et successeur d'Acbar, était un ivrogne, et que son frère aîné, plus ivrogne que lui, avait été déshérité, nous ne pourrions nous flatter d'avoir travaillé aux progrès de l'esprit humain.

Sha-Géan succéda à Géan-Guir son père, contre lequel il s'était révolté tant qu'il avait pu ; de même que ses enfants se révoltèrent depuis contre lui.

Les noms de Géan-Guir et de Sha-Géan signifient, dit-on, empereur du monde. Si cela est, ces titres sont du style asiatique. Ces empereurs-là n'étaient pas géographes. Les trois quarts de l'Inde en deçà du Gange, dont ils ne furent jamais les maîtres bien reconnus et bien paisibles, jusqu'à Aurengzeb, ne composaient pas le monde entier. Mais le globe entre les mains de l'empereur d'Allemagne et du roi d'Angleterre, à leur sacre, n'est pas plus modeste que les titres de Sha-Géan et de Géan-Guir.

Nous n'avons dit qu'un mot de cet Aurengzeb[1], fameux dans tout notre hémisphère ; et nous en avons dit assez en remarquant qu'il fut le barbare le plus tranquille, l'hypocrite le plus profond, le méchant le plus atroce, et en même temps le plus heureux des hommes, et celui qui jouit de la vie la plus longue et la plus honorée : exemple funeste au genre humain, mais qui heureusement est très-rare.

Nous ne pouvons dissimuler que nous avons vu avec douleur l'éloge de ce prince parricide dans M. Dow ; et nous l'excusons, parce qu'étant guerrier, il a été plus ébloui de la gloire d'Aurengzeb qu'effarouché de ses crimes. Pour nous, notre principal but, dont on a dû assez s'apercevoir, était d'examiner dans ces *Fragments* les désastres de la compagnie française des Indes et la mort du général Lally ; époque remarquable chez une nation qui se pique de justice et de politesse.

Nous avons fait voir les malheureux Grands-Mongols, descendants de Tamerlan, amollis, corrompus, et détrônés ; l'empereur Sha-Ahmet mourant après qu'on lui eut arraché les yeux ; Alumgir assassiné ; le brigand Abdala devenu grand prince, et saccageant tout le nord de l'Inde ; les Marattes lui résistant : ces Marattes, tantôt vainqueurs, tantôt vaincus ; et enfin l'Indoustan plus malheureux que la Perse et la Pologne.

Nous doutions du temps et de la manière dont ce Grand-Mogol Alumgir fut assassiné ; mais M. Dow nous apprend que ce fut en 1760, dans la maison ou plutôt dans l'antre d'un ermite musulman qui passait pour un santon, pour un saint. Les propres domestiques de l'empereur dévot l'engagèrent à faire ce pèlerinage ; et le grand vizir le fit égorger dans le temps qu'il se prosternait devant le saint. Tout était en combustion après ce crime, précédé et suivi de mille crimes, quand le brigand Abdala revint de Caboul et des frontières orientales de la Perse, augmenter l'horreur du désordre. Quoique cet Abdala fût déjà un souverain considérable, il pouvait à peine payer ses troupes. Il lui fallait subsister continuellement de rapines. Il y a peu de distinction à

1. Article IX.

faire entre les scélérats que nous condamnons à la roue en Europe, et ces héros qui s'élèvent des trônes en Asie. Abdala vint, en 1761, exiger des contributions de Delhi. Les citoyens, appauvris par quinze ans de rapines, ne purent le satisfaire : ils prirent les armes dans leur désespoir. Abdala tua et pilla pendant sept jours; la plupart des maisons furent réduives en cendres. Cette ville, longue de dix-sept lieues de deux mille trois cents pas géométriques, et peuplée de deux millions d'habitants, n'avait pas éprouvé, dans l'invasion de Sha-Nadir, une calamité si horrible; mais elle n'était pas à la fin de ses malheurs. Les Marattes accoururent pour partager la proie; ils combattirent Abdala sur les ruines de la ville impériale. Ces voleurs chassèrent enfin ce voleur, et pillèrent Delhi à leur tour avec une inhumanité presque égale à la sienne.

Un autre petit peuple, voisin des Marattes et de Visapour, habitant des montagnes appelées les Gates, et qui en a pris le nom, vint encore se joindre aux Marattes, et mettre le comble à tant d'horreurs.

Qu'on se figure les Anglais et les Bourguignons déchirant la France du temps de l'imbécile Charles VI, ou les Goths et les Lombards dévorant l'Italie dans la décadence de l'empire, on aura quelque idée de l'état où était l'Inde dans la décadence de la maison de Tamerlan. Et c'était précisément dans ce temps-là que les Anglais et les Français, sur la côte de Coromandel, se battaient entre eux et contre les Indiens, pillaient, ravageaient, intriguaient, trahissaient, étaient trahis.... pour vendre en Europe des toiles peintes.

Que l'on compare les temps, et qu'on juge du bonheur dont on jouit aujourd'hui en France, en Espagne, en Italie, en Allemagne, dans une paix profonde, dans le sein des arts et des plaisirs. Ils ne sont point troublés par l'ordre donné aux jésuites de vivre chacun chez soi en habit court, au lieu de porter une robe longue. La France n'est que plus florissante par l'abolissement de la vénalité infâme de la judicature[1]. L'Angleterre est tranquille et opulente malgré les petites satires des opposants. L'Allemagne se polit et s'embellit tous les jours. L'Italie semble renaître. Puisse durer longtemps une félicité dont on ne sent pas assez le prix!

Au milieu des convulsions sanglantes dont l'empire mogol était agité, quelques omras, quelques raïas, avaient élu dans Delhi un empereur qui prit le nom de Sha-Géan. Il était de la maison tamerlane. Nous avons observé qu'on n'a point encore choisi de monarque ailleurs, tant le préjugé a de force! Abdala même, n'osant se déclarer empereur, consentit à l'élévation de ce prince Sha-Géan. Les Marattes le détrônèrent, et mirent à sa place un autre prince de cette race. C'est ce fantôme d'empereur qui est aujourd'hui, en 1773, sur ce malheureux trône. Il a pris le nom de Sha-Allum. Un fils de l'autre Allum, surnommé *Gir*, assassiné dans la cellule d'un faquir, lui a disputé l'ombre de sa puissance : et tous deux ont été et sont encore égalemer.t infortunés, mais moins que les peuples, qui sont toujours victimes, et

---

1. Allusion aux réformes de Maupeou. (ÉD.)

dont les historiens parlent rarement. Trop d'écrivains ont imité trop de princes ; ils ont oublié les intérêts des nations pour les intérêts d'un seul homme.

ARTICLE XXXV. — *Portrait d'un peuple singulier dans l'Inde. Nouvelles victoires des Anglais.*

Parmi tant de désolations, une contrée de l'Inde a joui d'une profonde paix, et, au milieu de la dépravation affreuse des mœurs, a conservé la pureté des mœurs antiques. Ce pays est celui de Bishnapor, ou Vishnapor. M. Holwell, qui l'a parcouru, dit qu'il est situé au nord-ouest du Bengale, et que son étendue est de soixante journées de chemin ; ce qui ferait, à dix de nos lieues communes par jour, six cents lieues. Par conséquent ce pays serait beaucoup plus grand que la France, en quoi nous soupçonnons quelque exagération, ou une faute d'impression trop commune dans tous les livres. Il vaut mieux croire que l'auteur a entendu par soixante journées de marche le circuit de toute la province ; ce qui donnerait environ deux cents lieues de diamètre. Elle rapporte trente-cinq laks de roupies par année à son souverain, huit millions deux cent mille de nos livres. Ce revenu ne paraît pas proportionné à l'étendue de la province.

Ce qui nous étonne encore, c'est que le Bishnapor ne se trouve point sur nos cartes. Le lecteur éprouvera un étonnement plus agréable, quand il saura que ce pays est peuplé des hommes les plus doux, les plus justes, les plus hospitaliers et les plus généreux qui aient jamais rendu la terre digne du ciel. « La liberté, la propriété, y sont inviolables. On n'y entend jamais parler de vol ni particulier ni public. Tout voyageur, trafiquant ou non, y est sous la garde immédiate du gouvernement, qui lui donne des guides pour le conduire sans aucuns frais, et qui répondent de ses effets et de sa personne. Les guides, à chaque station ou couchée, le remettent à d'autres conducteurs avec un certificat des services que les premiers lui ont rendus ; et tous ces certificats sont portés au prince. Le voyageur est défrayé de tout dans sa route, aux dépens de l'État, trois jours entiers dans chaque lieu où il veut séjourner, etc. »

Tel est le récit de M. Holwell. Il n'est pas permis de croire qu'un homme d'État, dont la probité est connue, ait voulu en imposer aux simples. Il serait trop coupable et trop aisément démenti. Cette contrée n'est pas comme l'île imaginaire de Pancaye, le jardin des Hespérides, les îles Fortunées, l'île de Calypso, et toutes ces terres fantastiques où des hommes malheureux ont placé le séjour du bonheur.

Cette province appartient de temps immémorial à une race de brames qui descend des anciens brachmanes. Et ce qui peut faire penser que le vrai nom du pays est Vishnapor, c'est que ce nom signifierait le royaume de *Vishnou, la bienfaisance de Dieu.* Ses mœurs furent autrefois celles de l'Inde entière, avant que l'avarice y eût conduit des armées d'oppresseurs. La caste des brames y a conservé sa liberté et sa vertu, parce qu'étant toujours maîtres des écluses qu'ils ont construites sur un bras du Gange, et pouvant inonder le pays, ils n'ont jamais été subjugués par les étrangers. C'est ainsi qu'Amsterdam s'est mise à l'abri de toutes les invasions.

Ce peuple asiatique, aussi innocent, aussi respectable que les Pensylvaniens de l'Amérique anglaise, n'est pas pourtant exempt d'une superstition grossière. Il est très-compatible que la vertu la plus pure subsiste avec les rites les plus extravagants. Cette superstition même des Vishnaporiens paraît une preuve de leur antiquité. L'espèce de culte qu'ils rendent à la vache, affaibli dans le reste de l'Inde, s'est conservé chez cette nation isolée dans toute la simplicité crédule des premiers temps. Quand la vache consacrée meurt, c'est un deuil universel dans le pays : une telle bêtise est bien naturelle dans un peuple à qui l'on avait fait accroire que des milliers de puissances célestes avaient été changés en vaches et en hommes. Le peuple révère et chérit dans sa vache consacrée la nature céleste et la nature humaine. Si nous nous abandonnions aux conjectures, nous pourrions penser que le culte de la vache indienne est devenu dans l'Égypte le culte du bœuf. Notre idée serait toujours fondée sur l'impossibilité physique et démontrée que l'Égypte ait été peuplée avant l'Inde. Mais il se pourrait très-bien que les prêtres de l'Inde et ceux d'Égypte eussent été également ridicules, sans rien imiter les uns des autres.

La doctrine, la pureté, la sobriété, la justice des anciens brachmanes s'est donc perpétuée dans cet asile. Il serait bien à souhaiter que M. Holwell y eût séjourné plus longtemps. Il serait entré dans plus de détails; il aurait achevé ce tableau, si utile au genre humain, dont il nous a donné l'esquisse. Tous les Anglais avouent que si les brames de Calcutta, de Madras, de Masulipatan, de Pondichéri, liés d'intérêt avec les étrangers, en ont pris tous les vices, ceux qui ont vécu dans la retraite ont tous conservé leur vertu. A plus forte raison ceux de Vishnapor, séparés du reste du monde, ont dû vivre dans la paix de l'innocence, éloignés des crimes qui ont changé la face de l'Inde, et dont le bruit n'a pas été jusqu'à eux. Il en a été des brames comme de nos moines : ceux qui sont entrés dans les intrigues du monde, qui ont été confesseurs des princes et de leurs maîtresses, ont fait beaucoup de mal. Ceux qui sont restés dans la solitude ont mené une vie insipide et innocente.

ARTICLE XXXVI. — *Des provinces entre lesquelles l'empire de l'Inde était partagé vers l'an 1770, et particulièrement de la république des Seïkes.*

Si toutes les nations de la terre avaient pu ressembler aux Pensylvaniens, aux habitants de Vishnapor, aux anciens Gangarides, l'histoire des événements du monde serait courte; on n'étudierait que celle de la nature. Il faut malheureusement quitter la contemplation du seul pays de notre continent où l'on dit que les hommes sont bons, pour retourner au séjour de la méchanceté.

Le lecteur peut se souvenir que le colonel Clive, à la tête d'un corps de quatre mille hommes, avait vaincu et pris dans le Bengale le sou-

verain Suraia-Doula, comme Fernand Cortez avait pris Montezuma
dans le Mexique au milieu de ses troupes innombrables. On a vu comment cet officier, au service de la compagnie, créa Jaffer souverain du
Bengale, de Golconde et d'Orixa : un fils de Jaffer, nommé Suraia-
Doula, succéda à son père avec la protection des Anglais. Ils disent
qu'il fut ingrat envers eux, et qu'il voulut à la fois les chasser du Bengale et achever la ruine du nouvel empereur Sha-Allum. Ce nouveau
Grand-Mogol Allum, presque sans défense, eut recours aux Anglais à
son tour. Le colonel Clive le protégea. Le tyran Abdala était absent
alors, et occupé dans le Corassan. Clive livra bataille aux oppresseurs
de l'empereur Sha-Allum, et les défit dans un lieu nommé Buxar :
cette nouvelle victoire de Buxar combla les Anglais de gloire et de richesses. Ni le gouverneur Holwell, ni le lieutenant-colonel Dow, ni le
capitaine Scrafton, ne nous instruisent de la date de cette grande action. Ils s'en rapportent à leurs dépêches envoyées à Londres, que
nous ne connaissons pas. Mais cet événement ne doit pas être éloigné
du temps où les Anglais prenaient Pondichéri. Le bonheur les accompagnait partout; et ce bonheur était le fruit de leur valeur, de leur
prudence, et de leur concorde dans le danger. La discorde avait perdu
les Français; mais bientôt après la désunion se mit dans la compagnie
anglaise; ce fut le fruit de leur prospérité et de leur luxe; au lieu que
la mésintelligence entre les Français avait été principalement produite
par leurs malheurs.

La compagnie anglaise des Indes a été depuis ce temps maîtresse du
Bengale et d'Orixa; elle a résisté aux Marattes et aux nababs qui ont
voulu la déposséder; elle tend encore la main au malheureux empereur Sha-Allum, qui n'a plus que la moitié de la province d'Allabad,
entre le Gange et la rivière de Sérong, au vingt-cinquième degré de
latitude. Cette province d'Allabad n'est pas seulement marquée dans
nos cartes françaises de l'Inde. Il faut être bien établi dans un pays
pour le connaître.

Le district qu'on a laissé comme par pitié à cet empereur lui produisait à peine douze laks de roupies; les Anglais lui en donnaient
vingt-six de leur province de Bengale. C'était tout ce qui restait à
l'héritier d'Aurengzeb, le roi le plus riche de la terre. Tout le reste de
l'Inde était partagé entre diverses puissances, et cette division affermissait le royaume que l'Angleterre s'est formé dans l'Inde.

Parmi toutes ces révolutions, la ville impériale de Delhi tomba entre
les mains de ce fils de Jaffer, de ce Suraia-Doula, vaincu par le colonel Clive, et relevé de sa chute. Les révolutions rapides changeaient
continuellement la face de l'empire. Ce fils de Jaffer eut encore la province d'Oud, qui touche à celle d'Allabad, où le Grand-Mogol était retiré, et au Bengale, où les Anglais dominaient.

Patna, au nord du Gange appartenait à un souba des Patanes. Les
Gates, que nous avons vus descendre de leurs rochers pour augmenter
les troubles de l'empire, avaient envahi la ville impériale d'Agra. Les
Marattes s'étaient emparés de toute la province, ou, si l'on veut, du
royaume de Guzarate, excepté de Surate et de son territoire.

Un nabab était maître du Décan, et tantôt il combattait les Marattes, tantôt il s'unissait avec eux pour attaquer les Anglais dans leurs possessions d'Orixa et du Bengale. Le tyran Abdala possédait tout le pays situé entre Candahar et le fleuve Indus.

Tel était l'état de l'Inde vers l'an 1770; mais depuis le commencement de tant de guerres civiles, il s'était formé une nouvelle puissance qui n'était ni tyrannique, comme celle d'Abdala et des autres princes, ni trafiquante du sang humain, comme celle des Marattes, ni établie à la faveur du commerce, comme celle des Anglais. Elle est fondée sur le premier des droits, sur la liberté naturelle. C'est la nation des Seïkes, nation aussi singulière dans son espèce que celle des Vishnaporiens. Elle habite l'orient de Cachemire, et s'étend jusqu'au delà de Lahor. Libre et guerrière, elle a combattu Abdala, et n'a point reconnu les empereurs mogols; sûre d'avoir beaucoup plus de droit à l'indépendance, et même à la souveraineté de l'Inde, que la famille tartare de Tamerlan, étrangère et usurpatrice.

On nous dit qu'un des lamas du grand Thibet donna des lois et une religion aux Seïkes vers la fin de notre dernier siècle. Ils ne croient ni que Mahomet ait reçu un livre assez mal fait de la main de l'ange Gabriel, ni que Dieu ait dicté le *Shastabad* à Brama. Enfin, n'étant ni mahométans, ni brames, ni lamistes, ils ne reconnaissent qu'un seul Dieu sans aucun mélange. C'est la plus ancienne des religions; c'est celle des Chinois et des Scythes, et sans doute la meilleure pour quiconque ne connaît pas la nôtre. Il fallait que ce prêtre lama, qui a été le législateur des Seïkes, fût un vrai sage, puisqu'il n'abusa pas de la confiance de ce peuple pour le tromper et pour le gouverner. Au lieu d'imiter les prestiges du grand lama qui règne au Thibet, il fit voir aux hommes qu'ils peuvent se gouverner par la raison. Au lieu de chercher à les subjuguer, il les exhorta à être libres, et ils le sont. Mais jusqu'à quand le seront-ils? jusqu'au temps où les esclaves de quelque Abdala, supérieurs en nombre, viendront, le cimeterre à la main, les rendre esclaves comme eux. Des dogues à qui leur maître a mis un collier de fer peuvent étrangler des chiens qui n'en ont pas.

Tel est en général le sort de l'Inde; il peut intéresser les Français, puisque malgré leur valeur, et malgré les soins de Louis XIV et de Louis XV, ils y ont essuyé tant de disgrâces. Il intéresse encore plus les Anglais, puisqu'ils se sont exposés à des calamités pareilles, et que leur courage a été secondé de la fortune.

FRAGMENT SUR LA JUSTICE,

A L'OCCASION DU PROCÈS DE M. LE COMTE DE MORANGIÉS
CONTRE LES DU JONQUAY.

(1773.)

Le procès du général Lally fut cruel : celui que le comte de Morangiés essuya fut absurde. Il y va de l'honneur de la nation de transmettre à la postérité ces aventures odieuses, afin de laisser un préservatif contre les excès auxquels l'aveuglement de la prévention et la démence de l'esprit de parti peuvent entraîner les hommes.

Un jeune aventurier de la lie du peuple est assez extravagant et assez hardi pour supposer qu'il a prêté cent mille écus à un maréchal de camp, de l'argent de sa pauvre grand'mère qui logeait dans un galetas avec lui et le reste de sa famille; il affirme, il jure qu'il a porté lui-même à pied ces cent mille écus au maréchal de camp, en treize voyages, et qu'il a couru environ six lieues en un matin pour lui rendre ce service. Ce jeune homme, nommé Liégard, surnommé du Jonquay, sachant à peine lire et écrire, et orthographiant comme un laquais mal élevé, avait été pourtant reçu docteur ès lois par bénéfice d'âge : condescendance ridicule et trop commune, abus intolérable, dont cet exemple fait assez voir les conséquences. Ce docteur ès lois, dans sa misère, trouve le secret d'associer toute sa famille à son imposture, sa mère, sa grand'mère, ses sœurs, tous ses parents qui logent avec lui, excepté un ancien sergent aux gardes. Il n'y a qu'un militaire dans toute cette bande, et c'est le seul honnête homme.

Liégard du Jonquay se lie avec un cocher[1] et avec un clerc de procureur, qui doivent lui servir de témoins et partager une partie du profit. Il s'assure de deux courtières, dont l'une avait été plusieurs fois enfermée à l'hôpital, et qui depuis près d'un an avait fait monter Mme Véron, grand'mère de du Jonquay, à la dignité de prêteuse sur gages. Toute cette troupe s'unit dans l'espérance d'avoir part aux cent mille écus. Voilà donc le docteur Liégard du Jonquay et sa mère et sa grand'mère, qui présentent requête au lieutenant criminel pour qu'on aille enfoncer les portes de la maison de M. le comte de Morangiés, dans laquelle on trouvera sans doute les cent mille écus en espèces. Et si on ne les trouve pas, la troupe de du Jonquay dira que leur recherche montre leur bonne foi, et que le maréchal de camp a mis l'argent en sûreté.

Cependant la famille et le conseil s'assemblent; ils ont quelque scrupule : un des complices remontre le danger qu'on peut courir dans cette affaire épineuse. « On ne croira jamais que ni vous ni votre grand'mère ayez pu posséder cent mille écus en argent comptant, vous qui vivez si à l'étroit dans un troisième étage presque sans meubles, vous qui

---

1. Gilbert. (ÉD.)

couchiez sur la paille dans un faubourg avant d'être logés ici!.. » Un des meilleurs esprits de la bande se charge alors de faire un roman vraisemblable. Par ce roman, la pauvre vieille grand'mère est transformée en veuve opulente d'un fameux banquier nommé Véron. Ce mari, mort il y a trente ans, lui a laissé sourdement, par un fidéicommis, de la vaisselle d'argent, des sommes immenses en or. Un ami intime, nommé Chotard, a rendu fidèlement ce dépôt à la vieille; elle n'y a jamais touché pendant près de trente années; elle a vécu noblement dans la plus extrême misère, pour faire un jour une grande fortune à son petit-fils Liégard du Jonquay; et elle n'attend que la restitution de cent mille écus prêtés à M. le comte de Morangiés, à six pour cent d'usure, pour acheter à M. du Jonquay une charge de conseiller au parlement; car l'honneur de rendre la justice se vendait alors, et du Jonquay pouvait l'acheter comme un autre.

Le roman paraît très-plausible : il reste seulement une difficulté. « On vous demandera pourquoi un docteur ès lois, près d'être reçu conseiller au parlement, s'est déguisé en crocheteur pour aller porter cent mille écus en treize voyages. « M. du Jonquay répond qu'il ne s'est donné cette peine que pour plaire au maréchal de camp, qui lui avait demandé le secret. La réponse n'est pas trop bonne. « Mais enfin un cocher et un ancien clerc de procureur jureront qu'ils m'ont vu préparer les sacs et les porter; une courtière, en sortant de l'hôpital, m'aura vu revenir tout en eau de mes treize voyages. Avec de si bons témoignages nous réussirons. J'ai eu l'adresse de persuader au maréchal de camp que je lui ferais prêter les cent mille écus par une compagnie d'usuriers; j'ai tiré de lui des billets à ordre pour la même somme, payables à ma grand'mère, créancière prétendue de cette prétendue compagnie. Il faudra bien qu'il les paye. Il a beau nier la réception de l'argent et mes treize voyages : j'ai sa signature; j'aurai des témoins irréprochables; nous jouirons du plaisir de le ruiner, de le déshonorer, de le voler et de le faire condamner comme voleur. »

Ce plan arrangé entre les complices, chacun se prépare à jouer son rôle. Le cocher va soulever tous les fiacres de Paris en faveur du docteur ès lois et de la famille; le clerc de procureur va se faire guérir de la vérole chez un chirurgien, et il attendrit les cœurs de ses camarades et des filles de joie pour une famille respectable et infortunée, indignement volée par un homme de qualité, officier général des armées du roi.

Pendant que cette pièce commence à se jouer, le maréchal de camp, informé des préparatifs, va trouver le magistrat de police, et lui expose le fait. Le lieutenant de police, qui a l'inspection sur les usuriers et sur les troisièmes étages, fait interroger la famille du Jonquay par des officiers de police. Le crime tremble toujours devant la justice. On intimide, on menace du Jonquay et sa mère : les scélérats déconcertés avouent leur délit, les larmes aux yeux; ils signent leur condamnation. On croit l'affaire finie.

Qu'arrive-t-il alors? Un praticien, qui était de la troupe, ranime le courage des confédérés. « Souffrirons-nous, mes chers amis, qu'une si belle proie nous échappe? il s'agit ou de partager entre nous cent mille écus gagnés par notre industrie, ou d'aller aux galères; choisissez. Vous avez avoué votre crime devant un commissaire de quartier : cette faiblesse peut se réparer. Dites que vous y avez été forcés : dites que vous avez été détenus en chartre privée, au mépris des lois du royaume, qu'on vous a chargés de fers, que vous avez été mis à la torture.

« C'est le *cædebatur virgis civis romanus* de Cicéron. C'est le *metus cadens in constantem virum* de Tribonien. N'êtes-vous pas *constans vir*, monsieur du Jonquay? — Oui, monsieur. — Hé bien, demandez justice contre la police qui persécute les gens de bien. Criez qu'un maréchal de camp vous vole, que toute la police est son complice, et qu'on vous a outrageusement battu pour vous faire avouer que vous êtes un fripon.

« Il faut de l'argent pour soutenir un procès si délicat. Nous vous amenons M. Aubourg, autrefois laquais, puis tapissier, et maintenant usurier; vendez-lui votre procès, il fera tous les frais; c'est un homme d'honneur et de crédit, qui manie les affaires d'une dame de grande considération, et qui ameutera pour vous tout Paris. »

M. du Jonquay et sa vieille grand'mère Véron vendent donc leur procès à M. Aubourg. On assigne devant le parlement le maréchal de camp comme ayant volé cent mille écus à la famille d'un jeune docteur près d'être reçu conseiller, comme instigateur des fureurs tyranniques de la police, comme suborneur de faux témoins, comme oppresseur des bons bourgeois de Paris.

La vieille grand'mère Véron meurt sur ces entrefaites; mais avant de mourir on lui dicte un testament absurde, un testament qu'elle n'a pu faire. Toute la famille en grand deuil, accompagnée de son praticien et de l'usurier Aubourg, va se jeter aux pieds du roi et implorer sa justice. Il se trouve quelquefois à la cour des âmes compatissantes, quand cette compassion peut servir à perdre un officier général. Presque tout Versailles, et presque tout Paris, et bientôt presque tout le royaume, se déclarent pour le candidat du Jonquay, et pour cette famille honnête si indignement volée, et si cruellement mise à la torture.

L'affaire se plaida d'abord devant la grand'chambre et la tournelle assemblées. Un avocat de du Jonquay prouva que tous les officiers des armées du roi sont des escrocs et des fripons; qu'il n'y a d'honneur et de vertu que chez les cochers, les clercs de procureur, les prêteurs sur gages, les entremetteuses, et les usurières. Il fit voir que rien n'est plus naturel, plus ordinaire, qu'une vieille femme trèspauvre qui possède pendant trente ans cent mille écus dans son armoire, qui les prête à un officier qu'elle ne connaît pas, et un jeune docteur ès lois qui court six lieues à pied pour porter ces cent mille écus à cet officier dans ses poches.

Ensuite il peignit pathétiquement le candidat du Jonquay et sa mère entre les mains des bourreaux de la police, chargés de fers, meurtris de coups, évanouis dans les tourments, forcés enfin d'avouer un crime dont ils étaient innocents; leur vertu barbarement immolée au crédit et à l'autorité, n'ayant pour soutien que la générosité de M. Aubourg, qui avait bien voulu acheter ce procès, à condition qu'il n'en aurait pour lui qu'environ cent vingt mille livres. Toutes les bonnes femmes pleurèrent; les usuriers et les escrocs battirent des mains; les juges furent ébranlés; le parlement renvoya l'affaire en première instance au bailliage du palais, petite juridiction inconnue jusqu'alors.

Le ridicule, l'absurdité du roman de la bande du Jonquay étaient assez sensibles; l'infamie de leurs manœuvres, l'insolence de leur crime, étaient manifestes; mais la prévention était plus forte. Le public séduit séduisit le juge du bailliage.

La populace gouverne souvent ceux qui devraient la gouverner et l'instruire. C'est elle qui dans les séditions donne des lois; elle asservit le sage à ses folles superstitions; elle force le ministère, dans des temps de cherté, à prendre des partis dangereux; elle influe souvent dans les jugements des magistrats subalternes. Une prêteuse sur gages persuade une servante, qui persuade sa maîtresse, qui persuade son mari. Un cabaretier empoisonne un juge de son vin et de ses discours. Le bailliage fut ainsi endocumenté. Le plaisir d'humilier la noblesse chatouillait encore en secret l'amour-propre de quelques bourgeois qui étaient devenus ses juges.

Le maréchal de camp fut plongé dans la prison la plus dure, condamné à payer un argent qu'il n'avait jamais reçu, et à des amendes infamantes : le crime triompha[1].

Alors le public des honnêtes gens commença d'ouvrir les yeux. La maladie épidémique qui s'était répandue dans toutes les conditions avait perdu de sa malignité.

L'affaire ayant été enfin rapportée de droit au parlement, le premier président, M. de Saùvigny, interrogea lui-même les témoins. Il produisit au grand jour la vérité si longtemps obscurcie. Le parlement vengea, par un arrêt[2] solennel, le comte de Morangiés; et ses accusateurs, du Jonquay et sa mère, furent condamnés au bannissement, peine bien douce pour leur crime, mais que les incidents du procès ne permettaient pas de rendre plus griève.

Il était d'ailleurs plus nécessaire de manifester l'innocence du comte que de flétrir la canaille des accusateurs dont on ne pouvait augmenter l'infamie. Enfin, tout Paris s'étonna d'avoir été deux ans entiers la dupe du mensonge le plus grossier et le plus ridicule que la sottise et la friponnerie en délire aient pu jamais inventer.

Puissent de tels exemples apprendre aux Parisiens à ne pas juger des affaires sérieuses, comme d'un opéra-comique, sur les discours d'un perruquier ou d'un tailleur, répétés par des femmes de chambre!

---

1. La sentence du bailliage du palais est du 28 mai 1773. Ce tribunal, composé de sept juges, avait décrété Morangiés d'ajournement personnel, puis ordonna plus tard qu'il fût mis en prison. (*Note de M. Beuchot.*)

2. Cet arrêt est du 3 septembre 1773. (*Id.*)

Mais un peuple qui a été vingt ans entiers la dupe des miracles de M. l'abbé Pâris, et des gambades de M. l'abbé Becherand, pourra-t-il jamais se corriger?

Odi profanum vulgus et arceo.

FRAGMENT

SUR LE PROCÈS CRIMINEL DE MONTBAILLI, ROUÉ ET BRÛLÉ VIF A SAINT-OMER, EN 1770, POUR UN PRÉTENDU PARRICIDE; ET SA FEMME CONDAMNÉE A ÊTRE BRÛLÉE VIVE, TOUS DEUX RECONNUS INNOCENTS.

(1773.)

C'est encore la démence de la canaille qui produisit l'affreuse catastrophe dont nous allons parler en peu de mots. Il faut passer ici de l'extrême ridicule à l'extrême horreur.

Un citoyen de Saint-Omer, nommé Montbailli, vivait paisiblement chez sa mère avec sa femme qu'il aimait. Ils élevaient un enfant né de leur mariage, et la jeune femme était grosse d'un second. La mère Montbailli était malheureusement sujette à boire des liqueurs fortes, passion commune et funeste dans ces pays. Cette habitude lui avait déjà causé plusieurs accidents qui avaient fait craindre pour sa vie. Enfin, la nuit du 26 au 27 juillet 1770, après avoir bu avant de se coucher plus de liqueurs qu'à l'ordinaire, elle est attaquée d'une apoplexie subite, se débat, tombe de son lit sur un coffre, se blesse, perd son sang, et meurt.

Son fils et sa bru couchaient dans une chambre voisine, et étaient endormis. Une ouvrière vient frapper à la porte le matin, et les éveille; elle veut parler à leur mère pour finir quelques comptes. Les enfants répondent que leur mère dort encore. On attend longtemps, enfin on entre; on trouve la mère renversée sur un coffre, un œil enflé et sanglant, les cheveux hérissés, la tête pendante; elle était absolument sans vie.

Le fils, à cette vue, s'évanouit; on cherche partout des secours inutiles; un chirurgien arrive, il examine le corps de la mère; nul secours à lui donner. Il saigne le jeune homme, qui revient enfin à lui Les voisins accourent, chacun s'empresse à le consoler. Tout se passe selon l'usage; le cadavre est enseveli dans une bière au temps prescrit; on commence un inventaire : tout est en règle et en paix.

Quelques femmes du peuple, dans l'oisiveté de leurs conversations, raisonnent au hasard sur cette mort. Elles se ressouviennent qu'il y eut un peu de mésintelligence entre les enfants et la mère quelque temps auparavant. Une de ces femmes remarque qu'on a vu quelques gouttes de sang sur un des bas de Montbailli. C'était un peu de sang qui avait jailli lorsqu'on le saignait. La légèreté maligne d'une de ces femmes la porte à soupçonner que c'est le sang de la mère. Bientôt une autre conjecture que Montbailli et sa femme l'ont assassinée pour hériter d'elle. D'autres, qui savent que la défunte n'a point laissé de bien, disent que ses enfants l'ont tuée par vengeance. Enfin ils l'ont tuée. Ce crime, dès le lendemain, passe pour certain parmi la populace, à laquelle il faut toujours des événements extraordinaires et atroces pour occuper des âmes désœuvrées.

Le bruit devient si fort que les juges de Saint-Omer sont obligés de mettre en prison Montbailli et sa femme. Ils sont interrogés séparément; nulle apparence de preuves ne s'élève contre eux, nul indice. D'ailleurs les juges étaient suffisamment informés de la conduite régulière et innocente des deux époux; on ne leur avait jamais reproché la moindre faute : le tribunal ne put les condamner. Mais, par condescendance pour la rumeur publique, qui ne méritait aucune condescendance, il ordonna un plus ample informé d'un an, pendant lequel les accusés devaient demeurer en prison. Il y avait de la faiblesse à ces juges de retenir dans les fers deux personnes qu'ils croyaient innocentes. Il y eut bien de la dureté dans celui qui faisait les fonctions de procureur du roi, d'en appeler *a minima* au conseil d'Artois, tribunal souverain de la province.

Appeler *a minima*, c'est demander que celui qui a été condamné à une peine en subisse une plus terrible. C'est présenter requête contre la plus belle des vertus, la clémence. Cette jurisprudence d'anthropophages était inconnue aux Romains. Il était permis d'appeler à César pour mitiger une peine, mais non pour l'aggraver. Une telle horreur ne fut inventée que dans nos temps de barbarie. Les procureurs de cent petits souverains, pauvres et avides, imaginèrent d'abord de faire prononcer en dernière instance des amendes plus fortes que dans les premières : et bientôt après ils requirent que les supplices fussent plus cruels, pour avoir un prétexte d'exiger des amendes plus fortes.

Le conseil souverain d'Artois qui siégeait alors, et qui fut cassé l'année suivante, se fit un mérite d'être plus sévère que le tribunal de Saint-Omer. Les lecteurs qui pourront jeter les yeux sur ce mémoire, et qui n'auront pas lu ce que nous écrivîmes dans son temps sur cette horrible affaire, ne pourront démêler comment les juges d'Arras, sans interroger les témoins nécessaires, sans confronter les accusés avec les autres témoins entendus, osèrent condamner Montbailli à être rompu vif et à expirer dans les flammes, et sa femme à être brûlée vive.

Il faut donc qu'il y ait des hommes que leur profession rende cruels, et qui goûtent une affreuse satisfaction à faire périr leurs semblables dans les tourments! Mais que ces êtres infernaux se trouvent si souvent dans une nation qui passe depuis environ cent ans pour la plus sociable et la plus polie, c'est ce qu'on peut à peine concevoir. On avait, il est vrai, les exemples absurdes et effroyables des Calas, des Sirven, des chevaliers de La Barre; et c'est précisément ce qui devait faire trembler les juges d'Arras : ils n'écoutèrent que leur illusion barbare.

L'épouse de Montbailli, âgée de vingt-quatre ans, était grosse.

comme on l'a déjà dit. On attendit ses couches pour exécuter son arrêt; et elle resta chargée de fers dans un cachot d'Arras. Son mari fut reconduit à Saint-Omer pour y subir son supplice.

Ce n'est que chez nos anciens martyrs qu'on retrouve des exemples de la patience, de la douceur, de la résignation de cet infortuné Montbailli; protestant toujours de son innocence, mais ne s'emportant point contre ses juges, ne se plaignant point, levant les yeux au ciel, et ne lui demandant point vengeance.

Le bourreau lui coupa d'abord la main droite. « On ferait bien de la couper, dit-il, si elle avait commis un parricide. » Il accepta la mort comme expiation de ses fautes, en attestant Dieu qu'il était incapable du crime dont on l'accusait. Deux moines qui l'exhortaient, et qui semblaient plutôt des sergents que des consolateurs, le pressaient, dans les intervalles des coups de barre, d'avouer son crime. Il leur dit : « Pourquoi vous obstinez-vous à me presser de mentir ? Prenez-vous devant Dieu ce crime sur vous ? Laissez-moi mourir innocent. »

Tous les assistants fondaient en larmes et éclataient en sanglots. Ce même peuple qui avait poursuivi sa mort, l'appelait le saint, le martyr; plusieurs recueillirent ses cendres.

Cependant le bûcher dans lequel cette vertueuse victime expira, devait bientôt se rallumer pour sa femme. Elle avançait dans sa grossesse; et les cris de la ville de Saint-Omer ne l'auraient pas sauvée. Informé de cette catastrophe, nous prîmes la liberté d'envoyer un mémoire au chef suprême de toute la magistrature de France. Ses lumières et son équité avaient déjà prévenu notre requête. Il remit la révision du procès entre les mains d'un nouveau conseil établi dans Arras.

Ce tribunal déclara Montbailli et sa femme innocents. L'avocat, qui avait pris leur défense, ramena en triomphe la veuve dans sa patrie; mais le mari était mort par le plus horrible supplice, et son sang crie encore vengeance. Ces exemples ont été si fréquents, qu'il n'a pas paru plus nécessaire de mettre un frein aux crimes qu'à la cruauté arbitraire des juges.

On s'est flatté qu'enfin le grand projet de Louis XIV de réformer la jurisprudence pourrait être exécuté; que les lumières naissantes de ce siècle mémorable, augmentées par celles du nôtre, répandraient un jour plus favorable sur l'humanité. On a dit : « Nous verrons le temps où les lois seront plus claires et plus uniformes, où les juges motiveront leurs arrêts, où un seul homme n'interrogera plus secrètement un autre homme, et ne se rendra plus le seul maître de ses paroles, de ses pensées, de sa vie, et de sa mort; où les peines seront proportionnées aux délits: où les tortures, inventées autrefois par des voleurs, ne seront plus mises en usage au nom des princes. » On forme encore ces vœux : celui qui les remplira sera béni du siècle présent et de la postérité.

FIN DU VINGT-NEUVIÈME VOLUME.

TABLE.

MÉLANGES. (SUITE.)

FIN DE LA TABLE DU VINGT-NEUVIÈME VOLUME

Coulommiers. — Imp. PAUL BRODARD.

LIBRAIRIE HACHETTE & Cie

BOULEVARD SAINT-GERMAIN, 79, PARIS

LES

GRANDS ÉCRIVAINS DE LA FRANCE

NOUVELLES ÉDITIONS

Publiées sous la direction de M. Ad. REGNIER, membre de l'Institut

SUR LES MANUSCRITS,
LES COPIES LES PLUS AUTHENTIQUES ET LES PLUS ANCIENNES IMPRESSIONS

*Avec variantes, notes, notices, lexiques et albums
contenant des portraits, des fac-similés, etc.*

Publication qui a obtenu à l'Académie française le prix Archon-Despérouses, en 1877

ENVIRON 200 VOLUMES IN-8, A 7 FR. 50 LE VOLUME

150 à 200 exemplaires numérotés tirés sur grand raisin vélin collé, à 20 fr. le volume

Depuis longtemps déjà, on a publié avec une religieuse exactitude, en y appliquant les procédés de la plus sévère critique, non seulement les chefs-d'œuvre des grands génies de la Grèce et de Rome, mais les ouvrages, quels qu'ils soient, de l'antiquité, qui sont parvenus jusqu'à nous. A ce mérite fondamental de la pureté du texte, constitué à l'aide de tous les documents, de toutes les ressources que le temps a épargnés, on a joint un riche appareil de secours de tout genre : variantes, commentaires, tables et lexiques, tout ce qui peut éclairer chaque auteur en particulier et l'histoire de la langue en général. En voyant cette louable sollicitude dont les langues anciennes sont l'objet, on peut s'étonner que jusqu'ici, à part quelques mémorables exceptions, les écrits de nos grands écrivains n'aient pas été jugés dignes de ce même respect attentif et scrupuleux, et qu'on ne les ait pas entourés de tout ce qui peut en faciliter, en féconder l'étude. Réparer cette omission, tel est le but que nous nous sommes proposé.

Pour la pureté, l'intégrité parfaite, l'authenticité du texte, aucun soin ne nous paraît superflu, aucun scrupule trop minutieux. Les écrivains du dix-septième siècle, et c'est par les plus éminents d'entre eux que nous avons commencé notre publication, sont déjà pour nous des anciens. Leur langue est assez voisine de la nôtre pour que nous l'entendions presque toujours et l'admirions sans effort. Mais déjà elle diffère trop de celle qui se parle et qui s'écrit aujourd'hui ; le peuple, et plus encore peut-être la société polie, l'ont trop désapprise pour qu'on puisse encore dire que nous la sachions par l'usage. Pour la reproduire sans altération, il ne suffit point que l'éditeur s'en rapporte à sa pratique quotidienne, à son instinct du langage : il faut, au contraire, qu'il se défie d'autant plus de lui-même que les nombreuses analogies, mêlées aux différences de la langue d'à présent et de celle d'alors, l'exposent au danger de ne point veiller assez au maintien de ces dernières. C'est peut-être là la cause principale des altérations qu'a subies le texte de nos grands écrivains. C'est contre elle surtout que nous nous tenons en garde. En ce qui touche l'œuvre même des auteurs, le fond comme la forme de leurs écrits, notre devise est : *Respect absolu et sévère fidélité.*

Quant à la seconde partie de la tâche, aux notes, aux secours, aux moyens d'étude qui accompagnent le texte des auteurs, deux mots peuvent résumer nos intentions et la nature du travail : *Utilité pratique et sobriété.* D'une part, rien n'est omis de ce qui peut aider à mieux comprendre et connaître l'auteur, rien de ce qui peut en faciliter l'étude et permettre d'en tirer parti, soit pour les recherches historiques et littéraires, soit pour dresser ce que nous pouvons appeler la statistique de notre langue, et pour en montrer les variations, en dégager la grammaire, la constitution véritable, de tout ce que les grammairiens y ont cru voir et de tout ce qu'ils y ont introduit d'arbitraire et d'artificiel. D'autre part, est rigoureusement exclu tout étalage inutile de savoir, tout ce qui ne sert qu'à faire valoir le commentateur, tout ce qui ne tend pas directement à l'une des fins que nous venons d'énumérer.

Les *Lettres de M*ᵐᵉ *de Sévigné*, les *Œuvres de Corneille*, de *Racine*, de *Malherbe*, de *La Bruyère*, de *La Rochefoucauld*, ont déjà paru en entier ; — le *cardinal de Retz*, *Molière*, *Saint-Simon*, *La Fontaine*, sont en cours de publication ; — *Pascal* est sous presse. — Les noms des personnes dont nous nous sommes assuré le concours, et qui ont bien voulu se charger des diverses parties de cette grande tâche, sont une garantie de savoir, de bon goût et de consciencieuse exactitude.

Pour que la collection ait de l'unité, que toutes les parties de ce vaste ensemble soient conçues et exécutées sur un même plan, que l'esprit de l'entreprise soit partout et constamment le même, nous avons demandé à M. Adolphe Regnier, membre de l'Institut, et obtenu de lui, qu'il se chargeât de la diriger.

Nous ne nous arrêterons pas longuement ici aux détails du plan qui a été adopté, et nous ne ferons qu'indiquer en peu de mots les divers secours et avantages qu'offrent ces éditions nouvelles des grands écrivains de la France.

Leur principal mérite, nous le répétons, est la fidélité du texte, qui reproduit les meilleures éditions données par l'auteur, les manuscrits autographes, d'anciennes copies, enfin est pris toujours aux sources les plus authentiques et les plus dignes de confiance.

Au texte adopté ou ainsi constitué on joint les variantes, toutes sans exception pour les écrivains principaux ; pour les autres, un choix sera fait avec goût.

Au bas des pages sont placées des notes explicatives qui éclaircissent tout ce qui peut arrêter un lecteur d'un esprit cultivé.

Après la pureté et l'intelligence du texte, c'est l'histoire de la langue qui sera le grand intérêt de la collection. Nous marcherons dans la voie que nous a ouverte l'Académie française en proposant successivement pour sujets de prix les Lexiques de Molière, de Corneille et de Sévigné. A chaque auteur est joint un relevé, par ordre alphabétique, des mots, des tours et des locutions qui lui sont propres, soit à lui-même, soit à son époque, et en outre de tout ce qui peut servir à éclairer le vrai sens ou l'origine de nos idiotismes les plus remarquables. La réunion de ces Lexiques formera un tableau fidèle des variations de la langue littéraire et du bon usage, et chacun d'eux en particulier montrera, par la comparaison avec la langue que nous parlons et écrivons aujourd'hui, l'empreinte qu'ont laissée sur notre idiome les divers génies qui l'ont illustré.

Des Tables analytiques exactes et complètes facilitent les recherches. Des notices biographiques aident à mieux apprécier les écrits de chaque auteur, en les plaçant dans leur vrai jour et à leur vrai moment. En outre, des notices partielles font l'histoire de chaque ouvrage, et, s'il y a lieu, pour les pièces de théâtre, par exemple, le suivent jusqu'à nos jours.

Des notices bibliographiques et critiques indiquent, pour chaque auteur, les manuscrits existant dans les bibliothèques publiques ou privées, les copies dignes de mention et les éditions diverses, surtout celles qui ont été publiées ou par l'auteur, ou de son vivant, ou peu de temps après sa mort.

Enfin nous joignons au texte des portraits, des fac-similés, et, quand il y a lieu, des gravures diverses.